길 위의 토요일

길 위의 토요일

이희우 장편소설

잔

차례

1

죄송합니다. 이렇게 늦은 시간에 찾아와……. 내일이 오기 전에는 반드시 말씀드려야 할 것 같았습니다. 왠지 그래야 할 것 같았습니다. 많은 시간을 뺏고 싶지는 않습니다만, 어쩌면 꽤나 긴 이야기가 될지도 모르겠습니다. 만약 그렇게 되더라도 부디 끝까지 들어 주셨으면 합니다. 지금껏 저는 불안감, 죄책감, 아니 두려움이라고 할까요, 어떠한 말로도 정확히 표현할 수 없는 감정에 사로잡힌 채 살아왔습니다. 그런데 최근 잊은 줄 알았던 그 기억들이 다시금 저를 강하게 짓눌러 오고 있습니다. 이러한 괴로움을 떠안고서는 도저히 온전한 내일을 맞이할 자신이 없었습니다. 그러니 부디, 제가 무슨 말씀을 드리고자 하는 것인지 충분히 이해하기 힘드시더라도, 너무 장황하여 다소 불편하시더라도, 부디 제 이야기를 끝까지 들어 주셨으면 합니다. 부탁드립니다.

그날은 잠깐씩 눈이 내리기는 했지만 그다지 춥지는 않았던 것 같습니다. 여느 겨울날을 회상할 때면 늘 그러하듯 그저 겨울이었지, 눈이 왔는데, 하는 정도의 기억으로만 남아 있습니다. 하지만 날짜는 정확히 기억하고 있습니다. 12월 23일, 성탄 전야를 하루 앞둔 날이었습니다. 그렇다고 여느 사람들처럼 들뜬 분위기에 휩쓸려 기분을 낸 것은 아닙니다. 그러기는커녕 기쁨, 행복, 환희, 기대 등 억지로 조장된 거짓 감정조차 느낄 수 없는 상태였으니까요.

늦은 오후가 돼서야 일어나 보니 어머니가 머리맡에 앉아 있었습니다. 언제 왔느냐고 물으니 방금 도착했다며, 너무 곤히 자서 차마 깨우지 못했다고 하더군요. 서둘러 짐을 챙긴 뒤 제가 머물던 반지하 방 근처 기사식당으로 들어갔습니다. 식당은 비좁았고, 하필이면 저녁 시간까지 겹쳐 게걸스럽게 뼈다귀를 뜯는 사람들로 넘쳐났습니다. 겨우 자리를 잡고 앉자 주인 아들쯤으로 보이는 젊은 남자가 다가와 행주로 테이블을 몇 번 쓱쓱 문지르며 주문을 재촉했습니다. 잠시 후 남루한 차림의 나이 든 여자 종업원이 갈비탕 두 그릇을 들고 왔는데, 뜨겁지도 않은지 누런 고깃기름이 둥둥 뜬 국물에 엄지손가락을 푹 담그고 있더군요. 결국 뼈다귀에 붙은 살점을 몇 번 깨작거리는 시늉만 하다가 식당을 빠져나올 수밖에 없었습니다.

ㅎ역에서 지하철에 올라 캄캄한 유리창 속 희멀건 얼굴을 빠르게 스치는 창밖 풍경을 바라보자니 어느덧 ㄱ역에 도착했습니다. 지하철에서 내리며 승강장 천장에 매달린 커다란 디지털 시계로 시간을 확인해 봤지요. 반지하 방을 나오면서부터 두 시간 정도 지나 있었습니다.

어머니와 저는 3번 출구를 향해 무의식으로 사람들을 따라 걸었습니다. 긴 통로를 지나 세 칸짜리 낮은 계단을 한 번, 다시 짧은 통로를 지나 꽤 높은 계단을 에스컬레이터를 타고 올랐지요. 하지만 도착한 곳은 하나같이 시선을 바닥에 고정한 채 걸음을 옮기기에 바쁜 사람들로 가득한, 숨 막히게 넓고도 복잡한 도무지 알 수 없는 낯선 공간이었습니다. 3번 출구는 어디에도 보이지 않더군요. 이미 수차례 지나다닌 곳인데도 그만 길을 잃어버린 것이었습니다. 어머니는 긴장한 탓일까, 유난히 초조한 얼굴이었지요. 결국 한참이나 역 안을 헤매고 다닌 끝에 그 모습을 수상하게 여긴 역무원의 도움으로 간신히 3번 출구를 찾을 수 있었습니다.

바깥 공기는 어느새 파랗게 식어 있었습니다. 이제 막 내리기 시작한 것인지, 이미 한 차례 내리고 난 뒤 그치는 중인지는 알 수 없었지만 눈도 조금씩 내렸습니다. 이리저리 떠다니는 하얀 눈송이는 종종 지나다니는 자동차 헤드라이트 불빛에 부딪혀 반짝거리다 이내 바닥으로 떨어져 그 모습을 감췄습니다. 그해 마지막으로 본, 내리는 눈이었습니다.

거리는 매우 한산했습니다. 역 안에서 분주하게 움직이던 사람들 모두 어디로 사라졌는지 그 흔적조차 보이지 않았습니다. 출구 반대 방향에 위치한 큰 사거리의 높은 빌딩 모퉁이에서부터 길게 이어진 언덕길은 한산하다 못해 텅 빈 듯한 느낌마저 들었습니다. 희미하게 불을 켜 놓은 상점 몇 곳을 제외하고는 대부분 문을 닫은 듯했고, 도로 건너편에서 비춰 오는 가로등 불빛이 유일하게 거리를 밝히고 있었습니다.

언덕을 오르며 계속 뒤를 돌아봤습니다. 저보다 몇 걸음 뒤처

저서 걷는 어머니의 보폭에 맞추어 되도록 천천히 걸으며 계속 뒤를 돌아봤습니다. 그때마다 작게 흩날리는 눈송이가 속눈썹에 달라붙어 손으로 털어 내기를 반복해야 했지요. 그래도 저는 결코 뒤돌아보는 것을 멈추지 않았습니다. 왠지 모르게 다시는 돌아갈 수 없을 것 같다는 생각이 끊임없이 머릿속을 맴돌았습니다. 한 번씩 뒤를 돌아볼 때마다 어둠은 빠르게 거리를 집어삼켰고, 멀리 보이던 사거리와 지하철역도 차츰 희미해져 갔습니다. 언덕 끝자락에서 마지막으로 돌아봤을 때는 더 이상 아무것도 보이지 않더군요. 그때 어머니가 옆으로 다가오더니 제 손을 꼭 잡았습니다. 차갑고 작았습니다. 어머니와 저는 한동안 그렇게 서서 아무런 대화도 나누지 않고 내리는 눈에 머리를 적셨습니다. 그러다가도 저와 눈이 마주칠 때면 어머니는 옅은 미소를 지어 보이곤 했는데, 그곳에 저를 남기고 홀로 언덕을 내려갈 때도 똑같이 옅은 미소를 짓고 있었습니다. 자세히 기억나지는 않지만 여전히 차가웠을 그 작은 손으로 눈가를 살짝 가렸던 것도 같습니다.

건물 입구에 달린 전동 벨을 누르고 잠시 기다렸습니다. 문득 종일 한 번도 휴대전화를 확인하지 않은 것이 생각나 급히 가방에 손을 넣으려는데, 건물 안쪽에서 형광등 불빛이 깜박거리며 켜지기 시작했습니다. 뿌연 유리문 뒤로 나타난 검은 그림자가 몇 번 흔들거리는가 싶더니 이윽고 철컥 하는 소리를 내며 문이 열리더군요.

"아, 이 선생님, 많이 늦으셨네요."

다행히 익숙한 얼굴이었습니다. 안내를 따라 건물로 들어서자 낮익은 공간이 파란 형광등 불빛을 받아 새삼 새롭게 보였습니다. 등받이 쪽으로 난 유리창에서 햇빛이 쏟아져 들어와 앉아 있자면 나른함이 몰려오곤 하던 낡은 소파는 유난히 쓸쓸해 보였고, 군데군데 금이 간 유리에 덮인 직사각형 나무 테이블은 그사이 니스를 덧칠했는지 세월을 이기지 못하고 드러낸 속살을 제외하고는 모서리마다 하얗게 윤이 났습니다. 몇 주 전까지만 해도 저는 그 소파에 기대거나 테이블에 엎드려 있다가 오른쪽 문으로 들어가곤 했지요. 하지만 그날은 현관 맞은편, 커튼으로 가린 입구 쪽으로 저를 안내하더군요. 제 불완전한 기억에 그곳으로 들어간 것은 그때가 처음이었습니다.

커튼 뒤에는 좁은 복도가 제법 길게 이어져 있었습니다. 복도에 들어서면서부터는 조금, 아니 꽤나 긴장했던 것 같습니다. 복도 양옆으로는 보통 크기보다 살짝 작은 문이 네다섯 개 정도 있었습니다. 문마다 정사각형 모양으로 구멍이 하나씩 뚫려 있었는데, 두꺼운 반투명 비닐 시트가 유리창 역할을 대신했습니다. 그중 한 곳으로 들어갔습니다. 방 안 역시 매우 비좁았습니다. 정면에는 나무 상자 위에 얇은 매트만 올려서 너비에 딱 맞게 만든 것 같은, 크기도 높이도 어중간한 침대가 접이식 의자와 함께 놓여 있었는데, 진초록색 담요로 반쯤 덮어 놓았더군요. 배가 불룩한 철제 사물함도 있었는데 도대체 얼마나 많은 물건을 넣어 두었는지, 이음새마다 비어져 나온 구겨진 종이들이 마치 욕지기를 억지로 참는 듯 힘겨워 보였지요. 그 위로도 누렇게 바랜 종이 상자들이 천장 높이까지 마구잡이로 쌓여 있었습니다.

"추우시죠? 잠시만 계세요. 금방 히터 가져올게요."

대답할 틈도 주지 않은 채 문이 닫히고, 문 뒤에 가려졌던 시계는 막 밤 9시를 넘어가고 있었습니다. 접이식 의자에 가방을 올려놓고 침대에 걸터앉았습니다. 언덕을 올라올 때만 해도 춥다고 느끼지 못했는데 오히려 실내로 들어오니 부쩍 한기가 느껴지더군요. 담요 속으로 들어가 몸을 웅크렸습니다. 땀에 전 쾨쾨하고 시큼한 냄새가 났습니다. 둘둘 말아 침대 가장자리에 던져 둔 뒤 외투를 힘껏 껴안고 옆으로 몸을 뉘었습니다. 잠시 후 옆방 혹은 건넛방에서 쿵쿵거리는 둔탁한 소리가 났습니다. 커다란 물체가 나무 벽에 부딪혀 울리는 소리 같았지요. 어지간히 커다란 히터를 들고 오는구나, 생각했습니다. 그런데 문이 열려서 보니까 제 예상과 달리 한 손으로 들어도 되겠다 싶을 만큼 조그마한 전기 히터를 들고 있었습니다.

"너무 작죠? 제대로 돌아갈지나 모르겠네요."

플러그를 꽂고 스위치를 켜자 한동안 사용하지 않은 듯 윙 하고 다소 큰 소리가 났습니다. 미세하게 고무 타는 듯한 냄새도 났습니다. 그래도 공간이 좁아서였을까, 공기는 금세 훈훈해졌고, 귀와 코도 적응한 건지 마비된 건지 이내 그런대로 참을 만해졌습니다.

"오늘 유난히 춥네요. 외투 벗고 이거라도 덮고 계시지. 참, 식사는 하고 오셨죠?"

그녀는 기껏 멀리 던져 둔 담요를 집어 들며 물었습니다. 마음

같아서는 내치고 싶었으나 그 말투가 어찌나 상냥한지, 게다가 제 코는 이미 그 기능을 상실한 터라 순순히 외투를 벗어 건네주었습니다.

그 후에도 몇 번씩 방 안팎을 들락거리며 제게 이것저것을 물었습니다. 그러다 어느 순간, 침대 옆으로 바짝 다가와 서더니 갑작스레 담요 안으로 손을 쑥 들이밀더군요. 오른쪽 팔목을 강하게 잡아끄는 따뜻하고 매끄러운 감촉이 전해졌습니다. 이어서 재빠른 동작으로 소매 단추를 풀어 팔꿈치까지 걷어 올린 뒤 마술이라도 부린 듯 꺼내 든 노란색 고무줄로 제 앙상한 팔을 둘둘 감아 묶었습니다. 그리고 무심하리만큼 태평한 얼굴로 팔과 손등 이곳저곳을 꾹꾹 눌러 보더니, "조금 따끔할 거예요." 말하는 동시에 손등 위로 얇은 주삿바늘을 쿡 찔러 넣었습니다. 그 손놀림이 어찌나 빠르고 능숙한지 감히 엄살을 부릴 틈도 없었지요.

구멍 난 손등과 구멍 낸 바늘을 흰색 테이프로 단단히 고정한 뒤 언제 가지고 왔는지 모를 이동식 옷걸이에 주사액을 걸어 놓았습니다. 그러고는 손등에 연결된 고무 호수에 한 번 더 주사기를 찔러 넣었지요. 그 고무 호수에 붙은 조절기를 시계와 번갈아 보며 몇 번 만지작거린 다음 주머니에서 꺼내 든 작은 수첩에 메모를 하며 말했습니다.

"오후 9시 30분이고요, 잠시 주무시고 계세요."

불 꺼진 방 안에 홀로 누워 잠을 잔 것도 그렇다고 깨어 있는 것도 아닌 약간의 어지럼증을 느끼며 눈을 감았습니다. 윙윙거리는 벌들의 날갯짓 소리가 귓가에 맴돌고 바람에 흔들리는 나뭇잎이 어둠 속을 아른거렸습니다. 다시 눈을 떴을 때는 맨발인 채로 좁은 계단을 오르고 있었습니다. 천천히 흔들리는 계단을 한 걸음씩 힘겹게 올랐지요. 그러다 계단을 헛디뎌 크게 휘청거리자 약간 앞서 있던 누군가가 뒤를 돌아보며 저를 잡아 주었습니다. 뒤에서도 또 다른 누군가가 제 가방을 들고서 종종 제 등을 손으로 밀며 넘어지지 않도록 받쳐 주었습니다.

계단을 다 오르자 여러 개의 문으로 둘러싸인 넓은 공간이 나타났습니다. 환한 조명에 눈이 부셔서 눈을 깜빡일 때마다 몇몇 희뿌연 형체가 하나씩 문을 열고 그 작은 틈으로 차례차례 고개를 빠끔히 내밀었습니다. 그중 커다란 형체 하나가 문을 활짝 열고 성큼성큼 다가와 제 가방을 건네받았고, 저는 그저 멋대로 제 가방이 옮겨지는 것을 가만히 지켜봐야만 했지요. 수십 개의 눈동자가 지켜보는 가운데 여러 개의 팔에 이끌려 정면으로 보이는 문을 향해 걸었습니다. 비틀거리며 한 걸음씩 천천히 나아갈 때마다 문은 제 걸음보다 앞서서 커다랗게 가슴을 쿵쿵 울리며 빠른 속도로 다가왔습니다. 마침내 문 앞에 이르러 그 문이 열리는 순간, 저는 똑똑히 봤습니다. 문 앞에 작은 글씨로 제 이름이 적혀 있는 것을 똑똑히 봤습니다. 그런데 제 이름 위에도 누군가의 이름이 적혀 있었습니다.

"네가 희우구나."

방 안에서 뒤돌아 앉아 있던 누군가가 몸을 일으켜 돌아보며 말했습니다.

"오늘 온다고 해서 기다렸는데, 상태를 보니까 일단은 자는 게 낫겠다."

최면이라도 걸린 듯 기다란 손가락 끝이 가리키는 곳을 따라 옷도 갈아입지 못한 채 그대로 쓰러져 누웠습니다. 그 와중에도 제 가방이 보이지 않아 몹시 걱정이 되더군요. 하지만 아무리 몸을 일으켜 보려 해도 팔다리 어느 하나 뜻대로 움직일 수 없었고, 그만 곧바로 잠이 들고 말았습니다.

시계 초침 소리에 어렴풋이 눈을 떠 보니 아직 새벽이 오기에는 이른 시간인 듯 방 안이 캄캄했습니다. 눈가에는 눈물인지 눈곱인지 모를 것들이 잔뜩 말라붙었고, 입 안은 모래를 한 움큼 집어삼킨 듯했습니다. 세수를 하고 이를 닦고 편한 옷으로 갈아입고 싶은 마음이 간절했습니다. 물 한 모금도 절실했지요. 하지만 어디를 둘러봐도 작은 불빛 하나 보이지 않는 데다 괜히 밖으로 나가기가 꺼려졌습니다. 아쉬운 대로 겉옷을 벗어 옆에 놓아두고 다시 누웠습니다. 그러고는 다시 잠이 들었습니다.

꿈을 꾸었습니다. 어머니와 함께 오르며 몇 번이고 뒤돌아본 긴 언덕길이 나오는 꿈이었습니다. 하지만 꿈속에서는 언덕을 오르는 대신 홀로 지하철역을 향해 뛰어 내려가고 있었습니다. 한가한 밤거리는 사람들로 북적이고, 상점들도 환하게 빛을 밝혔지요. 도로 한쪽에만 켜 있던 가로등도 꿈속에서는 양쪽 모두 제대로 거리를 비추었습니다. 난생 처음 격한 환대를 받는 듯한 기분이 들더군요. 들뜬 마음에 있는 힘을 다해 언덕을 뛰어 내려갔습니다. 사거리까지는 금방이었습니다. 그런데 지하철역이 보이지 않더군요. 한참을 헤매고 다녀도 도저히 찾을 수가 없었지요. 하는 수 없이 높은 빌딩 입구 계단에 앉아 지친 다리를 쉬려는 순간, 멀리 사거리를 대각선으로 가로지르는 곳에 그토록 찾아 헤매던 지하철역 입구가 있는 것이 아니겠습니까. 마침 지나다니는 자동차도 없겠다, 급한 마음에 무작정 도로를 가로지르기 시작했지요. 하지만 사거리 중간에 다다르자 갑자기 자동차들이 나타나 경적을 울리며 저를 칠 듯이 달려들었고, 아슬아슬하게 옆구리를 스치며 손가락질과 욕을 퍼부었습니다. 그 넓은 사거리 한가운데에 꼼짝없이 갇힌 꼴이 되고 말았지요. 그러자 어디선가 사람들이 웅성거리며 하나 둘씩 나타나기 시작했습니다. 도망갈 곳도 숨을 곳도 없이 제자리에 서서 우물쭈물하다가 꿈에서 깼습니다.

눈물로 겨우 갈증을 달래고 보이지 않는 천장을 물끄러미 바라보자니 그제야 내가 왜 여기 누워 있는 것일까, 하는 생각이 들었습니다. 그때만큼 저 자신에게 닥친 상황을 제대로 판단하기 어려운 적도 없었지요. 괴한에게 납치당한 것도 아니고 제 발로 걸어왔는데 도대체 왜 캄캄한 방 안에 가만히 누워서 캄캄한 천장만 하염없이 바라봐야 하는지 이해할 수 없었습니다.

얼마나 지났을까, 문밖에서 작은 인기척이 나기 시작하더니 이어서 크고 작은 소리로 시계 알람이 울리기 시작했고, 점점 하나의 커다란 울림으로 합쳐져 캄캄한 어둠을 통째로 흔들어 깨웠습니다. 제 옆에서 자던 남자가 이불 속에서 부스스 빠져나와 익숙한 동작으로 형광등 스위치를 올리더군요. 형광등 스타터가 하얀 전기 불꽃을 일으키는 순간, 저는 내내 잔 척하기 위해 재빠르게 눈을 감았습니다.

"일어나. 명상 시간이야."

그가 제 어깨에 손을 얹고 조용한 목소리로 말했는데, 그 말투가 이미 오랜 시간을 함께 보낸 사람 같았습니다. 꼭두새벽부터 일어나 명상을 한다는 게 왠지 이상했지만 주섬주섬 일어나 벗어둔 겉옷을 입었습니다. 그사이 문밖 멀리서부터 문 두드리는 소리가 차츰 가깝게 들려오기 시작하더니 이윽고 선명한 소리와 함께 살며시 문이 열렸습니다.

"허 선생님, 이 선생님, 벌써 일어나셨네요? 얼른 준비하고 나오세요."

문틈으로 어둠을 등진 채 소곤거리듯 가느다란 여자 목소리가 들렸습니다. 그때 처음으로 그가 '허'씨 성이라는 것을 알았지요.

"네, 희우 데리고 금방 나갈게요."

문이 닫히기를 기다렸다가 허 선생님이라 불리는 사람에게 정확히 몇 시이며, 명상 시간은 또 무엇이냐고 물었습니다. 그가 셔츠 밖으로 기다랗게 뻗은 팔을 높이 치켜세웠다 굽혀서 손목시계를 들여다보더니 흠 하고 짧은 콧소리를 내며 말하더군요. 무테 안경 너머로 형광등 불빛을 받은 그의 눈이 유난히 움푹 패어 보였습니다.

"5시 반. 명상하는 거지 뭐긴 뭐야."

전날까지만 해도 잠들 준비를 하는 시간이었지요. 그런 시간에 일어나 명상을 하라니, 저로서는 도무지 납득이 되지 않았습니다.

"그렇게 멍하니 앉아 있지 말고 먼저 나가. 나도 정리하고 금방 나갈게."

그의 재촉에 하는 수 없이 조심스레 나가 보니 밖은 아직 어두웠습니다. 지난밤에 본 문들 아래 좁은 틈으로 옅은 불빛이 새어 나올 뿐이었지요. 제 눈이 차츰 그 어둠에 적응되면서 조금 더 자세히 그 공간을 파악할 수 있었는데, 양옆으로 문이 두 개씩 있고, 제 양옆으로도 문이 하나씩 나란히 있었습니다. 사선 방향에는 계단 입구가, 그 계단과 맞붙어 돌출된 구조 벽에는 문이 하나 있었습니다. 그 옆으로 작은 냉장고와 허리 높이의 바늘식 체중계도 있었지요. 잘 보이지는 않았지만 멀리 맞은편 벽에도 커다란 문이 있는 것 같았습니다.

곧이어 몇몇 사람이 하나 둘씩 문을 열고 밖으로 나왔습니다. 그 형체로 보아 대부분은 남자인데, 여자도 몇 명 있었습니다. 그들은 반쯤 눈을 감은 채 엉거주춤한 모습으로 중앙의 빈 공간에 원을 그리듯 둥그렇게 자리를 잡고 앉기 시작했는데, 분위기상 저도 그들 틈에 섞여 앉아야 될 것 같았습니다. 영 내키지 않았지요. 차라리 방으로 들어가 다시 눕는 편이 낫겠다 싶었습니다.

"그냥 여기 앉자. 허리 때문에 벽에 기대야 되거든."

그때 허 선생님이 불을 끄고 밖으로 나왔습니다. 다행히 낯선 이들 틈에 섞여서 원을 그리는 머리 중 하나가 되는 것은 면할 수 있었지요.

"이제 시작하겠습니다."

방문을 열고 들어왔던 여자가 원 가운데로 들어가 사람들을 쭉 훑어보며 말한 뒤, 계단 맞은편으로 이동해 벽에 걸린 줄을 당기자 벽에 붙은 형광등이 켜지면서 내내 어둠에 가려졌던 작은 책상이 나타났습니다. 여자가 그 위에서 카세트테이프를 집어 들더니 한 번 더 똑같이 말했습니다.

"이제 시작하겠습니다."

다시 불이 꺼지고 어딘지 모르게 야릇한 연주 음악이 흘러나왔습니다. 파도 소리와 작은 새들이 지저귀는 소리도 들렸습니다. 철썩이는 파도 소리는 마치 바위를 부술 듯 거칠었고, 파도에 휩쓸려 살려 달라고 소리치는 새들의 지저귐은 애처로웠습니다. 명상은커녕 당장에 귀를 틀어막고 싶었지요. 게다가 "이제 저희는 완전한 명상을 위한 시간을 갖기 위해 이곳에 모였습니다. 조용히 눈을 감고 마음의 소리를 들어 봅시다."라고 시작하는, 진부하기 그지없는 말들을 중얼거리듯 읊는 낮고 굵은 남자의 목소리까지 더해지니, 그 억지스러움과 온화한 분위기에 온몸이 근질거려 도저히 참을 수가 없었습니다. 기회를 봐서 몰래 방으로 들어가야겠다는 생각에 실눈을 떠 봤습니다. 저를 제외한 모든 사람이 조용히 눈을 감고 고개를 푹 숙인 채 꾸벅꾸벅 졸고 있더군요. 그 모습들을 보니 저도 모르게 웃음이 새어 나왔습니다. 그 바람에 도망갈 생각도 잊은 채 웃음을 참느라 여간 고생이 아니었지요.

언제까지나 계속될 것만 같은 15분의 명상 시간이 끝나고 서둘러 방으로 돌아가려는데 허 선생님이 제 어깨를 붙잡았습니다.

"체조하러 가야지."

주위를 둘러보니 명상을 마친 사람들 모두 허우적거리는 발걸음으로 좁은 계단을 향해 줄지어 걸어가고 있었습니다. 사람 마음이라는 게 간사하여, 체조라는 말을 듣자 차라리 명상을 더 오래하는 편이 낫겠다 싶더군요. 운동이라면 평생 해 본 적도 없거니와 허우적거리는 사람들과 함께 어디론가 이동해야 한다니, 생각만으로도 충분히 끔찍했습니다.

계단을 내려가려는데 몇몇 사람이 제게 인사를 건넸습니다. 저는 그저 가볍게 고개를 끄덕이는 것으로 대답했고, 가능한 한 저를 향한 사람들의 시선을, 그들을 향한 저의 시선을 어떻게 해서든지 피하고 싶었습니다. 만약 제가 세상의 모든 가시적인 것을 의지대로 선택하여 담을 수 있는 능력을 지녔다면 주저하지 않고 그 능력을 사용했을 것입니다. 하지만 불행히도 제게는 감지 않는 한 앞이 보이는 눈이라는 것이 달려 있다는 이유만으로 몹쓸 주술에 걸린 유령처럼 느릿느릿 줄지어 계단을 내려가는 희미한 형체들을 바라볼 수밖에 없었지요. 생각 이상으로 끔찍했습니다. 거의 눈을 감다시피 하고 계단을 내려갔지요. 방향이 바뀌는 구간에 다다라 실눈을 뜨자 반쯤 열린 커튼 뒤로 좁다란 통로가 얼핏 보였습니다. 단번에 지난밤 제가 들어온 1층과 연결된 통로임을 알 수 있었지요. 조금 더 내려가 다시 방향이 바뀌는 구간에 이르자 이번에는 작은 세면대와 낮은 접이식 플라스틱 문이 보였습니다. 지나가면서 재빠르게 손을 뻗어 접이식 문을 살짝 열어 봤습니다. 바닥에 변기가 붙어 있기는 했지만, 공간이 어찌나 좁은지 화장실로 이용하는 것은 거의 불가능해 보였습니다. 또다시 방향이 바뀌는 구간에는 무릎 정도 높이에 작은 철창이 있었습니다. 지면과 맞닿은 옆 건물 1층 창이 반쯤 걸려 있는 것으로 보아 지하로 내려가는 듯했습니다.

지하실은 밤새 차갑게 식은 공기가 자연스레 몸을 웅크리게 만들었습니다. 먼저 도착한 사람들은 뿌연 입김을 공중으로 내뿜으며 팔짱을 끼거나 주머니에 손을 찔러 넣은 채 발을 구르고 있었습니다. 사람들 양옆으로는 낡은 운동 기구들이 있었고, 안쪽까지 빛이 닿지 않아 자세히 보이지는 않았지만 꽤 넓은 공간에 철제 다리를 가진 테이블과 접이식 의자가 줄줄이 늘어선 것 같았습니다. 문도 몇 개 있는 듯했습니다. 그사이 몇 사람이 더 지하실로 내려왔습니다. 그만 사람들 틈에 섞여 버린 꼴이 되고 말았지요. 당장 도망치고 싶었으나 출구가 막힌 상황이라 딱히 방법이 없어 그대로 서 있었습니다.

"체조 시작하겠습니다."

2층에서 명상 음악을 틀어 준 여자의 목소리에 이어서 징 하고 카세트테이프 되감기는 소리가 지하실을 크게 울렸습니다. 그리고 익숙한 멜로디가 흘러나왔습니다. 어릴 적 운동장에서 들었던 국민체조 음악이었지요. 사람들은 그 단호한 구령에 맞춰 각자의 방식으로 잠에서 깨어나기 시작했습니다. 절도 있는 움직임을 보이는 자가 있는 반면에 대부분은 느릿느릿한 동작으로 한두 박자씩 어긋났지요. 저 역시 멋대로 움직이는 팔과 다리를 한탄하며, 왜 저 자신의 의지와 상관없이 그 볼썽사나운 짓거리를 멋대로 따라 하는가에 대한 자괴감에 허우적거리며 악몽 같은 현실 속으로 잠들어 갔습니다.

체조를 마치는 구령과 함께 재빨리 2층으로 향했습니다. 다른 사람들은 채 뒤돌아서기도 전이었습니다. 방문을 꼭 닫고 지난밤 누웠던 자리에 털퍼덕 쓰러지듯 주저앉았습니다. 허 선생님의 낮은 책상 위 탁상시계가 눈에 띄었습니다. 시계는 겨우 오전 6시를 가리키고 있었습니다. 눈을 뜬 지 고작 30분이 흘렀을 뿐입니다. 그날 하루, 아니 앞으로의 날들을 어떻게 보내야 할지 걱정이 밀려오더군요. 절망에 가득 찬 눈동자로 멍하니 시계를 바라보는데 허 선생님이 문을 열고 들어왔습니다. 그는 지금부터 각자 담당 구역을 청소하는 시간인데 자신은 특별히 정해진 청소 구역이 없기에 방 청소만 하면 된다고 했습니다. 하지만 제가 오기 전에 미리 청소해 놨기에 당분간 청소는 안 해도 괜찮다고 덧붙이더군요. 그러고는 태평한 얼굴로 방 안을 어슬렁거리며 방바닥에 떨어진 머리카락을 주워 방문 옆에 놓인 쓰레기통에 버리더니, 쓰레기통 옆으로 나란히 붙은 작은 사물함 두 개 중 오른쪽 것을 가리키며 말했습니다.

"어제 네 가방 이 안에 넣어 놨어. 앞으로도 이걸 사용하면 돼."

다소 긴장된 마음으로 사물함을 열어 봤습니다. 그의 말대로 제 가방이 들어 있었습니다. 가방을 꺼내 깊숙이 손을 찔러 넣자, 가장 아래쪽에 넣어 둔 두툼한 크로키북에 손가락 끝이 닿았습니다. 허 선생님은 책상에 앉아 무언가를 적는 듯했습니다. 제 자리로 가서 크로키북을 꺼낸 다음 스프링이 있는 윗부분을 왼손으로 받치고 오른손 엄지와 검지를 이용하여 조심스럽게 기울이자, 사르륵 하는 소리와 함께 가볍지도, 그렇다고 무겁지도 않은 낱장의 종이들이 짙은 잉크 냄새를 풍기며 빠르게 넘어갔습니다. 그리고 정확히 한 페이지에 멈춰 섰습니다. 다행이었습니다. 크로키북 속의 그녀는 여전히 저를 바라보고 있었습니다.

나머지 물건들도 하나씩 꺼내 봤습니다. 조금씩 순서가 뒤섞이기는 했지만 대부분은 그대로인 듯했습니다. 공책 몇 권, 볼펜, 연필, 세면도구 세트, 페이스 로션과 보디 로션 한 통씩, 머그컵과 커피믹스, 낱개 포장된 홍차를 담은 비닐봉지, 동그란 초콜릿이 들어 있던 플라스틱 통 세 개, 열다섯 권의 책 중 소설 다섯 권과 에세이 세 권, 서양 미술사 하권, 여분의 옷가지 등은 펴 본 흔적조차 없었습니다. 네, 하권만 지니고 있었습니다. 미술책 하나 정도는 지니고 있어야 할 것 같아 집 구석구석을 찾아봤지만 상권은 어디로 갔는지 아무리 찾아도 없더군요. 아니요, 담소를 나눌 만큼은, 아니 전혀 모른다고 봐도 무방합니다. 그 하권뿐인 미술사책도 제대로 다 읽지 못했으니까요. 언젠가 말씀하시기를 미학에 관심이 많다고 들었습니다. 따라서 미술사도 저보다는 훨씬 더 잘 아실 겁니다. 저는 단순히 제 눈을 사로잡는 그림을 구경하고자 들여다봤을 뿐입니다. 그것마저도 한때였고요. 반면에 없어진 것들도 있었습니다. 열다섯 권의 책 중 몇 권과 연필 깎는 칼, 담배, 라이터, 휴대전화였지요. 제가 주사를 맞고 누워 있는 동안 누군가 손을 댄 듯했습니다.

"도대체가 한번 말해서는 되는 게 없다니까. 이따가 다시 얘기해서 빨리 구해 달라고 해야겠다, 그래야겠지?"

사라진 물건들의 행방을 궁리하는 제게 허 선생님이 돌연 말을 걸었습니다.

"새 책상이 오면…… 그래, 내가 쓰던 책상은 희우 네가 쓰면 되겠다. 어차피 필요해질 테니까. 요즘 부쩍 허리가 말썽이라 새 책상이랑 등받이 의자를 달라고 말해 놨거든. 그럼 이건 어디다 놔야 하나……."

대단한 선심이라도 쓰듯 길게 끄는 목소리에 제가 별로 관심을 보이지 않자, 그는 작게 턱을 흔들며 자신이 책상을 새로 받아야 하는 이유와 제 자리에서는 낮은 책상을 사용할 수밖에 없는 이유를 장황하게 늘어놓더군요.

"……그러니까 알겠지?"

"그럴게요."

그제야 안심했다는 듯 짧은 숨을 내쉬고는 담배 피우러 가는데 혹시 함께 가겠느냐고 물었습니다. 그렇지 않아도 간절했는데 새삼 반가운 마음이 들더군요. 어쩌면 새벽부터 내내 실의에 빠진 듯 기운이 없는 것도 담배를 못 피워서 그런 게 아닐까 싶었습니다. 또한 제 담배와 라이터는 없어졌는데 그는 어째서 두 개 모두 지니고 있는지 강한 의구심이 들었지만, 일단 시급한 문제를 해결하기 위해 그를 따라 방을 나섰습니다.

"저기가 흡연실."

그가 맞은편 끝에 위치한 회색 양문형 철문을 가리켰습니다. 가까이 가자 오른쪽으로도 계단에 가려서 보이지 않던 철문이 하나 더 있었는데, 신발장이 놓인 것으로 보아 또 다른 출입구인 듯했습니다.

흡연실은 세 평 남짓한 좁은 공간이었습니다. 정면의 벽은 가슴 높이까지 올라오는 짙은 회색 인조 대리석이고, 그 위로 정사각형 창문과 기다란 철창살이 다닥다닥 붙어 언뜻 하나의 커다란 철창처럼 보였습니다. 창문에 맞닿은 천장은 비스듬하게 청록색 렉산으로 덮어 놓았더군요. 나머지는 모두 누렇게 바랜 석고보드였고, 양쪽 벽면은 샌드위치 패널로 막혀 있었습니다. 어느 한 곳할 것 없이 나사못의 규격이 다르고 구불구불하게 쏜 실리콘 등 허술하게 마감한 것으로 보아, 건물 외부 공간을 급하게 임의로 개조한 곳 같았지요.

허 선생님을 따라 그 안으로 들어가자 입에 담배를 문 세 남자가 일제히 저를 향해 고개를 돌렸습니다.

"석환이 형, 여긴 희우."

허 선생님이 그중 한 명에게 말했습니다.

"아, 그래, 어제 왔다고?"

넉살 좋은 웃음으로 손을 내민 그는 명석환 선생님으로, 비록 실내였다고는 하지만 냉기가 서린 날씨인데도 다부진 체격을 자랑하듯 울룩불룩한 팔뚝이 드러난 검은색 민소매 셔츠를 입고 있었습니다. 키는 저와 비슷하게 작았지만, 상당한 미남형 얼굴에 반듯하게 빗어 넘긴 머리와 눈과 이마를 따라 굵고 자잘한, 울음과 웃음이 섞인 주름이 알맞게 자리 잡고 있었습니다. 목에 두른 파란색 수건, 한쪽 귀에 꽂은 칫솔과 치약이 다소 경박스러워 보이기는 했지만 굉장히 낮은 저음의 목소리 때문에 오히려 남성스러움이 물씬 풍겼습니다. 후에 듣기로 한때는 무명의 연극배우로도 활동한 적이 있다고 했으니, 그 목소리를 어느 정도 짐작하실 수 있을 것입니다. 그는 종종 제게 "내가 키만 더 컸어도 유명한 배우가 됐을 거야. 그래도 우리같이 작은 사람들이 진짜 남자지." 하고 웃으며 말했는데 단지 농담으로 말하는 것처럼 들리지는 않았지요.

"앞으로는 그냥 형이라고 그래. 남자끼린데 뭐 어때, 알겠지?"

그는 이어서 제 어깨를 가볍게 두드리며 말했습니다.

하지만 그를 단 한 번도 형이라 부르지 않았습니다. 특별한 이유는 없었지만 언제나 '선생님'을 붙여서 '명 선생님'이라고 불렀습니다.

"그리고……."

"그리고 저기는 명구."

허 선생님이 플라스틱 의자에 앉아 담배를 피우는 노인을 가리키며 말하려는 순간, 명 선생님이 그의 말을 가로채 한쪽 구석에 서 있는 남자를 엄지손가락으로 가리키며 말했습니다.

"왜 자꾸 나만 명구라 그래. 선생이라고 하라니까. 그, 그냥 김 선생이라고 부르라니까."

흡연실 구석에 서 있던 남자가 명 선생님에게 바짝 다가서며 신경질적으로 말했습니다.

덥수룩한 수염으로 뒤덮인 통통한 얼굴의 김명구 선생님은 위로 쭉 찢어져 올라가 사나운 눈매 때문에 자칫 좋지 않은 인상으로 보이기는 했지만, 겉모습일 뿐 외모와 달리 여린 성격 때문에 그곳 사람들에게 놀림의 대상이 되곤 했습니다. 명 선생님과 비숫한 나이였지만 그곳 사람들 모두 '명구' 또는 '명구 선생'이라고 부른 것만 봐도 그랬지요. 입을 열 때면 늘 얼굴이 뻘겋게 달아올라 그만의 특유한 억양으로 말을 더듬으며 허둥거리기 일쑤였기 때문일 수도 있겠지만 말입니다.

명 선생님과 명구 선생이 꽤 오래 전부터 알아 온 사이인 듯 장난 섞인 말을 몇 마디씩 주고받으면서 티격태격하는 동안, 허 선생님이 제게 담배 한 개비를 건네며 "나도 그냥 형이라고 불러도 돼." 하고 말했습니다. 그러겠다고 대답하기는 했지만 명 선생님과 마찬가지로 그 역시 단 한 번도 형이라고 부른 적은 없습니다. 그에게 건네받은 담배를 막 입에 가져다 대려는데 명 선생님이 돌연 명구 선생을 멀찍이 밀쳐 내고는 플라스틱 의자에 앉아 입에 기다란 담배를 문 채 가만히 그들의 익살을 바라보는 노인을 향해 말했습니다.

"참, 최 선생님한테도 인사드려야지. 최 선생님, 어제 온 희우예요."

노인은 담배 연기를 깊게 쭉 들이마셨다가 길게 내뱉으며 뿌연 안개가 짙게 내려앉은 듯 희멀건 눈동자로 저를 바라봤습니다.

"반갑습니다. 최영한이라고 합니다. 본의 아니게 이곳에서 가장 나이가 많은 선생 노릇을 하고 있지요. 듣자 하니 어젯밤에 새로 오신 이 선생님이라고요. 아직은 경황이 없을 테지만 지내다 보면 차차 이곳이 편해지실 겁니다. 여기서는 모두가 이곳을 제 집처럼 여기며 지내고 있지요. 단, 한 가지 꼭 명심하셔야 할 것은, 언뜻 보면 이곳 선생님들 모두가 다 비슷해 보인다지만 그 중상과 원인이 제각기 다르다는 사실입니다. 아무와도 공유할 수 없는 아픔을 지니고 있지요. 그러니 편하게 지내시면서, 또 한편으로는 조심하기도 해야겠지요. 이곳 선생님들 모두가 그 점만큼은 반드시 조심하면서 함께 공부하고, 또 서로 도움을 주고받으며 치료받고 있습니다. 새로 오신 이 선생님은 내 척 보니 잘하실 것 같은 느낌이 듭니다. 이제 한식구가 된 것이나 마찬가지니까 마음 편하게 지내면서 치료도 하시고, 또 얼른 퇴원도 하시길 내 바라 보지요. 이렇게 말씀드리고 있지만, 처음에는 분명 많이 불편하실 겁니다. 하물며 바깥세상에서는 이곳을 정신병원이니, 폐쇄병동이니 하며 손가락질해 대는데, 어찌 불편하지 않을 수 있겠습니까. 게다가 여기서야 서로 선생님이라고 부르지만, 바깥 사람들에게는 보통 환자도 아닌 정신병자일 뿐이지요. 그러니 우리끼리라도 마음 편하게 가지고 서로서로 도우며 지내야겠지요, 안 그렇겠습니까?"

그가 내뱉은 담배 연기가 흡연실을 뿌옇게 흐렸다가 천천히 사라지자 모든 것이 선명해졌습니다. 그리고 똑같은 환자복 바지를 맞춰 입은 네 남자의 선명한 모습을 통해서, 그들의 눈동자를 통해서 깨달을 수 있었지요. 아니, 비로소 실감할 수 있었습니다.

'내가 마침내 이곳, 정신병원까지 들어오게 됐구나!'

정신병원에 입원하여 꼼짝없이 갇힌 채로 정신병자들과 함께 지내게 되었다는 사실을 말입니다.

……짐작하고 계셨군요. 그런데 왜 진작 말씀해 주시지 않으

셨나요? 네, 이전에도 제게 그런 말씀을 하신 적이 있었지요. 불안해 보여 걱정되신다며……. 하지만 제가 일부러 숨기고자 했던 것은 아닙니다. 그저 아무런 편견 없이 제 이야기를 들어 주셨으면 하는 마음에서 말씀드리지 않은 것뿐입니다. 결코 얄팍한 마음에서 그런 것이 아님은 반드시 알아주셨으면 합니다. 하지만 솔직히 말씀드리면 저 같은 사람이 이 바깥세상에서 살아가려면 의도적으로 이러한 사정을 숨길 수밖에 없는 것은 사실입니다. 애석하지만 이것이 현실이지요. 저 또한 그렇게 살아왔습니다. 정신병자로서 살아온, 바깥세상이라고 불리던 바로 이 보편적인 세상의 삶은 제게 마치 날카로운 송곳과도 같았습니다. 때때로 그것에 용기 있게 맞서 보기도 했지만 늘 맨살이 드러난 약한 가슴을 내줘야만 했고, 태양 아래에서 아무렇지 않은 척 숨어야 했으며, 어둠 속에서조차 한껏 몸을 웅크린 채 두려움에 떨어야 할 때도 있었습니다. 속이고 숨겨야 하는 것이 당연한 정신병자의 삶, 그것이 오직 제 현실이었습니다. 어떤 신념과 가치관, 이상을 가지고 있는지와 상관없이 한낱 미친놈에 불과할 뿐이었습니다. 물론 그렇다고 해서 이 세상을 비난할 수만은 없겠지요. 저역시 처음 정신병원이라는 곳에 발을 들이기 전까지만 해도 정신병자에 대해 잘못된 선입관을 가지고 있었으니까요.

저는 정신병자라 하면 떠오르는 이미지를 두 가지 정도 가지고 있었습니다. 그중 하나는 어릴 적 저희 집 쓰레기를 수거해 가던 청소부에 의한 것이었습니다. 어렸을 때만 해도 그런 개인 청소부가 많았지요. 바로 그를 정신병자라고 생각했습니다. 그는 언제나 일말의 친절함 따위조차 생기지 않을 정도로 지저분했고, 헤벌린 입술 밖으로 침을 질질 흘리고 다녔으며, 통통 부은 눈에는 언제나 눈곱을 한 주먹 매달고 있었습니다. 그의 머리는 어느 이상 길어지지도 짧아지지도 않을 만큼 언제나 떡이 져 뭉쳐 있었고, 한여름에도 한겨울에도 항상 똑같은 누더기를 걸치고 다녔습니다. 어느 겨울날 어머니가 그에게 아버지가 안 입는 겨울 점퍼를 입으라며 준 적이 있는데, 그것을 받자 큰절이라도 할 듯이 기뻐하더군요. 하지만 정작 그 점퍼를 입은 모습은 단 한 번도 보지 못했습니다. 여전히 그 똑같은 누더기만 걸치고 다녔지요. 그가 끌고 다니는 리어카는 여기저기 얇은 합판으로 덧대어 금방이라도 쓰레기가 우르르 쏟아질 것 같았고, 그 아래로는 쓰레기 봉지에서 새어 나온 오물이 그의 발자국을 대신했습니다. 동네 아이들은 그런 그를 따라다니며 작은 돌멩이나 먹다 남은 우유를 리어카 안으로 던져 넣었습니다. 심지어 '미친놈'이라고 욕하며 놀려 대기도 했지요. 그의 용모와 더불어 결정적으로 그가 말을 잘 못한다는 점과 머리가 조금 모자라 보였기 때문이었습니다. 제대로 된 대화는커녕 인사할 때조차 뭐라고 하는지 알아들을 수 없을 정도로 괴상한 쇳소리를 냈고, 초인종을 누를 줄 몰라 제때 문을 열어 주지 않으면 그 쇳소리로 고래고래 소리를 지르며 한참 동안 대문 앞에 서 있기도 했습니다.

그런데 어느 날부턴가 그가 보이지 않더군요. 집 앞에 쓰레기가 쌓여 고약한 냄새를 풍기기 시작하자 어머니는 그의 행방을 수소문하기 시작했고, 그가 교통사고를 당해 당분간은 일을 하지 못한다는 소식을 접하게 되었습니다. 어머니는 "참 안됐네. 착한 사람인데." 하며 안타까워했습니다. 하루가 다르게 심해지는 냄새에 하는 수 없이 새로운 청소부를 알아보던 중 한쪽 다리 전체를 깁스한 그가 여느 때와 같은 얼굴, 같은 모습을 하고서 환하게 웃는 얼굴로 고물 리어카를 끌고 나타났습니다. 후에 알고 보니 그는 정신병자가 아닌, 정신지체를 앓고 있으면서도 생계를 꾸려나가기 위해 열심히 일하는 마음씨 좋은 사람일 뿐 누구에게 손가락질받을 만한 사람은 결코 아니었습니다.

또 한 가지는, 이것 역시 어릴 적 새겨진 것으로 단 한 번이지만 당시에는 적잖은 충격이 아닐 수 없었습니다. 열 살 무렵이었습니다. 밤새 한숨도 이루지 못해 졸린 눈을 하고서 학교에 가는 길이었지요. 원래대로라면 대문을 나와 왼쪽으로 향해야 했지만 전날 술에 취한 아버지와 옆집 방앗간 아저씨가 심하게 다투는 바람에 할 수 없이 오른쪽 골목으로 향할 수밖에 없었습니다. 두 블록 정도 걸어 골목에 막 들어서려는데, 안쪽에서 젊은 여자가 발가벗은 채 비명을 지르며 도로를 향해 정신없이 뛰어오더군요. 그녀는 신발조차 신지 않았습니다. 헝클어진 긴 머리칼과 희고 커다란 젖가슴을 좌우로 흔들며 뛰어오는 여자의 나체는 마치 살찐 야생동물 한 마리처럼 위협적으로 느껴졌고, 여자가 점차 가까워지면서는 그 얼굴도 자세히 볼 수 있었는데 우는 것인지, 아니면 웃는 것인지 분간하기 어려울 정도로 일그러져 있었습니다. 제게는 그 순간 여자의 얼굴이 바로 미친 사람, 정신병자의 얼굴로 각인된 것이었습니다.

본능적으로 한 발짝 뒤로 물러섰습니다. 어느새 여자의 비명을 들은 몇몇 사람도 골목으로 몰려와 있었지요. 여자는 사람들을 향해 목이 찢어져라 소리를 지르다가는 이내 자신의 발에 걸려 다리를 쩍 벌린 채 벌러덩 나자빠졌고, 바닥에 엎드린 채로 등허리를 들썩거리며 흐느꼈습니다. 중년의 아주머니들은 나체의 여자를 보자마자 손가락질하며 욕설을 퍼부었고, 교복을 입은 학생과 정장을 차려입은 아저씨들은 주머니 깊숙이 손을 찔러 넣고 제자리를 지켰습니다. 선뜻 다가서는 사람은 아무도 없었습니다.

아마도 좁은 동네에 번지는 소문만큼 빠르고 크게 부풀려지는 일은 없을 것입니다. 그날 이후 여자는 어른 아이 할 것 없이 두루 입에 나올랐습니다. 원래 미친 여자였다, 새벽에는 발가벗고 도로에 누워 있다, 정신병원에서 탈출한 사람이다, 밤에는 남자를 찾아 다른 동네까지 뛰어간다 등의 소문이었지요. 하지만 시간이 지나 진실을 알게 되었는데, 발가벗은 여자의 얼굴은 제가 생각한 것처럼 정신병자의 것이 아닌, 단순히 남편에게 발가벗겨져 두들겨 맞고는 5분 남짓한 위치에 있는 길 건너편 파출소로 도망치던 순간의 가련한 여인의 얼굴이었습니다.

한번 새겨진 그릇된 정신병자의 이미지는 좀처럼 사라지지 않았습니다. 그 후에도 종종 정신병자라 하면 그들을 떠올리곤 했지요. 그러니 어찌 이 세상을 비난할 수 있겠습니까만, 실제로 정신병자의 얼굴을 하고 바깥세상에서, 사람들 틈에서, 환한 태양 아래 서 있자니 그 괴로움은 이루 말할 수 없는 것이었습니다. 특히 막 정신병원에 입원했다는 사실을 새삼 깨닫게 된 후부터 한

동안은 저 자신이 한없이 비참하게 느껴지곤 했습니다. 겉으로는 잘 지내는가 싶다가도 문득 그들과 함께 그들 속에 있다는 것이, 저 또한 그곳 사람들과 같은 부류일지도 모른다는 사실이, 제가 정신병자라는 사실이 떠오를 때면 저 자신이 가엾게까지 느껴졌습니다.

현실을 부정하고 싶었습니다. 인정할 수 없었습니다. 인정하기 싫었습니다. 행여나 그곳 사람들이 제게 '우리' 또는 '우리와 같은 사람들' 같은 말을 할 때면 나는 다르다, 나는 이들과 결코 같은 부류가 아니다, 하고 신음했습니다. 소리조차 낼 수 없을 만큼 간절한 외침으로 저 스스로를 향해 끊임없이 되뇌었습니다. 때로는 변덕스런 마음에 그곳에 적응해 보고자 노력하며 곧잘 지내는가 싶다가도 어느샌가 깊은 절망에 빠져 벌컥 화를 내기도 했고, 때로는 비겁하게 거짓말을 지어내기도 했으며, 괴로움에 몸부림치다가도 실없는 사람처럼 웃기를 반복했습니다. 식욕이 넘쳐 혈색이 좋다가도 몹쓸 괴질에 걸린 사람처럼 시름시름 앓아 가는, 종잡을 수 없는 하루하루를 보내야 했습니다.

그러다 이 모든 감정이 무상하여 견딜 수 없을 정도로 마음이 흐려질 때면, 철창 밖 새벽을 빛내는 수줍은 별들의 쓸쓸한 죽음조차 헤아릴 수 없을 정도로 마음이 무너져 내릴 때면, 바깥세상에 홀로 남겨 두고 온 저만의 그녀가 한없이 그리워졌습니다. 단한 번만이라도 좋으니 제 두 눈으로 그녀를 바라보고, 제 두 손으로 그녀를 느끼고, 제 입술로 그녀의 입술을 포개고, 제 혀로 그녀와 이야기할 수 있게 되기를 간절히 바랐습니다. 하지만 저로서는 아무것도 할 수 없었습니다. 아니요, 철창에 갇혀 무엇을 할 수 있었겠습니까! 제가 원한 것은 멍청하게 앉아 머릿속을 비워 내는 명상이 아닌, 감각으로 느낄 수 있는 존재와 나누는 흘러넘치는 피처럼 끈적거리는 감정의 교류였습니다. 짐작하실 수 있겠습니까? 그런 상황의 저를 헤아려 주실 수 있는지요?

하지만 그곳에 격리된 채 원하고 바라고 떠올리던 모든 간절함은 망상에 불과했습니다. 두 눈은 파헤쳐지고, 코와 입은 진흙으로 틀어막히고, 혀는 잘려져 땅바닥에 떨어졌습니다. 손가락 마디마디가 몽땅 잘려 나가 앞을 더듬을 수도, 진흙을 털어 낼 수도, 땅바닥에서 나뒹구는 혓바닥을 주워 담을 수도 없었습니다. 이래도 제가 그곳에서 무언가를 할 수 있었으리라 생각하십니까! 애초부터 정해진 불운한 운명은 저를 그곳에 끌어들였고, 결국 그곳에서 저를 파멸시킬 작정을 하고 있는 것이 분명했습니다! 저는 그저 그것들에게 이용당한 것뿐이었습니다! 그 망할 운명이 저를 이렇게 만들었습니다! 그리고 그것들은 끝내 저 스스로 불구덩이 속에 몸을 던지는 꼴을 보고 말 것입니다!

그렇지 않아도 간절했는데…… 따뜻한 것이 들어오니 조금 진정이 되는 것 같습니다. 아니요, 괜찮습니다. 이것이면 충분합니다. 네, 그럼 잠시 빌리겠습니다. 그곳에서도 늦은 밤이면 종종 이렇게 따뜻한 차를 마시곤 했습니다. 어디서 얻은 것인지 기억도 못 할 만큼 오랜 시간 찬장 구석에 있던 홍차를 꺼내어 가지고 간 것이었지요. 비록 느긋하게 즐길 만한 분위기는 아니었지만 그곳에서 마시던 홍차도 나름대로 꽤 괜찮았습니다. 몇 되지 않은 여흥거리라 할 수 있었지요. 일부러 반 정도 남겨 밤새 먼지가 들어가지 않도록 두 번 접은 티슈를 컵 위에 올려놓고 잠들었다가, 잠에서 깨어 차갑게 식은 홍차로 마른 입술을 적시는 재미도 있었습니다. 허 선생님은 그런 제게 잠에서 덜 깬 목소리로 핀잔을 주었습니다.

"내가 정신병원이라는 곳을 이곳저곳 다 돌아다녀 봤기 때문에 말해 주는 건데 말이다, 너처럼 한밤중에 홍차인지 뭔지를 우려 마시고, 또 그걸 아침에도 마시겠다고 휴지로 덮개를 만드는 사람은 단 한 명도 보지 못했다는 것만은 꼭 알아주기 바란다."

또한 그는 제가 샤워를 마치고 방으로 돌아와 몸에 로션을 바를라 치면 "가끔 네가 정말 제 정신이 아닌 것 같은 때가 있는데 지금처럼 그런 걸 여기까지 가져와서 바르는 걸 볼 때가 그렇지." 하고 중얼거리기도 했습니다.

"아직은 잘 모르시겠지요? 여기 명석환 선생이나 명구 선생, 허 선생님도 그렇고, 이곳 사람들이 어딘지 모르게 모자라 보이기도 하고 이상해 보이기도 하겠지만, 그렇다고 아주 틀려먹은 삶을 사는 사람들은 아니지요. 함께 지내다 보면 자연히 알게 되실 겁니다. 그나저나 제 말이 너무 많은 건 아닌지 모르겠습니다. 처음 오신 선생님을 붙잡고 노인네가 선생 노릇 한답시고 말이 많으면 그것만큼 또 재수없는 것도 없지요. 흡연실에 들어왔으면 담배나 맛있게 태우면 그만인 것요. 자, 그럼 이만 저는 나가 볼 테니

마저 담배들 피우시지요."

최 선생님이 퍼런 핏줄이 선 손목을 힘겹게 들어 올려 흡연실 한가운데 있는 스탠드 재떨이의 곡선을 따라 빙그르르 돌려 담배를 끄며 말하고는 의자에서 일어났습니다. 그의 등은 구부정했고, 통이 큰 것인지 다리가 얇아서인지 넓은 아치 모양을 그리는 바지를 앞뒤로 펄럭이며 명 선생님이 열어 준 철문을 통해 흡연실 밖으로 나갔습니다. 그리고 잠시 정적이 흘렀지요. 괜한 마음에 낡아서 군데군데 해진 비닐 끈으로 한쪽 벽에 매달린 공용 라이터를 툭 하고 건드리자, 삭아서 하얗게 변한 비닐 가루가 바닥에 내려앉더군요. 수없이 떨어져 내린 가루를 보니 그것이 얼마나 오랫동안 벽에 매달린 채 방치되어 왔는지 짐작할 수 있었습니다.

"이 선생, 그거 말고 내 거 쓸래? 내 거 좋아. 한번 써 봐."

명구 선생이 바지 주머니에 손을 넣고 무언가를 꺼내어 제게 슬며시 보여 주었습니다. 반짝거리는 은색 기름 라이터였습니다. 그는 자랑이라도 하듯 엄지손가락을 이용해 그것의 뚜껑을 튕겨 보였습니다. 팅 하는 소리와 함께 향긋한 기름 냄새가 났습니다. 불이 붙은 라이터를 건네받아 담배에 불을 붙이고 다시 그에게 돌려주자, 뚜껑을 손바닥으로 탁 내리쳐 덮고는 배 위에 쓱쓱 문질러 닦으며 "이 선생은 들어오면서 뺏겼을 거야, 그치? 그러니까 앞으로도 내가 빌려 줄게. 저런 건 쓰지 마." 하고 말했습니다.

"그냥 아무거나 쓰면 되지. 어디서 몰래 가지고 와서는 꼭 그렇게 티를 내야 되냐, 명구야."

그러자 명 선생님이 고개를 절레절레 흔들며 말했습니다.

"그런데 명구 선생님, 왜 나는 안 빌려 줘요? 뭐, 나야 내 거 쓰면 되지만."

허 선생님은 턱을 가늘게 흔들며 빼쭉거리더니 들고 있던 담배를 재떨이에 휙 던져 넣고 밖으로 나갔습니다.

그가 던진 담배에서 못다 핀 연기가 재떨이 주변을 일렁이다 사그라질 즈음, 명구 선생이 가늘게 뜬 눈으로 입을 열었습니다.

"이 선생은 자기 거 없으니까 빌려 준 거지, 내가 자기 거 있는 사람한테 왜 빌려 줘. 안 그래, 이 선생? 안 그래, 명 선생?"

"네, 잘 썼어요."

"지완이 삐쳤나 보다. 표정 보니까."

"삐치면 빌려 주라는 법 있나? 허 선생은 아무리 그래도 안 빌려 줘."

"명구가 그래도 희우 네가 마음에 드나 보다. 들었지? 애는 원래 자기 거 아무한테나 안 빌려 줘. 보여 주면서 자랑만 하지."

"왜 또 시비야. 정말 아침부터 짜증나게. 명 선생은 담배 다 피웠으면 이제 나가서 일 보세요. 옆에서 쫑알대지 말고. 그리고 이거 봐. 봐, 또 누가 침 뱉어 놨잖아. 재떨이 치우는 사람은 생각도 안 한다니까. 아, 정말 짜증나네."

명구 선생이 잔뜩 찌푸린 얼굴로 플라스틱 의자에 가 앉더니 재떨이를 유심히 들여다보며 뒷주머니에서 꺼낸 나무젓가락으로 재떨이 속을 뒤적거렸습니다.

"내가 찾을 거야. 봐, 뒤지면 다 나온다니까. 누가 와서 뭐 피웠는지, 순서를 보면 알 수 있다니까."

그는 유독 짜증이 많은 사람이기는 했으나, 말씀드렸듯이 그렇다고 심성이 나쁜 사람은 아니었습니다. 처음 보는 제게 선뜻 자신의 기름 라이터를 빌려 준 것만 봐도 그랬지요. 때문에 저는 담뱃재를 털 때는 누구보다도 신중을 기했습니다. 쓰레기를 버리는 것은 물론 침을 뱉은 적도 없었습니다. 하지만 그런 저의 노력에도 불구하고 그는 매일 아침 재떨이를 비우며 짜증을 내야 했는데, 아무리 그가 깨끗이 재떨이를 청소해 놓더라도 다음 날 아침이면 어김없이 온갖 것으로 더럽혀진 재떨이가 그를 기다리고 있었기 때문입니다.

명구 선생을 남겨 두고 명 선생님과 함께 흡연실을 나오는데 갑자기 그가 제 어깨에 손을 얹었습니다. 조금 전 명구 선생과 장난하던 때와는 달리 사뭇 진지한 표정이었습니다.

"희우야, 아까 최 선생님께서 좋은 말씀을 해 주셨지만 이곳에 들어온 이상 다른 사람들 신경 쓸 필요는 전혀 없어. 무조건 너 자신을 최우선으로 해야 돼. 서로 대화하고 필요하면 도와줄 수는 있어도 억지로 들어 주고 도와줄 필요는 없어. 네가 여기서 가장 어리기 때문에 다들 너를 보면 옛날 생각이 날 거야. 나도 그렇고 지완이도 그렇겠지. 그러니까 네가 좀 이기적으로 굴어도 욕할 사람은 아무도 없어. 욕한다고 해도 상관없고. 그냥 네 얼굴을 보니까 걱정이 많은 거 같아서 괜히 하는 말이니까, 지금 내 말도 다 귀담아들을 필요는 없고, 무슨 말인지 알지? 그리고…… 아니다, 일단 들어가 쉬어."

그는 아쉬운 듯 말을 끝내며 한쪽 눈을 찡긋해 보였습니다. 그러고는 목에 두른 수건을 어깨에 고쳐 걸치며 그의 방으로 들어갔습니다. 저도 제 방으로 향했습니다.

반쯤 열린 문 사이로 방 한가운데 서서 어정쩡한 모습으로 눈을 비비고 서 있는 허 선생님이 보였습니다. 저를 기다리는 것 같기도 했고, 그 반대처럼 보이기도 했습니다. 저 역시 잠에서 완전히 깨어 비교적 멀쩡한 정신으로 그를 대하려 하니 영 어색할 것 같아 걱정이 앞서더군요. 하지만 언제까지 문 앞을 서성일 수는 없는 노릇이라 일단 방으로 들어갔습니다. 그도 어색한 것일까, 여전히 멀뚱히 서서 눈을 비볐습니다. 어쩌면 지독한 눈병이라도 걸렸나 싶어 가능한 한 멀찍이 떨어져 이불 정리를 시작하려는 참이었습니다.

"석환이 형이 뭐라고 그래?"

그가 눈을 비비던 손을 멈추고 자못 퉁명스런 목소리로 물었습니다.

"보셨어요? 여기 있으면서 도움 될 만한 것이라며 몇 가지 말해 주시더라고요."

"석환이 형이? 그 형이 뭘 안다고?"

비아냥거리듯 다소 격앙된 목소리와 실룩거리는 콧구멍, 뻘겋게 충혈된 눈과 조소를 머금고 아래로 떨어뜨린 턱으로 고개를 설레설레 흔드는 그의 모습에서 앞으로 함께 방을 쓰는 동안 순탄치만은 않을 것 같은 기분이 들었습니다. 우연히 같은 방을 쓰게 되었다는 이유로 가장 가까운 사이가 될 테지만 시간이 흐를

수록 필연적으로 서로를 경멸의 대상으로 여기게 될 운명의 관계, 보통 친구 관계라 일컫는 사이가 될지도 모른다는 생각이 불현듯 머리를 스쳤습니다.

명 선생님에 대해서는 더 이상 이야기하지 않았습니다. 이제 막 관계가 시작된 사람들이 그러하듯 보통의 소재로 대화를 나누었지요.

"그런데 왜 하필이면 크리스마스 같은 때 들어온 거야?"

"글쎄요, 별로 특별한 날은 아닌 것 같은데요."

"그렇긴 하지. 그래도 애가 있으면 얘기가 또 달라지지."

"애가 있어요?"

"응, 딸 하나. 조만간 집사람이 면회 올 때 데리고 올 거야. 그때까지는 보고 싶어도 참아야지."

"이름이 뭐예요?"

"가을, 허가을. 예쁘지?"

"예쁘네요. 몇 살인데요?"

"몇 살까지는 아니고, 이제 25개월 조금 지났어. 근데 아직 말을 떼지 못해서 집사람이 걱정이 많더라고."

"보통 언제 말을 시작하는데요?"

"전혀 모르는구나?"

그의 한쪽 입꼬리가 거꾸로 미끄러지듯 슬며시 올라갔습니다.

"뭐, 너도 언젠가는 알게 되겠지. 그건 그렇고 여긴 왜 들어오게 된 거야?"

"모르겠네요."

"그치, 잘 모를 거야, 아직은. 네 나이 때는 대부분 그렇지 뭐. 크리스마스니까…… 오늘 내일 강의는 없을 거고, 카운슬러들도 출근 안 할 테니까. 명상록은 하려나? 아무튼 내일까지는 별로 할 게 없겠다. 휴일 끝나고 담당 카운슬러 정해지면 한번 물어봐. 뭐라고 하나. 일단 아침이나 먹으러 가자. 시간 다 된 거 같다."

"전 괜찮아요. 드시고 오세요."

"그래? 먹어야 될 텐데. 정말 안 먹어?"

그가 고개를 갸웃하며 손목시계로 시간을 확인한 후 방에서 나가려는데 누군가 방문을 두드렸습니다.

"첫날인데 어떠세요?"

새벽에 명상과 체조 음악을 틀어 준 김지연 간호사였습니다. 그녀는 입원실을 담당하는 간호사였고, 또 한 명은 그곳에 처음 들어간 날 제게 주사를 놓은 김혜린 간호사로 입원실과 외래 업무를 함께 담당했습니다. 두 간호사는 주로 아침에 교대하여 다음 날 저녁까지 근무하거나 저녁에 교대하고 다음 날 오전까지 근무했지만, 이틀이 넘도록 교대하지 않고 연속 근무를 하기도 했습니다. 때로는 둘이 함께 밤을 보내기도 했지요. 그곳 사람들은 두 간호사 모두 '김 간호사'라고 불렀는데, 신기하게도 두 명이 동시에 있을 때 누군가 '김 간호사' 하고 부르면 정확하게 부르고자 하는 대상의 간호사가 뒤를 돌아보곤 했습니다.

두 간호사 모두 친절했지만 사람들 사이에서는 김혜린 간호사쪽이 조금 더 인기가 좋았습니다. 누군가 쓸데없는 농담을 걸거나 사사로운 질문으로 귀찮게 굴어도 늘 곱게 화장한 작은 얼굴로 받아 주거나 조곤조곤 설명해 주었고, 무엇보다 약 검사를 철저히 하지 않는다는 점에서 그랬습니다. 저마다 먹는 약의 종류와 양이 달랐기에 원칙적으로는 식사를 마친 뒤 각자 방으로 돌아가 간호사가 올라오기를 기다렸다가, 각자의 이름이 적힌 약봉지를 받아 간호사가 보는 앞에서 매 식사 시간에 맞는 것을 먹어야 했습니다. 제 것에도 '이희우/아침' '이희우/점심' '이희우/저녁'이라고 적혀 있었지요. 하지만 그녀는 하루치 약봉지를 한꺼번에 나누어 주었고, 시간에 맞추어 약을 나누어 주더라도 먹는 것을 확인하지 않고 바로 다음 약 주인을 찾아갔습니다.

반대로 김지연 간호사는 어김없이 원칙을 지켰지요. 게다가 성격이 그리 싹싹한 편도 아니었습니다. 나이가 많은 선생님들은 빼빼 마른 몸에 어울리지 않게 커다란 뿔테 안경을 코에 걸친, 막 고등학교에 입학한 여학생 같은 모습의 그녀를 마치 딸아이 대하듯 편하게 지내려 했지만, 그녀는 언제나 딱딱한 말투로 할 말만 한 뒤 계단을 내려가 버리곤 했습니다. 아니요, 그럼에도 불구하고 아무도 뒤에서 흉을 보거나 욕하지는 않았습니다. 오히려 다들 두 간호사 모두에게 똑같이 고마워했을 것입니다. 그곳에 있던 사람들 대부분이 바깥세상 어디에서도 사람 대접은커녕 환자로서 그 어떠한 대우도 받아 보지 못한 사람들이었으니까 말입니다.

간단한 인사로 저를 찾아온 김지연 간호사는 이어서 아침은 8시, 점심은 12시, 저녁은 5시가 식사 시간이고, 식사 또한 치료의 일환이기에 매우 중요하게 여긴다며 반드시 거르지 말고 먹으라는 말을 거듭 강조했습니다. 실제로 거실이라 불린 2층 중앙의 공동 공간 한편에 '서로 존칭을 사용하자' '약을 거르지 말자' '하루를 반성하고 내일을 위해 기도하자' '남녀 간 의사소통은 반드시 필요할 때만 하자' 등 그곳에서 반드시 지켜야 할 수칙들을 붓글씨로 적어서 나무 액자에 걸어 놓았는데, 가장 위에 적은 수칙이 '식사를 거르지 말자'일 정도로 식사는 상당히 중요하게 여겨졌지요.

"그리고 나 선생님께서는 휴일 지나고 출근하세요. 나 선생님이 이 선생님 담당이신 건 아시죠?"

"그래요? 몰랐어요."

"그러세요? 나희정 선생님이 이 선생님 담당이세요. 내일까지는 특별한 일정이 없으니까 적응하는 시간으로 생각하고 모레 뵙자고 말씀 전해 드리라고 하셨어요. 원장님께서는 오후에 잠시 들를 수도 있으니 면담하자고 하세요. 이건 다시 확인해서 말씀 드릴게요. 그럼 아침 꼭 드시고요."

김 간호사가 전달 사항이 빼곡히 적힌 종이 뭉치를 주머니에 넣고 돌아서자 허 선생님이 저를 보고 씩 웃으며 말했습니다.

"밥 먹으러 가자."

지하실에서는 이미 몇몇 사람이 먼저 내려와 식판을 들고 자리에 앉았다가 일어나기를 반복하며 어디선가 풍겨 오는 음식 냄새를 쫓아 콧구멍을 벌렁거리고 있었습니다.

"뻔히 시간 돼야 주는 거 알면서도 저런다니까. 여기가 밥 주는 시간만큼은 아주 정확하거든."

허 선생님이 말해 주기를, 도착한 순서대로 줄 서 있다가 자기 차례가 오면 차곡차곡 쌓인 식판과 숟가락, 젓가락을 챙겨 길게 이어 붙인 테이블 위 사각 스테인리스 스틸 용기에 담긴 밥과 반찬을 먹을 만큼만 식판에 옮겨 담거나, 간호사 또는 비록 같은 환자지만 여자 선생님들이 떠 주는 것을 받은 뒤 마지막으로 보호사가 떠 주는 국을 받아야만 밥을 먹을 수 있다고 했습니다.

"잘 잤어요? 아침 맛있게 들어요."

누군가 쓰읍 하는 소리를 내며 제 등을 툭 건드렸습니다. 돌아보니 검은색 카디건을 걸치고 목걸이, 팔찌, 반지 등 번쩍거리는 금 장신구를 과하다 싶을 정도로 많이 한 덩치 큰 중년의 여자가 입술을 오물거리고 있었습니다.

"아, 네……."

"하루 만에 얼굴이 좋아졌네요. 첫날이라 입맛이 없더라도 밥 많이 드셔야 돼요."

지난밤 제가 주사를 맞고 비틀거리며 2층으로 올라왔을 때, 제 가방을 건네받고 방까지 안내해 준 사람인 듯했습니다. 그 뒤를 따라서 당시 저와 비슷한 또래로 보이는 평범한 얼굴의 여자 한 명과 겨우 중학생으로 보이는 여자 아이 한 명, 그 여자 아이 뒤에 바짝 붙은 허 선생님과 비슷한 나이대로 보이는 여자 한 명이 줄지어 제게 가벼운 인사를 건네며 지나갔습니다.

"방금 검은 옷 입은 아주머니는 어젯밤에 본 사람 같은데, 혹시 저분이 보호사인가요?"

"누구? 권 선생님? 보호사는 무슨. 환자야, 환자. 게다가 최 선생님 다음으로 오래 계셨을걸? 보호사는 무슨."

왠지 속은 것 같은 기분이 들었습니다. 같은 환자이면서 아무렇지도 않게 보호사 행세를 하다니, 그때를 생각하면 지금도 헛웃음이 나오곤 합니다.

"그래, 저기 있네. 저 사람이 보호사야."

보호사는 간호사를 제외하고 그곳에서 유일하게 '선생님'이 붙지 않은 사람으로 초로의 나이를 훌쩍 넘긴 남자였습니다. 반질반질한 지퍼를 턱까지 올려 채운 빨간색 등산용 셔츠 위에 붉은색 조끼를 걸쳐 입었고, 숱이 적은 머리는 태어나서 한번도 빗질을 안 한 듯 늘 헝클어져 있었습니다. 턱을 위로 쑥 올리고 꾹 다문 입에 늘 무서운 인상을 하고 있어 언뜻 굉장히 화난 사람처럼도 보였습니다.

"무섭게 생기셨네요. 저는 국을 떠 준다기에 막연히 여자인 줄 알았어요. 아까 그분도 그래서……."

"여자는 보호사를 못하지. 보호사라면 저 덩치 정도는 돼야 급할 때 힘을 쓰지. 하긴 권 선생님도 한 덩치 하니까 그렇게 생각할 수도 있겠다. 그리고 국도 보호사가 할 일이 없어서 떠 주는 게 아니야. 몇 사람은 식사량 조절이 전혀 안 되는데 난리라도 치면 바로 보호사가 제압을 하거든. 아무튼 행동이 느릿느릿해서 좀 게을러 보이긴 해도 입원실 문지기 역할이며, 아무튼 저 사람이 하는 일은 굉장히 많아. 그런데 하는 일의 양에 비해서 티가 안 나니까 욕도 많이 먹고 늘 손해를 보는 종류의 사람이라 할 수 있지.

차차 알게 될 거다. 그건 그렇고, 잠깐 자리 좀 맡아 줘. 화장실 좀 갔다 올게."

제 차례가 되기를 기다리는 동안 몇 사람이 제게 다가와 인사를 건넸습니다. 그중에는 마치 오랫동안 알고 지낸 사람처럼 반가운 척 웃으며 악수를 청하는 사람도 있었고, 제 주변을 서성이다 그냥 돌아가는 사람도 있었습니다.

첫날이라고 특별히 신경을 써 준 듯 식판을 가득 채운 음식물을 가지고 한적한 곳에 자리를 잡았습니다. 애초에 아침을 먹겠다는 생각도 없었거니와 아무렇게나 쌓아 놓은 음식물을 내려다보고 있자니 더욱 입에 넣을 용기가 나지를 않았습니다. 대충 밥알이나 세다 말아야겠다, 생각하며 막 젓가락을 들려는데 허 선생님이 식판을 들고 옆자리에 앉았습니다.

"안 먹는다더니 아침부터 그렇게 많이 먹게?"

"제가 안 담았어요."

"가뜩이나 맛도 없는 밥 많이 준다고 좋아할 사람이 있는가 모르겠다. 다 버리게 생겼네."

그도 그다지 밥 먹는 일에는 관심이 없는 듯했습니다.

"저기 권 선생님 옆에 있는 사람 보이지? 아까 줄 서 있을 때 지나갔잖아. 최미희 선생님인데 은행원으로 있다가 들어왔어. 나이는 나랑 비슷할 텐데 물어봐도 정확히 말 안 해 주더라고. 하기야 또 모르지. 생각보다 훨씬 많을지. 은행도 정확히 어디 다녔는지도 모르겠고. 어쨌든 별로 상관할 건 아니고, 맞은편에 앉은 애가 희진 선생. 희진이는 너랑 나이 비슷하겠다. 성은 '홍'인데 성까지 붙여서 부르는 게 싫다고 해서 다들 이름만 불러. 그 옆에는 여기서 가장 어린 하연 선생. 중학생 나이야. 학교는 안 다니지만. 여기서 자세히 얘기할 건 아니고 밤에 다시 얘기하든가 하자."

"저 끝에 방들은 뭐예요?"

"다 입원실인데 지금은 비어 있나 봐. 그리고 왼쪽 벽에 있는 방 두 개가 상담실, 그 옆은 공부방. 프로그램 대부분을 저 방에서 다 한다고 보면 돼."

"저기가 주방이에요?"

고개를 돌려 공부방 맞은편 벽 구석에 난 작은 문을 가리키며 묻자, 그가 손목에 힘을 풀고 국물을 휘휘 저으며 말했습니다.

"그래도 안은 꽤 넓더라. 근데 아무리 넓으면 뭐 해, 영양사가 없으니……. 쳇! 이 반찬들 좀 봐라. 명색이 크리스마스인데. 다 풀떼기야. 주방일 하는 아줌마들이 그냥 대충대충 만드는 거지. 가끔 원장님이나 내려와야 좋은 거 한번씩 만들고. 먹어 봐, 이게 국인지 맹물인지."

그가 마치 상한 요구르트처럼 보이는 희멀건 된장국을 한 입 떠먹어 보더니 바로 얼굴을 찌푸리며 고개를 가로저었습니다.

"오늘은 또 소금이네."

이어지는 그의 설명과 투정을 번갈아 흘려 들으며 지하실의 구조를 익힐 겸 천천히 주위를 둘러보던 중 벽에 맞닿은 사각형 콘크리트 기둥에 반쯤 가려진 탁자 위 연녹색 낡은 공중전화기 하나가 눈에 들어왔습니다. 가슴이 두근거렸습니다.

"저 전화기 되는 거예요?"

"카운슬러한테 허락받으면 쓸 수 있는데 툭하면 고장이야. 지금도 그렇고."

비록 고장 중이라고는 했으나 고쳐지기만 한다면 사용할 수 있을 것이라 생각하니, 제 이름 '희우'처럼 반가운 비를 만난 것 같은 기분이 들었습니다. 그곳에 들어간 이래 처음으로 든 반가운 마음이었지요. 당장이라도 카운슬러를 찾아가 허락을 받아 내고 싶었습니다.

한껏 부푼 가슴으로 밥알을 거의 다 세어 갈 즈음, 김 간호사가 칫솔이 담긴 컵을 들고 테이블로 다가왔습니다.

"허 선생님, 어? 이 선생님, 식사 왜 이렇게 안 하셨어요?"

"그냥 입맛이 없어서요."

"그러세요? 점심은 다 드셔야 해요. 그리고 허 선생님, 방금 책상 도착했어요. 보호사님이 2층 현관으로 올려놓고 계세요."

"왔어요? 의자도 같이 왔어요?"

허 선생님이 입을 반쯤 벌린 채 환한 표정으로 물었습니다.

"네, 같이 왔어요."

"희우야, 같이 가 보자."

식판에 그대로 남은 밥과 반찬을 모조리 음식물 쓰레기통에 쏟아 붓고 2층으로 향했습니다. 김 간호사의 말과는 다르게 보호사가 먼저 와 기다리고 있었습니다.

"먼저 오셨네요. 어디 있어요?"

보호사가 흡연실 옆 철문을 가리켰습니다. 가 보니 역시나 건물 외부로 나가는 또 다른 출입구였습니다. 왼쪽은 아래층에서 비춰 올라온 빛으로 밝았고, 오른쪽 복도 끝에는 위층으로 올라 가는 계단이 있었는데 자물쇠가 걸린 철창으로 막혀 어두웠습니다. 바로 그 어두침침한 철창 앞에 책상과 의자가 놓여 있었지요. 책상은 가운데 파라솔 구멍이 뚫린 파란색 접이식 테이블로 모서리마다 긁힌 흔적이 역력했고, 의자는 허리 높이까지 올라오는 등받이가 있는 것으로 인조 가죽을 덧댄 부분이 약간 해져 있었습니다. 그래도 사용하는 데 큰 문제는 없어 보였습니다. 하지만 허 선생님은 조금 실망한 눈치였습니다.

"흠, 그래도 이게 어디냐. 같이 들자."

책상과 의자가 들어오자 가뜩이나 좁은 방이 더욱 비좁게 느껴졌습니다. 때문에 되도록 가장 구석자리에 책상을 놓았으면 하는 마음이 들었지요. 하지만 허 선생님은 자리 잡기가 여간 고민되는 게 아닌 듯했습니다. 팔짱을 낀 채로 턱을 괴고 제자리에서 빙글빙글 돌기만 할 뿐이었지요. 그사이 저는 그가 쓰던 낮은 책상을 물려받아 문과 벽 사이 구석 자리에 놓았습니다. 자로 재어 맞춘 것처럼 딱 들어맞더군요. 그 아래로는 앉을 만큼의 공간만 남겨 놓고 벽을 따라 매트리스를 길게 깔았습니다.

"뭐, 그렇게 놓으니까 의외로 괜찮긴 하네."

허 선생님이 입을 삐죽하게 내밀며 말했습니다.

한편 그의 책상은 여전히 자리를 잡지 못하고 방 안을 방황했습니다. 처음에는 철창 옆에 놓였다가 다시 중앙 쪽으로 몇 걸음 떨어진 곳에, 또다시 그의 매트리스 쪽으로 몇 걸음 떨어진 곳에 놓였다가 결국 어떻게 보아도 애매한 곳에 위치하게 되었고, 그는 제 것과 자신의 것을 번갈아 바라보더니 내심 만족스러운지 미소를 띠었습니다.

"여기가 좋겠다. 어때, 괜찮지?"

"저는 상관없어요."

그나마 침대가 없었기에 망정이지 하마터면 가구들에게 자리를 몽땅 내주고 정작 방을 쓰는 사람은 옷 갈아입을 공간조차 없을 뻔했지요. 네, 침대를 쓰는 사람은 없었습니다. 모두 3단으로 접히는 도톰한 스펀지 매트리스를 한 장씩 깔아 사용했습니다. 오직 허 선생님만 허리가 좋지 않다는 이유로 매트리스를 하나 더 얻어 두 겹으로 사용했지요. 제게도 한 겹 더 깔면 훨씬 푹신하게 잘 수 있으니 간호사나 보호사에게 부탁해 보라고 했지만, 괜찮다고 했습니다. 단 한 번도 침대에서 자 본 경험이 없는 저로서는 딱히 매트리스에 대한 불만은 없었습니다. 오히려 덮는 이불이 불만이었지요. 첫째 날은 어차피 정신이 없었기에 몰랐지만 도저히 제정신으로는 그것을 덮고 잘 수 없을 정도로 엉망이었습니다. 퀴퀴한 곰팡이 냄새는 물론 군데군데 누렇고 검붉은 얼룩이 물들어 있었습니다.

김 간호사가 다시 2층에 올라오기만 기다렸습니다. 잠시 후 약봉지를 들고 방을 찾은 그녀에게 물었습니다.

"제 이불 말인데요, 아무래도 바꿔야겠어요."

"왜요?"

그녀가 고개를 갸웃하며 접어 놓은 이불로 가서 무릎을 굽히고 코를 댔습니다.

"이걸 어떻게 덮고 계셨어요?"

"그래서 바꾸려고요."

"당장 보호사님께 바꿔 드리라고 말씀드릴게요. 이건 너무 심했네요."

한 손으로 코를 막고 또 한 손으로는 연신 부채질을 하며 계단을 내려갔습니다.

보호사가 들고 온 새 이불이라고 별반 다를 것은 없었습니다. 그에게 한 번 더 바꿔 줄 것을 어렵게 부탁했습니다. 그가 이전 이불과 새로 가지고 온 이불을 양팔로 한데 모아서 계단을 내려 갔다가, 바로 새 이불이라며 이전 것과 비슷한 무늬의 이불을 하나 가지고 올라왔습니다. 그 역시도 덮고 잘 만한 것은 아니었습니다.

"혹시……."

그는 제 말을 듣지도 않은 채 아무 말 없이 들고 왔던 것을 가지고 다시 계단을 내려갔고, 이내 거대한 이불 뭉치를 두 손 가득 들고 올라와 거실 바닥에 내려놓더니 직접 골라 보라는 손짓을 했습니다. 어찌어찌해서 그중 가장 깨끗해 보이는 것으로 하나 고르자 그는 나머지 이불을 한데 모아 거실을 떠났고, 방 안에서 허 선생님의 무심한 목소리가 들려왔습니다.

"어차피 이불 빨래 하는 사람 없으니까 대충 덮어. 정 못 덮겠으면 화장실에서 직접 빨든가."

당장 빨아야겠다는 생각이 들었습니다. 하지만 그보다 먼저 해야 할 일이 있었는데, 가방에 든 책과 물건들을 정리하는 것이었습니다. 한시라도 빨리 익숙한 물건들이 눈과 마음을 안정시켜 주기를 바라는 마음이었지요.

"이 선생님, 아침 약 드릴게요. 아까 약 드리러 올라왔다가 이불 때문에 못 드렸네요. 아침 거의 안 드셨던데 그래도 약은 드셔야 해요. 허 선생님도, 여기요."

본격적으로 정리를 시작하려는 찰나 김 간호사가 다시 찾아왔습니다.

"그런데 컵이……."

미처 컵 챙기는 것까지는 생각하지 못했습니다.

"정수기 옆에 있는 컵 사용하시면 돼요."

"희우야, 잠깐."

허 선생님이 저를 불러 세우더니 사물함에서 머그컵 하나를 꺼내 건네주었습니다.

"새거야."

정말 단 한 번도 사용한 적 없는 듯 표면이 까칠한 새 컵이었습니다.

"외래 때도 계속 드셨죠?"

허 선생님과 함께 컵에 물을 받아 오자 김 간호사가 제게 약봉지를 건네며 물었습니다.

"아침 약은 없었어요."

"그러셨어요? 오늘부터는 하루 세 번 드실 거고요, 약도 조금 달라요. 부정맥 관련해서 부작용 사례 없는 약이고요, 대신 어지럽고 졸릴 수도 있어요. 혹시 그러시면 바로 말씀해 주세요."

반투명한 약봉지 속에는 분홍색이 두 개, 흰색이 한 개 반, 초록색이 한 개, 총 다섯 개의 알약이 들어 있었습니다.

"다 드셨으면 혓바닥 보여 주시고요. 네, 됐습니다. 허 선생님도 드셨죠?"

"정말 이것도 매번 일이다, 일."

"죄송해요, 원칙이라 그건 저도 어쩔 수 없네요."

허 선생님이 짧은 한숨을 내쉰 뒤 혓바닥을 길게 빼서 내밀었습니다.

제가 혓바닥을 내밀었을 때는 미처 몰랐지만 막상 낯선 여자를 향해 혓바닥을 날름거리는 그의 모습을 보고 있자니, 앞으로 저렇게 우스꽝스런 짓은 결코 하지 않으리라 결심하게 되었습니다.

"참, 이 선생님 아침을 그냥 다 버리시던데 점심은 꼭 다 드셔야 해요."

김 간호사가 잔소리를 남기고 방에서 나갔습니다.

"이 짓거리를 몇 년이나 더 해야 할지 모르겠다. 무슨 죄를 지은 것도 아니고. 근데 너 부정맥이 있어?"

"그런가 봐요."

"뭐, 어쨌든 너도 다음부터 약 검사 안 할 때는 소화제 빼고 먹어라."

"소화제요?"

"밥도 시원찮은데 무슨 소화시킬 게 있다고. 위장만 버리지."

"뭐가 소화제인지 어떻게 알아요?"

"초록색. 그래도 혹시 모르니까 다음에 네 약도 한번 볼 겸 다시 봐 줄게. 뭐가 많더라. 무슨 약이래?"

"모르지요."

"그리고 정수기 위에 있는 컵은 웬만하면 쓰지 마. 아무도 닦는 사람이 없더라. 명구 선생이 가끔 닦기는 하는데 쓰는 사람이 좀 많아야지."

그러고는 문밖으로 고개를 내밀어 거실에 사람이 없는 것을 확인한 뒤 다시 말했습니다.

"막말로 여기 있다가 다른 병이라도 옮으면 우리만 손해지."

"그렇게요. 그리고 혹시 위층에는 뭐가 있는지 아세요?"

"3층도 여기 병원이긴 한데, 거긴 갈 일이 생기면 안 되지. 여기서도 멘탈 환자들이나 가는 데라고 불리는 곳이라. 4층은 뭔지 모르겠고, 5층은 검도장이 있다던데 올라가는 계단도 따로 있다더라. 근데 졸려 하지 않는 거 보니까 약이 잘 맞는가 보네?"

약간 졸린 것 같기도 하고 아닌 것 같기도 했습니다. 그렇다고 딱히 부작용을 의심할 정도는 아니었기에 다시 짐 정리를 시작하기로 했습니다.

사물함 선반 위에서 철사로 만든 낡은 옷걸이와 유독 어깨 부분이 도드라진 플라스틱 옷걸이를 가져와 외투와 바지를 걸고, 속옷과 여분의 셔츠는 잘 개어 선반에 차곡차곡 올려 두었습니다. 책들은 벽에 기대어 책상 위에 세워 놓았습니다. 나머지 물건들도 자리를 잡아 보려니 책상이 너무 좁은 탓에 하는 수 없이 두 권만 남기고 나머지는 사물함 바닥에 옮겨 놓았지요. 공책과 연필, 볼펜, 로션도 당장 필요한 것만 추려서 올려놓아야 했습니다.

세면도구는 쉽게 먼지가 쌓이지 않도록 문에서 가장 먼 창문턱에 올려놓았고요. 마지막으로 크로키북의 한 페이지를 펼쳐서 미리 두 권의 책으로 자리를 잡아 놓은 곳에 세워 두었습니다.

"네가 그런 거야?"

갑자기 뒤에서 허 선생님이 나타나 허리를 굽히고 크로키북을 내려다보며 물었습니다.

"네."

"오…… 애인?"

동그랗게 오므린 입술이 마치 저를 놀리는 듯 보였습니다.

군이 그에게까지 이야기할 필요가 있을까 싶어 말없이 고개만 한 번 끄덕였습니다. 그런데 그것이 잘못이었을까, 묘한 표정을 지으며 방에서 나간 그가 비장한 얼굴이 되어 사람들을 데리고 나타났습니다. 명 선생님과 명구 선생님은 불이라도 난 듯 헐레벌떡 들이닥쳐 제 옆자리를 차지하는 적극성을 보였고, 아직 저와 인사를 나누지 못한 남자 선생님 몇몇은 방 안팎을 서성거리며 크로키북을 힐끔거렸습니다. 여자 선생님들은 선뜻 다가와 구경하기가 조심스러운 것인지 문밖에 모여 속닥거리고 있었습니다. 그리고 그들을 이끌고 온 장본인인 허 선생님은 그들 모두의 뒤에 서서 저를 난처하게 만든 것이 내심 뿌듯한 듯 팔짱을 낀 채 헤죽거리고 있었지요. 그때 그의 머리 위로 또 하나의 시선이 느껴지더군요. 고개를 세워 무엇인가 보니, 거실 천장 한가운데 빨간 눈동자를 깜빡거리는 반구형 검은색 CCTV 카메라가 매달려 있었습니다.

CCTV 카메라는 공동 생활 구역인 거실과 계단, 지하실, 공부방 천장에서 24시간 내내 빨간 불빛을 깜빡거렸습니다. 어딘가에 갇혀 있다는 사실만으로도 매일이 충분히 불쾌한 마당에 문을 열 때마다 그 불쾌한 눈동자를 마주하자니, 그 한가운데를 향해 뾰족하게 다듬은 젓가락이라도 찔러 넣어 영원히 잠들게 하고 싶은 마음이 일 때가 한두 번이 아니었습니다. 반면 저를 제외한 어느 누구도 그 시선을 신경 쓰지 않는 듯했습니다. 짜증 많고 투덜거리기 좋아하는 명구 선생조차 불평은커녕 단 한 번도 언급한 적 없다는 점 또한 참으로 이상했지요. 사람들은 왜 이토록 둔하고 무심한 것일까, 하는 생각을 수도 없이 했습니다. 그렇게 홀로 감시당하며 지내던 어느 날, 우연히 빨간 눈동자 뒤에 비춰진 실체를 보게 됨으로써 그 의문점이 풀렸는데, 두 평 남짓한 보호사실 안 천장과 맞닿을 정도의 높이에 설치된 철제 선반에 자리한 뿌옇게 먼지가 내려앉은 네 개의 손바닥만 한 흑백 모니터 안에서 사람인지 동물인지 모를 일그러진 형체가 점으로 변환되어 번쩍거리는 장면을 목격했기 때문입니다. 다른 사람들은 이미 그것이 허울뿐이라는 사실을 알았던 것이지요. 그래서 남녀가 서로의 방에 들어갈 수 없다는 규칙을 알면서도 조심하는 척 공공연하게 들락거렸던 것입니다.

"와! 진짜 잘 그린다."

희진 선생이 명 선생님의 등을 팔꿈치로 밀치며 다소곳이 앉은 자세로 말했습니다.

"특히 여기 쇄골이랑 이마가."

그러고는 다시 명 선생님의 어깨를 팔꿈치로 내리친 뒤 총총걸음으로 사라졌습니다.

"아파라! 힘만 세 가지고. 그나저나 희우가 애인을 밖에 두고 와서 마음이 좋지 않겠구나."

명 선생님이 울룩불룩한 어깨를 매만지며 말했습니다.

"그럼 여기를 데리고 와? 명 선생은 키가 작아서 그런가 생각도 짧네."

그때 고개를 숙인 거대한 체구의 남자가 방 안으로 고개를 쑥 들이밀었습니다.

"그냥 그렇다는 거지. 멀대같이 키만 커 가지고."

명 선생님도 자리에서 벌떡 일어나 거구를 향해 머리를 들이밀었습니다. 그의 정수리는 거구의 어깨에 간신히 닿을 정도밖에 안 되었지요.

"한판 붙자고?"

"붙어 봐?"

"그래, 붙어."

"붙어?"

그들은 방 안팎을 잰걸음으로 오가며 서로를 팔꿈치로 밀치고 목을 조르는 등 제법 익살을 떨었는데, 그 동작이 워낙 커서 실제인지 장난인지 구분하기 어려울 정도였습니다. 저절로 등이 벽에가 붙더군요. 주위에 모여 있던 사람들도 비록 얼굴은 웃었지만 언제라도 자리를 피할 수 있도록 바닥에 손을 댄 채 무릎을 굽히고 있었지요. 명구 선생만 별일 아니라는 듯 느긋하게 앉아서 그들을 비웃고 있었습니다. 하지만 결국 둘 중 하나가 휘두른 팔꿈치에 얻어맞고 말았지요.

"아! 애들이야? 여기 맞았잖아. 고소할 거야. 여기 봐봐. 또 멍들겠네."

"명구야, 진짜 한대 쳐 줄 테니까 고소해라. 공짜 밥이나 먹게."

"김 선생은 그러다 정말 쇠고랑 찬다. 봐, 벌써 부었잖아. 아, 정말 짜증나네."

명구 선생이 바닥을 울리며 방을 나갔습니다.

"참, 두남이랑 인사했나? 두남아, 희우. 아까 보지 않았어?"

"응, 아까 봤다. 봤으면 인사한 거나 똑같다."

김두남 선생님은 제가 본 사람 중에 가장 키가 큰 사람이었습니다. 게다가 험상궂은 얼굴에 눈썹 아래부터 관자놀이까지 길게 이어진 흉터, 복숭아뼈 바로 위 삼각형 모양의 문신까지, 겉모습만 보자면 아무리 어린애들처럼 장난치고 있더라도 분명 어느 폭력 조직에 속한 사람 같았지요. 또한 그는 제게 처음으로 운동을 가르쳐 준 사람이기도 했습니다. 엉터리없는 방법이기는 했지만 말이지요.

저녁 식사를 마치고 난 후의 지하실은 조용했습니다. 김두남 선생님이 홀로 무게 추가 주렁주렁 매달린 철제 파이프를 양손으로 힘껏 잡아당기고 있었지요. 잡아 끄는 속도 또한 굉장히 빨라서 거친 숨소리와 끽끽거리는 마찰음이 빈번하게 지하실을 울렸습니다. 누군가 제게 그가 한때 국가대표 운동선수였다고 말해 주었다면 저는 일말의 의심도 없이 그 말을 믿었을 것입니다. 한편 간호사나 여자 선생님이 그 소리를 듣는다면 충분히 오해를 살 수도 있겠구나, 하는 짓궂은 생각도 잠시 들었습니다.

"저도 그렇게 할 수 있을까요?"

"이건 이 선생한텐 힘들 텐데. 운동이 된다 싶을 정도로 하려면 한 번에 이천오백 번씩은 해야 되거든."

"이천오백 번이요?"

"난 거의 다 했어. 먼저 올라갈게. 이제 이 선생 해."

혼자 남아 그가 가르쳐 준 방법대로 반드시 이천오백 번을 성공하겠다는 다짐으로 판 위에 앉았습니다. 하지만 파이프까지 팔이 닿지 않더군요. 엉덩이를 들썩이며 겨우 대여섯 번을 끌어당겼을까, 숨을 헐떡이며 형편없는 근력에 실망하고 있을 때였습니다.

"그렇게 하면 목, 허리, 어깨 다 나간다."

수건을 목에 걸친 명 선생님이 다가와 말했습니다.

"이천오백 번은커녕 열 번도 못하겠네요."

"이천오백 번? 누가 그래?"

"김두남 선생님이 그러던데요?"

"너 골리려고 거짓말했나 보네. 두남이 걔는 운동 하나도 몰라. 키만 컸지 몸은 다 물렁물렁해. 일어나 봐. 다시 알려 줄게."

"그럼 저도 잘못하고 있었나 보네요?"

"완전히 잘못한 거지."

그렇게 해서 명 선생님에게 제대로 된 기구 사용법을 배울 수 있었습니다.

"그래도 일부러 엉터리로 가르쳐 주려고 한 건 아닐 거야. 두남 이랑은 이래저래 오가면서 벌써 몇 년째 알아 왔으니까 그건 내가 잘 알아. 헤어질 때마다 만나지 말자고 하는데도 한 번씩은 꼭 이렇게 만나네."

그의 얼굴에 짙게 밴 주름들이 조금은 씁쓸해 보였습니다.

그에게 운동 방법을 차근차근 배우는 동안 여러 이야기를 나누었습니다. 한때 아마추어 격투기 선수로 운동했던 이야기와…… 네, 연극배우이기도 했지요. 뿐만 아니라 무슨 자격증이 있어 치매병원에서 계약직으로 일한 적도 있었고 이삿짐센터에서 짐꾼 역할도 했고 배관공, 목수, 도배공, 미장이 등을 따라다니며 조수 노릇을 한 적도 있다고 했습니다. 철없던 시절에는 ㅁ동에서 꽤나 알아주는 건달로 유명했다고도 했습니다. 안 해 본 일이 없을 정도로 다양한 경험을 가진 사람이었지요.

"……이제 와서 생각해 보면 그게 꼭 좋은 일만은 아닌 거 같아. 평생 떠돌이 신세를 벗어나지 못하니. 차라리 건달 짓이나 계속할 걸 그랬나 봐. 적성에 잘 맞았는데 말이야."

그의 물렁해진 주먹이 지하실의 허공을 갈랐습니다.

명구 선생과 김두남 선생님의 한바탕 소동이 끝나자 최미희 선생님 차례가 왔습니다. 그 전에 먼저 권 선생님이 뭐라고 말하는 것 같았는데 입에 먹을 것을 물었는지 제대로 들리지는 않았습니다.

"안녕하세요. 어제 오셨다죠?"

"네."

"젊은 선생님이 오셨다고 희진이가 그러던데, 어제 오셨어요?"

"네, 어제……."

"아…… 어제 오셨구나. 허 선생님, 젊은 선생님이 오셔서 어때요, 좋으시죠?"

그녀가 돌연 허 선생님에게 고개를 돌리며 물었습니다.

"네, 뭐, 좋네요."

그의 대답은 시큰둥했고, 주머니에 들어 있던 담배를 꺼내 들고 방을 빠져나가는 동작은 민첩했습니다.

"담배 피우러 가시나 보다. 허 선생님 어제 감기 걸렸다고 언뜻 들은 거 같은데 담배 피우셔도 괜찮을지 모르겠네요. 이번 감기 오래간다던데."

그러고는 방 안을 몇 번 두리번거리다 크로키북을 한 번 쓱 쳐다보더니 "잘 봤어요." 하며 권 선생님을 데리고 흡연실로 향했습니다.

최미희 선생님과 오랜 대화를 나눈 기억은 없습니다. 오고 가며 인사를 나누는 정도였지요. 정해진 시간을 제외하고 거실에 나오는 일 또한 거의 없었습니다. 나오더라도 주로 로션들을 담은 조그마한 플라스틱 바구니를 품에 안은 채 화장실로 향했고, 거실에 사람이 적으면 그마저도 포기한 채 잰걸음을 놓아 방으로 돌아가기에 바빴지요.

사람들이 모두 돌아간 뒤에도 그들의 목소리가 계속 귓속에 남아 웅성거리는 듯했습니다. 시끄러운 건 정말이지 딱 질색인데…… 하고 생각하며 누워 쉬려는데 방문이 다시 열렸습니다.

"안녕하세요. 들어가도 돼요?"

하연 선생이 제 대답도 듣기 전에 멋대로 방 안에 쏙 들어오더니 무릎을 바짝 모으고 다소곳한 자세로 앉았습니다. 가까이에서 바라본 그녀의 얼굴은 마치 투명한 껍질만 남긴 채 속은 까맣게 타 버린 듯했고, 생기 없는 눈동자는 그 초점이 불분명하여 어디를 바라보는지 알 수 없었습니다. 다소곳한 자세와 달리 허벅지 안쪽까지 훤히 들여다보일 정도로 짧은 반바지를 입었고, 그 아래로 드러낸 맨다리에는 빨갛고 파란 실핏줄이 회색빛 피부 안에서 이리저리 엉켜 있었습니다. 가느다란 발목은 당장이라도 부러질 듯 위태롭게 보였습니다.

"희진 언니가 뭘 보고 왔다고 해서요."

"그림?"

행여 덥석 집어 올리지는 않을까, 재빨리 크로키북을 쥐고 슬쩍 보여 주었습니다.

"아, 그림이구나. 근데 혹시 수다쟁이가 내 얘기 안 했어요?"

그림에는 별 관심이 없는 듯했습니다.

"수다쟁이?"

"허 선생님 말이에요."

"내가 뭐?"

그때 허 선생님이 돌아왔습니다.

"으, 호랑이 어쩌고 한다더니. 담배 피우고 왔죠? 한 개비 줘 봐요."

"쳇, 쪼그만 게."

그가 콧방귀를 뀌며 말했습니다.

하연 선생이 벌떡 일어나 그에게 발길질하는 시늉을 하더니 이내 작은 목소리로 "있잖아요, 희진 언니 지금 울어요." 하고 말한 뒤 방을 나갔습니다.

"맞다, 희진이 우는 소리가 흡연실까지 들리더라고……."

"그래요? 전 못 들었는데요."

그가 책상에 걸터앉아 말하기를, 희진 선생은 그날뿐 아니라 하루 종일 방에 틀어박혀 우는 날이 종종 있다고 했습니다. 특히 외출이라도 다녀온 날이면 더 큰 소리로 운다고 했습니다.

"왜 우는지 이유야 모르겠지만, 괜히 신경 쓰지 마. 하루만 지나면 다시 멀쩡해지니까."

그 말을 듣는 순간 신경이 뒤틀려 왔습니다. 과연 울고 있다는 희진 선생 때문은 아니었습니다. 당시 제가 남의 처지를 헤아릴 여유가 있었겠습니까. 제 감정을 멋대로 단정 짓는 그의 오만함이 거슬렸습니다. 그와 만난 것도 기껏해야 하루, 아니 제정신으로 대화를 나눈 지 불과 몇 시간 안 되었을 때인데도 오랜 시간 알아 온 사람처럼, 그 자신이 마치 저 한 사람 정도의 마음은 쉬 읽을 수 있는 대단한 존재라도 되는 것처럼 거들먹거리는 표정 또한 영 불쾌했지요. 그래, 도저히 빠져나올 수 없는 더러운 착각의 늪에 빠져 평생을 그 속에서 허우적거리며 살도록 해 주자, 하고 생각했습니다. 스스로 부끄러운 감정을 느끼고 수치심으로 가득한 나날을 보내며, 언제든 그 수치심이 되살아날 때마다 자괴감에 몸부림칠 그의 모습을 상상하며……. 그러자 웃음이 나오더군요. 애써 틀어막으려 해도 손가락 사이로 새어 나오는 웃음은 도저히 막을 수가 없었습니다.

"누구는 울고 누구는 웃고, 이럴 땐 나도 참 이상한 곳에 와 있구나 싶다."

허 선생님이 고개를 절레절레 흔들었습니다.

혹시나 하여 드리는 말씀입니다만, 그렇다고 제가 단순히 그를 싫어한다고, 그 케케묵은 감정이 지금껏 남아 있다고 생각하지는 않으셨으면 합니다. 가장 가까이에서 서로를 경멸하기는 했어도 때로 제게 의지가 되어 준 사람이었음은 분명하니까요. 그도 마찬가지였을 것입니다. 불분명한 진심을, 꽁꽁 싸매어 숨겨 두고 누구에게도 하지 못한 속내를 조금이나마 끄집어내어 깜박거리는 희미한 스탠드 불빛에 의지해 이야기하며 밤을 지새우기도 했고, 살아 있는 새벽을 뜬눈으로 함께 맞이하기도 했지요. 그러다가도 돌연 태양이 떠오를 때면 어둠의 선물 뒤로 감추어졌던 추한 이기심들이 다시 밝게 드러나 경멸 어린 되새김질로 서로를 등진 채 잠이 들었습니다. 하지만 이런 관계가 비단 비정상이라 취급받는 사람들만의 전유물은 아니지 않습니까. 단지 비정상적이라 규정짓는 성격의 것이 밖으로 표출되느냐 숨기느냐의 차이가 있을 뿐, 어차피 비정상이라는 기준 자체가 바깥세상의 사람들이 자신을 정상인이라 변명하기 위해 만들어 낸 것일 테니까요.

어쨌든 그 당시 저는 허 선생님 때문에 생긴 불쾌한 감정을 애써 억누르며 정오가 될 무렵까지 벽에 기대어 시간을 흘려보내

고 있었습니다. 그도 내심 걸리는 것이 있는지 할 일 없이 책상
에 앉아 있다가 종종 저를 힐끔거리더군요. 그러다 정오가 되었
습니다.

"희우야, 점심 먹으러 가자."

그가 사물함에서 노란색 커피믹스 한 봉지를 꺼내어 제게 내밀
며 긴 정적을 깼습니다.

"뭔데요?"

제가 되묻자 그는 안심했는지, 한쪽 입꼬리를 씩 올리며 말했
습니다.

"밥 먹고 나서 이따가 담배 피우면서 마시자."

점심은 아침과 다름없이 맛없는 찐밥을 먹었습니다. 그곳의 두
번째 식사이자 첫 번째 점심이었지요. 그리고 그 점심을 먹으며
저는 그곳에서 먹을 세 번째 식사이자 첫 번째 저녁에 대해 어떠
한 기대도 하지 않게 되었습니다.

"오늘 원장님께서 시골 교회 행사가 늦어질 것 같다고 하세요.
상담은 평일로 다시 잡아 놓을게요. 점심 약이고요, 참, 아침 약
드시고는 어떠셨어요? 괜찮으셨죠? 점심 약도 한번 드셔 보고 졸
리시거나 하면 바로 말씀 주세요."

김 간호사가 약봉지를 건네며 말했습니다.

딱히 할 것도 없겠다, 잠이 오면 그대로 푹 자 버리는 것도 나쁘
지 않겠다 싶었습니다. 다리를 뻗고 누워 천장과 허 선생님, 허 선
생님과 철창, 철창과 천장을 번갈아 바라봤습니다. 차례가 돌아

올 때마다 그의 공책은 한 장 한 장 바삐 펄럭거렸고, 철창과 천장은 무심했습니다.

"너도 조만간 바빠질 거다."

허 선생님이 공책을 덮더니 아랫배를 문지르며 말했습니다.

"그래요?"

"매일 명상록 써야지, 틈내서 강의 공부도 해야지, 특히 카운슬링 들어가면 진짜 정신없어지거든."

"그게 정확히 뭔데요?"

"며칠 있다가 고 선생님 발표한다니까…… 아, 잠깐 화장실 좀 갔다 와야겠다. 아무래도 아침 먹은 게 잘못됐나 봐."

그는 끝내 명쾌한 대답을 주지 않은 채 휴지를 손에 둘둘 말아 들고 발바닥으로 바닥을 쓸며 방을 나섰는데, 그 걸음걸이로 보아 어지간히 다급한 모양이었습니다.

화장실은 방에서 바라봤을 때 거실 오른쪽으로 남자용과 여자용이 따로 구분되어 나란히 붙어 있었습니다. 여자 화장실은 모르겠으나 남자 화장실 구석 곳곳에는 검은 곰팡이가 득실거렸고, 변기마다 매달아 놓은 나프탈렌과 소변 찌든 냄새가 뒤섞여 코가 썩을 정도였습니다. 손바닥 반만 한 푸른색 타일을 붙여 만든 세면대에는 찬물만 나오는 수도꼭지가 네 개 붙어 있었는데, 많아야 세 명이 어깨를 붙이고 세수할 수 있을 정도의 너비였습니다. 세면대는 다양한 용도로 사용되었는데 간단히 속옷 빨래를 하는 사람도 걸레를 빠는 사람도 있었습니다. 개인 식기를 설거지하는 사람도 있었지요. 그 위로는 가로로 긴 거울이 붙어 있었습니다.

칸막이로 만들어진 다섯 칸 중 왼쪽 두 칸은 샤워를 할 수 있었고, 유일하게 온수가 나오는 곳이었습니다. 그 오른쪽 두 칸에는 변기가 있었습니다. 물론 양변기는 아니었지요. 마지막 한 칸은 변기와 수도, 라디에이터까지 달려 있는데도 나머지 네 칸에 비해 폭이 반밖에 되지 않아 이용하는 사람은 거의 없었습니다. 철창의 유리 대신 검은색이라고 봐도 무관할 정도로 낡고 지저분한 널빤지에 달린 환풍기가 24시간 돌아가는 창고나 다름없었지요.

세탁기도 하나 있었습니다. 겨우 수건이나 속옷, 양말, 셔츠 두세 벌 정도 세탁할 만한 작은 크기였지요. 저는 이틀에 한 번씩은 반드시 세탁을 했습니다. 특별히 결벽증이 있는 것은 아니고, 가진 옷가지가 충분하지 못했기에 매일 깨끗한 옷을 입으려면 꽤나 부지런을 떨어야 했지요. 그곳의 유일한 세탁기라 여자들도 사용해야 했는데, 안에 누군가 볼 일을 보고 있으면 문 앞에서 빨래를 들고 기다리는 모습을 빈번히 볼 수 있었습니다. 반대로 여자들 중 누군가가 빨래를 하고 있으면 문밖에서 사타구니를 움켜쥐고 발을 구르는 남자들도 종종 볼 수 있었지요. 좁지는 않아도 많은 사람이 오가는 곳이었기에 가장 지저분한 곳이라 할 수 있었습니다.

제가 그런 화장실 청소 조수를 맡게 될 줄은 꿈에도 몰랐습니다. 그새 수척해져 방으로 돌아온 허 선생님이 남겼을 그의 냄새가 사그라지기를 잠시 기다렸다가 단순히 볼일을 보러 화장실로 간 것이 화근이었습니다.

화장실 청소 담당인 고태석 선생님이 호수를 수도꼭지에 연결하지 못하고 훤한 정수리에서 이마로 땀을 줄줄 미끄러뜨리며 끙끙거리고 있었습니다.

"이렇게 하는 거예요."

답답한 마음에 수도꼭지 안에 쑤셔 박힌 호수를 빼 밖으로 끼워 넣었습니다.

"이야! 이희수 선생이라고 했던가?"

"희수가 아니라……"

"근데 희수 선생은 어떻게 이걸 연결하는 방법을 알았지? 솜씨가 기가 막히네, 기가 막혀. 보통 재주가 아니야!"

"원래 밖으로 끼우는……"

"그래, 희수 선생을 아예 내 조수로 써야겠어! 어때요?"

"아니, 전……"

"이야, 이것 봐! 호수를 밖으로 끼우니까 이렇게 쉬운걸!"

그는 감탄사를 연발하며 멋대로 저를 자신의 화장실 청소 직속 조수로 임명했고, 짧고 땅땅한 몸을 제자리에서 통통 튕기며 기뻐하는 모습에 차마 딱 부러지게 거절할 수 없었습니다.

"도와드릴 수는 있는데요, 저는 희수가 아니라 희우입니다."

"아, 이런! 내가 큰 실수를 했네요. 이제 한 식구나 다름없는 분한테. 그럼 희우 선생, 앞으로 우리 잘해 봅시다! 나는 너무 좋아서 눈물이 다 나려고 해!"

비록 화장실 청소 조수라는 자리가 결코 마음에 든 것은 아니었지만, 막상 그렇게 되고 나니 코를 막아도 구역질이 올라오는 화장실을 조금이나마 쾌적하게 만들어 보겠다는 생각이 들었습니다. 괜한 선행이 아닌, 그렇게 하지 않고서는 당장에 저부터가 못 참겠더군요.

고약한 냄새를 없애는 것이 우선이었습니다. 마지막 칸막이에서 양철 대야를 꺼내다 세탁용 세제와 락스를 섞어 세면대와 변기, 바닥, 천장 할 것 없이 눈에 보이는 곳마다 흠뻑 뿌렸습니다. 폐가 타 들어가는 듯했지만 효과는 확실히 있었지요. 곰팡이가 금세 검은 눈물을 흘리기 시작했고, 고 선생님이 제가 뿌려 놓은 곳을 솔로 문지르자 천장을 뺀 나머지는 어느 정도 본래의 광채를 되찾았습니다.

"이야, 이건 또 어떻게 생각해 냈을까!"

청소가 끝나자 그는 몇 가닥 남지 않은 뒷머리를 정수리를 향해 쓸어 올리며 크게 감탄했습니다. 그러고는 두 눈을 지그시 감더니 양손을 가슴에 얹은 채 마치 짧고 단단한 스프링처럼 더욱 격렬한 움직임으로 몸을 튕기기 시작했고, 그 움직임 그대로 눈만 뜨고서 거실을 빙글빙글 튀어 다녔습니다.

"고 선생님이 그러던데, 화장실 청소를 하기로 했다며?"

흠뻑 젖어 방으로 돌아온 저를 바라보는 허 선생님의 표정은 고 선생님만큼이나 즐거워 보였습니다.

"그렇게 됐어요."

"자, 담배나 피우러 가자."

그가 담뱃갑에 남은 두 개비 중 하나를 제게 건넨 뒤 빈 담뱃갑을 구겨 쓰레기통에 던져 넣었습니다. 괜히 눈치가 보이더군요.

"담배는 누가 보내 주는 거예요?"

"역시 설명을 못 들었구나?"

제가 내내 담배를 얻어 피우는 이유를 이제야 겨우 이해했다는 표정이었습니다.

"병원비와는 별개로 넣어 둘 수 있는 돈이 있는데, 뭐 일종의 영치금이라 할 수 있지. 한 달에 오만 원이고 더 넣어 두고 싶어도 정해진 액수라 그 이상은 안 된다고 하더라고. CD플레이어 있는 책상에 내선 전화기가 있는데 그걸로 보호사한테 이름이랑 필요한 거 말하면 돼. 장부에 돈이 있으면 알아서 계산하고 가져다주든지 가지러 오라고 할 거야. 들어올 때 돈 넣어 놨는지부터 확인해 봐."

"누구한테 물어봐요?"

"김 간호사한테 물어보든지 보호사한테 물어보든지."

"전화번호도 아세요?"

"내선 전화는 한번도 안 써 봤구나?"

그가 알려 준 방법대로 내선 전화기를 들고 2번을 눌러 김 간호사에게 장부 확인을 부탁했습니다.

"이 선생님은 아직 입금된 내역이 없네요."

"그럼 어떻게 해요?"

"네?"

"그럼 어떻게 해야 되나요?"

"아, 제가 이 선생님 보호자께, 어머니로 되어 있네요, 제가 금방 전화해 보고 다시 말씀드릴게요."

몇 시간이 지나 저녁을 먹고 난 후에야 김 간호사는 어머니가 다음 날 입금하겠다고 했다며, 급하게 필요한 것이 있으면 보호사에게 말해 놓았으니 내선 전화기의 3번을 눌러 통화해 보라고 했습니다. 내선 전화기의 3번을 눌러 보호사에게 담배가 필요하다고 하자 그는 '어'와 '뭐'의 중간쯤 되는 소리를 냈습니다. 잘 들리지 않나 싶어 한 번 더 담배 한 갑이 필요하다고 말했지만 돌아오는 대답은 같았습니다. 게다가 어찌나 퉁명스러운지 전화를 건 제가 마치 무슨 큰 잘못이라도 한 것 같은 착각이 들 정도였지요. 그 후에도 각자 똑같은 말을 몇 번씩 반복했습니다. 그리고 그가 점점 화를 내고 있음이 분명해질 즈음이 돼서야 마침내 어쩌면 담배의 종류를 묻고 있는지도 모른다는 생각이 들었습니다. 어떤 종류가 있는지 묻고 싶었지만 격앙되어 가는 그의 목소리로 미루어 짐작해 봤을 때, 만약 그랬다가는 당장에 정형외과로 옮겨 가야 할 것 같아 그만두었습니다.

"아무것이나 상관없어요."

잠시 후 그가 2층으로 올라와 담배 한 갑을 건네주었습니다. 다행히 그리 화가 난 것 같지는 않습니다. 흡연실로 가면서 보니 담뱃갑 앞면에는 한자와 영어가 함께 적혀 있었고, 비닐 포장 옆면에는 '면세용'이라고 한글로 적혀 있었습니다.

보호사가 돌아가자 궁금한 것도 많은 허 선생님이 한걸음에 거실로 달려 나와 제가 받은 담배를 힐끔 쳐다보더니 자신의 담배를 자랑스럽다는 듯 꺼내 들었습니다.

"그게 어디 담배지? 괜히 돈 아깝게 이상한 거 사다가 피우지 말고 너도 이거 피워. 난 이게 가장 괜찮더라."

그를 뒤로하고 흡연실로 들어가 출처를 알 수 없는 담배에 불을 붙였습니다. 연기를 목구멍 깊숙이 들이마시자, 마치 불씨가 남은 잿더미를 들이마신 듯한 통증이 혓바닥 끝에서 폐 속까지 느껴졌습니다. 처음 담배를 피웠을 때도 그만큼 고통스럽지는 않았지요. 아무것이나 상관없다고 말한 대가치고는 너무 가혹한 것이 아닌가 싶었습니다. 그런데 신기하게도 몇 모금을 더 들이마시자 목구멍은 이내 바삐 끈적거리는 가래를 만들어 내기 시작했고, 고통은 조금씩 줄어들었습니다. 그렇게 두 번째 담배를 꺼내 들었을 때, 최 선생님과 권 선생님이 흡연실로 들어왔습니다. 그들의 손에는 낡아서 표지가 군데군데 해진 성경책과 초록색 표지의 찬송가책이 들려 있었지요.

최 선생님에게 의자를 내주었습니다.

"괜찮습니다. 잠깐 앉지 않는다고 다리가 부러지지는 않지요."

한 번 더 권하니, "그럼 혹시 모르니 앉아나 보지요." 하며 손사래 치던 손으로 무릎을 짚고 의자에 앉았습니다. 유난히 툭 튀어나온 무릎과 얇게 떨리는 허벅지가 곧 부러질 듯 보였습니다.

"오늘 꽤 건조하네요. 이 선생님은 어떠셨어요?"

권 선생님이 마른침을 들이마시며 말했습니다.

"저는……."

제가 막 대답하려는 순간, 사람들이 하나 둘씩 흡연실 안으로 밀려 들어오기 시작했습니다. 그들도 최 선생님이나 권 선생님처럼 한 손에는 담배를 다른 한 손에는 성경책 한 권씩을 품에 안거나 손에 들고 있었습니다. 다행히 대답을 하려다 말고 어색하게 벌어진 제 입술은 아무도 눈치 채지 못한 듯했습니다. 권 선생님도 그저 지나가는 말이었는지 담배를 입에 문 채 들어오는 사람들을 멀뚱히 바라보고 있었지요. 한편 갑자기 불어난 성직자들 틈에 둘러싸여 있자니 제법 불편한 마음이 들었습니다. 그곳은 과학과 종교, 의학과 믿음이라는 두 가지 상반된 세계가 공존하는 곳이었는데, 그곳에 들어가기 전에 대충 설명을 듣기는 했지요. 하지만 막상 눈앞에서 성경책을 든 사람들을 보고 있자니 역시나 불편했습니다.

설명에 따르면 약물과 신앙 생활을 병행함으로써 마음의 안정을 도모하여 빠른 치료에 도움이 될 것이며, 만약 종교를 갖고 있지 않다면 더없이 좋은 기회가 될 것이라 했습니다. 앞으로 살아가는 데도 큰 도움이 될 것이라는 말도 덧붙여 주었는데, 구체적으로 어디에 도움이 되는지는 알려 주지 않았습니다. 그리고 이 모든 설명의 전제 조건에는 '어떠한 것을 행함에 뚜렷한 의지가 없거나 약한'이라는 구절이 항상 따라 붙었는데, 전혀 납득이 되지 않더군요. 당시 저는 교회 같은 곳에 가 본 경험은 고사하고, 믿음이나 신비를 중요시하는 종교의 본질에 대해서 그 어떠한 긍정의 사고도 갖고 있지 않았으니까요. 오히려 신앙의 순수한 믿음을 부정하는 서양 철학가들의 사상을 주워듣고는 종교인들의 모순과 불합리한 사고방식, 그들이 그토록 입에 달고 사는 종교란 현실, 신앙은 편리, 믿음은 경멸, 신비는 계산, 예수는 자신, 하나님은 권력과 부에 해당한다는 사실을 발견한 뒤 종교라는 이름으로 행해지는 성과 선의, 그 더러운 이면에 비치는 얕은 이기심에 경멸감으로 치를 떨곤 했지요.

"근데 이 선생은 여기 오기 전에 교회 다녔나?"

명구 선생도 성경책을 들고 있기는 마찬가지였지만 다른 사람들 것과는 달리 새것처럼 반질반질 윤이 났고, 최근에 구입한 듯 가죽 표지에 가격표까지 붙어 있었습니다.

"그런 데는 가 본 적도 없어요."

모두의 시선이 일제히 저를 향했습니다.

"그, 그래? 뭐 나도 가 본 적은 없어."

"저도 김명구 선생님처럼 종교는 없습니다만, 하루에 한 번 찬양 시간을 통해 노래 부르는 것을 좋아합니다."

안 선생님은 찬양 시간 진만큼은 담배를 피우지 않았지만 항상 흡연실로 들어와 통통하게 살이 오른 뱃속으로 사람들이 내뿜은 연기를 들이마시며 헤죽거리곤 했습니다. 그때마다 가슴 높이까지 치켜 올려 입은 트레이닝 바지의 고무줄이 늘어났다 줄어들기를 반복했지요. 또한 그는 사람들이 하는 말을 유심히 듣다가 자신이 할 말이 있겠다 싶으면 가르마를 단정하게 타 넘긴 머리처럼 입술을 반듯하게 모아 또박또박한 발음으로 맞장구쳐 주기도 했습니다.

"오, 희진! 이제 다 울었어?"

문을 등으로 받치고 입구에 서 있던 명 선생님의 목소리를 따라 고개를 돌려 보니 희진 선생과 하연 선생이 보였습니다. 명 선생님이 그녀들이 흡연실로 향하는 속도에 맞추어 문에서 등을 떼주었습니다. 희진 선생의 두 눈은 눈이 툭 튀어나온 금붕어처럼 통통 부어 있었습니다.

"내가 언제 울었다고!"

그녀가 돌연 뒤를 돌아 명 선생님의 목 뒤를 팔로 감싸 조르며 애써 씩씩한 척 크게 외쳤습니다.

"한 번만 더 그래 봐, 확!"

"장난, 장난. 좀 봐주라. 진짜 아파."

제게 향했던 차가운 시선은 그들을 향해 환하게 바뀌었습니다. 하연 선생도 창가에 걸터앉으며 옅은 미소를 지었습니다. 그리고 좁은 흡연실 안은 담배 연기와 웃음소리로 가득 찼습니다.

"화기애애한 분위기야 좋지만, 담배 연기 때문에 찬송가 부르러 가기도 전에 예수님부터 만나러 가게 생겼네요. 나 먼저 일어납니다. 땅 밑에서 만나건 하늘에서 만나건 조금 있다가 보지요."

최 선생님이 자리에서 일어나자 사람들은 그의 농담 섞인 진심에 깔깔거리며 길을 내주었습니다.

"못 보던 건데 하나만 빌려 줄 수 있어요?"

웃음이 잦아들고, 하연 선생이 창가에서 폴짝 뛰어내려 제게 다가와 들고 있던 담뱃갑을 톡톡 건드리며 물었습니다.

"요즘 애들 무섭네."

명 선생님이 눈썹을 들썩이며 말했습니다.

"형 때는 안 그랬어? 형도 그랬잖아? 나야 모르지만."

"아무튼 지완이 애처럼 공부 좀 했다고 하는 애들은······."

명 선생님이 권투하듯 자세를 잡고 허 선생님의 배를 툭툭 건드리며 말했습니다.

"정말 아저씨들은 시끄럽다니까. 하나만 빌려 주면 안 돼요?"

"다 가져."

새것이나 다름없는 담배 한 갑을 통째로 하연 선생에게 건네주었습니다.

"이 선생, 그러다 큰일난다. 걔 미성년자다."

김두남 선생님이 심히 걱정스러운 얼굴로 막 하연 선생의 손에 쥐어진 담뱃갑을 뺏으려고 긴 팔을 뻗었습니다. 하지만 그녀는 마치 흙탕물 속을 헤엄치는 비쩍 마른 송사리처럼 잽싸게 흡연실을 빠져나갔지요.

물론 미성년자에게 담배를 주면 안 된다는 것쯤은 알고 있었습니다. 그리고 제게 말하는 순간 작게 떨리던 목소리와 담뱃갑을 사이에 두고 느껴지는 손끝의 망설임을 통해 그녀가 담배를 피울 줄 모른다는 사실도 직감으로 알 수 있었습니다. 그 또래 일탈을 일삼는 아이들에 대해 잘 알고 있던 저는 기껏해야 몇 번 입술에 대어 보고는 금방 콜록거리고 집어던질 그녀의 모습이 눈에 선하게 그려졌지요.

"희우야, 슬슬 내려가야겠다."

허 선생님이 자신의 손목시계를 가리켰습니다.

"어제는 잘 주무셨어요? 오늘은 어떠셨어요?"

지하실 공부방에 들어서자 반주기를 준비하던 김혜린 간호사가 웃는 얼굴로 제게 인사를 건넸습니다.

"아직은······."

"그러세요? 일단 편한 자리에 앉으세요."

다섯 평 남짓한 공부방은 직사각형 모양으로 책상을 이어 붙여 맞은편 사람의 얼굴을 바라볼 수 있었고, 정면 벽에는 커다란 칠판이 세워져 있었습니다. 한쪽 벽면에는 창문이 그려진 액자가 몇 개 걸려 있었는데, 그 창문 안에는 다시 해바라기 위로 내리쬐는 태양, 신록의 숲, 갈매기가 날아다니는 바다 등이 그려져 있었지요. 허 선생님과 저는 먼저 자리를 잡고 앉은 사람들과 입구에서 이어진 벽 사이를 비집고 가장 뒷자리에 가 앉았습니다.

"이제 다 내려오신 것 같으니까 시작하겠습니다. 그 전에 부르고 싶은 곡이 있으면 말씀해 주시고요."

"그래도 내일이 크리스마스인데 캐럴은 한번 불러야죠."

명 선생님이 말했습니다.

"그럼 명 선생님이 골라 보세요."

"매일 나만 고르면 되나? 나는 나중에 고를게요."

"그럼 〈그 맑고 환한 밤중에〉로 할까요?"

혓바닥에 침을 묻혀 찬송가책을 뒤적거리던 권 선생님이 말했습니다.

"다른 선생님들도 부르고 싶은 곡이 있으면 말씀해 주세요. 안 선생님은 없나요?"

"특별히 부르고 싶은 것은 없습니다. 찬송가는 다 좋아합니다."

김 간호사는 다른 사람들에게도 몇 번씩 같은 질문을 했지만 끝내 이렇다 할 성과를 얻지 못했습니다.

"그럼 그냥 〈고요한 밤 거룩한 밤〉으로 하죠."

명 선생님이 마지못해 말했습니다.

"그럼 찬양 시작하겠습니다."

반주가 흘러나오고 본격적으로 노래가 시작되자, 당시 종교를 전혀 접해 보지 않은 사람으로서 여자들의 더욱 높아진 목소리와 남자들의 더욱 낮아진 목소리로 꾸며 내는 불협화음 그리고 억지로 만들어 낸 듯 선하기만 한 가사들을 애써 진지한 표정으로 따라 부르는 모습이 무섭게 느껴졌습니다. 당장이라도 뛰쳐 나가고 싶었습니다. 함께 있는 사람들 모두가 완전한 미치광이처럼 보였으니까요. 행여나 도망치다 잡히기라도 한다면 큰 봉변을 당할 것 같았습니다. 하는 수 없이 멋대로 들려오는 노래에 귀를 내어 준 채 기회를 엿보는 수밖에 없었지요. 그런데 가만히 듣자 하니 어린 양은 무엇이고, 성혈은 무엇이며, 원죄는 무엇이고, 그 구원은 누구에게 받을 수 있는 것인지 도무지 그 가사의 의미를 이해할 수가 없겠더군요. 그럼에도 불구하고 사람들은 멍한 눈동자를 해서는 너무도 태평한 얼굴로 성령과 은혜, 용서와 죽음 등 깊은 사고를 요하는 단어들을 내뱉고 있었습니다. 등골이 다 오싹해지더군요. 저 무지한 믿음이야말로 진정 우습고도 무서운 것이 아닐까 하는 생각이 들었습니다.

다행히 찬양 시간은 명상 시간과 마찬가지로 그리 길지는 않았습니다. 허겁지겁 방으로 향했지요. 이불을 꽁꽁 싸맨 채 떨리는 몸을 숨기고 있자니 잠시 뒤 허 선생님이 방으로 들어왔습니다. 그는 사물함에서 옅은 갈색 가죽 표지의 얇은 책 한 권을 꺼내어 제게 내밀었습니다.

"나는 전에 다 읽었거든. 구약이랑 합친 것도 있는데 구약은 별로 재미가 없어. 신약만 읽어도 충분할 거다."

신약성경이었습니다. 최신 개정판에다 뒤표지에는 손때도 묻지 않은 가격표가 고스란히 붙어 있었습니다. 하지만 읽어 볼 생각은 전혀 들지 않았습니다. 단 한 페이지조차 넘겨 볼 호기심도 생기지 않았지요. 성경이라고 해 봤자 허무맹랑하게 착한 소리만 늘어놓은 소설이라 여겨 온 저였으니까요. 차라리 씻고 잠이나 실컷 자는 편이 낫겠다는 생각으로 커다란 거울에 제 얼굴만 간신히 비치게 하여 세수와 양치질을 했습니다. 그리고 자리에 누워 잠이 오기를 기다렸지요. 한 시간이 지나고 두 시간이 지나도 잠은 오지 않았습니다. 그저 가만히 누워 천장만 바라봤습니다. 잠은 영원히 오지 않을 것만 같았습니다.

잠들지 못해 고통스러운 시간을 무심하게 흘려보내고 있자니 어느덧 밤 10시가 되었습니다. 문득 이렇게 잠들지 못해 찾아오는 고통에 시달릴 바에야, 하는 생각이 머리를 스쳤습니다.

"하연 선생이 허 선생님한테 자기 이야기 들었는지 묻던데요?"

책상에 앉아 손등에 턱을 괴고 무언가를 골똘히 생각 중이던 허 선생님은 즉각 반응했습니다.

"하연이가?"

"네."

그가 턱에서 손을 떼고 안경을 고쳐 쓴 뒤 치켜 올린 눈썹으로 침을 꼴깍 삼켰습니다.

"그게 뭐가 비밀이라고. 하연이는 내가 여기 들어오기 전부터 있었으니까…… 그래, 아마 5~6개월 이상은 여기 있었을 거다.

내가 들어온 지 얼마 안 돼서 카운슬링 발표를 했거든."

"언제 여기 들어왔는데요?"

"나? 한 달 정도 됐나? 그런데 혹시라도 하연이가 또 물어보면 그냥 못 들었다고 그래. 괜히 내가 얘기했다고 하지 말고."

"그럴게요."

"일곱 살 때라고 했던가, 하연이 아빠라는 사람이 어느 날 웬 젊은 여자 하나를 집에 데리고 와서는 그 여자가 임신했다면서 다짜고짜 새로 살림을 차릴 거라고 하더래. 하연이 엄마한테 이혼 도장을 찍어 달라고 했겠지. 워낙 어릴 때라 무슨 일인지 알지도 못하면서 자기 엄마가 미친 듯이 울고불고하니까 그저 따라서 울기만 했다고 하더라고. 그런데 이혼하자고 한들 하연이 엄마가 순순히 도장을 찍어 주겠어? 절대로 못 해 준다고 나가라고 소리를 질렀더니 하연이 아빠라는 사람이 눈 하나 깜짝하지 않은 채 그 여자를 데리고 그날로 집을 나가 버렸대. 그때부터 하연이 외할머니가 시골에서 올라와 같이 살게 된 거지. 매일 망할 놈이 자기 딸 인생을 망쳐 놨다면서 욕을 입에 달고 말이야. 가끔 아빠가 집에 뭘 가지러 올 때면 아예 네놈 딸도 데리고 가서 그 젊은 년이랑 같이 키우라고 소리 지르곤 했다는데, 그게 그렇게 서러웠다고 하더라. 아빠라는 사람 입장에서도 싫었겠지. 젊은 여자랑 좋아서 바람났는데 딸이 눈에 보이겠어? 하연이 엄마도 누구 좋은 일 시킬 수 없다면서 이혼은 절대 못 해 준다고 그랬고. 그렇게 몇 달을 어정쩡하게 지내다가 결국 바람난 여자랑 애까지 낳았다더라. 가끔씩 몰래 하연이를 데리고 나가서 이 여자는 언젠가 네 새

엄마가 될 사람이고, 이 아이는 네 동생이라면서 잘 돌봐 주라고
했다는데, 어린애가 그런 상황을 이해할 수 있었겠어?"

"그래도 어렴풋이는 알았겠지요."

"뭐 아무튼. 하연이 엄마는 돈을 벌어야 했으니 정수기 관리하
는 일을 나가게 되었는데, 외할머니라는 사람이 그렇게 하연이를
많이 때렸나 봐."

"왜요?"

"뻔하지! 그걸 몰라서 물어? 자기 딸인 하연이 엄마도 아직 젊
은데 사위라는 놈은 어린 여자랑 바람났지, 게다가 생활비도 안
보태지, 거기다 애까지 딸려 있으니 돈은 들지, 모든 상황이 짜증
나고 힘드니까 조금만 신경에 거슬려도 막 때린 거지. 그나마 처
음에는 몽둥이를 가져오라고 해서 때렸다는데 어느 날부터는 별
이유도 없이 눈에 보이기만 하면 맨손으로 머리 윗부분, 여기를
뭐라고 하지? 그래, 정수리랑 배, 등, 허벅지같이 잘 안 보이는 데
만 골라서 때리더래. 노인네가 나름대로 머리를 쓴 거지."

"하연 선생 엄마는 전혀 몰랐나 봐요?"

"들어 봐. 그래서 하연이는 집에 가 봤자 얻어맞기만 하니까 학
교 끝나면 친구네 집에 가서 엄마가 퇴근할 때까지 버티곤 했는
데, 그것도 하루 이틀이지 거의 매일 저녁밥까지 얻어먹고 가니
까 그 집에서 선생한테 전화를 했는지, 아니면 수소문해서 알아
봤는지 결국 하연이네 집 사정을 알게 됐나 봐. 한번은 여느 때처
럼 그 친구네 집에 가니까 처음에는 웃으며 대해 주던 그 집 엄마
가 친구가 화장실 간 사이에 어디서 아비도 없는 애새끼가 와서

밥만 처먹고 가느냐 소리치며 내쫓더래. 이 부분을 읽으면서는 하연이도 감정이 복받쳤는지 눈물을 뚝뚝 떨어뜨리더라."

허 선생님은 스스로 이야기에 푹 빠진 듯 책상에서 내려와 매트리스에 자리를 잡고 벽에 등을 편안히 기댄 채 마른 입술에 침을 발랐습니다.

"그리고 가장 슬픈 기억은 외할머니한테 두들겨 맞은 자기를 엄마가 모른 체한 거랬어. 하루는 더 이상 갈 곳도 없겠다 골목길에 앉아서 엄마가 오기를 기다리며 골목 끝만 뚫어져라 바라보고 있었는데, 외할머니라는 노인네가 그 모습을 보고는 두들겨 패기 시작하더래. 이유야 모르겠지만 노인네가 잔뜩 악에 받쳐 가지고는 눈이며 코며 할 것 없이 피가 뚝뚝 떨어지는데도 눈 하나 깜짝 안 하고 마구 때렸다는데, 나는 왜 그런 사람이 정신병원에 있지 않고 우리가 여기 있는지 모르겠다."

"그때 하연이 엄마가 그 광경을 본 것이군요."

"그렇지. 그 와중에도 피가 뚝뚝 떨어지는 눈으로 골목 끝만 바라보고 있었고, 마침 골목길에 들어오는 엄마랑 눈이 딱 마주친 거지. 드디어 엄마가 나를 구해 주러 왔구나, 생각하는 찰나 바로 뒤돌아 골목을 빠져나가 버리더래. 발표를 하면서도 '엄마! 엄마 왜 그랬어!' 하고 울면서 막 소리 지르더라니까. 한참을 울어서 카운슬러들이 물도 가져다주고 그랬지."

"왜 그랬을까요?"

"나도 이해가 안 간다. 만약 누가 내 딸한테 그런 짓을 했다면 당장에 쫓아가 죽여 버렸을 텐데. 어떻게 엄마라는 사람이 그럴 수 있느냐는 거지. 결국 노인네를 말린 것은 생판 모르는 동네 사람들이었대. 어린애가 피를 철철 흘리면서 골목길이 떠나가라 소리를 지르니까 안 나와 볼 수 있었겠어? 잠시 뒤에 경찰차가 와서 자기를 병원에 데려갔는데, 어떻게 알았는지 그 아빠라는 사람이 병원에 찾아와 미안하다며 이제 함께 살면서 돌봐 주겠다고 했나 봐. 좋은 아빠는 아니었지만 자기 딸이 맞아서 누워 있는 걸 보고 가만히 있을 수만은 없었겠지. 너도 나중에 애를 낳아 보면 알 거다."

저는 하연 선생이 왜 허 선생님을 수다쟁이라고 했는지 조금씩 이해할 수 있었습니다. 입가에 고인 거품을 소매로 닦아 내면서까지 이야기를 이어 가는 그는 어느 지독한 수다쟁이의 모습 그대로였지요.

"처음에는 좋았나 봐. 뭐 당연히 그랬겠지. 어쨌든 아빠가 매일 면회도 오고 퇴원할 때는 새 옷까지 사다 주었다니까. 그래서인지 새집도, 새엄마라는 사람도, 동생이라고 하는 아기도 모두 낯설기는 했지만 괜찮았대. 친엄마한테 배신까지 당한 때였으니 누구에게라도 정을 붙이고 싶었겠지. 하지만 그것도 잠시, 새엄마라는 사람이 슬슬 본색을 드러내기 시작하면서부터는……."

솔직히 하연 선생의 삶이 궁금하기는 했습니다. 하지만 반대로 그 이야기들이 조금씩 매스껍게 느껴지기도 했고, 어느 순간부터는 들으면 안 될 것을 들은 듯한 석연찮은 죄책감이 제 가슴을 죄어 왔습니다.

"……결정적으로 중학교 올라가 친할아버지와 함께 살면서 노친네가 하연이 목욕시켜 준다는 핑계로 옷을 벗으라고 강요하기 시작하더니, 하루는 강제로 옷을 벗기고 몸을 더듬는 바람에 가출을 하게 된 거지. 그 뒤로 가출한 애들끼리 매일 모여서 술을 퍼마셨고, 술에 취해 유리컵을 깨뜨려서 어떤 여자 애 얼굴을 반으로 그어 버리는 바람에 보호시설에 들어가게 됐다고 하더라. 거기서도 제정신이 아니라고 판단했는지 결국 여기저기 정신병원에 끌려 다니다가 여기까지 들어오게 됐다면서 발표를 끝내긴 했는데, 글쎄다, 하연이 말을 어디까지 믿어야 할지. 하도 거짓말을 많이 하는 애라……. 하기야 뭐 여기 사람들 대부분이 비슷하겠지. 다들 이런저런 이유로 이 병원 저 병원 돌아다니다 들어왔다고는 하는데, 어디까지가 진실인지 누가 알겠어. 아직은 무슨 말인지 잘 모르겠지?"

그가 마침내 이야기를 끝내려는 듯 자리에서 일어나 칫솔을 문 시간은 소등 시간인 밤 11시를 훌쩍 넘긴 자정에 가까운 때였습니다. 잠이 오지 않아 시간이나 때워 보자는 생각으로 나누기 시작한 대화가 저를 더욱 잠 못 들게 만든 것이지요. 그와 제가 하연 선생에 대해 이야기를 나누는 동안 그녀는 분명 깨진 항아리를 안고 울다 지쳐 쓰러진 모습으로 악몽을 꾸었을 것이라 생각하니, 그토록 숨기고 싶었던 슬픔을 밖으로 끄집어낸 것 같아 죄책감이 들었습니다. 아무리 머리를 비우려 애를 써 봐도, 아무리 밟아 없애려 발버둥쳐 봐도, 심장 저 아래에서 억척같이 돋아나는 후회와 죄책감의 싹으로부터 더 이상 저 자신을 속일 수 없어지자, 무성한 잡초가 제 심장을 거칠게 움켜쥔 듯 쓰라린 고통이 찾아왔습니다. 그러자 모든 의식은 짙은 안개 속에서 어지러움 그 자체가 되어 버렸고, 이내 저 자신을 향한 죄책감이 그를 향한 비난으로 이어졌습니다.

'그의 잘못이다. 그가 수다스러웠기 때문이다. 애초에 하연 선생도 그를 의심하지 않았는가. 그가 수다쟁이라는 사실도 그녀가 먼저 말했기 때문에 알지 않았는가. 그는 내가 원한 것 이상을 떠들어 댔다. 그의 잘못이다. 그는 무엇이든 떠들고 싶어 안달이 난 사람이다. 오히려 내가 그에게 이용당한 것이다.'

문득 그녀의 과거를 그토록 신이 나서 떠들어 대던 그는 도대체 왜 이곳에 들어왔는지 궁금해지더군요. 또한 왜 하필 이런 곳에서 이자를 만나 쓸데없는 종류의 것으로 인해 고통받아야 하는지도 궁금했습니다. 어쩌면 가혹한 운명이 제 근골을 뒤틀기 위해 보낸 사람일지도 모른다는 생각이 들었습니다.

그때 방으로 돌아온 그가 불을 끄고 자리에 누웠습니다. 그리고 잠시 후 섬뜩하리만큼 괴상한 소리가 캄캄한 정적을 뚫고 들려왔습니다. 어느 끈적거리는 액체가 빠르게 마찰을 일으킬 때 나는 소리였지요. 그에 대한 불쾌함이 최고조를 향해 치달았습니다. 이불을 박차고 자리에서 벌떡 일어나 불을 켜자, 갑작스런 불빛에도 그는 태평한 얼굴을 유지한 채 손가락을 꼼지락거리며 눈을 비비고 있었습니다. 환한 형광등 아래에서도 선명하게 들리는, 마치 눈알을 뺐다 넣기를 반복하듯 괴상한 소리를 내면서 말입니다.

"왜 안 자고?"

그가 눈이 부신지 몸을 일으키며 물었습니다.

눈알은 제대로 들어 있는 듯했으나 얼마나 세게 비볐는지 눈 주변이 다 새빨갛게 부어 있었습니다. 불을 끄고 다시 자리에 몸을 누이며 분명 저 이상한 버릇 때문에라도 이곳에 들어왔을 거야, 하고 생각했습니다.

캄캄한 방 안 시계 초침 소리로 제 심장은 빠르게 헐떡였습니다. 하연 선생의 어두운 과거의 그림자가 저를 찾아올 것만 같았습니다. 화장실을 들락거리는 누군가의 발걸음 소리는 어느 강도의 것처럼 저를 불안하게 만들었습니다. 갑자기 방문을 열고 들이닥쳐 누워 있는 제 가슴을 칼로 찌르며, '왜 그랬어! 왜 알려고 한 거야!' 하고 저를 나무랄 것만 같았습니다.

'내 잘못이 아니야! 나 때문이 아니라고!'

아무리 부정하려 해도, 어떠한 변명을 한다 해도 소용없을 외침이 가슴속을 맴돌았습니다. 당장이라도 김 간호사를 찾아가 약을 바꿔 달라고, 그것이 안 된다면 수면제라도 줄 수 없겠느냐고 부탁하고 싶었습니다. 하지만 막상 일어나려니 괜히 상황을 악화시키는 것은 아닐까 싶어 망설여지더군요. 결국 저 혼자 감당해내는 수밖에 없었지요. 고개를 들어 크로키북을 바라보니 어둠 속 그녀의 모습이 희미하게 보였습니다. 새삼 철창 아래 이불을 둘둘 말고 고개만 쳐든 채 웅크리고 누워 있는 저 자신이 초라하고 비참하게 느껴졌습니다.

멋대로 흘러내린 눈물 한 줄기가 거의 다 말라 갈 즈음 창밖에

서 비추어 오는 불빛을 빌려 시계를 바라봤습니다. 자정을 넘긴
지 고작 20여 분밖에 지나지 않은 시간이었습니다. 무정한 시간
을 원망했고, 그 짧은 시간에 허 선생님이 잠들었다는 사실에 놀
라움을 느꼈습니다. 그리고 예민한 신경을 가진 저 자신에게는
한탄스러움을 느꼈습니다.

답답한 마음에 거실로 나가 봤습니다. 흡연실 문 아래로 가느
다란 빛이 새어 나오고 있었습니다. 누군가 저처럼 잠 못 이루고
있다 생각하니 왠지 모르게 반가웠습니다.

"아직 안 잤구나?"

명 선생님이었습니다. 그 옆에는 앞머리까지 바싹 모은 긴 머
리를 등 뒤로 질끈 동여맨 낯선 여자가 플라스틱 의자에 앉아 다
리를 꼰 채 얇고 기다란 담배를 입에 물고 있었습니다. 겨울밤이
라지만 답답해 보인다 싶을 정도의 두꺼운 니트를 턱까지 바싹
치켜 올리고 그 위에 환자복까지 걸치고 있었습니다. 바지 역시
두 겹으로 안에는 다리에 딱 달라붙는 바지를, 밖에는 통이 넓은
환자복 바지를 겹쳐 입고 있었습니다.

"잠이 안 와서요."

"그래, 그럴 거야. 자."

그도 제 심정을 충분히 이해한다는 듯 지그시 감은 눈으로 고
개를 한 번 크게 끄덕인 뒤 담배 한 개비를 건네주었습니다.

"오늘 왔다던?"

"참, 못 봤겠구나. 인사해. 여기는 미스 고."

"미스 고가 뭐야?"

머리가 긴 여자가 손바닥으로 명 선생님의 허벅지를 살짝 꼬집으며 말했습니다.

"처음 보네요. 고상미예요."

스치듯 보인 그녀의 윗니에는 진한 붉은색 립스틱이 묻어 있었습니다.

"안녕하세요, 고상미 선생님. 이희우입니다."

"자식이 숫기는 없어 가지고. 그냥 누나라고 불러도 돼. 아직 시집을 못 갔거든."

"그래, 못 갔지."

상미 선생님이 피식 웃더니 허리를 오목하게 굽혀 담뱃재를 털자, 길게 늘어진 머리카락이 왼쪽 어깨를 타고 미끄러지듯 흘러내렸습니다.

"희우야, 이 누나 몸매 좀 봐라. 아직은 미스라고 할 만하지 않아?"

"뭐야, 정말 못 하는 말이 없네."

희미한 미소를 지어 가며 가볍게 고개를 흔드는 그녀의 모습은 도무지 사람이 움직인다고 느껴지지 않을 만큼 매우 느릿한 동작이었습니다.

"어때, 어른끼리, 그치? 보통 몸매가 아니라니까."

저는 그녀를 한 번 슬쩍 바라봤습니다.

"자식이 부끄러워하기는. 다시 잘 봐봐."

그의 재촉에 마지못한 저는 고개를 들어서 그녀를 바라봤습니다. 두 겹의 옷으로 온몸을 꽁꽁 싸맨 머리가 긴 여자일 뿐이었습니다.

"지금으로서는 알 수가 없네요."

제 말을 들은 그가 고개를 젖히고 웃으며 "그래, 이렇게 봐서는 알 수가 없지! 상미야, 언제 한번 희우 궁금증 좀 풀어 줘야겠다." 하고 맞장구를 쳤습니다.

"하여간 짓궂다니까."

그녀는 한 번 피식 웃어 보인 뒤 나지막하게 내려앉은 눈꺼풀 속 무거운 눈동자로 그와 저를 번갈아 바라봤지요.

한번은 늦은 밤이었습니다. 빨랫감을 들고 나온 그녀와 마주친 적이 있는데, 그날에야 비로소 괜히 명 선생님이 그녀의 몸매를 칭찬한 것이 아니었구나, 하고 실감할 수 있었습니다. 단지 위아래로 걸치고 다니던 환자복만 벗었을 뿐인데도 말입니다. 어쩔 수 없이 비어져 나온 군살이 군데군데 눈에 보이긴 했어도, 목이 쇄골 아래까지 둥글게 팬 몸에 착 달라붙는 매끈한 소재의 긴 팔 티셔츠 밖으로 여실히 드러난 풍만한 가슴과 넓은 골반에서 길게 뻗은 두 다리 위로 고무 원액을 발라 놓은 듯 걸을 때마다 물결치는 흰색 레깅스가 도저히 눈을 어디에 두어야 할지 모르게 만들었습니다.

"세탁기 쓸 건데 괜찮아요?"

"네, 세수만 할 거예요."

분명 세수를 하기는 했습니다. 하지만 거울에 비친 거품 범벅의 제 얼굴 뒤 그녀의 모습을 곁눈질하느라 좀처럼 집중할 수가 없겠더군요. 빨랫감을 집느라 제 쪽을 향해 허리를 숙일 때면 가슴이 훤히 보였고, 뒤를 돌아 그것을 세탁기에 넣을 때면 커다란 엉덩이가 더욱 돋보였습니다. 그러다 창피하게도 그녀와 눈이 마주쳤는데, 그때까지만 해도 거품 속에 숨은 제 시선을 눈치 채지 못한 줄 알았습니다. 이내 태연한 동작으로 세탁기를 조작하는 데 집중했으니까요. 그런데 그것은 제 착각이었지요. 그녀는 세탁기 뚜껑을 탁 덮고는 어느 여자 아이들처럼 장난기 섞인 목소리로 말했습니다.

"이제 편하게 해요."

물로 얼굴에 덮인 거품을 닦아 냈습니다. 얼마나 비볐으면 얼굴이 다 벌겋게 일어나 버렸더군요. 그런 제 모습을 비웃기라도 하듯 세탁기가 윙윙 큰 소리를 냈습니다.

"자, 하나 더 피워."

명 선생님이 제게 담배 하나를 더 건넸습니다. 그 후에도 상미 선생님에게 한 개비를 더 얻어 피웠습니다. 그사이 흡연실에서는 별로 대단치 않은 시시한 대화들이 오갔습니다. 저는 주로 그들의 대화를 가만히 듣는 쪽이었지만 잠들 수 없어 괴로워하는 것보다는 훨씬 나았습니다.

"그런데 몇 시나 됐지? 이제 좀 잠이 오는 것 같네."

명 선생님이 크게 하품을 했습니다. 상미 선생님도 그를 따라 작게 하품을 하고서 손가락 끝에 위태하게 매달린 담뱃재를 가볍게 털어 낸 뒤 재떨이 모서리를 따라 몇 바퀴 빙글 돌려 필터 끝까지 다다른 불꽃을 서서히 식혔습니다. 그러고는 마구 구겨진 채 수북이 쌓여 있는 담배꽁초 위로 톡 던져 넣었습니다. 붉은 립스틱이 묻은 얇고 흰 담배꽁초가 가래침에 섞여 누렇게 변한 담배꽁초 사이에서 사뭇 도드라져 보였습니다.

"그만 들어가 자야겠다. 먼저 일어날게요."

"그래, 쉬어."

명 선생님이 그녀가 앉았던 플라스틱 의자로 자리를 옮겨 앉으며 말했고, 저는 뒤로 손을 흔들며 슬리퍼를 끌고 문으로 향하는 그녀에게 고개를 끄덕여 인사를 건넸습니다.

"잘 자요."

흡연실 문 너머로 슬리퍼 끄는 소리가 점점 멀어지더니 방문을 열었다 닫는 작은 소리와 함께 사라졌습니다.

"답답하지?"

어둠으로 막힌 철창 밖을 내다보던 명 선생님이 이마에 깊은 주름을 만들며 물었습니다. 그 얼굴에서 조금 전까지의 장난스러움이라고는 전혀 찾아볼 수 없었습니다.

"솔직히 그래요."

"지완이랑은 어때? 잘해 줘?"

"이것저것 많이 알려 주려고 하는 것 같기는 해요."

"잘은 모르겠지만 지완이도 처음 들어와서 적응하느라 엄청 고생했으니까 제 딴에는 잘해 주려고 하는 걸 거야. 별로 사교적이지도 않고 공부깨나 한 놈이라 그런지 건방진 구석이 있기는 해도 같은 방을 쓰게 된 이상 분명 도움이 될 거야. 앞으로 힘든 일 있으면 괜히 혼자 끙끙 앓지 말고 지완이든 나한테든 얘기하고."

철창 밖은 한없이 조용했습니다. 도로를 긁는 자동차 바퀴 소리 하나 들리지 않았습니다. 적막이라고 할까요, 왠지 모를 쓸쓸함이 제게 조금의 안정을 되찾아 주는 듯 느껴졌습니다.

"아직은 낯선 것이 당연하겠지요?"

"사실 나도 처음에는 미치는 줄 알았지. 하도 난리를 쳤더니 밧줄로 묶더라니까."

"저는 주사를 맞았지요."

"그래, 그건 그나마 참 다행이다."

"명 선생님은 언제부터……."

"일단 지금은 중독이야, 알코올."

제가 말을 채 마치기도 전에 그가 대답했습니다.

그를 포함한 몇몇 사람은 알코올 중독자로 입원해 있었습니다. 그들은 항상 'AA', 우리말로 풀자면 '익명의 알코올 중독자들'이라 불리는 모임의 규칙에 따라 명상록 발표처럼 여러 사람이 모인 자리에서는 말을 시작하기에 앞서 언제나 '안녕하세요, 알코올 중독자 누구입니다' 하고 자신을 소개했지요. 최영한 선생님, 권 선생님, 희진 선생, 최미희 선생님 그리고 허 선생님 등도 모두 그런 식으로 인사했는데, 그들 중 극소수만 알코올 중독으로 처음 입원한 것이었고, 대부분은 특정 증상을 시작으로 알코올은 물론 마약이나 도박같이 평생 완치될 수 없는 막다른 낭떠러지에 종착한 사람들이었습니다.

"저는 제가 왜 여기 있어야 하는지 전혀 모르겠어요."

"너무 조급해하지 마. 차차 알아 가겠지."

그가 멀리서나마 제 어깨를 다독여 주려는 듯 이마의 주름을 몇 번 들썩여 보였습니다.

"상미 선생님은 매일 늦게 들어오시나요?"

"점심 먹고 나갔다가 일 끝내고 나면 보통 이 시간쯤 되나 봐. 오늘은 평상시보다 조금 일찍 들어온 것 같은데 별로 마주치는 일은 없을 거야."

그가 필터 바로 앞까지 타 버려 스스로 꺼진 담배를 재떨이를 향해 휙 던졌습니다.

"간혹 그런 사람들이 있어. 프로그램을 마치더라도 당장 혼자 살아가기는 쉽지 않으니까 여기서 출퇴근하며 지내는 거지."

높은 포물선을 그리며 재떨이를 향해 날아간 담배가 모서리에 맞고 튕겨져 나와 바닥으로 떨어졌습니다.

"무슨 일을 하시는데요?"

"궁금해?"

궁금했습니다. 그녀에게서 직감적으로 느껴진 제 추측이 맞는지 확인해 보고 싶은 충동이 강하게 일었습니다. 하지만 굳이 그럴 필요는 없었습니다. 저를 향해 가로젓는 그의 눈빛이 이미 그 대답을 해 준 것이나 다름없기 때문이었습니다. 더 이상의 대화는 서로를 곤란하게 만들 뿐이었지요.

"아니요, 별로."

"그럼 이만 들어갈까?"

그가 바닥에 떨어져 꽁초가 되어 버린 담배를 주워 재떨이 안으로 던져 넣으며 물었습니다.

"네, 저도 이제 잘 수 있을 것 같아요."

방으로 돌아와 다시 천장을 바라봤습니다. 금세 잠들 수 있으리라 생각한 것과 달리 감으려 해도 감기지 않는 눈동자는 여전히 그대로였습니다. 온갖 망상이 머릿속에서 스멀스멀 기어 나와 망막 위로 떠올랐습니다. 그렇게 괴로움 속에서 한참을 뒤척이다 마침내 의식의 방심을 틈타 겨우 잠이 들었습니다. 아니, 잠이 들었다기보다는 잠들 수 없기에 수반되는 고통에서 잠시 도망친 것에 가까웠지요. 고작 한두 시간 남짓 지났을까, 곳곳에서 때를 기다리던 알람 소리들이 일제히 방문 틈을 비집고 들어와 웅크린 채 몸을 숨긴 저를 발견하고는 귓속을 찌르기 시작했습니다. 잠시 후 허 선생님이 부스럭거리며 자리에서 일어났습니다. 그러고는 제 눈을 멀게 할 작정이라도 한 듯 빠르게 형광등을 번쩍이며 말했습니다.

"희우야, 일어나. 명상 시간이야."

저는 그때, 그의 목소리를 듣는 바로 그 순간, 만약 그가 제게 빌려 준 성경의 '신'이 실재한다면 분명 선한 존재는 아닐 것이고, 필히 어떠한 방식으로든 제게 고통을 안겨 주기 위해 저를 이곳에 있게 한 것이며, 그를 제 옆에 두어 제 근골을 뒤틀려는 속셈이 확실하다는 생각이 들었습니다. 또한 잠들고 싶을 때 잠들지 못하고 눈뜨고 싶을 때 눈뜨지 못하는 세상은 괴로움 그 자체이며, 제가 누워 있는 바로 이곳이야말로 지옥으로 향하는 가시밭길, 진정한 연옥임이 틀림없다는 생각도 들었습니다. 따뜻한 어미의 뱃속에서 양수와 함께 쏟아져 나옴과 동시에 버림받고 홀로 살아가야 하는 현실이 제게는 너무나 가혹하게 느껴졌습니다. 제게는 오직 어머니의 뱃속에서 숨 쉬지 않고도 살아갈 수 있었던 그 시절만이 유일한 천국이었습니다. 포근한 미풍과 기분 좋게 일렁이는 파도에 섞여 함께 춤추곤 했던……. 네, 다시는 돌아갈 수 없겠지요. 그럼에도 불구하고 돌아가고 싶습니다. 그 길을 찾고 싶습니다. 어쩌면 지금도 그 길을 찾기 위해 방황하는 중인지도 모르겠습니다. 혹시나 찾지 못하면 어떻게 할까, 하는 두려움을 안고…….

물론 이렇게 말씀드리는 이 순간에도 꾸역꾸역 숨 쉬는 저 자신이 얼마나 모순으로 비춰질지에 대해서는 잘 알고 있습니다. 그저 두려움에서 도망치고자 불평을 늘어놓는 한없이 나약한 인간에 불과하다는 사실 또한 인정합니다. 이러한 면에서 보자면 그곳에 있던 사람들 역시도 마찬가지였을 것입니다. 인정이라는 단계에 이르기까지 많은 시간이 필요할 뿐, 설사 그렇게 되지 못하더라도 최소한 그들 대부분은 자신이 정신병을 앓고 있고, 따라서 세상 밖과 싸우며 살아가기에는 턱없이 부족하다는 사실만큼은 정확히 인지하고 있었지요.

……하기야 그랬다 한들 그게 또 무슨 상관이겠습니까. 어차피 이 바깥세상 사람들 눈에는 그저 다 똑같은 미치광이처럼 보일 테지요. 그런데 과연 제가, 그들 모두가 정말로 한낱 미치광이에 불과했을까요. 그들을 옹호하기 위해 드리는 말씀은 아닙니다. 다만 실제로 사람들이 쉽게 생각하는 미치광이란 제가 정신병자에 대해 오해했던 것처럼 단순히 정신지체자일 확률이 높다

는 사실과 실제로 정신병을 앓더라도 대부분은 단기간의 약물 치료로 말끔하게 회복될 수 있다는 사실은 모른 채 마치 몹쓸 전염병이라도 걸린 것처럼 기피하고 무시하는 게 못마땅할 뿐입니다.

그곳에서 저는 바깥세상 사람들 모두가 부러워할 만한 소위 부자라는 사람도 만나 봤습니다. 또한 명 선생님은 어느 누가 보더라도 남자다운 얼굴을 지녔지요. 김두남 선생님처럼 키가 큰 사람을 어디에서 쉽게 찾을 수 있겠습니까. 명구 선생님처럼 물건을 깨끗이 다루는 사람 역시 그리 흔하지 않을 것입니다. 그리고 허 선생님, 어쨌든 그도 명문 대학 출신에 유학까지 다녀온 이른바 엘리트였지요. 보편성을 기준으로 부족하다면 부족할 수 있고 이상하다면 이상할 수 있다는 것은 분명하겠지만, 그렇다고 마냥 멸시당해야 할 이유는 없습니다. 설령 그들이 부족하고 이상하다 할지라도, 어느 누가 그들이 잘못된 삶을 산다고 멋대로 단정 지을 수 있겠습니까. 어쩌다 보니 미치광이가 된 것뿐이고, 그러다 보니 불행해져 버린 것뿐인 것을!

그러고 보면 삶이란 어느 누구 할 것 없이 반드시 불행해지게 되어 있는 것 같습니다. 글쎄요, 일개인이 제아무리 거대한 힘에 의해 주어진 고통과 괴로움에서 벗어나고자 노력한들, 시간이 지나면 그 노력을 스스로 헛되이 만든 채 또다시 예전의 고통과 괴로웠던 삶을 되풀이하며 진창 속으로 걸어 들어가지요. 대부분의 사람이 가진 의식과 무의식이 늘 과거에 머물고자 하는 퇴보 성향을 지녔기 때문일 것입니다. 누구나 불행한 과거의 기억을 지워 보고자 미래를 꿈꾸지만, 그 미래가 현재가 되고 현재가 과거가 되는 순간이 찾아오면 불행을 지우고자 꿈꿨던 미래에 대한 기대는 이루어졌든 이루어지지 못했든 불만족이라는 형태로서 이내 불행한 과거의 기억을 끄집어내어 또다시 그것을 만회해 보고자 발버둥치곤 하니까요. 부모라는 명목 아래 또 하나의 불운한 생명을 탄생시켜서 멋대로 기대하고 실망하며 자신들의 고통과 괴로움의 빚을 막 태어난 생명에게 전가하듯이 말입니다. 모두가 인간이 지닌 약한 본성 때문이겠지요.

허 선생님의 목소리로 맞이한 두 번째 명상 시간부터 성탄 연휴 동안 저는 줄곧 이와 비슷한 생각들을 하며 시간을 보냈습니다. 그리고 화요일 이른 아침, 마침내 제 담당 카운슬러인 나희정 선생님을 만나게 되었습니다.

"이 선생님, 나 선생님께서 명상록 발표 전에 면담 가능하신지 여쭤 보세요."

김 간호사와 함께 지하실로 내려가 상담실 문을 두드렸습니다.

"네, 들어오세요."

"나 선생님, 이희우 선생님 오셨어요."

책상에는 컴퓨터와 키보드, 마우스, 많은 책과 필기구가 뒤섞여 있었습니다. 그 사이에는 어울리지 않게 유약을 발라 반짝이는 자기 액자도 하나 놓여 있었습니다. 그것들을 사이에 두고 간신히 손가락을 끝을 책상에 얹고 의자에 기대어 앉아 있던 그녀가 몸을 당겨 책상 위에 팔짱 긴 두 팔을 얹으며 웃음 띤 얼굴로 저를 맞이했습니다.

"며칠 지내 보니 어떠세요, 이희우 선생님?"

처음 만난 사이치고는 꽤나 다정한 말투로 다짜고짜 던진 질문에 당황스럽기는 했지만, 그다지 불쾌하지는 않았습니다.

이어서 그녀는 간단히 자신을 소개한 뒤 곧바로 그 며칠간 제가 느낀 감정이나 생각에 대해 물었습니다.

"말씀드리는 것 자체는 문제가 되지 않습니다. 이미 다른 의사들에게도 수차례 말해 왔으니까요. 그렇다고 해서 방금 만난 사람에게 무작정 제 속내를 다 털어놓을 수는 없지요."

"그래요, 아무래도 제가 너무 성급했나 보네요. 좋아요, 그럼 조금씩 신뢰를 얻어 볼까요? 그 전에 한번 잘 생각해 보세요. 이 선생님은 금방 이해하실 수 있을 것 같아서 드리는 말씀이에요. 저랑 빨리 친해지지 않으면 전화도 외출도 퇴원도 늦어질 거예요. 아예 못 하실 수도 있고요."

"그렇다면 제게 선택권은 없는 것이나 마찬가지네요."

"어머, 이해가 정말 빠르신데요? 그런데 꼭 그런 뜻으로 말씀드린 것은 아니에요. 천천히 얘기하는 것은 순전히 이 선생님 자신의 판단에 달린 것이고, 제가 그것을 이래라저래라 할 수는 없는 거니까요."

그녀는 40대 초반의 나이에도 종종 한 손을 입가에 가져다 대고 깜짝 놀랐다는 듯 동그랗게 뜬 눈으로 '어머' 하고 말하곤 했는데, 유독 작은 체구 때문인지 희고 작은 얼굴을 따라 자른 단발머리 때문인지는 몰라도 흡사 10대 소녀의 모습처럼 보이기도 했습니다.

"이런 생각을 했어요."

"네, 어떤 생각을요?"

전혀 망설여지지 않은 것은 아니지만 그녀가 과연 저를 이해해 줄 수 있는 사람인지 알아보기 위해서라도 그간의 제 생각을 꺼내 보기로 했습니다. 한편으로는 그곳에 들어가기 전에 만나 온 의사들과 다른 무언가가 있기를 바라는 마음도 있었습니다. 처음 신경정신과라는 곳에 발을 들이고 만난 ㅊ시의 종합병원 의사라는 사람은 제가 무슨 말을 하든지 고개를 책상에 박고서 "흠, 그렇군요, 그래서요?" 하고 매번 똑같은 추임새로 대충 장단을 맞추어 줄 뿐이었지요. 그 권위적이고도 나태한 표정이란! 저로서는 그런 그를 결코 신뢰할 수가 없었습니다. 반면에 그녀는 '이곳에 들어와서 느낀 점을 한 가지만 얘기해 드리자면……'으로 시작한 제 이야기를 들으며 골똘히 생각하는 얼굴로 끊임없이 필기를 했고, 간혹 일부러 엉뚱한 농담을 섞어 이야기하자면 양 볼에 미소를 띠며 옅은 주름을 보여 주기도 했습니다. 최소한 제 이야기를 허투루 흘려듣지는 않는 것 같았지요. 왠지 모르게 이전에 만나 온 의사들과는 조금, 아주 조금은 달라 보였습니다.

제 이야기가 모든 사람의 삶이 불행해질 수밖에 없는 이유에 이르렀을 때, 가만히 귀 기울여 주던 그녀가 순간 매서운 얼굴로 돌변하더니 볼펜을 탁 하고 책상에 올려놓았습니다.

"못됐네요, 이 선생님은. 그런 생각은 인격 장애를 지닌 환자들에게 전형적으로 나타나는 증상인데요, 아직 단정 짓기는 이르겠지만, 저는 이 선생님이 그 단계까지 왔다고 보지는 않아요. 그런데 왜 그렇게 못된 생각을 하시는지 모르겠네요. 그래도 너무 걱정하지 마세요. 혹시나 제 생각이 틀렸더라도 여기서 지내시며 사회라는 공동체를 작게나마 체험하다 보면 자연스레 고칠 수 있으니까요. 다 떠나서 이렇게 생각하신 것을 말씀해 주니 좋은데요? 원장님도 오래 걸렸다고 하시던데, 괜히 기분 좋은데요? 앞으로도 지금처럼 무엇이든지 생각나면, 보자…… 연말만 지나면 특별한 일은 없으니까…… 점심 시간 후에는 언제든지 내려와서 얘기하실 수 있어요. 시청각 교육이 없을 때는 그 시간에 내려오셔도 괜찮고요."

그렇게 나 선생님과의 첫 만남은 한낱 인격장애자의 푸념으로 끝나 버렸습니다. 물론 다행인 점도 있었지요. 대화다운 대화를 나눌 수 있는 상대를 만났다는 것이었습니다. 후에도 그녀는 제 생각이나 증상에 관해 빙빙 돌려서 애매하게 말하는 법이 없었고, 그것이 저의 현 모습이라 주장하는 그녀에게 대항하여 저 자신을 정당화하기 위한 싸움도 기꺼이 마다하지 않았습니다. 그리고 다분히 상대를 배려하지 않기에 벌이는, 혹은 너무 배려하기에 벌일 수밖에 없는 그 싸움이 그다지 싫지 않았습니다. 오히려 즐기고 있었는지도 모르겠습니다. 때문에 비록 카운슬러와 환자라는 관계에서 오는, 저를 상담하고 치료해야만 월급이라는 대가를 받을 수 있는 특수성이 끼어 있기는 했지만 시간이 지남에 따라 그녀와 저는 신뢰라는 무서운 감정으로 비교적 깊은 대화를 나눌 수 있게 되었습니다.

대화라는 것을 참으로 쓸데없는 짓이라 여기던 저로서는 상상조차 할 수 없는 일이었지요. 그리고 지금도 이렇듯 누군가에게 제 속내를 털어놓고 있다니, 솔직히 믿어지지가 않습니다. 아니요, 그런 뜻은 아닙니다. 아무런 신뢰 없이 이렇게 말씀드리고 있을 수도 없을뿐더러 내일이 오더라도 침묵으로써 저를 지켜 주실 것 같습니다. 아닙니다. 충분히 그래 주시리라 믿습니다. 그것이 믿음 아니겠습니까.

그런가 하면 저는 물론 그곳 대부분의 사람들조차 대화는커녕 말도 섞기 싫은 사람이 있었는데, 제가 그곳에 들어간 지 얼마 지나지 않았을 무렵입니다.

"정광수 선생님이고요, 54세 되세요."

그는 김 간호사에 의해 2층 거실에서 처음 소개되었습니다. 자신이 소개되는 동안 그는 김 간호사 옆에 멀뚱히 서서 혓바닥을 날름거리며 거실에 모인 사람들을 두리번거렸는데, 누군가와 눈이 마주칠 때면 별다른 이유 없이 헤죽헤죽 웃어 보이기도 했습니다.

단순히 긴장한 탓일 거라고 입을 모아 말하던 사람들 사이에서 그가 3층 멘탈 환자에 가까운 사람이라 여겨지기까지는 많은 시간이 필요하지 않았습니다. 도무지 시간의 논리가 적용되지 않는 사람 같았지요. 바로 몇 분 전에 일어난 일뿐 아니라 방금 인사를 나눈 사람조차 제대로 기억하지 못해 몇 번씩이나 같은 인사를 되풀이하게 만들었습니다. 때문에 그는 잠시 호기심의 대상이 되기도 했으나 시간이 지남에 따라 몇몇 이유로 사람들에게 많은 미움을 사고 말았습니다.

멀쩡히 제 할 일을 하는 김 간호사를 향해 느닷없이 소리친 것이 그 시작이었지요.

"내가 명색이 출판사 사장인데 약속을 안 지킬 수는 없지. 가서 한번 확인해 봐. 멀뚱하게 엉덩이만 흔들고 다니지 말고!"

남자 선생님들 중 일부는 그 말을 듣고 불같이 화를 냈지만 이내 비슷한 상황이 반복되자 그에게는 화를 내는 것조차 사치라며, 대신 그가 한 말들 중에서 단서를 모아 정체를 낱낱이 파헤쳐 톡톡히 망신을 주자는 데 뜻을 모았습니다. 비록 얼마 지나지 않아 그 역시도 시간 낭비라는 결론을 내렸지만 말입니다. 그러던 중 하루는 역시나 김 간호사에게 "아가씨는 저번에 보니까 다리도 예쁘던데 왜 치마를 안 입나? 그 바지는 엉덩이가 꽉 껴서 내가 다 불편할 정도야. 그런데 자네는 어젯밤에 집에 안 들어갔나? 어제랑 바지가 똑같아." 하며 짓궂은 얼굴과 요상한 손짓 발짓으로 농락했습니다. 그런 종류의 무례함에는 어느 정도 무뎌진 듯 그녀는 별다른 대꾸 없이 쓴웃음을 지어 보였지만, 명 선생님은 "아무리 환자라지만 정말 너무하네! 확 패 버릴 수도 없고!" 하며 인내심을 드러냈습니다. 하마터면 큰 싸움으로 번질 뻔했지요. 김두남 선생님이 그를 번쩍 들어 방으로 데리고 가지 않았으면 정광수 선생님은 아마 곤죽이 되었을 것입니다.

그 와중에 저는 어떻게 김 간호사의 옷이 전날과 똑같다는 것을 정확히 기억해 냈는지 의문이 들었는데, 역시 그 이유를 알아내지는 못했습니다. 사실 그의 언행은 대상에 따라 극명하게 성격을 달리하며 꾸준히 이루어졌기에 좀처럼 분을 식이지 못하고 얼굴이 벌겋게 달아올라 거친 숨을 몰아 쉬는 사람들을 심심찮게 볼 수 있었지요.

그는 언제나 셔츠 가슴 주머니에 담배 두 갑을 넣고 다닐 만큼 그곳에서 제일가는 애연가였습니다. 그의 담배 찌든 냄새는 지극히 자연스러운 것이었지요. 게다가 그는 항상 같은 반소매 셔츠를 입고 다녔기에 같은 방을 쓰는 사람들은 숨 쉬는 것 자체가 곤욕이었을 것입니다. 검은 바탕에 감색 마름모꼴 잔무늬가 새겨진 셔츠는 얼마나 오래 입었으면 체형에 맞게 늘어나 마치 몸의 일부분인 양 보였고, 깃은 뒤쪽만 간신히 세워진 채로 흐늘거리며 목을 감싸고 있었습니다. 한두 치수 큰 환자복 바지는 아랫단을 종아리까지 둘둘 접어 올리고 다녔는데, 빳빳한 옷감이 부딪히는 소리 때문에 굳이 눈으로 보지 않고도 그가 다가오는지 멀어지는지 정도는 대략 파악할 수 있었습니다.

그는 심지어 가장 한기가 짙은 체조 시간조차 같은 차림을 고수했고, 오히려 "오늘은 날씨가 제법 덥네. 자네는 안 덥나?" 하며 줄줄 흘러내리는 땀을 훔치기에 바빴습니다. 체조할 때의 그는, 특히 제자리에서 껑충껑충 뛰는 동작을 할 때면 꽤나 우스꽝스런 장면을 연출하곤 했는데, 용암이 흘러내린 듯 겹겹이 쌓인 주름진 얼굴과 넘실거리는 셔츠 아래로 축 처진 뱃살이 근소한 차이를 두고 일렁거렸으며, 헐렁한 바지 때문에 조금씩 드러나는 엉덩이는 삼류 영화의 한 장면과도 같았습니다. 그래서 허 선생님에게 다음 체조 시간에는 반드시 그를 유심히 관찰해 보라고 말해 주었지요. 유독 그를 싫어하는 허 선생님을 골려 주고 싶은 마음이었습니다.

"그 사람이 왜?"

허 선생님은 그를 '그 사람'이라 칭했습니다.

"내일 직접 확인해 보세요."

다음 날이면 한껏 일그러질 허 선생님의 표정을 상상하자니 차마 웃음을 숨길 수가 없었습니다.

"희우 너도 곧 그 사람처럼 머리가 돌아 버리는 건 아닌지 모르겠다."

다음 날 체조가 끝나자마자 허 선생님이 제게 다가왔습니다. 비록 입가에는 웃음이 서려 있었지만 잔뜩 찌푸린 인상이 그가 얼마나 불쾌해하는지 여실히 말해 주었습니다.

"난 그 사람의 모든 것이 싫다. 그러니까 제발 다시는 나한테 그 인간 얘기는 꺼내지도 않았으면 한다."

그날 이후 허 선생님은 그를 '그 사람'에서 '그 인간'으로 바꿔 부르게 되었습니다.

허 선생님이 그토록 그를 싫어하는 데는 다 그만한 이유가 있었습니다. 그가 '그 인간'이 되기 바로 하루 전 아침이었습니다. 화장실 청소를 마치고 방에 돌아오니 허 선생님은 명상록 쓰기에 여념이 없었습니다.

"정광수 선생님이 아까도 제게 자네는 누군가, 하고 묻던데 이제 알 때도 되지 않았을까요?"

제가 슬쩍 물어보자 허 선생님은 들고 있던 펜을 내려놓기가 무섭게 의자에서 몸을 휙 돌려 짜증과 흥미가 뒤죽박죽된 얼굴로 되물었습니다.

"그 사람이 또?"

"벌써 몇 번째인지 모르겠네요."

"아마 평생 그러고 살 거다."

"그게 다 병이라면서요."

"병은 무슨!"

"하긴 병이라고 치기에는 좀……."

"들어 봐. 저번에 가을이랑 가을이 엄마 잠깐 들렀잖아."

"그랬어요?"

"너는 없었나?"

"나 선생님이랑 있었던가 했을 거예요."

"듣고 보니까 그랬던 것 같다. 그건 그렇고 카운슬링 주제는 정했어?"

"네, 거의. 그런데 아직 잘 모르겠어요."

"그래, 쉽게 정할 문제는 아니지. 아무튼 저번에 가을이 엄마가 가을이를 권 선생님한테 맡기고 방으로 오는데 가을이 엄마를 보더니 이 아가씨는 누구야, 누가 커피를 시켰나, 이러는 거야."

"그래서요?"

"석환이 형이 허둥지둥 내 아내라고 말해 주었는데도 날 뻔히 보면서 이렇게 말하더라고."

"뭐라고요?"

"난 또 예쁜 아가씨가 커피 타 주러 왔나 했네, 라고 하는데 확

돌아 버리는 줄 알았지. 그때 석환이 형이 나를 방으로 안 들여보냈으면 퇴원은 고사하고 바로 쇠고랑 찼을 거다. 안 그래도 집사람 올 때면 편하게 못 있다 가는 거 때문에 신경 쓰여 죽겠는데 말이야."

"그랬군요. 저는 몰랐어요."

"당연히 몰랐겠지. 같은 방 쓴다고 해서 어떻게 다 알겠어."

그러고는 팔짱을 낀 채 잠시 생각에 잠겨 있는가 싶더니 이내 입을 열었습니다.

"그래서 말인데 부탁 좀 하자."

"부탁이요?"

"별건 아니야. 정색하기는."

"무슨 부탁인데요?"

"뭐, 일단 나중에 자세히 얘기해 줄 테니까 그때 다시 얘기하자. 사람들 때문에 일을 다 망치게 생겼어. 김 카운슬러도 절대 이해 못 할 거야. 그러니까 알겠지?"

그가 할 만한 부탁이라면 대화의 흐름으로 보아 아내나 딸에 관한 부탁일 것이라 짐작은 되었지만 도통 감을 잡기가 어려웠습니다. 그의 담당 카운슬러인 김아경 선생님에게 큰 불만을 가지고 있다는 사실은 알게 되었으나, 그의 부탁이 무엇인지는 끝내 들을 수 없었지요.

이유 모를 부담감을 안은 채 흡연실로 향했습니다. 흡연실에서는 명구 선생이 수북이 쌓여 하나로 뭉친 담배꽁초를 기다란 철제 집게를 이용해 신경질적으로 휘젓고 있었습니다.

"많아도 너무 많네요."

"매일 치워도 이 모양이라니까. 짜증나 죽겠어."

집게로 휘저어 놓은 담배꽁초를 파란색 비닐봉지 속에 쏟아 부으며 명구 선생이 말했습니다.

"저는 많이는 안 피워요."

"나도 알아. 이 선생은 많이 안 피우잖아. 참, 내 거 라이터 기름 새로 넣었는데 써 볼래?"

그의 라이터는 여전히 반짝거렸습니다.

"기름은 어디서 구하셨어요?"

"다 방법이 있어. 이 선생은 그냥 쓰기만 하면 돼. 걱정하지 마."

"네, 매번 고마워요."

"아, 정말 짜증나네. 봐봐, 이 밑에도 잔뜩 버려 놨잖아. 그 정광수 선생인가 뭔가 하는 사람이 온 뒤로 엉망이라니까."

"보통 애연가가 아니시잖아요. 가슴 주머니에 두 갑이나 넣고 다니시는 것만 봐도."

"그치? 이 선생이 보기에도 그렇지? 딱 정광수 선생이 온 다음부터라니까! 봐봐, 이거. 이거는 원래 여기서 아무도 안 피우는 거잖아. 그 선생 거야, 이게 다."

명구 선생은 말하는 도중 갑자기 화가 치밀었는지 재떨이를 치우다 말고 밖으로 뛰쳐나가 정광수 선생님을 데리고 들어와서 "봐요, 이거. 정 선생님이 다 피운 거예요. 치우는 데도 한계가 있지, 정말 짜증나네. 치료받겠다고 왔으면 좀 줄여요!" 하며 다그쳤고, 그러면서도 재떨이에 남은 담배꽁초 하나하나를 일일이 집게로 주워 담았습니다. 하지만 정광수 선생님은 이에 아랑곳 않고 "이거라도 안 피우면 나더러 죽으라고? 온 김에 한 대 더 피우고 가야겠네."라며 능청을 떨더니 얼굴에 흘러내린 주름을 한껏 치켜 올려 환하게 웃어 보였지요. 그 후에도 그는 종아리를 벅벅 긁으며 담배를 입에 가져다 물었고, 씩씩거리며 그 모습을 지켜보던 명구 선생은 발로 흡연실 문을 쾅 걷어차고는 그대로 나가 버렸습니다. 그 소리에 놀란 몇몇이 거실로 나와 무슨 일이냐며 웅성거리는 소리가 들리기 시작했습니다. 그러자 정광수 선생님이 입에 담배를 문 채 귓구멍을 틀어막으며 말했습니다.

"저 양반들 또 떠드네. 아우, 시끄러워."

여자 선생님들이라고 해서 그를 좋아할 리 만무했습니다. 최미희 선생님은 자신을 불쾌하게 쳐다본다고, 희진 선생은 은근슬쩍 허벅지를 건드린다고, 권 선생님은 오목을 두다가 뜻대로 안 되면 판을 엎고 자리를 뜬다는 이유로 좋아하지 않았습니다. 그리고 어느 날 상미 선생님에게도 그를 싫어하다 못해 증오하게 된 계기가 생겼습니다. 그녀는 일을 나가는 않는 날은 종종 프로그램에 참여하곤 했는데, 하필이면 그날 찬양 시간이 시작되기 전에 그 일이 일어났습니다.

김 간호사는 평상시와 다름없이 반주기를 준비하고, 몇몇 사람은 이미 자리에 앉아 찬송가책을 훑어보고 있었습니다. 상미 선생님이 명 선생님과 함께 들어왔습니다. 그리고 자리가 마땅치 않아 정광수 선생님을 사이에 두고 나란히 앉았지요.

"자네들은 왜 같이 들어오나? 누가 보면 자네랑 저 아가씨랑 무슨 사이라도 되는 줄 알겠어."

그가 명 선생님에게 눈을 찡긋해 보이며 말했습니다.

"무슨 말도 안 되는 말씀을 하세요? 괜히 쓸데없는 소리 마시고 노래나 고르세요."

그것으로 끝났으면 그 소동은 일어나지 않았겠지요.

"아가씨는 잘 안 보이던데, 왜 그런가?"

그가 몸을 돌려서 고상미 선생님에게 얼굴을 바짝 가져다 댔습니다.

"네? 왜요?"

"머리도 이렇게 길고 허리도 잘록한 아가씨가 밤에만 나타나니까 수상해서 묻는 거지."

그곳에 있는 사람들 모두 찬송가책에서 눈을 떼고 그를 주목했습니다. 김 간호사도 반주기를 준비하다 말고 숨죽인 채 그를 지켜봤습니다.

"정 선생님! 그냥 노래나 고르세요!"

명 선생님이 책상을 주먹으로 내리치며 소리치듯 말했지만 그의 입을 막기에는 역부족이었습니다.

"누가 보면 여기로 밤일 나오는 아가씨인 줄 알겠어."

짧은 정적이 흘렀습니다. 그리고 그 정적은 그녀가 그의 얼굴을 강하게 내리치는 소리와 함께 끝이 났습니다. 순간 명 선생님이 의자에서 벌떡 일어나 둘 사이를 파고들며 아직 분이 덜 풀린 듯 가늘게 떨리는 그녀의 손을 낚아챘습니다.

"네까짓 게 뭘 안다고 입을 놀려! 이 개새끼가!"

그녀의 외침이 싸늘한 공기를 찢을 듯 크게 울렸습니다.

뺨을 얻어맞고 뒤로 나자빠진 그도 어느샌가 일어나 멋쩍은 듯 벽에 등을 대고 머리를 긁적이며 말했습니다.

"아우, 무서워. 내 마누라랑 아주 똑같네."

다행히 더 이상 일이 커지지는 않았습니다. 최영한 선생님이 소란 피우지 말라며 호통을 쳤기 때문입니다. 그리고 이 틈을 놓칠 리 없는 김 간호사가 반주기를 틀었습니다.

그의 얼굴은 찬양 시간 내내 뻘겋게 달아올라 있었습니다. 찬양 시간이 끝날 즈음에는 검붉다 못해 퍼렇게 멍이 들어 부어올랐더군요. 다음 날 아침이 되자 퍼렇던 멍은 초록색에 가까운 색으로 변해 있었습니다. 그런데도 그는 여느 때와 똑같이 "자네는 누군가?" 묻고 다녔고, 여전히 담배를 많이 피웠고, 고약한 악취와 함께 엉큼한 언행을 일삼으며 똑같은 매일을 새로운 하루처럼 즐겁게 맞이했습니다.

제 경우에는 애초부터 사람을 좋아하지 못하는 성격을 타고난 것도 있지만 좀 더 확실한 이유가 있었습니다. 언젠가 면회 온 아내와 그가 나누는 대화를 통해 비로소 그의 진면모를 엿보게 된 것이지요.

김 간호사에게 잠들기 전에 먹을 수면제를 미리 타 놓기 위해 1층으로 향하는 중이었습니다. 계단 중간쯤에서부터 시끄러운 소리가 들려오더군요. 소리를 따라서 지하실로 내려가 보니 그가 테이블을 사이에 두고 마주 앉은 아내에게 온갖 욕설을 내뱉고 있었습니다.

"씨팔! 내 알 바 아니야!"

"그러면 어떻게 하시려고요?"

"야! 내가 지금 그걸 여기서 어떻게 결정하겠냐?"

"그래도 회사를 이대로 닫을 수는 없잖아요……."

"그런 건 네가 알아서 해야지 왜 나한테 와서 징징거려, 재수 없게!"

"그래도……."

"야! 내가 바람이라도 피웠냐? 확!"

그가 제 분에 못 이긴 듯 여자의 얼굴을 향해 주먹을 내던지는 시늉을 하자, 여자는 재빨리 고개를 숙였습니다.

"잘 들어! 앞으로 내 앞에서 회사 얘기는 꺼내지도 마! 어디서 막 굴러다니던 년 먹여 살려 놨더니 돈독이 올라 가지고! 네가 감히 날 여기에 가둬? 네년 얼굴도 보기 싫으니까 당장 꺼져!"

그러더니 자리에서 벌떡 일어나 의자를 팽개치고 제 쪽으로 성큼성큼 걸어와 말했습니다. 그 목소리에는 아직 약간의 흥분이 남아 있는 듯했지요.

"자네 혹시 담배 있나? 있으면 하나만 빌리자고."

그에게 담배 한 개비를 건넸습니다. 그러자 이내 벌어진 앞니를 드러내 활짝 웃으며 "아우, 무서워. 마누라 앞에서는 꼼짝도 못 하겠다니까." 하고 말하더니, 여느 때와 같은 태평한 표정으로 담배를 귀에 꽂고 껑충껑충 계단을 올라가 버리더군요. 혼자 남은 여자를 바라봤습니다. 그녀의 어깨는 가늘게 떨렸고, 그가 껑충거리며 계단을 한 계단씩 오를 때마다 들리는 발걸음 소리가 그녀의 심장 소리처럼 느껴졌습니다.

그곳에서의 며칠 남지 않은, 해를 마무리하는 날들은 제게 어떠한 기쁨도 여운도 없이 무심한 구름처럼 하얗게 흘러가고 있었습니다. 단 며칠 사이에 저는 조금씩 그곳의 프로그램에 익숙해져 갔고, 익숙해지면 익숙해질수록 그곳에서 도망치고 싶은 마음은 점점 더 커졌습니다. 나 선생님에게 하루만 밖에 나갔다가 들어오면 안 되겠냐고 떼를 쓰기도 했고, 김 간호사를 붙잡고 약에 부작용이 있는 것 같으니 예전에 먹던 약으로 바꿔 달라고 괜한 투정을 부리기도 했지요. 밤에는 수면제나 안정제 없이는 한시도 잠을 이룰 수 없었습니다. 그러한 제 초조함이 구토 증세로 이어지자 그곳에 들어간 이래 처음으로 원장님을 다시 만나게 되었습니다.

"이 선생님, 원장님께서 면담 가능하시냐고 여쭤 보세요. 괜찮으면 바로 내려가시죠."

"네, 그럴게요."

정말이지 빨리도 만나게 되는구나, 하고 생각하며 김 간호사를 따라 1층으로 내려갔습니다.

"원장님, 이 선생님 내려오셨어요."

김 간호사가 원장실 문을 가볍게 똑똑 두드렸습니다.

"응, 들어와요."

문을 사이에 두고 익숙한 목소리가 나지막하게 들려왔습니다.

방으로 들어서자 원장님은 커다란 책상 위 스탠드 불빛에 의지한 채 몇 번이고 반복해서 읽었을 책등이 다 해진 영어 제목의 전문 서적에 둘러싸여 돋보기안경을 코에 반쯤 걸친 채 두꺼운 차트를 내려다보고 있었습니다.

거의 한 달 만에 다시 보게 된 그는 외래 진료를 받을 때와 그 분위기가 조금 달라 보였습니다. 그사이 부쩍 나이가 들어 버린 것 같았지요. 언뜻 어느 나이 든 외국인처럼도 보였습니다. 항상 걸치는 흰색 가운은 옷걸이에 걸어 둔 채 통이 넓은 회색 바지에 소매를 둘둘 말아 올린 흰색 셔츠 위로 얇은 청색 멜빵을 메고 있었습니다. 셔츠 가슴 주머니에는 볼펜 몇 개가 거꾸로 꽂혔는데, 언젠가 잉크가 샜는지 보랏빛 얼룩이 옅게 번져 있었습니다. 스탠드 불빛을 받은 머리 색은 회색 빛을 잃지 않으면서 지는 낙엽 색과 비슷해 보였고, 연한 갈색을 띤 눈동자는 돋보기안경 너머에서 더욱 흐릿하게 느껴졌습니다.

"원장님, 이희우 선생님 오셨어요."

김 간호사가 다시 말하자 돋보기안경을 벗어서 책상에 내려놓고는 저를 향해 성큼성큼 걸어왔습니다. 점점 가까워지는 그를 바라보자니 책상 뒤에 서 있던 나이 든 외국인의 모습은 온데간데없이 사라지고, 저보다 한 뼘은 더 큰 키와 100킬로그램도 넘을 것 같은 큰 덩치에 적잖은 위압감이 느껴졌습니다.

"오랜만이구나. 잘 왔다. 자, 앉자."

그는 김 간호사에게 나가 보라는 손짓을 한 뒤 외래 진료를 받을 당시 늘 훈계를 듣곤 했던 팔걸이 의자에 저를 앉혔습니다. 그리고 책상 앞 자신의 자리로 돌아가 앉으며 물었습니다.

"그래, 지낼 만은 하지?"

"그럭저럭요."

"어제 네 아버지가 상담을 받고 가셨단다. 걱정을 많이 하시더 구나."

"설마요."

의외였습니다. 아버지 스스로 정신과를 찾아와 상담을 받았다 는 사실이 믿기지 않았습니다. 제가 정신병원에 입원하게 된 것 이 어지간히 충격인 모양이었습니다.

이어서 원장님은 비교적 오랜 시간 동안 외래 진료와 입원 치 료의 차이점과 그 중요성에 대해 피력했고, 제 마음 속에서 복잡 하게 얽혀 있는 문제를 해결하지 않고서는 치료는 물론 올바른 인격 형성을 위한 치유조차 불가능할 것이라며, 그 이유를 어려 운 전문 용어를 써 가면서 설명해 주었습니다. 대부분 외래 진료 를 통해 익히 들어 온 내용인데도 말입니다.

"그래, 잘 알고 있구나. 따라서 일단은 너 자신의 상태를 온전 히 받아들이는 것이 가장 중요하단다, 알겠지?"

"네. 그런데 이곳에는 얼마나 더 있어야 하나요?"

"그건 네가 어떻게 하느냐에 따라 달라지겠지?"

"솔직히 말씀드리면 저는 제가 왜 여기에서 저 사람들과 함께 프로그램을 하고 있어야 하는지 모르겠어요."

"그게 바로 알고 있는 것과 받아들이는 것의 차이란다. 물론 결 코 쉽게 할 수 있는 것은 아니지. 아직은 모르는 것이 당연하단다. 마음 깊숙이 숨어 있는 자아를 받아들이기 위해서는 우선 어린 시절부터 지금까지의 모든 기억을 떠올려야 하는데, 그 과거의 기억 속에는 어떤 사건도 있을 테고 순간순간의 사소한 감정도 들어 있을 거란다. 그것들을 자꾸만 들춰 내서 객관적으로 바라볼 수 있어야 해. 네 감정을 솔직히 표현할 줄도 알아야 하고. 그리고 네가 겪고 있는 증상들, 처음에는 누군가 너한테 말을 걸기 시작했지? 그런 증상 역시도 인정할 수 있어야 한단다. 그것을 진정으로 인정할 수 있고 나서야 비로소 받아들임의 단계, 즉 진정한 자아를 찾게 된단다. 힘들지. 무척 힘들단다. 하지만 지금이 가장 힘들면서 중요한 때인 만큼 여기 있으면 앞으로는 프로그램에 따라 나 선생님이 잘 도와줄 거야. 무슨 말인지 알겠지?"

"잘 모르겠어요."

그러자 그가 몸을 돌려 책장에서 책 두 권을 꺼내 책상 위에 내려놓았습니다.

"분명 도움이 될 거다. 먼저 이걸 읽고 그다음에 이걸 읽도록 해라. 며칠 지내 보니까 이곳이 절대로 한가한 곳이 아니란 것은 알고 있지? 틈틈이 시간 내서 읽어 보고, 희우 너도 책을 많이 가져왔던데, 이 참에 공부도 열심히 해 보고, 책도 다 읽어 보고, 사람들이랑 어울려 보기도 하고, 마음에 안 들면 싸우기도 하고, 울기도 하고, 웃기도 하고, 할 수 있는 것은 다 해 봐야지. 이곳을 작은 사회라고 생각하고 처음부터 다시 배워 가는 거야. 너를 괴롭히던 몇몇 증상은 이제 없어졌지? 그런 것쯤이야 꾸준히 약만 먹으면 다 없어지는 거고, 중요한 점은 바로 이러한 배움을 통해 너스스로 건강한 자아를 지니는 것이지. 그러니까 바쁘게 열심히 지내야 한단다. 그렇지 않으면 평생 이곳에서 한 발자국도 못 벗어날 거야. 나랑 나 선생이랑 계속 말싸움이나 하면서 살고 싶지는 않겠지?"

이후에도 그는 설득, 훈계, 격려, 협박을 섞어 가며 제가 그곳에 있는 동안 노력해야 할 점과 그 이유에 대해 장황하게 늘어놓았고, 그것을 끝내는 방법은 오직 한 가지밖에 없었습니다.

"네, 노력해 볼게요."

그러자 그는 이내 만족했다는 표정으로 책상 위에 올려놓은 책 두 권을 손바닥으로 툭툭 건드려 보았습니다. 그러고는 수화기를 들어 김 간호사를 불렀습니다.

잠시 후 김 간호사가 들어와 막 일어서려는 제게 가볍게 팔짱을 끼었습니다.

"아, 괜찮아요. 혼자 갈게요."

그녀가 기분이 상하지 않게끔 조심스레 팔을 뿌리치고 문으로 향했습니다. 그때였습니다. 막 문을 나서려고 하는 저를 원장님이 다시 불러 세웠습니다.

"희우야."

"네?"

"봐라. 네가 벌써 얼마나 바뀌었는지. 혼자 가고 싶으면 바로 지금처럼 네 생각을 자신 있게 말하면 된단다. 의외로 간단하지?"

그가 의자에 기대며 환하게 미소 지었습니다. 그의 얇은 멜빵이 배 위에 찰싹 달라붙으면서 숨을 쉴 때마다 늘어났다 줄어들기를 반복했고, 허리춤에 간신히 매달린 집게는 바지를 꽉 붙든 채 바들바들 떨고 있었습니다. 그 모습을 보고 있자니 도저히 새어 나오는 웃음을 막을 수가 없겠더군요. 간신히 고개를 돌려 크게 심호흡을 하고 나서야 겨우 진정할 수 있었습니다.

"녀석, 웃기는."

희미한 갈색 눈동자로 미소 짓는 그를 뒤로하고 방을 나오며, 저는 왜 그가 원장 자리에 앉아 30년에 가까운 세월 동안 환자들을 치료해 올 수 있었는지 어렴풋이 알 것 같았습니다. 외래 진료 때는 느낄 수 없었던 묘한 신뢰가 제 마음을 평온하게 만들어 주는 듯했지요.

"원장님께서 책을 선물해 주셨나 봐요."

복도로 향하면서 김 간호사가 말했습니다.

그러고 보니 언제 들고 나왔는지 모를 책 두 권이 손에 들려 있었습니다.

"읽어 보면 도움이 될 거라면서요."

"좋으시겠어요. 꼭 도움이 되셨으면 좋겠네요."

그때까지만 해도 기분이 나쁘지 않았습니다. 하지만 2층으로 향하는 계단에 발을 딛는 순간, 불과 몇 초 전까지만 해도 평온하기만 했던 제 마음은 불쾌한 기분으로 가득 차올랐습니다. 계단을 타고 작게 들려오는 사람들의 웅성거림이, 천박한 웃음소리가 저를 그렇게 만들었습니다.

'누군가 나를 위해 조언을 아끼지 않는 동안 저들은 그저 시시한 농담이나 주고받으며 즐거워하고 있구나!'

2층에서는 피둥피둥 살찐 돼지들이 꽥꽥 소리를 지르며 우글거리고 있었습니다.

'벗어나자. 당장에 그럴 수 없다면, 최소한 이들로부터 나를 철저하게 보호해야 한다. 먼저 이들을 안심시키는 것이 우선일 터, 내가 자신들과 같은 부류라고 착각하게끔 만들어야 한다.'

곧장 방으로 들어갔습니다. 들고 있던 책 두 권을 제목도 확인하지 않은 채 책상 위에 던져 두고 이불 속으로 들어가 누웠습니다. 허 선생님이 방으로 들어와 원장님과 무슨 대화를 나누었냐고 물었습니다. 하지만 저는 아무런 대답도 하지 않았습니다.

'나가자. 이곳에서, 이들에게서 벗어나자!'

제 머릿속은 오직 한 가지 생각으로 가득했고, 시시한 질문 따위에는 대답할 겨를이 없었습니다. 그렇게 잠들기 전까지도 저는 계속 생각했습니다. 다음 날도, 또 그 다음 날도 생각했습니다. 명상 시간에도, 아침밥을 먹을 때도, 담배를 피울 때도, 세수를 할 때도, 볼일을 볼 때도, 시계를 볼 때도, 그녀의 모습이 담긴 크로키북을 볼 때도, 천장을 바라볼 때도, 거울을 바라볼 때도, 창살을 바라볼 때도, 약을 삼키는 순간에도 저는 생각했습니다. 허 선생님이 말을 걸어와도, 명 선생님이 말을 걸어와도, 하연 선생이 말을 걸어와도, 최영한 선생님이 말을 걸어와도 저는 오로지 생각을 하고 있었습니다.

'그래, 처음에는 그랬지. 분명히 하자. 모든 기억을 떠올려야 해. 내 감정에 솔직해지자. 이곳에서 벗어나는 방법은 오직 그것밖에 없다!'

그리고 마침내 기억해 낼 수 있었습니다.

2

철창에 가려 보이지는 않아도, 달은 분명 어딘가에 높이 떠올라 밝은 빛을 내고 있으리라 믿고 싶었던 그날 밤, 잠자리에 누워서야 비로소 그간 제 머릿속을 맴돌던 기억들을 차분한 마음으로 정리해 볼 수 있었습니다. 불면증에 시달리던 어린 시절부터 정신병자의 삶을 살게 되기까지, 조각난 채 마음 곳곳에 흩어진 모든 기억이 선명하게 되살아나기 시작했고, 그 중심에는 아버지가 있었습니다.

제가 태어난 그 순간은 기억나지 않습니다. 저뿐만 아니라 어느 누구라도 어미에게서 떨어져 나와 세상 밖으로 내동댕이쳐지는 순간은 기억하지 못할 것입니다. 그럼에도 불구하고 코를 통해 맡은, 귀를 통해 들은 모든 순간은 무의식 속에 잠재되어 앞으로의 삶에 커다란 영향을 끼칠 것이고, 만약 그것이 좋지 않은 것이라면 아마도 평생을 따라다니며 삶을 괴롭게 만들 것입니다.

어머니는 막 진통이 시작되자 커다란 배를 움켜쥐고 지갑과 여벌의 옷가지를 챙겨 홀로 병원으로 향했습니다. 그리고 그곳에서 저를 낳았습니다. 아버지는 밤이 돼서야 병원에 도착했습니다. 어머니 품에 안긴 저는 울음을 터뜨렸고, 아버지는 술에 취해 웃음을 터뜨렸습니다.

늦은 밤 실눈을 뜨자 어머니는 제 옆에서 쪼그리고 누워 이불에 발만 넣은 채 눈을 감고 있었습니다. 고개를 돌려 할머니를 바라보니 입을 헤벌리고 코를 드르렁 골면서 세상모르게 자고 있었습니다.

"엄마, 자?"

어머니가 화들짝 잠에서 깨어 주위를 두리번거리더니 소곤거리듯 말했습니다.

"엄마가 깜빡 잠들었나 보네. 희우는 아직도 안 잤어?"

그러고는 "일단 자고 있으렴." 하고 말한 뒤에 거실로 나갔습니다. 가만히 누워 귀를 곤두세우고 있자니 밖에서 어머니가 분주히 옷을 갈아입는 소리가 들렸습니다. 어디론가 전화를 거는 것도 같았습니다. 꽤 오랜 시간 꼼짝 않고 누워 가슴을 졸인 채 문밖의 상황을 예의 주시했습니다. 고요했습니다. 그 적막이 저를 점점 더 불안하게 만들었습니다. 얼마나 지났을까, 마침내 쾅 하고 대문을 걷어차는 소리가 크게 났습니다. 재빨리 눈을 감았지요. 그렇게 매일 밤마다 저는 죽은 듯이 숨죽인 채로 가만히 누워 있었습니다. 누군가 제가 죽은 것 같다며 구급차를 불렀다 해도 그리 놀랄 만한 일은 아니었을 것입니다. 그렇게 있다가도 어머니가 "희우야, 얼른 일어나!" 하고 가쁜 숨을 몰아 쉬며 소리치기라도 할 때면, 죽었다가 살아난 사람처럼 번쩍 일어나 미리 준비해 둔 옷을 껴입은 뒤 택시를 잡아타고 도망쳤습니다. 달리는 택시 안에서는 어머니의 떨리는 손을 꼭 붙잡고 형광색 빛을 내며 어디론가 달려가려고 애를 쓰지만 늘 제자리에 머물러 있을 수밖에 없는 한 마리의 말을 멍하니 바라보곤 했습니다. 그렇게 한참을 달려 도착하는 곳은 언제나 어머니의 오랜 친구 집이나 집에서 멀리 떨어진 어느 여관이었습니다. 그리고 이른 아침이 되어서야 다시 집으로 돌아갈 수 있었습니다. 거실 한가운데에서 대자로 뻗어 고약한 냄새를 풍기며 흙투성이가 된 아버지가 깨지 않도록 살금살금 방으로 들어가 자리에 누워 있자면, 밤새 부쩍 야윈 얼굴의 어머니가 다가와 앉아 제 머리를 쓰다듬으며 "절대로 네 아버지를 닮아서는 안 돼. 무슨 일이 있더라도." 하고 말해주었습니다.

한번은 아침 일찍 집에 돌아와 보니 아버지가 머리를 빡빡 민 채로 거실에 앉아 바닥에 머리를 박으며 통곡하고 있었습니다. 그런가 하면 술에 취해 밤거리를 돌아다니며 소리 지르는 아버지를 겨우 달래서 집으로 데리고 온 적도 있었습니다. 술에 취해 망치로 머리를 내리치거나 몸에 피가 통하지 않아 머리가 아프다며 굵은 바늘이나 송곳으로 손등을 찌르는 등 자해하는 모습도 심심찮게 볼 수 있었지요. 언젠가는 눈동자가 하얗게 변할 정도로 만취한 상태에서 어머니에게 의자를 집어 던져 어머니의 허벅지를 파랗게 물들이기도 했는데, 제 기억으로는 딱 한 번뿐이었습니다. 그날을 제외하고는 어머니나 제게 손을 댄 적은 없습니다. 아버지에게 유일한 약자는 어머니 그리고 저밖에 없었기에 마치 숙명처럼 그 괴롭힘의 대상이 되었을 뿐 본래는 나약하고 겁 많은 사람이니까요. 물론 아주 위험한 상황도 많았습니다. 집 안 곳곳에 숨겨 놓은, 아버지가 직접 만들고 정성껏 손질해 놓은 회칼을 꺼내 들려고 한다거나 라이터와 부탄가스를 양손에 들고 위협을 가하려 할 때면 눈치 빠른 어머니가 저를 데리고 재빨리 도망쳤기에 망정이지 만약 그러지 못했다면 무슨 일이 벌어져도 단단히 벌어졌을 것입니다.

간혹 조용한 밤을 보낼 수 있을 때조차 좀처럼 잠을 잘 수 없었습니다. 그저 습관대로 잠을 자는 척 누워 있을 뿐이었습니다. 그렇게 밤이 주는 고요함에 숨을 죽인 채 뜬눈으로 새벽을 맞이하곤 했지요. 모두가 잠든 시간 홀로 맞이할 수 있는 새벽, 아버지가 내지르는 소리도 어머니의 다급한 외침도 없는 완전한 혼자로서 누릴 수 있는 그 조용한 새벽은 제게 처음으로 외로움이라는 감정을 가져다주었습니다.

당시에는 그 외로움이 제게 어떠한 의미인지 정확히 이해하지 못했을 것입니다. 하지만 잠들지 못해 괴로움에 떠는 제게 외로움이라는 감정이 잠시나마 위안이 될 수 있다는 사실만은 어렴풋이 느낄 수 있었습니다.

초등학교에 입학하자 잠을 잘 수 있는 시간은 더욱 줄었습니다. 이른 아침 겨우 한두 시간이 전부였습니다. 그러고는 아무렇지 않은 듯 학교에 갔습니다. 활짝 웃는 아이들을 보며 사실은 모두 나와 비슷할 거야, 라는 생각을 위안으로 삼았고 얌전하며 공부 잘하는 아이로 보이기 위해 부단히 노력했습니다. 하지만 어린아이의 의지와는 상관없이 표출되는 어둠은 숨길 수 없었지요. 초등학교 3학년 즈음이었을 것입니다. 매일 검사를 받아야 하는 일기장에 마땅히 적을 것이 없는 날이면 종종 동시를 지어서 일기 대신 제출하곤 했는데, 그중 하나가 '심심한 하루'라는 제목의 동시였습니다.

하루 종일 허수아비 신세, 가만히 있으면 눈물이 나네.
하루 종일 시체 모양, 가만히 있으면 영혼 나라가 오네.

이를 본 담임선생님은 일기장 아래에 "이런 표현은 어른들이나 쓸까."라고 적어 주었고, 그날 저녁 담임선생님이 전화를 걸어 왔습니다. 다음 날 저는 어머니와 함께 학교에 가야 했지요. 담임선생님이 어머니에게 어떠한 말을 했는지는 모르겠지만 저를 학교에 남겨 두고 발걸음을 돌리는 어머니의 표정은 어딘지 모르게 심란해 보였습니다. 그래서 바로 그다음 날 일기에 '야구'라는 제목으로 가족과 함께 공 던지기 놀이를 했다는 거짓말을 늘어놓아 어른들을 안심시켰습니다.

보통의 어린아이들은 어떻게 잠이 들까요. 이를 닦고 세수를 하고 자장가를 들으며 포근한 어미 품에 안겨 잠드는 삶이란 어떤 것일까요. 자정을 넘은 시간, 이미 만신창이가 되어 주황색 눈물을 줄줄 흘리는 대문이 내지르는 처절한 비명이 집 안으로 들이닥칠 때면, 반드시 서둘러 처리해야 할 일이 있었습니다. 현관 앞에서 어머니가 시간을 벌어 주는 사이 저는 어둠 속 보이지 않는 건반 위에서도 능숙한 솜씨로 피아노를 연주하는 피아니스트처럼 그 일들을 불도 켜지 않은 어둠 속에서 아주 능숙한 솜씨로 빠르게 처리해야 했지요. 여름이면 팬티만 입은 채로 겨울이면 내복을 입은 채로 재빠르게 주방으로 뛰어가 칼이나 포크같이 흉기가 될 만한 것들을 모두 싱크대 바닥 아래에 던져 놓고, 안방으로 달려가 쳐다보기도 싫은 장롱, 어머니가 혼수로 장만해 온 안방 장롱 안에 있는 커다란 공기총을 옥상으로 가지고 가 숨겨 놓았습니다. 그러고 나서야 한여름이건 한겨울이건 이불 속에서 잠든 척 눈을 감고 벌벌 떨며 어머니의 신호를 기다릴 수 있었습니다. 저는 그 장롱이 늘 가엾게 여겨졌습니다. 하루도 성할 날이 없었지요. 나무로 만든 다른 문들도 마찬가지였습니다. 아버지의 주먹과 발에 맞아 부서지고, 주머니에서 꺼내 든 날카로운 칼에 찔려 깊이 파헤쳐져 있었지요. 아무리 예쁜 스티커를 사다가 그 아픔의 흔적들을 막아 보려고 해도 아무 소용이 없었습니다.

그러던 어느 크리스마스 아침이었습니다. 누군가 산타 대신 넣어 두었을 크리스마스 선물이 아버지의 공기총과 함께 나란히 놓여 있는 것을 보았습니다. 저는 그 선물을 끝내 받을 수 없었습니다. 그러자 아버지는 왜 크리스마스 선물을 받지 않으려고 하느냐면서 화를 냈고, 그날도 어김없이 술을 마셨습니다. 하얗게 뒤집힌 그의 눈동자에서는 어떠한 감정도 느껴지지 않았습니다. 오직 증오로만 가득 차 있었지요. 비틀거리는 몸, 짐승이 울부짖는 듯한 외침, 자신의 살 속으로 송곳을 찔러 넣자 흰 눈 위로 떨어지는 검붉은 핏방울. 그날로 크리스마스는 제게 영영 사라졌습니다.

상사와 다퉜다는 이유로 멀쩡히 다니던 직장을 그만두고 큰 빚을 내어 시작한 아버지의 사업은 의외로 나날이 번창했습니다. 집에 승용차가 늘어났고, 아버지가 운영하는 유통 회사 상표가 그려진 승합차도 늘어났습니다. 사무실에는 수백만 원을 호가하는 컴퓨터와 컬러 프린터가 생겼고, 아버지는 당시 구경하기도 힘들었던 휴대전화까지 들고 다녔습니다. 반대로 집안 살림은 점점 더 엉망이 되어 갔습니다. 그간 낡고 상처 입은 가구 어느 하나도 새로 장만된 것 없이 오히려 알록달록한 스티커만 늘어났고, 대문도 삭다 못해 군데군데 커다란 구멍이 뚫리기 시작했습니다. 텔레비전도 여전히 지직거리기 일쑤였고, 오래된 선풍기에는 투명 테이프가 덕지덕지 붙었지요. 난방이 잘되지 않아 들여 놓은 석유 난로는 켤 때마다 지독한 냄새를 뿜어 댔습니다. 정사각형의 얇은 나무 판을 깐 거실 바닥은 마치 도둑을 잡기 위해 일부러 함정을 파 놓은 듯 구멍 나거나 갈라진 채로 방치되었고, 깨진 욕실 타일은 공업용 회색 시멘트가 그 자리를 대신했습니다. 집 외벽의 페인트도 곳곳에 금이 가기 시작하더니 손바닥만 한 크기로 떨어져 나가기 시작했습니다.

집 안팎의 괴리가 커질수록 아버지가 술을 마시는 날도 늘어 갔습니다. 수년간의 요령으로 허겁지겁 도망치는 신세는 면하게 되었지만, 대신 말 같지도 않은 소리에 비위를 맞추며 더러운 기분을 느껴야 했습니다. 일일이 말씀드릴 수도 없을 만큼 수많은 사건사고로 인해 저와 어머니의 삶은 하루가 다르게 검은 멍이 들어 갔습니다. 그러다 제가 고등학교에 입학할 즈음 아버지의 사업이 IMF 외환 위기를 극복하지 못하고 부도를 맞았습니다. 정신적으로 불안한 제게 유일한 보상과도 같았던 경제적 부유함마저 모두 사라져 버린 것이지요. 막판에 친척들에게까지 손을 벌린 아버지는 그 대가로 집을 그들 중 하나에게 헐값에 넘긴 뒤 미국으로 내쫓기게 되었고, 할머니는 큰 고모네로 거처를 옮겼습니다. 돈 냄새를 맡고 뻔질나게 찾아와 아부를 떨어 대던 지인들도 절적했습니다.

설상가상으로 어느 날부턴가 제 몸에 이상이 생기기 시작했습니다. 이유 없이 쿵쿵거리는 심장과 잦은 두통, 어지럼증이 그 증상이었지요. 처음에는 이 사실을 숨겼습니다. 어머니에게 저까지 짐이 될 수는 없었으니까요. 하지만 단순한 증상이었던 두근거림이 점차 심해져 심장 부위를 바늘로 찌르는 듯한 통증으로 이어지면서 결국 들통 나고 말았습니다. 심한 경우에는 누군가 기다란 창으로 제 가슴을 후벼 파는 듯한 극심한 통증 때문에 가슴을 움켜쥐고 주저앉기도 했습니다. 하루는 막 학교에 가려고 하는데 그 증상이 다시 저를 찾아왔습니다. 현관에 쓰러져 괴로워하는 모습을 본 어머니는 그 즉시 학교에 전화를 걸어 사정을 이야기한 뒤 저를 데리고 종합병원으로 갔습니다.

아픈 사람은 왜 그리도 많은지, 아침부터 병원은 온갖 환자로 붐비고 있었습니다. 접수를 마치고 통증도 거의 가라앉을 즈음이 돼서야 겨우 진료실로 들어갈 수 있었지요. 몇 가지 검사가 필요하다고 하여 간호사를 따라 손가락만 한 유리병에 피를 가득 채운 후 검사실로 들어가 윗옷을 벗고 침대에 누워 있자니 큼지막

한 금테 안경을 쓴 의사인지 간호사인지 모를 흰색 블라우스 차림의 여자가 전선 끝마다 고무 빨판이 치렁치렁하게 매달린 기계를 끌고 들어왔습니다. 그녀는 제 가슴 언저리에 알코올 솜을 바른 뒤 고무 빨판을 하나씩 붙였다가, 기계의 얇은 바늘이 긴 종이 위에 어느 정도의 그래프를 만들어 내자 다시 하나씩 떼어 냈고, 이어서 가슴과 배 위에 투명한 젤을 짜 바른 뒤 넓적하게 생긴 기계를 문질렀습니다. 흑백 모니터 속에서 꿈틀대는 제 내장 기관들이 제 것이 아닌 듯 사뭇 낯설게 느껴졌습니다.

"부정맥이 좀 있네요."

검사를 마치고 돌아간 진료실에서 중년의 여의사가 덤덤하게 말했습니다.

"심각한 건가요?"

어머니가 애써 침착한 얼굴로 다급하게 물었습니다.

"지금으로서는 말씀드릴 수 없어요. 일단 의심되는 부분은 있으니까 주말 동안 홀터 검사를 진행한 후에 다시 결과를 보는 걸로 할게요. 유의할 점이 있는데 그건 나가시면서 간호사한테 설명 들으시고, 다시 검사실로 가셔서 검사기 부착하시고 다음 주…… 가만 보자…… 다음 주 월요일 11시에 예약 잡아 놓을게요. 그때 검사기 그대로 달고 검사실에 들르셨다가 진료실로 오세요. 그럼 오늘은 되셨어요."

밖으로 나가자 아까와는 다른 간호사가 차트를 들고 서 있었습니다.

"이희우 환자분? 어머님은 보호자 되시고요? 따라오세요."

간호사는 저와 어머니를 검사실로 안내함과 동시에 차트 속에서 종이 하나를 꺼내 그곳에 볼펜으로 줄을 긋고 별표를 하는 등 커다란 체구에 어울리지 않게 나긋나긋한 목소리로 유의 사항을 조목조목 설명해 주었습니다.

"……평상시대로 생활하시되 가급적이면 무리한 운동은 피하시고요, 검사기에 충격 가지 않게 조심하시고요, 프린트 복사해 드릴 테니 집에 가서 다시 잘 읽어 보시고요."

가슴에 검사기를 달고 주말을 보내게 된 저는 간헐적인 빈맥 증상이 보인다며 예방 차원에서 약을 처방받았습니다. 그 후에도 최소 6개월에 한 번은 가까운 개인 병원에서라도 피 검사와 심전도 검사를 받으라는 독려에 가까운 권유를 받았지요. 때문에 저는 체육 시간마다 수업에서 제외되는 것은 물론 교내 마라톤 대회부터 전국체전같이 큰 규모의 대회에 으레 따르는 응원 연습, 체력장 시험의 일부 종목에서 제외되었습니다. 뜨거운 태양 아래에서 땀을 흘리거나 눈 쌓인 운동장에서 몸을 떨지 않게 된 저는 심장에 문제가 있는 것도 그리 나쁠 것 없다는 생각이 들었습니다.

아버지가 해외로 떠난 뒤 얼마간은 조용한 날들이 이어졌습니다. 비록 시도 때도 없이 걸려오는 독촉 전화에 잠을 설치기는 했지만 아버지가 했던 것에 비하면 참을 만했습니다. 그러던 어느 날이었습니다. 웬 검은 정장을 입은 사내가 집 앞에서 서성거리는 모습을 보이기 시작하더니, 며칠이 지나자 덩치 큰 사내 여러

명을 데리고 나타나 아예 집 앞에 진을 치고 겁을 주기 시작하더군요. 뿐만 아니라 학교 앞까지 찾아와 정장을 왼손으로 살짝 걷어 오른손에 쥔 기다란 칼을 보이며 아버지가 어디에 있는지 말하지 않으면 저를 죽인다고 협박하기도 했습니다. 아니요, 그다지 무섭지는 않았습니다. 어려서부터 공기총으로 위협을 당해 온 저였기에, 그리고 잃을 것이 없으니 무서울 것도 없더군요. 경매다 뭐다 해서 집으로 찾아온 사람들도 집을 한번 슥 둘러보자마자 값이 나갈 만한 것이 아무것도 없다 판단하고는 빨간 스티커를 붙이는 시늉만 하다가 빈손으로 돌아갈 정도였으니까요. 덩치큰 사내들 역시 그렇게 한 달 정도 어머니와 저를 괴롭히다가 얻을 수 있는 것이 아무것도 없다는 사실을 깨닫고 더 이상 나타나지 않았습니다.

"네 아빠가 그래도 잘한 게 딱 하나 있는데 돈이 아무리 많아도 집에 아무것도 사다 놓지 않았다는 거, 그거 하나란다."

어머니는 제게 씁쓸한 웃음을 지으며 말했습니다.

집은 그렇게 회생해 볼 여력도 없이 완전히 파산하고 말았습니다. 그로부터 얼마 뒤 동사무소 담당 직원 둘이 집으로 찾아와 살림살이나 생활상을 관찰하고 기록해 가기를 수차례 반복한 끝에 어찌어찌 기초생활수급가정으로 지정되어 매달 국가의 지원을 받게 되었는데, 부끄러웠습니다. 그들은 좋은 혜택이라 칭했지만 저는 엄연한 수치라 여겨졌습니다. 게다가 그 수치심에 비하면 지원금이라고 해 봤자 너무도 적은 돈이었기에, 결국 어머니는 제 학비라도 따로 마련해 보겠다며 그 작고 작은 체구로 생전 해 보지도 않은 허드렛일을 하느라 하루하루를 정신없이 보냈습니다. 매일 밤 11시가 다 되어 집으로 돌아온 어머니는 겉옷을 입은 채로 쓰러져 꾸벅꾸벅 졸면서도 "엄마는 그래도 지금이 가장 편안하다. 희우는 반드시 좋은 대학에 들어가 공부를 잘 마쳐야 한단다." 하고 말해 주곤 했지요. 그리고 아침이면 다시 허드렛일을 하러 집을 나섰습니다. 그 모습을 보고 있자면 마음이 아파, 그래도 아버지가 돌아오면 조금은 생활이 좋아질 것이라는 헛된 생각을 품어 보기도 했습니다.

아버지가 한국에 돌아온 것은 미국에서 1년 정도의 시간을 보낸 뒤였습니다. 유독 무더웠던 어느 여름날, 새까맣게 그을린 얼굴에 삐죽삐죽한 수염을 기른 채 한 손에 양주병을 들고서 '헬로우'를 외치며……. 아버지는 달라진 것이 전혀 없었습니다.

가족이 다시 모이자 예전의 삶으로 돌아가는 것은 시간문제였습니다. 매일 똑같이 잠을 이룰 수 없는 무심한 삶을 그대로 흘려보내며 원망스럽게 살아갈 뿐이었습니다. 한편 제게는 참으로 헛된 시간들이었습니다. 보통의 소년들이 그러하듯 방황의 시기를 보내고 있었지요. 그런 제 곁에는 언제나 저를 보호하고 떠받들어 주는 그들이 있었습니다.

한때 저는 손가락에 꼽을 정도의 등수로 중학교에 들어갈 만큼 공부를 꽤 잘했습니다. 단순히 문제의 답을 도출해 내기까지의 원리를 파악하는 요령이 좋았을 뿐이었는지는 모르겠지만, 초등학교에 이어 중학교에 올라가서도 어렵지 않게 수학경시반에 들어갈 수 있었지요. 때문에 한 학기 동안은 자연스레 저와 성적이 비슷비슷한 아이들과 가깝게 지내기도 했습니다. 하지만 그뿐이었지요. 그 아이들과는 정답을 논할 때를 제외하고는 아무런 공감대도 형성할 수 없었습니다.

반면에 툭하면 가출과 폭력을 일삼아 이미 문제아라고 낙인 찍힌 아이들과는 이상하리만큼 끌리는 구석이 있었습니다. 그저 공부 잘하는 밀랍인형 같은 아이들과 달리 그들에게는 생기가 넘쳐흘렀고, 그 생기가 자연스레 그들과 가까워지게 했습니다. 뿐만 아니라 그들은 제게 어떠한 요구도 하지 않았습니다. 오히려 누군가에게 빼앗거나 훔쳤을 볼펜이나 문제집, 먹을 것 등을 나누어 주곤 했지요. 당시만 해도 부유했던 시절이라 그깟 볼펜 따위는 제게 전혀 필요하지 않았는데도 그들은 끊임없이 저를 위해 제공해 주려고 노력했습니다. 심지어는 야한 만화책이나 학교 근처의 미군부대에서 새어 나온 금발 여성의 가슴과 음부가 모두 드러난 포르노 카드도 가장 먼저 가져다주곤 했지요. 그럼에도 불구하고 그들은 몰래 숨어 담배를 피우거나 술을 마실 때는 절대로 저를 초대하지 않았고, 행여 같은 자리에 있다 하더라도 일절 권하거나 강요하지 않았습니다. 그들이 가출할 때 역시도 제게 미리 말은 해 주었지만 결코 꾀어 내려거나 하지는 않았지요.

한번은 방학 동안 가출을 강행했던 그들이 개학과 함께 부모들과 경찰에게 잡혀 와 정학 처분을 받은 적이 있었습니다. 그들은 수업을 듣는 대신 운동장 한가운데 뙤약볕 아래 나란히 줄지어 서서 땅을 팠고, 저는 쉬는 시간마다 그들이 파 놓은 구덩이 옆에 앉아 시간을 때웠습니다. 운동장 한편에 있던 잣나무에서 딴

잣을 깨뜨려 씹어 먹으며 구덩이가 얼마나 깊이 파였나 들여다보기도 했지요. 하교 시간이 되어 운동장으로 다시 가 보니 그들은 어느새 자신들의 허리까지 잠길 정도로 깊은 구덩이를 만들어 놓고 앉아 땀을 식히고 있었습니다. 그러자 어디선가 성질이 고약한 학생부 선생님이 나타나 "내일은 다시 덮어 놔라!" 하고 소리쳤습니다.

"나중에 땅 팔 일이 생기거든 우리 불러. 이러다 선수 되겠다, 땅파기 선수."

물론 땅을 팔 일이 생길 것 같지는 않았지만 그 말이 내심 고맙게 느껴졌습니다.

그런 그들을 다시 만난 건 고등학교에 진학해 어느 이유에서인지는 모르겠으나 반에서 따돌림을 받고 있을 때였습니다. 실제로 따돌림이라는 것을 받아 보니 마치 아무도 없는 학교를 다니는 것만 같았지요. 특별한 이유 없이 따돌림을 받은 것처럼 별다른 이유 없이 따돌림에서 벗어나 어울리는 무리가 생기기도 했지만, 얼마 지내지 못하고 다시 튕겨져 나오게 되더군요. 그럴수록 저는 어차피 학교에는 시시한 놈들뿐이니까, 하고 생각하며 혼자인 생활에 충실했습니다. 반면에 우연히 시내 거리에서 마주친 그들은 공고, 상고, 농고 등 각자 학교는 달랐어도 여전히 함께 몰려다니고 있었습니다. 그날 이후 그들은 하교 시간에 맞춰 학교 앞으로 저를 데리러 오기 시작했습니다. 예전처럼 그들에게 보호를 받게된 것이지요. 달라진 점이 있다면 그들과 어울린 지 1년 정도 지났을 무렵부터, 그리고 공교롭게도 아버지가 미국에서 돌아온 시기 즈음부터는 저도 그들과 함께 술집을 드나들고 담배를 피우기 시작한 것입니다. 어머니를 생각해서라도 절대로 해서는 안 될 짓이었지요. 술을 마시다니, 그것도 아버지를 향한 증오심으로 자라온 제가······. 하지만 그때는, 외로움의 의미를 제대로 깨닫지 못한 그 시기에는 학교라는 작은 세상에서조차 도태되어 버린 나약한 제게 그들은 꼭 필요한 존재였습니다. 그들 또한 저를 필요로 하고 있었습니다.

"여기가 새 아지트. 찾느라 애 좀 먹었지."

그들 중 가장 가까운 사이였던 호찬이가 저를 안내한 곳은 ㄱ대학가 후문의 번화한 거리에서 조금 떨어진 어느 골목, '피아노'라는 간판이 걸린 지하 술집이었습니다. 건물 1층에는 건축자재점이, 2층과 3층에는 각각 교회와 식당이 들어서 있었는데 건축자재점에서 쓰다 남은 나무 판자와 폐기물이 담긴 마대자루가 건물 앞은 물론 도로까지 침범해 널브러져 있고, 교회와 식당에서 내놓은 영업 시간이 적힌 입간판 때문에 입구의 반 이상은 사람이 드나들지 못하게 되어 있었습니다.

"얼른 들어가자. 애들 기다리겠다."

실내는 비록 어두웠으나 또래의 남녀 아이들이 뒤섞여 피워 내는 담뱃불로 환하게 빛나고 있었습니다.

"희우 왔어. 인사들 해."

그가 말하자 몇몇은 제게 손을 흔들어 보였고, 처음 보는 남자아이 몇몇은 막 담배를 끈 손을 옷에 문질러 닦으며 제게 다가와 손을 내밀었습니다. 가능한 한 천천히 한 명 한 명의 얼굴을 바라보며 긴 악수 행렬을 마치고 나서야 겨우 자리에 앉을 수 있었는데, 분명히 우스운 이야기입니다만, 그때는 마치 제가 어느 암흑가에 몸담은 금수 같은 자들을 길들이는 총수라도 된 것처럼 뿌듯한 기분이 들었습니다.

"옆에 누구야?"

어울리지도 않는 진한 화장에 다리에 착 달라붙는 짧은 스커트를 입은 여자 아이 무리 중 하나가 홀로 빠져나오더니 제 옆에 앉아 있는 호찬이를 바라보며 물었습니다. 하지만 그는 그 여자 아이를 힐끔 쳐다보고는 이내 술잔으로 고개를 돌릴 뿐 아무런 대답도 하지 않았습니다.

"누군데?"

여자 아이가 호찬이의 어깨에 손을 얹어 흔들며 재촉하듯 물었습니다.

"신경 쓰지 마."

"에이, 누군데 그래?"

여자 아이는 애교 섞인 목소리와 함께 제 쪽으로 다가왔습니다. 그러고는 제자리에서 빙글 돌아 허리와 엉덩이를 차례로 제 팔과 손등 위로 문지르는가 싶더니, 돌연 저와 테이블 사이 비좁은 공간으로 미끄러지듯 들어왔습니다. 팔꿈치로 여자 아이의 몰캉거리는 아랫배의 감촉이 전해졌습니다. 여자 아이는 들고 있던 작은 손가방을 테이블 위에 올려놓은 뒤, 다시 뒤를 돌아 제 무릎을 스커트 아래로 가늘게 뻗은 뽀얀 맨다리 사이에 끼워 넣고서 생긋 웃으며 인사했습니다.

"안녕?"

향수 냄새, 담배 냄새 그리고 여자 아이의 살갗 냄새가 제 코를 간질였습니다.

그러고는 느닷없이 붉은색 립스틱을 바른 입술을 작게 오므렸다 벌리며 까르르 웃더군요. 그 웃음소리를 따라 전해오는 스커트 속 살결의 작은 떨림이, 눈앞에서 탄력 있게 흔들리는 봉긋한 가슴을 숨긴 얇은 면 티셔츠가, 이마를 건드리는 갈색 머리카락이 다시금 저를 간지럽게 만들었지요. 그렇게 한참을 웃고 난 여자 아이는 돌연 무언가 생각난 듯 희고 통통한 팔을 뒤로 뻗어 자신의 손가방을 집어 들더니 그 속을 뒤적거렸습니다. 그 순간, 호찬이가 갑자기 여자 아이의 손가방을 낚아채서 바닥으로 내동댕이쳐 버렸습니다. 손가방 안에 있던 동그란 접이식 손거울, 구겨진 담뱃갑, 초록색 라이터, 동전 몇 닢, 여러 개의 인형이 매달린 열쇠 꾸러미, 막대사탕 하나가 동시에 쏟아져 나와 바닥을 뒹굴었습니다.

"꺼져."

그가 나지막한 목소리로 여자 아이를 노려보며 말했습니다.

여자 아이는 입을 꾹 다문 채 제 무릎 위에서 조심스러운 동작으로 스커트 끝을 쥐고 한쪽 다리를 들어 살며시 제 앞에서 옆으로, 다시 옆에서 뒤로 무릎과 어깨를 스치며 빠져나갔습니다. 그리고 무릎을 바닥에 댄 채 허리를 구부리고 앉아 사방에 나뒹구는 물건들을 주섬주섬 주워 담기 시작했습니다. 도와주는 사람은 아무도 없었습니다. 마침내 물건들을 가방에 다 주워 담고는 저를 향해 쭈뼛거리며 다가오더니 막대사탕 하나를 제 손에 재빨리 쥐어 주고는 다시 여자 아이들 속으로 숨어 버렸습니다. 하얀 연기를 내뿜으며 그 속으로 뿌옇게 사라지는 여자 아이들의 모습은 마치 생기를 잃고 날갯짓을 멈춘, 외로움을 이기지 못하고 슬픔을 찾아 헤매는 나비들 같았습니다. 가만히 제 무릎에 손을 얹어 보았습니다. 아직 그 체온과 떨림은 남아 있었지만 나비는 멀리 사라진 후였습니다.

"저런 애들은 어디에도 널렸어. 전부 별 볼일 없는 애들이야. 관심도 갖지 마."

그는 사뭇 진지한 얼굴을 하고 있었습니다.

바람이라도 쐴 겸 밖으로 나갔습니다. 호찬이도 저를 따라 나왔습니다. 널브러진 나무판자들 중 비교적 깨끗한 것에 올라앉아 담배에 불을 붙이고 그에게 물었습니다.

"공부는 해?"

"어차피 우린 다 글렀어. 알잖아, 너도……. 그러니까 먼 훗날에 네가 성공해서 우리 다 먹여 살려야 해. 네가 있어서 다행이다."

나도 누군가에게는 의지가 될 수 있구나, 하는 생각에 뿌듯한 마음이 들기는 했지만 한편으로는 저에 대한 막연한 기대가 부담스럽게 느껴지기도 했습니다. 그렇게 앉아 바람을 쐬던 중 문득 여자 아이가 제게 쥐어 준 막대사탕이 생각나 포장을 벗겨 보니, 동그랬을 달콤함은 사라지고 뾰족한 상처와 가루만 남아 있었습니다.

그날은 유독 술을 많이 마셨습니다. 새벽 2시가 다 돼서야 집으로 향했지요. 자꾸만 무거운 마음이 발걸음을 비틀거리게 만들었습니다. 누군가가 저를 부축했고, 그는 제 앞에서 걸어가고 있었습니다. 걸으면 걸을수록 강해지는 나른함에 온몸을 축 늘어뜨렸습니다. 감기는 눈꺼풀을 억지로 떠 보려고 부단히 노력했지요. 그래도 눈꺼풀은 자꾸만 무겁게 내려앉았습니다.

눈을 뜨자 노란색 신호등이 깜박였고, 눈을 감자 세상이 일그러졌습니다. 다시 눈을 뜨자 파란 신호등이 켜졌고, 다시 눈을 감자 저 자신이 일그러졌습니다. 익숙한 거리, 도로를 사이에 두고 왼쪽에는 비디오 가게가 있었습니다. 최신 영화는 언제나 빈 비디오 통만 남은 채 거꾸로 세워져 있었습니다. 오른쪽에는 이발소가 있었습니다. 이발사 아저씨는 제 옆머리의 속살이 파랗게 보일 때까지 가위질을 했습니다. 아저씨, 그만, 그만 잘라 주세요, 라고 말해야 했는데 끝내 그렇게 하지 못했습니다. 다시 왼쪽으로 문방구도 하나 있었습니다. 나이 많은 주인 부부는 미국에서 수입한 사탕은 아무리 먹어도 이가 썩지 않는다고 말해 주었습니다. 다시 오른쪽으로 방앗간이 있었습니다. 나란히 늘어선 네 개의 낡은 기계는 언제나 덜컹거리는 소리를 내며 검은색 고무 벨트를 힘차게 돌리고 있었습니다. 다시 왼쪽으로 노란색 택시 한 대가 도로를 반으로 갈라 놓았습니다. 절대로 노란색 택시는 타지 않을 거야, 라는 생각을 했습니다. 다시 오른쪽에는 넓은 공터가 있었습니다. 마구잡이로 쌓여 있는 나무 판자와 쇠파이프 사이 빈 공간에 문을 하나 만들었습니다. 흰색 분필로 그려 놓은 커다란 해골이 비밀 요새에 썩 잘 어울렸습니다. 하지만 어느 날 들쥐가 떼를 지어 고양이 시체를 파먹는 것을 목격한 후로 다시는 그곳에 발을 들이지 않았습니다. 그리고 다시 왼쪽으로 그가 서 있었습니다. 그는 "조심해서 들어가." 하고 말하며 엄지손가락을 치켜들었습니다. 그리고 마침내 오른쪽으로 늙고 가엾은 저희 집 대문이 제 앞을 가로막고 녹슨 몸을 떨며 물었습니다.

'언젠가는 너도 나를 발로 찰 거지, 그렇지?'

짙은 바다와도 같은 파란색 대문이었습니다. 학교에서 돌아온 저는 까치발을 하고서야 겨우 대문에 달린 벨을 누를 수 있었습니다. 한참을 기다려도 아무런 기척이 없었습니다. 하염없이 대문 앞에 기대 서서 엄마가 오기 전까지는 절대로 안 울어, 생각하고 있자면 금세 어머니가 나타나 "우리 희우, 많이 기다렸어?" 하고는 입맞춤을 해 주었습니다. 아버지의 발길질을 이기지 못한 파란색 대문은 결국 붉은색 녹물을 흘리게 되었습니다. 까만색 진돗개 검순이가 짖는 소리가 들렸습니다. 검순이는 아무리 멀리 떨어진 곳에서도 제 발걸음 소리를 알아차리고는 컹컹 짖으며 반가움을 표했습니다. 머리를 쓰다듬어 주면 얌전히 앉아 있다가 일어나 돌아서면 아쉬운 마음에 목줄이 끊어져라 번쩍번쩍 뛰었습니다. "엄마, 검순이는 내가 집으로 오는지 어떻게 알까?" 하고 묻자 어머니는 "희우 냄새가 좋은가 보다." 하고 대답해 주었습니다. 아버지는 검순이 입을 강제로 벌려 퉤 하고 침을 뱉으며 원래 집 지키는 개들은 이래야 주인을 잘 섬긴다고 말했습니다. 장미나무가 담벼락을 타고 무성하게 자라 있었습니다. "엄마, 우리

집 장미가 가장 예쁜 거 같아. 봐, 분홍색이야." 하고 제가 말했습니다. 그러면 어머니는 "그럼, 가장 아름답지."라고 말해 주었습니다. 아버지는 인근 대학생들이 장미꽃을 훔쳐 간다며 장미나무를 몽땅 잘라 버렸습니다. 현관까지 육각형 모양의 붉은색 타일이 길게 깔려 있었습니다. 타일을 살짝 들어 그 안을 들여다보면 통통한 애벌레가 꼼지락거리는 걸 종종 볼 수 있었습니다. 어머니는 애벌레가 커서 멋진 곤충이 될 수 있도록 잘 덮어 놓으라고 말해 주었습니다. 술에 취한 아버지가 타일에 발이 걸려 넘어지는 바람에 타일들은 그날로 파헤쳐지고 말았습니다. 마당 한쪽에는 커다란 목련나무 한 그루가 있었습니다. 이른 봄이면 가지마다 핀 목련꽃이 하늘을 하얗게 뒤덮었습니다. 저녁 무렵 활짝 핀 목련꽃을 올려다볼 때면 마치 커다란 함박눈이 쏟아져 내리는 듯해 좋았습니다. 목련나무가 무성하게 자라 가지가 옆집으로 넘어가자 옆집 주인이 불평을 했고, 아버지는 홧김에 인부들을 시켜 목련나무 가지를 잘라 흉측한 벌거숭이로 만들었습니다. 거실의 나무 바닥은 삐걱거리는 소리를 냈고, 옥상으로 향하는 계단은 캄캄했습니다. 종종 계단에서 미끄럼틀을 타고 내려올 때면 어머니는 "희우는 미끄럼틀도 잘 타네."라며 웃어 보였습니다. 아버지는 옥상을 통해 도둑이 들 수 있다며 계단 중간에 낚싯줄을 이용해 날카로운 작살을 설치했습니다. 부엌에는 노란 백열등이 희미한 빛을 내고 있었습니다. 방바닥에 배를 깔고 엎드려 낙서를 하고 있자면 달콤한 냄새가 흘러 들어왔습니다. 부엌으로 쪼르르 달려가 보니 가스레인지 앞에 의자를 두고 앉아 책을 읽던 어머니가 "희우 주려고 딸기잼을 만들고 있단다. 조금만 기다리렴." 하고 말했습니다. 아버지는 어머니에게 뭐가 그리 잘났냐며, 그딴 것들 읽어서 어디다 쓰느냐며 집에 있는 책들을 한 무더기 들고 와 가스레인지에다 모조리 태워 버렸습니다. 문에 난 구멍 사이로 빛이 새어 나오고 있었습니다. "나는 도날드덕이 좋은데."라고 말했습니다. 어머니는 "그래? 어디 보자…… 지금은 없구나. 다음 번에는 그걸로 사자." 하고 말하며 저를 위로해 주었습니다. 흰 눈동자의 아버지는 또다시 발로 문을 힘껏 걷어찼고, 그 바람에 시내 팬시점에서 사다가 붙여 놓은 귀여운 도날드덕이 꽥 하고 소리를 지르며 목이 찢어져 나갔습니다.

조심스레 안방 문을 열어 봤습니다. 어머니는 겉옷도 벗지 않고 이불 속으로 작은 몸을 웅크린 채 잠들어 있었습니다. 술 냄새가 나지 않도록 여러 번 양치질을 하고 머리와 몸에 찬물을 끼얹었습니다. 축축한 머리를 하고 방으로 들어가 이불 위로 쓰러지듯 누워 가만히 천장을 바라봤습니다. 천장은 출렁이는 파도를 타고 빙글빙글 돌고 돌아 떨어질 듯 말 듯 저를 조롱하며 일렁였습니다. 잠시 후 사각의 천장 한 모서리에서 기다란 팔 하나가 쓱 나오더니 갑자기 하얀 얼굴을 내밀더군요. 남자도 여자도 아닌, 작은 몸을 한 어린아이였습니다. 그 아이는 저와 눈을 맞춘 채 천장 가운데로 미끄러지듯 향했다가는 이내 형광등 아래로 재빨리 사라졌습니다. 그러자 형광등에서 하얀 불꽃이 일더니 잘게 조각나 제 얼굴 위로 쏟아져 내렸습니다. 덜컥 겁이 나 눈을 질끈 감자 어린아이는 깔깔거리고 웃으며 이불 속으로 들어와 저를 간질이기 시작했습니다. 재빨리 몸을 일으켰습니다. 방 안은 어두웠고 창밖은 환했습니다.

'시시하지?'

그때 어린아이가 창밖에서 검은 그림자로 나타나 말했습니다.

'온통 시시한 것뿐이지?'

창밖에 있던 어린아이가 어느새 제 옆에 나타나 쪼그리고 앉아 말했습니다.

'너는 달라. 특별한 사람이야. 너 외에는 모두 시시해.'

그러고는 제 베개 옆으로 바짝 다가와 속삭이듯 말했습니다.

'시시한 세상에서 벗어날 수 있는 건 너뿐이야. 선택받은 사람만 할 수 있는 거야.'

아무리 이불로 얼굴을 덮고 베개로 귀를 막아도 그 어린아이는 제 곁에서 끊임없이 종알거렸습니다.

술을 많이 마셨기 때문이라는 생각이 들었습니다. 뱃속을 가득 채운 알코올을 모두 게워 내고 싶었습니다. 화장실로 가 목구멍에 손가락을 밀어 넣었습니다. 하지만 헛구역질만 나올 뿐이었습니다. 손가락을 더욱 깊이 찔러 넣었습니다. 목구멍 속으로 깊숙이, 더 깊숙이 찔러 넣었습니다. 침이 질질 흘러나오고 눈물이 뚝뚝 떨어지는데도 술로 들이 삼킨 슬픔은 다시 토해져 나오지 않았습니다.

'너만 아플 뿐이야. 너는 아프지 않아도 되잖아. 너는 특별한 사람이니까. 이 시시한 세상에 머물 필요가 없다고 벌써 몇 번이나 말했잖아.'

어린아이가 다시 등 뒤에 나타나 말했습니다.

그것이 첫 만남이었습니다. 그 후로 그 어린아이는 시간과 장소에 따라 각기 형상을 달리하며 제게 나타나곤 했습니다. 몹시 괴로운 마음이 들 때면 머리가 긴 여자의 모습으로 나타나 '왜 그래? 그러지 말고 이런 시시한 세상 나랑 같이 떠나 버리자!'라며 유혹하기도 했고, 몹시 화가 날 때면 새빨간 원숭이의 모습으로 나타나 '가서 당장 죽여 버리지 않고 뭐 해! 모두 시시한 인간이야! 모두 불 질러 버려! 이런 시시한 세상!' 하고 자극하기도 했습니다. 불안에 떨고 있을 때면 좁은 가구 틈에서, 홀로 길을 걷자면 건물과 건물, 전봇대와 자동차 사이에 숨어 있다가 불쑥 나타나 제게 '이리 와서 숨어! 얼른! 들키기 전에!' 하고 재촉하기도 했습니다. 밝은 낮 시간에는 흐릿한 모습으로, 캄캄한 밤이면 선명한 모습으로 나타났습니다.

그럼에도 불구하고 술집을 드나들며 보내는 밤은 가장 중요한 일과로 자리해 갔습니다. 마치 잠에서 깼을 때 밀려오는 오랜 숙취처럼 삶을 헛되이 흘려보내고 있었지요. 하지만 학교 안에서만큼은 학교 밖 생활과 철저히 구분하려고 노력했습니다. 수업도 게을리하지 않았고요. 하지만 제가 노력하면 할수록, 철저하게 구분 지어 놓고자 했던 삶들로 인하여 취하는 날이 많아지면 많아질수록, 외로운 나비들을 외면하고 홀로 날려 보내는 날이 많아질수록, 저 자신은 여러 조각으로 분리되어 갔습니다. 집 안에서의 나, 학교 안에서의 나, 학교 밖에서의 나, 이상 속에서의 나, 현실 속에서의 나, 태양이 떠 있을 때의 나, 태양이 지고 난 후의 나……. 저 자신이 각기 다른 형태로 분리되어 어느 것이 진짜인지 도무지 알 수 없어졌습니다. 그 무렵, 그 정신없는 와중에 제 또래 아이들이 그랬던 것처럼 제게도 처음으로, 비록 몇 개월도 안 되는 짧은 기간이었지만 제게도 사랑이 찾아왔습니다.

가을이 끝나고 겨울이 시작되려는 어느 날 밤이었습니다. 언제나처럼 호찬이와 함께 특별한 목적 없이 거리를 거닐고 있었지요. 자정을 넘긴 시간에도 거리는 사람들로 북적였고, 그들이 내쉰 하얀 입김은 안개가 내려앉은 듯 거리를 온통 뿌옇게 뒤덮었습니다. 그때 안개 속에서, 차갑고 어두운 거리 한가운데에서 작은 키에 검은색 털이 보실거리는 재킷을 입은 여자 아이가 걸어오는 것이 눈에 띄었습니다. 여자 아이가 조금씩 저를 향해 다가올 때마다 작고 동그란 얼굴 가득한 환한 미소가, 조금 더 가까이 다가오자 가지런한 치아가 하얗게 빛났습니다. 어깨에 닿을 듯 말 듯 한 머리카락은 걸음걸이에 맞춰 귓불을 스치며 흔들거렸고, 볼록한 이마를 따라 옆으로 가지런히 넘긴 앞머리는 눈썹 끝을 아슬아슬하게 지나쳤습니다. 초승달을 닮은 눈웃음 사이로 한 번씩 속쌍꺼풀의 곡선을 따라 긴 속눈썹이 자라난 두 눈을 깜박일 때마다 보이는 눈동자는 까맣게 별이 빛나는 밤하늘을 집어삼킨 것처럼 반짝였습니다. 그렇게 여자 아이는 제 바로 앞까지 다가왔다가 홀연히 제 옆을 스치며 지나갔습니다. 쌀쌀한 바람에 섞인 여자 아이의 앳된 향기가 쓸쓸히 저를 간질였습니다.

그때였습니다. 갑자기 호찬이가 뒤를 돌아 그 아이의 팔을 잡아 끌며 아는 체를 했습니다.

"길민지!"

그와 그 아이가 어떤 이야기를 주고받았는지는 전혀 기억나지 않습니다. 단지 그 아이의 생글생글 웃던 얼굴 그리고 그가 저를 소개해 주자 앞머리를 손으로 쓸어 넘기며 "안녕하세요." 하고 '요' 자를 유독 길게 끌어올리며 말하던 목소리, 잠시 고개를 숙였다 잔뜩 웅크린 몸으로 발을 동동 구르던 모습만 기억에 남아 있습니다.

다음 날 '피아노'에서 다시 그를 만났습니다.

"……초등학교 졸업하고 여기로 전학 오기 전에 ㄱ군에서 거의 매일 보다시피 했지. 워낙에 작은 마을이라. 알아보니까 걔도 얼마 전에 너네 학교 옆 ㅇ여상으로 전학 왔다고 하더라."

제가 다닌 ㅊ고등학교는 ㅇ여자상업고등학교와 담장 하나를 사이에 두고 나란히 붙어 있었습니다. 쉬는 시간이나 점심 시간이면 교실 창가에 매달려 복도를 지나다니는 여학생들을 구경하거나 소리를 질러 여학생들의 관심을 끌려고 노력하는 남자 아이들을 심심찮게 볼 수 있었지요. 때문에 학년을 불문하고 창가 자리는 경쟁이 매우 치열했습니다. 제가 입학하기 몇 해 전에 학생하나가 이른 아침 아무도 없는 교실에서 벌거숭이 상태로 등교하는 여학생들을 훔쳐보며 자위하던 중 ㅇ여상 소프트볼 코치에게 발각되어 정학 처분을 받은 일이 있었다고 합니다. 그 사건 이후 창가에서 소리를 지르는 등의 행동을 금지하기는 했다지만, 왕성한 시기의 남학생들을 막을 방법은 딱히 없었겠지요.

"워낙 어려서부터 봐서 그런지 나는 잘 모르겠는데 벌써 꽤 인기가 많은가 보더라. ㅁ동 패스트푸드점 알지? 거기에서 저녁 시간 아르바이트를 하는데 남자 애들이 그 시간이면 줄을 서서 햄버거를 처먹는단다. 관심 있으면 한번 만나 볼래?"

호찬이가 제 옆구리를 쿡 찔렀습니다.

"그럼 그럴까?"

그는 찾아오는 주말에 자리를 한번 만들어 보겠다고 했습니다.

다음 날 창가 옆으로 자리를 옮겼습니다. 하루 종일 창밖을 바라보고 있자면 제 마음은 온통 담장 너머 똑같은 교복을 입은 여자 아이들 속 어딘가에 있을 그 아이 생각으로 가득 찼습니다.

당구대에서는 빨간색, 초록색, 주황색, 파란색, 검은색, 흰색 당구공들이 딱딱 소리를 내며 빙글빙글 돌아다니고 있었습니다. 민지는 회색 체크무늬 깃이 달린 감색 교복 재킷과 몸에 잘 맞게 줄인 교복 바지를 입고서 기다란 당구채를 손에 들고 당구대에 걸터앉아 있었지요.

"참, 어렵네요."

민지가 당구공을 향해 눈을 찌푸린 채 아랫입술을 살짝 깨물었습니다. 자리를 마련해 준 호찬이가 포켓볼 따위 뭐가 어려우냐며 퉁명스런 목소리로 나무라자 저를 바라보며 "이번에 꼭 안 들어가도 되죠?" 하고 물었는데, 공이 들어가든 들어가지 않든 제게는 아무 상관 없었습니다.

제법 비장한 표정으로 단발머리를 뒤로 모아 묶고는 아랫입술을 더욱 힘껏 깨물며 흰색 공을 힘껏 치자, 흰색 공이 주황색 줄무늬가 있는 공을 맞고 아무렇게나 튕겨져 나와 검은색 공 옆에 멈춰 섰습니다.

"내가 안 들어갈 줄 알았다니까요. 참, 근데 이렇게 걸터앉아 있으니까 어때요? 나름 섹시하지 않아요?"

민지가 저를 돌아보며 장난기 어린 표정을 지어 보였습니다.

당구장에서 나오니 제법 차가운 바람이 불었습니다. 호찬이는 먼저 '피아노'에 가 있겠다며 제 주머니에 손을 푹 찔러 넣었다 빼고는 뒤돌아 빠른 걸음으로 멀어졌고, 민지와 저는 당구장 근처 'S.M.'이라는 커피숍으로 자리를 옮겼습니다. 커피숍 안은 테이블마다 칸막이와 커튼이 쳐져 있었습니다. 그중 하나로 들어서자 작은 공간은 붉은색이 감도는 나무로 벽과 천장이 장식되어 있었고, 벽에 붙은 노란빛 조명이 묘한 분위기를 자아냈습니다.

"파르페 시켜 줘요. 화장실 갔다 올게요."

파르페라는 것이 무엇인지는 몰랐지만 일단 알겠다고 대답했고, 잠시 후 검은색 조끼를 입은 웨이터가 메뉴를 들고 커튼을 열며 들어왔습니다. 메뉴를 보니 파르페라는 것의 가격이 만만치 않더군요. 두 개를 시켜야 할지 하나를 시키고 다른 메뉴를 추가해야 할지 망설여졌습니다. 호찬이가 당구장을 나오며 몰래 주머니에 넣어 준 만 원짜리 한 장과 천 원짜리 몇 장이 가진 전부였기 때문이었지요. 암산으로 여러 메뉴를 조합해 계산하려는 찰나 커튼이 다시 움직였습니다. 저도 모르게 "파르페 두 개요."라는 말이 나왔습니다.

"아니, 하나만 주세요."

그때 마침 민지가 커튼을 살짝 젖히고 들어오며 말했습니다.

웨이터가 계산서를 테이블에 올려놓은 뒤 커튼을 닫고 나가자 둘만 남겨진 좁은 공간에 어색한, 조금은 야릇한 침묵이 잠시 흘렀습니다.

"오빠는 공부 잘하죠?"

"잘했어."

"엄청 똑똑하다고 하던데요?"

"누가?"

"몰라도 돼요. 다 알아보는 수가 있어요."

그러고는 살며시 눈을 감고 발그스름한 볼을 테이블에 올려놓으며 "아, 춥다." 하고 속삭이듯 말했습니다. '춥다'라고 말을 끝낸 채 살짝 벌어진 입술 사이로 새어 나오는 옅은 숨소리가 저를 나른하게 녹였습니다.

"실례합니다."

웨이터가 다시 커튼을 열고 들어왔습니다. 그가 쟁반에 올려 가지고 온 잎사귀 무늬가 그려진 긴 유리잔 안에는 몇 가지 과일과 돌돌 말린 과자들, 딸기 시럽과 초콜릿 시럽이 번갈아 뿌려진 아이스크림이 층층이 담겨 있었고, 한쪽에는 손잡이가 긴 티스푼두 개가, 다른 한쪽에는 두툼한 빨대 두 개가 꽂혀 있었습니다. 파르페라는 것을 처음 본 저는 가장 먼저 먹기에 참 불편해 보이는구나, 하는 생각이 들었습니다. 하지만 이런 생각도 잠시, 과자가하나씩 과일이 하나씩 줄어들 때마다, 아이스크림이 한 스푼씩 줄어들 때마다 스푼을 쥔 서로의 손가락이 한 번씩 스쳤고, 그렇게 파르페는 천천히, 아주 천천히 녹아내렸습니다.

주중에는 '피아노'에서 그들을, 주말이면 'S.M.'에서 민지를 만나 시간을 보냈습니다. 한번은 제가 다니는 학교가 궁금하다고 보채는 바람에 한밤중에 경비원 몰래 교실로 숨어 들어간 적도 있었지요.

"여기 앉아서 보면 너네 학교 정문이 보여."

제 자리에 앉아 바로 옆 창문을 가리키며 말했습니다.

"정말요? 그럼 나 학교 가는 것도 보이겠네요?"

그 뒤로 교실에 앉아 창밖을 바라보고 있자면 멀리서 그 아이가 저를 향해 힘껏 손을 흔들어 주었고, 제가 작게 손을 흔들어 대답하면 민지는 더 크게 손을 흔들었습니다. 그리고 같은 반 남자아이들은 누구에게로 향한 손짓인지도 모른 채 괴성을 질러 댔습니다.

부쩍 추워진 어느 겨울날, 운동장 한편에 있는 돌계단에 앉아 보이지 않는 은하수를 찾으며 함께 담배를 피우고 있었습니다. 바람이 꽤 강하게 불어 담배 연기는 내뿜는 동시에 하늘로 무섭게 날아올랐습니다. 민지는 다 피운 담배를 손가락으로 꾹 눌러 필터 속의 솜을 빼낸 뒤, 교복 안주머니에서 꺼낸 볼펜으로 그날의 날짜를 적어 제게 선물이라며 건네주었습니다. 돌계단은 차가웠고, 이미 하늘 위로 사라져 가는 담배 연기는 은하수처럼 차갑게 빛났습니다.

"춥지?"

"으, 엄청 추워요."

"갈까?"

"이렇게 추울 때는 남자가 팔짱도 껴 주고 그런다던데, 어쩔 수 없죠."

민지가 제 옆으로 바짝 다가와 붙더니 제 팔 사이로 자신의 팔을 끼워 넣었습니다.

"이렇게 하니까 좋죠?"

따뜻했습니다. 아니, 전부터 춥지는 않았습니다. 그리고 거짓말처럼 그해 겨울 첫눈이 내렸습니다.

"봐요, 이렇게 하니까 눈도 오잖아요!"

팔짱을 낀 채 제자리에서 발을 구르며 외쳤습니다.

하늘을 향해 활짝 웃는 얼굴을 바라보며, 그렇게 오래도록 함께 눈을 맞으며 걷고 싶었습니다. 하지만 야속하게도 그 아이의 집은 그리 멀지 않은 곳에 있었습니다. 후문으로 학교를 빠져나와 골목길을 걷다 보니 가파른 언덕이 나왔습니다. 군데군데 페인트가 벗겨진 난간이 벽을 따라 설치되어 있었고, 폭이 좁은 시멘트 계단도 만들어져 있었지요. 난간을 짚고 계단을 올라 언덕이 끝나는 곳에서 왼쪽 골목으로 들어가기 직전 모퉁이에 흰색을 칠한 단층 양옥 대문 앞쪽으로 커다랗게 '하숙'이라고 적힌 나무판이 붙어 있었는데, 그곳이 그 아이가 머무는 곳이었습니다. 창문에는 불이 켜져 있었습니다.

"할머니 아직도 기다리나 보다."

"얼른 들어가."

"지금 들어가요? 저 밑에까지만 다시 내려갔다가 올라와서 들어가면 안 돼요?"

팔짱을 꼭 끼고서 다시 언덕을 걸어 내려갔습니다. 그렇게 계단을 내려가는 날이 늘어 갈수록, 그 아이와의 사이가 가까워질수록 밤은 점점 깊어만 갔고 언덕에도 어느덧 하얗게 눈이 쌓였습니다.

"내 방 궁금하지 않아요?"

발갛게 식은 볼의 감촉을 손등에 남긴 채 뒤돌아 계단을 내려가려고 할 때였습니다. 저로서는 동그랗게 올려 뜬 까만 눈동자를 뿌리칠 수 없었지요.

"잠깐만요."

그러고는 대문과 담장이 맞닿은 사이에 손을 넣더니 줄로 매달아 놓은 열쇠를 꺼내어 대문을 열고 들어갔습니다. 잠시 후 건물 왼편 첫 번째 창문에서 깜빡거리며 불이 켜졌습니다. 10분 정도를 더 기다리자니 민지가 옷을 갈아입고 나왔습니다. 회색 트레이닝 바지에 'ROMA'라고 조그맣게 적힌 연한 청록색 반팔 티셔츠를 입고 있었지요. 세수도 했는지 살랑거리던 앞머리가 살짝 젖은 채 실핀 두 개가 꽂혀 있었습니다. 대문 안으로 들어서자 손가락 하나를 들어 제 입술에 가져다 대고는 다시 그 손가락으로 집과 담벼락 사이의 좁은 통로를 가리키더군요. 손가락이 가리키는 곳으로 비집고 들어가 불이 켜진 창문 아래에서 잠시 기다리고 있자니, 살며시 창문이 열리고 민지가 창틀에 기대어 제게 손을 내밀었습니다.

"금남의 방이지만, 오늘만."

다행히 창문은 높지 않았고, 벽에 발을 대고 한두 번 힘을 주자 그다지 어렵지 않게 올라설 수 있었습니다. 창문턱에 비스듬히 앉은 채로 신발을 벗어 민지에게 건네주고 방 안으로 들어갔습니다. 민지는 손가락을 들어 자신의 입술에 가져다 대며 "우리 조용히 있어야 돼요. 할머니가 아직 안 자요." 하고 속삭이듯 말한 뒤 창문을 닫고 들고 있던 제 신발을 방 안쪽 창문턱에 올려놓았습니다. 그리고 커튼이 쳐졌습니다.

"추우니까…… 참, 잠깐만 있어요. 주스 가지고 올게요. 금방 올게요."

방은 아담했습니다. 창문 오른쪽에는 철제 프레임 침대가 위치해 있었고, 겨울용치고는 얇게 느껴지는 하늘색 솜이불이 깔려 있었습니다. 노란빛이 도는 작은 베개도 하나 놓여 있었는데, 그 가운데로 옅은 갈색의 희미한 침 자국이 배어 있었습니다. 조금 전까지 입었던 교복 재킷과 바지, 흰색 블라우스는 대충 개어져 침대 아래쪽에 놓여 있었고요. 창문 왼쪽에는 책 대신 색색의 종이 상자가 가득 들어찬 책장과 서랍장이 있는 책상이 있었습니다. 책상 앞 벽에는 직접 손으로 그린 듯한 시간표와 색색의 메모장 등이 투명 테이프로 붙여져 있었는데, 그중에는 형광펜으로 무늬를 넣은 커다란 글씨로 '아침, 저녁 약 먹기!'라고 적은 것도 있었습니다. 의자는 화장대로 사용하는지 몇 개의 로션과 둥근 빗, 길쭉한 빗, 헤어드라이어, 손거울 등이 올라가 있었습니다. 창문 맞은편 방문 왼쪽에는 나뭇결 무늬 시트를 붙인 옷장이 있었고, 금색 옷장 손잡이에는 민지를 처음 본 날 그 아이가 입은 검은색 털 재킷이 걸려 있었습니다. 그리고 방문 오른쪽에는 초록색 원형 벽걸이 시계가 걸려 있었습니다. 초침이 없는 시계였지요. 그런데도 어디선가 째깍째깍 하는 초침 소리가 들려오는 듯했습니다.

"왜 그렇게 숙녀 방을 두리번거려요?"

방으로 들어온 민지의 손에는 포도주스 한 잔이 놓인 플라스틱 쟁반이 들려 있었습니다.

"그냥."

"여고생 방이라고 뭐 특별할 줄 알았어요? 훔쳐볼 것도 없죠?"

한쪽 눈을 찡그린 채 아랫입술을 깨물며 장난기 섞인 웃음을 지어 보였는데, 그렇게 웃을 때면 숨어 있던 조그마한 송곳니 하나가 살짝 보이곤 했습니다. 그 표정을 참 좋아했지요.

민지는 바닥에 쟁반을 내려놓고는 의자를 한쪽으로 밀어 자리를 만든 후 무릎을 모아 다소곳한 자세로 앉아서 제게 옆에 와 앉으라고 손짓했습니다. 외투를 벗고 책상 서랍장에 기대어 나란히 앉아 있자니 막 보일러를 켰는지 옅은 온기가 느껴졌습니다.

"잠깐만요."

민지가 바닥에 무릎을 댄 채로 몸을 반쯤 일으켜 침대를 향해 팔을 뻗었습니다. 그 순간 제 눈은 그 아이의 부러질 듯 꺾인 가는 발목에서 시작해 회색 트레이닝 바지에 선명히 드러난 속옷 자국으로, 바지 고무줄 위로 수줍게 고개를 내민 흰색 레이스, 팔을 뻗는 바람에 딸려 올라간 티셔츠 아래로 도드라진 골반에서 이어진 완만한 곡선을 그리는 허리, 티셔츠 위로 희미하게 드러난 속옷의 어깨끈, 머리카락 옆으로 살며시 내민 옆모습, 둥근 어깨에서 길게 뻗은 얇은 팔을 따라 침대로 향했고, 그리고 마침내 침 자국이 밴 베개를 집기 위해 펼쳐진 도톰한 다섯 개의 손가락에서 멈춰 섰습니다.

"베던 거지만, 자요, 등에 대고 기대요."

그리고 다시 손을 뻗어 침대 위에 있던 이불을 끌고 와 무릎 위로 올려 덮으며 쪼그려 앉더니, 이내 그 속으로 고개를 파묻었습니다.

"춥다. 오빠는 반만 덮어요. 자."

이불 한쪽을 살며시 들추며 배시시 웃는 얼굴로 말했습니다.

그 아이의 체취가 스민 이불을 함께 덮고 나란히 앉아 이런저런 이야기를 나누었습니다. 공부는 잘하고 있느냐 물으니 "몰라요. 어차피 난 공부를 못하니까. 아무래도 머리가 나쁜가 봐."라고 대답했습니다. 사실은 나도 그림을 그리는 것이 꿈이었다고 하니 "그럼 지금이라도 그림 그려요."라고 말했습니다. 쉬운 문제가 아니기에 걱정된다고 하니 "잘 모르겠네요. 뭐가 걱정인지. 나는 머리가 나빠서 그런가. 나는 그냥 오빠가 하고 싶은 걸 했으면 좋겠어요."라고 말하더군요. 친구들과는 무엇을 하고 지내느냐 물으니 "친구는 많은데 아무래도 다 좀 이상해요. 요즘은 무슨 유행도 아니고 만날 술 먹고 뻗어서 남자 애들이랑 잤다느니 하는 얘기만 하니까."라고 대답했습니다. 할머니가 도시락은 맛있게 싸 주는지 물으니 "만날 콩조림이랑 멸치만 싸 줘요. 지겹기는 한데 돼지가 되려고 하는지 맛있게 잘 먹어요."라고 대답했지요. 고향에는 자주 가는지 물어보니 "어떻게 알았어요? 집에는 잘 안 가요." 라고 대답했습니다. 형제가 있는지 물어보니 "언니는 ㅅㅅ에서 아르바이트하는데, 참, 저것도 언니가 사 준 거예요."라고 대답하고는 책장 맨 위에 있는 상자 하나를 가리켰습니다.

"다이어트 약이에요. 먹으면 속이 울렁거려서 먹기는 싫은데, 요즘 같아서는 먹어야 될 거 같기도 하고…… 어때요? 아무래도 먹어야 될 거 같죠?"

"얼른 먹고 또 사 달라고 해야겠다."

그러자 이불 속에 고개를 묻고 깔깔거리며 웃더니 금세 토라진 얼굴로 "그럼 나중에 살 빼고 나서나 보여 줘야겠네요." 하고 말했습니다.

"농담이야."

"표정을 보니까 농담 아닌 거 같은데요? 아, 맞다. 사진! 내 사진 줄까요?"

"그래."

옷장에서 꺼내 온 앨범에는 그 아이가 자라 온 기억들이 순서대로 담겨 있었습니다.

"여기서 마음에 드는 거 하나만 골라요."

제가 장난 삼아 어느 시골 농가 앞에서 발가벗은 채로 울고 있는 여자 아이의 사진을 하나 골랐습니다. 그러자 "안 돼요!" 하고 작게 소리치며 손바닥으로 사진을 가리더니, 이내 제 허벅지를 살짝 꼬집으며 말했습니다.

"짓궂어."

이왕이면 최근 사진을 골라야겠다는 생각으로 천천히 앨범을 넘기다 보니 어느새 마지막 장이 되었습니다. 앨범 속에는 여전히 어린아이의 모습뿐이었지요.

"줘 봐요. 내가 골라 줄게요."

민지가 제게서 앨범을 빼앗아 무릎에 올려놓고는 천천히 앨범을 넘기기 시작했습니다. 마음 같아서는 앨범을 통째로 갖고 싶었지요.

"그런데 이상한 거 없었어요?"

"응, 있었어."

"뭐요?"

"어릴 적에는 쌍꺼풀이 없던데?"

"진짜니까 믿어야 해요. 어느 날 자고 일어났더니 쌍꺼풀이 생겼어요. 진짜예요."

"정말?"

"안 믿죠? 정말인데."

민지는 계속해서 앨범을 넘겼습니다. 한 장 한 장 사진을 보면 볼수록 참 묘한 기분이 들었습니다. 누군가의 기억을 함께 보고 있다는 것이 말입니다. 그리고 사진 속 민지는 정말이지 행복해 보였지요.

"그거 말고는 이상한 거 없었어요?"

"모르겠는데."

"공부 잘하는 거 맞아요? 봐요, 여기, 여기, 여기. 내 옆에 있는 여자가 다 다르잖아요."

민지가 앨범의 각 페이지를 손가락 사이사이에 끼워 넣고 들췄다 덮기를 반복하며 말했습니다.

"나는 엄마가 셋이에요. 이 사진이 친엄마. 예쁘죠? 그리고 이건 아빠. 멋있죠? 어릴 때는 몰랐는데 크면서 점점 내가 아빠 닮아 간대요. 봐요, 아빠도 쌍꺼풀 있잖아요. 그리고 이 사진이 둘째 새엄마. 그리고 이 사진이 지금 새엄마. 아빠는 능력도 좋지, 그죠?"

뭐라고 대답해야 할지 몰랐습니다. 그저 아무 말 없이 그 아이를 바라봤습니다. 민지는 제게 줄 사진을 고르며 웃었습니다. 어쩌면 웃지 않았던 것도 같습니다.

민지가 제게 골라 준 사진은 초등학교 시절 사진이었습니다. 사진 속 배경은 마찬가지로 어느 시골 마을, 뒤로 보이는 개울가에는 뿌옇게 날아간 몇몇 사람이 물에 발을 담그고 서 있었고, 민지는 그 앞에서 허리에 손을 얹고 교정기를 낀 채 환하게 웃고 있었습니다. 그런데 갑자기 사진 속 배경이 마음에 들지 않는다며 도로 사진을 빼앗아 자신의 모습만 남기고 나머지 배경을 손으로 찢어 냈습니다. 그리고 제게 다시 건네주며 말했습니다.

"꼭 잘 간직해야 해요. 이건 내 생일날 찍은 유일한 사진이란 말이에요."

"응, 그럴게."

"오빠 생일은 언제예요?"

제가 대답해 주자 "어? 얼마 안 남았네?" 하고는 저를 살며시 밀치더니 제 등 뒤에 있던 베개를 끌어안으며 서랍장 첫 번째 칸에서 메모장과 천 필통을 꺼냈습니다. 베개 위로 메모장을 아무렇게나 펼쳐 놓고 필통에서 꺼낸 파란색 볼펜으로 '생일날 민지랑 S.M.에서 5시에 약속 있어요.'라고 적은 뒤 글씨가 적힌 부분만 손으로 찢어 제게 건네주었습니다.

문득 몇 시쯤 되었을지 궁금해 시계를 보니, 소리 없는 시계는 어느새 자정을 넘어가고 있었습니다.

"요즘은 추워서 그런지 입술이 자꾸만 터요."

시계에서 눈을 떼고 민지를 바라봤습니다. 새끼손가락으로 입술을 가볍게 문지르고 있었고, 이불이 덮인 무릎 위에는 분홍빛으로 반짝이는 립글로스가 올려져 있었습니다. 저도 모르게 웃음이 나왔습니다. 그러자 민지가 "오빠 왜 웃어요? 이상한 생각 한 거 아니에요?"하고 묘하게 야릇하고 장난스러운 앳된 목소리로 물었습니다. 다시 시계를 봤습니다. 아무런 소리도 들리지 않았습니다. 다시 시계에서 눈을 떼고 그 아이를 바라봤습니다. 민지도 손가락을 멈추고 저를 물끄러미 바라보고 있었습니다.

"늦었다. 갈게."

근본 없이 이는 불안한 마음을 안고서, 그 아이의 볼을 어루만지려다 만 손으로 외투를 집었습니다. 민지는 들어올 때와 다르게 할머니는 벌써 잘 시간이 넘었다면서 방문으로 나가도 될 것 같다고 했습니다. 자리에서 일어나자 덮고 있던 이불이 바닥으로 미끄러지듯 흘러내렸습니다. 외투를 입고 커튼 뒤에서 신발을 꺼내 들고 방문을 열었습니다.

"추운데 나오지……."

"쉿!"

민지가 손으로 제 입을 막자 땀으로 촉촉한 손바닥이 입술에 닿았습니다. 그대로 문밖의 소리에 귀를 기울였습니다. 아무 소리도 들리지 않았습니다.

컴컴한 거실을 지나 현관을 통해 밖으로 나갈 수 있었습니다. 대문을 열어 보려고 했지만 잘 열리지 않았습니다. 민지가 "아무것도 모르면서……"라고 말을 흐리며 잠금 장치 위에 매달린 기다란 줄을 힘껏 잡아당기자 대문이 철컹 하고 열렸습니다.

"진작 말해 주지. 갈게."

막 대문을 나서려는 순간, 그 아이의 따뜻한 입술이 제 볼에 차갑게 전해졌습니다.

"춥다. 얼른 들어가."

"별로 안 추워요. 잘 가요. 그리고 사진 잃어버리면 안 돼요."

제 손끝을 스치는 민지의 손은 차가웠습니다. 계단 앞까지 걸어가 뒤를 돌아봤습니다. 반팔 티셔츠 차림의 여자 아이가 저를 바라보고 있었습니다. 제가 손을 흔들어 주자 그 아이도 제게 "약속 잊어버리면 안 돼요!" 하고 크게 외치며 손을 흔들었습니다.

도망치듯 계단을 뛰어 내려왔습니다. 겁이 났습니다. 저로서는 누군가의 불운한 삶의 기억을 대신 짊어질 수 있는 용기, 아니 자격이 없기 때문이었습니다.

겨울이 채 끝나기도 전이었지요. 민지는 제게 설렘과 애틋함, 차가운 입술의 감촉과 시린 기억을 남겨 주고 멀어졌습니다. 그 무렵 함께 어울려 술을 마시던 아이들마저도 배관 현장 실습, 농업 기술 교육, 동계 전지 훈련 등의 시시콜콜한 이유로 뿔뿔이 흩어져 버렸습니다. 그렇게 저는 다시 혼자가 되었습니다.

제가 마지막으로 민지를 본 것은 함께 만나기로 약속한 그다음 해 제 생일날이었습니다. 그 아이가 일하는 패스트푸드점 앞을 우연인 척 거닐고 있었지요. 유리창 너머로 그 아이가 보였습니다. 빨간색 유니폼을 입고서 환한 얼굴로 누군가의 뱃속을 채워 줄 싸구려 음식을 주문받는 예쁜 여자 아이의 모습이 자꾸만 흐릿하게 보였습니다.

우정을 나누고자 했던 친구들, 사랑을 나누고 싶었던 여자 아이……. 삶은 제게 그 작은 행복조차 허락하지 않았습니다. 저를 스치는 모든 것은 기억이라는 그을음만 남긴 채 타 버려 사라지니, 저로서는 제게 주어진 불운한 삶을 원망하며 무심한 시간 속에 홀로 서 있는 것밖에는 달리 할 수 있는 것이 아무것도 없었습니다.

지난달이었을 것입니다. 이런 말씀을 하셨지요. 아무리 힘들어도 참고 기다리다 보면 언젠가는 반드시 좋은 기회가 찾아온다는……. 제게도 딱 한 번, 잃어버린 줄 알았던 꿈을 다시 펼쳐 볼 수 있는 기회라는 것이 찾아온 적이 있었습니다. 지금의 저를 놓고 봤을 때 그것이 과연 좋은 기회였는가는 장담할 수 없겠지만 말입니다.

어릴 적부터 화가가 꿈이었던 저는 제 몸보다 커다란 스케치북에 그림을 그리는 것이 하루 중 가장 중요한 일과였습니다. 아버지에게서 도망가는 날을 제외하고는 거의 하루도 거른 적이 없었지요. 초등학교에 들어가서도 또래 아이들과 잘 어울리지 못한 제 손에는 구슬이나 딱지 대신 언제나 크레파스와 납작한 붓이 들려 있었고, 다 사용한 붓을 깨끗이 빨아 욕실 한편의 세탁기 위에 말려 놓는 일이 그렇게 기분 좋을 수 없었습니다. 스케치북 속 저는 언제나 환하게 웃었고, 가지런히 빨아 놓은 붓 안에는 희망이 깃들어 있었지요. 제게 그림은 유일한 즐거움이자 훌륭한 도피처였습니다. 때문에 적당한 시기가 되면 으레 입시 전문 미술 학원에 다닐 줄 알았습니다. 아버지 사업이 부도 나기 전까지는 말입니다.

고등학교 3학년 1학기를 멋대로 흘려보내고 여름 방학을 코앞에 둔 어느 날이었습니다. 웬일인지 환한 얼굴로 돌아온 어머니가 말해 주기를, 우연히 알게 된 미술 학원 원장님에게 그림 그리기를 향한 제 마음과 집안 사정을 이야기해 본 결과, 제가 가진 기질을 시험해 본 뒤 만약 가능성이 있다면 수업료를 지원해 주겠다는 것이었습니다. 거절할 이유가 전혀 없었습니다. 며칠 후 주어진 한 시간 동안 정말이지 온 힘을 다해 아그리파의 두상을 스케치했습니다. 이젤 앞에서 종이를 마주하고 그림을 그려 보는 것도, 새하얀 석고상을 그려 보는 것도 처음이었지만 이 기회를 절대로 놓칠 수는 없었습니다. 하지만 결과는 실망스러웠습니다. 2절지에 그려진 석고상의 모습은 괴기한 설인의 모습을 하고 있었지요. 그럼에도 불구하고 원장님은 그 한 시간의 시험으로 지원 여부를 결정하겠다는 생각은 애초부터 갖지 않았는지, "좋아, 좋은데? 그림에서

절실함이 느껴지잖아!"라며 흔쾌히 수업료를 지원해 주기로 약속
했습니다. 드디어 내 텅 빈 하늘에도 멋진 구름이 피어 오르기 시
작하는구나, 생각했습니다.

그런데 막상 미술 학원에 들어가고 보니 수업료 외에도 여간
많은 돈이 필요한 게 아니더군요. 밥값이 없어 거의 매일 저녁을
굶다시피 하는 저로서는 당시 이백 원 하는 종이 한 장을 살 돈도
아쉬워 아이들이 없는 틈을 타서 원장님에게 공짜 종이를 얻거나
누군가 끼적거리다 만 종이를 주워 그림을 그려야 했습니다. 하
물며 물감이나 붓 등의 재료들은 또 얼마나 부담이 되었겠습니
까. 더욱이 국산 재료를 사는 것도 빠듯한 마당에 입시를 담당한
선생님이 입시생 연습 그림 따위에 굳이 값비싼 일본제 재료를
써야 한다고 고집 피우는 바람에 국산 물감을 마치 일본제인 것
처럼 몰래 팔레트에 짜 놓고 사용해야 했습니다. 그나마 어렵게
구입한 일본제 붓은 14호짜리 둥근 붓 한 자루밖에 가지고 있지
않았기에 개체는 물론 배경같이 넓은 면적도 그것으로 처리해야
했지요. 때때로 이러한 현실의 문제가 위축된 감정을 느끼게 만
들기도 했지만, 그럴수록 더욱 그림 그리기에 몰두했습니다. 방
학 보충 수업과 집에 있는 시간을 합친 것보다 학원에서 보내는
시간이 더 많은 날도 잦았지요. 그러다 보니 방학이 끝날 즈음이
되자 몇몇 아이하고는 제법 어울려 지내는 사이가 되었는데, 어
떤 이유에서인지는 몰라도 그들은 저를 부잣집 아이로 착각하고
있었습니다. 때문에 사소하게나마 곤란한 상황에 처해지는 일이
빈번하게 발생했지요. 돈을 모아 간식거리라도 사 먹자는 말이

나올 때면 "너도 돈 좀 내."라며 심장을 찔렀습니다.

"돈 없는데?"

분명 솔직히 말했습니다.

"너네 집 부자잖아."

"그냥 말자. 원래 있는 집 애들이 더 저런다잖냐."

"아, 그럼 아예 거지라고 부르자."

하지만 그들은 제 말을 믿지 않았습니다. 저를 부잣집 아이라 여기면서도 깔깔거리며 거지라고 불러 댔지요. 마음 같아서는 그 피둥피둥한 얼굴들에 침이라도 뱉어 주고 싶었으나 그럴 수 없었습니다. 빵이라도 하나 얻어먹거나 물감이라도 빌려 쓸 때면 "또? 아, 거지!"라며 면박을 주는 그들이 미웠지만, "거지 또 왔네. 그거 해 봤자 얼마 한다고."라며 자존심을 긁는 그들이 죽이고 싶을 만큼 미웠지만 오로지 그들에게 얻을 수 있는 것만 생각하며 참아 내야 했지요. 비참하게도 그들의 착각으로 만들어 낸 부잣집 아들 행세를 하면서 말입니다.

가난함을 들키지 않고 필요한 것을 얻기 위해 시작한 교활한 연극은 결국 저 자신을 모순 그 자체로 만들어 버렸습니다. 수업이 끝나는 시간에 맞추어 학원 앞으로 모여든 학부모들의 번쩍거리는 자동차들을 뒤로하고, 허울이 벗겨져 벌거숭이가 된 초라한 제 모습을 여과 없이 드러내는 어두운 밤거리를 홀로 거닐다 하루가 다르게 괴기스러운 형상으로 변해 가는 허울뿐인 집에 도착해 여전히 술에 취한 아버지와 허드렛일로 지쳐 쓰러진 어머니의 발바닥을 보고 있자면, 밀려오는 괴리감으로 밤새도록 고통에 시달려야 했습니다.

당시 미술 학원에 다니는 아이들은 입시 미술 전문 잡지를 한 권씩 구독했습니다. 하지만 형편이 좋지 않은 저는 아이들이 내팽개친 과월호를 주워 참고할 만한 것들을 오려 공책 사이에 끼워 두었다가 학교에서만 틈틈이 들여다보곤 했지요. 어느 날 쉬는 시간, 석고상별로 그릴 때 유의해야 할 점을 사진과 함께 정리해 놓은 기사를 보고 있을 때였습니다. 공교롭게도 당시 제 옆자리에는 정태익이라는 아이가 앉아 있었는데, 전교 1등을 도맡다시피 하여 담임선생의 극진한 총애를 받는 아이였지요. 살집이 상당했기에 숨을 쉴 때마다 씩씩거리는 소리를 냈고, 쉬는 시간이나 점심을 먹고 난 뒤면 어김없이 책상에 엎드린 채로 코를 골았습니다. 수업 중에 딴 짓을 해도 크게 꾸지람을 듣는 일이 없었지요. 등교할 때면 부모가 은색 대형 외제차로 학교 정문 앞까지 데려다 주었고, 어울리지도 않는 값비싼 메이커 농구화를 신고 다녔습니다. 때문에 저는 그에게 불쾌한 감정과 약간의 질투심을 동시에 가지고 있었습니다. 그도 내심 저를 다른 부류라 여겼는지 평상시 서로 말을 섞는 일 또한 거의 없었지요. 그런 그가 제 공책을 한번 힐끔 쳐다보더니 제법 친근한 어투로 말했습니다.

"세네카, 소크라테스를 존경했지. 너도 스토아 철학을 공부하는 줄은 몰랐는데?"

그때의 부끄러움이란! 단순히 석고상의 머리카락과 이마, 눈과 코, 입과 턱을 어떻게 그려야 할지에 대해 관찰해 왔을 뿐 정작 세네카가 철학자인지도 몰랐던 것입니다. 그날을 계기로 그림 연습은 물론 석고상의 실제 모델인 옛 위인들의 삶을 이해하기 위해 학교 도서관을 들락거렸고, 그간 바닥으로 떨어진 성적을 끌어올리기 위해 월 이만 원짜리 독서실을 끊어 늦은 시간까지 열심히 공부했습니다.

그때 즈음부터였을 것입니다. 캄캄한 밤이 주는 매력에 사로잡히게 된 것은 말입니다. 학원을 마치고 독서실에서 공부하고 집으로 돌아오는 길은 기껏해야 걸어서 30분 정도밖에 안 되는 짧은 거리였지만, 제게 유일하게 허락된 혼자인 시간이었습니다. 밤의 어둠이 주는 적막 그리고 찾아오는 외로움. 그것은 달과 같아서 홀로 빛나도 쓸쓸하지 않은 유일한 것이자 어둠이 있기에 더욱 빛날 수 있는 것이었습니다. 그 속에서 저는 온전한 정신으로 숨 쉴 수 있었고, 세상은 참으로 온전한 것이 아닐 수 없었지요. 들리지 않았던 고요함이 제 귓가에서 노래 불렀고, 만질 수 없었던 평온함을 가득 품을 수 있었습니다. 멀리 반짝이는 우주를 내다볼 수 있는 두 눈을 가진 듯했습니다.

그러자 왜 더 일찍 이 사실을 깨닫지 못하고 괴로워했던 것일까, 어째서 진정한 외로움은 이제야 나를 찾아온 것일까, 하는 생각이 들었습니다. 그동안 너무도 헛되이 보낸 시간들이 후회가 되더군요. 그래도 아무 상관 없었습니다. 더 이상은 그럴 일 없을 것이기에 괜찮았습니다. 밤이 계속되는 한 저는 영원히 자유로울 수 있었으니까요. 하지만 파랗게 빛나는 청초한 새벽이 흘려 주는 눈물을 끝으로 세상의 티끌까지도 속속들이 비춰 내는 야속한 아침 해가 어김없이 떠오를 때면, 밤새 이루어 놓은 온전한 세상은 모두 사라지고 또다시 허울을 뒤집어쓴 채로 헛된 시간 속에서 괴로워하고 발버둥쳐야 했습니다. 제게 밤은 너무나도 짧았습니다.

입시 막바지에는 학원 정책상 ㅅ시 ㄴ역 부근의 대형 미술 학원으로 유학을 가게 되었습니다. 유학 비용은 지원받을 수 있는 것이 아니었고, 게다가 선불로 처리해야 했기에 어머니의 얼굴은 날마다 근심으로 가득했습니다. 어머니는 어떻게 해서든 돈을 마련하기 위해 사방팔방으로 뛰어다니기 시작했지요. 그리고 ㅅ시로 떠나는 날 아침, 어머니는 삼백만 원이라는 막대한 학원비와 식비를 포함한 하숙비 구십만 원이 든 돈봉투를 제 손에 쥐어 주었습니다. 삼백오십만 원까지는 수표였고, 나머지는 만 원짜리와 천 원짜리가 섞여 있었습니다. 버스 창문 너머로 작아지는 어머니의 모습을 바라보며, 반드시 실망시키지 않으리라 결심했습니다. 하지만 저라는 인간은 작게 이는 미풍에도 쉽게 바스러지는 나뭇잎과도 같아서, 막상 하숙집에 도착하자 다행히 두 평도 채 안 되는 독방이 주어지기는 했지만 앞으로 열 명에 가까운 남녀 아이들과 낯선 공간에서 부딪히며 지내야 한다고 생각하니, 참 막막하더군요. 결국 어머니의 간절함에도 불구하고 한동안 마음을 잡지 못하고 또다시 헛되이 시간을 보내고야 말았습니다. 게다가 대학 진학에 대한 부담감과 그간 무리하게 밤새워 공부한 탓에 육체의 피로까지 더해져 실로 처참한 나날이었습니다.

밤 10시에 수업이 끝난다 하더라도 아이들은 몇 시간이고 학원에 남아 부족한 부분을 연습했습니다. 때문에 혼자서 하숙집으로 향하는 날이 많았지요. 학원은 왕복 6차선 도로변에 위치해 있었고, 정문을 나와 왼쪽으로 걷다가 편의점 끼고 골목 안으로 들어가면 헝클어 놓은 거미줄처럼 복잡한 주택가가 나왔습니다. 눈에 익은 주택들을 더듬어 이리저리 헤매다 보면 하숙집에 도착할 수 있었지요. 복사해 준 열쇠로 대문을 열고 안으로 들어가면 반층 올라간 1층 현관과 2층으로 이어지는 계단이, 계단 오른편에는 50센티미터 정도의 좁은 틈을 두고 담벼락이, 왼편으로는 건물 뒤 반지하 창고로 이어지는 샛길이 길게 나 있었습니다.

하루는 영 몸이 좋지 않다는 핑계로 오전 수업만 마치고 막 하숙집 계단을 한 걸음 올라섰을 때였습니다. 이상한 기분이 들었습니다. 얼핏 무언가를 본 것 같은 묘한 기분이었지요. 다시 한 걸음 물러나 계단 옆으로 고개를 빼고 보니, 무릎까지 긴 머리를 한 나체의 여자가 담벼락을 뚫고 나오다 만 자세로 멈춰 있는 것이 아니겠습니까. 순간 겁쟁이가 된 저는 그만 뒷걸음치다 뒤로 나자빠지고 말았습니다. 아무리 겁이 없는 사람이라도 저와 마찬가지였을 것입니다. 그런데 그것이 끝이 아니었지요. 여자는 그런 제가 우스웠는지 저를 힐끔 쳐다보더니 피식 웃고는 담벼락에서 나와 시멘트로 막힌 계단을 뚫고 샛길을 가로질러 창고 안으로 사라졌습니다. 심지어 창고 문에는 손도 대지 않은 채로 말입니다.

다음 날도, 그다음 날도 여자는 날마다 제게 같은 모습으로 나타났습니다. 그리고 어느 날부터는 말까지 걸어 오기 시작했습니다. '네 걸 다 훔쳐 가려고 할 거야. 그리고 결국에는 다 빼앗기고 말걸? 모두 시시한 애들이니까.' 하고 말입니다. 귀를 틀어막아도 아무 소용 없었습니다. 그런데 저를 겁주려고 하는 소리인 줄만 알았던 그 목소리에 이상하게도 차츰 귀 기울이게 되더군요. 제게 어떠한 경고를 해 주려는 듯했습니다.

그러자 모든 것이 달라 보였습니다. 이젤을 세우고 그림을 그리고 있을 때면 아이들이 제 뒤를 지나가는 척하며 제 그림을 힐끔힐끔 훔쳐봤고, 때로는 그림이 없어지는 경우도 있었습니다. 한번은 그 여자가 제게 '다 너를 방해하기 위해서야. 그들을 믿어? 그 시시한 사람들을?' 하고 말한 다음 날, 제가 그림 그릴 종이가 떨어져 동전 몇 개를 들고 학원 사무실에 찾아가니 사무장이 말하기를 "오늘 종이가 다 떨어졌는데, 내일 올래?"라며 아예 시작조차 못 하게 방해하는 것이 아니겠습니까.

그뿐만이 아니었습니다. 늦은 밤이면 아이들은 제 그림들을 훔쳐 가기 위해 잠금 장치가 없는 방문을 멋대로 열고 들어오기도 했는데, 제가 벌떡 일어나 "누구야!" 하고 소리치면 "아직 안 잤어?" 하고 아무 일 없다는 듯이 태평하게 하품을 하며 방문을 닫고 자신의 방으로 돌아갔습니다. 그래서 저는 만약에 잠들 경우를 생각해 유리컵 두 개를 갖다가 하나는 방문에, 또 하나는 그 유리컵에서 약간 떨어진 곳에 놓아 누군가 방문을 열면 유리컵 두 개가 부딪쳐 소리가 나도록 장치해 두었습니다. 그 장치를 눈치 챈 것인지 그 이후로는 잠잠해지더군요. 반면에 학원 사람들은 집요했습니다. 그들은 사람을 시켜 새벽 5시면 어김없이 오토

바이를 타고 하숙집 앞으로 찾아와 시동을 컨 채로 기회를 노렸습니다. 학원 신상 카드에 하숙집 주소를 적어 놓은 것이 후회스러웠습니다.

그 여자가 해 준 말들이 모두 맞아떨어지자, 그녀의 말은 차츰 제 의식과 무의식 깊숙한 곳으로 완전히 자리매김하게 되었습니다. 또한 그녀는 밤새도록 그림을 지키다 지쳐 잠이 든 저를 위해 마치 동자승처럼 머리를 빡빡 깎은 어린아이를 방으로 보내 머리맡에서 무릎을 꿇고 불경을 외듯 종알거리게 함으로써 저를 잠에서 깨워 주기도 했습니다.

'모두 찢어 버려. 모두 없애 버려. 모두 감춰 버려.'

결국 저는 그녀가 시키는 대로 그림을 그리는 족족 갈기갈기 찢어 버렸고, 훔쳐보는 아이들에게 혼란을 주기 위해 일부러 요상한 색들을 사용했습니다. 주전자는 보라색으로, 벽돌은 초록색으로, 사과는 노란색으로 수많은 터치를 그려 넣었습니다. 배경은 파란색 물감, 당시 특히 좋아하던 색인 인디고 블루로 밤하늘을 칠했습니다. 달 또한 여러 개 그려 넣었지요.

그러던 어느 날 ㅊ시의 원장님이 돌연 학원에 나타났습니다. 무슨 일로 왔는지 얼굴에 근심이 가득해 보였습니다. 그날 그는 저만 따로 불러내 저녁으로 고기전골을 사 주었습니다.

"어제는 너 때문에 끊은 지 9년 된 담배를 피웠다. 뭐가 그렇게 힘드니?"

이어서 그는 그곳의 입시 담당자가 지난 몇 주 동안 저를 유심히 지켜본 결과, 아무래도 제 행동이 이상하다고 판단하여 지난

밤 자신을 급하게 불렀다고 말했습니다.

"……어머니를 봐서라도 제대로 된 그림을 그려야 하지 않겠니? 아직 어머니한테는 내가 여기 온 것을 말하지 않았어. 그리고 싶은 그림은 대학에 가서 마음껏 그릴 수 있는데 뭐가 문제인 거니? 어머니가 얼마나 고생했는지 몰라서 그래?"

그는 며칠 동안 하숙집에 함께 머물며 제 가장 약한 부분을 건드렸습니다. 그러니 어찌할 방법이 없더군요. 다시 제대로 된 그림을 그리는 수밖에 없었습니다. 아니요, 그 여자는 계속해서 나타났습니다. 동자승처럼 생긴 어린아이도 밤마다 나타나 시끄럽게 종알거렸습니다. 그렇게 한 달 넘게 그들의 말에 넘어가고 거부하기를 반복하며 그림을 그렸습니다. 그 결과 비록 제가 원한 대학은 아니었지만 2차로 지망한 대학에는 합격할 수 있었습니다. 그 소식을 전화로 어머니에게 말했고, 어머니는 기뻐했습니다. 그것으로 된 것이었습니다.

막상 대학에 합격하고 나니 입학금이 문제가 되었습니다. 기초생활수급가정이라는 불명예에 걸맞게 집에 모아 둔 돈이라고는 한푼도 없었고, 아버지는 아직 제대로 된 일자리를 구하지도 못한 채 "두고 봐. 이 아빠가 한 건 제대로 터뜨릴 테니." 하며 큰소리를 치고 있을 뿐이었으니까요. 때문에 저는 동사무소 직원과 함께 시청, 은행, 학교 총장실 등을 오가며 가난한 학생들에게 지급되는 장학금과 학자금 대출을 받기 위하여 비굴한 얼굴을 해야 했습니다. 하지만 그러한 비굴함에도 불구하고 대학교라는 곳은 제게 어떠한 감흥도 안겨 주지 못했습니다. 대학이라는 곳은 그저 우리 안에서 주는 풀만 뜯어 먹다가 생애 처음으로 고삐가 풀린 망아지처럼 신이 나서 밤이면 머릿수를 채워 술을 마시고 괴성을 지르고 교태를 부리는 남녀 학생으로 가득했으니까요. 생애 처음으로 주어진 자유를 만끽해야만 한다는 강박에 사로잡힌 듯 보였습니다. 짝짓기를 위해 모아 놓은 원숭이처럼 느껴지기도 했지요. 또한 수업 시간이면 남학생들은 검은 정장을, 여학생들은 살랑거리는 스커트를 입고 제가 어릴 적 그렸던 크레파스 그림보다도 못한 것을 그림이랍시고 그려서 온갖 설명을 덧붙이기에 급급했습니다. 그러다 쉬는 시간이면 학생들은 교수에게 음료수를 건네며 아부떨기를 주저하지 않더군요. 차라리 혼자인 편이 나았습니다.

학생식당에는 도저히 갈 엄두가 나지 않아 하루 한 끼 김밥으로 대충 허기를 달랬습니다. 밤이 오면 달과 별을 벗 삼아 그림을 그리며 홀로 외로움을 누렸지요. 그렇게 새벽이 찾아왔고, 그 상냥함에 겨우 잠들 수 있었습니다. 어김없이 어린아이가 종알거리는 소리를 들으며…….

시시한 하루가 계속될수록 제게 말을 걸어오는 것들의 수도 늘어났습니다. 당시 한 달에 십만 원을 주고 머문, 아무리 바닥을 쓸어도 가는 모래가 흘러넘치는 다섯 평 남짓한 자취방에서 나올 때면 더벅머리 남자가 살짝 열린 문틈 사이에서 나타나 학교에 다니는 짓은 헛수고일 뿐이라며 저를 놀려 댔습니다. 주차된 자동차들 사이나 건물과 건물이 맞닿은 좁은 틈 사이에서도 다 찌

그러진 얼굴을 한 사람의 형체가 나타나 가만히 노려보며 그렇게 살 바에는 차라리 죽는 편이 좋을 것이라고 비웃었습니다. 그 외에도 작은 틈이 있으면 그곳에는 항상 무언가가 나타났습니다.

그 빈도가 극에 달하자 도망치고 싶었습니다. 하지만 어디로 도망쳐야 할지 몰랐습니다. 그저 아무것도 하지 않고 홀로 방 안에 숨어 천장을 바라볼 수밖에 없었습니다. 그러고 있자면 천장에서 희미한 형체가 저를 향해 서서히 다가왔습니다. 남자인지 여자인지도 구분 못 할 정도로 흐릿한 형체였는데, 제가 움직이지 못하도록 사지를 강하게 움켜쥐었습니다. 글쎄요, 차라리 귀신이었다면 다행이었겠지요. 하지만 제게 그것들은 실재하는 존재였습니다. 제 의식은 분명했으니까요. 그런데 귀신이라는 것을 언급하시니 깜짝 놀랐습니다. 당연히 그런 것은 믿지 않으실 줄 알았거든요. 네, 저도 그렇게 생각합니다. 믿지 않는다 하여 반드시 없으리라는 보장은 없으니까요. 언젠가 종합병원에서 저를 담당한 임상심리사도 이와 비슷한 질문을 한 적이 있는데, '로샤 검사'라는 것을 받는 중이었습니다. 제가 받은 수많은 검사 중 하나였지요.

그는 책상 뒤로 흰색 블라인드가 처진 창문과 나란히 붙은 철제 사물함에서 꽤나 묵직해 보이는 종이 상자를 가져와, 그 안에서 스무 장 남짓한 커다란 종이 카드를 꺼낸 뒤 그중 하나를 조심스레 뒤집어 보였습니다.

"이것이 무엇으로 보이죠?"

검은색 잉크로 그려진 요상한 얼룩이었습니다.

"모르겠어요? 생각나는 대로 바로바로 말해도 괜찮아요."

그 말에 괜한 오기가 생겨 얼룩을 뚫어져라 바라보니, 검은색 잉크가 번지지 않은 흰색 바탕에서 미세하게 웃음 짓는 눈을 하나 발견할 수 있었습니다. 그 밑으로 조금 억지스러운 면은 있었지만 코라고 할 만한 것도 하나 찾을 수 있었습니다. 그리고 사방으로 번진 얼룩은 벌어진 입과 머리카락이라 할 만했지요. 그렇게 완성된 이미지는 언젠가 본 적이 있는 것이었습니다. 묘하게 일그러진 눈, 코, 입에 헝클어진 머리카락. 그것은 분명 제가 어릴 적에 본, 발가벗은 채로 거리를 뛰어다니던 여자의 얼굴이었습니다.

"그 여자, 제가 어렸을 때 본 발가벗은 여자의 얼굴입니다."

"그래요. 그럼 이것은 무엇으로 보이나요?"

그가 무표정한 얼굴로 또 하나의 카드를 꺼내 보였습니다.

처음 것과는 또 다른 얼룩이었습니다. 둥근 원형에 긴 다리 같은 것이 여섯 개 달려 있고 흡사 거미처럼도 보였으나 거미는 다리가 여덟 개이니 아니었습니다. 몸통이 하나인 것으로 보아 개미도 아니었습니다.

"모르겠어요?"

초조해지더군요. 결국 저는 조금 전 여자의 얼굴에 팔다리가 총 여섯 개 붙어 있는, 어딘가에 매달리기를 좋아하는 귀신 또는 괴물이라는 결론을 내리고 말았습니다.

"귀신이라고 생각하는 이유가 있나요? 실제로 귀신을 본 적이 있다고 생각해요?"

뜻밖의 질문이었습니다. 당황한 저는 그만 똑 부러지게 대답하지 못한 채 우물거리고 말았고, 그 뒤로도 그는 계속 새로운 카드를 보여 주며 똑같은 질문을 했습니다. 이미 기분이 상한 저는 누가 듣더라도 성의 없이 대답한다는 느낌을 받게끔, 진심으로 노력한다면 그까짓 얼룩 정도는 쉽게 알아맞힐 수도 있지만 당장은 그러고 싶지 않기에 대충 말한다는 투로 건성건성 대답했습니다. 십자가라고 대답한 것도 있고, 동자승이라고 대답한 것도 있었지요. 그 밖에도 여성의 자궁과 태아, 나뭇잎, 죽은 토끼, 아버지, 나뭇잎, 구름, 버섯, 물고기 등 아무렇게나 떠오르는 대로 대답을 대신했습니다.

"수고했어요."

검사를 마치고 처음으로 생각해 봤습니다. 내게 나타나는 것들은 과연 무엇일까, 설마 정말로 귀신일까, 하는 것을 말입니다.

시시한 대학 생활 중 그녀를 만난 것은 행운이었습니다. 행운이라는 것과는 도무지 어울릴 것 같지 않은 저였지만 그녀만큼은 예외였습니다. 그녀는 제 우둔한 두 눈으로 그녀의 존재를 알아차리기도 전에 저를 알아보고 다가와 주었지요. 한번은 그녀가 제가 막 잠이 들려는 순간, 귀에 대고 이렇게 속삭여 준 적이 있었습니다.

'우리가 아직 만나지 않았을 때야. 스케치북을 들고 홀로 언덕을 내려오는 널 봤어. 스케치북이 땅에 끌릴 듯 보였지. 그리고 또 계단에 앉아 생각에 잠긴 널 본 적도 있어. 담배를 피우며 책 읽는 모습도 봤고. 난 어디서든 너를 보고 있었던 것 같아. 그 모습들을 보고 난 바로 알았지. 우리는 하나라는 사실을. 네가 나를 알기도 전에.'

그녀는 손 하나 까딱하지 않고 저를 허물어뜨렸습니다. 그렇게 발가벗겨진 채 어린아이처럼 그녀의 품에 안겨 잠들었습니다. 그녀의 투명한 가슴에 얼굴을 파묻고 있자면, 그 살결에서 풍겨 오는 따뜻함이 저를 나른하게 만들었고, 그 안에서 저는 자유로움을 느낄 수 있었지요. 낮도 밤과 같았으며, 새벽은 또다시 찾아올 밤을 기다리는 설렘으로 저를 들뜨게 만들었습니다. 그녀는 제가하는 모든 말을 귀담아들어 주었고, 제가 그리는 모든 그림을 치켜세워 주었습니다.

"전부 다 쓰레기야! 아무리 그려 봤자 아무도 알아 주지 않는다고!"

제가 절망에 빠져 괴로움에 소리칠 때도 그녀는 실의에 빠진 제 손을 잡아 주었습니다.

'기다려 봐. 언젠가 네 그림이 세상에서 인정받을 날이 반드시 올 거야.'

그녀의 위로만이 제게 힘이 되었습니다. 그녀는 저를 예술가로 생각해 주는 유일한 존재였습니다. 또한 그녀는 어린 시절 제가 겪어야 했던 모든 불행을 이해해 주었고, 저와 함께 잠 못 들어 주었습니다. 그런 그녀와 함께라면 시시한 세상에서 영원히 도망치는 것도 좋겠다는 생각을 수도 없이 했습니다. 하지만 그것 역시 실패로 돌아가고 말았지요.

그녀의 품에 안겨 위로받으며 두 학기를 거의 다 흘려보냈을 무렵입니다. 잠시 ㅊ시에 다녀와야 했는데, 부정맥 검사 때문이었습니다. 어머니가 그동안 최소 두 번은 받아야 했던 검사를 한 번도 받지 않은 제 심장이 많이 걱정되었는지, 거의 매일 전화를 걸다시피 하는 바람에 어쩔 수 없이 기차에 오른 것이지요. 그 사이 집은 비록 흉물이기는 했으나 마당 넓은 단독 주택이 아닌 허름한 2층짜리 주택 1층으로 이사한 뒤였습니다. 처음으로 이사한 집에 도착하여 낯선 검은색 대문에 '주인집'이라고 적힌 것 밑으로 '1층'이라고 적힌 벨을 누르자, 비닐이 덕지덕지 붙은 1층 현관문을 열고 어머니가 나왔습니다. 눈가에 주름이 몇 가닥 늘어나 있었습니다.

피검사를 위해 저녁부터는 아무것도 먹지 못했지만 잠자리에 누워서도 배는 전혀 고프지 않았습니다. 잠도 오지 않았습니다. 그렇게 아침이 되어 어머니가 미리 전화로 예약해 둔 ㅁ동의 개인 병원으로 향하는 택시를 탔습니다. 병원은 신식 5층 빌딩 중 1층의 약국을 제외한 전체 층을 사용하고 있었습니다. 병원 안으로 들어서자 사방으로 난 유리창에서 비쳐 오는 햇빛을 받아 번쩍거리는 회색 인조 대리석 바닥을 그림자로 뒤덮을 만큼 많은 환자가 서성이고 있었지요. 오는 내내 작은 내과를 생각한 저로서는 고작해야 간단한 검사를 받으러 온 것뿐인데 괜히 비싼 돈을 쓰는 것이 아닌가 하는 생각이 들었습니다.

순번표를 쥐고 대기실에 앉아 차례가 오기를 기다리는데 유독 눈길을 끄는 것이 있었으니, 다름 아닌 간호사들의 복장이었습니다. 굉장히 짧은 치마를 간호사복으로 입고 있었지요. 혹시나 제가 괜한 것을 기억한다고 여기실지도 모르겠지만, 도저히 병원의 것이라고는 생각하기 어려울 정도로 아슬아슬했기에 똑똑히 기억하고 있습니다. 엉덩이 모양을 거의 그대로 드러내다시피 할 정도였지요. 그 덕분에 병원이 규모를 키울 수 있었던 것은 아닐까 하는 생각마저도 들었습니다.

본의 아니게 아침부터 젊은 간호사들의 엉덩이를 구경하게 된 저는 오랜 기다림 끝에 그중 한 간호사의 안내를 따라 채혈실로 가서 피를 뽑을 수 있었습니다. 그러고 난 뒤에는 눈금이 새겨진 투명한 비커에 소변을 받아 제출했습니다. 차가운 기계에 가슴을 대고 엑스레이도 찍었습니다. 배를 간질이는 초음파 검사도 받고 심전도 검사도 받았습니다. 검사 결과는 다음 날 확인할 수 있었습니다.

"큰 병원에서 다시 정밀 검사를 받아 보시는 게 좋겠는데요."

옆에 서 있던 간호사의 치마를 몰래 힐끔거리고 있는데, 검사 결과를 살펴보던 턱수염을 기른 의사가 느닷없이 어머니의 심장을 떨어뜨려 놓았습니다.

"네?"

"일단 정밀 검사를 받아 보셔야 자세히 알 수 있겠지만, 지금 검사 결과로는 백혈구 수치가 너무 높네요."

"도대체 무슨 말씀인지……."

"아직 어떻다고 속단해서 말씀드리기는 이르니까 진단서를 끊어 드릴 테니……."

"그래도 큰 병원에 갈 정도면…… 뭐가 많이 안 좋은가요?"

파란 핏줄이 불거져 나온 어머니의 손은 껍데기만 남은 피부를 뚫고 나올 듯 떨렸고, 안일하게도 제 불안한 시선은 자꾸만 간호사의 치마를 향했습니다.

병원을 나온 어머니와 저는 처음 제 부정맥을 진단한 ㅊ종합병원으로 가기 위해 택시에 올랐습니다. 택시 뒷자리에 저와 나란히 앉은 어머니가 제 손을 꼭 잡았습니다. 형광색으로 빛나는 말은 여전히 제자리에 머문 채 어딘가를 향해 내달리고 있었습니다.

서둘러 종합병원에 도착했지만 바로 검사를 받을 수는 없었습니다. 아무래도 종합병원인지라 절차가 복잡한 듯했습니다. 결국 이틀 후로 예약을 잡아 놓고 병원을 나올 수밖에 없었지요.

집에 있어 봤자 특별히 해야 할 일이 없었던 저는 밖으로 나와 발이 닿는 대로 거리를 걸어 다녔습니다. 불과 1년 사이 많은 것이 변해 있었습니다. '피아노'가 있던 곳은 그사이 간판이 바뀌었고, 민지를 처음 만난 길가의 오락실 자리에는 이동통신사 대리점이 들어서 있었습니다. 비디오 가게 유리에는 '폐점 정리'라고 적힌 종이가 커다랗게 붙어 있었고, 이발소 자리에는 보세 옷 가게가 들어서 있었습니다. 방앗간에서는 낡은 기계가 여전히 시끄러운 소리를 냈지만 실제로 작동하는 기계는 하나밖에 없었습니다. 쥐와 고양이 시체로 가득했던 빈 공터에는 감자탕집이 들어서 있었습니다. 그리고 제가 살았던, 가엾은 파란색 대문 집은 감쪽같이 사라지고 넓은 공터가 되어 버렸습니다.

내친김에 □동까지 걸어가 봤습니다. 역시나 많은 변화를 겪고 있었습니다. 브랜드 옷 가게들이 새롭게 들어서고, 못 보던 프랜차이즈 식당도 몇 군데 보였습니다. 조금 더 걸어 제가 졸업한 고등학교까지 가 봤습니다. 학교만큼은 아무것도 변한 것이 없어 오히려 이상한 기분이 들었습니다. 그러다 보니 어느새 제 발은 학교 후문을 지나 난간이 있는 시멘트 계단을 오르고 있었습니다. 그리고 어느 집 대문 앞에 멈춰 섰습니다. 대문에는 아무런 푯말도 붙어 있지 않았습니다. 작은 창문에는 불이 켜져 있었습니다. 한참을 가만히 서서 그 불빛을 바라보았습니다. 그때 문득 누군가 저를 지켜보는 것 같은 느낌이 들었습니다. 분명 주위에 저 말고는 아무도 없었는데 말입니다.

'시시한 녀석 같으니라고.'

누군가의 목소리가 들려왔습니다.

'넌 곧 병에 걸려서 죽고 말 거야. 그러게 진작 내 말을 들을 것이지.'

멀리 담벼락과 맞닿은 벽 좁은 틈에서 누군가가, 제게 말을 걸어 오던 그것이 저를 노려보고 있었습니다.

이틀 뒤 다시 종합병원으로 가서 피를 뽑았습니다. 그다음 날도 피를 뽑았습니다. 또 그다음 날도 피를 뽑았습니다. 그중 한 번은 밥을 먹고 피를 뽑은 것도 같습니다. 그리고 며칠 후 마침내 검사 결과가 나오는 날이 되었습니다. 종합병원 내 내과를 찾았습니다. 고작 2년 사이에 부쩍 나이가 든 것일까, 내과 의사는 그 인상이 제법 변하기는 했으나 분명 제게 부정맥 약을 처방해 준 그

의사였습니다.

"어떤가요?"

어머니가 물었습니다. 하지만 그녀는 어머니에게 대답하는 대신 "이희우 환자분, 오랜만이네요. 컨디션은 좀 어떠세요?" 하고 저와 눈을 맞추려는 듯 한껏 자세를 낮추며 물었습니다.

"글쎄요."

그러고는 허리를 쭉 펴더니 어머니를 바라보며 말했습니다.

"똑같은 검사를 두 번 했고, 보자, 그 결과에 따라 다른 검사를 다시 했습니다."

"네."

어머니는 검사 결과를 들을 준비가 되었다는 듯 꾹 다문 입술로 대답했고, 그녀도 검사 결과를 알려 줄 준비가 되었다는 듯 고개를 끄덕였습니다.

"첫 번째 검사에서는 백혈구 수치를 집중적으로 봤고, 진단서대로 수치가 상당히 높게 나왔어요. 그리고 다시 검사했을 때는 그보다는 아니었지만 역시 높게 나왔고요. 다른 수치들을 감안하고 봤을 때, 저는 당뇨를 생각하고 있습니다. 그래서 식사를 하고 다시 검사한 것이고요. 그 결과를 봤을 때도 그렇지만, 아니에요, 그렇게 걱정하지는 마세요. 아직 확정 짓기에는 무리가 있으니까요. 그 이유는, 그러니까 문제가 되는 것은 당뇨 수치가 심하게 차이난다는 것인데, 그래서 조금 더 살펴볼 부분이 있고, 일단 지켜봐야 하는 것이니, 음, 그 전에 먼저 당뇨에 대해 간단히 설명해 드릴게요."

당뇨에 대한 설명에 이어서 그녀는 식사 조절이 필요하니 영양사의 식단에 따를 것, 역시나 무리한 운동은 하지 않되 적당한 걷기 운동을 규칙적으로 할 것, 술과 담배를 반드시 끊을 것 등을 지시했습니다.

"다음 주까지 계속 오셔야겠어요. 보자, 일단 내일은 2시에 예약 잡아 놓을게요. 그리고 나가시면서 간호사 설명 더 들으세요. 내일 다시 뵙겠습니다."

밖으로 나오자 간호사가 기다리고 있다가 저와 어머니를 데리고 복도 끝으로 데려가면서 당뇨에 관한 설명을 자세히 해 주었고, 복도 끝에 도착하니 진짜처럼 만든 가짜 음식들이 아크릴 장식장에 진열되어 있었습니다.

"……말씀드린 내용은 프린트해서 다시 드릴 건데요, 일단 식단이 가장 중요하니 보시면서 대략적으로 참고하세요."

간호사의 목소리는 경우에 맞지 않다 싶을 정도로 밝고 명랑했습니다.

"도대체 이게 무슨 일이니……."

반면에 어머니의 눈에는 당혹함이 역력했습니다.

그날 이후 저는 부정맥 환자에서, 백혈구가 어쩌고 하더니, 갑자기 당뇨병 환자가 되어 버렸습니다. 종합병원을 계속 들락거리며 몇 차례 더 피를 뽑았고, 집에서는 맛없는 밥을 먹어야만 했습니다.

한편 의사는 제가 병원을 찾을 때마다 차트 대신 제 행동이나 표정 등을 유심히 관찰하는 듯 보였습니다. 그리고 어느 날 마침내 그녀가 최종 결론이라며 입을 열었습니다.

"오늘부로 이희우 환자는 순환기내과에서 신경정신과로 옮겨 진단을 받아 보셔야겠어요."

그 말을 처음 들었을 때는 제 심장 또는 당뇨와 관련된 어느 내장 기관의 신경세포에 문제가 있다는 말인 줄 알았습니다. 분명 내과에서, 그것도 순환기내과라는 특정 부서에서, 그것도 부정맥을 처음 진단한 의사에게 진료받는 중이었으니까요. 하지만 이어지는 의사의 설명은 제 귀를 의심하게 만들었습니다. 그것은 제가 생각한 신경세포에 대한 것이 아니라 제 머릿속, 바로 정신에 관한 것이기 때문이었습니다.

그렇게 어머니와 저는 정확한 상황도 파악하지 못한 채 간호사의 안내에 따라 신경정신과로 향했습니다. 문을 마주하고 복도에 놓인 기다란 의자에 앉아 '신경정신과'라고 적힌 글자를 바라보고 있자니, 간호사가 그 문에서 나와 "안쪽으로 들어오세요." 하고 말했습니다.

진료실은 여느 진료실과 크게 다르지 않았습니다. 단지 뱃가죽을 도려내 내장 기관이 잘 보이게끔 그린 그림이나 사진이 붙어 있지 않다는 점에서 차이가 있었지요. 의사는 "네, 이쪽으로." 하고 위화감이 느껴지는 짧고 굵은 목소리를 낸 뒤에 안경 뒤에 숨은 찢어진 눈으로 저를 한번 힐끔 쳐다봤습니다.

"순환기내과에서 오셨고요, 내과에서 차트를 넘겨받았습니다. 우선 손을 내밀어 볼까요?"

그는 몸을 서서히 책상 쪽으로 당기는가 싶더니, 제 바로 앞까지 쑥 얼굴을 내밀며 뱀의 혓바닥같이 뾰족한 손으로 제 손을 잡아챘습니다.

"음…… 정말이네요."

그러고는 엄지손가락으로 제 손톱을 하나씩 하나씩 천천히 문지르며 말했습니다.

아무래도 머리가 어떻게 된 것은 그 의사 쪽이 아닌가, 하는 생각이 잠시 들었지만 그의 말처럼 제 손톱은 열 개 모두 흰색 가로줄이 가득 그어져 있었고, 그중 하나는 아예 하얗게 변해 있었습니다. 아무리 제 팔에 달린 손이라지만 그동안 전혀 의식하지 못했습니다.

"왜 이렇게 된 거죠?"

어머니가 물었습니다.

"발작성 심실상성빈맥, 그러니까 흔히 부정맥이라고 아시는 가슴 통증이나 호흡 곤란을 겪으며 몸이 많이 약해진 상태에서 스트레스나 정신의 문제가 신체 변화를 초래했다고 판단됩니다. 변동이 상당히 심했던 백혈구 수치와 당뇨 수치도 같은 이유라고 여겨집니다. 정신과 치료라는 게 보통 보호자분의 선택에 달렸지만 이희우 환자의 경우는 신체 변화를 보인 이상 자세한 검사 후에 반드시 치료를 받으셔야 합니다."

이어서 그는 어쩌면 저 자신이 의식하지 못하는 사이 손톱을 강하게 짓눌러 자국을 냈을 수도 있고, 칼이나 가위로 손톱을 잘라 내거나 구부려 들추는 자해를 하고 있을 가능성이 있다며 각별한 주의가 필요하다고 강조했습니다. 아니요, 적어도 제 기억에는 없습니다.

신경정신과에 한번 발을 들여놓은 저는 이후 꼼짝없이 병원을 오가며 요상한 검사를 받는 신세가 되고 말았는데, 인성 검사, 로샤 검사 외에도 소리와 빛에 반응하기, 단어 보고 문장 연상하기, 짧은 글 읽고 그 상황을 그림으로 표현하기, 책을 소리 내어 읽기, 음악 듣고 느낀 점 말하기 등이었습니다.

검사는 본관에서 조금 떨어진 2층짜리 별관으로 이동하여 담당 임상심리사를 통해 진행되었고, 검사가 끝나면 다시 본관 진료실로 이동하여 의사가 묻는 질문에 대답했습니다. 그는 제게 아주 사소한 것까지 캐물었고, 저는 그 질문들에 나름대로 충실히 대답했습니다. 하지만 왠지 그는 제 이야기를 믿지 않는 눈치였습니다. 제가 이야기를 하면 할수록, 제 기억들을 토해 내면 낼수록 그에게는 이미 제 이야기가 정신병자의 하소연 정도로만 들리는 듯한 표정을 지어 보였지요. 그는 저뿐만 아니라 어머니에게도 많은 질문을 했습니다. 그 과정에서 저는 이전까지 모르던 사실을 알게 되었습니다.

"……정신 질환은 유전의 영향을 받습니다. 학회에서는 그 퍼센티지를 비교적 높게 보는데요, 작년 기준으로 30퍼센트선으로 집계하고 있습니다. 혹시 가족 중에 정신 병력을 가진 사람이 있으면 말씀해 주셔야 합니다."

그는 제가 대답할 때와는 다르게 어머니의 말이라면 무엇이든 메모할 준비가 되어 있다는 표정으로 차트를 노려봤습니다.

"제가 예전에 ㅎ대학병원에 입원한 적이 있었어요."

"병명은 알고 계세요?"

"우울증이라고만 알고 있어요."

"입원 기간은 얼마나 되시죠?"

"두 달 정도 될 거예요."

"단순한 우울증은 아니었겠네요. 다음에 오실 때는 반드시 진료 기록을 떼 와 주시고요, 그럼 언제 입원을 했죠?"

"애를 낳고 나서 젖만 떼고 바로 입원했어요."

"약 때문에 그러셨고요?"

"네. 약을 먹으면서 젖을 물릴 수는 없었습니다."

"지금도 복용하고 계신가요?"

"아니요, 입원 중에만 먹었습니다."

"그럼 어머니 쪽 가족 중에도?"

"애 외할머니가 공황장애가 있고, 큰오빠도 같은 증상으로 몇 번 입원했어요."

아버지의 나약한 유전자에, 어머니의 불온한 유전자까지……. 한때 아이들과 어울려 술을 퍼마시며 아무리 취해도 아버지의 고약한 술버릇이 나타나지 않는다는 사실을 다행이라 여기던 시절이 있건만, 어머니에게 정신병을 물려받았을 줄이야…….

정신병을 앓는 대부분의 환자는 자신에게 어떤 문제가 있는지 스스로 판단하지 못한다고 합니다. 그것을 받아들일 자각 능력이 애초부터 없거나 받아들이기를 거부하기 때문인데, 저 역시도 그랬던 것 같습니다. 그저 의사라고 하는 흰 가운을 입은 사람이 병이 있다고 하니, 그저 병이 있는가 보다 했던 것이지요. 그건 허 선생님도 마찬가지였습니다.

"……고등학교 2학년 때였나, 아니다, 3학년 때였을 거다. 왜 그랬는지 모르겠지만 갑자기 죽어야겠다는 생각이 들더라고. 바로 과도를 들고 욕조로 들어가 물을 틀어 놓고 펑펑 울었지. 보여 줄 건 아니지만, 여기 이게 처음 그리고 여기 이 두 개가 두 번째, 나머지들은 언제였는지도 모르겠다. 아무튼 과도로 손목을 그으려고 하는데, 막상 그어 버리자니 겁도 나고, 그래서 눈 딱 감고 확 찌르려고 하는데 손목에 힘이 들어가서 잘 들어가지도 않더라. 영화 같은 데서는 한 번에 쓱 하고 그어 버리면 끝이지만 실제로는 그렇지가 않단 말이야."

"그래도 용케 살았으면 됐지요. 근데 안 아팠어요?"

"안 아팠냐고? 과도 날이 위로 가게 해서 욕조에 걸쳐 놓고 그대로 내리쳤지. 금세 물이 피로 빨갛게 번지는데, 아프고 뭐고 할 것도 없이 눈앞이 핑 돌면서 그대로 기절해 버렸어. 눈을 뜨니까 병원이더라고. 다행인지 뭔지는 모르겠지만, 친구 놈이 신고를 해 줘서 살았다고 그러더라고."

"친구는 어떻게 알았대요?"

"잘 모르겠는데 내가 전화했다고 하더라."

"언제요?"

"나야 모르지. 아무튼 손목에 붕대를 감고 집으로 왔는데 다시 입원해서 치료받아야 한다고 하여 병원에 갔더니, 거기가 ㅅ대학 병원 정신병동이더라. 무슨 정신병이 있다나 뭐라나. 아무튼 그때부터 돌아다닌 병원만 합해도 일곱 곳은 될 거야."

그뿐만 아니라 다른 사람들도 마찬가지였습니다. 그들 대부분도 자신이 언제부터 그리고 왜 정신병 증상을 지니게 되었는지 잘 몰랐고, 특히 자살을 시도한 경험은 한두 번씩 다 가지고 있었습니다.

하루는 웬일인지 오순도순 거실에 모여 앉아 미수에 그친 자살 경험담을 늘어놓는 중이었습니다.

"명구 선생님도 경험 있어요?"

허 선생님이 명구 선생에게 물었습니다.

"나도 비슷하게는 있었어. 그런데 나는 달라."

"오, 명구도? 근데 뭐가 다른데?"

명 선생님이 깜짝 놀란 표정을 지으면서 짓궂은 목소리로 되물었습니다.

"아, 정말 자꾸 명구라고 부를래? 사람들 다 있는데. 몰라, 말 안 해."

그러자 권 선생님 뒤에 앉아 관심 없는 척 희진 선생과 이야기를 나누던 최미희 선생님이 불쑥 끼어들었습니다.

"명구 선생님, 그러지 말고 말씀해 주세요. 궁금해서 그래요."

하지만 명구 선생은 어색한 웃음을 띤 채 아무 말 없이 방으로 들어가 버렸습니다. 그가 방으로 들어가자 내내 그의 눈치를 살피던 권 선생님이 크게 한 번 쓰읍 하고 침을 들이마시고는 작은 목소리로 "명구 선생한테는 그런 얘기 묻는 거 아니야."라며 최미희 선생님을 말렸습니다. 그러고는 곁눈질로 명구 선생이 들어간 방문이 닫혀 있는 것을 확인한 뒤 명구 선생에 대한 이야기를 늘어놓았습니다.

그에게도 떠올리기 싫은 과거의 기억이 있었습니다. 어릴 적 누나가 자신이 보는 앞에서 스스로 면도날로 허벅지에 깊은 상처를 내는 장면을 보게 된 것이었지요. 그 이후부터 그는 스스로 화를 주체하지 못할 때마다 부엌칼로 정강이를 찍어 깊은 상처를 내는 자해를 통해 화를 누그러뜨렸고, 때로는 지혈이 되지 않아 몇 차례 수술을 받은 적도 있었지요. 저도 그 상처들을 본 적이 있는데, 샤워를 마치고 나오는 그의 다리에는 노인의 주름마냥 자글거리는 수많은 흉터가 있었습니다. 그때는 단순히 화상 등의 큰 상처로만 여겼는데, 권 선생님의 이야기를 듣고 나니 그 기억의 상처가 너무도 많아 애처롭게 느껴졌습니다.

"사실…… 저도 여기 들어오기 전에 그런 적이 있거든요. 그날따라 술에 잔뜩 취해 있었는데……."

최미희 선생님이 망설이며 입을 열려고 하는 순간, 명구 선생이 다시 방문을 박차고 나왔습니다.

"아, 정말! 계속 그런 얘기들만 할 거야? 누가 죽으려고 여기 왔나? 다시 살아 보겠다고 입원했으면서 왜들 죽는 소리 하고 앉아 있어, 짜증나게! 그리고 어, 뭐야, 자살이다 뭐다 말만 백 번 떠들어 봤자 어차피 진짜로 죽지도 못했으면서 뭔 말들이 그렇게 많아! 죽을 거면 뭐야, 뭐야, 여기 손가락부터 팔목까지 쭉 그어! 그래야 죽지. 어디 해 봐, 자신 있으면!"

명구 선생의 말이 옳았습니다. 타의든 자의든 사람들은 다시 한번 제대로 살아 보기 위해 그곳에 입원한 것이니까요. 제 경우에는 그곳에 들어가기 전 ㅊ시의 종합병원 의사에게 입원할 것을 먼저 권유받았습니다. 그는 어머니에게 저를 입원시켜 상태를 좀 더 면밀히 관찰해 보자고 했지요. 또한 그는 입원을 해야만 긴 상담 치료를 하고 약을 강제로라도 꾸준히 복용시킬 수 있다면서, 빠른 시일 내에 회복하는 방법은 입원밖에 없다고도 했습니다. 하지만 어머니는 그 제안을 단박에 거절했습니다. 제가 앞으로 살아가는 데 큰 병원의 신경정신과 입원 기록이 남는 것을 원하지 않았기 때문이었습니다. 네, 제 어머니뿐만 아니라 대부분의 부모가 비슷한 이유로 처음에는 입원을 거절한다고 합니다. 게다가 어머니는 저보다 앞서 대학병원에 입원한 경험이 있기에 그 끔찍하고 답답한 생활을 제게 똑같이 경험시키기는 싫었을 것입니다. 결국 종합병원에서는 약만 처방받았는데, 그것이 제가 삼킨 첫 번째 알약이었습니다. 그러고 보니 벌써 12년이나 지난 일이 되어 버렸군요. 그 색색의 알약을 처음 손에 들고 억지로 삼키던 기억이 아직도 생생한데 말입니다.

신경정신과를 들락거리며 ㅊ시에서 반년이라는 시간을 보냈음에도 불구하고 큰 차도가 보이지 않았습니다. 따분하고 헛된 삶에 염증을 느끼게 된 저는 결국 ㅅ시로 도망쳤지요. 무일푼으로 며칠씩 거리를 배회하다 경찰에 붙잡혀 다시 집으로 돌아가기를 두어 차례 반복했습니다. 그러자 어머니는 별 도리가 없었는지 어려운 형편에도 ㅇ동 비탈길 높은 곳에 보증금 없는 반지하

방을 하나 구해 주었습니다. 혼자만의 공간에 있자니 약을 먹지 않아도 기분이 한결 좋더군요. 하지만 그것도 잠시였습니다. 이내 저는 외출은커녕 반지하 방에만 틀어박혀 꼼짝하지 못하게 되어 버렸습니다. 세상에서 완전히 고립되어 버린 것이지요. 행여나 밖으로 나갈 때면 쉴 새 없이 나타나는 환영, 괴물, 귀신, 망상들로부터 괴롭힘을 당했고, 그때마다 거리를 지나다니는 사람들은 저를 힐끔거리며 손가락질을 했습니다.

게다가 그림이라고 할 만한 것도 거의 그리지 못했습니다. 예술가를 꿈꾸던 제 열정은 활활 타 보기도 전에 재가 되어 어디론가 날아가 버린 듯했고, 간혹 그리더라도 하나같이 형편없는 것이 되고 말았기에 화를 돋울 뿐이었습니다. 겁이 났습니다. 평생 정신병원이나 들락거리며 살아가야 할 것만 같았지요. 불안감은 날로 불어나 급기야는 휘몰아치는 소용돌이로 변해 저를 완전히 휘감았습니다. 그럴 때면 괴로움을 견디지 못하고 평상시 먹지 않고 남겨 둔 약을 꺼내어 먹기도 했지만 아무 소용 없었습니다. 제 안의 소용돌이를 잠재울 수 있는 것은 오직 그녀밖에 없었습니다.

그녀는 제가 온 종일 집에 틀어박혀 괴로워하고 있자면 어느새 저를 찾아와 투명한 손길로 저를 잔잔하게 만들어 주었습니다. 그녀는 제게 기쁨, 아니 괴로움을 잊게 만들어 주는 유일한 존재였습니다. 처음 만난 순간에도 그랬듯이 언제나 먼저 손을 내밀어 주는 것은 그녀였고, 저는 그런 그녀에게서 살아갈 수 있을 것 같은 희망을 얻었습니다.

그녀가 제게 정신적 위안을 느끼게 해 주었다면, 어머니는 유명하다는 병원을 찾아다님으로써 저를 괴로움에서 벗어나게 만들어 주고자 나름대로 노력하고 있었습니다. 국립병원이 근처에 있었기 때문일까, ㄱ역과 ㅈ역 사이에는 유독 많은 정신병원이 밀집해 있었습니다. 어머니는 그곳들을 거의 대부분 찾아가 종합병원에서 발급받은 제 의무 기록으로 상담을 받았고, 몇 곳에는 저를 억지로 데려가기도 했습니다. 하지만 대부분은 어딘지 모르게 신뢰가 가지 않더군요. 어떤 곳은 의사라고 앉아 있는 사람이 어쩌면 환자가 아닐까 싶을 정도로 보이기도 했습니다. 어느 의사는 상담 내내 길게 기른 콧수염을 매만지는 데만 정신이 팔려 있었고, 어느 의사는 첫인상은 멀쩡해 보였지만 곧 입을 열기 시작하자 상담은커녕 자기 하고 싶은 말만 계속 떠들어 댔습니다. 또 어느 의사는 역시 멀쩡한 겉모습에 상담도 친절히 해 주는가 싶었지만 결국은 입원을 권유하기에만 급급할 뿐이었습니다. 그 입원비는 또 어찌나 비싼지 아무리 시설이 좋아도 발을 돌릴 수밖에 없었지요. 그리고 한 의사는 저를 너무 가엾은 사람처럼 취급하여 상담을 받다가 뛰쳐나와 버린 적도 있었습니다. 그렇게 정신병원을 전전하다가 마침내 찾은 곳이 바로 제가 입원하게 된 그곳이었습니다.

원장님은 어머니에게 가정불화로 인한, 즉 아버지의 알코올 문제로 인한 정신적 충격에서 제 문제의 원인을 찾을 수 있을 것이라 했습니다. 그것을 분석함으로써 단순히 약물에 의존하기보다는 근본적인 해결책을 찾을 수 있을 것이라는 말도 덧붙였습니다. 제가 조금 더 일찍 병원을 찾았더라면 좋았을 테지만, 그래도 아직은 늦지 않은 나이기에 제게 부족한 공동 생활을 함께 배워 나감으로써 충분히 극복 가능할 것이라는 위로도 잊지 않았지요. 그곳의 적절한 프로그램들을 통해서 필히 눈에 띄게 좋아질 것이라는 희망도 주었습니다.

　마지막으로 그는 제 증상의 원인을 'ACOA', 바로 '알코올 중독자의 자녀'라 불리는 아주 생소한 정신 분석 용어로 정의했습니다. 그 말인즉슨 제게 공동 의존 범주에 속하는 인격 장애가 있다는 뜻이었지요. 다시 그 말인즉슨 모든 잘못은 아버지에게 있다는 것을 의미했습니다. 어머니에게는 분명 불행 중 반가운 이야기였을 것입니다. 제게는 아무 잘못이 없다는 것처럼 들렸을 테니까 말입니다. 또한 원장님이 과거 방송국 등에서 찾아와 자주 자문을 구해 갔을 정도로 유명한 정신과 의사라는 점에서 결정적으로 원장님을 신뢰하게 되었습니다. 네, 실제로 병원 곳곳에는 비록 이미 누렇게 바랬지만 방송국에서 인터뷰하는 원장님의 사진과 보도 자료들이 인쇄되어 액자에 걸려 있었고, 시청각 교육을 할 때도 원장님이 출연한 방송을 심심찮게 볼 수 있었지요.

　"희우야, 저것 봐라. 원장님도 한때는 저렇게 유명한 시절이 있었다."

　어느 액자 앞에서 그 안에 스크랩해 놓은 신문 기사를 읽고 있는데 명 선생님이 다가와 말했습니다.

　"네, 그러게요."

　"여기도 한때는 잘나가던 시절이 있었는데 말이야."

이어서 그는 과거 어떠한 불미스런 사고로 인해 여러 명의 환자가 그곳에 갇힌 채로 목숨을 잃었고, 관리 소홀이라는 명목 아래 그 책임을 고스란히 원장님이 떠맡으면서 의사의 명성에 큰 타격을 입었으며, 그때부터 차츰 병원의 규모가 줄어들었다고 했습니다. 아니요, 저도 거기까지만 들었습니다. 궁금하기는 했지만 차마 용기가 나지 않더군요. 어쩌면 제가 누워 있던 그 방에서도 환자 여럿이 죽었을지 모른다고 생각하니 오싹하여 선뜻 물어볼 수가 없었습니다. 그래서였는지, 그의 이야기를 듣고 나자 그동안은 보이지도 않던 사소한 것들이 하나 둘씩 눈에 들어오기 시작했습니다. 천장 모서리에 군데군데 묻은 검은 얼룩이 불에 탄 흔적처럼 보였고, 벽을 따라 흘러내리듯 이어진 얼룩이 누군가가 흘린 피처럼도 보였습니다. 소등 시간이 되어 자리에 누워 있자니 제 등 밑에 아직도 누군가 죽은 채로 누워 있을 것이라는 생각까지 들더군요. 그리고 그날 밤부터 한동안 지독한 악몽에 시달렸습니다.

어쩐지 나른하면서 오싹한 기분이 들었습니다. 마치 뭉툭한 송곳으로 머리에 구멍을 뚫어 미지근한 바람을 불어넣는 듯한 기분이었지요. 미간 위로 막 태어난 어느 새의 솜털이라도 떨어진 듯 잔잔한 간지럼이 느껴졌습니다. 그 기분이 싫지는 않았지만, 간지럼이 계속되자 손등으로 솜털을 털어 내기 위해 가볍게 팔을 휘둘렀습니다. 그런데도 간지럼은 계속되더군요. 혹시나 허 선생님이 유치한 장난이라도 치는가 싶어 눈을 떠 봤습니다. 그는 스탠드를 켜 놓고 책상에 앉아 있었습니다. 뭔가를 던졌을 수도 있다는 생각에 몸을 반쯤 일으켜 앉은 채로 그를 불러 보려고 했지만 웬일인지 입이 떨어지지 않았습니다. 아무리 말을 하려고 해도 목소리가 나오지 않았습니다. 가위라도 눌린 사람처럼 말입니다.

아무래도 이상했습니다. 일단 자리에서 일어나야겠다는 생각이 들더군요. 그런데 그 순간, 등 뒤에서 인기척이 느껴졌습니다. 급히 돌아보니, 글쎄 제가 누워 잠을 자고 있는 것이 아니겠습니까. 게다가 잠들어 있는 제 이마 위로 새까만 가루가 떨어져 내리고 있었습니다. 허 선생님에게 도움을 청하기 위해 손을 뻗어 보았습니다. 하지만 그가 앉아 있던 책상이 손이 닿을 수 없을 정도까지 멀리 밀려나면서 스탠드 불빛 또한 점점 흐려져 방 안은 금세 어둠에 휩싸이고 말았습니다. 그러자 캄캄한 천장 모서리에서, 창문에서, 바닥에서 무언가가 기어 나오기 시작했습니다. 소리칠 수도, 도망칠 수도, 다시 자리에 누울 수도 없었습니다. 그 형상들은 흡사 지옥불에서 기어 나온 것처럼 새까맣게 탄 사람의 형상을 하고 있었습니다. 그것들은 그곳에서 죽은 자들의 기억일지도 모른다는 생각이 머리를 스쳤습니다.

그들은 하나 둘씩 누워 있는 저를 향해 시커먼 재를 떨어뜨리고 다가오면서 '살려 줘!' '도망치게 해 줘!' '도망쳐!' 하고 소리쳤습니다. 그들의 얼굴은 녹아서 흘러내리고, 등은 굽었으며, 팔다리는 꺾인 채로 이리저리 뒤틀려 있었습니다. 눈동자 없는 그들의 새까맣게 탄 눈에서는 검게 변한 눈물이 흘러나왔고, 혀 없는 그들의 입에서는 수많은 외침이 재로 변해 떨어져 내렸습니다. 그 눈물과 외침이 제 얼굴 위로 쏟아져 내렸습니다.

잠시 후 허 선생님이 스탠드를 끄고 자리에 눕자 방 안은 더욱더 어둠으로 밝혀졌습니다. 잠들어 있던 얼굴은 점점 그들과 같이 일그러진 얼굴로 변해 갔고, 몸을 잔뜩 웅크린 자세로 그들에게서 도망치기 위해 허우적거렸습니다. 그러자 그들은 하나 둘씩 제 팔과 다리를 단단히 붙잡고 매달리기 시작했으며, 그들을 뿌리치기 위해 몸부림치는 제 팔과 다리도 이내 그들의 것처럼 꺾여 갔습니다. 그러다 어느 순간 그들의 힘이 약해지면서 조금씩 부서져 내렸습니다. 그 부서져 내린 몸이 재가 되어 제 온몸을 뒤덮자, 저는 잿더미 속에 파묻혀 그것을 털어 내기 위해 다시 몸부림쳤습니다. 하지만 몸부림치면 칠수록 깊은 늪에 빠진 것처럼 새까만 잿더미 속으로, 어둠 속으로 깊이 빠져 들어갈 뿐이었지요. 마침내 저는 그 몸부림에 지쳐 쓰러지고 말았습니다. 그때 누군가 저를 흔들어 깨웠습니다.

"명상 시간이야."

허 선생님이 말했습니다.

그날 이후 한시도 편히 잠자리에 들 수 없었던 저는 프로그램들을 뒤로하고 거실에 나와 쓰러져 부족한 잠을 채워야 했습니다. 그마저도 길어야 30분 정도였지요. 그렇게 며칠을 보내자 제 모습도 형편없는 몰골로 변해 갔습니다. 급기야 나 선생님은 일단 밤에 잠이라도 자야 해결될 문제라면서 강한 수면제를 처방해 주었고, 그것을 집어삼킨 채 억지로 잠을 청해 보기도 했지만 악몽은 계속되었습니다. 그러던 중 어떻게 제 소문이 그곳에 퍼지게 되었는지 모르겠지만, 하루는 최 선생님이 저를 찾아왔습니다. 그리고 한참을 이런저런 이야기를 늘어놓은 끝에 물었습니다.

"누구나 다 죽기 마련이지 않습니까? 어떤 식으로든 말이지요, 안 그렇습니까?"

그는 제 눈을 지그시 바라보며 희미하게 웃었습니다. 그렇게 웃고 있던 그의 얼굴은, 그곳에서 가장 죽음에 근접한 그의 눈동자는 흐르지 않는 강물처럼 너무나 평온해 보였습니다. 그런 그를 마주하고 있자니 신기하게도, 너무나 허무하게도 더 이상 사고와 죽음, 그로 인해 죽은 자들을 두려워할 이유가 없다는 생각이 들었습니다. 그리고 거짓말처럼 그 지독했던 악몽에서 벗어날 수 있었지요.

아니요, 당시 어머니는 몰랐을 것입니다. 설사 알았다 하더라도 그런 사소한 과거사 따위는 신경조차 쓰지 않았겠지요. 어머니로서는 그곳이 행여 무덤 속이었다 하더라도, 설령 지옥 끝이었다 하더라도 제가 나을 수만 있다면 어디든 상관하지 않았을 것입니다. 그런 어머니의 간절한 바람대로 저는 그곳에서 외래 진료를 받기 시작했습니다. 그 시기에는 상담 치료와 함께 매일 두 번, 점심과 저녁 식사 후에 알약을 삼켰습니다. 하지만 좀처럼 망상으로 인한 괴로움은 줄어들지 않았습니다. 어느 순간 사라졌다가도 골목 구석구석, 천장 여기저기, 창문 밖에서 갑자기 모습을 드러냈습니다. 그러자 원장님은 확실한 치료를 위해 사회 적응 훈련 및 정서 재활을 명목으로 입원 치료를 권했습니다. 오랜 시간 고심하고 설득당한 끝에 그렇게 긴 언덕을 올랐고, 그곳에 입원하게 된 것입니다.

오직 그곳에서 나가고자 하는 열망에 휩싸여 떠올리기 시작한 제 기억이 여기까지 닿자 한 가지 염려스러운 부분이 생겼습니다. 저에 대해서 잘 모르는 그곳 사람들 앞에서 이것을 발표해야 한다는 부담감과 거부감이었지요. 때문에 카운슬링 발표 전까지는 그들과 잘 섞여 지내는 척하며, 행여나 발표 후에 그 내용으로 인해 손가락질을 받는 일이 없도록 미리 준비해야 할 필요가 있었습니다. 그곳의 프로그램에 착실히 임해 동질감이 느껴지게끔 노력했고, 대화를 해야 할 때도 그곳의 모든 사람에게 맞는 각기 다른 태도를 취함으로써 저에 대한 거부감을 없애려 했습니다. 그때까지만 해도 그러한 제 행동이 한낱 병원에서 만들어 놓은 프로그램대로 움직이는 것뿐이었다는 사실은 전혀 모른 채 말입니다. 수많은 정신병 환자를 치료하며 요령을 터득해 낸 의사들의 날카로운 함정에 빠지고 만 것이지요. 그곳에서 목적으로 한 사회 적응 훈련대로, 정서 재활의 명목대로, 그곳의 규칙과 방식에 적응되어 그곳의 사람들과 가까워지고, 다분히 자연스러운 형태로 저 자신을 변화시켜 가고 있었음을 몰랐던 것입니다.

그 사실을 깨달은 것은 이미 제가 그곳에서 카운슬링 발표를 끝낸 뒤였습니다. 저 자신이 어찌나 한심스럽던지, 도저히 용납할 수 없겠더군요. 결국 저는 다시 예전의 저로 돌아가기 위해 더욱더 심한 괴로움 속으로, 깊은 늪 속으로 제 몸을 내던져야 했습니다. 글쎄요, 그렇다고 하여 그곳에서 보낸 시간이 후회되는 것만은 아닙니다. 모두가 나름대로의 삶을 살아가고 있었을 것이기에, 때때로 그런 그들을 관찰하는 것이 흥미롭게 느껴지기도 했습니다. 그들에 대한 제 변덕스런 마음이 누군가에게는 그저 가볍고 하찮으며 우습게까지 보일 수도 있겠지만 말입니다. 하지만 누군들 자신의 마음을 똑바로 마주하고 정확히 들여다볼 수 있겠습니까. 이리저리 흔들리는 불완전한 영혼을!

3

해가 바뀌고 첫 번째 날, 그곳을 찾아온 면회자는 아무도 없었습니다. 새해가 되었다고 기뻐하는 사람 역시 아무도 없었습니다. 전날까지만 해도 아내가 오기로 했다며 들떠 있던 허 선생님마저 사정이 생겼다고 면회를 취소하자 불안한 표정을 감추지 못했습니다. 언제나처럼 똑같은 하루를 보내고 있을 뿐이었습니다. 잠에서 깨어나 명상을 했고, 체조한 뒤 화장실 청소를 하고 아침을 먹었습니다. 휴일인데도 명상록을 발표하고 강의를 들었습니다. 점심으로는 멀건 국물에 둥둥 떠 있는 떡을 몇 개 건져 먹었지요. 오후 시간에도 상담 치료, 시청각 교육, 저녁 식사, 찬양 시간을 가졌습니다. 바뀐 것은 없었습니다. 똑같이 짜인 일과가 그곳을 완전히 지배하고 있었습니다.

반면에 몇 가지 작은 변화도 있었습니다. 혹시 모를 탈주를 대비해 창살로 막아 놓은 창문을, 고작 20센티미터밖에 열리지 않았지만 그곳의 모든 창문을 열어 대청소를 했고, 그곳을 떠나가는 사람들과 새로 들어오게 된 사람들이 있었습니다. 그리고 마침내 공중전화기가 수리되어 그것을 사용할 수 있게 되었지요. 그 소식을 듣자마자 저는 나 선생님을 찾아갔습니다. 어찌나 빠르게 계단을 내려갔는지 간만에 가슴이 쿵쿵 하고 뛰었습니다.

"그래요, 해도 좋아요. 그 대신 하루에 딱 한 번만 사용하시는 게 조건이에요."

"네, 알겠습니다."

"이 선생님이 빠르게 적응하고 있으니까 허락해 주는 거예요. 요새는 명상록도 잘 쓰시고 발표도 잘하시니까 다른 선생님들도 모두 좋아하시잖아요."

"그런가요?"

"그럼요, 어제 원장님께도 말씀드렸더니 진심으로 반가워하시던걸요?"

나 선생님은 제 명상록이 자못 마음에 든 모양이었습니다. 그곳의 사람들 속에서 프로그램을 착실히 수행하고 있다는 것을 증명받기 위해 가장 공을 들인 것 중 하나가 명상록 쓰기였으니, 일단은 제 생각이 잘 맞아 들어가는구나 싶었지요.

명상록에 대해 간단히 말씀드리자면, 매주 월요일 아침마다 김 간호사는 열 장 내외 분량의 인쇄지 묶음을 하나씩 나눠 주었는데, 그것은 하나의 주제를 가지고 있었습니다. 예를 들면 '오늘 나는 완전하지 못했다' '오늘 나는 거짓말을 했다' '내일을 위해 오늘 무엇을 준비하고 있는가?' '나는 오늘 게으른 하루를 보내고 말았다' 같은 것이었고, 그 밑에는 주제에 대한 부가 설명이 적혀 있었습니다. 그 내용을 한 번 공책에 옮겨 적은 뒤 자신의 경험에 비추어 앞으로의 계획 또는 다짐을 적어 다음 날 발표하는 것이었습니다. 일상에서 느끼는 부정적인 생각이나 자신의 행동을 반성하자는 취지였지요. 매일매일 거르지 않고 쓰는 것이 원칙이었습니다. 나 선생님은 물론 대부분의 사람들은 제 명상록 발표를 유심히 귀 기울여 들어 주었는데, 특히 권 선생님은 유독 제 명상록을 마음에 들어 했습니다. 그녀는 종종 쓰읍 하는 소리로 감탄하고는 깍지 낀 손을 꼼지락거리며 "이 선생님은 어쩜 그렇게 마음이 곧을까!" 하고 말해 주기도 했으니까요.

나 선생님 방에서 나오자마자 공중전화기로 향했습니다. 당연히 제가 처음일 것이라 생각했지만 저보다 먼저 온 사람이 한 명 있었습니다. 저만큼이나 그것이 고쳐지기를 간절히 바라던 정기봉 선생님이었지요. 그는 좀처럼 말이 없는 사람이었습니다. 명상록을 발표할 때면 알아들을 수 없는 발음으로 명상록의 제목과 지문을 작게 중얼거렸고, 누군가와 대화하는 모습을 본 적은 손가락에 꼽을 정도였지요. 그는 언제나 절룩거리는 다리를 바닥에 끌며 홀로 방과 흡연실, 지하실과 화장실을 오갔고, 식사 시간에도 구석진 자리에 홀로 앉아 밥을 먹었습니다. 때문에 그는 굳이 의식하지만 않는다면 곁에 있어도 없는 듯 희미한 존재로 여겨졌습니다. 그런 그를 돋보이게 하는 장소가 딱 한 곳 있었는데, 바로 공중전화기 앞이었습니다. 하루 한 번, 어쩌면 그 이상이었는지도 모르겠습니다. 제가 하루에 딱 한 번 전화기를 쓰기 위해 지하실에 내려갈 때마다 그는 늘 저보다 먼저 도착해 수화기를 들고 있었으니까 말입니다.

그는 환자복 상의 주머니에서 동전을 꺼내어 수화기를 들고 투입구에 동전을 하나씩 하나씩 넣고 떨리는 손으로 다이얼을 돌렸습니다. 아주 느릿한 동작이었기 때문에 뒤에서 기다리는 저로서는 여간 조바심 나는 게 아니었지요. 하지만 그 역시도 아내 혹은 자녀 또는 소중한 누군가에게 전화하고 있을 것이었기에 인내심을 가지고 기다려 보기로 했습니다. 잠시 후 그가 들고 있는 수화기의 긴 신호음이 제게도 전해졌습니다. 그가 수화기를 내려놓을 때까지도 그 차가운 신호음은 계속되었지요. 그는 이내 거스름 통에서 동전을 꺼내어 다시 투입구에 넣고 다이얼을 돌렸습니다. 그러기를 수차례, 때론 화난 표정으로, 때로는 담담한 표정으로 동전을 넣고 다이얼 돌리기를 반복했습니다. 하지만 결국 전화를 받는 이는 없었습니다. 그러자 그는 가까이 있는데도 전혀 알아들을 수 없는 발음으로 수화기에 대고 뭐라고 한참을 중얼거리더니, 결국 포기한 듯 수화기를 내려놓고는 동전을 챙겨 절룩거리며 계단으로 향했습니다. 그날뿐 아니라 매일 대답 없는 수화기에 대고 중얼거렸지요. 때로는 정말 누군가와 대화하는 것 같은 날도 있었지만, 동전은 언제나 그의 주머니 속으로 되돌아갔습니다.

그가 지하실에서 완전히 사라질 때까지 기다렸습니다. 카운슬러들이 방 안에 있기는 했지만 작은 목소리로만 이야기한다면 통화를 엿듣는 것은 불가능했습니다. 드디어 수화기를 들고 미리 메모해 둔 번호대로 다이얼을 돌렸습니다. 언젠가 허 선생님이 알려 준 수신자 부담 서비스 번호였습니다. 교환원을 통해야 하는 것이 영 어색하더군요. 그래도 그녀의 목소리만 들을 수 있다면 그 정도는 충분히 감수할 만했습니다.

신호음이 들리기 시작했습니다. 한참 동안 신호음이 이어졌습니다. 그 후에도 몇 번이나 더 교환원을 통해 전화를 걸었고, 그때마다 신호음만이 수화기를 통해 전해졌습니다. 어느 정도 예상은 했지만 막상 그렇게 되고 나니 서운한 마음이 들더군요. 수화기를 내려놓고 제 방으로 돌아가 이불을 뒤집어쓰고 누워 그녀를 떠올렸습니다. 그녀를 만나고 싶었습니다. 그녀가 너무나 보고 싶었습니다. 그녀가 그리웠습니다.

"희우야, 너는 아직 못 들었을 거다. 일어나 봐."

하루는 번번이 실패하는 전화 통화에 낙담하여 베개에 얼굴을 파묻고 엎드려 있는데 허 선생님이 헐레벌떡 방으로 들어오며 말했습니다.

"뭐를요?"

일어나기도 귀찮아 엎드린 채로 물었습니다.

"들어 봐. 깜짝 놀랄 거다. 어제 아침에 하연이가 외출했잖아. 근데 아예 도망갔다고 그러더라고. 지금 밑에는 아주 난리가 났다."

전날 외출 나가는 하연 선생은 어딘지 모르게 평상시와 약간 달라 보였습니다. 옅게 화장한 얼굴에 검은색 스타킹, 짧은 치마까지 입었더군요. 그 모습을 본 김두남 선생님이 "이야, 어디 데이트라도 가나 보네. 예쁘다." 하고 놀리는 투로 말하자, 하연 선생이 활짝 웃는 얼굴로 치마를 살짝 펄럭여 보인 뒤 고개를 휙 돌리며 말했습니다.

"아저씨들이란."

하연 선생을 마지막으로 본 것은 그녀가 막 외출을 나가기 직전이었습니다. 노크도 없이 방문을 불쑥 열고 들어와서는 언젠가 제가 건네주었던 담배를 책상 위에 올려놓으며 "맛없어서 못 피우겠어요. 도로 가져가요." 했고, 방문을 닫고 나가는가 싶더니 문틈 사이로 간신히 얼굴만 남긴 채 말했습니다.

"담배 끊어요. 안 어울려요."

그리고 그곳을 떠났습니다. 그 뒤로 그녀의 소식은 들을 수 없었지요.

하연 선생이 떠난 자리에는 30대 초반의 여자가 들어와 그 자리를 대신하게 되었습니다. 누구에게서 시작된 제안인지 기억나지는 않지만, 돈을 모아 야식을 시켜 먹기 위해 명 선생님이 수첩과 볼펜을 들고 방마다 돌면서 메뉴를 묻고 다닐 때였지요. 계단 아래에서 요란한 소리가 들리더니 김 간호사와 함께 낯선 여자가 올라왔습니다.

이은아 선생님의 첫인상은 제게 적잖은 충격을 안겨 주었습니다. 얼굴로만 본다면야 하나로 이어진 짙은 눈썹이 동그랗고 하얀 얼굴과 대조되어 이국적인 느낌을 물씬 풍겼고, 커다란 눈과 오뚝하게 솟은 코, 오밀조밀하게 주름진 입술은 지극히 멀쩡한 것 이상이었습니다. 그 외에는 모두 과연 형이상적이라 할 만했습니다. 헐렁한 환자복 바지는 얇은 허리에서 흘러내려 넓은 골반과 엉덩이 사이에 아슬아슬하게 걸쳐 있었는데, 허리를 조금이라도 숙일라치면 팬티 고무줄에 걸친 엉덩이골까지 드러낼 정도로 위태해 보였습니다. 열 살 무렵에 입었던 반팔 티셔츠를 아무렇게나 주워 입은 듯 옷은 몸에 딱 달라붙어 있었지요. 머리는 중학교에 갓 입학한 소년처럼 빡빡 깎여 있었습니다. 비구니가 아닐까, 하는 생각도 잠시 들었지만 한쪽 귀에만 두세 개씩 치렁치렁한 귀고리를 매달고 있었기에 그 생각은 이내 사라졌습니다.

"어? 오랜만이네."

마침 메뉴를 정하고 거실로 나온 명 선생님이 이은아 선생님을 보고는 깜짝 놀란 얼굴로 말했습니다.

"어? 아직도 여기 있었어?"

그녀도 깜짝 놀란 듯 딱히 의미 없는 과장된 손동작을 해 보이며 되물었습니다.

"아니, 다시 온 지 몇 달 안 됐어. 지금은 주문하러 갔다 와야 하니까 나중에 다시 얘기하든가 하자."

주문을 하고 돌아온 명 선생님과 음식이 배달 올 때까지 흡연실에 앉아 이야기를 나누었습니다. 그가 말해 주기를 이은아 선생님과는 한때 같은 병원에 입원한 적이 있다고 했습니다. 제가 "친했어요?" 하고 물으니, "가능하면 상종도 하지 마." 하고 대답했습니다. 그 이유를 물어보니 "겪어 보면 알아. 아무튼 내 말 명심해." 하고는 제 어깨를 툭툭 건드리며 지그시 눈을 감아 보일 뿐이었지요.

보호사가 주문한 음식이 든 검은 비닐봉지 두 개를 들고 2층으로 올라오자, 돼지고기 특유의 냄새가 순식간에 거실을 장악했습니다. 그곳에서 종종 시켜 먹곤 하던 족발과 돼지고기 수육이었습니다. 비닐봉지 안에는 몇 가지 빵과 우유도 들어 있더군요. 유명한 집에서 주문한 것이라 그랬는지 알맞게 잘 익어 김이 모락모락 피어 오르는 돼지 살점은 상당히 맛있어 보였습니다. 다른 사람들도 모두 같은 생각을 하고 있었는지 족발과 돼지고기 수육을 덮은 비닐 랩이 벗겨지자 한꺼번에 젓가락을 집어 들고 돼지 살점을 향해 달려들었는데, 까딱하다가는 기껏 돈은 돈대로 내고 제대로 맛도 못 볼 것 같은 마음에 저도 부지런히 젓가락질을 했습니다.

"이 선생님이 이렇게 잘 먹는 건 또 처음 보네요. 원래 밖에선 그렇게 잘 먹었어요?"

권 선생님이 입에 고기를 한가득 넣은 채로 우물거리며 물었습니다. 겨우 한두 젓가락 살코기를 집어 먹었을 뿐인데 말입니다.

"별로……."

"잘 먹는 모습 보니까 좋아서 그래요."

돼지고기 찌꺼기가 붙은 입 주변을 날름거리며 쓰읍 하는 소리로 찌꺼기를 들이마시는 모습을 보니 그만 입맛이 뚝 떨어져 버리더군요.

"아니요, 그렇잖아도 다 먹었어요."

"이렇게 맛있는데 안 먹으면 자네만 손해지."

제가 젓가락을 내려놓자 정광수 선생님이 말했습니다.

커다란 돼지 뼈를 한 손에 움켜쥔 채 마치 짐승의 것처럼 보이는 누런 앞니로 열심히 살점을 골라 물어뜯으며 말입니다.

"아우, 정광수 선생님, 좀 천천히 드시지 않고."

권 선생님이 눈살을 찌푸리더니 음식이 얼마 남지 않은 것을 확인하고는 아무리 돈을 내지는 않았어도 같이 입원한 사람인데 고상미 선생님 것도 남겨 놓아야 하지 않겠냐면서 한 주먹 가득 돼지 살점을 집어 포장해 온 비닐봉지에 담았습니다.

"상미가 와서 먹으면 뭘 얼마나 먹는다고……."

옆에 앉은 명 선생님이 중얼거렸습니다. 하지만 무심히 젓가락을 놀리느라 정신이 팔린 사람들은 아무도 그의 말을 신경 쓰지 않는 듯했습니다.

모두가 허옇게 뭉개진 돼지 살점과 족발 찌꺼기에 미련을 버리지 못하는 사이, 이은아 선생님이 방에서 짐 정리를 마치고 나왔습니다.

"같이 들어요."

최미희 선생님이 그녀에게 젓가락을 건네며 말했습니다.

이은아 선생님은 이미 밥을 먹고 와서 배가 부르다며 손사래를 치더군요. 하지만 제가 화장실에서 손을 씻고 오는 사이, 그녀는 어느새 사람들 사이에 파고들어 쪼그리고 앉아 열 손가락 가득 돼지기름을 묻혀 가며 마구잡이로 집어삼키고 있었습니다. 그것으로도 부족했는지 빵도 몇 개씩이나 더 집어삼켰지요.

역겨운 돼지 사냥을 끝내고 거실에 앉아 두둑해진 배를 두들기며 평상시 모습으로 돌아온 사람들을 뒤로하고 방으로 돌아왔습니다. 곧이어 허 선생님도 방으로 들어왔습니다. 손을 씻고 왔는지 덜 마른 손을 바지에 문질러 닦고는 조용한 목소리로 말했지요.

"난 이제 저렇게는 안 먹을 거다. 나중에 뭐 먹고 싶으면 우리 끼리 따로 돈 모아서 시켜 먹든가 하자."

이은아 선생님이 어떤 이유로 그곳에 들어오게 된 것인지는 모 르겠지만, 확실한 점 한 가지는 심각한 식이 장애를 앓고 있다는 것이었습니다. 그녀는 자신의 의지대로 식사량을 조절하지 못했 지요. 그녀를 담당한 김아경 선생님은 일주일 정도 그녀의 행태 를 면밀히 관찰한 뒤 식사 때마다 보호사를 그녀 옆에 붙여 두기 로 결정했습니다. 그녀는 보호사가 식판에 양을 조절하여 음식을 가져다줄 때면 "이것만 먹고 어떻게 살라고!" 하며 소리를 버럭 지르곤 했고, 좀처럼 흥분을 가라앉히지 못해 씩씩거리면서도 허 겁지겁 밥을 먹었습니다. 그렇게 밥을 다 먹고 난 후면 여지없이 계단 중간에 위치한 화장실로 향했습니다. 그러고는 헐렁한 바지 위로 엉덩이를 드러내고서 빡빡 깎은 머리를 변기 속으로 처박은 채 꿱꿱 하며 토악질을 해댔지요. 그 소리와 냄새가 어찌나 고약 한지, 제대로 밥을 먹지 못하는 사람들의 불평이 늘어나자 결국 그녀의 식사 시간은 다른 사람들보다 10분가량 늦추어졌습니다.

이은아 선생님이 들어온 지 얼마 지나지 않아 또 한 사람, 정 일규 선생님이 새로 들어왔습니다. 그는 왜소한 체구에 통이 넓 은 갈색 코르덴 바지와 보랏빛이 도는 스웨터, 그 위에 손뜨개질 로 짠 허름한 조끼를 걸치고, 얇은 은색 둥근 테 안경을 썼는데, 그 안경만 빼놓고 보자면 어느 새와 비슷한 얼굴을 하고 있었습 니다. 물고기가 인류의 조상 격이라고 주장한 인류학자가 그보다 앞서 그의 얼굴을 보았다면 필히 어류가 아닌 조류야말로 인류의 조상이었을 거라는 가설을 발표해 연구비를 넉넉히 지급받았을 거라고 생각될 정도로 닮아 있었지요.

오전 11시 강의가 있는 날, 원장님은 그를 다음과 같이 소개했습니다.

"오늘부터 함께 지낼 정일규 선생님입니다. 선교사로 활동하고 있고, 이번에 이곳에서 공부를 같이 하게 되었어요. 종교적으로 궁금한 것이 있으면 정 선교사는 지하실 방을 쓰니까 언제든 찾아가서 물어봐도 좋습니다. 정 선교사, 괜찮겠죠? 문은 언제나 열려 있죠? 네, 그럼 다 같이 박수로 인사합시다."

"아니, 다들 잘 아실 텐데 그렇게까지 궁금할 게 뭐 있겠습니까? 하나님의 뜻은 성경에 다 적혀 있으니까 그것을 공부하면 되지 않을까요? 그래도 혹시 모르는 게 있으면 대답해 줄 수는 있습니다. 반갑습니다. 정일규입니다."

그의 가늘고 높으며 갈라진 목소리는 사람들에게 상당히 건방지다는 첫인상을 남겼습니다. 비단 첫인사뿐만 아니라 그는 늘 은근히 상대방을 깔보는 듯한 태도를 취하면서도 남의 이야기에 관심이 많아 이것저것 묻고 다니는 것을 좋아했는데, 정작 본인에 대한 이야기가 나올 때면 빙빙 말을 돌리며 좀처럼 자신을 드러내지 않았습니다. 때문에 사람들은 그와 대화할 때면 왠지 손해를 보거나 불쾌한 기분이 든다며 대화 자체를 꺼려했지요. 또한 그는 그간 선교 활동 기록을 정리해야 한다는 이유로 특별히 노트북 사용을 허락받아 특히 몇몇 남자 선생님에게 좋지 않은 시선을 받았습니다. 누군가 호기심에 노트북을 만져 보기라도 하면 정색을 하며 화를 내곤 했기 때문에 옹졸한 사람의 대명사처럼 여겨지기도 했습니다. 더 나아가 그의 이름은 때와 장소에 상관없이 놀림거리의 대상을 향할 때나 괜한 심통을 부리고 싶을 때도 사용되었지요. 특히 허 선생님은 정광수 선생님의 이름과 더불어 그의 이름을 자주 사용하곤 했습니다. 무엇이든 알고 있다는 듯 오만한 표정의 그를 무척이나 마음에 들어 하지 않았기 때문이었습니다.

한번은 제가 초콜릿을 하나 통에서 꺼내어 먹으려고 할 때였습니다. 마침 낮잠을 자다가 깬 허 선생님은 제가 들고 있던 초콜릿을 보더니 "희우야, 왜 그래? 정일규 선생처럼." 하고 말하더군요.

"하나 드려요?"

"아니, 됐어."

"왜 그래요? 정일규 선생님처럼."

허 선생님은 어지간히 그 말이 듣기 싫었나 봅니다. 대뜸 그와 담판을 지어 보겠다며 각오를 밝히고는 그를 찾아 지하실로 향했지요. 저도 두 사람의 대화가 궁금하여 따라 나섰습니다.

"저번에 듣기로 유럽에 다녀오신 적이 있다던데 유럽 어디 갔어요?"

허 선생님이 지하실 테이블에 앉아 노트북 자판을 두들기는 정일규 선생님에게 물었습니다.

"아, 이름이 뭐라고 했더라. 아, 그래, 허 선생님."

"외우기 어려우면 노트북에 적어 놓으세요. 정광수 선생도 아니고 벌써부터 그렇게 잘 잊어버리면 어쩌려고 그래요."

"아, 그럼 이제부터 그럴까요? 1번에다는 특별히 허 선생님 이름을 적어 드려야겠네요."

"네, 뭐 마음대로. 그런데 유럽은 왜 다녀오신 거예요?"

"어떻게 알았어요? 누가 그러던가요?"

"그냥 여기저기서 그러더라고요."

"참 할 일들도 없지. 다 있었죠. 영국, 프랑스, 이탈리아, 독일 다 다녀 봤죠. 왜요?"

"아니, 그냥 궁금해서요. 프랑스가 그렇게 좋다고 하던데."

"에이, 프랑스는 별로죠. 실제로 가 봤어야 알지, 사람들은 가 보지도 않았으면서 괜히 그런다니까. 유럽은 가 보셨어요?"

"난 계속 미국에서 공부해서, 유럽은 뭐."

"이탈리아가 좋죠. 둘러볼 곳도 많고."

"이탈리아는 가톨릭 아닌가?"

"기독교에 대해서는 공부 하나도 안 하셨나 보다. 조금이라도 해 봤거나 했으면 알 텐데."

"종교야 뭐. 근데 노트북으로는 뭘 그렇게 써요?"

"궁금한 것도 많으셔라."

"안 궁금해요. 하도 끌어안고 사니까 묻는 거지. 뭘 그렇게 쓰나 해서요."

"쓸 거야 많죠. 왜요?"

"아니, 그냥 뭘 쓰나 해서라니까요."

"에이, 말해도 몰라요, 허 선생님은."

"뭘 몰라요?"

"봐도 모른다니까요."

"그러니까 뭘 썼나 보기나 해 봤어야 알죠."

"에이, 봐도 모른다니까, 글쎄."

비록 소리 내어 마음껏 웃을 수는 없었지만 멀리서 몰래 어깨를 들썩이며 둘의 신경전을 구경하고 있자니 코미디극이 따로 없구나, 하는 생각이 절로 들더군요. 제 판단으로 미루어 보아 그날의 신경전은 정일규 선생님이 약간 우세했습니다. 아니나 다를까 방으로 돌아온 허 선생님도 방을 나설 때와는 다르게 분한 마음을 애써 억누르려는 표정이 역력했지요.

"어쩐지 처음 볼 때부터 아주 재수 없을 거 같더라니. 인간이 아주 별로야."

그 뒤로도 그는 한참 동안이나 분을 다스리지 못하고 좁은 방안을 서성거렸습니다.

언젠가 김 간호사가 약을 나누어 주고 있을 때였습니다. 김 간호사가 제 이름을 부르는 순간, 미처 제가 일어서기도 전에 정일규 선생님이 김 간호사에게 달라붙더니 제 약봉지를 빼앗아 들고는 "아니, 이 선생님은 무슨 약을 이래 많이 먹어요? 이거 벤즈트로핀 아닌가? 이거는 또 안정제 같은데. 와, 이 선생님은 약을 얼마나 세게 먹는 거예요? 와, 이거는 그, 뭐더라, 그 증상이 아니면 안 먹는 건데? 하기야 원장님께서 어련히 알아서 해 주셨겠지만. 근데 언제부터 먹었어요?" 하더니 약봉지를 형광등에 비추어 유심히 살펴보면서 혼자 묻고 혼자 대답하며 쉴 새 없이 종알거렸습니다. 뿐만 아니라 제가 겨우 약봉지를 돌려받아 알약을 모두 삼킨 후에도 저를 졸졸 따라다니면서 그건 어떤 약이고, 또 그건 어떤 약인데 하면서 귀찮게 굴었습니다. 그와 허 선생님의 대화를 멀리서 지켜보며 키득거린 저였지만, 막상 제 옆에 붙어 따라다니며 시끄럽게 떠들어 대는 것을 듣고 있자니 여간 성가신 일이 아니었지요.

그런 그가 사람들로부터 도태되는 것은 이미 첫날부터 정해진 운명이었기에 그를 동정해 주는 사람은 아무도 없었습니다. 그의 갑작스런 고백으로 말미암아 한때 그에 대한 비난이 약간의 동정심과 유대감으로 바뀌어 그를 이해해 주자는 분위기가 일기도 했지만 말입니다.

미움이란 미움은 그가 모두 독차지하고 있을 시기였지요. 덕분에 정광수 선생님이 상대적으로 미움을 덜 받는 시기이기도 했습니다. 한동안 방에만 틀어박혀 모습을 보이지 않던 그가 퉁퉁 부은 눈을 하고서 모습을 드러낸 것은 찬양 시간, 김 간호사가 막 반주기에 첫 번째 곡의 번호를 입력하려는 순간이었지요. 그가 갑자기 문을 열고 들어오더니 느닷없이 "제가 여러분한테 뭐를 그렇게 잘못했습니까!" 하고 따져 묻듯 소리쳤습니다. 그간 내심 따돌림당하는 것이 어지간히도 서러웠던 모양입니다. 이어서 그는 돌연 자신의 과거를 주저리주저리 털어놓기 시작했는데, 원장님이 그를 소개할 때는 들을 수 없었던 진정한 자기 소개라고 할 수 있는 것이었습니다.

유럽을 많이 돌아다녔다는 말은 순 거짓말이었습니다. 다니던 교회에서 목사와 교회 사람들을 따라 독일에 한 번 다녀온 것이 전부였지요. 그곳에서 호기심에 들어간 성인 클럽에서 동양인이라는 이유로 쫓겨나자 홧김에 포르노 상영관을 찾은 그 순간부터 포르노에 중독되어 버렸다고 했습니다. 금발의 외국 여자들이 헐벗은 모습을 한시라도 보지 않고서는 일상생활에 집중이 안 될 만큼 깊이 빠져들게 된 것이지요.

"……처음에는 이렇게까지 심각해질 줄은……. 자꾸만 생각이 났어요. 뭘 해도 포르노 속의 장면들만 생각났고, 한국에 돌아와서도 그것을 보지 않고는 아무것도 못 하겠고……. 밥을 안 먹어도 배는 고프지 않았는데…… 그걸 안 보면 일도 못 하겠고, 교회도 안 나가게 되고……. 몇 달 동안 계속 포르노만 보면서……. 그걸 볼 때도 너무 무서웠어요. 그걸 하루라도 안 보는 날이면 아무것도 하지 못하겠고……. 오늘 노트북에 남겨 둔 것들도 전부 지웠어요. 맹세할 수 있어요. 평생을 포르노 중독자로 살 바에는…… 이렇게 솔직히 말하고…… 다 같이 치료도 받고…… 하나님 앞에서 떳떳이 살아 보고 싶고…… 또……."

그의 구구절절한 이야기는 결국 닭똥 같은 눈물을 한 사발이 흘러넘치도록 떨어뜨린 후에야 끝이 났습니다.

"아무래도 오늘 찬양은 그냥 끝내도록 해야겠네요."

김 간호사가 반주기의 전원을 끄며 말했습니다.

콧물까지 질질 흘리며 훌쩍이는 그의 모습과 무덤덤하게 반주기를 정리하는 김 간호사의 모습을 번갈아 바라보자니, 그 대조적인 모습이 어쩌나 우습던지 간신히 웃음을 참느라 부단히 노력해야 했습니다. 반면에 권 선생님은 "괜찮아요, 다 괜찮아요." 하고 말하며 소매로 눈가를 훔쳤습니다. 최미희 선생님과 희진 선생은 우물쭈물하다 재빨리 자리에서 일어났지요. 이은아 선생님은 전혀 관심을 보이지 않는 듯했고, 명 선생님은 묵묵히 그의 어깨를 다독여 주었습니다. 고 선생님은 "괜찮아, 무슨 남자가 울고 그래." 하고 다부진 동작으로 그의 등을 강하게 쓰다듬어 주었습니다. 정광수 선생님은 "자네 관상을 보니까 그런 거 좋아하게는 생겼다. 지우기 전에 한번 보여 주지 그랬어." 하고는 불룩 튀어나온 배를 어루만지며 호탕하게 웃었습니다. 명구 선생은 "또 뭐라고, 그걸 왜 지금 얘기해. 나중에 카운슬링할 때나 하지. 시간 아깝게. 아, 짜증나네, 정말." 하며 밖으로 나갔습니다. 최 선생님을 포함한 나머지 선생님들은 아무런 말 없이 조용히 있었지요. 그리고 허 선생님은 제게 이렇게 속삭였습니다.

"희우야, 봐라. 내가 뭐라고 그랬어. 왠지 재수 없게 생겼다고 했지? 포르노 중독에 걸린 선교사라니, 쯧!"

그 일이 있은 이후 정일규 선생님에 대한 사람들의 미움은 완전히 사라지는가 싶었습니다. 하지만 고작 며칠을 넘기지 못하고 예전처럼 밉살맞은 말과 행동을 골라서 하고 다님으로써 사람들에게 다시 따돌림을 받았습니다. 그럴 때면 그는 또다시 눈물의 고백으로써 용서를 구했는데, 명상 시간 중에 갑자기 흐느껴 울며 이미 한 고백을 다시 꺼내 들기도 했고, 밥을 먹다가도 식판 위로 눈물을 떨구며 몇 번이고 한 고백을 다시 꺼내 들어 용서를 구했습니다. 그러다가도 "아, 그런데 정말 밥이 맛이 없다. 눈물이 들어가다가도 다시 나올 맛이다."라며 혀 짧은 목소리로 투정을 부리곤 했지요. 그의 투정은 차마 못 들어 줄 정도로 끔찍한 것이 었지만, 그렇다고 그 말이 틀린 것은 아니었습니다. 일주일에 딱 하루, 원장님이 함께 식사하는 화요일 점심 시간을 제외하고는 아주 형편없는 수준이었지요.

한번은 식판을 들고 줄을 서 있던 명구 선생이 자신의 차례가 오자 대뜸 "내는 돈만큼은 줘야 할 거 아니야!" 하고 소리 지르며 들고 있던 식판을 반찬이 놓여 있는 테이블로 내팽개친 적이 있 었습니다. 그 바람에 콩조림이 담겨 있던 냄비 뚜껑이 산산조각 났고, 그가 들고 있던 식판은 구겨져 어디론가 날아가 버렸지요. 분을 삭이지 못하고 마치 벌에 쏘인 들소처럼 울부짖으며 날뛰는 그를 쉽사리 말릴 수 있는 사람은 아무도 없었습니다. 보호사라 도 있으면 좋았겠지만 때마침 이은아 선생님을 감시하느라 자리 를 비운 터였지요. 다행히 마침 지하실로 내려온 최 선생님이 "뭐 하는 짓이야, 명구 선생!" 하고 그를 크게 타일렀기에 더 큰 소동 은 막을 수 있었습니다.

종종 그런 일이 있었는지 명구 선생이 쿵쿵거리며 계단을 올 라가자 김두남 선생님은 "명구 이제 큰일났네. 냄비 뚜껑 값 물 어내게 생겼으니." 하고 말했습니다. 누군가 "식판 값도 내야겠는 데요?" 하고 깔깔거리기도 했지요. 하지만 그러한 비웃음에도 불 구하고 명구 선생의 분노는 실제로 식단을 개선시켜 보고자 하는 도화선이 되었습니다.

자치 회의가 있는 날이었습니다. 명구 선생은 화가 났던 이유를 나름대로 차분히 설명했고, 그제야 모두 그의 말에 크게 동감했습니다.

"그럼 명구가 바라는 것은 뭐야?"

회의를 주도하던 명 선생님이 동그랗게 모여 앉은 사람들 틈에서 물었습니다. 희진 선생은 볼펜과 회의록을 들고 회의 내용 하나라도 놓치지 않으려는 듯 사람들을, 특히 명구 선생을 예의 주시하고 있었지요.

"아, 정말 자꾸 명구라고 할래?"

명구 선생은 공식적인 회의 자리에서까지 자신에게 반말하는 것이 못마땅했는지 버럭 짜증을 냈습니다.

"그래요, 명 선생, 다시 해 봅시다."

최 선생님이 말했습니다.

"그래, 명구 선생은 어떻게 했으면 하는데?"

"우리가 내는 돈이 얼마야, 어? 얼만데 만날 콩나물, 김치, 배춧국, 오이무침, 뭐 이런 거만 나오느냐고. 저번에 원장님 식사하실 때는 닭곰탕까지 나왔잖아. 그때 김두남 선생은 닭을 세 마리나 먹었지? 그런데 그 뒤로는 봐봐. 이건 너무하잖아. 그러면 안 되는 거잖아."

"그래, 명구 말도 일리는 있다. 모두 명구, 아니 명구 선생님 말에 동의하시는 거죠?"

사람들은 일제히 고개를 끄덕였습니다.

"그럼 각자 먹고 싶은 거 그리고 개선되었으면 하는 걸 적어서 제출하면 어떨까요?"

명 선생님이 의견을 내놓았습니다.

"그럼 스테이크라도 달라고 그럴까요?"

그러자 정일규 선생님이 촐랑거리며 말했습니다.

"장난도 분위기 좀 봐서 하세요! 중요한 내용이잖아요."

명 선생님이 그를 노려보며 짜증 섞인 목소리로 소리치듯 말했습니다.

"아니, 나는……."

정일규 선생님이 변명하려는 찰나 희진 선생 옆에 앉아 있던 최미희 선생님이 허 선생님을 바라보며 "허 선생님은 어떠세요? 뭐 드시고 싶은 거 있으면 말씀하세요." 하고 말했습니다.

"나는 뭐, 생선이나 한 마리씩 나왔으면 좋겠네요."

그러자 희진 선생이 최미희 선생님의 옆구리를 간지럼 피웠습니다. 최미희 선생님은 깜짝 놀란 듯 동그랗게 뜬 눈으로 희진 선생의 팔을 꼬집었지요.

"아예 삼겹살을 구워 먹자고 하지 그래?"

정광수 선생님이 바짓단을 둘둘 말아 올리며 말했습니다.

그 말을 들은 명구 선생이 "아, 정말!" 하고 짜증을 냈습니다. 고 선생님은 카운슬링 발표를 코앞에 둔 압박감 때문인지 아무런 말이 없었습니다. 안 선생님은 "저는 밥을 찜통에 찌지 말고 밥솥에 익혀 주었으면 좋겠습니다. 그게 안 된다면 국수가 먹고 싶네요." 하고 또박또박한 발음으로 말했습니다. 그러자 권 선생님도 입맛을 다시며 "안 선생님 말씀하시니까 고기칼국수가 생각나는

데요?" 하고는 침을 꿀꺽 삼켰습니다. 안 선생님은 "저는 간단하게 멸치 국물에 말아 낸 잔치국수를 생각했습니다." 하고 점잖게 그 의견에 반박을 가했습니다. 이은아 선생님은 "난 먹고 싶은 거 없으니까 일어날게요." 하고는 헐렁한 바지를 추켜올리며 자리에서 일어났습니다.

회의는 30분 이상 진행되었음에도 불구하고 제대로 된 의견은 커녕 점점 사소한 잡담으로 번졌습니다. 명구 선생은 잔뜩 찡그린 얼굴로 휙 돌아앉으며 "거봐, 말해 봤자 뭐 해. 장난이나 치고 말이야. 이 사람들은 뭘 바꿔 보려는 마음이 없다니까." 하고 투덜거렸습니다.

"그래요, 이래서는 영 안 되겠네요. 명 선생이 알아서 대충 고기 반찬 같은 거라도 한번 해 달라고, 안 그러면 여기 사람들 병 고치기도 전에 굶어 죽겠다고 전달하는 것으로 하고, 회의는 이만 끝내는 걸로 합시다. 희진 선생도 수고했어요."

최 선생님이 말했습니다.

희진 선생은 "네." 하고 대답한 뒤에 회의록을 명 선생님에게 건네주었습니다.

"희우야, 저렇게들 해 가지고서는 뭐 하나라도 바꿀 수나 있을지 모르겠다."

방으로 돌아온 허 선생님이 머리를 절레절레 흔들어 가며 말했습니다.

"그래도 일단은 기다려 봐야죠."

"과연 그럴까?"

그가 머리 흔드는 것을 멈추더니 한쪽 입꼬리를 씩 올리며 되물었습니다.

회의 결과는 당일 저녁 시간, 1인당 한 개씩 달걀프라이가 지급되는 것으로 초라하게 끝이 났습니다.

"희우야, 봐라, 내 말이 틀렸나."

사방에서 불평이 쏟아지는 가운데 허 선생님만은 내심 뿌듯한 얼굴이었습니다. 그때 명 선생님이 제 옆자리로 와서 힘없이 식판을 내려놓으며 "나도 참 한심하지. 고작 달걀프라이 하나 먹어 보겠다고……."라며 말끝을 흐렸습니다. 굉장히 허탈한 표정이었지요. 그 이유는 나 선생님을 통해 들었습니다.

"다른 선생님들이 식단에 불만이 아주 많다면서 한참 동안 회의 내용을 설명해 주더니, 글쎄 정 어렵다면 자기가 돈을 댈 테니 달걀프라이라도 하나씩 해 달라고 하던걸요?"

"그랬군요."

"명석환 선생님한테 전해 주세요. 돈 안 받을 테니까 걱정하지 마시라고요. 참, 그리고 내일인가 모레는 고태석 선생님 카운슬링 발표가 있고, 바로 다음 날은 희진 선생님도 발표하니까 잘 들어 보세요. 분명 도움이 될 거예요, 알았죠?"

고 선생님과 희진 선생의 카운슬링 발표는 둘 다 장장 세 시간이 넘는 긴 시간 동안 진행되었고, 발표가 끝난 후에는 '내가 본 나, 남이 본 나'라는 프로그램이 이어졌습니다. 각자가 생각하는 자신의 장단점과 다른 사람들이 생각하는 자신의 장단점을 칠판에 적어 비교해 보는 시간이었지요. 그곳에서는 '마녀사냥' 또는

'인민재판'이라고 불렀습니다. 유럽의 중세시대나 중국의 문화대혁명 때처럼 함께 지내 온 사람들이 갑자기 등을 돌리고 누군가를 심판하려 든다거나 맹목적인 비난으로 이어졌기 때문이었지요. 그 '마녀사냥'의 시간까지 더해져 총 네 시간이 넘게 소요되는 바람에 명구 선생을 비롯한 정광수 선생님, 정일규 선생님, 권 선생님, 이은아 선생님은 연방 '배고파 죽겠다'를 외치며 괴로움을 호소했고, 저는 앞으로 진행해야 할 카운슬링에 대한 부담감으로 허기가 졌습니다.

이후 고 선생님은 그곳의 마지막 프로그램인 자서전까지 단번에 통과하려고 부단히 애를 썼습니다. 반면에 희진 선생은 장기 입원을 희망하는 환자였기에 급할 것이 없어 보였지요. 그리고 며칠이 지난 어느 날, 고 선생님은 자서전을 완성하기까지 불과 일주일도 걸리지 않았다면서 방마다 돌아다니며 자랑했고, 그의 바람대로 퇴원이 결정되었습니다. 그날 저녁에는 아내와 아들딸이 아내와 남편, 아이들까지 데리고 와서 그의 퇴원을 축하해 주었습니다. 그의 아내는 특별히 병원 사람들이 돼지고기를 좋아한다고 들었다면서 수육을 삶아 왔고, 덕분에 모두 실컷 요기할 수 있었지요. 마침내 그가 퇴원하는 날, 그는 저와 함께 그곳에서의 마지막 화장실 청소를 고무장갑도 마다하고 그 어느 때보다도 더 열심히 했습니다. 청소를 마치자 그는 비록 길지 않았지만 그동안 함께 화장실 청소를 해 줘서 고맙다며 제 손을 꼭 잡았습니다.

"내가 나가서는…… 다시는 약해지지 않을게. 강하게 살 거야! 새롭게 살아갈 거야! 희우 선생도 그간 힘들었을 텐데…… 정말

고마웠어!"

그는 그렁그렁한 눈으로 애써 울음을 참고 있었습니다.

"덕분에 저도 화장실 청소 재밌었어요."

그러자 그는 어느새 제게 기대어 어린아이처럼 엉엉 울음을 터뜨렸습니다. 아침을 먹으면서도, 가방을 챙겨 계단을 내려가면서도 그는 계속 울었습니다. 그런 모습을 바라보고 있자니 저도 그간 정이 들어 버린 탓일까, 조금은 울적한 마음이 들더군요. 한편으로는 궁금하기도 했습니다. 다시 바깥세상으로 나가면 어떤 기분이 들까, 과연 바깥세상은 그가 기대한 모습대로 그를 맞이해줄까, 어쩌면 바깥세상으로 나가는 게 기쁜 것이 아니라 이곳을 떠나는 일이 겁나는 건 아닐까, 하고 말입니다.

그를 배웅하러 나온 사람들 모두가 각자의 방으로 돌아간 후 문득 앞으로 혼자 화장실 청소를 해야 할까라는 생각에 방금 떠나보낸 그가 다시 그리워졌습니다. 아니요, 다행히 다음 날 아침, 막막한 심정으로 화장실 문을 열자 명 선생님이 저보다 먼저 들어와 청소 준비를 하고 있었지요.

"내가 어떻게 너 혼자 이 큰 화장실 청소하는 걸 볼 수 있겠니."

그가 고무장갑을 낀 팔을 제 어깨에 두르며 말했습니다.

그곳에서 3주 정도를 보냈을 때였습니다. 허 선생님이 헐레벌떡 방으로 뛰어 들어와 말했습니다.

"희우야, 김 카운슬러가 그러는데 내일 집사람이 가을이 데리고 면회 온다고 했대!"

그는 하루 종일 특별한 이유도 없이 부산스럽게 안경을 썼다 벗기를 반복했습니다. 화장실도 수시로 들락거렸지요. 담배도 거의 한 갑은 피웠을 것입니다. 또한 읽지도 않을 책을 손에 들고 폈다 접기를 반복하는 등 옆에서 지켜보는 제 눈에는 기대로 들뜬 모습이 아닌 극도로 불안에 시달리는 사람처럼 보였습니다. 그러다가도 대뜸 "가을이가 고새 옹알이가 늘었다고 하더라고." 하며 오싹하게 웃기도 했습니다. 잠자리에 들어서도 좀처럼 잠을 이룰 수 없는지 내내 뒤척거렸고, 끊임없이 말을 걸어 오는 바람에 저까지 덩달아 그와 함께 잠을 설쳐야 했습니다.

"희우야, 자?"

"왜요?"

"저번에 얘기한 거 같은데, 내일 점심에 집사람 오잖아. 그러면 얘기할 게 있어서 그러니까 잠깐 자리 좀 비켜 줄 수 있지?"

"방에서요?"

"오래는 안 걸릴 거야. 얘기할 게 좀 있어서. 중요한 얘기야. 이제 가을이 동생 계획도 세워야 하고. 아무튼 알았지?"

"그래요."

대화를 마치고 나서야 그는 잠이 들었습니다.

다음 날 점심 시간에나 온다고 했던 허 선생님의 아내가 딸 가을이를 데리고 2층에 나타난 것은 명상록 시간을 앞둔 이른 시간이었습니다.

"저번에 왔을 때는 못 봤지? 인사해. 여기는 희우. 희우야, 가을이 엄마. 낮에는 소아과 가야 돼서 일찍 왔대."

그가 딸 가을이를 번쩍 안아 올리며 말했습니다.

"안녕하세요. 지난번에는 못 뵙고 갔어요. 그래도 그이랑 같은 방 쓰시는 분인데……. 참, 그런데 제가 빈손으로 와서 어쩌죠? 애가 갑자기 열이 나는 바람에 일찍 오느라 아무것도 못 들고 왔네요. 다음에는 꼭 뭐 좀 사 가지고 올게요. 앞으로 잘 부탁드립니다."

다소곳한 여인의 동작으로 고개를 숙여 제게 인사를 건넨 그녀는 무릎 아래까지 내려오는 스커트에, 움직일 때마다 형광등에 반사되어 반짝이는 커피색 스타킹, 얇은 면 티셔츠에 두툼한 스웨터를 겹쳐 입었고, 겉에는 통이 넓은 감색 모직 코트와 빨간색 목도리를 늘어뜨리고 있었습니다. 목도리 위로 흐트러뜨린 옅은 갈색 머리카락을 가늘고 흰 손가락으로 쓸어 넘기자 아담한 귀에 작은 보석 귀고리가 반짝였고, 화장기 없는 얼굴에 어느 하나 못난 데 없는 눈, 코, 입이 조화롭게 자리해 있었습니다. 살짝 지어 보이는 웃음에는 장난스런 보조개가, 그 위로는 살며시 피어 오른 분홍빛 피부가 다소곳한 행동과 대비되어 활짝 핀 여인의 생기를 풍기는 것과 동시에 묘하게 야릇한 분위기를 자아냈습니다. 그녀의 어린 딸 가을이 역시 뽀얗게 빛을 내는 투명한 피부 하며 싱그러운 생기를 품고 있었습니다. 막 딴 목화솜을 붙여 놓은 듯한 흰색 외투를 포근하게 걸치고, 길게 내려앉은 속눈썹이 자신의 볼을 간지럼 피우는 듯 눈을 깜박일 때마다 까르르 하고는 환한 웃음을 지어 보였습니다.

사소한 사건에도 쉽게 동요되어 흥분하다가도 금세 아무 일 없었다는 듯 무심하게 굴곤 하던 그곳의 사람들조차 두 사람의 생기를 느끼고 싶은 것인지, 분명 지난번에도 봤을 터인데 거실로 우르르 몰려나와 두 사람을 포위하듯 둘러쌌습니다. 그러고는 점점 작은 원으로 그 범위를 좁혀 갔지요. 반면에 멀리 떨어져 분주하게 움직이는 사람이 하나 있었는데, 최미희 선생님만이 머릿수건을 두른 채 화장품 바구니를 들고 방과 화장실, 화장실과 냉장고, 냉장고와 방, 방과 거실 사이를 총총걸음 대신 쿵쿵거리며 바쁘게 오가고 있었습니다.

"자네 아내더러 좀 자주 오라고 하면 안 되나?"

정광수 선생님이 먼저 나서서 허 선생님의 아내에게 한 발짝 성큼 다가서더니 검붉은 잇몸을 드러낸 채 축 늘어진 입술로 물었습니다.

"자, 들어가자."

하지만 허 선생님은 그 말을 아예 못 들은 척하고는 아내를 향해 말했고, 안고 있던 가을이를 권 선생님에게 안겨 주며 "잠깐만 가을이 좀 부탁드릴게요." 하고 말한 뒤 아내의 허리에 가볍게 손을 두르고 방으로 들어갔습니다.

"저 양반이 왜 저래? 그냥 인사한 걸 가지고 왜 저렇게 정색하고 난리야."

그때만큼은 정광수 선생님도 굉장히 서운했는지 멀쩡한 사람처럼 말하더군요.

"나는 지난번부터 아예 소개도 안 시켜 주던데, 뭘 그런 걸 가지고 그래요."

말은 그렇게 해도 김두남 선생 역시 제법 서운한 듯 보였지요.

정일규 선생님은 한 발짝 뒤로 물러나 혼자서 중얼거리다가 저와 눈이 마주치자 "와이프가 미인이니까 허 선생이 그렇게 나를 놀리나? 자, 외로운 우리는 명상록이나 발표하러 갑시다." 하고 어깨를 축 늘어뜨리며 말했습니다.

명상록 공책과 담배를 가지러 잠시 방으로 들어갔습니다.

"오늘은 그럼 안 내려오시겠네요?"

"응, 말해 놨으니까."

고개 숙인 여인 앞에 우뚝 선 그가 묘한 미소로 대답했습니다.

명상록 시간 내내 왠지 제 방을 빼앗긴 것 같은 생각에 도무지 발표에 집중할 수가 없었습니다. 게다가 굳이 방을 비워 달라고 부탁했다는 점 또한 수상했지요. 이어서 그 수상한 생각은 이내 불순한 상상으로 이어져 머릿속을 맴돌았습니다. 네, 맞습니다. 물론 그들은 부부였기에 어떠한 짓을 하든지 결코 불순하다고 할 수는 없겠지요. 하지만 문제는 그 방은 그의 방이기도 했으나, 동시에 제 방이기도 했다는 것입니다. 방 안에는 제 물건들 그리고 그녀를 향한 그리움을 적어 둔 공책과 빈 종이를 세워 보이지 않도록 가려 둔 크로키북이 버젓이 제가 돌아오기를 기다리고 있었으니까요.

명상록 발표를 마친 후 2층으로 올라와 보니, 허 선생님과 그의 아내가 거실에 나와 앉아 딸 가을이를 향해 연신 '아빠'를 외치고 있었습니다. 사람들이 하나 둘씩 도착하자 그의 아내는 가을이를 데리고 떠날 준비를 했는데, 다른 이들의 눈에는 그저 태평스런 가족의 모습으로 비춰졌을지 모르겠지만, 저는 알 수 있었습니다. 제가 방을 내어 준 사이, 그 안에서 어떤 일이 있었는지를 말입니다.

허 선생님의 아내가 자리에서 일어나려는 순간이었습니다. 손과 무릎을 바닥에 대고 허리를 숙였다가 몸을 일으키려는, 바로 그때였지요. 무릎 아래까지 내려온 스커트가 몸을 일으킴과 동시에 무릎 위로 살짝 딸려 올라가는 것을 보면서 처음 그녀를 봤을 때와는 어딘지 모르게 달라진 점이 있는 것 같다는 생각이 들었습니다. 무엇이 그녀를 달라 보이게 하는 것일까, 하고 생각하며 방으로 들어오는데, 순간 번쩍 하고 떠올랐습니다. 뒤돌아 확인해 보니 역시나 제 생각은 틀리지 않았습니다. 그녀는 스타킹을 신지 않았더군요. 형광등 아래에서 그녀의 다리는 광택 없이 매끄러운 피부를 그대로 드러내고 있었지요.

그녀가 방으로 들어왔습니다.

"아, 방에 계셨네요. 그럼 다음에 올 때 또 뵐게요. 그이 잘 부탁드릴게요. 그럼 이만…… 아니에요, 나오지 마세요, 정말 나오지 마세요."

그러고는 걸치고 왔던 빨간색 목도리와 허 선생님이 가져가라고 싸 놓은 물건들이 담긴 너덜너덜한 쇼핑백을 조심스레 품에 안고서 발그레한 얼굴로 고개를 숙여 제게 다시 인사를 건넸습니다. 마치 깨진 항아리라도 들고 서 있는 듯한 모습이었지요. 허 선생님도 뒤늦게 방으로 들어왔다가 방 안을 한번 쓱 훑어보더니, 배웅해 주고 오겠다며 그녀를 데리고 허둥지둥 밖으로 나갔습니다. 홀로 남겨진 방 안에서 어쩐지 낯설고 시큼한 냄새가 진동했습니다.

그날 이후로 그의 아내는 딸과 함께 한동안 매주 면회를 왔습니다. 그는 아내가 면회 올 때마다 제게 방을 비워 달라는 부탁을 했고, 어느 순간부터는 그가 부탁을 하지 않더라도 당연히 방을 내주어야 하는 신세가 되었습니다. 한편 그녀가 아무리 옷을 잘 차려입고 있더라도, 아무리 다소곳하게 인사를 전하며 안부를 물어 오더라도, 제 눈에는 그저 욕망에 사로잡혀 철창 안으로 기어 들어오는 여자의 모습으로만 느껴졌습니다. 그녀에게서 느껴지던 성숙한 여인의 생기 역시 조금씩 그 본래의 성질을 잃어 가고 있었지요.

그들이 방 안에 들어가 있는 동안 저는 몰래 거실로 올라와 방문에 귀를 가져다 대고 문을 통해 들려오는 옅은 숨소리에 귀 기울이면서도, 그 소리로 전해 오는 괴로움에 귀를 틀어막은 채 주저앉아 있곤 했습니다. 그러다 누군가 계단에서 올라오는 소리라도 들려올 때면 재빨리 자리에서 일어나 소리 없는 빠른 발걸음으로 흡연실로 달아나 다시 거실이 조용해질 때까지 담배를 피웠지요. 당장이라도 제 방으로 달려가 나가라고 소리치고 싶었습니다. 하지만 그럴 수는 없었습니다. 어쩌면 그러고 싶지 않았는지도 모르겠습니다. 제가 할 수 있는 것이라고는 그들이 방에서 나오기를 기다리며, 한심하기 짝이 없는 담배 연기를 천장을 향해 내뿜는 것뿐이었습니다.

그녀가 면회를 다녀간 후면 남자 선생님들은 유독 기운이 없어 보였습니다. 그들은 허 선생님을 정말로 부러워했지요. 김두남 선생님은 흡연실 벽에 걸려 있던 애꿎은 라이터 줄을 잡아당기며 "허 선생은 그런 아내와 자식이 있는데 왜 여기에 있는 거지? 나 같으면 당장 퇴원하겠다." 했고, 명구 선생은 "있어 봤자 뭐, 남편이 지금 여기 입원해 있는데 얼마나 가겠어?"라며 은색 기름 라이터를 바지에 문질러 닦았습니다. 명 선생님은 "아, 나도 밖에 나가면 나 하나쯤은 거둬 줄 여자들이 줄을 서고 있는데 말이야." 하고는 크게 한숨을 내쉬었습니다. 안 선생님도 "허 선생님의 아내 되는 사람은 정말 예쁜 얼굴을 하고 있더군요."라며 조금은 상기된 얼굴로 말을 보탰습니다.

하지만 정작 허 선생님 본인은 잠 못 이루고 불평과 푸념을 늘어놓는 날이 늘어 갔습니다. 김아경 선생님의 경험에 대해서는 "희우야, 너도 그렇겠지만, 김 카운슬러는 아직 애를 낳아 본 경험이 없어서 그런지 둘째를 가져야 하는 이유를 전혀 모르더라고. 어떻게 그런 사람이 나를 지도하겠다는 건지 도무지 모르겠다." 했고, 나 선생님의 방관에 대해서는 "나 선생도 자기 담당이 아니라 그런지 제대로 된 상담은커녕 김 카운슬러한테 물어보라고만 하니 병원에 있는 이유를 모르겠어. 차라리 원장님을 직접 만나 봐야겠다. 생각난 김에 면담 신청이나 해 봐야겠다."라고 말했습니다. 원장님이 세워 놓은 규칙에 대해서는 "원장님도 똑같아. 이게 규칙이래. 지금 내 병보다 앞으로 내 가족 계획이 더 중요한 거 아니겠어?", 간호사들의 태도에 대해서는 "희우야, 김 간호사 저번에 내가 약을 버린다고 쏘아붙이던데, 내가 약을 버리는 걸 한 번이라도 본 적 있니? 소화제를 빼고 먹는 거야 다들 그렇게 하잖아. 나한테 불만이 있으면 말로 할 것이지."라며 불만을 쏟아냈습니다. 또한 다른 선생님들에 대해서도 "정광수 선생이랑 정일규 선생이 요새 붙어 다니는 모양인데, 내가 그 둘 정 선생들하고 다시는 말을 섞나 봐라. 희우야, 너도 그 둘하고는 절대로 상종 말아라. 내가 벌써 몇 번째 얘기하는 거냐? 요전에 석환이 형이 하는 말 들었지? 못 들었어? 너도 있었을 텐데? 기억을 잘 못하는구나? 아무튼 석환이 형이 말이지……."라며 끝없는 불만을 쏟아냈지요.

하루는 김아경 선생님에게 외출을 거절당해 하루 종일 머리를 쥐어짜고 있던 허 선생님이 간만에 편안한 자세로 벽에 비스듬히 기대어 책을 읽는 제게 돌연 말을 걸었습니다.

"아무래도 이렇게는 안 되겠어."

"뭐가요?"

"무슨 방법을 내든가 해야지 이렇게 언제까지나 기다릴 수만은 없잖아."

"김아경 선생님은 절대로 안 된대요?"

"지금 나한테는 카운슬링보다 중요한 게 있는데, 그걸 모르고 있으니! 답답하다 답답해!"

"원장님한테 다시 한번 잘 얘기해 보시든가요."

"원장님? 쳇! 원장님한테도 말해 본들 달라지는 건 없어. 너도 알잖아. 무슨 수를 써야겠어. 김 카운슬러가 아무리 환자를 많이 상대해 봤다고 해도 생각보다는 그렇게 경험이 많지 않을 거라는 건 너도 알고 있지? 들어 봐. 일단 가을이 엄마한테는 잘 말해 놓을 테니까, 아니다, 입원 전에 건강 검진 받아 보라는 걸 안 받았으니까, 그래, 아무튼 혹시나 나 선생님이 요새 내 상태가 어떤지 물어보면, 아니 혹시 말이야, 안 물어보면 굳이 말할 필요는 없고, 그럼 최근에 몸이 조금 안 좋아 보인다고만 말해 줘. 나는 김 카운슬러를 어떻게 해서라도 구워삶아 볼 테니까, 알았지? 너는 잘 모르겠지만 이건 정말 중요한 문제야. 일단 그렇게만 알고 말해 줘. 그렇게만 하면 반드시 나갔다 올 수 있을 거야. 두고봐라, 내가 나가나 못 나가나."

"과연 나 선생님이 저한테 그런 걸 물어볼까요?"

"그래도 혹시 모르니까 일단 그렇게만 말해 줘. 이번에는 정말 나갔다 와야 할 거 같아서 하는 얘기야. 그래, 나간 김에 정말로 건강 검진도 받아 보고, 맞다, 그래, 처가에도 한번 다녀와야겠어. 처가에 가야지. 집에서 가까워. ㅈ동이야. 여기서도 가깝거든. 아, 지리는 잘 모른다고 했나? 아무튼 가까워. 택시 불러서 타고 가면 금방이야. 잠깐, 근데 하루 가지고는 힘들겠지? 그래, 하루 가지고는 어림도 없을 거다. 김 카운슬러는 내가 마음만 먹으면 데리고 놀 수 있거든. 몇 살인지는 정확히 말 안 해 주는데 분명 나보다는 어릴 거야. 괜히 어리다고 하면 무시당할까 봐 말을 안 하는 모양인데, 어쨌든 그래. 그러니까 나 선생님이 물어보거든 그렇게만 얘기해 줘."

그의 목소리는 어느 때보다도 간절했습니다. 하지만 그렇다고 무작정 그렇게 해 주겠다고 할 수는 없었지요. 그러자 그는 제가 나 선생님을 설득해 주어야 하는 이유에 대해서 다시 두서없이 떠들어 대기 시작했습니다.

"알았어요. 그러니까 오늘은 일단 잘게요."

그렇게 그의 입을 틀어막는 것 외에는 달리 방법이 없었습니다. 네, 하지만 누군들 그곳에서의 외출이 간절하지 않았겠습니까. 저 또한 오직 그곳에서 나가기 위한 목적을 가지고 저 자신을 숨긴 채 프로그램을 끝내기 위해 노력하고 있었듯이 말입니다. 하지만 그의 간절함은 어쩐지 잘못된 방법으로 흐르는 듯했습니다. 적어도 제게는 그의 방법이 옳지 않아 보였습니다. 제게 나 선생님에게 거짓말을 해 달라고 부탁함으로써, 아니 강요함으로써 불필요한 갈등까지 안겨 주었으니까요. 그의 부탁을 순순히 들어 주는 것이 좋을지, 아니면 나 선생님에게 사실대로 말하는 게 그를 위한 것일지에 대한 갈등 말입니다. 그리고 어떠한 결론도 내리지 못한 상태에서 나 선생님과의 면담 시간이 돌아왔습니다.

"오늘은 꼭 이 선생님께서 카운슬링 발표를 준비하는 데 도움이 될 만한 이야기를 해 드리고 싶은데, 과연 어떤 이야기를 해 드려야 하나……."

그러더니 한 가지 제안을 했습니다. 제 카운슬링 주제에 맞는 질문을 새로 만들었으니, 지금까지 생각해서 메모해 온 내용들을 그 질문에 맞추어 다시 정리해 보는 것이 어떻겠냐는 것이었습니다. 저는 쉽게 받아들일 수가 없었습니다. 비록 많은 양은 아니었다지만 처음부터 다시 정리할 생각을 하니 까마득하게 느껴졌습니다.

"힘들겠는데요."

"그래도 그렇게 하셔야 해요. 왜냐하면⋯⋯."

그녀도 쉽게 물러설 기미가 보이지 않았습니다. 그렇게 나 선생님과 저는 자신의 주장을 굽히지 않고 꽤 오랜 시간 대화를 나누었습니다.

"⋯⋯대신 카운슬링만 잘 마치고 나면 바로 외출 나갈 수 있게 해 드릴게요."

"결국은 또 그 조건이네요. 대신 꼭 지키셔야 해요."

"그럼요, 약속할게요. 그리고 종종 거짓말로 써 놓는 선생님들이 계신데, 꼭 진실만 쓰셔야 해요."

"네, 한번 해 볼게요."

하는 수 없이 그녀의 제안을 받아들이기로 했습니다. 애초부터 선택권이 없는 저로서는 괜한 고집을 피워 본 셈이었지요.

"오늘은 날씨가 꽤나 춥네요. 차라도 한잔 하고 올라가세요."

이미 중요한 이야기를 마친 뒤여서 그런지 그녀의 목소리는 한층 더 나긋해진 듯했습니다.

커피포트의 물이 끓기를 기다리는 동안 그녀는 흰색 자기 찻잔 세트와 녹차 티백을 준비했습니다. 잠시 후 커피포트에서 물이 끓어오르더니 탁 하는 소리가 났습니다. 그녀가 찻잔에 조심스럽게 물을 붓자 펄펄 끓던 물은 찻잔 속에서 티백을 우려 낸 옅은 초록색 향기로 이내 잔잔해졌습니다.

"뜨거우니까 천천히 식혀서 마셔요."

한편 책상에 놓인 찻잔은 무척 불안해 보였습니다. 가뜩이나 받침 없이 아래로 갈수록 지름이 작아지는 형태인 것도 불안한데 책상 위를 가득 어지럽힌 책과 문서들 틈에 놓여 있는 것을 보자니, 그중 어느 하나를 살짝 건드리기만 해도 도미노처럼 차례로 부딪혀 결국은 녹차가 담길 찻잔을 넘어뜨리고 책상 위의 것들을 흠뻑 적신 후 아래로 떨어져 산산조각 날 것만 같았지요. 그래서 저는 찻잔을 들고 후후 불어 한 모금 마시는 시늉을 한 뒤에 찻잔을 내려놓으면서 책상 위에 놓인 책들을 한쪽으로 밀어 찻잔이 온전히 놓일 공간을 확보했습니다.

"엉망이죠?"

그 모습을 지켜보고 있었는지 그녀가 웃으며 물었습니다.

그러고는 책과 문서를 아무렇게나 모아 책상 한쪽으로 옮겨 놓자 그 틈에 숨어 있던 액자 하나가 빙글 돌아 제 쪽을 향했습니다. 액자에는 그녀가 한 남자와 어린 남자 아이 둘과 함께 활짝 웃는 얼굴로 어깨동무를 하고 있는 사진이 들어 있었습니다. 사진 속 그녀는 젊어 보였습니다. 어쩐지 제 앞에 앉아 있는 나 선생님과 사진 속의 나 선생님이 서로 다른 사람처럼 느껴지더군요.

"우리 애들. 내일은 큰애 학부모 모임에 나오라는데 아무래도 못 가겠죠?"

"명상록 하루쯤 빠진다고 무슨 일이라도 있겠어요? 덕분에 내일은 간만에 늦잠을 잘 수 있겠네요."

"아무래도 모임은 못 가겠네요."

그녀는 비록 웃고 있었지만 왠지 아쉬운 듯했습니다.

"다음에는 꼭 가세요."

"네, 그래야죠. 그건 그렇고, 이제 카운슬링 방향도 확실히 정해졌으니까 이 선생님도 많이 바빠질 거예요. 처음 왔을 때 생각한 거보다 더 바쁘죠?"

"네, 할 일이 꽤 많네요."

"그래도 잘 적응하고 계신 거 같아 좋네요."

"노력이야 하고는 있는데, 사실 그리 쉽지는 않아요."

"다 그렇죠. 저만 해도 애들 학교에도 못 가잖아요? 그래도 이 게 제 삶이니까 여기에 적응하고, 또 그러다 어떤 문제가 생기면 그에 맞게 대처해 나가고. 이 선생님도 앞으로 프로그램 다 끝내고 퇴원하면 그렇게 할 수 있을 거예요. 지금 하고 계신 것처럼만 노력하면 저는 그 이상 바랄 일이 없을 것 같아요. 변화하는 것을 두려워하지 말고 자신감 있게, 알겠죠?"

"변화가 저를 바꾸어 놓을까 봐, 그렇게 되면 이전의 제가 사라지는 것이 될까 봐 그게 두려운 것인지도 모르겠어요."

"변화하는 게 꼭 바뀌는 거라고 말씀드린 적은 없는데요?"

"그래도 그렇게 들리는 걸 어쩌겠어요."

"이 선생님이 여기서 아무리 많은 것이 변하고, 설령 바뀐다고 하더라도 그건 좋은 일이지 절대로 나쁜 일은 아니잖아요. 또 그렇게 하려고 여기에 들어오신 거잖아요."

"그렇지만, 네, 하지만 솔직히 잘 모르겠어요."

"천천히 같이 해요. 그렇다고 강요하는 건 아니에요. 같이 조금씩 변화도 시켜 보고, 바꿔도 보고, 그리고 바깥에 나가서도 저랑 같이 했던 것들을 떠올리면서 연습해 보고 하다 보면 금방 적응

할 수 있을 거예요. 왜요, 왜 웃으세요?"

"아니에요. 아무래도 나 선생님 찻잔이 쏟아질 거 같아서요."

그녀는 책상과 방 안을 한 번 쓱 훑어보더니 웬일인지 멋쩍은 듯 얼굴을 살짝 붉혔습니다.

"왠지 민망하네요. 아무래도 다음에 오실 때는 책상을 좀 치워놔야겠는데요?"

그녀 뒤로 보이는 책장과 사물함에도 이미 많은 책과 문서가 들어차 있었기에 책상을 정리하는 것은 불가능에 가까워 보였습니다.

"괜찮아요. 쏟지만 않으면 되죠."

찻잔 속에 다시 티백만 남겨졌을 때 자리에서 일어났습니다. 저녁 시간이 가까워졌는지 어느새 몇몇 사람이 지하실에 내려와 웅성거리는 소리가 들렸습니다.

"그러고 보니 벌써 저녁 시간이네요. 저녁 드셔야 할 텐데 차를 마셔서 어쩌죠?"

"괜찮아요. 저녁이야 매일 먹는 건데요. 그런데 오늘도 저녁은 안 드시고 가세요?"

"들어가서 저녁이라도 차려야 애들한테 빵점 엄마 소리는 안 듣겠죠?"

나 선생님도 자리에서 일어나 옷걸이에 걸린 외투를 집어 들었습니다.

"그럼 내일 뵙겠습니다."

인사를 하고 나가려는데 그녀가 무심한 듯한 표정으로 외투를 걸치며 "참, 허 선생님이 요새 통 안 좋아 보이시던데, 무슨 얘기는 없었죠?" 하고 제게 물었습니다.

"없었어요."

네, 결국 말하지 않았습니다. 하지만 그것은 허 선생님, 그를 위한 마음에서 그런 것은 아니었습니다. 사실 저는 말하고 싶었습니다. 혹시라도 그가 원하는 방향대로 흘러가게 될까, 하는 단순한 시기심에서라도 말하고 싶었지요. 만약 나 선생님이 그렇게 묻지만 않았다면 말했을지도 모르겠습니다. 그녀는 제가 혹시나 아는 것이 있더라도 말하지 않기를 바라는 듯 '없었죠?' 하고 물었지요. 아마도 그녀는 저 자신이 아닌 다른 사람을 신경 쓰지 않기를 원했을 것입니다. 누구보다 자기 자신을 먼저 생각해야 하는 것이 그곳의 방침이었으니까요.

지하실은 음식 냄새로 가득했고, 사람들은 식판을 들고 한 줄로 서 있었습니다. 그중에는 허 선생님도 있었습니다. 그와 눈이 마주쳤습니다. 그가 줄에서 벗어나 주위를 살피며 다가와 물었습니다.

"오늘은? 오늘도 안 물어봤어?"

"글쎄 나한테는 안 물어본다니까요. 잠깐만요, 이것 좀 두고 올게요."

거실에는 이은아 선생님 외에는 아무도 없었습니다. 그녀는 킁킁거리던 코를 멈추고서 "으, 배고파 죽겠는데! 보호사 못 봤어?" 하고 물었습니다.

"못 봤어요."

그러자 그녀는 "굶어 죽으라고!" 하며 버럭 소리를 지르더니 황급히 계단으로 향했습니다. 아무도 없는 텅 빈 거실. 그리고 제 손에는 새로 작성된 수십 가지 질문에 답할, 남색 플라스틱 표지 위에 흰색으로 커다랗게 'BIG'이라는 글자가 인쇄된, 제 기억들로 빼곡하게 채워 나갈 두꺼운 스프링 공책 한 권이 들려 있었습니다.

새로운 마음으로 본격적인 카운슬링 발표 준비를 시작하게 되자 밤에는 새로 받은 질문지를 붙들고 새로 받은 공책을 기억으로 채우며 시간을 보냈습니다. 그리고 낮에는 정해진 프로그램에 따라 사회 적응 훈련을 받았습니다. 그렇게 저는 원장님과 나 선생님, 심지어 간호사들의 잔소리를 통해서도 강조되어 온 규칙적인 생활에 점차 가까워지고 있었습니다. 약도 거르지 않고 주는 대로 잘 받아먹었기에, 늘 약을 삼키는 것까지 확인하던 김지연 간호사조차 "처음 오실 때보다 얼굴이 좋아지셨어요. 이제 매일 체크 안 해도 괜찮으시죠?" 하며 약봉투를 건네고 돌아설 정도로 착실히 생활했지요. 때문에 다른 김혜린 간호사가 약을 줄 때만 빼돌릴 수 있었던 소화제도 더 이상은 먹지 않게 되었습니다. 소화제들은 버리지 않고 아이 주먹만 한 초콜릿 통에 차곡차곡 모으기 시작했는데, 며칠이 지나자 통을 흔들면 소화제들이 서로 부딪혀 딸깍딸깍 소리를 내게 되었습니다. 저는 그 소리가 참 좋았습니다. 하지만 허 선생님은 그 소리를 아주 싫어했지요. 제가 통을 흔들고 있자면 그는 "희우야, 제발 그것 좀 안 하면 안 되겠니?" 하고 신경질적으로 말하곤 했습니다. 그래서 저는 그에게 몹시 짜증이 날 때면 일부러 통을 세게 흔들어 그의 귀를 괴롭혔습니다. 이제 와 돌이켜 보면 그저 부질없는 신경전에 불과했지만, 그때는 그렇게라도 위안을 얻고 싶었습니다.

질문의 깊이가 점점 깊어지면서부터는 새벽이 되어서야 잠들게 되는 날이 잦아졌습니다. 부족한 잠은 낮 동안 틈틈이 시간을 내어 채워야 했지요. 비록 몸은 피곤했지만 그럼에도 불구하고 무언가에 집중하는 저 자신이 내심 뿌듯했습니다. 차츰 마음에 여유가 생겼다고 할까요. 낮잠을 자지 않을 때는 흡연실 창가에 기대어 창밖을 몇 십 분씩 구경하기도 했고, 거실에 앉아 김 간호사가 갖다 놓은, 아무도 읽지 않는 신문을 펼쳐 보기도 했습니다.

창밖이라고 해서 딱히 구경거리가 많은 것은 아니었습니다. 도로 건너편의 낡은 빌라 단지와 그 앞을 지나다니는 사람과 자동차들, 그 풍경이 그곳에서 볼 수 있는 유일한 바깥세상의 모습이었지요. 2층짜리 건물 세 채로 이루어진 빌라 단지는 도로를 따라 길게 이어진 담장에 둘러싸여 있었고, 무척이나 낡아 보였습니다. 담장에 그려진 무용총의 수렵도 역시 오래되어 색이 바랬지요. 건물에는 오랜 세월 울다 그치기를 수없이 반복한 듯 빗물을 따라 흘러내린 시커먼 눈물자국이 얼룩져 있었고, 제법 굵은 금들이 서로 뒤엉켜 마치 어느 노인의 얼굴을 떠올리게 했습니다. 현관에서 옥상까지 세로로 길게 이어진 고동색 알루미늄 창틀은 약간 돌출되어 정확히 건물을 반으로 나누었고, 그 양옆으로 같은 재질의 제법 큰 창문이 층마다 두 개씩 나란히 붙어 있었습니

다. 커튼이 쳐진 창문도 있었고, 달력 등을 붙여 햇빛을 막아 놓은 것도 있었는데, 아무것도 가려 놓지 않아 안이 훤히 보이는 창문이 대부분이었습니다.

낮에는 빛이 반사되어 잘 보이지 않다가 해가 지고 불이 켜지기 시작하면, 그 안에 살고 있는 사람들의 삶이 흐릿한 그림자를 통해 비춰 보였습니다. 엄밀히 보자면 각 그림자들은 저마다의 형태로 각기 다른 움직임을 보이고 있었겠지만 철창을 통해 바라본 세 채의 건물, 총 36개의 알루미늄 창틀 속 희뿌연 형체에서 저는 그 어떠한 차이도 느낄 수 없었습니다. 그렇다고 저를 남의 사생활이나 관찰하는 염탐꾼이라고 생각하지는 말아 주셨으면 합니다. 그저 눈에 보이는 것을 바라보고 있었을 뿐이니까요. 건물의 눈물자국이나 주름을 보듯이 말입니다.

"이 선생, 뭘 그렇게 보고 있어? 뭐 재밌는 거라도 있나?"

한번은 철창 밖을 바라보고 있는 제게 명구 선생이 말을 걸었습니다.

"별로 없어요."

"그럼 이 선생, 내가 재밌는 거 하나 보여 줄까?"

그는 흡연실 문을 살짝 열었다가 거실에 아무도 없는 것을 확인한 뒤 소리가 나지 않게 문손잡이를 돌려 살짝 닫고 싱글벙글한 얼굴로 제게 손을 내밀었습니다.

"봐봐. 그런데 소문은 내지 마. 명 선생이 보면 또 잔소리한다고. 자, 봐봐, 내 거야."

손바닥보다 훨씬 작은 크기의 소형 텔레비전이었습니다.

"어디서 났어요?"

"다시 줘 봐. 이게 켜는 거고, 채널은 이걸로 돌릴 수 있어. 이 선생이니까 특별히 보여 주는 거야. 외국 방송까지 다 나와. 봐봐, 이것도. 이거는 소리. 충전만 꼬박꼬박 해 주면 돼."

그가 재빠르게 손가락을 놀리며 채널을 돌리기 시작했는데, 그 속도가 어찌나 빠른지 그 작은 화면에서 뭐가 제대로 나오기는 하는 것인지조차 구분이 어려웠습니다.

"뭐 재밌는 채널이라도 있어요?"

"없어. 그냥 이렇게 보는 거야. 아까 이 선생처럼."

명구 선생의 얼굴에는 미소가 가득했습니다. 한동안 자르지 않아 덥수룩하게 자란 수염이 주름을 따라 그 미소를 더욱 선명하게 그렸고, 그것은 소형 텔레비전을 통해 빠르게 흘러갔을 세상사 따위와는 상관없는 뿌듯함에서 오는 순수한 얼굴이었습니다.

제가 신문을 보기 시작한 것도 딱히 세상 돌아가는 소식을 접하고자 했던 것은 아닙니다. 솔직히 신문이라고 아무리 읽어 봤자 세상이 좋게 돌아간들 나쁘게 돌아간들, 세상과 단절된 정신병자들에게는 그저 똑같은 바깥세상일 뿐일 테니까요. 세상사 따위 굳이 알 필요도 없었지요. 김 간호사가 매일 갖다 놓는 신문에 누구 하나 손대는 사람 없이 그대로 버려지는 것이 안타까워 한번 펴 보기나 하자는 마음이었습니다. 그런데 마침 그 모습을 본 김 간호사가 "원장님께서 올해부터 신문 끊자고 하셨는데, 이 선생님께서 보시니까 끊지 말자고 해야겠어요."라고 들뜬 목소리로 말하는 바람에 억지로라도 매일 신문을 펼쳐 볼 수밖에 없어진 것이었습니다.

"희우가 그렇게 열심히 신문을 읽는 걸 보니까 나중에 대통령이라도 되려는 모양이구나."

때문에 아무리 허 선생님이 빈정거리는 소리를 해도 딱히 반박을 할 수 없었지요. 읽지도 않을뿐더러 간혹 유심히 들여다보면 볼수록 신문이란 쓸모없는 것들로 가득 찬 종이 뭉치처럼 느껴졌으니까 말입니다.

그러던 어느 날이었지요. 유독 신경이 거슬리는 문구가 하나 있더군요. 문화면에 실린 '한국 미술계를 이끌어 갈 젊은 4인의 예술가'라는 기사의 제목이었습니다. 그것을 보는 순간 잠시나마 제 평온했던 마음이 한순간에 뒤틀려 버리고 말았습니다.

그 거창한 제목 아래에는 조잡하기 짝이 없는 그림들과 함께 사진 한 장이 인쇄되어 있었습니다. 사진 속에는 장신구를 치렁치렁 매달아 마치 철사로 묶어 놓은 거대한 소시지 같아 보이는 ㅅ소재 사립 미술관 이사장이라는 중년 여자가 미술관에서 포즈를 취하고 있었습니다. 비록 그 대단한 '젊은 4인의 예술가' 사진은 실리지 않았지만, 저는 그들도 그 이사장이라는 여자와 비슷한 모습을 하고 있을 것이라 확신했습니다. 얼굴 없는 '젊은 4인의 예술가'가 그려 놓은 그림이라고 하는 것을 보면 안 봐도 뻔했으니까요. 누군가는 그 기사를 보고 대단한 사람들이라 착각할 수도 있었겠지만, 저는 알 수 있었습니다. 그것들 모두는 누군가가 어렵게 이루어 놓은 창작물을 없는 솜씨를 발휘하여 베낀 것에 불과하다는 사실을 말입니다. 그런 속이 훤히 보이는 거짓말에 속을 제가 아니지요. 그런 것들도 그림이랍시고 문화면에 커다랗게 실릴 정도라니, 아무래도 신문이란 믿을 게 못 되는 것인가 봅니다.

비록 지금껏 제대로 된 그림 한 장 그려 내지 못한 저라지만, 그런 쓰레기를 그려 낼 바에는 차라리 손목을 잘라 버리는 편이 나을 것입니다. 아니요, 이 생각에는 변함이 없습니다. 그러니 멋대로 생각하게 내버려 두셔도 괜찮습니다. 어차피 누구에게도 인정받지 못하는 삶을 살고 있으니……. 아, 그녀! 그녀만은 제 그림을 인정해 주었지요. 매스컴에서 만들어 주는 거짓된 예술가가 될 바에는 단 하나의 존재에게, 그녀에게만큼은 영원히 기억될 수 있도록 기꺼이 외로운 예술가로 남겠습니다. 비록 바깥세상에서 인정받지 못한 낙오자의 변명이라고 여겨질지라도 말입니다. 그녀만, 그녀만 제 곁에 있어 준다면 그것으로 저는 완전해질 수 있습니다. 기꺼이 바깥세상으로부터 도태되어 외로운 삶을 살겠습니다. 그리고 그녀 곁에서, 그녀 품에서, 그녀 어깨에 기대 외로이 죽음을 맞이하겠습니다. 네, 그렇겠지요. 어디 저 하나뿐이겠습니까. 제가 입원했던 그곳, 그곳으로부터 도망쳐야 했던 하연 선생, 눈물로써 그곳을 떠나간 고 선생님, 그곳의 모든 사람들도 그러했을 것입니다. 저마다 자신만의 태평한 시간을 보내는 것 같아도 각자 다른 과거의 기억, 아픔, 괴로움을 가지고 있었을 테고, 또 벗어나고 싶었을 것입니다.

매사에 조용조용한 성격으로 사람들 입에 오르내리는 일 없이 지내던 안 선생님 역시 과거의 기억에서 도망치고 싶은 사람이었습니다. 언젠가 나 선생님이 제게 이런 말을 해 준 적이 있었지요.

"안만태 선생님 같은 분이야말로 카운슬링을 준비하는 데 큰 어려움을 겪고 있을 거예요. 그런데 평상시 생활하시는 거 보면 잘 모르겠죠? 누구나 다 아픔이 있어요. 겉으로 드러나는 부분이 적어서 그렇죠. 이 선생님만 아픔이 있는 게 아니에요."

그때는 입원 초기라 한 귀로 흘려듣고 말았지만, 그녀의 말처럼 카운슬링 발표를 통해서 알게 된 그의 과거는 참으로 놀랍고 끔찍한 것이었습니다.

그의 기억은 그가 여덟 살이 된 해부터 시작되었습니다. 부모가 그에게 처음으로 자신들이 보는 앞에서 자위행위를 하도록 시킨 나이였지요. 막 초등학교에 입학한 아이에게 자위행위를 시키는 부모가 세상 어디에 있겠습니까. 게다가 더욱 놀라운 사실은, 그의 부모는 둘 다 각각 초등학교와 고등학교에서 근무하는 교사였다는 것입니다.

"부모님은 저를 발가벗겨 놓았습니다. 아버지는 제 성기를 가리키며 제대로 된 성교육을 받지 않으면 영영 자라지 않는다고 했습니다. 어머니는 대야에 뜨거운 물을 받아 와서 제 성기에 뿌렸습니다. 아버지가 자위행위하는 방법을 가르쳐 주었습니다. 어머니는 잘한다고 칭찬해 주었습니다. 누나는 고등학생이었습니다. 어머니는 학교에서 돌아온 누나를 발가벗겨 놓고 몸 구석구석을 검사했습니다. 저는 방에서 몰래 누나를 훔쳐봤습니다. 누나한테 들켰는데 혼나지 않았습니다. 누나도 부모님과 함께 앉아 제가 자위행위하는 모습을 지켜보곤 했습니다."

그의 목소리는 담담했습니다.

이어서 안 선생님은 고등학교를 졸업할 나이가 돼서야 그런 성교육에서 벗어날 수 있었다고 했습니다. 하지만 이미 그는 보통의 남성과는 다른 삶을 살아야 되게끔 교육된 후였지요. 대체로 그 또래 남자 아이들이 그러하듯 왕성한 성적 호기심에도 불구하고 그의 육체는 어떠한 여성에게도 전혀 반응하지 않게 되어 버린 것이었습니다. 결국 그는 어른이 되어서도, 50이 다 되어 희끗한 머리를 가진 어른이 되어서까지도 70이 넘은 부모 앞에서 성욕을 해결해야만 했습니다.

"아버지는 제게 ㅇ시에다 월세 방을 하나 얻어 주었습니다. 직업을 가져 본 적은 한 번도 없었습니다. 집에서 매달 돈을 보내 주어 일하지 않아도 생활할 수 있었습니다. 그 돈으로 밥을 사 먹는 대신 강가에 있는 카페에서 술을 사 먹었습니다. 또 그 돈으로 카페 여자들을 집으로 데리고 가기도 했습니다. 그 여자들과 살을 섞을 수는 없었지만, 그런데도 제게 무척이나 잘 대해 주었습니다. 그래서 돈을 많이 썼습니다. 우연히 카페의 여자들이 저를 욕하는 소리를 들었습니다. 저더러 돈 많은 고자라고 했습니다. 거세한 돼지라고도 했습니다. 그래도 저는 매일 카페에 가서 돈을 썼습니다. 아버지가 보내 주는 돈은 다 카페에 갖다 바쳤습니다. 그러면 카페 여자들은 저를 칭찬해 주었습니다. 그러다 결국 보증금도 다 쓰게 되어 다시 집으로 돌아갔습니다. 아버지는 저를 ㅎ동에 있는 대학병원에 보냈습니다. 거기서 5년을 보냈습니다.

그리고……."

그의 발표는 예정 시간보다 한 시간 정도 일찍 끝난 것으로 기억하고 있습니다. 발표를 끝낸 그는 걱정을 많이 했는데 잘 들어주어서 감사하다며 매끈하게 빗어 넘긴 머리를 숙였습니다. 그 자세로 오랫동안 있었습니다. 흐트러짐 없는 목소리와 달리 그의 커다란 몸에서는 작은 떨림이 일고 있었습니다. 50년 가까운 긴 시간 동안 오로지 부모 앞에서만 자위행위를 할 수밖에 없었던 남자가 고개 숙인 채 눈물을 흘리고 있었습니다.

반면에 유년 시절의 아픔과는 상관없이 그곳에 들어온 사람들도 있었는데, 그중 한 명이 김두남 선생님이었습니다. 언젠가부터 그는 그간의 장난스러운 얼굴을 뒤로하고 몇 장의 팸플릿을 들고 다니며 사뭇 진지한 얼굴로 깊은 한숨을 내쉬곤 했습니다. 그러던 2월의 어느 날이었지요. 그는 급하게 카운슬링을 발표했고, 퇴원이 결정되었습니다.

그는 큰 사건 없이 30대가 되어 부모를 사고로 잃고 난 후부터, 즉 이미 어른이 되고 나서부터 문제가 생기기 시작했습니다. 그는 멀쩡히 다니던 직장에서 해고된 이후 아내와 두 자녀를 내팽개친 채 매일 돈에 쪼들리는 생활을 한탄하며 술을 마시고 동네 날건달들과 어울려 다니기 시작했다고 했습니다. 그 헛된 시간의 증거가 그의 복숭아뼈 위에 남아 있었지요.

"진짜 문신이에요?"

"응, 자는데 어떤 놈이 와서 그려 놨어."

"볼펜으로 그린 거 아니고요?"

울퉁불퉁한 선으로 그린 파란색 삼각형은 아무리 봐도 진짜 문신이라고 믿기 어려웠습니다.

"아니야, 진짜라니까, 이 선생."

하지만 사실은 건달패거리에 들어가기 위해 스스로 칼과 잉크를 사다가 새긴 것이라고 카운슬링을 통해 털어놨습니다. 그러고는 건달 노릇도 부지런한 사람들이나 하는 것이라며, 자신은 그짓을 할 만한 의지도 없었기에 그것마저 금방 포기해 버렸다고 했습니다.

아내가 생활고를 이기지 못해 아이 둘을 데리고 곁을 떠나자 그는 날마다 쇠파이프를 들고 아내가 일하는 포장마차를 찾아가 난동을 부렸습니다. 그를 말리는 손님까지 폭행하는 바람에 첫 감옥살이를 하게 되었지요. 출소한 후에는 누나 집에 얹혀살았고, 그 후에도 술과 잦은 싸움으로 감옥을 전전했습니다. 그러다 결국 머리에 문제가 생기고 만 것이지요. 사실 저는 그의 카운슬링 발표를 듣기 전까지 조금 유치한 구석이 있기는 했지만 이상한 말과 행동을 하는지는 전혀 몰랐습니다. 아무래도 정상이라고 하는 사람들 눈에는 어딘가 이상하게 보인 모양입니다.

그의 카운슬링 발표는 겨우 30분 만에 끝났습니다. 하지만 그 뒤에 이어진 '마녀사냥'에서는 그의 수많은 단점, 유치하다, 아이 같다, 철이 없다, 진지하지 못하다, 솔직하지 못하다, 장난이 많다, 키가 너무 크다, 무섭다, 입이 거칠다 등의 내용이 길게 이어 졌습니다. 그것을 받아들이지 못한 그가 주먹으로 칠판을 산산조각이라도 내려는 듯 마구 두들기며 화를 내는 바람에 저녁 시간은 여지없이 늦어지고 말았지요.

"김두남 선생님이 갑자기 떠난 게 섭섭하세요? 그런데 그건 좋은 징조예요. 이 선생님, 보세요, 그게 바로 보통 말하는 '감정'이라는 거예요."

그가 떠난 후 나 선생님과 면담을 나누는 중이었지요. 그녀는 제가 감정을 솔직하게 표현할 수 있게 되어 간다면서 매우 기뻐했습니다.

"김두남 선생님이 제게는 비누를 줬거든요. 여기서 쓰려고 세트로 사 놨는데 딱 하나 남았다며, 옮겨 갈 곳에서는 쓸 일이 없을 것 같다면서요. 그래도 가져가면 쓰지 않겠냐고 하니까, 그럼 가서 또 하나 산다고 하더라고요. 명 선생님은 면도기, 허 선생님은 커피믹스를 한 통 받았고요."

"어머, 그래요? 김두남 선생님도 아쉬웠나 보네요. 김두남 선생님이 옮겨 가는 곳은 직업 교육도 함께 한다고 하니까 조금이나마 돈을 벌 수 있을 거예요."

"결국은 돈이 없어서 나가게 된 것이니까요. 돈을 벌 수 있는 곳으로 가는 게 맞겠지요. 저도 돈이 없으니까 그 심정은 이해가 되네요."

"그건 아니죠. 다른 문제예요. 김두남 선생님처럼 성인이 되어서 경제 능력에 피해 의식을 느끼거나 심한 박탈감으로 인해 발병한 환자들은 다시 경제 능력을 키워야 하니까 직업 훈련을 병행하는 곳으로 갈 수밖에 없는 거예요. 그렇게 너무 자신을 몰아붙이려고 하지 마세요."

"종종 있나요?"

"뭐가요?"

"성인이 되어서 발병하는 경우요. 허 선생님이나 명 선생님도 저보다 적은 나이에 증상이 생겼다고 하고, 저도 이 공책에 적고 있는 것처럼 어린 시절, 그러니까 보통은 유년 시절부터 시작되는 것 같은데……."

"그럼요. 기준이라는 게 어디 따로 있나요. 마음이 아픈 것은 나이와 상관없어요. 유전 요인이 크겠지만 후천적 요소들이 워낙 많이 작용하는 것이라. 나중에 원장님 강의 시간에 다 배우실 거예요. 그것보다 일단은……."

그녀가 책상 위에 놓여 있는 제 카운슬링 공책을 펼쳐 연필로 미리 표시해 놓은 곳들을 가리켰습니다. 그리고 말했지요.

"아직 시작이니까 메모해 드린 것을 참고해 가면서 쭉 이어 나가 봅시다."

김두남 선생님의 경우와는 다르게 경제적인 풍족함에서 오는 나태함으로 그곳을 수시로 들락거리는 사람도 있었습니다.

밤늦은 시간, 앰뷸런스 소리가 요란하게 철창을 울렸습니다. 무슨 일인가 싶어 거실로 나가 봤습니다. 거실에는 벌써 몇몇 사람이 나와 수군거리고 있더군요.

"철수 선생님인가?"

명구 선생이 재빠르게 흡연실로 달려갔습니다. 그러자 그를 따라 사람들도 우르르 흡연실로 몰려갔습니다. 저도 흡연실로 향했습니다. 명구 선생이 허우적거리는 다리로 철창 사이에 머리를 들이밀고 있었습니다.

"그러다 떨어지겠네!"

희진 선생이 소리쳤습니다.

"저 양반 엉덩이가 커서 저 사이로는 절대로 안 떨어지겠는데."

정광수 선생님이 담배를 입에 물더니 명구 선생의 엉덩이 크기를 재듯 손을 벌려 보였습니다.

"아, 뭐야, 정 선생님은 신경 쓰지 마시고 조용히 담배나 피우세요. 아, 정말."

명구 선생이 철창 사이에서 고개를 돌려 빼며 말했습니다.

"명구야, 누구냐?"

명 선생님이 하품을 하며 물었습니다.

"잠깐. 차들 보니까 철수 선생님 맞는 거 같은데? 또 실려 왔나 보네. 아닌가? 확실하지는 않아."

명구 선생이 다시 철창 사이로 고개를 들이밀더니 조금은 자신 없어진 듯한 목소리로 대답했습니다.

다음 날 아침 명구 선생은 지난밤과 달리 쩌렁쩌렁한 목소리로 "거봐, 내 말이 맞잖아! 철수 선생이라니까. 알지도 못하면서 왜 안 믿어? 응? 김 간호사, 내 말이 맞지?" 하고 아직 어두컴컴한 거실 한가운데 서서 말했습니다.

"정말이에요?"

권 선생님이 벽에 기대어 앉아 꽉 잠긴 목소리로 김 간호사에게 물었습니다.

"네, 어제 또 갑자기 증상이 안 좋아져서 들어오셨나 봐요. 새벽부터 명구 선생님이 몇 번씩이나 내려와서 확인하고 가셨는지 몰라요."

"거봐, 맞잖아. 내 눈이 이래 봬도 양쪽 다 2.0이야."

"네, 앉으세요. 그럼 명상 시작하겠습니다."

김 간호사가 말했습니다.

김철수 선생님을 처음 본 것은 그날 점심 시간이었습니다. 그는 제가 보기에도 너무 비쩍 말라 곧 쓰러질 듯 보였습니다. 유난히 튀어나온 광대뼈 때문에 가느다란 쇠줄이 길게 연결된 그의 안경은 코가 아닌 광대에 걸쳐 있는 듯했지요. 막 식사를 마친 그는 2층으로 올라오기가 무섭게 2층에서 유일한 1인실이었던 자신의 방으로 들어가 칫솔을 입에 물고 화장실로 들어갔습니다. 양치질을 마친 다음 잽싸게 방으로 들어가 담배를 입에 물고 흡연실로 향했는데, 비단 그때뿐만 아니라 그는 식사 때마다 그 순서를 어김없이 지켰습니다. 그래서 한번은 차라리 담배를 먼저 피우고 양치질하는 것이 낫지 않겠냐고 물어본 적도 있습니다. 그랬더니 "사람들이 잘 몰라서 그러는데, 밥을 먹고 2분 내에 양치질을 안 하면 바로 썩기 시작하는 거야. 입 안에 가장 세균이 많은데 음식 찌꺼기가 그걸 또 키우니까. 그런데 담배는 전혀 상관이 없어. 2분이야, 무조건 2분!" 하고 말하더군요. 세균에 극도로 민감한 사람 같았습니다.

다시 외출을 나가기 위해 짙은 회색 정장으로 갈아입고 거실로 나온 그와 눈이 마주쳤습니다.

"어? 새로 왔나? 몇 살이야? 또 옛날 생각 나네. 지금은 나갔다

와야 하니까 이따가 저녁에 다시 보자."

그날 늦은 저녁이었습니다. 돌아오는 길에 제과점에 들러 케이크를 하나 사 왔다며 그가 저를 자신의 방으로 초대하더군요. 방안은 여러 가지 물건으로 가득 차 있었습니다. 자잘한 생활용품은 물론 꽤 낡아 보이기는 했지만 텔레비전도 놓여 있었습니다. 방 천장 한쪽은 사선으로 기울어졌는데 1층에서 2층으로 올라오는 계단의 위치와 딱 들어맞는 것으로 보아 예전에는 2층 내부에서도 3층으로 가는 계단이 있었던 것 같았습니다. 그 기울어진 천장 아래로는 지퍼가 달린 천 옷장이 있었습니다. 그가 정장 상의를 걸어 놓기 위해 옷장을 열자 여벌의 정장과 점퍼, 세탁소 비닐에 싸인 옷가지가 걸려 있었고, 그 밑으로는 바깥에서 사 가지고 온 듯 폭신해 보이는 이불이 있었습니다.

그가 커다란 케이크 상자를 제게 내밀었습니다. 상자에는 '뮤지컬 제과점'이라는 상호가 커다랗게 인쇄되어 있었습니다. 상자에서 꺼낸 흰색 크림케이크는 족히 네댓 명이 먹어도 충분할 듯 보였습니다.

"얼른 먹어."

케이크를 한 조각 잘라 함께 들어 있는 플라스틱 포크로 한 입 먹어 봤습니다.

"맛있어?"

"네, 맛있네요."

사실 그다지 맛은 없었습니다. 맛보다는 왜 처음 보는 제게 케이크를 사 주는 것인지 궁금할 따름이었지요.

"그런데 왜⋯⋯."

"그냥 네 나이 또래 애들이 들어오면 이상하게 케이크를 사 주고 싶더라. 또 사 줄게. 많이 먹어."

속이 울렁거릴 정도로 케이크를 먹었습니다. 그럼에도 불구하고 반 이상을 남겼고, 남은 케이크는 여자 선생님들의 방으로 전해졌습니다. 그리고 다음 날 그는 모자에 털이 달린 베이지색 오리털 파카를 걸치고 또다시 외출에 나섰습니다.

김철수 선생님에 대한 이야기는 권 선생님을 통해 자세히 들을 수 있었습니다. 한창 오목에 열을 올리는 그녀가 명 선생님과 거실에서 승부를 가리고 있을 때였지요.

"참, 덕분에 어제 케이크 잘 먹었어요."

옆을 지나는 저를 보더니 갑자기 생각난 듯 권 선생님이 말을 걸었습니다.

"혼자 먹기에는 너무 많아서요."

"가끔 그러신다니까요. 그러고 보니까 김철수 선생님도 꽤 오래 계셨지요, 아마. 그게 벌써⋯⋯."

제가 그녀를 통해 알게 된 것은 그가 어느 재벌가의 막내아들이고, 1인실을 몇 년째 사용하고 있으며, 그곳에 커다란 경제적 도움을 주고 있다는 것이었습니다. 몇 달 동안 외출 나가 있을 때도 입원비만큼은 꼬박꼬박 냈으니까요.

"결혼은 아직 안 하셨나 봐요?"

"이런 거 말씀드려도 되는지 모르겠는데⋯⋯."

저는 그가 불과 1~2년 전에 그곳에 함께 입원했던 유부녀와 가깝게 지내다 그녀가 남편에게 이혼을 요구하자, 그 남편이 찾아와 큰 소란을 피운 적이 있다는 사실도 알게 되었습니다. 어쩌면 그 사건 때문에라도 원장님이 그런 당부를 한 것이 아닐까, 하는 생각이 들었습니다.

"희우야, 네가 이곳에서 어떻게 생활하든지 그것은 네 자율 의지에 따르는 거란다. 하지만 몇 가지 규칙은 꼭 지켜야 한단다. 나중에 또 자세히 말해 주겠지만, 특히 여기서 오래 지내다 보면 행여나 남녀 간에 어떠한 감정이 생길 수도 있는데, 나도 걱정은 안 한다지만 그런 일이 없도록 해야 한다는 점은 꼭 지켜야 한다. 환자들끼리 함께 지내기란 여간 어려운 일이 아니거든. 그래도 희우는 이미 좋은 짝이 있다고 하니 안심이 되는구나. 그런데 언제 나도 한번 만나 볼 수 있겠니?"

"제 마음대로 정할 수 있는 문제는 아니네요."

"그래, 알겠다. 어쨌든 오늘 내 말 꼭 명심하고."

이어서 권 선생님은 김철수 선생님이 그녀의 남편에게 십억 원을 합의금으로 제시해 겨우 간통을 면하게 되었다고 했는데, 바로 그 부분에서 괜히 신빙성 없는 소리를 듣고 있느라 시간 낭비를 했구나, 하는 후회가 들었습니다.

유영건 선생이 그곳에 새로 들어온 것도 아마 그즈음이었을 것입니다. 그는 저보다 두 살 많은 도박 중독자였지요. 훤칠한 키에 미남형 얼굴, 입가에는 연실 싱글벙글한 미소가 번져 있어 유순해 보이다가도, 가끔씩 오목 같은 사소한 내기에 몰두하거나 누군가를 바라볼 때면 섬뜩할 정도로 기분 나쁜 눈매를 내비치기도 했습니다. 그 눈빛을 보고 있자면 어쩐지 살기가 느껴진다고 할까요, 분명 언젠가는 큰 사고를 내고 말 것만 같았습니다.

"유영건 선생님하곤 어떠세요? 나이가 비슷한 만큼 서로 잘 맞으면 좋겠는데."

나 선생님은 은근히 그와 제가 사이좋게 지내기를 바라는 눈치였습니다.

"그렇게는 안 될 거 같아요."

"어머, 왜요? 좋아하실 줄 알았는데."

"아니에요. 유영건 선생님은 눈에 살기가 있는 거 같아요."

"살기요?"

그녀는 애써 웃음을 참는 눈치였습니다.

"정말이에요. 언젠가는 여기서 사고를 칠 거예요. 두고보세요."

하지만 안타깝게도 제 예상은 빗나가고 말았습니다. 그는 아주 사교적인 사람이었지요. 눈이 매우 좋지 않았는데 급하게 입원하느라 안경을 챙기지 못해 눈을 찡그릴 수밖에 없었던 것입니다.

그는 막 대학에 입학했을 무렵 처음 도박을 접했고, 한때는 그림 그리는 것이 장래 희망이던 때가 있었다고 했습니다. 그래서였는지 우연히 허 선생님이 제게 "희우야, 언제 내 얼굴이나 한번 그려 줘. 가을이 좀 보여 주게." 하고 말하는 것을 듣고 난 후부터 저를 아주 귀찮게 졸졸 쫓아다녔습니다. "이 선생님, 그림을 다시 그리려면 어떤 것부터 시작해야 할까요?" 하고 높임말까지 사용해 가면서 말이지요. 그런다고 딱히 제가 그에게 알려 줄 수 있는 것은 없었습니다. 저 또한 스케치 한 장 못 하는 상황이었고, 제가 정말 묻고 싶은 질문이 바로 그가 제게 했던, 그림을 다시 그리려면 어떻게 해야 할까, 하는 것이었으니까요. 그러니 대답을 듣지 못해 안달하는 그보다 더 답답한 쪽은 오히려 저였을 것입니다.

"……처음에는 작게 시작했는데 결국은 스크린 경마 같은 것까지 갔죠. 아아, 그걸로 한창 돈을 따던 때도 있었는데. 오백씩 판돈을 걸기도 했거든요."

그는 가끔씩 다른 사람들에게 자신이 벌인 도박판에 대해 말하며 당시의 긴장감을 되살리곤 했는데, 그럴 때만큼은 옆으로 가늘게 찢어진 눈도 동그랗게 커졌습니다.

"ㄹ동이었을 거예요. 그쪽에 아파트가 많이 들어설 때라 저녁이면 그쪽 소장급 정도 되는 사람들이랑 빌라에 모여서 자주 카드를 쳤어요. 그게 또 다 줄이 있거든요. 그때 제가 딱 이천을 올려놓았죠. 마지막이라는 마음이었고, 또 패가 진짜 좋았거든요. 부모님 차를 담보로 맡기고 받은 돈이었는데……."

"유 선생도 참, 할 말이 없다."

명구 선생이 그의 말을 잘랐습니다.

"저 양반이 아주 제대로 돌았나 보네."

정광수 선생님도 크게 동의한다는 듯 손바닥으로 자신의 이마를 강하게 쳤지요.

"그때는 그랬거든요. 근데 아아, 거기서 그만 멈춰야 했는데, 그때 판돈이 제가 올려놓은 이천까지 해서 족히 큰 거 한 장은 됐을걸요?"

"그래서 영건이가 지금 여기에 있는 거구나? 그때 다 잃어서."

명 선생님이 목에 걸었던 수건으로 그의 목을 가볍게 조르는 시늉을 하며 말했습니다.

"딱 팔천이더라고요. 1년 동안 잃은 돈이⋯⋯."

그렇게 큰돈을 도박으로 몽땅 날렸으니 그로서도 매우 아쉬웠 겠지만 그의 부모만큼은 아니었을 것입니다. 그 후 그는 부모에 의해 강제로 정신과 치료를 받기 시작했고, 치료 도중에도 도박 을 끊지 못해 입원까지 하게 된 것이었습니다. 달리 방법이 없었 겠지요. 치료는 둘째 치더라도 어딘가에 잡아 놓지 않는 한 집문 서라도 들고 나갈까 불안해서 잠도 제대로 못 잤을 테니까 말입 니다.

종종 정신이 아주 맑아질 때면, 애초에 제 결심과는 다른 방향 으로 그곳과 그곳 사람들에게 완전히 동화되어 간다는 고통에 저 자신을 원망하기도 했지만, 하루 세 번 알약을 삼키고, 프로그램 에 참석하고, 기억을 되돌아보고, 고쳐진 지 얼마 지나지 않아 다 시 '고장'이라는 글자가 붙은 공중전화기, 하지만 실제로는 제대 로 작동하는 수화기를 통해 아무도 몰래 위안을 얻으며 시간을 보냈습니다.

2월 중순이 되자 많은 사람이 설만큼은 가족과 함께 보내고 싶 다며 외출 신청을 했습니다. 이은아 선생님을 제외한 여자 선생 님들은 가족의 동의 아래 모두 외출을 나가게 되었고, 남자 선생 님들 중에서는 들어온 지 얼마 되지 않은 유영건 선생만 유일하 게 외출을 나갔습니다. 그의 부모가 병원 측에 특별히 외출을 부탁했기에 가능했지요. 그 소식을 접한 허 선생님은 "나는 왜 안 된다는 거야! 내 돈 내면서 내 마음대로 나가지도 못한다는 게 말이나 돼!" 하고 크게 화를 냈습니다.

명절 연휴 동안 그곳은 내내 조용했습니다. 특히 거실이 그랬습니다. 화장실과 흡연실 갈 때를 빼고는 모두 방에만 틀어박혀 있었지요. 덕분에 저는 그 며칠 동안 허 선생님과 방에서 시간을 보내기보다는 CD플레이어가 놓여 있는 거실 책상에서 간만에 조용한 시간을 보낼 수 있었습니다. 먼지가 뽀얗게 앉은 클래식 음반 중 하나를 골라 CD플레이어에 넣어 봤습니다. 갑자기 두꺼운 천이 찌이익 하고 찢어지는 소리가 크게 거실을 울렸습니다. 재빨리 볼륨을 줄이고 들어 보니 바이올린 소리였습니다.

"어디서 났어?"

어느새 이은아 선생님이 소리도 없이 제 뒤로 바짝 다가와 물었습니다.

얼마나 가까운지 그녀가 숨을 쉴 때마다 불룩 튀어나온 아랫배가 제 등에 와 닿더군요. 그사이 제법 살집이 불어난 듯했습니다. 빡빡 깎인 머리 또한 많이 자라서 삐죽삐죽한 밤송이 같았지요.

"비발디, 프리마베라."

그러고는 자신의 말을 확인하려는 듯 제가 들고 있는 CD 케이스를 빼앗아 들었습니다.

"맞네, 비발디. 모차르트랑 베토벤도 있네. 섞어 놓은 거 보니까 들어 보나마나 뻔하긴 하겠다. 이래 봬도 내가 5번 솔로까지는 눈 감고도 했거든. 근데 웬 쇼팽? 뒤죽박죽이네. 하기야 나도 한때는 폴로네즈를 솔로로 연주하기도 했다? 상도 탔고. 근데 이거는 들어 보면……."

겉모습이 어쩌하든 저로서는 무슨 소리를 하는지 제대로 알아들을 수 없었지만, 음악에 대해 말하는 그 순간만큼은 그녀의 눈동자가 여느 때와 달리 맑게 빛나고 있었습니다.

그녀는 다른 CD도 몇 개 들춰 보더니 더 볼 것도 없다는 듯이 들고 있던 CD 케이스를 책상에 던져 놓고 이내 자신의 방으로 향했습니다. 환자복 바지를 펄럭이며 멀어지는 그녀의 뒷모습을 보고 있자니, 더 이상은 그녀가 말한 모차르트, 베토벤, 쇼팽, 비발디, 폴로네즈, 솔로, E, C, 플랫, 몇 악장 등의 것들을 영영 연주할 수 없을 것 같다는 생각이 들었습니다. 길게 늘어뜨린 머리를 흔들며 바이올린을 연주하는 대신 빡빡 깎은 머리로 알약을 삼키고 주사를 맞고, 화려한 드레스 대신 엉덩이까지 흘러내릴 듯한 환자복을 입고, 굽 높은 구두를 신고 무대에 오르는 대신 맨발로 정신병원 바닥을 걸어 다니는, 정신병원에 갇힌 바이올리니스트의 뒷모습이 제 시야를 아른거리게 만들었습니다.

CD플레이어를 끄자 끼익 하는 작은 비명과 함께 투명 플라스틱 창 안에서 빠르게 뱅글뱅글 돌아가던 CD가 차츰 그 속도를 줄였습니다. 연필과 붓을 손에 쥐고 그림을 그리는 대신 알약을 삼키고, 물감 묻은 티셔츠 대신 환자복을 입고, 하얀 종이에 검은색 물감으로 선을 긋는 대신 낮은 책상에 앉아 명상록을 쓰는 저는 그렇게 멍하니 앉아 CD가 완전히 멈춰 설 때까지 지켜보고 있었습니다.

'내가 여기서 무엇을 하고 있는 것이란 말인가!'

익숙함으로, 나태함으로 평온했던 감각들이 일순간의 불안함
으로 가슴을 강하게 내리쳤습니다.

휴일 마지막 날에는 어느 교회에서 사람들이 찾아왔습니다. 목
사라고 하는 적어도 여든 살은 되어 보이는 남자와 권사라는 중
년 여자, 유독 누런 이를 드러내고 그 권사라는 여자를 졸졸 따라
다니는 젊은 여자 둘이었습니다. 그들은 오후 4시부터 일종의 종
교 치유 프로그램을 진행하기로 되어 있었는데, 일찍 도착해 할
일이 없었는지 지하실 구석 한쪽에 모여 수다를 떨고 있었습니
다. 그들 딴에는 조심해서 한다고 하는 모양이지만, 워낙에 조용
한 터라 그 이야기들은 고스란히 제 귀로 흘러 들어왔습니다. 그
들은 자신이 그곳에 온 이유를 '정신병자들을 위한 자원봉사'라
일컬었습니다. 그 말을 들으니 언짢더군요.

"사실 어제야 이 프로그램에 대한 이야기를 들어서 그런데요,
갑작스럽기도 하고 기분도 영 별로인데 꼭 참석을 해야 할까요?"

공부방으로 들어오는 김 간호사를 붙잡고 물어봤습니다.

"그럼요. 원장님께서도 이희우 선생님은 반드시 참석시키라고
하셨는걸요?"

활짝 웃으며 말하는 그녀가 어쩌나 얄밉게 느껴지던지…….

"마태복음. 자, 읽어 봅시다. 1장 1절, 다윗의 자손이시며, 자,
시작은 함께 읽으세요. 소리 내서. 다시, 마태복음 1장 1절, 다윗
의 자손이시며 아브라함의 자손이신 예수 그리스도의 족보. 아브

라함은……."

목사가 먼저 권사라는 여자와 젊은 여자 둘이 지켜보는 가운데 노인 특유의 굵고 갈라진 목소리로 마태복음 1장을 읽었습니다.

"……2장 1절부터는 오른쪽으로 차례대로 돌아가면서 읽으십시다."

정광수 선생님이 그 첫 번째 순서였습니다.

"나? 나라고? 2장? 2장이 어딘지 자네 아나?"

정광수 선생님이 옆에 앉은 이은아 선생님의 팔뚝을 툭툭 건들며 물었습니다.

"몰라! 왜 나한테 물어? 난 책도 없는데!"

그러자 이은아 선생님이 버럭 소리를 질렀지요.

"은아 선생님, 이걸로 읽으세요."

김 간호사가 재빠르게 자신이 들고 있던 성경책을 그녀에게 건네주었습니다.

"어딘지도 모르는데 어떻게 읽어!"

이은아 선생님이 다시 소리치자, "이러다가 읽는 사람은 아무도 없겠네." 하고 정광수 선생님이 의자에 몸을 기댄 채로 헤죽거렸습니다.

"그럼 안 선생님부터 읽어 보시겠어요?"

김 간호사도 민망했는지 읽기라면 그곳에서 가장 알아주는 안 선생님을 향해 자못 작아진 목소리로 물었습니다.

"저는 순서가 오면 그때 읽겠습니다."

"아, 그럼 명구 선생님?"

"내, 내 차렌가? 어디지? 어디까지 읽었지?"

명구 선생은 당황한 듯 그제야 성경책을 마구 뒤적거리기 시작했습니다.

"그냥 제가 읽을게요. 아무도 못 읽겠다고 하니 어쩔 수가 있나요? 2장. 예수님께서는 헤롯 왕 때 유다 베들레헴에서 태어나셨다. 그러자⋯⋯."

목사 바로 왼쪽에 앉은 정일규 선생님이 큰 목소리로 2장을 읽어 내렸습니다.

다음은 정기봉 선생님 차례였습니다.

"그, 그⋯⋯ 그 무려⋯⋯."

그래도 정기봉 선생님은 최선을 다해 읽어 보려고 노력했지만 뜻대로 잘되지 않자 이내 읽기를 포기하고는 저를 쳐다봤습니다. 그때 목사가 쓰고 있던 돋보기안경을 내려놓고 손을 내저으며 말했습니다.

"그만, 잠깐. 그만 읽으시고⋯⋯. 자, 믿음이 있는 곳이라고 해서 왔습니다. 그런데 꼭 그렇지만은 않네요. 다들 집중해서 다시 읽어 보십시다. 노력하지 않는 자에게 하나님은 은혜를 내려 주시지 않습니다. 마태복음, 3장. 다음 분, 읽으세요."

드디어 제 차례였습니다. 누가복음까지는 한 번 읽어 봤기에 그 구절이 낯설지 않았습니다. 하지만 막상 읽으려니 뜻대로 목소리가 나오지 않더군요. 누군가 제 목에 거대한 못을 박아 놓은 듯 쉿소리만 새어 나올 뿐이었습니다.

"왜들 그러시죠? 다들 읽기가 싫으신 모양이네요. 자, 천천히 다시 읽으세요."

다소 상기된 얼굴의 목사는 반쯤 벗겨져 검게 염색한 머리를 손으로 쓰다듬으며 말했습니다.

"······'회개 하여라, 하늘나라가 가까이 왔다.' ······ '우리는 이렇게 해서 마땅히 모든 외로움을 이루어야 합니다.' 하고······."

"마태복음, 4장. 다음 분, 읽으세요."

제 다음은 허 선생님이 그리고 명 선생님이 이어서 최 선생님, 명구 선생이 이어지는 구절을 차례로 읽었고, 다시 이은아 선생님 차례가 되었습니다.

"어우, 난 안 읽을래. 뭐라고 하는지 하나도 모르겠네."

그사이 동그란 안경까지 쓰고 성경책을 유심히 들여다보던 이은아 선생님이 성경책을 덮으며 말했습니다.

목사의 이마는 이미 벌겋게 달아올랐고, 다시 차례가 돌아온 정광수 선생님을 향해 이어서 읽으라는 손짓을 했습니다.

"어디야, 자네 알아?"

정광수 선생님이 이은아 선생님에게 바짝 다가가 붙으며 물었습니다.

"모른다니까! 왜 자꾸 물어봐!"

그녀가 다시 소리치자 그는 "에구, 무서워라. 이거 읽어 보기도 전에 놀라서 돌아가시겠네." 하고 말한 뒤 손을 가슴에 모아 뒤로 고꾸라지는 척 익살을 부렸습니다. 그 모습을 본 사람들은 너 나 할 것 없이 크게 소리 내어 웃음을 터뜨렸습니다. 목사와 권사라는 여자, 젊은 여자 둘을 제외하고 말입니다.

두 시간으로 계획된 성경 공부는 두 번의 쉬는 시간을 포함하여 한 시간도 넘기지 못한 채 막을 내렸습니다. 목사는 단단히 화가 난 얼굴로 나머지 여자들을 향해 모두가 들으라는 듯이 화난 노인 특유의 높고 갈라진 목소리로 "내 먼저 가 있으리다."라고 말한 뒤 지하실을 빠져나갔습니다.

"저도 이만 올라가 봐야 할 것 같습니다."

당시 건강이 좋지 않았던 최 선생님의 얼굴은 하루가 다르게 누런빛을 띠어 갔는데 그날은 유독 심해 보였습니다.

"아무래도 그러시는 게 좋을 것 같아요. 혈색이 안 좋아요. 올라가서 누워 계시면 금방 체온 봐 드릴게요. 화장실 다녀오실 분은 다녀오시고요, 저녁 시간이 조금 늦춰지겠지만 기도 시간은 10분 뒤에 바로 시작할게요. 여자 선생님들도 내려오실 거예요. 조금 전에 다 같이 돌아오셨대요. 그리고 허 선생님, 체온 한번 재 보시려면 지금 같이 올라가세요."

김 간호사가 말했습니다.

쉬는 시간 동안 외출에서 돌아온 여자 선생님들이 방으로 들어왔습니다. 권 선생님과 최미희 선생님은 차례 음식을 조금 싸 왔다면서 저녁 시간에 반찬으로 다 함께 먹자고 했고, 고상미 선생님은 화장기가 전혀 없는 수수한 모습이었습니다. 희진 선생은 아주 잘 먹고 왔는지 며칠 사이 볼에 살이 더 오른 듯했지요. 바깥 세상에서 보낸 시간이 재미있었는지, 아니면 자신이 있을 곳으로 다시 돌아온 것에 대한 안도감 때문인지는 모르겠지만, 모두 외출하기 전보다 얼굴이 좋아 보였습니다.

"체온은 일단 정상이라는데 저녁 먹고 감기약은 준다고 하더라. 아까까지는 열이 펄펄 끓었는데 이상하네."

체온을 재러 갔던 허 선생님이 돌아오고 마침내 기도 시간이 시작되었습니다. 김 간호사가 먼저 두 손을 모아 공손하게 인사를 건넸습니다.

"그럼 권사님, 잘 부탁드리겠습니다."

막 목사의 배웅을 마치고 돌아온 권사라는 여자는 살짝 웃으며 고개를 끄덕이는 것으로 그 인사를 대신했지요.

여자는 이어서 칠판에 작은 글씨로 자신의 이름과 자신이 속한 교회의 이름을 크게 쓴 뒤 그것을 등지고 자리에 앉았습니다. 목사도 앉지 않은, 원장님이나 나 선생님이 앉는 중앙 자리였지요. 나머지 두 여자도 칠판 아래로 의자를 끌고 가서 나란히 앉았습니다.

"하나님 아버지, 오늘 이처럼 좋은 자리에 저를 참석할 수 있게 해 주셔서 감사드립니다. 오늘 저희가 모인 이 자리에서 하나님의 자비와 은혜로움으로 병든 자들을 굽어 살필 수 있도록 저에게 용기와 힘을 주시고 이들을 가엾게 여기시어 이들이 자신에게 닥친 어려움을 이겨 낼 수 있는 지혜를 내려 주시옵소서. 제가 이들을 하나 됨으로 이끌 수 있도록 하시고, 제가 이들이 하나님 아버지의 진정한 자녀들이 될 수 있도록 도움 되게 하시며, 제가 이들을 위해 하나님께 기도드릴 수 있도록 해 주옵소서. 예수님의 이름으로 기도드립니다. 아멘."

여자가 갑자기 두 손을 모아 주먹을 불끈 쥐고서 눈을 감은 채

열변을 토해 냈습니다. 저로서는 무슨 말을 하는지 전혀 알아들을 수 없었지만, 뒤에 앉은 두 여자는 알고 있다는 듯이 연방 고개를 끄덕이며 "아멘, 아멘!" 하고 중얼거리더군요.

여자가 자리에서 일어나 오른쪽부터 한 명 한 명씩 인사를 건넨 뒤 등 뒤로 걸어가서 "어떻게 이런 곳에 있게 되셨습니까?" 하고 질문을 던짐과 동시에 해당되는 사람의 머리나 어깨 위로 두 손을 얹은 채 지그시 감은 눈으로 중얼거렸는데, 검고 곱슬곱슬한 머리카락과 검은색 모직 코트를 입고 형광등 아래로 그림자 진 모습이 제게는 마치 주문을 외는 마녀처럼도 보였습니다.

여자의 주문은 모두 비슷했지만 상대방이 누구냐에 따라 조금씩 상이한 내용을 담고 있었습니다. 마찬가지로 그 주문을 받은 사람들의 대답도 '기도 감사하다' '은혜 받으십시오' 등 비교적 간단하고 비슷비슷했지만 그렇지 않은 사람도 있었습니다. 정광수 선생님은 "뭐라고 하는지 하나도 못 알아먹겠네. 그건 그렇고, 이 여자가 말하는 것도, 생긴 것도 우리 집 여편네하고 너무 비슷하단 말이야." 하고 말하며 집게손가락으로 자신의 관자놀이를 툭툭 건드려 보였고, 이은아 선생님과 권 선생님은 눈물을 흘렸지요. 특히 이은아 선생님의 경우는 평상시 한 번도 본 적 없는 모습이기에 아주 뜻밖이었습니다. 최미희 선생님은 여자가 주문을 거는 내내 박자를 타듯 몸을 앞뒤로 흔들어 보이기도 했습니다.

허 선생님 차례가 되었습니다.

"집사람이랑 제 딸도 함께 기도 부탁드리겠습니다."

"그럼요, 그렇고말고요. 아, 하나님 아버지, 여기 가족을 두고 떠나온 불쌍한 사람이 있습니다. 그의 바람이 이루어질 수 있도록 제가 드리는 기도를 받아 주시어……."

그리고 마침내 제 차례가 되었습니다. 여자가 제 뒤로 와 머리에 손을 얹자 땀 냄새가 섞인 싸구려 향수 냄새가 났습니다.

"아직 젊은 나이에 어떻게 이런 곳에 들어와 있어요?"

'이런 곳'이라니!

"한창 공부할 나이인데 공부도 못 하고……. 앞으로 걱정이 많겠네요. 저도 다 압니다. 우리 딸도 비슷한 나이거든요. 대학 다니면서 혼자 자취한다고 고생이라는데, 이런 분도 이렇게 치료받고자 참석해 계신데……."

'이런 분'이라니!

"자, 기도드리겠습니다. 여러분도 마음속으로 함께 기도 부탁드리겠습니다. 하나님 아버지, 여기 죄 많은 어린 양이 홀로 병원에 갇혀 있습니다. 아버지께서 만드신 몸과 마음이 망가져 어린 양이 고통받고 있습니다. 하루속히 이곳에서 나가 못 한 공부를 다시 시작할 수 있도록 해 주시고, 외로움에 고통받지 않도록 너그러움으로 이 병든 자에게 힘을 내려 주시옵소서. 제가 이 어린 양에게 아버지의 은총을 전해 줄 수 있도록 제게 가르침을 주시옵소서. 세상에 고통받는 자들이 너무나 많습니다. 지금 이곳에도 가난과 굶주림에 허덕이고, 몸과 마음의 장애를 안고 고통받는 자들이 있습니다. 특히 이 어린 양은 악마로부터 극심한 고통을 받고 있습니다. 악마에게 영혼이 팔리고 말았습니다. 악마의 꼬임에서 다시 벗어날 수 있도록 이 불쌍한 영혼을 가엾게 여기시고, 더 이상 고통받지 않도록 하여 주시옵소서. 악마는 약한 자들을 교묘한 술책으로 유혹해 오고 있습니다. 저희는 그 악마를 물리칠 만한 믿음이 있으나, 이 어린 양에게는 그러한 믿음이 없기에 악마에게 지배당하여 이토록 어려운 시기를 겪고 있습니다. 악마에게 사로잡혀 고통받고 괴로워하며 그 악마로부터 벗어나지 못하고 이곳에 갇혀 울고 있는 어린 양에게 자비를 베푸시고 은총을 내려 주시어 더 이상 고통받지 않도록 하나님 아버지의 거룩하신 자비로 이 굶주린 어린 양을 보살펴 주시옵소서. 이 어린 양은 자신에게 악마가 씌었다는 사실조차 인식하지 못한 채 고통받고 있습니다. 한창 공부하고 우정을 쌓을 나이에 이렇게 정신병원에 갇혀 외롭게 살아가고 있습니다. 악마는 이 어린 양을 제물 삼아 세상에 어둠을 내리어 이 어린 양의 두 눈을 멀게 했습니다. 이 어린 양의 두 눈은 이미 세상을 똑바로 바라볼 수 있는 빛을 잃고 길을 헤매고 있습니다. 아무도 악마로부터 이 어린 양을 구해 낼 수 없기에 제가 드리는 이 기도를 들어주시어 여기 불쌍하고 나약한 어린 양의 생명을 다시 구해 주시옵소서. 가시밭길과도 같은 날카로움이 가득한 이곳에서 벗어나 다시 밝은 미래를 살 수 있도록 해 주시고, 약을 먹지 않아도 온전한 정신을 가질 수 있게 해 주시고, 시커멓게 멍들고 썩어 망가진 어린 양의 육체 또한 온전하게 고쳐 주시옵소서. 제 어린 딸도 이 가엾은 어린 양과 비슷한 나이에 혼자 힘으로, 아버지의 은총으로 살아가고 있습니다. 이 어린 양에게도 그와 같은 힘을 주시어 악마에게서 벗어나, 악마의 꼬임에서 벗어나, 악마에게 잃은 몸과 마음을 잘라

내어 하나님 아버지의 은총 아래에서 살아갈 수 있도록 제 기도를 들어주시옵소서. 하나님 아버지의 은혜로움 아래에서 예수님의 이름으로 기도드립니다. 아멘."

역겨운 냄새와 부패한 세상의 공기로 가득 찬, 폐 속에서부터 끌어올린 여자의 입김이 제 머리 위를 스치는 그 순간, 눈을 뜨자 저는 악마에 사로잡힌 정신병자가 되어 있었습니다. 그저 치료받고자 안간힘을 쓰는 환자에게 권사라고 하는 여자가 내뱉은 주문, 아니 끔찍한 저주가 순식간에 악마의 낙인을 새겨 버렸습니다. 권사라는 직업이 신의 이름을 빌려 멋대로 악마의 낙인을 찍어 낼 수 있을 만큼 대단한 것인가요. 저는 도무지 모르겠습니다.

여자는 제 뒤에서 정기봉 선생님 뒤로, 다시 정일규 선생님 뒤에서 칠판까지 주문을 걸며 걸어간 뒤 크게 한 번 호흡을 하고는 인사하고 밖으로 나갔습니다. 여자를 따라 여자 둘도 밖으로 나갔습니다. 역겨운 냄새만은 여전히 제 뒤에 남아 있었지요.

"희우야, 유독 너한테만 기도를 열심히 하더라. 악마가 어쩌고저쩌고하면서."

분노와 괴로움에 초점을 잃은 제 흐릿한 눈동자 앞으로 허 선생님이 불쑥 나타나 말했습니다.

"정말 좋겠어요. 권사님이 저렇게나 열심히 기도해 주시고. 이 선생님 덕분에 올해는 주님 은혜가 넘치겠어요."

권 선생님이 말했습니다.

"그 뭐야, 원래 많이 아픈 사람한테는 그런 기운이 딱 나타난다니까. 내가 잘 알지. 선교사로 있으면서 많이 봐 왔으니까."

정일규 선생님이 말했습니다.

"아휴, 그 여자 참 말 많네. 자네가 고생이 많았어. 미친 여자야. 참 신기하게도 우리 집 여편네랑 닮았다니까."

아, 정광수 선생님! 그가 아무리 다른 사람들에게 무시당하는 사람이더라도 그때만큼은 그도 그 권사라는 여자의 주문을 알아 차린 것은 아니었을까요. 한때 출판사를 운영한 사람이니 설령 무심코 뱉은 말일지언정 은연중에 그 기도를 가장한 저주의 의 미를 집어낼 수 있었던 것은 아닐까요. 아니면 정말로 악마에게 지배당한 것일까요. 머릿속이 복잡해지자 문득 허기가 졌습니다. 그 와중에 배가 고픈 것을 보니 어쨌든 온전한 정신이 아닌 것만 은 분명했습니다.

교회 사람들이 다녀간 이후 그곳에는 지독한 바이러스가 퍼졌 습니다.

"희우야, 봐라. 내가 몸이 안 좋다고 했지? 감기란다."

허 선생님은 감기에 걸린 것이 뭐가 그리 신나는 일이라고 매 우 들뜬 목소리였습니다. 한편 그 시기에 먹던 약을 바꾸게 된 저 는 한동안 바뀐 약 때문에 열이 나고 어지러운 것이라 생각했습 니다. 하지만 저 역시도 감기에 걸리고 만 것이지요. 다른 사람들 역시 마찬가지였습니다.

"외부 사람들이 왔다 가니까 면역력이 없는 우리가 감기에 걸 린 것 같다."

명 선생님이 말했습니다.

"하나님이 은총 대신 바이러스를 내려 주셨나 보네요."

"마음에 담아 뒀구나? 그래도 너무 나쁘게만 생각하지는 마. 믿음의 방법이나 표현이 다 다르기 때문에 그런 걸 거야."

그러고는 김 간호사에게 방마다 가습기를 놓아 줄 수 있는지 부탁하고 오겠다고 했습니다. 역시 아무도 몰라주는군, 하고 생각하며 방으로 향하는데 그가 다시 저를 불러 세웠습니다.

"희우야."

"네?"

"근데 사실 나도 그 사람들 별로 마음에 들지는 않았어."

그날 오후 방마다 오랜 먼지가 쌓여 표면이 끈적거리는 가습기가 하나씩 주어졌습니다. 김 간호사는 재작년부터 사용하지 않은 것들이기에 잘 닦아서 써야 할 것이라고 했습니다. 정말 그대로 썼다가는 오히려 큰 병에 걸릴 것 같아 보였지요.

"이거 내가 잘 알아. 분리를 해야 돼. 2~3일에 한 번은 닦아야 하는데, 하, 또 귀찮게 생겼네. 여기 보이지? 여기를 돌리면, 아니야, 거기는 만지지 마. 거기는 안 된다니까. 이 동전만 한 데는, 응, 쇠, 거기는 닦으면 안 돼. 내가 알아."

명구 선생은 직접 가습기를 들고 방마다 돌아다니며, 마치 가습기 영업 직원처럼 가습기의 구조와 청소 방법을 설명하느라 분주하게 움직였습니다. 그의 설명을 들은 사람들은 반신반의한 표정을 지으면서도, 주섬주섬 화장실 세면대 앞에 나란히 서서 그가 알려 준 대로 다 쓴 칫솔이나 수세미를 가지고 물통 구석구석을 닦았습니다. 그렇게 누군가는 매일, 누군가는 종종 청소를 했습니다. 명구 선생의 어깨는 날로 높아져 갔지요. 그런데 얼마 지나지 않아 외출 나갔던 희진 선생이 최미희 선생님의 부탁으로 가습기 세정제를 사 오면서 상황이 바뀌었습니다.

최미희 선생님이 가습기를 거실로 가지고 나와 사람들이 지켜보는 가운데 물통에 알약 하나를 떨어뜨렸습니다.

"그거 알약 하나 가지고 청소가 되겠어?"

한 발 뒤에 물러서서 고개만 들이밀고 구경하던 명구 선생은 기분이 썩 좋아 보이지 않았습니다.

그리고 잠시 후 가습기가 수증기를 내뿜자 물통 안에 있던 희미한 물때가 사라져 가는 신기한 장면이 연출되었습니다. 그 후로 사람들은 외출하는 사람이 생길 때면 꼭 가습기 세정제를 사오라고 부탁했고, 그 바람에 명구 선생의 가습기 세척 방법은 이내 구시대의 것이 되어 버리고 말았습니다.

한편 물통을 분리하여 닦거나 세정제를 넣는 방법 외에 자신만의 방법을 추구하는 사람도 있었습니다. 다름 아닌 허 선생님이었지요. 그는 마늘이 모든 것을 해결해 줄 것이라 굳게 믿었습니다. 그는 매일 아침마다 가습기 물통 안에 마늘을 한 알씩 집어넣었습니다. 마늘의 강한 항균 성분이 가습기를 통해 공기에 퍼질 것이고, 그로 인해 감기는 물론 면역성도 강해질 것이라는 이론과 함께 말이지요. 뿐만 아니라 그는 식사 시간마다 제가 식판을 들고 줄을 서서 기다리고 있자면, 아무도 몰래 주머니에서 깐마늘 한 알을 꺼내어 제 식판에 올려놓거나, 행여 제가 먹지 않을 것을 염려하여 국 안에 집어넣으며 "이렇게 하면 먹기에 훨씬 편할 거야." 하고 말하곤 했습니다. 제가 그것을 먹는지 먹지 않는지 감시하는 것도 잊지 않았지요. 어디서 매일 마늘을 구하느냐고 묻자 식당 아주머니에게 부탁하여 얻은 것이라 했습니다. 맛없는 음식은 그렇다 치더라도 그 아주머니가 참 원망스럽더군요.

마늘을 먹는다 해서 나쁠 것은 없기에 그 행동은 충분히 이해할 만했습니다. 하지만 가습기에 넣은 마늘만큼은 도저히 참기 힘들었지요. 물통 속에 넣은 마늘은 반나절이 지나자 퉁퉁 불어 어항에서 죽은 금붕어의 살점처럼 물속을 떠다녔고, 하룻밤이 지나자 그 썩은 내가 방 안을 장악했습니다. 허 선생님과 제 코는 이틀 만에 완전히 그 기능을 상실했는지 무덤덤해졌지만 다른 사람들은 그렇지 않았습니다. 그들의 불평은 상당했지요. 결국 마늘 실험 3일째 되는 날, 따가운 시선을 이기지 못한 그는 물통에 마늘 집어넣는 것을 그만두었습니다.

"쳇, 유난들 떨기는. 이제 막 효과가 나타나기 시작했는데 말이야."

그는 못내 아쉬운 표정이었습니다.

아니요, 효과는 전혀 없었습니다. 나아지기는커녕 오히려 같은 방을 쓰는 그와 저만 증상이 심해지고 말았습니다. 급기야 고열과 기침이 심해져서 김 간호사의 인솔 아래 병원끼리 연계도 되어 있고, 또 그 동네에서는 가장 유명하다는 내과로 진찰을 받으러 가기에 이르렀지요.

"허 선생님, 이 선생님, 외투 챙기시고요. 마스크도 있으면 착용하세요. 밖은 엄청 추워요. 그리고……"

김혜린 간호사는 몇 가지 유의사항을 더 말해 준 뒤에 먼저 내려가 전화로 진료 예약을 해 놓겠다며 방을 나갔습니다.

"희우야, 나는 우리가 이런 식으로 첫 외출을 같이 나갈 줄은 정말 몰랐다."

허 선생님이 어깨를 들썩이며 말했습니다.

저도 몰랐습니다. 지독한 감기에 걸려 김 간호사를 따라 허 선생님과 함께 환자복 위에 청색 반코트를 걸치고, 매직으로 병원 상호와 전화번호를 적은 목걸이 명찰을 매달고, 그렇게 첫 번째 외출을 나갈 줄은 생각지도 못했지요.

실로 오랜만의 바깥세상이었습니다. 하지만 감회는 없었습니다. 드는 생각이라고는 '춥다'는 것뿐이었습니다. 정말이지 너무나도 추웠습니다. '춥다'는 생각 외에 다른 생각은 할 엄두조차 나지 않았습니다.

"더 따뜻하게 입고 나오실걸 그랬나 봐요. 괜찮겠어요?"

김 간호사는 간호사복 위에 허리까지 내려오는 패딩 점퍼를 입고 갈색 털장갑을 낀 손으로 기다란 지갑을 들고 있었습니다.

"괜찮아? 안 춥겠어?"

제게 묻는 허 선생님은 머리에 검은색 털모자를 쓰고, 환자복 위에 밤색 롱 코트와 회색 목도리를 두르고, 목걸이 명찰을 매달고 있었지요.

"춥기는 한데 걷다 보면 괜찮아지겠지요."

"그럼 걸어서 금방이니까 조금만 참으세요. 도착하면 바로 진료받으실 수 있을 거예요. 출발할게요. 잘 따라오세요."

김 간호사가 앞장서 언덕을 오르기 시작했습니다. 허 선생님과 저는 그녀를 따라 한 걸음 뒤에서 걸었습니다. 그녀는 종종 뒤를 돌아 "잘 오고 계시죠?" 하고 새근새근 입김을 뱉으며 웃는 얼굴로 묻기도 했습니다. 그런 그녀의 얼굴을 바깥세상에 나와서 보고 있자니 왠지 새롭게, 또 낯설게 느껴졌습니다.

언덕 정상에 도착해 뒤를 돌아봤습니다. 어머니와 함께 걸어 올라왔던 언덕길이 더욱 가파르게 내려다보였습니다.

'그때는 눈이 왔는데…… 작은 눈송이가…….'

잠시 묘한 감정에 젖어 들려는 순간, "이 선생님, 얼른 오세요." 하고 말하는 김 간호사의 목소리가 들렸습니다. 가로등 불빛에 반짝이며 내려오던 작은 눈송이도 순식간에 날아가 사라져 버렸습니다.

"희우야, 우리가 도망갈까 봐 이 목걸이를 하고 있는 거지?"

허 선생님이 물었습니다.

"글쎄요, 그렇지 않을까요?"

"아, 춥기는 해도 밖에 나오니까 좋네. 희우야, 우리 저기서 팩소주 하나만 몰래 사 가지고 들어갈까?"

버스 정류장 옆 노점을 지나가고 있을 때였지요.

"돈은 있어요?"

"없지."

"허 선생님도 참, 다 들리거든요?"

앞장서서 걷던 김 간호사가 고개를 휙 돌리며 쓴웃음을 지어 보였습니다.

"농담이죠. 아니 뭐 그걸 가지고 그래요."

그의 너스레에도 불구하고 저는 그 말이 진심임을 느낄 수 있었습니다.

내과는 생각보다 멀었습니다. 내리막길을 다 내려가 번화한 큰 사거리를 두 번 지나서 어느 골목 입구에 도착하는 데만 해도 한참이 걸렸지요. 골목으로 들어서자 시장이 들어서 있었습니다. 사람들이 웅성거리는 소리, 발걸음 소리, 흥정하는 손님과 장사꾼 간의 말싸움 소리, 떼를 쓰는 아이들, 돼지 삶는 냄새, 생선 비린내, 핏빛 고인 축축한 바닥. 다시 되돌아갈까, 하는 생각이 들었습니다.

"시장만 지나면 바로 나와요."

제 마음을 어떻게 알았는지 김 간호사가 말했습니다.

고개를 푹 숙인 채 그녀의 뒤꿈치를 따라 걷는데 제 바로 옆에서 시뻘건 고무장갑을 낀 중년 여자가 휘두르는 칼에 동태 머리가 잘려 물이 고여 있는 바닥으로 툭 하고 떨어지면서, 제 바지와 신발에 생선 내장이 뒤섞였을 물이 튀었습니다.

'역시 돌아가야겠어.'

고개를 돌려 지나온 길을 바라봤습니다. 그새 골목 입구는 사람들로 막혀 보이지 않았습니다. 게다가 홀로 사람들 틈을 뚫고 지나가려니 엄두가 나지 않더군요. 하는 수 없이 눈과 코를 막고 귀를 닫은 채 걷고 있는데, 갑자기 허 선생님이 팔꿈치로 저를 툭 건드리며 말했습니다.

"희우야, 봐라, 홍해가 갈라진다. 쳇!"

얼핏 보이는 김 간호사의 옆모습에서는 평상시 볼 수 없었던 찌푸린 주름을 볼 수 있었고, 그 앞으로는 바깥세상 사람들이 따가운 시선으로 길을 내주는 모습이 보였습니다. 마치 전염병 환자라도 곁에 있다는 듯이! 아, 그들의 혐오에 찬 눈빛을 잊을 수가 없습니다. 그 의심과 편견에 찬 눈초리를……. 아니요, 그들은 알 수 있었을 것입니다. 허 선생님과 제 목에 걸린 명찰에는 그곳의 상호가, 정신병자라는 낙인이 커다랗게 새겨져 있었으니까요.

내과는 시장이 끝나는 골목 사거리 왼편, 어느 오래된 상가 3층에 있었습니다. 유명한 곳이라고는 했지만 외관상으로는 별로 설득력이 없어 보였지요. 건물 입구에는 음식을 시켜 먹고 내놓은 그릇들이 너저분하게 쌓여 있었고, 계단에 곳곳에는 대출, 일수, 성인용품 등의 광고 스티커가 덕지덕지 붙어 있었습니다. 그래도 여기까지 온 이상 김 간호사를 한번 믿어 보기로 했습니다.

작은 방울이 매달린 유리문을 열고 안으로 들어가니 정면에 바로 접수대가 보였고, 왼쪽으로는 긴 의자 하나가 놓여 있었습니다. 그 옆으로는 개원을 하면서 선물 받았음직한 커다란 괘종시계가 걸려 있었습니다. 다시 그 옆으로 의자를 향해 비스듬히 세워진 탁자 위에는 아무도 보지 않는 텔레비전이 혼자서 떠들고 있었지요.

"오셨어요?"

접수대 위로 고개만 내밀고 있던, 살이 피둥피둥 올라 피부가 뽀얀 간호사 둘이 방울 소리에 반사적으로 일어나 김 간호사를 향해 말했습니다.

"오늘은 환자가 없네요?"

김 간호사가 괜히 빈 의자를 한 번 바라보고는 멋쩍게 웃으며 물었습니다.

"이제 막 점심 시간이 끝난 참이라서요. 예약한 환자는 저분들 이세요?"

"네, 접수는 다시 해야 하죠?"

"네, 근데 원장님께서 아직 식사 중이라 10분 정도 더 기다리셔 야 할 것 같아요."

김 간호사가 대신 접수를 해 주는 동안 허 선생님과 저는 긴 의 자에 앉아 넋이 나간 환자처럼 텔레비전을 바라보고 있었습니다. 문득 옆을 보니 어느새 김 간호사도 제 옆에 앉아 그것을 같이 바 라보고 있었습니다.

"이희우 환자분, 허지완 환자분 같이 들어오세요."

간호사가 접수대에서 나와 따라오라는 손짓을 해 보이며 말했 습니다.

"같이 들어가요?"

허 선생님이 그녀를 향해 따지는 투로 물었습니다.

"네, 두 분 다 감기 때문에 오셨잖아요."

새삼스럽다는 듯 새침하게 말하는 그녀가 탐탁지 않았지만 일 단 따라 들어가 보기로 했습니다.

"둘 다 감기로 왔다고?"

머리가 다 벗겨진 나이 든 의사가 턱으로 허 선생님과 저를 차 례로 가리키며 대뜸 반말을 했습니다. 그 턱 중앙에 묻은 얼룩으로 보아 점심으로 짜장면을 먹은 듯했지요.

"몸살기도 좀 있고, 열도 심하고, 특히 기침이 심한데……."

"그런데 무슨 담배를 그렇게 피워? 담배 지린내가 진동을 하네, 진동을 해. 그렇게 담배를 피워 대니까 감기가 떨어져? 쯧!"

허 선생님이 증상을 말하는 중에 의사가 대뜸 말을 자르더니 혀를 찼습니다.

"둘 다 일반적인 증상이고, 간호사 따라가서 주사 맞고, 처방전 받아서 약 먹고, 그래도 증상이 계속되면 다시 와."

진료부터 진단까지 1분이 채 걸리지 않았습니다.

"환자분들, 저 따라오세요."

간호사를 따라 주사실로 들어갔습니다. 그녀는 자칫 손이라도 닿을까, 알코올 솜을 조심스레 제 엉덩이에, 아니 허리라고 해도 될 만큼 높은 곳에 살짝 가져다 대는 척하더니 그대로 주삿바늘을 찔러 넣었습니다.

내과를 나와 다시 그곳, 정신병원으로 돌아가는 동안 허 선생님은 내내 못마땅한 표정을 지었습니다.

"김 간호사, 거기가 잘하는 데는 맞나?"

그가 앞장서 걷는 김 간호사에게 물었습니다.

"좀 불친절하긴 하죠? 그러려니 하세요. 주사 하나는 확실하니까요."

"희우야, 우리 이젠 아무리 아파도 다시는 저기 가지 말자."

그가 제게 말했고, 그 말에 절로 고개가 끄덕여졌습니다.

돌아오자마자 그와 제가 먼저 향한 곳은 흡연실이었습니다. 연

거푸 담배를 피우며 꽤 오랫동안 이야기를 나누었는데, 주로 내과 의사와 간호사들의 불친절함에 대한 것이었고, 김 간호사에 대한 것도 있었습니다.

"……그러고 보면 여기 원장님이나 카운슬러들, 간호사들만큼 우리한테 잘해 주는 사람이 누가 있을까? 아까 거기는 정말 아니더라. 의사라는 인간은 말할 것도 없고, 간호사들도 얼마나 게으르면 그 나이에 벌써부터 피둥피둥 살이나 쪄서는 톡톡 쏘아 대기나 하고. 그에 비하면 김 간호사는 참 친절해. 또 그 정도면 예쁜 편이잖아?"

김 간호사는 언제나 친절했습니다. 혹시나 하여 말씀드리자면 김혜린 간호사를 말씀드리는 것입니다. 물론 김지연 간호사도 마찬가지였지만 매사에 원칙을 강조하는 바람에 그 친절함이 조금 가려져 있었지요. 그곳에 있는 동안 저는 김혜린 간호사가 그곳 사람들, 정신병을 앓는 환자들을 상대하면서 화를 내거나 짜증 부리는 모습, 심지어 인상을 찌푸리는 모습조차 거의 본 적이 없습니다. 어떤 상황에서도 웃는 얼굴과 조곤조곤한 목소리로 침착함을 유지했고, 할 말은 꼬박꼬박 빼놓지 않고 하면서도 그 말투는 듣기에 썩 나쁘지 않았지요.

찬양 시간이 시작되기에는 이른 시간이었습니다. 불 꺼진 지하실 공부방에서 홀로 책상에 엎드려 있었습니다. 마음이 한없이 울적할 때면, 차가운 고요함 속에서 귓가를 울리는 불완전한 심장의 고동 소리 같은 외로움이 간절할 때면 그렇게 혼자인 시간이 필요했습니다. 그렇게 있자면 제 마음의 목소리에 귀 기울일 수 있었고, 감정에도 솔직할 수 있었습니다. 그곳에서의 유일한 자유로움이었지요. 혼자일 수 있는 시간, 외로울 수 있는 시간은 좀처럼 주어지지 않았기에 찾은 방법이었습니다.

멀리서 발자국 소리가 들려왔습니다. 낮은 굽이 울리는 둔탁한 소리. 그런 신발을 신는 사람은 간호사들밖에 없었습니다. 문이 열리면서 불빛이 문 사이로 새어 들어왔고, 딸깍 소리와 함께 형광등이 번쩍였습니다.

"깜짝이야! 여기서 혼자 뭐 하고 계세요?"

김 간호사의 얼굴은 놀란 다람쥐 같으면서 호기심 가득한 고양이처럼도 보였습니다.

그녀가 아주 약간의 공간을 남겨 두고 조심스럽게 문을 닫았습니다.

"그냥 쉬고 있었어요. 그런데 어디 가시나 봐요?"

평상시와 다른 모습이었습니다. 간호사복을 입지 않은 것은 물론 분홍빛으로 발갛게 칠한 볼, 가르마를 따라 한쪽으로 단정하게 빗어 넘긴 머리, 무엇보다도 그녀의 표정이 그랬습니다.

"아, 이따가 밤에 신랑이랑 영화 보러 가기로 했거든요."

그녀가 구석 한편에 놓인 반주기로 걸어가며 말했습니다.

"좋겠어요."

"이 선생님도 얼른 퇴원해서 데이트도 하고 그러셔야죠."

"그러게 말이에요."

"곧 그렇게 되실 거예요. 지난주 회의 때도 이 선생님 얘기가 나왔는데요, 최근에 아주 좋아졌다고 하시던걸요? 휴, 근데 오늘따라 잘 안 나오네요."

허리를 낮게 구부린 엉거주춤한 자세로 문 쪽을 향해 엉덩이를 쑥 내밀고 반주기를 끌어내기 위해 애쓰는 모습을 보고 있자니 바퀴가 달린 받침을 하나 사 놓으면 편할 것을, 하는 생각이 들더군요. 제 가는 손목이라도 보태고자 몸을 일으키려는데 문밖 멀리서부터 부산스런 소리가 들려왔습니다.

"남자 선생님들 내려오시나 보네요."

다시 의자에 앉아 말했습니다.

"벌써요? 오늘은 다들 일찍 내려오시네요."

굳이 남자 선생님들이 내려온다고 말해 준 이유를 알아차리지 못한 그녀는 여전히 똑같은 자세로 반주기를 끌어내는 데만 정신이 팔려 있었습니다.

빳빳한 환자복 바지를 스치며 쿵쿵거리는 발소리. 정광수 선생님이 틀림없었습니다.

문이 열리고, 역시나 그였습니다. 그는 방으로 들어오자마자 김 간호사의 엉덩이를 보고는 요상한 손짓과 함께 눈을 부라렸습니다.

"이 아가씨는 누군데 엉덩이가 이렇게 커? 이걸 나한테 들이밀고 있으면, 아이고야, 환장하겠네."

"보면 몰라요? 김 간호사님이잖아요. 참 이상한 분이시네!"

정일규 선생님이 버럭 화를 내며 그를 밀쳐 냈습니다.

"그런데 오늘따라 유난히 뭔가 달라 보이는데요?"

그가 갑자기 태도를 바꿔 상냥한 말투로 물었습니다.

"그러세요?"

김 간호사가 웃음을 잃지 않은 얼굴로 재빠르게 일어나 옷매무새를 고쳤습니다.

"뭐야, 왜 또 이렇게 시끄러워? 계단까지 소리가 다 들리잖아. 누구? 김 간호사? 왜? 오늘 무슨 좋은 일이라도 있는 거야?"

명구 선생도 방으로 들어왔습니다.

"우리 여편네만 없었으면 어떻게 한번 데이트 신청이라도 해 보는 건데 말이야."

정광수 선생님이 혓바닥을 날름거리며 말했습니다.

"그러세요? 안타깝지만 저는 신랑이랑 영화 보러 가기로 했거든요. 정 선생님은 얼른 퇴원해서 사모님하고 데이트하셔야죠."

여느 때와 같은 상냥한 말투. 그리고 때마침 방으로 들어온 명 선생님을 향해 "명 선생님, 오늘 권 선생님 못 내려오신다니까 이따 선곡 좀 부탁드릴게요. 금방 올게요. 준비들 하고 계세요." 하고 말하며 유유히 방에서 빠져나갔습니다.

찬양 시간을 무사히 마치고 나서 방으로 돌아와 보니 저녁 내내 모습을 보이지 않던 허 선생님이 사물함 속에 얼굴을 파묻고 있었습니다.

"잘하고 왔어?"

"뭐 하세요?"

"희우야, 며칠 동안 내가 없어도 너무 쓸쓸해하지 말고 있어. 뭐, 검사 결과도 받아 보고 해야 하니까…… 어쩌면 일주일 정도 걸릴 수도 있겠다."

그가 사물함 속에서 고개를 빼 뒤로 젖히며 입꼬리를 씩 하고 올렸습니다.

그의 외출 준비는 늦은 시간까지 계속되었습니다. 어떻게 김아경 선생님을 설득했는지는 모르겠지만, 계획대로 그는 '종합 검진'과 '가족 계획'이라는 명목 아래 외출을 나갈 수 있게 된 것이지요. 그것도 일주일씩이나 말입니다.

"이제 믿을 수 있겠지? 카운슬러 한 명쯤은 충분히 내 마음대로 할 수 있다고 했던 말. 가을이 동생 하나 만들어서 올게."

기대에 가득찬 그의 얼굴에는 한시도 웃음이 가실 틈이 없었습니다.

다음 날 오후 그는 예정대로 외출을 나갔습니다. 사람들의 부러움을 한몸에 받으며 계단을 내려갔지요. 정광수 선생님이 계단을 내려가는 그에게 "자네 퇴원하나?" 하고 물었지만 그는 아무런 대답도 하지 않았습니다.

"지완이 자식, 나갔다가 핼쑥해져서 오는 거 아니야? 그래도 희우는 그동안 편하겠다. 지완이 올 때까지는 1인실인 거잖아."

명 선생님이 말했습니다.

"뭘요, 어차피 똑같지요."

차마 여러 명과 함께 방을 쓰는 그에게 그렇다고 대답할 수가 없어 애써 무덤덤한 척했습니다.

"허 선생님은 그럼 언제 돌아오신대요?"

최미희 선생님이 물었습니다.

"글쎄요, 일주일 허락받았다고는 했는데, 더 걸릴 것 같다고도 했어요."

"아…… 그렇구나."

"저도 정확히는 모르겠어요."

축 늘어진 어깨가 왠지 안쓰러워 보였습니다.

근처에 서서 오가는 대화를 가만히 듣고 있던 유영건 선생이 허 선생님이 없는 동안에만 함께 방을 쓰면 안 되겠냐고 조용히 물었습니다. 물어볼 것이 많다고 했습니다. 그러자 눈치 빠른 명 선생님이 병원 규정에 어긋날 것이라면서 대신 그를 단념시켰습니다. 그리고 제 귀에 대고는 이렇게 말했습니다.

"남자는 말이다, 가끔은 혼자 있는 시간이 필요한 법이거든."

그날은 이상하게 기분이 좋았습니다. 평상시보다 저녁도 많이 먹었습니다. 김 간호사가 건네준 알약도 소화제를 포함해 기꺼이 입 안으로 털어 넣었습니다. 푹 잘 생각으로 미리 수면제 두 알을 타 놓는 것도 잊지 않았지요. 찬양 시간을 보낸 뒤에는 명 선생님과 함께 운동을 했습니다. 땀을 흘리고 샤워까지 하고 나니 개운했습니다. 그리고 자리에 누워 밤이 오기만 기다렸습니다. 홀로 맞이하는 밤. 운이 좋다면 그녀를, 꿈속에서라도 그녀를 만날 수 있을 것 같은 기분이 들었습니다.

'아아, 이 얼마 만인가. 홀로 맞이하는 밤!'

절로 번지는 미소를 애써 숨길 이유도 없었습니다.

그간 카운슬링 발표 준비 때문에 읽지 못한 책들을 마구잡이로 손에 집어 들고 읽어 내렸습니다. 얼마나 지났을까, 새까만 글자들이 흰 종이에서 이리저리 헤엄치며 떠다니는 듯했습니다. 시계를 봤습니다. 시계는 겨우 10시를 조금 넘긴 시간이었습니다. 진정한 밤이라 하기는 아직 이른 시간, 책을 덮고 책상에 앉아 그녀를 떠올리며 제 마음을 글로 옮겼습니다. 그녀를 향한 그리움은 마음에 새겼습니다. 수면제는 늦은 새벽 잠들기 직전을 위한 것이었기에, 행여 그 전에 잠이라도 오면 어쩌나 싶어 커피믹스 두 잔을 더 마셨지요. 담배도 여러 번 피웠습니다. 흡연실에서 명구 선생과 유영건 선생을 만났지만 별로 나눈 이야기는 없었습니다. 그리고 다시 흡연실을 찾았을 때는 고상미 선생님이 퇴근하여 담배를 피우고 있더군요. 반가웠습니다. 고상미 선생님이 돌아왔다는 것은 머지않아 깊은 밤이 찾아온다는 것을 의미했기 때문입니다.

천장의 형광등 대신 허 선생님의 스탠드 조명을 켜 놓고 누워 흘러가는 시간을 지켜보았습니다. 11시, 12시, 그렇게 새벽 1시가 되었을 때 누군가 방문을 두드렸습니다.

'아니야, 이런 식은 아니었잖아.'

그게 아니라면 누군가 일부러 혼자만의 시간을 방해하기 위해 못된 장난을 하는가 싶었습니다. 몸을 일으켜 살며시 문을 열어봤습니다. 방문 아래로 새어 나갔을 스탠드 불빛에 이끌린 듯 이은아 선생님이 문 앞에 바싹 붙어 서 있었습니다.

"안 잤어?"

막 세수를 하고 온 모양이었습니다. 한 손에는 칫솔과 치약이, 다른 손에는 젖은 수건이 들려 있었고, 그사이 많이 자란 앞머리에는 물방울이 맺혀 있었습니다. 피둥피둥하게 살이 오른 뽀얀 팔뚝에는 물이 튄 것을 몰랐는지 제법 많은 물방울이 맺혀 있었지요. 회색 민소매 셔츠에도 군데군데 물기가 짙게 배어 있었는데, 서늘한 새벽 공기에 어울리지 않게 헐렁하게 몸을 감싼 모양을 봐서는 속옷을 입지 않은 듯 젖가슴이 겨드랑이 아래로 위태하게 드러나 있었습니다.

"네…… 그런데 이 시간에 무슨 일로……."

"그냥. 불이 켜져 있어서. 같은 방 쓰는 사람 외출했다며?"

"낮에요."

"아…… 그렇구나……."

그녀의 입술은 비록 느리게 움직이고 있었지만, 눈동자는 스탠드 불빛을 의지하여 쉼 없이 방 안을 헤맸습니다.

"왜요?"

제가 물어봤습니다.

그러자 문고리를 잡고 슬쩍 당겨 문을 열면서 엉거주춤한 자세로 방과 거실 어느 쪽도 아닌 곳에 걸쳐 앉으며 되물었습니다.

"그냥 물어보면 안 돼?"

"이제 막 자려고 했거든요."

"벌써 시간이 그렇게 됐구나……."

조금은 실망한 듯했습니다.

"보호사님 올라오시기 전에 가서 주무세요."

"잠깐 앉아만 있는 건데 뭘. 외출 나간 사람은 언제 오는데?"

"일주일 정도 있다가 올 거예요."

"그럼 그때까지 혼자 있어?"

"그렇지 않을까요?"

"옆에는 옷장이야?"

"사물함이에요. 옷장으로도 쓰고요."

"책상은 그 사람 거야?"

"네, 허 선생님 책상이에요."

"위에 있는 건 뭐야?"

"저거요?"

"아니, 저 진한 색 통."

"아, 초콜릿 통이었는데 다 먹고 소화제 통으로 써요."

"아…… 난 또 뭔가 했네."

길게 내쉬는 그녀의 한숨에서 치약 냄새가 났습니다.

그 외에도 그녀는 보이는 것마다 무엇이냐며 질문을 했습니다. 여전히 문고리를 잡은 채로 문에 기대어 흔들흔들 느리게 몸을 움직이면서 말이지요. 그때마다 저는 헐렁한 민소매 셔츠 밖으로 작게 일렁이는 겨드랑이 아래로 자꾸만 시선을 빼앗겼습니다.

제 눈이 제 할 일을 충실히 하는 동안 그녀의 눈도 제 역할을 충실히 이어 나갔습니다. 그렇게 방 안 곳곳을 헤매던 그녀의 시선이 마침내 멈춘 곳은 앉은 자리에서 가장 가까운 데 위치한 제 책상 위, 캐러멜 사탕 세 알이었습니다. 언젠가 명구 선생이 "이 선생이니까 주는 거야. 나 먹을 거는 따로 있으니까 자, 받아, 얼른." 하고 온갖 생색을 내면서 준 것이지요. 이은아 선생님이 앉은 자리에서는 문틀에 가려 잘 보이지 않았던 듯합니다.

"어디서 났어?"

제 쪽으로 몸을 기울이자 셔츠 안으로 작고 뽀얀 가슴살이 보였습니다.

"하나 줄까요?"

"줄 수 있어?"

"그런데 방금 양치질하고 온 거 아니에요?"

"또 하면 돼."

캐러멜 사탕을 하나 건네주자 바스락거리며 껍질을 벗겨 내고는 바로 입 안에 던져 넣었습니다. 입을 꼭 모아 다문 채로 우물우물 씹는가 싶더니 그대로 꿀꺽 삼키고는 무척 아쉽다는 듯이 물었습니다.

"맛있네. 근데 너무 작다. 나머지는 네가 먹을 거야?"

"전 별로."

제가 남은 캐러멜 사탕 두 알을 손으로 집자 그녀는 더 깊숙이 몸을 숙였습니다. 셔츠 안 깊숙한 곳에서 주름진 뱃살이 사탕을 내놓으라며 요동쳤습니다.

"그럼 다 줄 수 있어? 그거 말고 또 있어?"

"아니요, 이것뿐이에요. 더는 없어요."

"그럼 그거 둘 다 줄 수 있어?"

그녀가 잡고 있던 문고리를 놓고 엉덩이를 바닥에 비비며 방과 거실의 경계에서 벗어나 방 안으로 들어왔고, 그녀의 눈동자는 제 손바닥 위에 놓인 캐러멜 사탕을 간절히 탐하고 있었습니다.

"대신…… 부탁 하나만 해도 돼요?"

캐러멜 사탕이 보이지 않도록 움켜쥐자 그녀가 제게 더 가까이 다가왔습니다.

"응. 뭔데? 말만 해."

그녀는 마치 제가 무엇을 부탁하든지 다 들어줄 것 같은 천진한 얼굴을 하고 있었습니다. 여전히 제 손 안에 들어 있는 캐러멜 사탕에 시선을 고정한 채 말입니다.

"대신 지금 먹지 말고 내일 먹어요. 아니면 이 선생님 방에 가서 혼자 먹든가요."

"그래, 알았어, 알았다니까. 근데 너 먹을 것도 남겨 놨지?"

"없다니까요."

그 이후에도 탐욕에 찬 그녀의 눈동자는 의심을 멈추지 않았고, 정말로 더 이상 먹을 것이 없다는 사실을 억지로 인정한 후에야 자리에서 일어났습니다.

"갈게."

그리고 캄캄한 거실 속으로 사라졌습니다.

거실 천장에 매달린 CCTV의 빨간 눈동자가 저를 노려봤습니다. 방문을 닫자 거실과 방 사이에 있던 캐러멜 사탕 껍질이 바람에 날려 부스럭 소리를 냈습니다. 제가 원한 고요함은 온데간데없이 사라져 버리고 말았지요. 밤의 외로움을 빼앗긴 저는 흡연실로 가서 허기를 달랬습니다. 그리고 방으로 돌아와 덜 식은 홍차로 수면제 두 알을 삼켰습니다. 좀처럼 잠이 오지 않았습니다.

다음 날 돌연 허 선생님이 돌아왔습니다. 일주일의 긴 외출을 허락받은 그가 24시간도 채 지나지 않아 되돌아온 것입니다.

"허 선생님이 오신 것 같은데 혹시 아세요?"

가장 먼저 그 소식을 전한 사람은 최미희 선생님이었습니다. 막 시청각 교육을 시작하려는 참이었지요.

"아니요, 못 들었는데요?"

"지금 1층에 와 계시다고 하더라고요. 희진이가 은행 갔다가 들어오면서 봤다는데, 모르세요?"

"네, 몰랐어요."

"아…… 그래요?

그때 마침 나 선생님이 비디오테이프 하나를 들고 들어왔습니다. 그녀는 허 선생님이 돌아왔고, 현재는 주사를 맞고 있으며, 저녁 시간 후에나 2층으로 다시 올라갈 것이라는 소식을 전해 주었습니다

"왜 벌써 왔을까?"

명 선생님이 의아하다는 표정을 지었습니다.

다른 사람들 역시 그가 갑자기 돌아온 이유에 대해 저마다 추리를 펼치며 웅성거렸고, 그 웅성거림은 영화가 시작되자 이내 사그라졌습니다.

"난 저 영화는 몇 번을 봐도 재밌더라."

권 선생님이 말했습니다.

"희우야, 넌 저 영화 봤니?"

명 선생님이 물었습니다.

"예전에 한 번 봤어요."

"그럼 얘기해도 되겠구나. 난 여기서만 세 번은 넘게 봤는데, 웃긴 게 뭔지 알아? 저 영화를 아무리 틀어 줘 봤자 아무런 도움도 안 된다는 거야. 나 같은 알코올 중독자는 말이다, 저 영화를 보고 나면 하나같이 저 사람, 누구더라? 그래, 니콜라스 어쩌고 하는 저 영화 주인공처럼 죽었으면 한다는 거야. 그냥 원 없이 마시고 고꾸라져서 죽는 거지. 고작 그런 죽음이 우리 같은 사람한테는 로망이라는 게 참 웃기지 않아?"

허 선생님이 2층으로 돌아온 것은 나 선생님이 말해 준 내용과 달리 소등 시간에 가까운 때였습니다.

"그렇게 됐다."

그는 방문을 열고 터벅터벅 걸어 들어오면서 저를 향해 묻지도 않은 질문에 대답하는 것으로 재회의 인사를 대신했습니다. 그러고는 외출 전에 정성껏 개어 놓은 이불 더미 위로 몸을 내던지더군요. 허옇게 얼룩진 안경알 너머 그의 두 눈은 실핏줄로 붉거진 채 파르르 떨렸고, 불안에 찬 손가락은 쉴 새 없이 까딱거렸습니다. 그가 내뿜는 한숨에는 바깥세상에서 집어삼킨 절망의 비린내가 진하게 배어 있었습니다.

"궁금하지? 내가 왜 갑자기 돌아왔는지 궁금하지 않아?"

침 한 방울 남김없이 모두 증발되어 버린 듯한 갈라진 목소리, 궁금했습니다.

"쳇! 내가 돌아온 걸 보면 다들 꼴좋다 싶을 거다. 고작 하루 만에 술에 절어 들어왔으니."

"딱히 그런 거 같지는 않아요."

"희우야, 내가 가을이 동생을 얼마나 바라는지 너는 알지? 너는 알 거다. 젠장, 여기서 나가면 돈이나 잔뜩 벌어야지. 그것도 다 생각이 있거든. 그래, 말 나온 김에 너도 같이 하자. 우리 같은 사람들은 돈이라도 많이 벌어 놔야 해. 봐라, 너도 언젠가 나처럼 될 거야. 우리 같은 사람들은 결국 다 버림받게 되어 있거든. 김철수 선생을 봐라. 돈이라도 많으니까 여기 들락거리면서도 잘 먹고 잘 살잖아."

"무슨 일 있었어요?"

허 선생님은 아무 말이 없었습니다. 그저 멍하니 철창을 바라볼 뿐이었지요. 그러기를 얼마나 지났을까, 그가 천천히 입을 열었습니다.

"글쎄다. 어쩌다 이렇게 된 건지……. 내가 얘기했는지 모르겠는데……."

그의 과거는 이러했습니다. 여러 번의 자살 미수 끝에 고등학교를 간신히 마친 그는 바로 미국 유학길에 올랐습니다. 기숙사 아파트는 학교에서 조금 떨어진 곳에 있었고, 영화에서 자주 등장하는 도로변의 모텔과 비슷한 복도식 구조이며, 건물 뒤편으로 수영장도 하나 있었습니다. 하지만 나뭇잎과 온갖 벌레가 둥둥 떠다녔기에 한 번도 들어가 본 적은 없다고 했습니다. 그 아파트에서 유학생들과 어울리며 종종 대마초를 피우기도 했는데, 연기에 취해 있자면 영어가 아주 잘 들렸다고 합니다. 하지만 이상하리만큼 전기세가 많이 나온 것이 빌미가 되어 경찰들이 들이닥쳤고, 방에서 몰래 대마를 재배하던 학생이 붙잡히자 불안한 마음에 겁을 먹고 도망치다가 교통사고를 당해 다리가 부러지고 말았지요. 다행히 경찰에 붙잡히지는 않았지만 그날의 일 때문에 그는 '외다리 겁쟁이'라는 별명을 갖게 되었습니다. 우족을 헐값에 사다가 끓여 먹으며 많이도 울었다고 했습니다.

결국 유학 생활을 중단하고 한국으로 돌아온 그는 다시 수차례 자살을 시도했고, 몸과 정신은 점점 망가져 갔습니다. 그럼에도 불구하고 ○대학교에 입학, 졸업, 취직 그리고 중매를 통해 지금의 아내를 만나 결혼했습니다. 이대로 모든 일이 다 잘 풀릴 줄만 알았는데 그것도 잠시, 그는 상사와의 갈등으로 매일 술을 퍼마셨고, 결국 술 없이는 살 수 없는 지경에 이르렀지요. 그런데도 아내는 아내로서 그에게 최선을 다했습니다. 그에게 그녀는 과연 삶의 전부라 할 수 있었지요.

자신의 과거를 털어놓는 그의 목소리가 어찌나 절절한지, 하마터면 그를 동정할 뻔했습니다.

"……나는 정말 둘째를 가지고 싶었다. 그건 알지? 어제 1층에 내려가 보니까 집사람이랑 가을이가 와 있더라고. 깜짝 놀랐지. 마중 온다는 얘기는 없었거든. 택시 타고 처가에 가서 가을이 맡겨 놓고 집에서 둘이 저녁 먹을 때까지는 좋았어. 오랜만에 집에서 밥 먹으니까 정말 좋더라. 그리고 너도 나중에 결혼해 보면 알겠지만, 가을이도 맡겨 놨겠다, 간만에 제대로 분위기 좀 잡아 보려고 했지. 그런데 딱 거기까지였어."

"왜요?"

"내가 그럴 줄은 몰랐다. 쳇! 내가 가을이 동생을 얼마나 원했는지 너도 알지? 그래, 내가 오죽하면 몇 번이나 얘기하겠니. 집사람은 생각이 달랐던 모양이야. 그러면 말이라도 해 줬어야지, 안 그래? 씻는다고 해서 그러라고 한 뒤 침대에 앉아 무심코 서랍장을 열어 보니까 피임약을 먹고 있더라고."

"같이 계획한 거 아니었어요?"

"그냥 나 혼자 생각이었나 봐. 집사람도 아는 거지. 애가 또 생기면 어쩔 수 없다는 걸."

그 말을 들으니 역시나 저로서는 그를 경멸할 수밖에 없었습니다. 그는 건강 검진과 둘째를 가져야 한다는 명목으로 원장님과 김아경 선생님을 속인 채 외출을 나갔지만, 사실은 그저 아내를 곁에 붙잡아 두고 싶은 것이었습니다. 제 눈에는 그의 아내에게 펼쳐질, 그의 딸에게 펼쳐질 앞으로의 삶이, 고통과 괴로움으로 이어질 그녀들의 삶이 분명하게 보였습니다. 그것은 어머니와 제가 살아온 날들, 매일 밤마다 가슴 졸이며, 도망칠 준비를 하며, 두려움에 떨어야만 했던 날들과 다르지 않았습니다. 그의 아내는 두려웠던 것입니다. 새로운 생명을 잉태하는 순간 자신의 발목은 물론 현재의 딸과 새로운 생명의 발목까지 죄어 버릴 지독한 덫에 걸려 빠져나가고 싶어도 빠져나갈 수 없게 될 미래가 말입니다. 네, 물론 그랬습니다. 그가 외출하기 전까지는 꼬박꼬박 면회도 오고 제법 잘 지내는 듯이 보였지요. 막연한 기대였을 것입니다. 또한 그것은 분명 그나 자신을 위한 것이 아닌 딸을 위한 선택이었을 것입니다. 그나마 환자복을 걸친 그의 모습이야말로 가장 보편적인 정신을 가진 아버지의 모습이었을 테니까요. 그런 아버지의 모습을 딸에게 보여 주고 싶었을 테니까 말입니다.

"어찌나 열이 받던지. 그렇다고 오랜만에 집에 와서 싸우기는 싫고, 바람이라도 쐴 겸 밖으로 나갔더니 마침 슈퍼가 열려 있더라고. 딱 맥주 한 캔만 시원하게 마시고 집사람을 잘 설득해 보자, 하는 생각으로 한 캔을 샀지. 벤치에 앉아 마시는데, 내가 얼마나 노력해서 외출 허락을 받을 수 있었는지 너는 알잖아, 그걸 생각하니까 또 열이 받더라고. 슈퍼에서 다시 소주 한 병을 사다가 마시고, 그래도 화가 안 풀려서 또 한 병을 마셨는데, 아, 그런데 그 뒤로는 전혀 기억이 나질 않는단 말이야."

"기억이 안 나요?"

"아마 집사람이랑 말다툼을 한 것도 같은데 정확히는 모르겠어. 정신이 들고 나니까 새벽이었는데, 장모랑 장인이 가을이까지 데리고 집에 와 있더라고."

"왜요?"

"모르겠어. 내가 집사람을 때렸나 봐. 아니야, 근데 잘 모르겠어. 그랬다고 하더라고."

"허 선생님이 잘못을 했네요."

그가 흠칫 놀라는 얼굴로 저를 봤습니다. 바로 그때였지요. 뻔한 거짓말을 늘어놓으려는 그의 얼굴을 마주하고 있자니 웃음이 나오더군요. 시도 때도 없이 새어 나오던, 그때까지만 해도 완전히 고쳐진 줄 알았던, 나 선생님도 좋아졌다며 칭찬을 마다하지 않았던 그 웃음이, 그의 비겁한 눈동자를 이기지 못하고 그만 터져 나오고 말았습니다.

"그래, 알아. 나라고 왜 모르겠어. 실수한 걸 거야. 그렇지만 네가 그렇게 내 잘못이라고 단정 지을 수는 없지. 너라고 그 상황을 다 아는 것은 아니잖아?"

"저야 모르지요."

"그렇지, 너는 모르겠지."

"알 필요도 없지요."

"그래, 알 필요도 없겠지."

"인정을 안 하시네요."

"인정? 인정을 왜 안 해? 이렇게 말하고 있잖아. 우리 같은 사람들이 이렇게 말하기가 얼마나 어려운지는 너도 알 거 아냐?"

"저는 아는 게 별로 없어서."

"웃기지 마! 건방지게. 쳇!"

그가 안경을 벗어 던지며 금방이라도 튀어나올 듯한 시뻘건 눈동자를 저를 향해 위협적으로 부라리더니 벌떡 일어나 담배를 챙겨 방을 나갔습니다. 원망으로 가득한 두 눈동자와 달리 그의 긴 팔과 다리는 힘없이 휘청거렸습니다. 활짝 열린 방문 사이로 멀어지는 그의 뒷모습을 보고 있자니 그를 경멸하는 마음 한편에서 어쩐지 묘한 감정이 일더군요. 그의 부모는 어떤 사람들일까, 왜 이렇게 못난 사람이 되었을까, 만약 나를 기다리고 있을 그녀가 언젠가 내 곁에서 사라지려고 한다면 그때 나는 어떻게 해야 할까, 하는 생각도 들었습니다.

그를 따라 흡연실로 향했습니다. 허 선생님이 입에 담배를 문 채 저를 한 번 힐끔 쳐다보더니 이내 고개를 떨어뜨리며 크게 한

숨을 내쉬었습니다. 그는 담배를 피우는 내내 아무런 말도 없이 생각에 잠긴 듯했습니다.

"그래서 어떻게 하실 거예요?"

제가 묻자 길게 타 들어간 담뱃재가 그의 입에서 바닥으로 툭 하고 떨어졌습니다.

"전혀 모르겠어. 내일 김 카운슬러랑 면담해 봐야 확실히 알겠지만, 아무래도 이제 외출은 안 될 것 같아. 다 피웠으면 들어가서 얘기하자."

그가 떨어진 담뱃재를 발로 툭 차서 흩날리며 말했습니다.

다시 방으로 돌아온 그의 얼굴은 한결 편안해 보였습니다.

"전화는 해 봤어요?"

"아니, 고장인데 어떻게 전화를 해? 내선 전화기도 못 쓰게 하고. 그것보다 아까도 말했지만 여기서 나가거든 돈부터 왕창 벌어야겠어. 지금까지야 벌어 놓은 것도 있고 집에서도 돈을 보태 주니까 괜찮았는데 이거 가지고는 어림도 없지. 우리 같은 사람들이 어디 밖에 나가서 돈 없으면 대우라도 받을 수 있을 것 같아? 천만에! 웃기지들 말라고 그래. 어디 취직도 못 한다고."

"그래요?"

"그래요, 하고 태평하게 물을 게 아니야. 네가 아직 학생이라 취업에 대해서 잘 모르는 모양인데, 바깥세상이 그렇게 호락호락하지 않다는 것쯤은 알아 둬라. 여기서는 그런 건 가르쳐 주지 않으니. 같이 일하려면 얼른 졸업부터 해."

"학교는 그만둘까 생각 중이에요."

"그래, 잘 생각했다. 그놈의 학교 나와 봤자 뭘 하겠니."

"그림을 계속 그려 보려고요."

"돈은?"

"글쎄요."

"거봐, 너는 아직 몰라도 한참 모르잖아. 집이 부자야?"

"'기초생활수급자'라고 아세요?"

"그러니까 더욱 돈을 많이 벌어야 하지 않겠어? 그러지 않으면 주위 남아 있는 사람들도 결국은 다 곁을 떠나고 말 거다. 두고봐라, 어디 내 말이 틀리나. 어쨌든 돈을 벌어서 나쁠 건 없잖아? 어때? 한번 들어나 볼래?"

"뭔데요?"

제가 약간의 호기심을 보이자 그는 철창 밑까지 밀려나 있던 안경을 주워 와 소매로 문질러 닦으며 말했습니다.

"내가 아는 선배가 있는데, 그 형이 건축 전공이거든. 근데 요새 건축한다고 해 봤자 도면 장사밖에는 안 되니까 그 형이 나름대로 머리를 쓴 거지. 아파트 단지를 돌아다니면서 되겠다 싶은 곳 근처에다 조그만 사무실을 임대해 놓고 베란다 정원 꾸며 주는 걸 하는데……."

"아파트에 정원을 꾸며요?"

"아파트 안 살아 봤어? 그럼 모르겠구나? 확장 안 하면 베란다가 생각보다 쓸모가 없거든. 겨울엔 춥기만 하고. 거기에 실내 정원을 만들어 주는 거지. 그게 돈이 되는 이유가 뭐냐면 아파트 단지에서 부녀회장이나 뭐 아무튼 입김 좀 있다고 하는 집에다 무료로 해 주고 광고 좀 해 달라고 하면 무조건 한 달에 몇 건씩은 들어오게 돼 있거든."

"그래요?"

"안 그럴 거 같지? 나도 안 믿었는데 정말이야. 방수 공사 하는 데만 돈이 좀 들어서 그렇지, 좀 괜찮게 해서 인건비랑 재료비 뭐 그런 것들 있잖아, 나무, 화초, 벽돌, 모래, 흙 뭐 이런 것들, 그런 것들까지 다 해서 삼사백 정도면 딱 두 배 수익이 난다더라. 그 형은 2년 해서 차까지 바꿨어. 근데 이 일이 좋은 게 뭐냐면, 이거 하면서 아줌마들한테 인테리어 얘기를 살짝 흘리면 또 넘어간다는 거야. 그것까지 따내면 한 달에 천은 우습지. 게다가 아줌마들이 젊은 남자한테는 오죽 잘해 주겠냐. 그 형은…… 아무튼 너랑 나랑 둘이 반반으로만 나눠도 간간이 인테리어까지 끼면 월 육칠백씩은 번다는 거지."

"그렇게 쉽게 되려고요?"

"된다니까. 그 형이 나더러 생각 있으면 같이 해 보자고도 했는데, 내 생각에는 그냥 매달 인건비 정도나 쥐어 줄 것 같고, 어차피 공사하는 거야 사람들 쓰면 되는 거고, 초기 자본 들 것도 없어. 작은 트럭 같은 거 하나랑 보증금 조금이랑 몇 달 치 월세 정도만 있으면 돼."

이어서 그는 공책까지 꺼내 와 초기 자본부터 예상 매출액, 수익률 등을 써 내려가며 좀 더 구체적인 설명을 했습니다.

"되기만 하면 돈은 벌겠네요."

"그래, 된다니까. 내가 영업하고 너는 화단 어떻게 꾸밀지 생각해서……."

"그런데 그 선배라는 사람이 벌써 몇 년씩이나 했다면서요?"

"그 형은 ㅅ시 안에서만 돌았으니까 상관없어. 그러지 않고서야 우리 같은 사람들이 어디서 돈을 벌 수나 있을 것 같아?"

"원장님이 정신 병력을 갖고도 의사까지 하는 사람들이 있다고 하던데요?"

"생각해 봐. 그런 사람이 과연 얼마나 될까?"

"일부겠지요."

"그렇다니까. 만약에 네가 사장이야. 그러면 과연 네가 영건이나 석환이 형 같은 사람을 직원으로 쓸까?"

"다 장점이 있으니……."

"그럼 이렇게 하자. 우리 같은 사람은 돈이라도 있어야 해. 내가 이번에 확실히 알게 된 사실은 딱 그거 하나야. 집사람이 피임약까지 먹고 있을 이유가 뭐가 있겠냐. 내가 먼저 카운슬링을 다마치면……."

그날 이후 그는 매일 밤마다 희망에 부풀어 제게 사업 계획을 늘어놓았습니다. 단순히 많은 돈을 벌기 위한 목적으로 말입니다. 아무리 사회 경험이 없는 저였다지만, 말처럼 그렇게 쉽게 돈을 벌 수 있을 리 없을 것 같았습니다. 무엇보다도 그저 돈을 벌기 위해서만 사는 삶, 그것이 영 마음에 들지 않았습니다. 어차피 없는 돈, 그리고 저는 그림 그리는 것을 포기할 수 없었지요. 그래서 어느 시점부터는 아예 그의 사업 계획에서 슬그머니 발을 빼기 시작했습니다. 아무리 좋은 조건을 제시해도 듣는 둥 마는 둥 딴

청을 피웠고, 화제를 돌리기도 했지요. 그러자 제 의도를 눈치 챘는지 저를 설득하고자 하는 시간이 조금씩 줄어들었고, 어느 날부터는 언급조차 하지 않더군요. 그도 제게 설명해 주면서 깨닫게 된 것이겠지요. 먼저 그곳에서 벗어나지 않는 한 할 수 있는 일은 아무것도 없다는 사실을 말입니다.

폐쇄 병동이란 그런 곳입니다. 많은 생각을 하며 지내기에는 너무나 가혹한 곳이지요. 사사로운 사건들 속에서 헛되이 시간을 흘려보내며 매일 정해진 시간에 밥을 먹고, 정신이 둔해지는 알약을 삼키고, 짜 놓은 프로그램에 수동적으로 따르며 생활할 수밖에 없는……. 제가 입원해 있던 그곳 역시 그런 곳이었습니다. 때문에 하루 속히 그곳에서 벗어나기 위해 저는 묵묵히 카운슬링 발표에 전념했습니다. 허 선생님과의 사업은 고사하고 그림 한 장 제대로 그릴 수 없는, 하룻밤 외출조차 허락을 받을 수 없는 제가 가장 확실하게 그곳에서 나갈 수 있는 방법, 그녀를 가장 빨리 만날 수 있는 유일한 방법은 오직 그것밖에 없었습니다.

그 무렵 '행복한 가정 만들기'라는 주제로 강의를 받게 되었습니다. 그 지역 병원들끼리 연계하여 진행하는 프로그램이었지요. 강의는 이틀에 걸쳐 하루는 거실에 빙 둘러앉아서, 또 하루는 언덕 중간 즈음에 위치한 주민회관 강당에서 진행될 예정이었습니다.

첫날, 남자 카운슬러가 원장님과 함께 2층으로 올라왔습니다. 30대 후반에 결혼하여 자신을 꼭 닮은 중학생 아들이 있다고 했으니 아마도 40대 중반이었을 것입니다. 주름인지 쌍꺼풀인지 구분하기 어렵게 불거진 눈과 검은색 뿔테 안경, 아이 주먹만 한 코, 흠씬 두들겨 맞은 듯 두툼한 입술, 시커먼 얼굴, 곰보자국이 숭숭 뚫린 홍조 띤 볼에, 두 사람이 들어가도 될 만큼 통이 넓은 갈색 코르덴 바지, 자주색 양말, 턱 끝까지 올라온 두꺼운 회색 스웨터, 그 위에 고동색 무스탕을 껴입고 있었습니다.

"사람은 누구나 결혼을 꿈꾸고 결혼할 자격이 있습니다. 결혼이야말로 남녀가 하나 될 수 있는 최고의 기쁨이기 때문입니다. 인간의 특성상 종족 번식의 욕망, 성적 욕망은 가장 기초적인 것인데, 사회에서 도덕적으로 허용하는 유일한 제도가 바로 결혼입니다. 여러분도 충분히 그 행복을 누릴 자격이 있습니다. 지금부터 그 방법을 알아볼 텐데, 그 전에 반드시 염두에 두셔야 할 점이 몇 가지 있습니다. 먼저 남녀가 결혼하면 어떠한 변화가 찾아옵니다. 남자의 경우 집 밖의 모든 것이 아름답게 보입니다. 특히나 길가에 지나다니는 여자들이 아름답게 변합니다. 그런데 여자의 경우는 조금 다릅니다. 집 안의 모든 것이 추악하게 보입니다. 특히나 안방에 누워 있는 남편이 추악하게 변합니다. 그러한 변화들이 우리의 행복한 가정생활을 흔들어 놓는 원인입니다. 자, 그렇다면 우리는 어떻게 이러한 위험으로부터 행복한 가정을 꾸리고, 또 지켜야 할까요?"

그의 말에 거실에 둘러앉은 사람들이 소리 내어 웃으며 맞장구를 쳤습니다. 도대체 뭐가 재미있다는 것인지 의아했지요. 이어서 그는 서양 철학가들의 명언을 인용하여 결혼이라는 것이 사람이 할 수 있는 가장 신성한 약속이라는 결론을 도출해 냈습니다. 그러자 사람들은 그 말에 넋을 빼앗긴 채 "맞아, 맞아." 하며 고개를 크게 끄덕였습니다. 뭐가 설득력 있다는 것인지 교묘한 말장난에도 쉽게 넘어가 버리는 그들이 안타까웠습니다.

둘째 날, 저와 명 선생님, 명구 선생, 정일규 선생님, 유영건 선생, 최미희 선생님, 이은아 선생님, 희진 선생은 미혼자로서, 허선생님과 정광수 선생님은 원장님의 지시로 똑같은 환자복 바지에 똑같은 목걸이 명찰을 매달고 길게 줄지어 선두에 선 김아경 선생님을 따라 총 열 명의 오리 새끼가 되어 주민회관으로 향했습니다.

"이럴 줄 알았으면 모자라도 쓰고 나올 걸 그랬다. 이런 걸 왜 하는지 도무지 모르겠네."

제 앞에서 고개를 푹 숙이고 걷던 명 선생님이 고개를 뒤돌아 말했습니다.

"그러게요."

"난 독신주의자라고. 정말 모자라도 쓰고 나오는 건데, 쪽팔리게 이게 뭐냐."

"누가 명 선생만 쳐다보나? 안 그래, 이 선생?"

제 바로 뒤에는 명구 선생이 따라오고 있었지요.

"저 양반들 또 싸우네. 밖에 나오니까 좋기만 하구먼. 자네는 어떤가?"

정광수 선생님이 김아경 선생님 다음으로 맨 앞에서 걷는 허선생님의 어깨를 툭툭 건드리는 모습이 보였습니다. 그러자 허 선생님이 짜증스럽다는 듯 어깨로 그의 손을 튕겨 냈고, 머쓱해진 정광수 선생님이 뒤를 돌아 최미희 선생님을 향해 귓속말하는 시늉을 하며 "이 양반이 아직도 예민한가 보네. 근데 아가씨는 오히려 밖에서 보니까 훨씬 예쁘네!" 하고 큰 소리로 말했습니다. 최미희 선생님이 흠칫하며 주춤거렸고, 그 바람에 줄의 간격이 엉망이 되어 버렸지요. 누군가는 발을 접질렸는지 꿱꿱 소리를 질렀고, 그 소리를 들은 누군가들은 꿱꿱 웃음을 터뜨렸습니다. 차가운 거리는 온통 환자복을 입은 사람들의 목소리로 가득 울려 퍼졌습니다.

"오랜만에 다 같이 나오니까 재밌으세요?"

가장 뒤에서 이탈자가 없는지 감시하며 따라오는 김 간호사가 물었습니다.

대답하는 사람은 아무도 없었습니다.

주민회관 앞에는 남녀 두 사람이 마중을 나와 있었습니다. 그들은 각자 책임자와 안내자라고 자기 소개를 했습니다. 그들을 따라 2층 복도 끝에 위치한, 한쪽 벽 전체가 거울로 된 강당에 들어갔습니다. 다른 병원에서 온 환자들이 회색 카펫이 깔린 바닥에 그룹을 지어 앉아 있었습니다. 그들이 걸친 외투는 제각각이었지만 그 안에 입은 환자복은 모두 비슷했습니다. 파란색 네 잎 클로버와 '병원' 그리고 'HOSPITAL'이라는 글자가 세로줄 무늬에 맞춰 규칙적으로 인쇄되어 있었지요.

"편한 곳에 앉아서 잠시만 기다려 주세요."

자신을 안내자라고 소개한 여자가 말하자 모든 시선이 오리 새끼들로 쏠렸고, 거울 속에는 뒤통수만 보였습니다.

걸어오는 내내 투덜거린 것도 잊은 채 오리 새끼들은 어미 오리 곁에 옹기종기 자리를 잡았습니다. 하지만 본격적으로 강의가 시작되면서부터는 소속된 병원에 상관없이 연령에 따라 몇 개의 그룹으로 나뉘면서 뿔뿔이 흩어지고 말았지요. 저는 기껏해야 중고등학생 정도로 보이는 남자 아이 둘에 그보다 조금 더 어려 보이는 여자 아이 넷하고 한 그룹이 되었습니다. 저를 제외한 나머지 아이들은 이전부터 알고 지내는 사이인지 매우 친밀해 보였습니다. 내심 불안한 마음에 주위를 둘러봤습니다. 멀찍이에서 유영건 선생도 제법 긴장한 얼굴로 허리를 꼿꼿이 세운 채 주위를 두리번거리고 있더군요. 저와 눈이 마주치자 그는 이내 안심한 듯 멋쩍게 웃어 보였습니다.

강의는 전날의 남자 카운슬러가 주제에 따라 강의한 뒤 나누어 준 메모지에 각자의 생각을 적는 동안 각 그룹을 돌아다니며 각자가 적은 메모지를 확인, 발표하게 하고 각 연령대에 맞는 내용을 추가로 설명해 주는 방식이었습니다.

강의 내용은 첫날과 매우 흡사했습니다. 그래서 강의보다는 오히려 같은 그룹에 속한 아이들에게 관심이 갔습니다. 그 아이들을 보고 있자니 괜스레 지나간 제 학창 시절이 떠올랐습니다. 지금쯤 다들 어디서 무엇을 하고 있을까, 하는 생각을 했습니다.

"말 걸어 봐."

"네가 해. 일단 몇 살인지 물어봐."

"형이겠지?"

"몰라. 그러니까 물어봐."

"싫어. 네가 해."

남자 아이들이 소곤거리는 소리가 들려왔습니다. 그리고 잠시 뒤 왜소한 체구에 피부도 하얀 남자 아이가 제 옆으로 다가왔습니다.

"마실래?"

남자 아이가 내민 손에는 빨간색 액체가 담긴, 분홍색 뚜껑의 조그마한 투명 플라스틱 물약통이 들려 있었습니다.

"뭔데?"

남자 아이는 뒤돌아 그보다 더 왜소하고 덜 하얀 남자 아이를 한 번 힐끔 쳐다보더니 다시 저를 향해 피식 웃으며 말했습니다.

"피야, 진짜 피."

"피?"

"응. 진짜 피. 이거 봐. 옷에 묻었잖아. 내가 먼저 마셔 볼까?"

덜 왜소하고 더 하얀 남자 아이가 환자복에 묻은 얼룩을 보여주며 물약통에 담긴 붉은 액체를 한 모금 마셔 보이더니 물약통을 제 코앞까지 들이밀며 으스댔습니다.

"겁나? 진짜 피라니까 겁나?"

그 또래 아이들의 허풍은 세월이 지나도 바뀌지 않나 봅니다. 아무런 반응도 보이지 않자 당황했는지 반대편에 앉은 여자 아이들을 향해 기어가듯 멀어지더군요. 그때 어느 여자 아이와 눈이 마주쳤습니다. 직감적으로 이번에는 저 여자 아이를 상대할 차례구나, 하는 생각이 들었습니다. 아니나 다를까, 아무런 스스럼 없이 다가와 제 옆에 바싹 달라붙더니 물었습니다.

"오빠는 여기 왜 왔어?"

흡사 몇 년 전에 날아가 버린 '피아노'의 나비들과 비슷한 체취가 풍겼습니다. 통통하게 살이 붙은 턱, 초록색 모직 코드 위로 말랑하게 솟은 막 물레에 올린 듯한 백색 점토 같은 목, 화장기 없는 민얼굴은 예전의 나비들과 사뭇 다른 느낌이었지만 말입니다.

'가엾은 나비들아, 너희가 날아온 곳도 고작 이곳이구나.' 하는 생각에 씁쓸한 기분이 들었습니다. 그때였지요. 이상한 일이 벌어졌습니다. 여자 아이가 돌연 걸치고 있는 코트의 단추들을 풀어 어깨 아래까지 흘러내리게 하더니 입술을 모아 장난스런 표정으로 몸을 숙이고 제 눈을 바라보는 것이 아니겠습니까. 그러자 알약을 집어삼키며 보편적인 성인이 되어 가던 남자의 두 눈은 어느새 금수의 눈이 되어 기울어진 백색 점토 아래로 흐르는 그림자 속 봉긋하게 솟아 있을 곳을 향했습니다.

"왜? 보고 싶어?"

그 소리에 반사적으로 고개를 들어 반대편에 앉은 아이들을 확인했습니다. 아무런 관심도 없는 듯했습니다. 그 무심함은 저를 점점 더 궁지로 몰아넣었지요.

"왜? 왜 그렇게 봐?"

여자 아이가 숙인 몸을 일으켜 두 번째 환자복 단추를 풀어 보였습니다. 단추 사이로 풍겨 오는 비릿한 젖내음에 다시 10대 소년으로 되돌아간 듯한 기분이 들었습니다. 첫 번째 단추가 아닌 두 번째 단추였던 것이 의아하기도 했지만, 이미 금수의 눈을 한 저는 그 정도 의아함 따위는 따져 볼 여력이 없었습니다. 옷깃을 위로 살짝 들추며 "왜? 궁금해?" 하고 속삭이듯 내쉬는 옅은 숨소리에는 아, 나를 놀리는구나, 하는 생각도 들었지만, 벌어진 틈을 향해 빠른 속도로 빨려 들어가는 저 자신을 도저히 멈출 수가 없었습니다.

"뭐가 보여?"

그 말에 간신히 정신을 차리고 고개를 들었습니다. 여자 아이의 볼 끝에서 가지런히 자란 가는 솜털이 형광등 조명에 반사되어 반짝이고 있었습니다. 여자 아이는 위에서 아래로 길게 찢어지듯 처진 눈을 파르르 떨며 배시시 웃었습니다. 여자 아이의 손이 첫 번째 단추로 향했습니다. 검지로 단추를 지탱하고 엄지로 밀자 그 하얀 속살에서 분홍빛 가시가 돋아났습니다.

그 순간 누군가 여자 아이의 등짝을 내리쳤습니다.

"어머, 얘가 또!"

그러더니 재빠른 동작으로 저와 여자 아이 사이로 들어와 풀어진 단추를 채웠습니다.

화들짝 놀란 금수가 도망치고, 제 눈은 온전한 상태로 돌아올 수 있었습니다. 그리고 이내 사람들의 시선이 느껴졌습니다.

'하하하하! 시시한 녀석 같으니라고!'

거울 속 뒤통수 중 하나가 반으로 쪼개지더니 날카로운 이를 드러낸 채 저를 비웃었고, 그 뒤로 초라한 남자가 겁에 질려 웅크리고 앉아 있는 모습이 보였습니다. 바로 저였지요. 어떻게 해서든 그 상황을 모면하고 싶었습니다. 도망치고 싶었습니다. 벌떡 일어나 제게 물약통을 내밀었던 남자 아이에게 걸어갔습니다. 한 치의 망설임도 없이 붉은 피가 담긴 물약통을 빼앗아 단숨에 들이켰습니다. 그러자 남자 아이가 기겁하며 소리를 지르더군요.

"이 선생님, 왜 그러세요? 네? 힘드세요? 김 선생님께 말씀드리고 돌아갈까요?"

김 간호사가 급히 달려와 제 등을 감싸며 물었습니다.

"김 간호사, 희우 데리고 먼저 돌아가."

어느새 명 선생님도 제 곁으로 와 있었습니다.

"석환이 형, 내가 김 간호사랑 같이 데리고 갈게. 걱정하지 마."

허 선생님이 제 팔을 잡고 말했습니다.

다시 그곳으로, 제 방으로 향하는 언덕을 오르는 동안 저는 새어 나오는 웃음을 참을 수 없었습니다. 제 눈가에 흐르는 눈물이 차갑게 얼어붙어 웃을 때마다 눈 밑이 따가웠습니다. 남자 아이가 남긴 붉은색 핏방울이 입에서 흘러나와 옷깃을 적셨습니다.

"거의 다 왔어. 조금만 참아."

허 선생님의 목소리가 들렸습니다.

방으로 돌아와 김 간호사가 가져다준 수면제 두 알과 안정제 한 알을 삼키고 눈을 감았습니다. 꿈을 꾸었습니다. 어쩌면 꿈이 아니었는지도 모르겠습니다. 어린아이로 돌아간 저는 마당에 서 있었습니다. 세 들어 살던 젊은 부부의 어린 딸도 함께 있었습니다. 여자 아이가 메고 있던 가방에서 요요를 꺼냈습니다. 하지만 손가락에 요요를 걸지 못해 자꾸만 바닥으로 떨어뜨렸지요. 제가 몇 번이고 그것을 주워 주었습니다. 어머니가 셋방 부인과 함께 마당으로 나와 장을 보러 간다며, 저더러 그 여자 아이와 더 놀고 있으라고 말했습니다. 싫다고 했습니다. 여자 아이가 울음을 터뜨렸습니다. 셋방 부인의 치마폭에 안겨 서럽게 울었지요. 그러자 어머니와 셋방 부인이 우는 여자 아이만 데리고 대문을 나섰습니다.

혼자 남은 저는 녹슨 대문 앞에 서서 어머니가 돌아오기를 기다렸습니다. 하늘에는 어느새 노을이 지고 있었습니다. 그런데 갑자기 하늘에서 화염이 일었습니다. 어디선가 휘휘 하는 새소리도 들려왔습니다. 그 와중에도 저는 대문 앞에 가만히 서 있었습니다. 오히려 그 불길이 따뜻하니 기분이 좋아 태평하게 숫자까지 세며 시간을 보냈습니다. 처음 1부터 10까지는 잘 세었습니다. 그런데 11이라는 숫자를 세려고만 하면 자꾸만 12가 되더군요. 다시 1부터 세기 시작하자 이번에는 9까지밖에 셀 수 없었습니다. 차츰 숫자가 줄어 결국에는 1만 남겨졌습니다. 숫자를 잃은 것보다 하나만 있는 숫자가 안쓰러웠습니다. 하늘에는 어느새 까맣게 밤이 내려와 있었습니다. 어둠이 내리니 별이 떠올랐고, 달은 보이지 않았습니다. 그만 자리에 주저앉아 울음을 터뜨리고 말았습니다. 그러자 누군가 제 손을 꼭 잡았습니다. 눈물로 본 얼굴은 희미하여 누군지 구분할 수 없었습니다. 그때 갑자기 또 다른 누군가가 쾅 하고 힘껏 대문을 걸어찼습니다. 그 소리에 놀라 눈을 떴습니다.

"희우야, 3개월 넘게 같은 방을 쓰면서 많이 안다고 생각했는데 말이다, 도무지 너란 애에 대해서 짐작할 수가 없구나. 어제까지는 분명 멀쩡했는데 말이야. 흠…… 참 그런데 자면서 계속 소리를 지르더라? 아까 그 여자 애들이 꿈속에서까지 너를 못살게 굴었어?"

허 선생님이 바닥에 널브러진 커피믹스 봉지를 다시 통에 주워 담으며 놀리듯 물었습니다.

"아니요, 꿈을 꿨는데 허 선생님이 정광수 선생님이랑 꼭 끌어 안고 있었어요. 정말 끔찍했지요."

시계를 보니 밤 10시가 다 되어 가고 있었습니다.

"제가 얼마나 잤어요?"

"몰라. 근데 이제 또 잘 시간이네. 잠 안 오면 이따가 라면이나 하나 끓여 먹자."

그가 사물함에서 컵라면 두 개를 꺼내 흔들어 보였습니다.

다음 날 나 선생님은 제게 전날 주민회관에서 있었던 일에 대해 집요하게 캐물었습니다.

"이 선생님, 기억나는 게 정말 하나도 없어요?"

"잘 모르겠어요."

"아무거나 생각나는 대로라도 좋아요."

"너무나 순간적으로 일어난 일이라 잘 모르겠어요."

"그럼 뭘 마신 거예요?"

"남자 아이가 말하기를 피라고 하더군요."

"ㄹ병원에 물어봤더니 그건 음료수였다고 하던데요?"

"그게 뭐 그리 중요한가요?"

"여자 아이랑은 무슨 대화를 나누셨어요?"

"막 대화를 시작하려는 참이었지요."

"그래요, 알겠어요. 이 선생님이 요즘 힘드신 거 알아요. 카운슬링 발표가 부담되실 거예요."

"별로 그렇지도 않아요."

그녀는 단념한 듯 손에 꼭 쥐고 있던 볼펜을 빈 차트 위에 내려놓았습니다.

"그래요, 더 이상은 안 여쭤 볼게요. 지금은 괜찮으신 거죠?"

"네, 그럼요."

제가 지을 수 있는 가장 환한 미소로 대답했습니다.

3월이 되고, 카운슬링 발표를 위한 막바지 준비로 인해 그동안 당연시되어 온 화장실 청소를 유영건 선생에게 넘겨주었습니다. 평생 비밀로 간직하려고 했던 락스와 세제의 혼합 비율, 호스 사용 방법 등도 기꺼이 알려 주었지요. 고작해야 30분 정도 소요되는 간단한 일이었다지만 책임져야 하는 일이 사라지자 어찌나 홀가분하던지……

한편 겨울이 지나면 봄이 오고 학교마다 입학생이 생기듯 그곳에도 새로운 사람들이 들어왔습니다. 그중 한 명인 박용식 선생님은 포군에 위치한 기도원에서 오는데 몇 주 정도만 머물다가 다시 돌아가기로 되어 있었습니다. 아니요, 일반적인 기도원은 아니고, 제가 입원했던 곳의 부속 시설쯤 된다고 생각하시면될 것입니다. 겨울이면 허리 높이까지도 눈이 쌓이는 구불구불한 도로를 차로 한참이나 달려야만 갈 수 있는 어느 산 중턱에 있다고 했지요. 후에 원장님은 제게도 그 기도원에서 1년 정도 지내 보는 것이 어떻겠냐는 제안을 했는데, 후원금으로 운영되어 입원 비가 매우 저렴하다는 이유였습니다. 입원비로만 치자면 가는 것이 합당하겠으나 거절했습니다. 언젠가 희진 선생에게 그곳에 대한 이야기를 듣지 않았으면 또 모를까, 왜 그런 곳 있지 않습니까, 듣는 것만으로도 꺼림칙한.

"……그나마 외출은 자유였어요. 근데 그러면 뭐 해요. 버스 타려면 한참을 걸어가야 되지, 또 버스는 두 시간에 한 대밖에 없으니까 시간이라도 잘못 맞추면, 으, 차라리 안 나가는 편이 나았죠. 너무 외진 곳에 있거든요. 뒤는 순전히 산이고 앞은 도로만 건너면 바로 계곡이 있는 곳이니 할 말 다 했죠. 말이 나왔으니 말인데요, 화장실은 또 어떻고요, 남녀 구분이 없어서 매일 할아버지들이랑 같은 화장실을 썼지 뭐예요. 할아버지들이 청소라도 하면 몰라, 지저분하기는 어찌나 지저분한지, 또 덥기는 어찌나 더운지. 아휴, 그런 곳에서 어떻게 지냈는지 모르겠네요."

"얼마나 있었는데요?"

"아, 작년에 반년 정도 거기 있다가 바로 여기로 온 건데……. 카운슬링 발표 잘 안 들으셨나 보다."

그녀의 카운슬링 발표를 유심히 듣지 않은 것은 사실이었습니다. 그래도 갑자기 서운한 기색을 내비치니 난감하여 단지 발표 내용과 기도원 생활을 연관 짓지 못했을 뿐이라고 둘러댄 뒤 곧바로 화제를 돌렸습니다.

"계곡에는 들어가 봤어요?"

"몇 번 가 보기는 했는데 들어가 본 적은 없어요."

"왜요?"

"들어가서 뭐 해요."

"그런가요?"

"네, 들어가면 뭐 해요. 보기만 했죠. 비가 많이 오는 날은 대충 보니까 무릎까지는 물이 차는 거 같던데 들어가 본 적은 없어요. 그런데 할아버지들은 종종 들어갔어요. 물고기 잡다 매운탕 끓여 먹는다고. 밥도 다 직접 해 먹어야 했거든요."

"밥도 직접이요?"

"그걸 또 말하자면 얘기가 긴데, 뒷산에 텃밭이 있었거든요. 4월이었나, 아무튼 들어간 지 얼마 안 됐을 땐데, 뭐더라, 쇠랑이라고 곡괭이 같은 거였는데, 아무튼 그걸 하나 쥐어 주더니 같이 도랑을 만들자고 하더라고요. 나중에는 비료도 다 직접 뿌리고 했는데, 아, 그러고 보니까 쇠랑이가 맞을 거예요. 할아버지들이 쇠랑이 가져와라, 했거든요."

"쇠스랑?"

"쇠스랑이었나? 할아버지들이 하는 말이라 알아듣기도 어렵고 잘 몰라요. 이 선생님은 해 보셨어요?"

"아니요."

"그런데 어떻게 아세요?"

"저도 주워들은 거라 확실하지는 않아요."

"아무튼 말도 마세요. 여자라고 봐주는 것도 없어요. 거기서 상추랑 고추, 파, 뭐 그런 것들을 다 직접 키워서 먹었는데, 원장님께서 그런 것도 다 치료라고는 하시는데, 너무 힘들고 싫더라고요. 새까맣게 타기만 하고. 그리고 직접 길러서 먹는 거랑 사 먹는 거랑 맛 차이도 전혀 없더라고요."

"저는 못 가겠는데요?"

"이 선생님은 그냥 딱 봐도 도시 체질인 거 같아요. 그리고 거기서 지내려면 무엇보다 담력이 좋아야 하는데요, 주위에 무덤도 많고, 또……."

불만이 아주 많았는지, 희진 선생은 그날따라 말이 참 많았습니다. 듣는 것도 노역이더군요. 그래도 하마터면 원장님에게 설득당해 직접 겪을 뻔한 일을 듣는 것으로 그칠 수 있게 해 준 셈이니 그 점은 고마웠습니다.

그런 노역에 익숙해진 탓일까, 박용식 선생님은 그간 정일규 선생님이 혼자서 사용하던 지하실 방을 배정받았는데도 거실이 자신의 방이라도 되는 것처럼 소등 시간 전까지 내내 2층 거실에 자리를 잡고 앉아 손바닥만 한 나무 조각을 조각칼로 깎고 다듬어 십자가를 만드는 고역을 자처했습니다.

처음에 사람들은 그를 유별난 사람들 중에서 그저 평범한 하나라고 여겼습니다. 때문에 그가 종일 거실에 앉아 사방을 톱밥으로 어지럽혀도 너그럽게 용서해 주었지요. 도리어 자기에게도 십자가를 하나 만들어 줄 수 있느냐고 물어보는 사람까지 있었습니다. 거기서 만족했으면 좋았을 것을, 그는 욕심이 과한 사람이었습니다. 혼자서 거실을 독차지하다시피 하는 것도 모자라 그 범위를 점점 더 넓혀 가자 톱밥에 발바닥을 찔린 부상자가 속출하게 되었지요. 여론이 바뀌는 것은 순식간이었습니다.

"뭐야, 저 박 선생이라는 사람은 뭘 하는 거야? 이 선생, 이거 봐. 봐봐, 다 찔렸잖아. 보이지? 봐봐."

명구 선생이 양말을 벗어 군데군데 핏방울이 맺힌 발바닥을 들어 보였습니다.

"저는 더 심해요. 하필이면 딱 제 방에서 흡연실 오는 길에 잔뜩 흘려 놓은 걸 못 보는 바람에⋯⋯."

"톱밥을 못 본 게 잘못은 아니지. 흘린 사람이 잘못한 거지. 그나저나 원장님은 왜 정신병원 안에 저 칼을 들고 들어오는 걸 허락한 거지?"

허 선생님이 유영건 선생님의 말을 끊더니 멀쩡한 발바닥을 어루만지며 의문을 제기했습니다.

"원장님도 다 이유가 있겠지, 뭐. 그냥 그러려니 해야지 별수 없잖아, 휴."

명 선생님이 짧은 한숨을 내쉬었습니다.

"형이 가서 한번 말해 보면 어때?"

허 선생님이 명 선생님에게 물었습니다.

"지완아, 저번에 내가 달걀프라이 하나 얻어먹겠다고 내려간 일 기억 안 나? 나는 그때 결심했지. 다시는 혼자서 총대를 메지 않겠다고."

명 선생님이 손가락으로 미간을 쥐며 대답했습니다.

"그럼 내가 갔다 올게. 그, 그냥 좋게 말해서는 안 돼. 한번씩은 꼭 난리를 쳐야 한다니까!"

"명구 선생님, 그냥 계셔 보세요. 몇 주 정도 있다가 다시 가신다니까."

유영건 선생이 당장 흡연실 문을 박차고 뛰쳐나갈 기세로 가득 찬 명구 선생을 가로막았습니다. 그때 흡연실 철문이 열리며 정광수 선생님이 싱글벙글한 얼굴로 들어와 다리를 번쩍 들어 손에 들고 있던 십자가를 양말 안으로 끼워 넣으며 말했습니다.

"자네들도 가서 하나 얻지 그래? 저 양반 솜씨가 아주 좋아."

박용식 선생님이 들어온 지 며칠 지나지 않아 여자 선생님 한 명이 새로 들어왔습니다. 이목구비가 예쁘장한 여자 선생님은 40대라는 나이가 믿기지 않을 정도로 자글자글한 주름이 얼굴 전체를 뒤덮고 있었습니다. 특히 손은 80에 가까운 노인의 손처럼 보였지요. 그 주름을 흐르는 그녀의 눈물은 마를 틈이 없었습니다. 프로그램을 하는 도중은 물론 밥을 먹으면서도 울었습니다. 자신이 가지고 온 바퀴 달린 분홍색 커다란 캐리어를 끌어안고 흐느끼기도 했고, 거실 구석에 무릎을 꿇고 앉아 이미 눈물로 흥건해진 바닥에 고개를 박고 가슴을 주먹으로 세게 내리치기도 했습니다. 그럴 때면 곧 숨이라도 넘어갈 듯 위태해 보였습니다. 그녀의 서글픈 울음소리는 그렇게 이틀 동안 거실을 음산하게 만들었습니다.

"흠…… 통 말을 안 하니 마냥 위로하기도 그렇고. 안되긴 했는데 한편으로는 너무하는가도 싶어."

권 선생님이 깊게 빨아들인 담배 연기를 코로 내뿜으며 말했습니다.

"잠이 들 만하면 우니까."

고상미 선생님의 눈은 퉁퉁 부어 있었습니다.

"우리 방에서도 그렇게 크게 들리는데 오죽하시려고요."

허 선생님도 단 이틀 만에 신경쇠약에 걸린 사람처럼 눈 밑이 검게 변했고요.

결국 그 여자 선생님은 통곡의 밤을 두 번 보내고 3일째 되는 날 아침, 명상 시간이 시작되면서 시작된 흐느낌이 김 간호사의 분투에도 불구하고 이내 홍수가 일듯 걷잡을 수 없이 커져서 숨이 넘어가라 헐떡이더니 그대로 실신했습니다. 흰자위만 남은 그녀를 급히 호출된 보호사가 등에 업어 계단을 내려갔고, 그것이 그녀의 마지막 모습이었습니다. 얼마나 많은 아픔이 그녀의 캐리어 속에 들어 있는지 짐작할 수는 없었지만, 김 간호사가 그것을 끌고 계단을 내려가는 내내 들려온 소리는 그녀가 흐느끼며 내리치던 가슴속 텅 빈 외침과도 같았습니다.

새로운 남자 선생님이 들어온 것은 바로 다음 날이었습니다. 그는 제가 그곳에 있는 동안 같은 날에 입원과 퇴원을 동시에 한 유일한 사람이었습니다. 딱히 이렇다 할 특징이 없는, 그저 안경을 쓴 평범한 50대 남자였지요. 반나절 동안 딱히 마주친 적도 없었기에 그 외에 기억나는 것은 없습니다. 아니, 어쩌면 마주쳤는지도 모르겠군요. 그만큼 그는 지극히 평범하게 생긴 보통의 남자였습니다. 자정을 넘기기 전까지만 해도 말입니다.

"아까부터 정말 무슨 소리야…… 으."

허 선생님이 대뜸 짜증을 냈습니다.

저 또한 예민하기로는 누구에게도 뒤처지지 않을 자신이 있었지만 허 선생님의 신경증에 비할 바는 아니었습니다.

"희우야, 잠깐만 조용히 하고 들어 봐. 어때, 들리지?"

그때 저는 처음으로 그가 귀를 움직일 수 있다는 사실을 알게 되었습니다.

"허 선생님 귀가 움직이는 소리만 들리는데요?"

"장난하는 거 아니야. 쉿, 들어 보라니까."

그가 자못 진지한 얼굴로 손가락을 입술에 가져다 댔습니다.

공책 스프링 사이에 볼펜을 끼워 넣고 문밖을 향해 가만히 귀 기울여 보니 긴장한 탓에 땀으로 축축해진 발바닥이 비닐 장판에 붙었다 떨어지는 것 같은 끈적한 소리, 조심조심 움직일 때 옷감이 일으키는 마찰음, 소심한 탓에 몸을 바들바들 떨며 사정없이 이를 부딪치는 소리, 흥분하여 코로 거친 숨을 몰아쉬는 소리가 들렸습니다. 도둑이구나, 하고 생각했습니다. 그 소리들로 미루어 짐작하건대 당시 사람들의 입에 막 오르내리기 시작한 좀도둑이 몰래 냉장고를 뒤지는 것이 분명했지요.

"그 좀도둑일까요?"

제가 목소리 낮추어 물었습니다.

"내 생각도. 잠깐, 쉿! 냉장고 쪽 같지?"

누가 더 작은 목소리로 말하나 경쟁이라도 하듯 그가 목소리를 한껏 낮추며 되물었습니다.

"네."

"나가 보자."

그가 조심조심 방문 앞으로 가서 살며시 문을 열었습니다. 그의 어깨 아래 1센티미터도 채 안 되는 좁은 문틈 사이로 캄캄한 어둠이 보였습니다. 조금 더 문을 열자 방 안을 밝히고 있던 스탠드 불빛이 문틈으로 새어 나가 직선을 그렸습니다. 문이 조금씩 더 열릴 때마다 불빛은 옅은 부채꼴을 그리며 거실을 밝혀 나갔습니다. 그리고 반쯤 열린 문으로 누군가 웅크린 자세로 냉장고 옆에 바짝 붙어 앉아 어깨를 들썩이고 있는 것이 보였습니다. 허선생님이 방문을 활짝 열고 계단 쪽 CD플레이어가 있는 곳까지 성큼성큼 걸어가 거실 조명 스위치를 올리는 동시에 "누구세요!" 하고 공손하면서도 위압적인 목소리로 크게 외쳤습니다.

번쩍거리며 빛을 발하는 형광등에 낯선 사람의 옆모습이 드러났습니다. 새로 들어온 남자 선생님이었지요. 그가 내는 이상한 소리에 귀 기울인 것은 비단 허 선생님과 저뿐만이 아니었습니다. 거실을 포위한 방문들이 하나 둘씩 열리기 시작했고, 마지막으로 여자 선생님들의 방문이 열렸습니다. 여자 선생님들의 방에서는 그 남자 선생님의 모습이 정면으로 보였을 터, 최미희 선생님의 외마디 비명이 아직 가시지 않은 허 선생님이 외친 공손한 메아리를 가르고 거실에 울려 퍼졌습니다.

제 눈을 의심할 수밖에 없었습니다. 안경이 벗겨진 그의 얼굴과 드러난 팔뚝에서는 어느 한 곳 성한 데 없이 바늘에라도 찔린 듯 가는 핏줄기가 살갗을 타고 줄줄 흘러내렸고, 바닥은 이미 핏물로 흥건하게 젖어 있었습니다.

"벌레가 너무 많아…… 누가 여기 좀 봐 줘요. 너무 많아요. 다

뜯어내야 하는데 계속 기어 다니잖아요. 나 좀 도와줘요⋯⋯. 누가 이것들 좀 떨어뜨려 줘요⋯⋯. 누가 이것들 좀⋯⋯."

그가 방향을 틀어 끔뻑거리는 눈으로 자신을 둘러싼 사람들을 향해 얼굴과 팔뚝의 살갗을 손톱으로 집어 뜯으며 계속 중얼거렸습니다.

"보호사! 명구야! 보호사 불러!"

명 선생님이 방에서 튀어나와 재빠른 동작으로 그를 향해 몸을 날렸습니다.

잠에서 덜 깬 졸린 눈으로 허겁지겁 거실로 올라온 보호사도 할 말을 잃은 듯 멍하게 그 상황을 보고 있자, 명 선생님이 "보호사님! 119!" 외치고는 그를 들춰 업고 계단을 내려갔습니다. 그것이 그의 마지막 모습이었습니다.

그가 남긴 것이라고는 검붉게 변하기 시작한 핏빛 웅덩이와 계단을 향해 긴 점선을 그리는 붉은색 안내선뿐이었습니다. 한동안 제자리에 멍하니 서서 그 흔적들을 바라봤습니다. 다른 여자 선생님들을 방으로 돌려보낸 권 선생님이 화장실에서 걸레를 가져다가 그 흔적들을 닦아 내는 동안에도 저는 가만히 서서 사라지는 그의 마지막 기억을 지켜봤습니다. 진짜 사람이 흘린 피, 자신의 살갗에 구멍을 내어 흘린 피. 피비린내가 진동을 했습니다. 속이 울렁거려 당장이라도 게워 내고 싶었습니다. 두려웠습니다. 무서웠습니다. 겁에 질린 여자 선생님들이 흐느끼는 신음 소리가 거실로 스며 제 바짓자락 속에서 강한 떨림을 일으켰습니다.

간신히 자리에 누웠지만 그 선명한 핏자국이 계속 눈가를 맴돌았습니다. 얼굴과 팔도 따끔거렸습니다. 누군가 저를 바늘로 찌르는 듯했습니다. 이불 속에서는 개미들이 우글거리고 있을 것만 같았습니다.

"희우야, 혹시 안 자면 같이 담배나 피우러 갈래?"

허 선생님도 무섭기는 마찬가지였나 봅니다.

흡연실에는 최 선생님과 안 선생님, 고상미 선생님과 담배를 피우지 않는 최미희 선생님까지도 허 선생님과 저처럼 두 명씩 짝을 지어 나와 있었습니다. 자연스레 의자에 앉은 최 선생님을 시작으로 마치 전쟁이 지나간 자리에 피운 모닥불에 둘러앉은 난민들처럼, 스탠드 재떨이를 가운데 두고 둥근 원을 이루어 그날 일어난 사건에 대한 이야기를 두런두런 나누었습니다. 재떨이에서는 누군가 던져 넣은 담배꽁초에서 피어나는 연기가 천장을 향했고, 그 연기가 사그라질라치면 이내 다시 누군가가 그 안으로 담배꽁초를 던져 넣었습니다. 그렇게 이야기를 나누는 중에 명선생님과 명구 선생이 흡연실로 들어왔습니다.

"어떻게 된 거래?"

고상미 선생님이 물었습니다.

"금단이랑 발작이 겹쳐도 그럴 수가 있나 보더라고. 내일 국립병원으로 옮겨질 건가 봐. 김 간호사 얘기 들어 보니까 어차피 그쪽에 입원 자리 날 때까지만 있으려고 했나 보더라고."

"옷 다 버렸겠다."

"응, 괜찮아. 똑같은 거 또 있어."

"그래도……."

"사람 크게 안 다쳤으면 됐지. 명구도 고생했다."

"응, 명 선생도. 나는 그 마음 알지. 나는 알아. 그래서 내가 말했잖아. 내가 그 사람 어쩐지 사고 칠 거 같다고 했잖아. 안 그래, 명 선생? 안 그래, 허 선생? 내가 낮에 말했지?"

"네, 뭐, 그랬죠."

허 선생님이 턱을 위아래로 흔들며 건성으로 대답했습니다.

"아, 정말, 허 선생, 그러기야? 허 선생은 아까 1층에 안 내려가 봐서 몰라. 얼마나 난리였는지."

"네, 뭐, 그랬겠죠."

"아, 정말이라니까. 명 선생이랑 나 아니었으면 어떻게 됐을지 몰라."

"그래, 명구야, 잘했어, 참 잘했다."

명 선생님이 어린아이 어르듯 명구 선생의 등을 몇 번 쓰다듬었습니다.

"아, 정말, 자꾸 명구, 명구 할래?"

명구 선생은 비록 겉으로는 짜증스런 표정을 지었지만 칭찬을 받아 뿌듯했는지 입가에는 옅은 미소가 가득했습니다.

"저는 사실 겁이 나서 선뜻 나서질 못했습니다."

안 선생님이 재떨이에 담배꽁초를 얌전히 내려놓았습니다.

"아니에요, 당연하세요. 저도 얼마나 겁이 났는데요. 누구라도 그랬을 거예요. 그런데 허 선생님이 먼저 목격하셨다면서요? 정말 놀라셨죠?"

최미희 선생님이 안 선생님을 달래는 척하더니 이내 허 선생님에게 시선을 돌려 물었습니다.

"깜짝 놀라기도 했고, 안 선생님이 말씀하신 것처럼 무섭기도 하고 그랬죠."

"다행입니다. 저만 또 겁쟁이처럼 숨은 것은 아닌가 싶었습니다. 다행입니다."

안 선생님이 허 선생님의 말에 고개를 끄덕였습니다.

"다 똑같지. 무서운 건 다 똑같이 무서운 거지."

고상미 선생님이 안 선생님을 바라보며 말했습니다. 안 선생님도 입을 꾹 다문 채 고개를 끄덕였습니다.

"그래, 다들 무서웠을 거야. 나야 저런 환자들을 다뤄 본 경험이 있으니까 움직인 거지, 누가 자기 살을 집어 뜯는 걸 보고도 안 무섭겠어."

명 선생님이 말했습니다.

"명 선생님, 그만 하세요. 자꾸만 생각나려고 그러잖아요."

그 말에 최미희 선생님이 얼굴을 손으로 가리며 말했습니다.

"미희 선생은 마음이 여리시구나."

명구 선생이 작게 중얼거렸습니다.

언젠가 자살에 대한 이야기를 나누는 중에 최미희 선생님에게 소리를 지른 적이 있는 명구 선생은 계속 미안한 감정이 남았는지, 아니면 또 다른 마음이 있어서였는지는 알 수 없었지만, 그녀를 향해 조금은 수줍은 듯한 얼굴을 하고 있었습니다. 그 표정과 목소리가 어찌나 부끄러운 것이었는지, 저 외에는 아무도 눈치 채지 못한 듯했습니다. 설령 누군가 그것을 눈치 챘다 하더라도 그날만큼은 그 누구도 그를 놀리지 않았을 것입니다. 불과 한 시간 전에 일어난 끔찍한 일은 모두 까마득하게 잊은 채 밤이 가져다준 너그러움에, 피어나는 연기에, 그렇게 흠뻑 취해 있었습니다.

어느덧 철창 밖에는 어둠이 사라지고 있었습니다. 흡연실 안을 자욱하게 메운 담배 연기가 그곳에 모인 사람들의 눈꺼풀을 무겁게 내려앉혔습니다. 이야기도 차츰 사그라들었습니다. 하나 둘씩 하품을 하며 각자의 방으로 돌아가기 시작했고, 다시 눕는다 하더라도 더 이상 잠이 올 것 같지 않다던 최 선생님과 저만 흡연실에 남아 새벽을 맞이하게 되었습니다.

"이 정도 나이를 먹으면 잠이 없어지기 마련이지요. 새벽이면 다시 잠들려고 해도 좀처럼 잠들 수가 없답니다. 그러다 해가 하늘 한가운데 뜨면 그제야 잠이 쏟아지지요. 또 밤이 되면 그렇게 잠들기 싫을 수가 없어요. 아마도 생명의 이치를 거스르는 나이가 되었다는 뜻인가 봅니다."

노인이 말했습니다.

"네, 저도 조금은 알 수 있을 것 같습니다."

"이 선생님은 오늘이 아니더라도 종종 늦은 시간에 여기 나와 계시지요?"

"네, 저는 낮보다는 밤이 좋습니다. 어차피 며칠 후에 카운슬링 발표를 할 테니 다 아시게 되겠지만……. 참, 그리고 이제는 정말 편하게 말씀하셔도 괜찮습니다."

"그럴 수야 없지요. 밖에 나가면 모를까, 이 안에서는 다 똑같은 선생님일 뿐인데 어찌 함부로 말할 수 있겠습니까. 나이 상관없이 누구나 선생 노릇을 할 수가 있으니 이보다 더 평등한 곳이 어디 있겠습니까. 내 많은 곳을 다녀 봤지만 이런 곳, 흔하지는 않지요. 이 선생님은 이곳에 참 잘 오신 겁니다."

"저…… 한 가지만 여쭤 봐도 될까요?"

"네, 물어보시지요."

"최 선생님께서는 어떻게 처음 병원에 들어오시게……."

"이 선생님, 곧 카운슬링 발표를 하신다고 했지요?"

"네, 며칠 안 남았습니다."

"그럼 내 말씀해 드리리다. 바깥세상이라는 곳은 그렇지 못하더라도 이곳에서만큼은 공평해야겠지요. 남의 속내는 실컷 들어놓고, 또 자기 속내는 안 들려주겠다고 하면 손해 보는 기분이 들기 마련입니다."

"딱히 그런 의미로 말씀드린 것은 아닙니다."

"네, 알고 있습니다. 이 선생님은 그럴 분이 아니지요."

"그렇지도 않습니다."

"아닙니다. 이 선생님은 충분히 그런 분이지요. 허나 저는 그렇지 않았습니다. 지금이야 점잖은 척 나이 든 선생 노릇을 하고 있지만, 이 선생님 나이 때는 그렇지 않았어요. 우선 군복을 빌려 차려입습니다. 그때는 제대로 된 옷 한벌 없었을뿐더러 그나마 군복이라도 빌려 입으면 어디든 쉽게 출입할 수가 있었지요. 그때는 다들 그랬습니다. ○여대 뒤쪽으로 길게 난 흙길에 다 자란 은

행나무가 참 많았는데, 그중 가장 멋진 놈에 기대어 앉아 이렇게 하모니카를 불고 있으면, 여학생들이 지나가다가 눈을 요렇게 해서 힐끔 쳐다보고는 귀 뒤로 머리를 새침하게 쓸어 넘기면서 지나가곤 했지요. 그중에 품고 싶은 여학생이 보이면 이렇게 눈을 지그시 감고 연주를 마치고서 다가가 짓궂은 수작을 걸기도 했답니다."

그가 눈을 감고 두 손을 모아 회상에 잠긴 목소리로 마치 하모니카를 연주하듯 부지런히 손을 놀렸습니다.

"그때는 딱히 정신병이라는 개념이 없었습니다. 한글 대신 한자와 히라가나를 배우고 자라 전쟁통에서 살려다 보니 저 같은 '미친놈'들이 한 동네만 해도 참 많았지요. 무당집에 데려간다거나 하는 것이 고작이던 시절이었습니다. 제 어미도 아비 없이 자란 외아들이 학교도 못 나와, 직업도 없어, 군대도 못 가, 이런 형편없는 놈을 데리고 없는 살림에 사람 만들어 보겠다며 수시로 무당집을 들락거렸답니다."

"굿도 하셨어요?"

"굿이라도 벌였으면 귀신이라도 쫓았을까, 형편이 궁색하니 주구장창 누런 종이에 빨간 닭 피로 휘갈겨 적은 부적을 사다가 불알 밑에 넣고 다니는 게 고작이었지요. 뭐 딱히 나아지는 것은 없더이다. 그래도 딴에는 아들이랍시고 장가라도 보내면 좀 나아질까, 제 어미가 어디서 색시라고 하나를 데려 왔는데, 그때가 벌써 내 만으로 서른여덟 살 되는 해였지요. 죽기 전에 장가는 가겠구나 싶어 색시라고 데리고 온 여자의 얼굴을 요렇게 가만히 올려다보는데, 그 얼굴이 또 어찌나 못나게 생겨 먹었는지 침을 퉤 하고 뱉어 버렸지요. 훌쩍훌쩍 우는 모습이 또 어찌나 밉상이던지. 어찌어찌 결혼은 했지만 3년을 못 버티고 ㅇ읍에다 피혁 공장을 세울 거라는 두 살 터울의 동네 형님 꾀에 넘어가 집에서 뛰쳐나오기로 결심했답니다. 평생 그 못생긴 얼굴을 보면서 똥이나 푸고 흙이나 파먹을 수는 없었지요."

그는 마른침을 꼴깍꼴깍 삼키면서도 흡연실을 가득 메운 연기가 사그라지지 않도록 손에서 담배를 놓지 않은 채 이야기를 이어 갔습니다.

"창피한 일이지만 오늘만큼은 말씀드리리다. 그때 아내는 임신 중이었지요. 불룩 나오는 배를 보고 있으니 불쑥 겁이 나지 뭡니까. 그날로 제 어미가 모아 둔 돈을 몰래 들고서 도망쳐 버렸습니다. 그 형님에게 제가 들고 나온 돈 백오십만 원을 건네주니 제게도 좋은 자리를 하나 내주더군요. 그 당시로는 굉장한 목돈이었지요. 이름뿐이었지만 공장장이라는 자리를 하나 꿰찰 수 있었는데, 허나 피혁 공장이라는 곳이 말이 좋아 공장이지 백정 노릇만도 못하더이다. 기름이 너덜너덜하게 붙은 소가죽을 실어다가 끓는 물에 넣고는 온갖 독한 약품들을 들이붓고 기름을 벗기는 일만 해도 그랬지요. 열심히 좀 해 보려고 했지만 결국은 얼마 못 가제 버릇 개 못 준다고 공장 처녀들 치맛자락이나 졸졸 쫓아다니고 있더군요. 공장 처녀들이 하는 일이라는 게 가죽 손질을 하거나 박음질하는 것이 전부인지라, 그 일이 좀 덜 힘들었는지 매번 구석에 모여 몰래 시간을 보내곤 했지요. 거기 가서 엉덩이를 툭

톡 치며 일하라고 혼이라도 내면 "사장님, 사장님." 하고 앙탈을 부리며 얼마나 엉겨 붙었는지 모릅니다. 지금은 이렇게 축 처진 꺼먹눈이라 믿으실지 모르겠으나, 내 한때는 그런 처녀들을 굴비 엮듯이 줄줄이 매달고 다녔지요. 그중 유난히 눈에 띄는 작은 처녀가 있었습니다. 알고 보니 처녀는 아니고 남편과 함께 출근하는 어린 아낙네였지요."

"직원이 많았나 봐요?"

"많다마다요. 사람들로 가득했지요. 게다가 다들 한푼이라도 벌어 보려고 어찌나 열심히 일하는지. 저야 할 일 없이 손 놓고 가만히 있는 것이 일이었지만요. 처녀들과 실컷 장난을 치면서도 그토록 쉽게 돈 벌 수 있는 일은 아마 없을 겁니다. 형님도 별말씀 없었지요. 그렇게 놔두어도 공장이 잘 돌아갔으니 일부러 야단칠 필요가 있었겠습니까. 하루는 공장 처녀들에게 그 작은 처녀인 줄 알았던 젊은 아낙네 부부에 대해 물어보니 깔깔거리고 웃으면서 '저 집에는 코끼리가 있어요. 그래서 매일 죽어라 일만 한대요' 라고 대답하더군요."

"코끼리요?"

"분명 코끼리였지요. 코끼리를 기른다는 처녀들의 얘기를 듣고 나니 그 부부가 얼마나 한심스러워 보이던지. 그 둘이 하루 종일 일해서 버는 돈이라고 해 봤자 고작 제 하루 술값도 안 되는데 코끼리를 먹인다 하니 여간 한심스러운 일이 아니었지요. 그래서 그 둘을 볼 때마다 큰 소리로 '코끼리 새끼 안 굶겨 죽이려면 열심히 일하시오'라며 놀려 대곤 했습니다. 저라는 놈은 아주 형편없는 놈이었지요. 말씀드렸듯이 지금이야 이렇게 점잖게 앉아 선생 노릇을 하고 있지만, 그때는 그 젊은 아낙네가 내심 안고 싶어 일부러 더 패씸하게 굴었지요. 망나니도 그런 망나니가 없었습니다. 낮에는 공장에 나가 처녀들과 장난치고 밤이면 술집으로 기어 들어가 밤새도록 처녀들 껴안고 술을 마셔 댔으니. 그런데 왜 이 늙은이가 이런 얘기를 하고 있나…… 하시겠지요?"

"아닙니다, 제가 여쭤 본 것인데요."

"늙은이가 혼자 하는 카운슬링이다 하고 들어 주시면 내 두고 두고 감사하게 생각하리다."

"네, 그렇게 할게요."

"어려서부터 미친놈 소리를 듣고 자란 인간이니 돈도 생겼겠다, 술도 원 없이 마시겠다, 처녀도 많겠다, 아주 제정신이 아니었던 거지요. 제 어미 장례식에도 안 내려갔으니 그게 어디 사람이겠습니까. 결국 하루는 그 젊은 아낙네를 건드리고 말았지요. 남편이 고래고래 소리를 지르며 기름 벗기던 칼로 저를 죽인다고 날뛰는 바람에 공장이 아주 난리도 아니었습니다. 그 형님도 이번 일은 그냥 못 넘기겠다면서 으름장을 놓더군요. 종이 한 장을 내밀며 사인을 하라고 합디다. 사인만 하면 여태 공장일 내팽개치고 놀러 다닌 것도 눈감아 주고, 젊은 아낙네 부부 일은 알아서 처리해 주겠다고 하니 냉큼 사인을 했지요. 그 사인이라도 안 했으면 좋았을 것을, 그 형님이라는 작자가 공장 명의를 제 것으로 돌려 바꿔 놓고 도망을 쳤지 뭡니까. 나중에 알고 보니 어디서 가죽도 아닌 것을 몰래 가져다가 진짜처럼 바꿔치기하면서 여기

저기 돈을 끌어다 쓰고 있었던 모양입니다. 명색이 공장장이라는 사람이 놀러 다니느라 아무것도 몰랐으니 또 누구를 원망할 수 있었겠습니까. 그때는 뭐 조금만 잘못해도 마구잡이로 잡아들이는 시대였어요. 경제사범이라고 해도 엄청나게 무서운 죄였지요. 그렇게 감방에서 40개월을 살고 나와 보니 빈털터리에다가 갈 곳도 없는 반송장이 되어 있더군요. 여기저기 돌아다니며 술동냥이나 하고 길바닥에서 빌어먹으며 지냈습니다. 그러다 아주 정신이 나가 버렸는지 글쎄 어느 날 정신을 차려 보니까 집에 내려와 제 방 한가운데 누워 있는 게 아니겠습니까. 거의 10년 만에 보는 못난 얼굴인데도 꼴에 지 서방 죽 끓여다 먹이는 꼴을 보고 있자니 안쓰럽더군요. 제가 '돈은?' 하고 물었지요. 소일거리로 돈을 모아 작은 구멍가게를 내서 먹고살 만하다고 하더군요. 안심을 했지요. 또 '애는 어디 있나?' 하고 물었지요. 그제야 방문을 열고 애 이름을 부르는데 웬 넙데데한 코끼리 한 마리가 느릿느릿 기어 들어오지 뭡니까!"

"코끼리요?"

"코끼리였지요. 까만 머리가 허리까지 긴 코끼리였지요. 하늘이 무너지는 기분이 들더이다. 자식년이 말도 못하는 코끼리가 되었다고 생각하니 정말로 하늘이 무너지는 것 같았지요. 그제야 잠깐 아등바등하며 살다가, 다시 망나니처럼 허송세월을 보내다가, 하루는 거울을 보니 머리가 허옇게 새었더군요. 못생긴 아내도 통장만 하나 덩그러니 남기고는 코끼리를 데리고 멀리 사라져 버린 후였지요. 어쩌다 보니 죽지도 못하고 지금까지 이렇게 병원에 들어앉아 선생 노릇을 하고 있기는 한데, 아직도 그 코끼리를 키우던 젊은 아낙네 부부에게 못되게 군 것이 여기, 이 뼈밖에 안 남은 가슴속에 응어리져 있답니다. 요즘도 가끔씩 꿈에 나온답니다. 앞으로 얼마나 살 수 있을지 내 모르겠지만, 아마 내내 후회하며 살게 되겠지요."

그는 더 이상 말을 잇지 못하고 고개를 돌려 철창 밖을 내다봤습니다. 저도 고개를 돌려 철창 밖을 내다봤습니다. 그렇게 얼마나 지났을까, 그가 "이 선생님은 앞으로 그런 삶을 살고 싶지는 않겠지요? 카운슬링 발표 잘하시기를 빌겠습니다. 그럼 저는 이만 들어가 보려고 하는데 괜찮지요?" 묻고는 오랜 시간 앉은 탓에 딱딱하게 굳은 허리를 천천히 펴며 자리에서 일어났습니다.

그때 몸을 돌려 흡연실 문을 향하는 그의 구부정한 허리 위로 커다란 코끼리와 그의 못생긴 색시가 포개어 엎드려 있는 모습이 보였습니다. 그 코끼리는 검은 머리를 옆으로 늘어뜨린 채 그의 허리를 따라 느긋하리라 생각될 만큼 편한 자세로 엎드려 있었고, 그의 못생긴 색시는 검게 그을린 조막만 한 두 손으로 그의 어깨를 꼭 붙잡고 있었습니다.

그가 문밖으로 나가자 그가 말했던 젊은 아낙네 부부와 작은 코끼리 한 마리도 그의 뒤를 따라 흡연실 밖으로 걸어 나갔습니다. 닫히는 문 사이로 흡연실에서 새어 나가는 가는 빛줄기를 따라 방을 향해 줄지어 걸어가는 그들의 모습을 바라봤습니다. 비록 느리고 힘겨워 보였지만 그는 한 발 한 발 천천히 앞으로 나아가고 있었습니다. 마침내 방문 앞까지 도착한 그가 손잡이를 잡고 돌리려 하는 순간 흡연실 철문이 철컹 하고 닫혔습니다.

철창 가까이 가서 밖을 내다봤습니다. 철창 밖 세상은 이미 아침이었습니다. 차들이 도로를 지나다니는 소리가 들렸습니다. 내려다보니 제법 빠른 속도로 도로를 내달렸습니다. 잰걸음으로 거리를 걷는 사람들도 보였습니다. 눈꺼풀이 무겁게 느껴졌습니다. 아무리 크게 떠 보려 해도 자꾸만 힘없이 내려앉았습니다.

그로부터 며칠 뒤 마침내 오랜 시간 동안 준비해 온 카운슬링 발표를 마치게 되었습니다. '마녀사냥' 시간에는 제 장점과 단점이 칠판을 세로로 가로지르는 흰 선을 사이에 두고 양옆으로 나열되었습니다. 그 두 가지는 서로 너무나 닮아서 저로서는 어느 것이 장점인지 어느 것이 단점인지 구분하기가 어렵더군요. 나 선생님은 중간에 포기하지 않고 카운슬링 발표를 끝내 줘서 고맙다며 제 손을 꼭 잡아 주었습니다. 정광수 선생님은 저더러 문장력이 좋은 사람이라고 치켜세워 주었습니다. 기분은 나쁘지 않았으나 그다지 믿음이 가지는 않았습니다. 허 선생님은 수고했다며 위로의 말을 건넸습니다. 모든 것이 잘 마무리된 것 같았습니다. 새로운 세상이 펼쳐질 것만 같은 기분이 들었지요. 이제 외출을 나가 그녀를 만날 수 있을 거라는 기대로 가슴이 부풀어 올라 그만 눈물을 흘릴 뻔도 했습니다.

저녁을 먹은 뒤 두꺼운 스프링 공책을 껴안고 방으로 돌아와 자리에 누워 천장을 바라봤습니다. 아른거리는 모습의 그녀가 두 팔을 벌린 채 제게로 내려오고 있었습니다. 손을 뻗어 그녀를 껴안았습니다. 그러고는 이내 잠이 들었습니다. 그날은 아주 잘 잤습니다. 아무런 꿈도 꾸지 않았습니다. 도중에 깨지도 않았습니다. 누군가 제 어깨를 흔들어 깨우기 전까지는 말입니다. 눈을 뜨자 허 선생님이 저를 내려다보며 말했습니다.

"희우야, 일어나. 명상 시간이야."

4

"오전 프로그램은 반드시 하셔야 하고요, 점심 드시고 나가셨다가 일요일 오후 안에만 들어오시면 돼요."

나 선생님이 말했습니다.

"점심은 나가서 먹고 싶은데, 괜찮을까요?"

"네, 되고말고요. 이 선생님께서 그러고 싶으면 그렇게 하세요. 외출 나가더라도 제가 말씀드린 것들은 꼭 명심하시고요."

"그럼 지난번 약속대로 이번 주부터 가능한 거죠?"

"네. 그렇게 좋으세요?"

저답지 않게 들뜬 모습에 그녀가 놀리듯 되물었습니다.

이어서 그녀는 그동안 제가 착실하게 프로그램을 진행했기에 외출이 허락된 것이니만큼 외출 시간 또한 잘 활용하여 도움이 될 것을 당부했습니다.

"그리고 지난번에도 말씀드린 건데요, 왜 언젠가 이 선생님이 말씀하셨던…… 원래는 가족들만 참석하는 것이 원칙이지만, 어때요, 참석 가능할지 여쭤 봐도 될까요?"

"아직은 잘 모르겠어요."

"네, 그래요, 알겠습니다. 더는 말씀 안 드릴게요. 언제라도 마음 바뀌면 말씀해 주세요. 그럼 원장님 곧 내려오실 테니 강의 들을 준비 하셔야죠?"

2층으로 올라가 방문을 열자 허 선생님이 안경과 눈 사이로 손가락을 집어넣고 이미 새빨갛게 부어 오른 눈을 비비며 서성이고 있었습니다.

"오, 이제 외출해도 되겠네?"

비아냥거리는 말투. 자기보다 먼저 카운슬링 발표를 한 것도, 합당한 방법으로 외출 허락을 받아 낸 것도 퍽이나 마음에 들지 않았겠지요.

"허 선생님도 얼른 카운슬링 발표 하셔야지요."

"나? 나는 뭐…… 너처럼 그렇게 간단하지 않잖아. 집사람이랑 문제도 있고. 뭐, 알잖아? 근데 언제부터 나가도 된대?"

"이번 주말부터요. 토요일."

"오, 좋겠네. 나갔다 오면서 팩소주 하나만 사 와라."

"진짜 사 와서 허 선생님이 부탁한 거라고 할게요."

"그러시든지."

그의 턱은 위, 아래, 양옆으로 잔잔한 수면에 떨어진 모래알 때문에 파장이 일듯 미세하게 흔들리고 있었습니다.

토요일 오전 11시 50분, 저는 정확히 그 시간에 외출을 나가게 되었습니다. 감기로 내과를 찾은 날과 강의를 들으러 주민회관에 간 날을 제외하고 혼자만의 온전한 첫 번째 외출인 셈이었지요. 옷은 입원하던 날 입은 것을 그대로 입었습니다. 살짝 더운 감은 있었으나 왠지 새 옷을 입은 듯 홀가분한 기분이 들었습니다. 시기상 봄이건만 밖으로 나오자 차가운 바람이 정면으로 불어와 살갗을 매섭게 갈라 놓았습니다. 외투를 걸치길 잘했다는 생각이 들더군요. 걸음을 재촉했지요. 머리 위로 차가운 태양이 세상을 환하게 비추어 제 눈을 부시게 했지만 제 눈은 오직 멀리 ㄱ역 3번 출구만을 향하고 있었습니다. 지나치는 사람들의 무심한 옷깃에 제 어깨를 내주어도 아프지 않았습니다. 그 어떠한 장애물도 언덕을 내려가는 그날의 제 발걸음만은 막을 수 없었을 것입니다.

지하철역은 한산했습니다. 수없이 되뇌며 연습한 대로 아무렇지 않은 듯 지하철 표를 샀습니다. 그녀에게 향하는 비밀의 열쇠를 손에 쥔 것처럼 설레기 시작했지요. 승강장에 서서 보호사에게 돌려받은 휴대전화의 전원을 켜 봤습니다. 실로 오랜만에 번쩍이는 디지털 화면이 제 눈을 호사스럽게 만들었습니다. 부재중 전화가 수십 통이나 와 있더군요. 모두 같은 번호였지만 모르는 번호였습니다. 그 자리에서 모두 삭제한 뒤 때마침 도착한 지하철 안으로 몸을 숨겼습니다. 지하철 선로를 통해 덜컹거리는 울림이 제 심장을 두근거리게 만들었습니다.

익숙한 동네, 근처의 작은 꽃집에서 꽃대가 두 개 달린 백합 한 줄기를 샀습니다. 하나는 수줍게 꽃잎을 벌리고, 하나는 아직 고집을 피우고 있었습니다. 반지하 방은 생각 외로 깨끗했습니다. 어머니가 몇 번 와서 청소를 해 둔 모양이었습니다. 점심도 거른 채로 그동안 밀린 잠을 잤습니다.

눈을 뜨니 밤이었습니다. 옅은 향기에 돌아눕자, 아, 이 얼마 만

에 만나게 된 그녀였던가! 그녀를 바라보면서도 제 눈을 믿을 수 없었습니다. 제가 백합꽃을 건네자 그녀는 저를 껴안아 주었습니다. 하나 된 몸으로 사랑을 속삭였습니다. 새벽이 되고, 아침을 지나 오후가 될 때까지도 그렇게 사랑을 속삭였습니다. 밥을 먹지 않아도 배고프지 않았습니다. 다시 만나려면 일주일을 기다려야 했기에 한시도 헛되이 시간을 흘려보낼 수 없었습니다.

"매주 꽃을 사 올게."

이렇게 말하고 계단을 오르다 한 번 더 그녀를 보고 싶은 마음에 다시 내려가 문을 열었습니다. 그녀도 내심 기다렸다는 듯 여전히 향기로운 모습으로 제게 입맞춤을 해 주었지요.

보호사에게 소지품을 확인시켜 준 뒤에 다시 그곳으로, 허 선생님과 명 선생님 그리고 다른 사람들 모두와 함께 생활하던 그 곳으로 올라가도 좋다는 허락을 받을 수 있었습니다.

첫 번째 외출을 마치고 돌아온 저를 맞이한 것은 텅 빈 거실이었습니다. 겨우 하룻밤을 보내고 돌아온 것이지만 왠지 그곳의 공기는 낯설었습니다. 선뜻 발을 들여놓기가 꺼려질 정도로 거리감이 느껴졌지요. 방에는 허 선생님과 유영건 선생이 마주 보고 앉아 이야기를 나누고 있었습니다. 형광등 하나가 수명을 다해 가는 듯 불안하게 깜박거리는데도 그 둘의 얼굴은 참 태평해 보였습니다.

"언제 왔어?"

허 선생님이 물었습니다.

"방금 왔죠."

그러자 유영건 선생이 "와, 외출 나가서 좋았겠다." 말하고는 허 선생님과 다시 쑥덕거리는가 싶더니 이내 다시 저를 힐끔거리며 어깨를 들썩였습니다.

"재밌는 일이라도 있었나 봐요?"

대답하는 사람은 없었습니다. 둘은 동시에 유난히 느린 동작으로 천천히 몸을 일으키면서 마치 들으라는 듯 "누구는 좋았겠다. 우리는 언제 나가나……." 하고 실실거리는 얼굴로 말을 흐리며 방을 나갔습니다. 유치하기는, 하고 생각했습니다.

문득 외출 나가기 전에 잘 개어 머리맡에 놓아 둔 제 환자복이 눈에 띄었습니다. 이상하게도 제 것이 아닌 듯한 기분이 들더군요. 갑자기 제가 외출을 다녀온 그 짧은 기간 동안 저를 제외한 모든 것이 변해 버린 듯했습니다. 그곳도, 그곳의 사람들도 모두……. 입은 옷을 모두 벗어 사물함에 정리해 넣은 뒤 새로 가져온 파란색 반팔 티셔츠와 환자복 바지를 다시 펴 입고 환자복 상의를 걸쳤습니다. 벽에 기대어 앉아 방 안을 둘러봤습니다. 형광등이 한 번씩 깜빡거릴 때마다 방 안의 모든 것이 차례로 빛을 발했습니다.

책상 위에는 몇 권의 책과 카운슬링 공책, 연두색 머그컵, 그 안에는 주황색 칫솔과 다 쓴 치약이 꽂혀 있었고, 세수할 때 쓰는 비누가 종이컵 안에 들어 있었습니다. 그 옆에는 낱개로 포장된 이쑤시개가 반으로 잘린 종이컵 안에 담겨 있었고, 다시 그 옆으로 파란색 일회용 면도기와 다 쓴 볼펜, 빨간색 볼펜과 파란색 볼펜, 팔목 습진에 바르던 연고가 허 선생님이 준 플라스틱 컵 안에 들어가 인스턴트 커피 상자와 맞붙어 있었습니다. 그 상자 안에는 홍차 티백과 소화제가 든 초콜릿 통, 김 간호사 몰래 종종 먹지 않고 남겨 둔 10여 개의 약봉지가 한데 뭉쳐 구겨져 있었고, 손잡이가 달린 거울 그리고 머리빗도 하나 들어 있었습니다. 그 앞에는 크로키북이 세워져 있었고, 두루마리 휴지와 탁상 달력, 종류를 알 수 없는 낱개의 알약들이 나뒹굴고 있었습니다. 책상 밑으로는 접이식 매트리스와 분홍색과 칙칙한 하늘색 이불이 개어져 포개어 있었고, 그 틈에는 베개가 끼워져 있었습니다. 제가 기댄 벽에는 외출 전에 미리 세탁하여 널어 둔 티셔츠와 수건, 양말이 옷걸이에 걸려 있었고, 빨래를 담아 두는 비닐봉지, 달력, 오래된 벽걸이 에어컨과 벽시계가 걸려 있었습니다. 방문에서 정면으로 보이는 벽에는 철창이 있었고, 그 앞으로는 저와 허 선생님이 함께 사용하는 샴푸, 언제부터 놓여 있었는지 모를 생수병 하나와 섬유유연제, 쭈글쭈글한 사과, 곰팡이가 핀 마늘 몇 쪽이 놓여 있었습니다.

허 선생님의 책상 위에는 그의 안경집과 공책, 컵, 손목시계, 볼펜 등이 어지러이 놓여 있었습니다. 책상 너머로 그의 매트리스와 이불이 펼쳐져 있었고, 그 위로 낮게 눌린 베개 두 개가 나뒹굴고 있었습니다. 사물함 문에는 한눈에도 가짜인 것이 티 나는 나뭇결 무늬 시트가 붙어 있었고, 제 사물함은 그마저도 낡아 벗겨져 있었습니다. 사물함 위에는 허 선생님의 옷가방과 누구의 것인지 모를 과자 한 봉지, 반 정도 타다가 남은 모기향 등이 뿌옇게 먼지가 앉은 채 올라가 있었습니다. 사물함 옆에는 작은 플라스틱 쓰레기통과 걸레, 가습기가 놓여 있었습니다. 그 옆에는 닫힌 방문 그리고 그 닫힌 방문을 벽에 기대어 앉은 제가 바라보고 있었습니다. 얼마나 더 여기에 있어야 하는 것일까, 하고 생각했습니다.

매주 토요일마다 외출을 나가면서부터 그곳의 프로그램과 생활을 조금 소홀히 대한 것은 사실입니다. 그 점이 은근히 신경 쓰여 외출 나갔다 들어올 때도 티를 내지 않으려 부단히 노력했지요. 하지만 사람들은 그런 제 노력에도 불구하고 냉정했습니다. 저를 대하는 그 태도가 외출 이전과 확연하게 바뀐 것이었습니다. 그 상황에서 제가 할 수 있는 것이라고는 토요일이 오기만을 기다리는 것이었습니다. 토요일이 되면 허겁지겁 외출을 나갔고, 돌아와서는 저를 차갑게 대하는 사람들 틈에서 다시 토요일이 오기만을 기다렸습니다.

그런 날들이 계속되자 아무리 혼자가 익숙한 저라지만 답답한 마음이 들었습니다. 그곳에서까지, 정신병원에 입원해서까지 따돌림을 받아야 하는 상황이 도저히 납득되지 않았습니다. 그래서 결심하기를, 나 선생님을 찾아가 제 솔직한 심정을 토로해 보기로 했습니다.

"이 선생님, 저야 그 심정 충분히 이해하지만 아직 외출을 못 나가시는 다른 선생님들은 이 선생님이 외출 나갔다 들어오는 것을 보면서 어떤 기분이 들까요? 다른 선생님들 기분도 조금은 이해해 주셔야지요."

그런 말을 기대한 것은 아니었습니다.

"왜 그래야 하지요? 저야 카운슬링을 마쳤으니까 외출 나가는 것은 당연한 일 아닌가요? 게다가 저만 외출을 하는 것도 아니잖아요."

도저히 이해할 수가 없었지요.

"네, 그 말씀도 맞아요. 이 선생님은 충분히 자격이 있어요. 지금도 잘하고 계시고요. 그런데 그동안 공부한 것들을 한번 생각해 보세요. 그리고 이 선생님이 발표한 카운슬링도 한번 다시 봐 보세요. 그렇게 자신의 생각만 고집해서는 퇴원을 하신다 하더라도 바깥에서는 또 금방 고립되고 말 거예요."

"알아요. 공동 의존, 자아 성립, 사회 적응 훈련…… 이런 것들은 저도 이미 충분히 다 알아요."

"그럼 어떻게 하시겠어요? 당분간만이라도 외출을 안 나가 보시겠어요?"

"안 돼요, 그건 안 돼요. 제가 그런 뜻으로 말씀드리는 것이 아니라는 건 잘 아시잖아요. 저는 계속 노력할 거예요. 그런데 왜 저 혼자서만 노력해야 하는지 모르겠다는 거예요. 다른 사람들은 하나도 노력하지 않아요. 저를 대하는 태도가 완전히 바뀌었다니까요. 겉으로는 이전과 똑같아 보여도 저는 느낄 수 있어요. 저 스스로 그렇게 느끼고 있다면, 그건 명백한 사실 아닌가요?"

"이 선생님 말씀은 잘 알겠어요. 그런데 이 선생님, 그래도 이런 것들 역시 다 이 선생님이 변화하고 있다는 증거라는 생각은 들지 않으세요? 잘 생각해 보세요. 이전에는 이런 생각조차 해 보신 적 없잖아요. 이것도 다 훈련이다, 생각하고 스스로 한번 극복해 보세요."

이렇게 말하면서도 그녀의 손은 바쁘게 움직이고 있었습니다. 제 말 한 마디 한 마디를 모두 받아 적는 듯했습니다.

"제가 자서전만 마무리하면, 아니 그 전에라도 퇴원할 수 있을까요?"

"이 선생님."

나 선생님이 손을 멈추고 턱을 괴며 쓴웃음을 지었습니다.

"이 선생님은 지금 어디에 있다고 생각하세요? 이곳이 어떤 곳이라고 생각하시는 거예요? 이전에 계시던 바깥세상은 어떤 곳이었지요? 최근에 외출 나가서는 어떠셨어요? 그 점은 확실히 인지하고 계셔야 해요. 퇴원이 목적이라면 당장이라도 해 드릴 수 있어요. 그렇지만 저는 카운슬러라는 직업을 떠나서 이 선생님이 지금 이대로 퇴원하기를 바라지 않아요. 아직 너무 젊잖아요. 그런데도 이대로 퇴원하기를 바라세요? 나가서 마음껏 그림을 그리고 싶다고 하셨죠? 퇴원하면 그림만 그리고 사실 수 있어요? 이대로 퇴원한들 무엇이 달라질까요? 지금 이곳, 입원해 계신 작은 세상과 겨우 몇 번 외출하면서 겪은 바깥세상도 구분하지 못하시면서, 정말 이대로 퇴원하기를 바라세요? 이 선생님……."

그러고는 천천히 턱에서 손을 거두었는데, 그녀의 얼굴에는 어떠한 종류의 웃음도 보이지 않았습니다.

"이 선생님, 이 선생님은 지금 어디에 있다고 생각하세요?"

저는 어디에 있었던 것일까요. 저는 어떤 세상에서 살아가고 있었던 것일까요. 그리고 어느 곳이 제가 속한 진짜 세상이었을까요. 제가 몸담고 있었던 그곳 세상, 태양 아래 방치된 채 무심하게 빛나던 바깥세상……. 제게 진짜 세상이라는 것이 존재하기는 했던 걸까요. 어쩌면 그 어느 곳에도 속하지 못한 채 발목이 꺾여 온전히 서 있을 힘조차 없으면서, 진탕 속을 어지러이 헤매며 발버둥치고 있을 뿐이었는지도 모르겠습니다. 사회 적응 훈련 실패…… 완벽한 실패였습니다. 그렇다고 나 선생님이나 원장님을 원망하지는 않았습니다. 어떻게든 저를 바꾸어 보겠다고 최선을 다한다는 것쯤은 알고 있었지요.

문제는 저 자신이었습니다. 애초에 그곳 사람들 틈에 섞여, 그들이 저를 자신들과 같은 부류의 사람이라고 착각하게 만들려 했던, 따라서 저 자신을 철저히 보호하려 했던 것부터가 잘못이었습니다. 그들 틈에 섞일 수도 없었을뿐더러, 그들 또한 저를 받아줄 생각이 없었던 것입니다. 네, 저도 노력해 봤습니다. 말씀처럼도 해 봤습니다. 하지만 노력하면 할수록 심한 괴리감에 빠져들 뿐이었습니다. 하루가 다르게 고립되어 가는 병원 생활 그리고 점점 더 비현실적으로 다가오는 바깥세상으로의 외출. 그러자 제가 있던 그곳이 바깥세상처럼, 바깥세상이 그곳처럼 느껴졌습니다. 저를 그저 변덕이 심한 미치광이로 생각하셔도 좋습니다. 뒤죽박죽으로 뒤섞인 혼돈 속에서, 문득 그곳이 외출하며 겪는 바깥세상의 허울보다는 훨씬 더 편안하고 안정되게 느껴지기도 했고, 숨 막히도록 경멸스럽게 느껴지기도 했습니다. 또 그 상태로 외출을 나가면 또다시 바깥세상의 무심함에 경멸스러웠던 그곳을 그리워하기도 했습니다. 또한 철창 안에 갇혀 지낼 바에는 차라리 시시하고 무심한 바깥세상에 저를 내맡겨 보고 싶은 충동이 들기도 했습니다.

그러다 모든 것이 무상할 때면 그녀의 품에 안겨, 그녀의 목소리를 들으며, 그녀의 숨결을 마시며, 그녀의 살갗에 제 지친 영혼을 바치고 싶은 강한 충동에 휩싸이기도 했습니다. 그녀를 마음대로 만날 수 없다는 사실이 너무도 슬펐습니다. 그렇다고 그녀를 그곳으로 부를 수는 없었습니다. 그런 곳에 그녀를 들여 놓을 수는 없었습니다. 제가 할 수 있는 것은 아무것도 없었습니다. 그저 혼돈과 변덕 사이에서 괴로움으로 눈과 귀를 숨긴 채 아무렇게나 시간이 흘러가 버리도록 내버려 둘 수밖에 없었지요.

그렇게 4월이 되었습니다. 마침내 저는 보편적인 관점에서 정상과 비정상을 구분 짓는 경계마저도 허물어져 어느 곳이 정상이고 어느 곳이 비정상인지조차 구분할 수 없는 지경에 이르렀습니다. 물론 그 사실은 누구에게도 말하지 않았습니다. 외출만은 포기할 수 없었기 때문입니다.

어느 토요일이었지요. 막 지하철에 올랐을 때입니다. 제 맞은 편에 앉은 여자들의 목소리가 지하철 안을 시끄럽게 울렸습니다. 고개를 들어 바라보니 나이 든 여자 한 명, 갓난아이를 안은 여자 한 명, 젊은 여자 한 명이 나란히 앉아 수다를 떨고 있었습니다. 해외 여행을 준비 중인 듯 미국이니 유럽이니 일본이니 하는 말들이 오갔고, 나이 든 여자가 여행갈 때 신을 거라며 몸을 구부려 신고 있는 신발을 소매로 문질러 닦았습니다. 아주 비싼 거라면서, 옆에 앉은 여자를 눈으로 흘기며 입술을 모아 빼죽하게 내밀었습니다.

하지만 옆에 앉은 여자는 무관심한 표정으로 안고 있는 아이를 위아래로 가볍게 흔들며 주위를 두리번거릴 뿐 별다른 대꾸를 하지 않았습니다. 그러자 나이 든 여자가 가방에서 아이 것으로 보이는 과자 통을 꺼내 몸을 돌린 뒤 지하철 창문에 탁탁 치더니 갑자기 귀신에게라도 홀린 듯 후두암에 걸린 어린아이의 목소리로 "다 먹을 거야! 내가 다 먹을 거야!" 하고 소리쳤습니다. 이에 질세라 아이를 안은 여자가 갑자기 소름 끼치는 목소리로 "안 돼!" 하고 맞받아 소리쳤습니다. 그러자 무표정하게 안겨 있던 갓난아이가 까르르 하고 소리 내어 웃었습니다.

그러자 또 다른 젊은 여자가 심각한 목소리로 "나 살 쪘어." 하고 말했습니다. 나이 든 여자가 갑자기 어느 노인의 나지막한 목소리로 "아침을 굶어야 해." 하고 말했지요. 그러더니 또다시 후두암에 걸린 어린아이 목소리로 "아니야, 아침 먹을 거야!" 하고 소리쳤습니다. 살이 쪘다는 젊은 여자도 걸걸하게 쉰 목소리로 "안 돼! 아, 맛있다. 아, 맛있다! 재미없어? 재미없어?" 하고 외쳤는데, 아이를 안은 여자가 느닷없이 "옷 사러 가야지." 하고 말했습니다. 그러고는 짠 음식을 먹어서 탈이 났다며, 여행 가면 신랑에게 점심은 비싼 걸로 사 달라고 조르겠노라 각오를 다졌습니다. 그 말을 들은 젊은 여자가 "안 그랬어요? 그랬어요? 안 그랬어요? 그랬어요? 아이, 비싸. 아이, 비싸."라고 말하자, 나이 든 여자가 큰 소리로 웃으며 박수를 치기 시작했습니다.

　그러더니 갑자기 정색을 하고는 "치즈를 살걸⋯⋯." 하고 중얼거렸고, 어린아이를 안은 여자가 다른 여자에게 아이를 넘긴 뒤 갑자기 신이 난 듯 밝은 목소리로 노래를 부르기 시작했습니다. 노래를 부르는 중간중간에도 "아이, 잘한다! 에이, 나빠. 때릴 거야. 때릴 거야. 아이, 잘한다!" 하고 말하며 요상한 춤도 추었습니다. '꿀꿀' '멍멍' '꽥꽥' 하는 소리도 질렀는데, 나이 든 여자도 축 늘어난 팔뚝을 휘저으며 같이 '꿀꿀' '멍멍' '꽥꽥' 하는 소리를 지르고 그 춤을 따라 추었습니다. 아이를 건네 받은 젊은 여자가 그 모습을 보고는 갑자기 입술을 부르르 떨며 깔깔거리고 웃었습니다. 그렇게 한참을 깔깔거리며 웃더니 "아우, 아파." 하고 말하며 머리를 쥐어짜기 시작했고, 안겨 있던 아이가 갑자기 울음을 터뜨렸습니다. 그러자 갑자기 춤을 추던 젊은 여자가 벌떡 일어나더니 "우리 내려야 돼! 내 가방!" 하고 소리쳤는데, 저로서는 그들이 무슨 말을 하는지 알아들을 수 없었습니다. 그들의 행동들이 정말이지 이해되지 않았습니다. 보편적으로 비정상이라고 하는 곳에서 막 나온 제 눈에 비친 그들은 어딘지 모르게 불완전해 보였고, 그런데도 왜 그들은 저와 달리 바깥세상에서 저리도 자유롭고 태연하게 살아가는지 도무지 납득할 수가 없었습니다. 그들이 허겁지겁 내릴 준비를 하는 틈을 타서 지하철 안을 둘러봤습니다. 다른 사람들 역시 그들을 이상하게 쳐다보고 있을지도 모른다는 생각에서였지요. 하지만 지하철에 탄 그 누구도 그들에게 관심을 보이지 않았습니다.

그들이 지하철에서 내리고 난 뒤 속이 울렁거리고 머리가 어지러워 한 정거장을 더 간 다음 저도 지하철에서 내렸습니다. 뒤틀린 속을 부여잡고 사람들 눈을 피해 승강장 가장 구석진 자리까지 비틀거리며 걸어갔습니다. 의자에 쓰러지듯 앉아 고개를 숙인 채 가쁜 숨을 고르고 있었습니다. 어쩌면 그동안 약을 소홀히 먹었기 때문이라는 생각에 잠시 후회가 밀려왔습니다.

잠시 후 한 남자가 다가와 제 옆자리에 걸터앉았습니다. 그의 다리는 사시나무 떨듯 쉼 없이 요동치고 있었습니다. 그를 곁눈질로 올려다봤습니다. 그의 머리 또한 무엇에 홀린 사람처럼 사정없이 까딱거렸습니다. 그 진동이 의자를 타고 제게로 고스란히 전달되어 제 몸을 바들바들 떨게 만들었습니다.

그때 연인으로 보이는 남녀가 제 앞쪽으로 다가와 섰습니다. 여자는 남자 바지 뒷주머니에 손을 찔러 넣었고, 남자는 여자의 어깨에 가볍게 팔을 두르고 있었습니다. 다정해 보이기만 하던 연인이 돌연 악마로 돌변한 것은 바로 그 순간이었습니다. 남자가 갑자기 한 발짝 뒤로 물러서더니 여자를 지하철 선로 쪽으로 툭 밀었습니다. 여자는 간신히 난간을 붙잡았고, 다행히 선로 아래로 떨어지지는 않았습니다. 이어지는 장면은 저를 더욱 경악하게 만들었습니다. 여자가 놀란 가슴을 쓸어 내리는 사이 여자를 민 남자가 갑자기 막 웃기 시작하는 게 아니겠습니까. 그러자 그 여자도 뒤를 돌아 놀라서 납작하게 움츠러든 자신의 가슴을 매만지며 그 남자를 따라 막 웃어 댔습니다.

도망갈 곳을 찾아 허겁지겁 자리에서 일어났습니다. 승강장을 가득 메운 사람들의 검은색 머리들이 멀리까지 길게 줄지어 둥둥 떠다니고 있었습니다. 도망가는 길은 오직 하나, 낮게 몸을 숙여 그 사이를 파고드는 것뿐이었습니다. 간신히 용기를 내어 그 사이를 파헤쳐 나갔습니다. 그나마 약을 완전히 끊지 않았기에 이런 용기라도 낼 수 있는 거구나, 하고 생각했습니다.

계단을 오르고 다시 계단을 내려가 겨우 맞은편 승강장으로 도망쳐 나올 수 있었습니다. 하지만 그곳 역시 위험하기는 마찬가지였습니다. 어느 여자는 쉴 새 없이 머리카락을 배배 꼬며 질겅질겅 턱을 움직였고, 또 다른 여자는 가방에서 로션을 꺼내어 손에 바르더니 다시 로션을 가방에 넣고 거울을 꺼내어 거울을 쳐다보며 실실 웃어 보인 뒤 다시 거울을 가방에 집어넣고 로션을 꺼내어 손에 바르고, 또다시 로션을 가방에 집어넣고서 거울을 꺼내어 얼굴을 비췄습니다. 그 순간 멀리서 지하철 오는 소리가 들렸고, 여자가 지하철이 오는 방향으로 고개를 휙 돌리면서 그만 저와 눈이 마주치고 말았습니다. 저는 즉시 휘청거리면서도 재빠른 동작으로 지하철 안에 몸을 숨겼습니다.

지하철 안은 사람들로 붐볐습니다. 간신히 문 옆에 자리를 잡고 기대 설 수 있었지요. 문 바로 옆자리에 앉은 남자가 저를 힐끔 쳐다봤습니다. 밀려오는 불안감에 또다시 사람들을 뚫고 옆 칸으로 도망쳤습니다. 커다란 안경을 쓴 사람이 노약자석에 앉아 있었습니다. 그는 노란색 비닐봉지를 들고 있었는데 T자, 삼각자 등이 봉지 밖으로 비어져 나와 있었습니다. 그가 그중 하나를 꺼내어 자신의 손바닥 길이를 재었습니다. 그러고는 또 다른 하나를 꺼내어 마찬가지로 자신의 손바닥 길이를 재었습니다. 이번에는 T자 모서리를 이용해 머리를 한쪽으로 쓸어 넘겼습니다. 맞은편에서는 머리가 반쯤 벗겨진 곳에 듬성듬성 검버섯이 핀 노인이 손가락으로 이를 쑤시며 욕을 했습니다. 누구에게 하는 욕인지는 알 수 없었습니다.

지하철 문이 열리고 잡상인이 손전등이 주렁주렁 매달린 커다란 가방을 끌고 들어왔습니다. 그가 초점 없는 눈으로 "또 뵙네요. 네, 아직도 잘 사용하고 계시죠? 네, 감사합니다." 하고 말했습니다. 그러더니 끌고 들어온 가방을 문 앞에 내팽개치고는 손전등 몇 개를 손가락에 걸고서 지하철 안을 돌아다니며 떠들었습니다. 계속 누군가에게 말을 했습니다. 그를 바라보는 사람이 아무도 없는데 끊임없이 누군가와 인사를 주고받았습니다. 또다시 자리를 옮겨야 했습니다. 그가 혹시나 제게 말을 건다면 그것만큼 곤란한 일도 없을 거라는 생각이 들었기 때문입니다.

옆 칸에는 등에 어린아이를 업은 여자가 그보다 조금 자란 아이의 손을 잡고 서 있었습니다. 남자 아이인지 여자 아이인지 모를 얼굴이었지요. 아이와 눈이 마주쳤습니다. 그러자 그 아이가 바지 속에 손을 넣었다 빼더니 코로 킁킁 냄새를 맡았습니다. 저를 보며 씩 웃고는 쪼그려 앉은 자세로 등에 어린아이를 업은 여자의 엉덩이에 코를 들이박았습니다. 또 씩 하고 웃더군요. 엉덩이를 아이에게 내준 여자의 얼굴을 바라봤습니다. 그저 무심하게 창밖을 내다보고 있을 뿐이었습니다.

지하철이 멈춰 서고, 정장을 입은 남자 둘이 똑같이 주머니에 손을 찔러넣은 채 지하철에 탔습니다. 그들은 지하철에 타자마자 서로 욕을 해대기 시작했는데, 얼굴은 웃고 있더군요. 스피커에서 곧 ㄱ역에 도착한다는 안내 음성이 흘러나왔습니다. 지하철에서 내려 3번 출구를 향하는 내내 끊이지 않는 사람들의 웅성거림, 정신을 산만하게 만드는 행동들이 저를 괴롭혔습니다. 거의 탈진한 상태로 3번 출구의 계단을 오르기 시작했습니다. 아래에서 올려다본 바깥세상에는 태양이 내리쬐고 있었습니다.

건물 모퉁이를 돌았습니다. 길게 이어진 언덕이 보였습니다. 그 언덕길만 오르면 다시 그곳으로 돌아갈 수 있었습니다. 제 마음이 발걸음을 재촉했습니다. 언덕길을 오르는 중에 어느 남자가 하얀색 국화꽃들을 무심한 표정으로 잘라서 바닥에 버리는 장면이 눈에 들어왔습니다. 하얀색 국화꽃들이 바닥에 떨어지면서 비명을 질렀습니다. 이미 바닥에 떨어진 국화꽃 대부분은 떨어지자마자 숨을 거둔 듯했습니다. 하지만 그중에는 살려 달라고 애원하는 것도 있었습니다. 그러자 그 남자가 바닥에서 절규하는 그 국화꽃을 향해 침을 퉤 하고 뱉었습니다. 차마 더 이상은 볼 수 없겠더군요.

다시 언덕길을 오르는데 어느 골목에서 갑자기 노란색 택시가 쏜살같이 튀어나왔습니다. 유독 저를 잘 따르던 진돗개 검순이를 치고 달아난 그 택시가 분명했습니다. 당시 저는 인도에 멍하니 서서 검순이가 도로로 뛰어드는 것을 바라보고만 있었습니다. 검순이가 깽 하고 소리치더니 공중으로 붕 떠올랐습니다. 그 뒤의 장면은 기억 속에 남아 있지 않습니다. 눈을 떠 보니 방에 누위 있었습니다. 바로 그때 그 택시였습니다. 사고의 유일한 목격자인 저를 다시 찾아온 것이었습니다. 저를 없애기 위해 다시 나타난 것이 틀림없었습니다. 착한 검순이의 머리에 커다란 흉터를 만들어 그것을 지닌 채 일생을 놀림받으며 살게끔 만든, 분명 그 택시였습니다. 재빨리 몸을 숨겼습니다. 그 택시가 도로에 합류해 제 눈에서 멀어질 때까지 기다렸습니다. 다시는 저를 찾지 못하도록 조심해야겠다고 생각했습니다. 그리고 다시 발걸음을 재촉했습니다.

주민회관을 지나칠 때였습니다. 교복을 입은 여자 아이들이 허겁지겁 그곳으로 향하는 저를 보더니 깔깔거리며 웃었습니다. 가서 변명을 하고 싶었습니다. 지금은 바빠 갈 곳이 있어서 급하게 뛰는 것이라고 변명하고 싶었습니다. 하지만 차마 용기가 나지 않았습니다. 겁쟁이인 저는 아무런 변명도 할 수 없었지요. 그저 조금만 더 가면, 조금만 더 힘을 내면, 하는 절실한 마음으로 걸음을 멈추지 않고 계속 언덕길을 오를 뿐이었습니다. 그리고 드디어 그곳에 도착할 수 있었습니다.

입원실로 곧장 연결된 건물 입구로 들어가 계단을 올랐습니다. 다리가 휘청거리고 눈앞이 캄캄했습니다. 층계참에 위치한 보호사실 창문을 두드렸습니다. 대답이 없어 안을 들여다보니 보호사는 자리에 없었습니다. 그대로 계단에 주저앉아 숨을 고르며 담배를 피웠습니다. 담배 연기는 금세 계단을 가득 채웠습니다. 다시 계단을 내려가 문을 열어 환기시킨 뒤 계단에 걸터앉아 보호사를 기다렸습니다. 보호사는 좀처럼 나타나지 않았습니다. 어쩌면 2층으로 연결된 문은 열려 있을지도 모른다는 생각이 들더군요. 계단을 올라 손잡이를 잡고 돌려 봤습니다. 문은 열리지 않았습니다. 누군가 저를 비웃는 소리가 들렸습니다. 위를 바라보니 소년이 3층 난간에 기대어 킥킥거리고 있었습니다.

'그래, 잘 왔어. 거봐, 내가 뭐랬어?'

"뭐라고 했는데?"

'어차피 시시한 곳이라고 했잖아.'

"그런 적 없어."

'그럼 다시 말해 줄게. 어차피 다 시시한 것들뿐이야. 그러니 발버둥칠 필요 없어.'

"너라면, 너라면 어떻게 할 건데?"

'나라면 차라리 죽고 말겠지. 너도 그런 걸 원하는 거지?'

"내가?"

'응, 네가. 아니 내가. 그리고 너도.'

소년은 더 이상 말이 없었습니다. 그렇게 우리는 한참 동안이나 서로를 바라보고 있었습니다.

"어머, 왜 돌아오셨어요?"

1층 현관에 달린 벨을 누르자 김 간호사가 동그란 눈으로 문을 열어 주며 물었습니다. 제가 그곳에 처음 들어갔을 때와 비슷한 얼굴이었습니다. 그리고 저도 모르게 웃음이 새어 나왔습니다.

"왜 웃으세요?"

"아니에요, 몸이 안 좋아서 돌아왔어요. 보호사님은 아무리 기다려도 오시지 않네요. 그래서 벨을 눌렀어요."

"아, 따님 결혼식이라 댁에 가셨어요."

"보호사님에게 따님이 있는 줄 몰랐네요."

"저도 오늘에서야 알았는걸요. 자, 여기서 이럴 게 아니라 얼른 들어오세요. 아직 쌀쌀해서 그런가 입술이 다 새파래지셨어요. 진작 1층으로 오지 그러셨어요. 또 감기 걸리면 어쩌시려고."

김 간호사가 건네준 따뜻한 물 몇 모금을 마시고 2층으로 올라갔습니다. 아무도 없는 거실을 지나 방으로 들어갔지요. 허 선생님은 낮잠을 자고 있었습니다. 겉옷을 걸어 두려고 사물함을 열자, 덜컹거리는 소리에 그가 잠에서 깨어 제 얼굴을 한 번 쓱 바라보고는 몸을 일으켜 차고 있던 손목시계를 확인했습니다.

"왜 벌써 왔어?"

그가 꽉 잠긴 목소리로 물었습니다.

"아직 자고 있었어요?"

"뭐야, 어떻게 된 거야? 왜 안 나가고?"

그가 눈을 비비며 물었습니다.

"가다가 몸이 안 좋아서 돌아왔어요."

"그래? 아무튼 잘 왔다. 이참에 외출 나가는 거 그만둬 버려."

그가 웃음을 띤 얼굴로 말했습니다.

"일단은 좀 자야겠어요."

"그래, 자. 나도 좀 더 자야겠다. 김 카운슬러가 월요일까지는 무슨 일이 있어도 써 오라더라고. 도대체 정도껏 요구해야지 말이야. 오늘 또 밤새우게 생겼어."

그는 잠시 투덜대고는 이불을 둘둘 말아서 품에 끌어안더니 이내 잠들어 버렸습니다.

　월요일이 되자 나 선생님은 제가 외출에서 돌아온 이유를 알아내기 위해 질문 공세를 폈습니다. 하지만 저로서는 그날 있었던 일을 사실대로 털어놓을 수 없었지요. 혹시나 제 외출을 금지시킬까 겁이 나더군요. 그리고…… 제게 실망할까 두려웠습니다. 그 며칠 동안은 내심 걱정스런 마음으로 조마조마한 날들을 보냈습니다. 혹시나 나 선생님이 외출하지 않은 이유를 물어오지는 않을까, 원장님의 지시라며 갑자기 외출을 금하지는 않을까 하는 마음으로 말입니다. 한편 그날 외출을 포기함으로써 나아진 점도 있었습니다. 사람들이 저를 다시 그곳의 일원으로 받아들이기로 한 듯 다시 자주 말을 걸기 시작했다는 것입니다. 별로 달갑지 않은 그들이지만 마음은 놓이더군요. 행여나 무슨 일이 있더라도 바깥세상으로부터 안전하게 저를 숨겨 줄 수 있는 곳이었으니까요.

　그날 이후 저는 다시 이전의 생활로 돌아갈 수 있었습니다. 그동안 느꼈던 감정과는 또 다른 종류의 평온함도 느껴 볼 수 있었지요. 하지만 벌써 몇 번이나 말씀드렸듯이 불운을 타고난 제게는 찰나의 평온함조차 쉬이 허락되지 않았습니다. 어째서 삶은 좀처럼 원하는 대로 흘러가지 않는 것일까요. 가까이 다가갔다 싶으면 멀리 달아나 버리는 삶. 오로지 괴로워하는 것만이 정해진 운명인 것처럼 말입니다. 결국 힘들게 다시 찾은 평온함은 오래 지속되지 못하고, 앞으로 다가올 사건을 계기로 그 바닥을 향해 완전히 추락하고 말았습니다.

가슴에 카네이션을 달고 그 어느 때보다 더 온화한 얼굴로 돌연 2층에 모습을 나타낸 나 선생님이 말했습니다.

"남자 선생님은 이번 주 안에 들어오실 거고요, 이어서 여자 선생님 두 분이 더 들어오실 거예요. 그래서 어쩔 수 없이 방을 옮겨야 하니까 오늘부터 미리 짐 챙겨 놓으세요, 아셨죠? 그럼 이따가 명상록 시간에 다시 뵐게요."

허 선생님과 제가 사용하는 2인실을 다른 누군가에게 내줘야 할 처지에 놓인 것이지요. 그 말은 앞으로는 여러 명과 함께 생활하며 그들이 일으키는 소음으로 인해 고통의 나날을 보낼 거라는 뜻이었습니다.

"이런 식이라면 나더러는 아예 카운슬링을 하지 말라는 뜻이지? 쳇!"

방으로 돌아온 허 선생님은 극도의 흥분 상태를 이기지 못하고 문을 쾅 걷어찼습니다.

"설마요."

"안 그러면? 이제 겨우 쓸 만하다 싶어지니까 방을 바꾸라는 건 뭔데? 엊그제 내려갔을 때만 해도 그런 소리 없었는데 갑자기 방을 바꾸라니! 쳇, 이젠 틀렸다. 평생 여기 갇혀 살다가 썩어 죽어 나가는 수밖에."

"어느 방으로 가게 될까요?"

"글쎄. 근데 너는 왜 그렇게 태평해? 이제 외출 나가니까 크게 상관없다는 거야?"

"그럴 리가요. 생각 중이에요. 방을 옮기기 싫기는 저도 마찬가지예요. 아니, 모르긴 몰라도 허 선생님보다 더할걸요? 생각해 보세요. 저도 허 선생님이랑 방을 계속 써야 나중에 외출 나가더라도 혼자 방을 쓸 거 아니에요."

"하긴 그렇다. 그럼 카운슬러들 출근하면 같이 내려가서 말해 볼까? 잠깐만, 석환이 형한테도 물어보고 올게."

잠시 뒤 그는 고개를 절레절레 흔들며 방으로 돌아왔습니다.

"뭐라고 하세요?"

"그 형이라고 뭐 알겠어? 그 방도 다들 난리라 짜증만 내고. 근데 정광수 선생, 그 인간 혼자만 뭐가 좋은지 헤벌쭉거리더라."

"왜요?"

"여자들이랑 같은 방을 쓰게 됐다나? 제대로 미친 거지."

"정광수 선생님답네요. 저도 명상록 끝나고 나 선생님한테 한번 물어나 볼게요. 바뀌는 것은 없겠지만요. 허 선생님도 김아경 선생님한테 한번 말씀해 보세요."

태연하게 말하기는 했지만 실은 익숙해진 방을 바꾼다는 것이 무척 마음에 내키지 않았습니다. 하지만 어쩔 도리가 없었지요. 아무리 항의한다고 한들 제가, 허 선생님이 무엇을 바꿀 수 있었겠습니까. 달걀프라이 하나 얻지 못하는 그들이 무엇을 할 수 있었겠습니까. 당시로서는 그 상황 또한 아무렇게나 흘러가 버리도록 내버려 두는 것이 최선이었지요.

명상록 시간을 5분 남짓 남겨 두었을 때, 사람들의 불만 섞인 목소리가 한데 섞여 당장에 견고한 요새라도 무너뜨릴 것처럼 좀은 공부방 안을 가득 채웠습니다.

"아우, 짜증나! 그럼 어디로 가라는 거야!"

이은아 선생님이 소리쳤습니다.

"그러게요. 그럼 언제 옮기라는 건지 정확히 아시는 분 계세요? 허 선생님도 모르세요?"

최미희 선생님이 허 선생님을 바라보며 물었습니다.

"네, 뭐, 저도 오늘에야 들었네요."

"너무 걱정들 하지 맙시다. 무슨 사정이 있겠지요."

최 선생님이 사람들을 진정시키려는 듯 나직이 말했습니다.

그때 마침 나 선생님이 들어왔고, 사람들은 동시에 불만을 표했습니다. 흥분하여 목소리가 높아진 사람도 있었고 징징거리는 사람도 있었습니다. 그럼에도 불구하고 그녀는 전혀 동요하는 기색조차 보이지 않았습니다.

"네, 불편하실 거예요. 그래도 병실이 부족하니 할 수 없지 않겠어요? 자, 그럼 '우리는 어떻게 위기를 이겨 낼 수 있을까', 오늘은 오랜만에 희진 선생님부터 해 볼까요?"

명상록을 마치고 방으로 돌아온 허 선생님은 약간 풀이 꺾인 모습이었습니다.

"흠, 아무래도 안 되겠는데……."

그는 방 안을 서성거리다 안경을 벗어 책상 위에 올려놓고는 눈을 끔벅거리며 벽에 걸린 시계를 바라보는가 싶더니, 이내 다시 안경을 집어 쓰고서 소매를 걷어 손목시계를 들여다봤습니다.

"흠……."

그러고는 의자를 끌어다 책상 앞에 자리를 잡고 앉았습니다. 책상에 기댄 그는 무언가 곰곰이 생각하는 듯 보였습니다. 때로는 덥수룩하게 자란 수염을 쓸어내리기도 했고, 눈을 비비는가 하면, 손가락을 이용해 콧속의 털을 잡아 뜯기도 했습니다.

"흠, 이런 식으로 나온다 이거지……."

그가 말라비틀어진 마늘을 엄지손가락으로 으깨서 휴지통을 향해 던졌습니다. 문에 맞은 마늘이 바닥으로 떨어지면서 파란색 곰팡이를 일으켰습니다.

"에이, 모르겠다! 될 대로 되라지. 카운슬링 발표 못 하면 다 병원 탓이니까, 안 그래?"

그러더니 포기한 듯 매트리스 위로 벌러덩 누워 쩍 하고 하품을 했습니다.

아, 허 선생님! 당신이라는 사람은 어쩌면 이렇게 무책임할 수 있습니까! 그를 향한 소리 없는 경멸의 외침이 가슴 한편을 아리게 만들었습니다. 그래도 한때는 함께 밤을 새우며 카운슬링 준비를 한 그였기에, 외출을 나가기 위해 김아경 선생님을 포함한 많은 사람을 속이면서까지 부단히 노력한 그였기에, 절박한 심정을 토로하며 함께 돈을 벌어 떳떳하게 바깥세상에서 성공해 보자고 말한 그였기에, 그런 그였기에…… 그간 제 반쪽짜리 심장에 고여 있던 경멸의 피가 그를 향한 증오와 혐오로 마구 솟구쳐 올랐습니다. 앞으로 무슨 상황이 닥치더라도 저 무심한 남자를 동정하는 일은 없을 것이다, 그와 말을 섞되 진정으로 말하지 않을 것이며, 함께 웃되 진정으로 웃지 않을 것이다, 하고 결심했습니다.

짐이 적든 많든, 거리가 가깝든 멀든 이사는 여간 번거로운 일이 아닌지라 사람들 모두 매우 분주한 하루를 보냈습니다. 방을 옮겨야 하는 입장에 있는 사람들은 그간 늘어난 살림을 옮기느라 정신이 없었고, 그렇지 않은 경우에도 새로운 사람들이 짐을 들고 오기 전에 미리 방에서 좋은 자리를 확보하거나 조금이라도 자신의 영역을 넓히기 위해 여념이 없었습니다. 김철수 선생님의 1인실만 유일하게 천하태평이었지요.

허 선생님과 저는 명 선생님과 정일규 선생님, 유영건 선생과 함께 최 선생님 등이 사용하던 큰 방으로, 최 선생님과 안 선생님, 정광수 선생님과 정기봉 선생님은 이은아 선생님과 희진 선생이 사용하던 방으로, 새로운 여자 선생님 둘은 권 선생님과 최미희 선생님이 있던 방에 합류했고, 그 방에 있던 고상미 선생님은 이은아 선생님, 희진 선생과 함께 허 선생님과 제가 사용하던 방으로 옮겼습니다. 새로 온 남자 선생님은 시골로 내려간 박용식 선생님이 사용하던 지하실 방에 자리하게 되었습니다.

방을 옮기기 전까지만 해도 비교적 담담한 마음이었지만, 막상 여럿과 함께 방을 사용하자니 불편한 것이 이만저만이 아니었습니다. 원장님이 배려해 준 덕에 비교적 젊은 층으로 구성된 방이었다지만, 그렇다고 해서 각자의 생활 방식과 그 성격이 모두 같을 수는 없으니까요. 명 선생님은 취침 시간을 칼같이 지켰지만 저는 그렇지 않았습니다. 정일규 선생님은 시도 때도 없이 떠드는 것을 좋아했지만 저는 그렇지 않았지요. 유영건 선생은 딱히 하는 것 없이 하루에도 수십 번씩 방을 들락거렸고, 문을 정면으로 바라본 자리에 있게 된 저로서는 여간 신경 쓰이는 일이 아니었습니다. 반면에 허 선생님은 방을 옮기고 난 뒤부터 퍽 즐거운 모양이었습니다. 게다가 그는 곧 유영건 선생과 아주 가까운 사이가 되었지요. 그 둘은 늘 서로 붙어 다녔습니다. 운동도 함께 하고 식사 시간에는 나란히 앉아 밥을 먹었습니다. 언젠가 허 선생님과 제가 그랬던 것처럼 말입니다. 그는 더 이상 저와 함께 하지 않았습니다. 언제나처럼 저는 또다시 혼자가 되었습니다.

하루의 대부분을 거실에서 보냈습니다. 낮에는 낡은 CD플레이어 앞에 앉아 김 간호사에게 부탁하여 받은 헤드폰을 낀 채로 명상록이나 자서전을 쓰며 시간을 보냈고, 잠들 시간에만 방에 들어가 수면제를 삼키고 책을 읽다가 잠이 들었습니다. 헤드폰을 통해 흘러나오는 음악은 이은아 선생님 말처럼 그 질이 좋지는 않았지만, 그림을 그릴 수 없는 제게는 훌륭한 도피처가 되어 주었습니다. 특히 베토벤이 그랬습니다.

게다가 입맛도 없어 자주 식사를 거르게 되었습니다. 급기야 몸무게가 43킬로그램까지 줄어들었지요. 한때는 명 선생님처럼 몸에 근육을 붙여 보겠다는 각오를 다지기도 했지만 그 다짐이 무색할 만큼 형편없는 몰골로 변해 가고 있었습니다. 나 선생님과 김 간호사, 최 선생님 등 몇몇은 그런 저를 보며 걱정 어린 위로를 건네준 반면에 대부분의 사람들은 제 팔목이 아무리 앙상하게 변해 가더라도, 제 눈꺼풀이 아무리 깊게 패더라도 아무런 관심을 보이지 않았습니다.

날이 갈수록 홀로 보내는 시간에 더 많은 의미를 두었고, 또 집착하게 되었습니다. 사람들에게서 벗어나 자유로워질 수 있는 방법은 오직 홀로 외로이 시간을 보내는 것뿐이었지요. 그리고 자신 있었습니다. 외롭되 외롭지 않은 시간은 이미 충분히 익숙한 저였으니까 말입니다. 그렇게 죽은 듯 시간을 보내다 토요일이 되면 다시 살아난 사람처럼 바깥세상을 뚫고 그녀에게로 향했습니다. 그녀에게서 저는 진정한 사랑을 느낄 수 있었고, 그녀에게서 뿜어져 나오는 빛깔은 저를 향기롭게 만들어 주었습니다. 다시 그림을 그리고 싶다는 열정도 불러일으켜 주었습니다.

"나랑 얘기 좀 할까?"

명 선생님이 CD플레이어 앞에서 헤드폰을 쓴 채 엎드려 있는 제 어깨를 가볍게 움켜쥐었습니다.

지하실은 5월의 한낮에도 아직 서늘한 기운이 맴돌았습니다. 온도 차이로 인해 생긴 검은 곰팡이들까지 군데군데 피어나 음산한 기운을 내뿜고 있었지요. 명 선생님이 운동 기구 사이에서 무거운 아령을 하나 들고 와서는 최근에 부쩍 가슴이 작아졌다며 너스레를 떨었습니다. 제가 웃어 주자 그제야 안심했는지 잠깐 기다리라고 말하더니 슬쩍 주위를 둘러보고는 주방 안으로 들어가 식사 시간에만 주어지는 스테인리스 스틸 컵에 커피믹스를 타 가지고 와서 제게 건넸습니다.

"그래, 요즘 힘들지? 살이 너무 빠졌어."

"별로……."

"잠도 잘 못 자는 거 같던데."

"항상 그랬어요."

"요즘은 지완이랑 별로야?"

"별로랄 것도 없네요."

"그래, 뭐, 다 그렇지. 나도 그래. 나도 웃고 떠들고 하긴 해도…… 으악!"

그가 커피를 마시다 혀를 데었는지 과장된 동작과 함께 크게 소리쳤습니다.

"명 선생님은 앞으로 계획이 어떻게 되세요?"

제가 묻자 그는 혓바닥을 입 밖으로 쭉 빼고는 "글쎄다, 여기서 나가면 나 하나 받아 줄 사람 없겠어?"라고 괜한 너스레를 떨었습니다. 그리고 말했습니다.

"희우야, 기억나? 내가 너 처음 왔을 때 했던 말?"

그는 기억하고 있었습니다. 저와 나눈 대화를 잊지 않은 것입니다. 어쩌면 처음부터 허 선생님이 아닌 그와 같은 방을 썼으면 좋았을 텐데, 하는 아쉬움이 들었습니다. 그는 언제나 있는 듯 없는 듯 저를 도와주었고, 저뿐만 아니라 그곳에서 갑작스레 급한 일이 생기거나 지저분한 일을 처리해야 하는 일이 생겼을 때도 항상 앞장서곤 했지요. 하지만 이미 지나간 일, "뭐라고 하셨지요?" 하고 되묻는 것으로 제 마음을 숨길 수밖에 없었습니다.

"그래, 기억 안 날 거야. 막 입원했을 때니까. 여기서는 다른 사람 신경 쓸 필요 없어. 너를 보면 꼭 나 어렸을 때 같아서 하는 말이야. 너무 이것저것 다 신경 쓰려고 애쓰지는 마. 그냥 네가 여기서 얻어 갈 수 있는 거만 생각해. 정신병원에 무슨 친구를 만들려고 온 것도 아니고, 안 그래? 지완이도 어차피 요즘 하는 거 보니까 글쎄다…… 영 마음에 안 들어. 카운슬링이고 뭐고 다 뒤로 밀어 놓고 영건이랑 히히덕대면서 놀기만 하던데, 어쩌려고 저러는지. 내가 할 말은 아니지만 저러다 평생 정신병원 신세 못 면하지. 날 봐. 이게 뭐냐, 반 세월 동안."

"나 선생님은 저더러 여기서 사회 적응 훈련을 하라고 하셨어요. 이런 게 다 그 훈련인 걸까요?"

"글쎄, 나는 잘 모르겠다. 나희정 선생님이 그렇게 말씀하셨으면 그 말이 맞을 거야. 워낙에 우리 같은 환자들 많이 봐 오신 분이니까 어련히 잘 말씀해 주셨겠지. 내 말은 그냥 흘려들어도 돼. 다 마셨으면 이만 올라갈까?"

"컵은 어디에 두면 될까요?"

"그냥 여기 놔둬. 운동 좀 하고 나서 이따가 저녁 먹을 때 내가 슬쩍 설거지통에 끼워 넣으면 돼. 먼저 올라가."

계단을 오르다 뒤를 돌아 그를 바라봤습니다. 그도 저를 바라보고 있었습니다. 그는 저와 눈이 마주치자 팔을 구부려 알통을 만들어 보이며 "나도 늙는가 보다." 하고 말했습니다.

2층으로 올라와 헤드폰으로 귀를 막고 베토벤을 들었습니다. 흡연실로 가서 담배도 피웠습니다. 다시 헤드폰을 썼을 때는 모차르트가 흘러나오고 있었습니다. 한번쯤은 제대로 된 클래식 음반을 들어 보고 싶다는 생각이 들었습니다. 공연장에 앉아 잘 차려입은 수십 명의 관현악단이 연주하는 무대를 감상할 수 있다면 더욱 좋겠다는 생각도 들었습니다.

　헛된 꿈은 꾸지도 말라는 것일까요, 누군가 제 뒤통수를 건드렸습니다. 이은아 선생님이었습니다. 그녀는 제게 저녁 시간이 다 되었다는 것을 알려 주려는 듯 밥 먹는 시늉을 해 보이고는 지하실로 향했습니다. 더 이상 따로 밥을 먹지 않아도 되는 모양이었습니다. 그간 잊고 지냈는데, 살이 더 오른 듯 얼굴은 뽀얗게 핀 데다 배도 더욱 불룩하게 튀어나와 있었습니다. 걸어가는 뒷모습을 보니 늘 엉덩이까지 내려오던 환자복 바지가 허리춤에 잘 맞았습니다. 피둥피둥한 모습으로 힘차게 내딛는 발걸음이 보기 좋았습니다. 잘 지내고 있구나, 하고 생각했습니다.

　지하실로 내려가 길게 늘어선 줄 맨 끝에 섰습니다. 제 차례가 되기를 기다렸다가 찐밥과 반찬, 국을 식판에 차례로 얹고 한산한 구석 자리로 가서 먹었습니다. 모든 것이 변하는데 밥맛은 변함이 없었습니다. 조금 떨어진 곳에서 밥을 먹던 명 선생님과 명구 선생님이 저를 보고는 제 쪽으로 자리를 옮겨 와 앉았습니다.

　"이 선생, 같이 먹자고. 아, 근데 정말, 이게 뭐야, 매일. 안 그래, 이 선생? 이렇게 먹다간⋯⋯."

　명구 선생이 투덜거리다 말고는 숟가락 한가득 밥을 퍼 담아 입 안에 집어넣었습니다.

　"아무튼 명구 얘는 불평은 불평대로 하면서 밥은 또 가장 잘 먹어요."

　명 선생님이 명구 선생을 놀리듯이 말했습니다.

　그러자 명구 선생이 입 한가득 밥을 넣은 채로 목에 핏대를 세우며 눈을 부라렸는데, 그 모습을 보고 있자니 저도 모르게 그만 피식 하고 웃음이 나왔습니다.

"어? 그래, 이 선생도 비웃는다 이거지?"

그렇게 말하는 명구 선생의 얼굴에는 웃음이 가득했고, 그들의 작은 배려는 제게 종종 웃음을 되찾아 주곤 했습니다. 하지만 그런 웃음은 그저 한순간일 뿐 문득 정신을 차리고 보면 저는 또다시 CD플레이어 앞에 홀로 앉아 귀를 막고 있었습니다.

그즈음, 제 마음 다스리는 것 하나도 제대로 못하던 그 무렵, 악재는 반드시 겹쳐서 일어난다는 말을 실감하게 해 주려는 듯이 그곳에도 불미스럽고 언짢은 일이 연이어 벌어지기 시작했습니다. 여느 때처럼 베토벤의 절규로 귀를 막고 있었습니다. 갑자기 명구 선생이 벌게진 얼굴로 모습을 드러내더니 저를 향해 뭐라고 말하는 것 같았지만 제대로 들리지는 않았습니다.

"뭐라고 하셨어요?"

헤드폰을 벗어 목에 걸쳐 놓고 물었습니다. 베토벤도 조용히 숨죽인 채 그가 할 말에 귀 기울였습니다.

"이 선생은 아직 못 들었지? 아, 정말 짜증나네. 흡연실이 없어진다잖아!"

긴급 자치 회의가 열렸습니다. 그간의 경험으로 미루어 짐작하건대 분명 부질없는 짓이었지요. 그럼에도 불구하고 사람들은 흡연실을 없애는 것은 부당한 대우라며, 반드시 방안을 모색해야 한다며, 목소리를 한데 모아 잡다한 푸념을 늘어놓기에 여념이 없었습니다.

"여태껏 가만히 있다가 이제 와서 갑자기 이러면 어쩌라는 건지. 아, 명 선생님 올라오시네요."

권 선생님이 입가에 고인 침을 쓰읍 하고 들이마시며 계단을 가리켰습니다.

"물어보니까 소방재청에서도 저기를 흡연실로 사용하는 걸 알면서 그동안은 묵인해 주고 있었나 봐. 엄연히 따지면 불법이라더라고. 근데 주민 신고가 계속 들어오니까 이제 거기에서도 어쩔 도리가 없나 보더라."

자세한 내용을 물어본다며 1층으로 내려갔던 명 선생님이 올라와 둥글게 원을 그리고 모여 앉은 사람들 틈에 앉으며 말했습니다.

"형은 누구한테 들었는데? 확실한 거야? 괜히 잘못 듣고 하는 말 아니지?"

원 밖에서 팔짱을 끼고 서 있던 허 선생님이 따지는 투로 물었습니다.

"뭔 소리야? 김 간호사한테 들었으니까 확실하겠지. 근데 너는 왜 요새 내가 말하는 족족 시비냐?"

명 선생님도 신경이 날카로웠는지 허 선생님을 매섭게 노려봤습니다.

"아우, 무서워. 저러다 저 양반들 싸움이라도 나겠네."

정광수 선생님이 새로 들어온 여자 선생님 옆에 바짝 붙어 앉아 말했습니다.

그 무렵 정광수 선생님은 새로 들어온 여자 선생님 둘 중 아마 박씨라고 했던 것 같은데 확실히 기억은 나지 않습니다만, 아무튼 그와 비슷한 나이의 그 여자 선생님 뒤꽁무니만 졸졸 따라다니고 있었습니다. 실제로 그녀는 나이에 비해 꽤 예쁘장한 얼굴이었지요. 비록 언어 장애가 있어 직접 말하는 것을 들어 본 적은 없지만 빙그레 웃는 얼굴이 그다지 나쁘게 보이지는 않았습니다. 또 다른 여자 선생님은 양씨 성을 가진 30대 후반의 조신하게 생긴 가정주부였는데, 겉으로 보기에는 특별한 증상을 지닌 것 같지 않았습니다. 새로 들어온 남자 선생님은 하씨 성을 가진 헬스장을 운영하는 사업가였습니다. 그는 말끝마다 요즘 부동산 시세가 어떻고 수익금이 어떻다느니 떠들고 다녔습니다. 직접 대화를 나누어 본 적은 한번도 없었기에 어디까지가 진실인지는 알 수 없었지만, 행색으로 보아 그다지 신뢰가 가지는 않았습니다. 비슷한 이유로 다른 사람들 사이에서도 허풍쟁이로 통하는 듯했습니다.

"제가 요전에 한 번 흡연실 창문으로 공무원 같은 사람 여럿이 모여 있는 걸 본 적이 있습니다."

명 선생님과 허 선생님의 일촉즉발의 신경전을 안 선생님이 가로막았습니다.

"언제요? 나도 본 거 같은데."

그 말에 희진 선생이 맞장구를 쳤습니다.

"뭐야, 정말. 다들 그럼 진작 말했어야지. 아, 어떻게 되는 거야, 짜증나네."

명구 선생이 단단히 짜증이 난 듯 애꿎은 턱수염을 손톱으로 잡아 뜯었습니다.

"아무래도 저기 건너편 빌라 사람들이 신고한 거 아닐까요? 여기가 보이는 데라고는 저 빌라밖에 없는데."

흡연실에는 잘 가지도 않는 최미희 선생님이 말하자 몇몇이 동그랗게 뜬 눈으로 그녀를 쳐다봤습니다.

"그냥 저번에 보니까 그럴 거 같아서……."

"그럼 미희 선생님 말씀이 맞을 거야. 나도 그때 봤거든. 저쪽 빌라 사람들."

허 선생님이 그녀의 편을 들고 나섰습니다.

"허 선생은 그런 말 없었잖아."

명구 선생이 잡아 뜯은 턱수염을 손가락으로 튕겨 내며 말했습니다.

"그냥 본 것도 일일이 꼭 말해야 되나?"

허 선생님이 팔짱을 낀 채로 턱을 위아래로 흔들며 되물었습니다. 그리고 그의 입꼬리가 한쪽으로 씩 올라가는 것을 저는 놓치지 않았습니다.

거실에는 무거운 안개가 내려앉은 듯 정적이 흘렀습니다. 어느 누구도 섣불리 자리에서 일어나거나 말을 꺼내려 하지 않았고, 고개를 떨어뜨린 채 상심에 빠져 있었습니다. 잠시 후 방문 앞에 기대 앉아 있던 정기봉 선생님이 먼저 천천히 몸을 일으키더니 아무런 말 없이 다리를 절뚝거리며 조용히 흡연실로 향했습니다. 한쪽으로 기우뚱해 걸어가는 그의 뒷모습을 보고 있자니 평상시 흡연실과 공중전화기밖에 모르는 그였기에 그 누구보다도 흡연실 폐쇄는 큰 충격으로 다가왔을 것이라는 생각이 들었습니다.

"자, 그만들 하시고, 어쩌겠습니까? 소방재청이든 공무원이든 개입이 되었으면 사실상 흡연실은 폐쇄되겠지요. 우리야 서로 어쨌든 간에 저쪽 빌라 사람들 입장에서는 그저 정신병원에 갇힌 환자들이 어슬렁거리는 것으로 보이는 게 당연할 터, 다들 이 일로 너무 얼굴 붉히지 않았으면 합니다. 내 조금 피곤해지려고 하니 딱 한 가지만 묻고 들어가겠습니다. 그럼 이제 어디서 담배를 피워야 하는지에 대해서는 궁금하지들 않으신지요."

그로부터 이틀 후, 흡연실은 예상한 것보다 빨리 폐쇄되었습니다. 수없이 열고 닫히기를 반복한 철문에 자물쇠가 채워졌습니다. 모두가 망연자실한 얼굴로 그 광경을 지켜보는 수밖에 달리 도리가 없었습니다. 담배는 화장실에서 피우는 것으로 결정되었습니다. 흡연실에 있던 스탠드 재떨이와 플라스틱 의자는 남자 화장실에 새로이 자리를 잡았고, 벽에 매달아 놓은 라이터도 줄이 교체되어 벽 한쪽에 매달렸습니다. 여자 화장실에는 뚜껑이 있는 깡통만 하나 놓아 두었다는 이야기를 들었습니다.

화장실이 흡연실 역할도 담당하면서 기존의 낡고 지저분한 환풍기가 새것으로 교체되었습니다. 하지만 많은 사람이 내뿜는 담배 연기를 감당하기에는 역부족이었지요. 천장에는 언제나 거꾸로 핀 물안개처럼 뿌연 연기가 잔잔히 떠다녔습니다.

화장실 청소를 맡은 유영건 선생의 불만은 하루가 다르게 늘어 갔고, 명구 선생도 재떨이에 습기가 차서 달라붙은 꽁초들을 청소하기가 더 어려워졌다며 투덜거리기 일쑤였습니다. 다른 사람들 역시 화장실에서 담배를 피우게 된 후로는 씻어도 개운하지 않다며, 또 담배를 피울 때마다 몰래 숨어서 나쁜 짓을 하는 것 같다며 불평을 늘어놓았습니다. 한동안 자리를 비운 김철수 선생님만 기쁜 내색을 감추지 않았는데, 흡연실 폐쇄 소식을 듣고는 밥 먹고 와서 이를 닦고 바로 담배까지 피울 수 있다는 이유였습니다. 한편 종일 거실에 앉아 있던 저는 제 의지와 상관없이 여자 선생님들의 불만 섞인 목소리 또한 종종 들을 수 있었는데, '담배 냄새가 역하다' '침을 아무 데나 뱉어 놓는다' '바닥이 지저분하다' 부터 '머리카락을 안 치운다' '변기 물을 내리지 않는다' '컵을 씻어 두면 마음대로 쓴다' '팬티를 빨아서 세면대에 널어 둔다' '샤워를 너무 오래한다' 등 흡연실이 폐쇄되기 전에는 언급되지 않은 시답잖은 불만들이었습니다.

소등 시간이 지난 늦은 시간, 하루는 화장실에서 혼자 담배를 피울 때였습니다. 고상미 선생님이 화장실 문을 열고 들어오다가 저와 눈이 마주쳤습니다. 그녀는 잠시 멈칫하는가 싶더니 이내 아무렇지 않게 화장실로 들어왔습니다. 언젠가 비슷한 상황이 있었지요. 저는 세수를 하려는 참이고 그녀는 세탁기를 사용하려고 할 때였습니다.

"또 이렇게 만나네?"

"그러게요."

"잠깐 괜찮죠?"

"네, 앉으세요."

플라스틱 의자를 그녀에게 내주었습니다.

"고마워요. 왜 안 자고?"

"이제 자려고요. 방금 수면제 먹고 마지막으로."

"계속 먹는 거?"

"가끔씩요. 그런데 최근에는 안 먹고는 잘 수가 없겠더군요."

그녀가 턱을 들어 연기를 천장을 향해 길게 내뿜으며 이해한다는 듯 몇 번 고개를 끄덕였습니다.

"지금 들어오셨나 봐요?"

"아, 방금."

그녀가 다시 연기를 내뿜었습니다.

"그런데 왜 남자 화장실에 오셨어요?"

"참, 나 좀 봐. 말을 안 했네. 이상했겠다. 왜 진작 물어보지 않았어요?"

그녀는 미처 다 내뱉지 못한 담배 연기를 공중으로 흩날리며 되물었습니다.

"그래서 지금 물어보는 거예요."

"뭐야, 재밌네. 얼마 전에 불 끈 다음부터는 화장실에서 담배 피우지 않기로 정했다고 하더라고요. 여자 화장실엔 창문이 없으니까. 그럼 나는 어쩌라고? 했더니 여기서 피우래요. 그래서 왔어요. 미안해요. 갑자기."

그날 이후로 밤이면 권 선생님이, 더 늦은 밤이면 고상미 선생님이, 때때로 희진 선생까지 남자 화장실을 들락거리게 되었습니다. 특히 권 선생님은 언젠가부터 낮에도 남자 화장실에 멋대로 들어오기 시작했는데, 한번 들어왔다 하면 여자 선생님들 험담을 입가에 가득 고인 침을 삼킬 틈도 없이 주구장창 늘어놓기도 했지요. 네, 여간 불편한 것이 아니더군요. 최 선생님까지 "이제 볼일 볼 때는 문을 걸어 놔야겠습니다. 다 늙은 저도 민망스러운데 젊은 선생님들이야 오죽할까요. 차라리 여자 선생님들만 따로 세탁 시간을 정해 그때만 문을 열어 놓는 것이 어떻겠습니까?" 하고 제안할 정도였으니 말입니다.

남녀 간에 미묘한 신경전이 벌어지기 시작한 것도 그즈음이었습니다. 그곳에 아주 이상한 소문이 퍼지기 시작했지요. 그 소문이 누구에 의해 언제부터 퍼지게 되었는지는 정확히 모르겠습니다. 하지만 종종 여자 선생님들끼리 숙덕거리던 것이 어느 날 갑작스레 수면 위로 떠오르면서 결국 남녀 할 것 없이 하나처럼 지내던 그곳을 둘로 분열시키는 다툼까지 벌어지게 만들었다는 것만큼은 확실합니다. 그 중심에는 이은아 선생님이 있었지요. 그 소문은 다름 아닌 이은아 선생님에 관한, 굉장히 질이 좋지 않은 종류였습니다.

저녁 시간이었습니다. 지하실에서 시작된 소음이 계단을 타고 올라왔습니다. 내려가 보니 권 선생님과 팔짱을 낀 허 선생님이 테이블을 사이에 두고 얼굴을 붉히고 있었습니다.

"그러니까 제 말은, 가져가시더라도 말씀은 하고 가져가셔야 되지 않겠냐는 거잖아요!"

허 선생님이 권 선생님을 내려다보며 신경질적으로 말했습니다. 그러자 유영건 선생이 초조한 얼굴로 그의 팔을 붙잡고 말리는 시늉을 했습니다.

"그러니까 허 선생님은 제가 이걸 훔치기라도 했다는 거네요?"

권 선생님도 무척 흥분한 듯 입가에 고인 침을 채 삼키지도 못하고 크게 눈을 부라렸습니다.

무슨 소란인가 싶어 가까이 가 보니 테이블 위에 뚜껑이 열린 빨간색 고추장 통 하나가 있는 것이 보였습니다. 허 선생님이 종종 입맛 없을 때마다 밥을 비벼 먹던 것이지요.

"누가 훔쳤다고 했어요? 처음 여기 들어올 때 애 엄마가 기껏 챙겨 준 건데 자꾸만 얘기도 없이 가져다 드시면 제가 기분이 좋겠냐는 말씀이에요. 한두 번도 아니고 그동안 몇 번이나 부탁드렸잖아요."

"아, 그래요! 가져가세요, 그럼."

권 선생님이 고추장 통을 손등으로 툭 쳐내며 말했습니다.

"그래요, 허 선생님이 말씀이 좀 지나치셨어요. 저희는 모르고 먹은 건데."

권 선생님 옆에 앉은 최미희 선생님까지 그녀 편을 들고 나서자 허 선생님은 어이가 없다는 듯 고개를 돌려 한숨을 내뱉었고, 하필이면 저와 눈이 마주쳤습니다.

"그래, 희우한테 물어보세요. 희우야, 잠깐만, 내가 이거 때문에 그간 얼마나 스트레스 받고 지냈는지 너는 알지?"

지하실에 모인 사람들의 눈동자가 일제히 저를 향했습니다. 예상치 못한 상황이었습니다. 난감하더군요. 허 선생님과는 거리를 두고 지내는 터였기에 그의 편을 들어 주기도, 그렇다고 거짓말을 할 수도 없는 노릇이었습니다. 어떻게 이 상황을 모면해야 하나 망설이는데 명 선생님이 제 앞을 가로막으며 말했습니다.

"지완아, 됐어. 뭘 이런 걸 가지고 그래. 됐어, 네가 참아. 그리고 여자 선생님들도 지완이가 벌써 언제부터 부탁드리던 건데, 또 이렇게 말도 없이 가지고 오시면 어떻게 합니까. 그러니 허 선생 기분도 이해해 주셔야죠."

그러고는 고추장 통을 들어 허 선생님에게 건네주었습니다. 잃어버릴 뻔한 소중한 물건을 되찾기라도 한 듯 허 선생님은 뚜껑을 닫고 소매로 그 위를 한 번 쓱 문질러 닦았습니다. 뚜껑 겉면에는 '허지완'이라는 이름이 커다랗게 적혀 있었습니다.

그렇게 상황이 일단락되는가 싶었습니다. 그런데 뒤돌아 식판을 가지러 가는 명 선생님의 뒤통수에 대고 권 선생님이 다시 입을 열었습니다.

"명 선생님도 겨우 고추장 한번 모르고 먹은 거 가지고 이러시는 건 아니에요. 그동안 여자들이 손해 본 것만 해도 얼만데."

"네? 제가 뭘요? 말씀하시는 걸 보니까 고추장이 문제가 아니라 다른 게 불만이신 거 같은데, 그렇게 따지면 그동안 남자 선생님들이 얼마나 편의를 봐 드렸는지 알기나 하시고 말씀하시는 거예요?"

"무슨 편의를 봐 줬어요, 남자 선생님들이?"

최미희 선생님이 권 선생님 앞으로 불쑥 튀어나와 흥분한 듯 떨리는 목소리로 대꾸했습니다.

"쪼잔하게 들릴까 봐 말씀은 안 드렸지만, 밤에 간식 시켜 먹을 때마다 상미 준다면서 거의 3분의 1을 따로 챙겨 놓고 여자들끼리 방에서 먹는 거 누가 모르는 줄 아세요? 알면서도 다 모른 체해 줬잖아요!"

"누가 따로 챙겨 놨다 먹었다고 그러세요? 상미 선생 거 챙겨 준 게 아니에요! 듣자 듣자 하니 명 선생님 말씀하시는 게 좀 지나치시네!"

권 선생님이 최미희 선생님을 살짝 밀치고 앞으로 나와 소리치듯 말했습니다.

"상미랑 알고 지낸 것만 몇 년인데 그런 얘기도 안 했을까 봐요? 그리고 말이 나와서 이참에 드리는 말씀인데, 은아 걔가 만날 남자들 방에 들락거리면서 먹을 거 다 훔쳐다 먹는 거 뻔히 아시면서들, 그걸 같이 지내는 여자들이 잘 말해서 타일러야지, 걔만 따돌리면서 뒤에서만 쑥덕거리고 말이야! 나도 은아 걔가 마음에 드는 건 아니지만 그건 아니죠!"

명 선생님이 그렇게 흥분한 모습은 처음이었습니다. 당장이라도 튀어나올 것처럼 두 눈이 부르르 떨리고 있었지요. 그때였습니다. 챙 하고 둔탁하면서도 날카로운 소리가 지하실에 크게 울렸습니다.

"내가 뭘? 내가 뭘 훔쳐 먹었다고 그래!"

지하실 한쪽 구석 자리에서 홀로 밥을 먹고 있던 이은아 선생님이 숟가락을 꽉 움켜쥔 채 씩씩거리고 있었습니다. 그녀가 씩씩거리고 숨을 내쉴 때마다 불룩하게 살찐 아랫배가 테이블 위로 위태하게 걸쳐 있던, 한차례 숟가락으로 얻어맞아 뒤죽박죽이 된 식판을 살짝살짝 건드렸고, 식판에서 흘러넘친 국물이 테이블 모서리를 타고 바닥으로 뚝뚝 떨어졌습니다.

"희우야, 은아 좀 다른 데로 데려다 놓을래? 아니다, 김 간호사랑 보호사님은 다 어디 갔지?"

명 선생님의 눈동자는 흥분으로 마구 흔들리고 있었습니다.

"아니에요, 제가 할게요. 일단 진정하세요."

"그래, 괜찮아. 별거 아니야. 은아 더 난리치기 전에, 얼른."

그가 억지로 웃어 보이며 말했습니다. 하지만 그 눈동자는 여전히 흔들리고 있었습니다.

이은아 선생님을 데리고 계단을 오르는 내내 그녀는 분이 풀리지 않는지, 있는 대로 신경질을 부렸습니다. 몇 번이나 다시 계단을 내려가려는 것을 간신히 붙잡아 겨우 2층에 도착할 수 있었습니다.

"진정 좀 하세요."

"내가 뭘 어쨌다고! 왜 나한테만 지랄이야!"

그 순간 그녀의 눈에서 한 방울 눈물이 힘없이 바닥으로 떨어져 내렸습니다. 동시에 제가 잡은 그녀의 손목에도 힘이 풀리는 것을 느낄 수 있었습니다. 그녀의 손목은 어린아이 손목같이 폭신하고 따뜻했습니다. 잡았던 손목을 풀어 주자 그녀는 비틀거리며 자신의 방으로 향했습니다. 방문 앞에서 멈춰 선 그녀가 갑자기 방문을 세게 걷어차며 외쳤습니다.

"내가 뭘…… 뭘 어쨌는데! 내가 뭘! 내가 왜!"

아마 울고 있었겠지요. 울고 있었을 것입니다.

그녀를 뒤로하고 서둘러 지하실로 향했습니다. 제가 이은아 선생님을 2층에 데려다 놓는 사이 지하실에서 어떤 말들이 오갔는지 모르겠지만, 무슨 일이 있었냐는 듯 지하실에는 잔잔한 공기만 흐르고 있었습니다. 김 간호사와 보호사도 언제 내려왔는지 작은 목소리로 대화를 나누고 있었고, 몇몇 사람이 식판에 밥을 퍼 담는 모습도 보였습니다.

"이 선생님, 은아 선생님은요?"

김 간호사가 제게 다가와 물었습니다.

"2층에요."

"오늘은 아무래도 주사실에서 주무시게 해야 할 것 같네요. 수고하셨어요."

그녀가 제 등을 가볍게 두드리고는 바쁜 걸음으로 계단을 올라갔습니다.

저녁 식사가 끝나고 찬양 시간을 마친 뒤 저는 홀로 지하실에 남아 모두가 사라질 때를 기다렸습니다.

"왜 안 올라가시고요?"

뒷정리를 마치고 공부방에서 나온 김 간호사가 제게 다가와 물었습니다.

"그냥요."

"그럼 먼저 올라갈게요. 오늘은 일이 있어 일찍 가 봐야 해서요. 이 선생님도 얼른 올라가세요."

마침내 혼자가 된 저는 '고장'이라는 글자를 써 붙인, 하지만 정상으로 작동하는 공중전화기로 가서 수화기를 들었습니다. 수화기에서 수신자 부담 서비스의 상담원 안내가 흘러나왔습니다. 이어서 신호음이 울렸습니다. 그리고 그녀의 목소리가 들려오는 듯했습니다. 그녀가 보고 싶었습니다. 하루빨리 그곳을 나가 그녀를 느끼고 싶었습니다. 철창 속에 갇혀 있는 저 자신이 너무나 비참하게 느껴졌습니다. 그녀가 보고 싶었습니다. 그녀가 "잘 자." 하고 말해 줄 것만 같았습니다. 수화기를 내려놓고 계단을 올랐습니다. 2층에서는 제법 큰 소리가 오가고 있었습니다. 이제는 정말이지 지긋지긋했습니다.

"아니, 그럼 남자들이 은아 선생인지 뭔지를 어떻게 하기라도 했다는 거예요, 지금?"

허 선생님이 소리쳤습니다.

"허 선생님한테 그러는 게 아니라 혹시나 해서 여쭤 보는 거잖아요. 왜 소리를 지르세요?"

최미희 선생님이 말했습니다.

"됐어, 지완아. 그만 됐어. 그만 해. 무슨 말 같지도 않은 소리를 해야. 최미희 선생님도 이제 그만 하세요."

명 선생님이 허 선생님을 끌어당기며 말했습니다.

"그러게요. 여기 남자들이 다 무슨 짐승인 줄 아시나. 말이 되는 소리를 하셔야지. 그리고 짐승도 사람을 가려서 짐승 짓을 하지, 정말 웃기지도 않네요."

정일규 선생님이 새빨갛게 달아오른 얼굴로 여자 선생님들에게 비아냥거렸습니다.

"그러니까 물어보는 거 아니에요! 은아 선생이 날마다 남자 선생님들 방에 들락거리는 걸 누가 모를 줄 알고들 그러시나. 은아 선생 배가 벌써 이렇게 불룩해진 걸 보고도 모른 체하시면 안 되죠. 그리고 정일규 선생님은 그런 거 중독이시라면서요. 그러니 우리가 의심을 안 할 수가 있겠어요! 정말 너무들 하시네!"

권 선생님이 단호한 말투로 말했습니다.

그 말에 정일규 선생님이 안경을 벗어 바닥에 내려놓으며 "지금 뭐라고 하셨어요?" 하고 정색을 하더니 그대로 권 선생님을 향해 달려들었습니다. 누군가 그를 붙잡지 않았으면 분명 큰 주먹다짐으로 번졌을 것입니다.

거실 천장에 매달린 CCTV가 빨간 눈을 빠르게 깜빡거렸습니다. 그 빨간 눈을 수십, 수백 번 깜빡이는 동안 그 누구도 섣불리 말을 꺼내려 하지 않았습니다. 정지된 시간 속에서 오직 그 빨간 눈만이 깜빡거리고 있을 뿐이었습니다.

"권영희 선생님, 내 안에서 말씀들을 다 들었습니다. 한 가지만 묻겠습니다. 그럼 그걸 본 사람이 누구라는 것입니까?"

최 선생님이 방문 사이로 누렇게 뜬 얼굴을 내밀었습니다. 그 눈매가 얼마나 매서운지, 평상시 있는 듯 없는 듯 조신하게 지내던 양 선생님이 재빠르게 눈치를 살피더니 돌연 억척스런 말투로 "아우, 왜들 그러세요. 직접 본 것은 아니고 정황상 그렇다는 거예요. 어르신께서 정색을 하고 여쭤 보시니 민망스럽네요. 자, 언니, 들어가세요. 미희야, 너도 들어가, 이제. 희진아, 얼른 언니들 방으로 모셔." 하고 말하며 억지로 여자 선생님들을 방으로 밀어 넣었습니다.

"아, 정말 짜증나네."

자물쇠로 잠긴 흡연실 철문에 기대 있던 명구 선생이 중얼거렸습니다.

"여자 선생님들 말이 정말일까요?"

그에게 다가가 물었습니다.

"모르겠어. 아, 정말 어떻게 되려고 이러는지⋯⋯."

그 일에 대해 언급조차 하고 싶지 않은 듯 짜증으로 말을 흐렸습니다. 다른 남자 선생님들도 마찬가지였습니다. 어느 누구도 그 내용을 언급하지 않고 그저 흙탕에 발을 담근 채 그것이 완전히 가라앉기만 기다리는 것처럼 멍한 얼굴로 제자리를 가만히 지키고 서 있을 뿐이었습니다. 거실 천장에 매달린 CCTV를 바라봤습니다. 여전히 빨간 눈을 깜빡거리며 거실을 내려다보고 있었습니다.

"내 진실이 무엇인지는 모르겠습니다. 허나 더 이상 쓸데없는 소문으로 분란 일으키는 일은 없었으면 합니다. 오늘은 늦었으니 이만 들어가 잠이나 자도록 합시다."

최 선생님이 무척 피곤한 얼굴로 다시 방으로 들어가자, 남자 선생님들도 행여 진흙이 일까, 일제히 조심스런 동작으로 각자의 방을 향해 움직였습니다. 거실에 홀로 남아 천장을 바라봤습니다. 무슨 말을 하고 싶은지, 그 빨간 눈동자가 저를 향해 빠르게 깜박거리고 있었습니다.

소등 시간이 한참 지난 뒤에야 방으로 들어가 누웠습니다. 언젠가 이은아 선생님이 제 방문을 두드린 날이 떠올랐습니다. 문틀에 기대어 앉아 제가 건네준 캐러멜 사탕을 받아먹던 그녀의 모습이 눈앞을 흐리게 만들었습니다. 그녀가 가여웠습니다. 그녀를 모함하는 여자들이 가증스럽게 느껴졌습니다.

누군가 요란하게 코를 고는 소리가 들렸습니다. 그 소란을 겪고도 태평하게 자는 꼴이란……. 문득 마음 한편에서 한 가지 묘한 의문이 들었습니다. 그 소문이 사실이 아니라면 더 강하게 변명할 수 있지 않았을까, 하는 것이었지요. 그 의심은 곧 잡스러운 상상으로 이어졌습니다. 남자들이 어둠 속에서 서서히 그 모습을 드러냈습니다. 그들은 이은아 선생님이 지하실로 향하는 중간 좁은 화장실에서 토악질을 해대는 사이 몰래 그녀에게 다가갔습니다. 누군가 그녀의 입을 손으로 막더니 한꺼번에 그녀에게 달려들어 헐렁한 바지를 벗겨 냈습니다. 그리고 그녀의 엉덩이와 토악질로 뒤범벅된 입술을 덮쳤습니다. 변기에 머리를 처박은 그녀의 손에는 사탕 하나가 쥐어졌습니다.

늦은 밤 그녀가 어느 방문을 가볍게 두드렸습니다. 문이 열리고 그녀가 아무 스스럼 없이 방으로 들어갔습니다. 누군가 그녀에게 사탕을 쥐어 줬습니다. 그녀가 허겁지겁 사탕 포장을 벗기는 사이를 틈타 그녀의 옷을 하나씩 벗겼습니다. 발가벗은 그녀의 몸은 매일 밤 얻어 낸 사탕으로 피둥피둥 살이 올랐습니다. 이내 덥수룩하게 자란 그녀의 머리카락이 이불 속에 처박혀 강하게 요동쳤습니다. 한 명인 줄만 알았던 누군가의 형체가 여러 명의 모습으로 쪼개지면서 이불 속에 처박힌 그녀를 끌고 나와 가슴과 엉덩이를 마구 움켜쥐었습니다. 그녀는 사탕을 입에 문 채로 울음을 터뜨렸습니다. 그 와중에도 그녀의 혀는 사탕을 녹이느라 여념이 없었습니다. 결국 하얗게 녹아내린 사탕물에 뒤범벅이 되고 말았습니다.

멀리서 그 장면을 쑥덕거리며 구경하던 여자 선생님들이 그녀에게 다가가 손가락질하며 조롱하기 시작했습니다. 그중 한 명은 품에서 따로 챙겨 둔 족발 하나를 꺼내어 꼼짝달싹 못 하는 그녀를 약 올리듯 먹어치웠습니다. 한 입만 달라고 애원하는 그녀에게 침을 뱉었습니다. 평생 방에 들어오지 말라며 흡연실 철문에 매달린 것과 같은 자물쇠를 채웠습니다.

눈에 고인 눈물이 볼을 타고 떨어졌습니다. 그녀가 가여웠습니다. 여자가 아니었다면 그런 상스러운 소문에 휩싸이지는 않았을 것입니다. 정신병원에서조차 따돌림당하고 손가락질받는 그녀가 몹시도 가여웠습니다. 왠지 모를 동질감까지 느껴졌습니다. 저 역시도 혼자이기는 마찬가지였으니까요.

그때 누군가 눈알을 뺐다 넣었다 하는 소리가 들렸습니다. 익숙한 소리였습니다. 어둠에 순응한 밝은 눈으로 소리의 근원지를 향해 달려가 보니, 두 겹의 푹신한 매트리스 위에서 허 선생님이란 사람이 대자로 뻗어 눈을 비비고 있었습니다. 온갖 예민한 척은 혼자 다 하더니, 어쩌면 저렇게 태평스러울 수 있는지 놀라울 따름이었습니다.

'설마 허 선생님이? 이 방으로 오기 전에 내가 외출할 때면 그는 분명 혼자였겠지……. 아니야, 그에게는 모두가 부러워하는 예쁜 아내가 있잖아. 게다가 이 사람은 그럴 만한 용기도 없잖아? 아니면 누굴까. 정광수 선생님? 아니야, 어쩌면 정일규 선생님일지도 몰라. 설마 안 선생님이? 아니야, 그는 발기가 안 된다고 했어. 그렇다면 유영건 선생일까? 그래, 그일지도 몰라. 처음부터 그가 의심스러웠지. 언젠가 사고를 치고 말 거라고 생각했으니까. 혹시 여자 선생님들이 그녀를 부추겨 먹을 것을 얻어 오도록 했던 것은 아닐까? 설마, 아니겠지. 그녀가 먹을 것을 나눠 줄 리가 없지. 아아, 모르겠어. 아니면 모두가? 병원을 와해시키려고 작정한 걸까? 흡연실 폐쇄한 걸 복수하려고? 이 사람들이 그렇게 머리가 좋지는 않겠지. 그래, 토요일 밤이라면 가능해. 카운슬러들도 없고……. 토요일, 내가 밖에 나가는 날, 그날밖에는 없어. 하지만 보호사가 있잖아. 고물이긴 해도 거실의 CCTV가 저렇듯 시뻘겋게 눈을 뜨고 있는데. 그럼 보호사가? 아니야, 그에게는 딸이 있지. 그만한 나이의 딸이 있는 사람이 그럴 리는 없겠지. 그렇다면 그저 단순한 소문일까? 이은아 선생님이 너무 살이 쪄서? 그래, 그녀의 배를 보면 누구나 오해할 만은 하지. 아마도 그럴 거야. 살이 너무 찌기는 했지. 그래도 만약에…… 정말 만약에…….'

생각이 꼬리에 꼬리를 물고서 밤이 새도록 저를 놓아주려 하지 않았습니다. 새벽이 되고, 명상 시간을 알리는 알람 소리가 울릴 때까지도 저는 잠을 이룰 수 없었습니다.

그날 이후 결국 그곳은 남녀 두 무리로 완전히 분열되고 말았습니다. 처음 며칠 동안은 서로 말도 섞지 않더군요. 여자 선생님들은 남자 선생님들에게 보란 듯이 따로 돈을 모아 치킨을 시켜 먹기도 했습니다. 남자 선생님들도 이에 질세라 돈을 모아 족발을 시켜 먹었고, 여자 선생님들이 세탁기를 사용하기 불편하도록 화장실을 자주 들락거렸습니다. 다시 며칠 후 돌연 외출을 나갔던 이은아 선생님이 이틀 동안의 긴 외출을 마치고 돌아왔습니다. 시기로 보아 불미스러운 소문의 진상을 확인하고자 검사를 받고 돌아온 듯했습니다.

그녀의 부모를 어떻게 설득하여 이루어진 외출이었는지는 전혀 알 수 없었지만, 그녀가 바깥세상에서 얼마나 좋은 시간을 보냈는지에 대해서는 단번에 알 수 있었습니다. 고작 이틀 사이 한결 더 살이 올라 뽀얗다 못해 터질 것 같은 얼굴을 하고 있었지요. 그간 보지 못했던 봄옷도 걸치고 있었습니다. 짧은 챙이 있는 흰색 모자와 무릎까지 내려오는 다홍색 외투였지요. 허리를 끈으로 묶어 한껏 멋을 내기도 했더군요. 바지도 새로 산 듯했습니다. 밑단을 두세 번 접은 베이지색 면바지에는 포장된 상태 그대로의 주름이 선명하게 그어져 있었습니다. 김 간호사가 그녀 대신 들고 올라온 연두색 캐리어 또한 표면이 새것처럼 반짝거렸습니다. 마치 소풍을 다녀온 어린아이 같은 모습을 하고 있었지요. 괜히 흐뭇한 마음이 들었습니다.

김 간호사가 그녀에게 약 먹을 물을 가져다준다며 정수기로 향했습니다. 김 간호사가 컵에 물을 받는 동안 그녀는 거실을 두리번거리다 CD플레이어 앞에서 헤드폰을 쓰고 자신을 바라보는 저를 발견하고는 손으로 V를 그려 보였습니다. 김 간호사가 물을 가져다주자 손바닥 가득 담긴 알약들을 입 안에 털어 넣고는 물을 한 모금 마신 뒤 잔뜩 찌푸린 얼굴로 꿀꺽 하고 삼켰습니다.

"왜 이렇게 써?"

그녀가 김 간호사를 향해 혀를 쭉 내밀어 보인 후에 투덜거리듯 말했습니다.

"그러세요? 뭐 좀 드릴까요?"

김 간호사가 그녀의 가방에서 주섬주섬 간식거리를 꺼내는 동안 그녀가 다시 저를 향해 힘차게 V를 그렸습니다. 천진난만하게 활짝 웃는 그녀를 보고 있자니 가여운 마음에 하마터면 눈물을 들킬 뻔했습니다. 몇 달 새 자라 눈썹까지 내려온 머리카락은 온데간데없어지고 처음 2층에 모습을 나타냈을 때처럼 빡빡 깎은 민머리를 하고서 거실에 앉아 약을 삼키면서도 환하게 웃는 그녀가 마치 저 같아서, 슬펐습니다.

글쎄요, 차마 물어보지 못하겠더군요. 하지만 그녀가 외출에서 돌아왔다는 사실 자체만으로도 그 소문이 거짓임을 증명해 주는 게 아니었을까요. 만약에 그 소문이 사실이라면 그녀의 부모가 다시 그곳에 그녀를 데려다 놓지는 않았을 테니까 말입니다. 그것도 그렇게나 화사한 봄옷을 입혀서……

아침저녁으로 제법 따뜻한 기운이 느껴졌습니다. 5월도 지나가는구나 싶었지요. 그러다 문득 달력을 보니 어느새 6월의 한가운데 서 있었습니다. 매일이 정지된 것처럼 똑같은 하루의 반복 속에서 시간은 계절을 바꾸며 계속 흐르고 있었습니다.

어느 일요일 늦은 밤, 외출에서 돌아와 힘없이 계단을 오르고 있었습니다. 외출하고 들어오는 시간이 점점 늦어지자 보호사에게 한소리를 들은 터라 기분이 영 별로인 상태였습니다.

"아! 이 선생, 왜 이렇게 늦었어!"

명구 선생이 계단 위에서 빛을 등지고 갑자기 나타나서 말했습니다.

"깜짝이야. 놀랐잖아요!"

저도 모르게 짜증을 냈습니다.

"아니, 이 선생 많이 놀랐나 봐. 미안, 내가 미안. 근데 큰일이야. 아직 명 선생이 안 들어왔어. 어제 들어왔어야 하는데 아직 안 왔어. 그래서 밑에서도 난리야, 난리. 아, 정말 미치겠네."

그 무렵 그나마 편하게 이야기할 수 있는 사람이라곤 명 선생님과 명구 선생, 최 선생님뿐이었기에 그가 횡설수설하며 사과하자 미안한 마음이 들었습니다. 그래서 옷도 갈아입지 않고 그가 이끄는 대로 화장실에 따라 들어가 그의 이야기에 귀 기울여 주기로 했습니다.

"그게 무슨 말씀이세요? 명 선생님이 아직 안 들어왔다니요?"

"명 선생도 어제 이 선생 나간 다음에 외출 나갔는데, 볼일만 보고 저녁에 바로 들어온다던 사람이 아직도 안 들어왔어. 아, 정말 이러면 안 되는데. 자, 불 붙여. 오늘 기름 또 넣었어. 자."

그가 언제나처럼 잘 손질되어 반짝이는 은색 기름 라이터를 제게 내밀었습니다.

"너무 걱정하지 마세요. 내일이라도 들어오시겠지요. 설마 별

일이야 있겠어요?"

담배에 불을 붙인 뒤 다시 그에게 라이터를 건넸습니다.

"아니, 근데 어제 희진 선생도 갑자기 급한 일이 생겼다면서 나 갔거든."

그도 담배에 불을 붙였습니다.

"허락도 없이요?"

"허락은 받았겠지. 어제 김아경 선생님은 있었으니까. 근데 문 제는…… 아, 정말……."

"문제는요?"

"아니, 근데 문제는 희진 선생도 아직 안 들어왔어. 둘이 같이 있는 거 같은데, 하…… 어떡하지, 이 선생?"

그가 내뱉은 한숨 섞인 담배 연기가 천장 조명에 반사되어 뿌 연 그림자를 만들었습니다.

"둘이 같이 있는 게 확실해요?"

"확실하지는 않은데, 아무래도 그런 거 같아. 우린 아무것도 몰 랐잖아. 그치, 이 선생도 몰랐지? 근데 희진 선생이 그런 낌새를 보였나 보더라고, 여자들한테는."

"누가 그래요? 누구한테 들은 거예요?"

"아, 정말 짜증나 죽겠어, 나도. 허 선생이랑 미희 선생님이랑 얘기했나 봐."

"네? 그 둘이요?"

좀처럼 납득이 되지 않았습니다. 외출 나간 그 짧은 기간 동안 남녀가 다시 대화를 나누게 되었다는 사실이 말입니다. 그것도 얼굴을 붉히며 싸운 둘이라는 사실이 믿기지 않았습니다. 화장실을 나와 방으로 향했습니다. 허 선생님과 유영건 선생, 정일규 선생님이 함께 오목을 두고 있었습니다.

"어, 왔네?"

허 선생님이 바둑판 옆에서 몸을 길게 늘어뜨리고 누워 헤죽거리는 얼굴로 저를 바라봤습니다. 그 무심한 얼굴을 보고 있자니 그에게 무언가를 물어보려고 했던 저 자신이 한심스럽게 느껴져 서둘러 옷만 갈아입고 다시 방을 나왔습니다. 화장실 옆에 붙어 있는 문구들 중 유독 눈에 들어오는 것이 있었으니, 바로 '남녀 간 의사소통은 반드시 필요할 때만 하자'였습니다. 명구 선생이 말해 준 내용이 사실이라면 큰 사건임이 분명했습니다. 누구보다도 그 수칙을 잘 알고 있을 둘이기에 더욱 불안했습니다. 명구 선생의 추측이 틀리기만 바랄 수밖에 없었습니다.

그들이 돌아온 것은 이튿날 아침이었습니다. 그렇게 사실이 아니길 바랐건만 그 둘은 같은 시간에 똑같이 만취한 상태로 돌아와 버리고 말았습니다. 그 소식 또한 명구 선생을 통해 들을 수 있었지요.

"설마요……."

그도 좀처럼 믿을 수 없다는 표정이었습니다. 제 눈으로 직접 확인하고 싶은 마음에 아침도 제쳐 두고 1층 주사실로 발걸음을 옮겼습니다.

반투명 시트를 통해 보이는 명 선생님의 모습은 너무나 초췌했습니다. 그가 외출할 때 입곤 하는 검은색 바람막이 재킷에는 군데군데 진흙이 묻어 있었습니다. 머리는 헝클어진 채로 이리저리 뒤엉켜 붙었고요. 맞은편 방도 들여다봤습니다. 비슷한 모습의 희진 선생이 팔에 링거를 꽂은 채로 벽을 보고 돌아누워 있었습니다.

"어머, 이 선생님, 아침 안 드세요?"

김 간호사가 멀리서 저를 발견하고는 다가왔습니다.

"입맛이 없어서요. 그것보다 명구 선생님한테 들었는데…… 같이 왔다면서요?"

"네……. 에구, 도대체 왜 그러셨을까……. 아침에 일찍 들어오셨어요."

그녀도 무척이나 안타까운 모양이었습니다.

"어떻게 되는 거예요, 그럼?"

"글쎄요, 아직 원장님께서 안 오셔서요. 참, 그보다 이 선생님은 내려가서 아침 드세요. 그래야 약 드시죠. 요새 이 선생님이 종종 약을 거른다는 소문이 있어요. 오늘은 저도 지켜볼 거예요."

김 간호사의 말대로 순순히 아침을 먹으러 지하실로 내려갔습니다. 사람들 대부분은 이미 아침 식사를 끝낸 상태였습니다. 밥과 반찬도 얼마 남아 있지 않더군요. 게다가 그마저도 이리저리 볼품없이 헤집어진 상태였습니다. 들고 있던 식판을 다시 제자리에 내려놓고 2층으로 올라갔습니다. 거실 중앙에 남녀 여럿이 한데 모여 명 선생님과 희진 선생 이야기를 나누고 있었습니다. 다시는 쳐다보지도 않은 것같이 굴었던 사람들이 명 선생님과 희진 선생을 도마에 올려놓고 난도질을 하고 있었습니다. 제 안에는 아무래도 악마가 있는 것이 확실한가 봅니다. 차라리 다 죽어 버렸으면, 하는 생각이 들더군요.

헤드폰을 뒤집어쓰고 볼륨을 최대한 높였습니다. 물 흐르는 소리가 들렸습니다. 그리고 멀리서 새들이 지저귀는 소리도 들려왔습니다. 이어서 "이제 저희는 완전한 명상을 위한 시간을 갖기 위해 이곳에 모였습니다. 조용히 눈을 감고 마음의 소리를 들어 봅시다." 하는 남자 목소리가 흘러나왔습니다. 저는 그제야 명상 시간에 들었던 CD를 클래식 음반으로 바꿔 넣지 않았다는 사실을 알아차릴 수 있었습니다.

희진 선생과 명 선생님은 그날 오후가 돼서야 차례로 2층에 모습을 드러냈습니다. 희진 선생은 벌게진 얼굴로 아무 말 없이 방으로 들어갔고, 곧이어 올라온 명 선생님은 제 어깨에 가볍게 손을 올리더니 애써 웃어 보였습니다. 그러고는 방으로 들어갔다가 목에 수건을 두르고 나와 화장실로 들어갔습니다. 명구 선생을 포함한 몇몇 남자 선생님이 그를 따라 우르르 화장실로 몰려 들어갔다가 또다시 우르르 몰려 나왔습니다.

"휴, 어쩌다가 저랬는지 모르겠다. 쯧쯧."

허 선생님이 고개를 좌우로 흔들며 혀를 찼습니다. 저도 모르게 헤드폰을 벗어 그에게 명 선생님은 뭐라고 하는지 물어봤습니다.

"석환이 형 말로는 따로 있었고, 우연히 요 앞에서 만나 같이 들어왔다고는 하는데, 글쎄다, 오해라기에는 상황이 좀 그렇지? 거봐라, 희우야, 내가 뭐라고 했어? 저 형도 말만 그렇지, 별거 없다고 했지?"

그에게는 더 이상 화도 나지 않았습니다.

"뭐랄까, 오해라고 받아들이기에는 그 타이밍이 너무 절묘해서 말이야."

정일규 선생님이 깐족거리며 허 선생님 옆에 바짝 달라붙었습니다.

"희진이 말도 들어 봐야죠."

그들과 함께 있던 유영건 선생도 한마디 건넸습니다.

그들이 방으로 들어간 후에도 계속 거실에 남아 명 선생님이 나오기만 기다렸습니다. 마침내 그가 화장실에서 나왔습니다. 그에게 물어보고 싶은 것이 산더미 같았지만 차마 입이 떨어지지 않았습니다. 그저 젖은 수건을 목에 두르고 고개를 푹 숙인 채 축축한 발자국을 남기며 거실을 가로질러 방으로 들어가는 그를 가만히 바라볼 수밖에 없었습니다.

"아이쿠, 하마터면 그냥 골로 가는 줄 알았네!"

거실 한편 구석진 방에서 나와 불룩한 배를 흔들며 화장실로 향하던 정광수 선생님이 그 젖은 발자국에 미끄러져 넘어질 뻔했는지 크게 소리쳤습니다.

그러고는 과장된 동작으로 가슴을 몇 번 쓸어내리더니 셔츠 주머니에서 담배를 꺼내 입에 물고 저를 향해 눈을 찡긋해 보인 후 화장실로 들어갔습니다. 이어서 또 다른 방에서 권 선생님이 살짝 문을 열고 빠끔히 고개를 내밀어 거실을 한 번 훑어보더니 이내 고개를 넣고 방문을 닫았습니다.

"이 선생님."

김 간호사가 제 어깨를 툭 건드리며 말했습니다.

"네?"

"뭐 하고 계세요?"

"그냥 있었어요."

"나희정 선생님께서 찾으세요. 지금 내려올 수 있는지 여쭤 보라고 하세요."

나 선생님 방문을 두드렸습니다. 전화 중이었던 듯 "잠깐만요, 네, 들어오세요. 네, 제가 다시 걸겠습니다. 네, 한 10분 정도? 네, 그럼." 하고 급하게 전화 끊는 소리가 들렸습니다.

"네, 들어오세요."

"부르셨다고 해서요."

"괜히 오시라고 한 건 아닌지 모르겠네요. 괜찮으시죠? 자, 앉으세요."

"네, 저야 뭐……."

의자에 앉으며 대답했습니다.

"위는 시끌시끌하죠?"

"네, 조금은 어수선하네요."

"커피 같은 거라도 드실래요? 아니면…… 맞다, 마침 좋은 생강차가 있는데, 드실래요? 너무 취향에 안 맞으시려나?"

"아니에요, 주세요."

생강차를 마시며 명 선생님과 희진 선생에 대한 이야기를 주고받았습니다. 그녀는 그동안 명 선생님이 제 걱정을 많이 했다면서, 그가 그렇게 되어 제가 속상해하고 있을까 봐 일부러 불러냈다고 했습니다.

"그래서 앞으로 어떻게 한다고는 안 하세요?"

"오늘 중으로 결정한다고 하세요. 원장님하고도 의논해 봤는데, 일단은 두고 보자고 하세요. 그래서 저도 기다리는 중이에요."

"혹시 2층 상황을 들으려고 저를 부른 건 아니겠지요?"

제가 의심 가득한 얼굴로 묻자 그녀는 큰 소리로 웃더니 절대로 아니라며 손을 가로저었습니다. 그리고 솔직히 털어놓자면 이런 상황을 보는 제 반응이 궁금하기는 했다면서 미안하다고 말했습니다.

"아니에요, 괜찮아요. 그게 선생님께서 하시는 일인걸요. 오히려 여러 가지로 신경 쓰이는 것들이 늘어서 피곤하시겠어요."

"어머, 이 선생님께서 제 걱정을 다 해 주시고……. 저 지금 눈물 나오려고 하는 거 아세요? 이런 말씀을 하실 줄은 상상도 못 했어요, 솔직히."

정말로 그녀의 눈에는 눈물이 고여 작게 일렁이고 있었습니다.

"그냥 하는 말이에요. 너무 감동받지는 마세요. 요새 외출을 다녀서 그런지 바깥세상에서처럼 한번 굴어 봤어요. 사실 이렇게 말씀드리기는 했지만 아직은 멀었는걸요. 미처 다 말씀드리지 못한 것이 아직도 많습니다. 글쎄요, 이것도 어쩌면 다 사회 적응 훈련 중이랄까요?"

저는 괜히 쑥스러운 마음에, 한편으로는 그녀 앞에서는 무의식적으로 좋은 말만 골라 하는 것은 아닐까 하는 죄책감에 변명이라도 하듯 혼자서 주절거리고 말았습니다. 하지만 그녀는 그래도 좋다면서 제게 칭찬을 아끼지 않았고, 그것만으로도 제가 변화하고 있다는 증거가 된다면서 기뻐해 주었습니다. 앞으로는 더 좋아질 것이라며 제게 희망을 주려는 말도 함께 해 주었지요. 그러고는 좋은 생강차를 대접한 보람이 있다며 뒤쪽 책장 아래 수납장에서 생강차 박스 하나를 꺼내 한 줌 쥐어 주더니 부족하면 언제든지 내려와서 가져가도 좋다고 했습니다.

"참, 어제 이 선생님 어머니와 통화했어요."

건네받은 생강차를 주머니에 넣고 있는데 그녀가 말했습니다.

"무슨 일로……."

"이 선생님 퇴원을 여쭤 보시더라고요."

퇴원…… 그녀의 입에서 막상 퇴원이라는 말이 나오자 저는 뭐라고 말해야 좋을지 몰랐습니다. 외출만큼이나 기다린 말이기에 마냥 기쁠 것만 같았는데, 막상 그 말을 듣게 되니 왠지 모르게 아쉬운 마음이 들기도 했습니다.

"이 선생님께서도 집안 사정은 잘 알고 계시죠? 그래서 이 선생님 어머니께서도 입원 기간이 길어지니까 많이 부담되시나 봐요. 그래도 아직 이 선생님이 끝내지 못한 것도 있고 하니까, 제 생각에도 지금은 적절한 시기가 아닌 것 같아서 일단은 함께 생각해 보자고 말씀드렸거든요. 원장님께서는 이 선생님을 다시 외래로 돌려서 통원 치료 말씀도 하시는데, 어머니께서는 결국 그것도 장기적으로는 부담이 될 것 같다고 하세요. 아버지께서도 벌써 몇 차례 오셔서 치료받고 계신 거는 아시죠? 제가 이 말씀을 드리는 이유는, 그래도 이 선생님이 어느 정도는 알고 계셔야 퇴원하고 통원 치료로 전환하시든 어쩌든 그것과는 상관없이 밖에 나가서 앞으로 할 일들을 조금씩 생각해 보셔야 하기 때문이에요. 제 말뜻 이해하시죠?"

"그럼 제가 어떻게 해야 하나요?"

"굳이 어떻게 하실 것까지는 없고, 지금 자서전 마무리 잘하시면 돼요. 그리고 이렇게 저와 얘기 나누면서 지내시다가 나중에, 나중에 결정이 되면 그때 가서 다시 말씀드릴게요. 그러니까 너무 깊이는 말고, 예를 들어 '나는 퇴원하면 앞으로 어떤 공부를 할 거야' '나는 바깥에 나가면 어디를 꼭 가 볼 거야' 등을 생각해 보시면 도움이 될 거예요."

"알겠습니다."

"그리고 또 여쭤 볼 것이 있는데, 괜찮겠어요? 한꺼번에 너무 많은 걸 말씀드리는 건 아닌지 모르겠네요?"

"아니요, 괜찮습니다."

"요즘 이 선생님께서 약을 잘 안 드신다는 소문을 들었어요."

"아까 간호사님도 그러던데, 그 소문은 도대체 누구 입에서 나온 겁니까?"

"저는 여기 앉아서 다 듣잖아요. 그러니까 앞으로는 약 잘 챙겨서 드세요. 제가 혜린 씨에게도 일부러 감시하라는 말은 안 했어요. 이제는 이 선생님 의지대로 하셔야 하는 거예요, 아셨죠?"

그만 가슴이 뜨끔하여 고분한 얼굴로 알겠다고 대답했습니다. 그러자 그녀도 더 이상 약에 대한 이야기는 하지 않겠다고 말했습니다. 이어서 그녀는 저녁 식사 시간이 애매하게 남았다면서 그간 자신이 담당한 제 또래 환자들의 치료 사례와 외국 문헌에서 스크랩한 파일을 펼쳐 보였습니다. 그러는 중에 전화벨이 울렸습니다. 그녀가 전화를 받아 다시 건다는 것을 깜박했다며 상대방에게 공손히 사과했습니다. 저는 괜히 저 때문에 중요한 전화를 못 하는 것 같아 자리에서 일어나 그냥 나가 보겠다는 손짓을 해 보였습니다.

"잠깐만요, 네, 죄송합니다. 네, 이 선생님, 그럼 나머지는 모레나 아니면 주말 전에 다시 내려오셔서 마저 이야기해요. 네, 올라가셔도 돼요. 네, 여보세요, 네, 죄송합니다. 아닙니다, 제가 상담 중에 그만 깜박하고……."

제가 고개를 숙여 인사하고 막 문을 나서려는데 그녀가 다시 수화기를 귀에서 떼고 소곤거리듯 작은 목소리로 "이 선생님, 그럼 식사 맛있게 하세요." 하고 손을 흔들며 말했습니다. 제가 문을 완전히 닫을 때까지도 그 작은 손을 계속 흔들어 주었지요. 그런 그녀의 얼굴은 왠지…… 조금 피곤해 보였습니다.

계단 위로 검은 그림자 여러 개가 아른거렸습니다. 조짐이 좋지 않았습니다. 아니나 다를까, 방문 앞에는 몇몇 사람이 어깨를 대고 모여 방 안을 들여다보고 있었습니다. 사람들 사이를 비집고 방으로 들어가 보니 명 선생님이 외출복으로 갈아입은 채 짐을 꾸리고 있었고, 허 선생님과 정일규 선생님, 유영건 선생과 김 간호사가 그 옆을 지키고 서 있었습니다.

"똑같은 옷이 왜 이렇게 많아요?"

제가 검은색 민소매 셔츠들을 차곡차곡 개는 명 선생님 옆에 앉아 물었습니다.

"응? 희우구나. 그래, 얘기는 잘하고 왔어?"

"저야 뭐 매번 비슷비슷하지요."

"그래, 희우야 뭐 워낙 똑똑하니까 잘하겠지."

지퍼가 고장 난 것일까, 그의 손이 파르르 떨렸습니다.

"결정하신 거예요?"

"둘 중 하나는 책임을 져야 하니까. 오해가 있는 거 같은데······ 그래도 상황이 이런데 남자가 돼서 비겁하게 굴어서야 되겠냐. 걱정하지 마."

불룩해진 가방은 그간 그가 지낸 시간의 짐들을 다 짊어지기에는 너무 버거워 보였습니다.

"갈 데는 있어요?"

"짜식······ 나 하나쯤 받아 줄 데 없을까 봐? 그런데 명구 이 자식은 나 나간다는데 어딜 가서 보이지를 않냐. 희우야, 네가 나중에 명구 보거든 내가 뭐라 한다고 좀 전해 줘라. 아무튼 명구 걔는 이상하단 말이야."

그가 장난스럽게 한쪽 눈을 찡그리더니 검은색 모자를 깊이 눌러썼습니다.

"명 선생님, 원장님께서도 이렇게 나가는 건 아니라고 하세요."

그가 떠날 준비를 끝내자 김 간호사가 말했습니다.

하지만 명 선생님은 단호하게 고개를 가로저었습니다. 김 간호사가 가방을 대신 들어 주겠다고 했을 때도 그는 괜찮다며, 자꾸만 그러면 더 창피하니까 유난 피우지 말라고 당부했습니다.

정말로 그랬는지, 아니면 단순히 제 착각인지 잘 모르겠지만, 방을 나서던 그가 눌러쓴 모자 아래로 언뜻 희진 선생이 머물던 방을 한 번 바라본 것도 같습니다. 하지만 희진 선생은 끝내 모습을 드러내지 않았지요. 그저 몇몇 사람이 배웅하겠다며 그를 따라 계단을 내려가는 것으로 그의 퇴원은 쓸쓸하게 끝이 났습니다. 저는 방에 남아 그가 머물던 자리를 바라보고 있었습니다. 미처 정리하지 못하고 남긴 잡다한 생활용품과 잘 개어서 차곡차곡 정리해 둔 이불을 보고 있자니 그가 금세 족발이나 돼지고기 수육이 담긴 비닐봉지를 들고 돌아올 것만 같았습니다. 그가 떠난 자리가 유난히 크게 느껴졌습니다. 답답한 마음에 담배를 물고 화장실로 향했습니다. 화장실에는 명구 선생이 홀로 플라스틱 의자에 앉아 불이 붙지 않은 담배를 입에 문 채 기름 라이터를 만지작거리고 있었습니다.

"명 선생은 갔어?"

그가 고개를 숙인 채 물었습니다.

"네, 방금이요."

"그래, 잘됐지 뭐. 상황이 이런데 계속 남아 있으면 뭐 해, 안 그래, 이 선생?"

"네, 맞아요, 잘됐어요."

"자, 내 거 써. 아니다, 이 선생 가져, 그냥."

그가 제게 반짝거리는 기름 라이터를 건네주고는 꽉 끼는 바지 주머니에 힘겹게 손을 찔러 넣었습니다.

"아니에요, 제가 왜요. 명구 선생님이 빌려 줄 때가 좋지요. 매번 기름 넣는 것도 일이고. 제가 쓰면 이렇게 반짝거리지도 않을 거예요. 자, 여기요."

제 담배에 불을 붙이고 이어서 그의 담배에도 불을 붙여 준 뒤 그에게 라이터를 돌려주었습니다. 그러자 다시 힘겹게 주머니에서 손을 빼 셔츠 주머니에 라이터를 톡 하고 집어넣으며 "그래, 그럼 언제든지 말해, 알았지? 이거 이 선생만 빌려 주는 거야. 명 선생도 안 빌려 줬어." 하고 말했습니다.

새것으로 교체한 환풍기가 어느새 새까맣게 변해서 윙윙거리는 소리를 냈습니다. 그곳을 향해 담배 연기를 내뿜었습니다. 하지만 제 힘으로 그곳까지 담배 연기를 보내기에는 무리였나 봅니다. 연기들은 마치 길 잃은 유령들처럼 천장 아래에 모여 서로 엉겨 붙은 모습으로 어지러이 화장실 안을 맴돌았고, 천천히 환풍기가 있는 곳을 향해 움직이기 시작했습니다. 조금씩 가까워질수록 유령들은 빠르게 움직였고, 이내 환풍기를 통해 몇몇은 날개에 맞아 산산조각이 났고, 일부는 바깥세상으로 흘러 나갔습니다. 미처 그곳까지 닿지 못한 유령들은 떠나가는 유령들을 붙잡기 위해 발버둥쳤습니다. 명 선생님을 따라 계단을 내려갔던 허 선생님을 비롯한 몇 명의 남자 선생님이 차례차례 화장실 안으로 들어왔습니다. 화장실 문이 벌컥벌컥 열릴 때마다 유령들은 누가 붙잡아 끌기라도 하듯 문틈 사이로 힘없이 빨려 들어갔습니다. 그리고 죽지도 못하고, 바깥세상으로 흘러가지도 못하고, 거실로 나가지도 못한 채 천장 아래에서 방황하던 유령들은 제자리에서 차츰 사라져 갔습니다.

명 선생님이 떠난 그날 이후 안 선생님과 최미희 선생님, 유영건 선생이 차례로 퇴원한 것 외에는 특별히 기억될 만한 일 하나 없는 하루를 반복했습니다. 흐르지 않는 듯 유유히 흘러가는 시간에 몸을 맡긴 채 나 선생님과 함께 자서전을 썼다 고치기를 거듭했고, 그렇게 낮과 밤을 수차례 흘려보냈습니다. 허 선생님은 그간 친하게 지내던 유영건 선생이 병원을 옮긴다는 이유로 생각보다 빨리 퇴원하자 정일규 선생님과 매일 아웅다웅 말다툼을 벌이며 시간을 보내는 것 같았습니다. 종종 저와의 관계를 회복해보고자 그간 잊고 지냈던 사업 이야기를 넌지시 물어 오기도 했습니다. 하지만 이미 때는 늦었지요. 제게 허 선생님의 존재는 사라져 가는 유령과도 같았습니다.

6월 어느 날, 얇은 공책 두 권 분량의 자서전을 완성하게 되었습니다. 나 선생님은 제게 짧은 소감을 물었습니다. 저는 홀가분하기도 하고, 또 한편으로는 섭섭한 기분도 든다고 말했습니다. 그녀가 이유를 물었고, 저는 딱히 설명할 수 없다고 대답했습니다. 또한 그녀는 다시 그것을 천천히 읽어 본 뒤 원장님께 보여 줄 것이라고도 했습니다. 그로부터 며칠 뒤 원장님과 짧은 면담을 갖게 되었습니다.

"고생 많았다. 앞으로 남은 시간 그리고 퇴원하게 되더라도 지금껏 해 온 것처럼만 하면 큰 어려움 없이 살아갈 수 있을 거란다. 그리고 충분히 알고 있겠지만, 정신병이라는 것은 감기 같은 질병이야. 증상이 나타나면 그에 맞는 약을 처방받아서 먹으면 그만인 것이지. 그러니까 그보다 더 중요한 것이 뭐라고 했지?"

그의 갈색 눈동자가 유난히 깊어 보였습니다.

"믿음, 규칙적인 삶, 변화하려는 노력, 이런 것들 말씀이지요?"

그는 크게 한 번 고개를 끄덕이고는 "그래, 그렇단다. 그런 노력들 없이 약에만 의존해서는 안 되는 거란다. 특히 희우 너는 말이다. 잘 알고 있지? 그러니까……." 하며 퇴원 후에 주의해야 할 점 등을 연이어 설명해 주었습니다.

그 설명이 거의 끝나 갈 무렵, 외래 간호사가 문을 빠끔히 열어 고개만 집어넣고는 "원장님, 예약 환자분 오셨는데요." 하고 말했습니다.

"어, 그래, 들어오시라고 해요."

"그럼, 올라가 보겠습니다."

원장실에서 나오다 한때 제 차례를 기다리며 줄곧 앉아 있곤 했던 낡은 천 소파에서 제가 나오기만을 기다리는 한 가족과 마주쳤습니다. 그중 초등학생 정도로밖에 보이지 않는 여자 아이는 손에 쥔 커다란 막대사탕으로 한쪽 눈을 가린 채 다른 한쪽 눈으로 저를 빤히 쳐다보고 있었습니다.

"이 선생님, 말씀 다 하셨어요? 오래 걸리셨네요. 나 선생님께서도 뵙자고 하세요. 같이 내려가세요."

접수대 안에서 저를 기다리던 김 간호사는 약간 지루했는지 눈에 졸음이 가득했습니다. 외래 간호사가 여자 아이와 그 부모를 향해 "이쪽으로 오세요." 하고 말했습니다. 여자 아이가 제게서 눈을 떼고 소파에서 내려왔습니다. 막대사탕은 여전히 한쪽 눈을 가리고 있었지요. 제가 살짝 웃어 주자 여자 아이도 빙그레 웃더니 이내 고개를 획 돌렸다가 다시 저를 한 번 쓱 쳐다보고는 다시 또 고개를 획 돌렸습니다. 그때 갑자기 김 간호사가 제 얼굴 앞으로 불쑥 나타났습니다.

"이 선생님?"

그 소리에 막 원장실 안으로 들어간 여자 아이가 멈칫하더니 뒤를 돌아봤습니다. 여자 아이와 눈이 마주쳤습니다. 저를 향해 살며시 미소를 짓더군요. 어린아이다운 풋풋하고 기분 좋은 미소였습니다. 그리고 외래 간호사에 의해 문이 닫히는 마지막 순간, 여자 아이가 쥐고 있던 막대사탕을 입으로 가져갔습니다.

"왜 그러세요? 아는 분들이세요?"

김 간호사가 의아하다는 듯 고개를 한쪽으로 갸웃했습니다.

"아니요, 모르는 사람들이에요."

"그런데 왜 그렇게 쳐다보고 계셨어요?"

"왠지 알던 사람인 것 같기도 해서요."

그러자 김 간호사는 "그게 무슨 말이에요? 이 선생님도 참." 하고 어이없다는 듯이 웃었습니다.

"아, 생각났네요."

계단을 내려가다 제가 말했습니다.

"뭐가요?"

"제가 어렸을 때, 아마도 초등학교 3학년 즈음이었을 거예요. 여자 아이가 전학을 왔는데, 그 아이도 한쪽 눈동자가 조금 전 그 여자 아이처럼 비뚤하게 생겼거든요. 참 예쁘게 생긴 아이였어요. 그런데 그 비뚤하게 생긴 눈동자 하나 때문에 다른 아이들한테 놀림을 많이 받았지요."

가능한 한 천천히 계단을 밟으며 말했습니다.

"이 선생님은 안 그러셨나 봐요?"

"그럼요, 제 짝꿍이었는걸요. 정말로 예쁘게 생긴 아이였어요. 하루는 체육 시간이었지요. 그 여자 아이가……."

지하실에 도착한 후에도 운동 기구 앞에 서서 한참을 이야기했습니다. 그런 제 얼굴에는 저도 의식하지 못한 사이 환한 웃음이 지어져 있었나 봅니다.

"프로그램 다 마치니까 기분이 좋으신가 봐요. 재밌는 이야기도 해 주시고."

"그럼 들어가 볼게요. 나 선생님 기다리시겠네요."

"아, 네. 그리고 이 선생님, 원장님께서 말씀하시기를 오늘부터 이 선생님 약이 조금 조정될 것 같다고 하세요. 그러니까 꼭 저녁 드신 다음에 한번 드셔 보시고, 제가 오늘 당직이니까 제가 드리면서 다시 말씀드리기는 할 텐데요, 전에 드시던 것이랑 다른 점 있으면 말씀해 주세요. 그럼 말씀 잘하시고요. 저녁때 뵐게요."

김 간호사만큼 친절한 사람은 그 어디에도 없을 것입니다.

그곳에서 남은 시간은 오로지 퇴원 준비를 하며 보냈습니다. 그리고 8월에 가까운 7월 어느 날, 비로소 퇴원 날짜가 정해졌습니다. 비록 퇴원한 뒤에도 국립병원에서 외래 진료를 계속 받겠다는 조건이 붙기는 했지만, 퇴원이라니…… 좀처럼 실감이 나지 않았습니다.

퇴원 며칠 전에는 어머니가 찾아와 저와 함께 원장님에게 많은 이야기를 들었습니다. 진정 저를 위한 것은 정신병을 숨기려고 작은 병원들을 돌아다니는 것이 아니라 전문 기관에서 그 원인을 정확히 밝혀 내 젊은 나이의 제가 온전한 정신으로 살아갈 수 있게 하는 것이 바람직한 부모의 역할임을 강조했습니다. 물론 새로운 환경에서 진료를 받아 보는 일도 좋을 것이며, 좋지 않은 가정 형편으로 인해 퇴원하고 국립병원에서 치료받게 된 것을 조금이라도 창피하게 여기지 말 것이며, 국립병원이야말로 우리나라에서 가장 저렴한 비용으로 전문적인 정신과 치료를 받을 수 있는 곳이므로 제가 놓인 환경에서는 과연 최선의 선택일 것이라고 덧붙였습니다. 어머니는 그것을 모두 겸허히 받아들였습니다. 그리고 펑펑 눈물을 흘렸습니다.

퇴원 수속은 모두가 명상록을 발표하는 시간, 미리 꾸려 놓은 가죽 가방을 들고서 계단을 내려오는 것을 시작으로 조용하게 이루어졌습니다. 사람들 모르게 떠나고 싶었지요. 하지만 그 사실을 어떻게 알았는지 허 선생님이 계단 중간에서 저를 기다리고 있더군요. 그는 자신의 전화번호가 적힌 종이를 내밀며, 겨울 전에는 반드시 퇴원할 것이니 그때쯤 전화하면 받을 수 있을 것이라고 말하곤 지하실로 내려갔습니다.

어머니와 함께 원장님과 김 간호사들에게 차례로 인사를 건넸습니다. 나 선생님에게도 인사는 물론 전날 쓴 편지를 전해 주고 싫었지만 전날 김 간호사가 미리 말해 준 대로 그녀는 결국 나타나지 않았습니다.

어머니와 함께 올랐던 언덕길을 내려가며 무슨 생각을 했는지는 자세히 기억나지 않습니다. 하지만 언덕길 중간에서 허 선생님이 쥐어 준 그의 전화번호가 적힌 종이를 길가 휴지통에 버린 것은 기억하고 있습니다. ㄱ역 3번 출구 앞에 도착해 계단을 내려가기 전 어머니는 단 며칠만이라도 함께 머물면서 직접 밥을 해 먹이고 싶다고 부탁하듯 말했습니다. 하지만 거절했습니다. 혼자 있고 싶었습니다. 아니, 조금이라도 더 빨리 그녀를 만나고 싶었습니다. 어머니는 그런 제 손을 잡고 기꺼이 웃어 주었습니다. 어머니를 배웅하고 난 뒤 다시 계단을 올라 반대편 승강장으로 가서 지하철에 올랐습니다.

그곳에서 보낸 시간들이 지하철 창밖으로 빠르게 지나갔습니다. 가방에서 나 선생님에게 건네주려고 한 편지를 꺼내어 읽어 봤습니다. 그녀가 제게 해 준 여러 가지 말이 생각났습니다. 편지를 다 읽고 다시 창밖을 바라봤습니다. 언젠가 그랬던 것처럼, 철창 없는 지하철 창밖으로 덜컹거리는 울림이 제 지난 기억들을 스치며 빠르게 흘러가고 있었습니다.

나희정 선생님께

희우입니다. 이곳에 와서 선생님께 쓰는 첫 번째 편지입니다. 하지만 공교롭게도 이 첫 번째 편지가, 제가 이곳에서 보내는 마지막 날 밤에 쓰는 마지막 것이 되었습니다. 여기, 이곳에 있는 동안이라도 종종 이렇게 편지를 써 드렸으면 좋았을 텐데, 하는 후회가 듭니다. 김 간호사님에게 듣기로 내일은 집안 사정 때문에 출근을 못 하신다고 들었습니다. 그래서 제가 남긴 이 편지로나마 저를 떠올리면서 읽어 주셨으면 좋겠습니다. 직접 뵙고 인사를 전해 드리지는 못해도 '만났다'라는 느낌을 받으시도록 말입니다. 하지만 솔직히 어떤 이야기를 써 드려야 할지는 잘 모르겠습니다(저는 지금 웃고 있습니다).

처음 제 모습을 기억하시나요? 최근 저는 이곳의 생활이 다소 무기력해져 거의 대화를 않고 지내다시피 했지만, 그 전까지는 모두들 종종 제게 많이 밝아지고 좋아졌다는 이야기를 해 주었습니다. 사실 이러한 부분이 제가 가장 두려워한 일이라는 것을 선생님께서는 잘 아실 겁니다. 하지만 시간이 지나고 보니 역시나 선생님이 해 주신 말씀들이 맞는 것도 같습니다. 비록 전부는 아닐지라도 말입니다. 때문에 제가 이렇게 바뀌어 가고는 있지만, 솔직히 말씀드리자면 제가 추구하는 삶과 이와 관련된, 선생님께서 우려한 많은 부분은 아직도 없어지지 않고 그대로 남아 있습니다. 하지만 너무 걱정하지 않으셨으면 합니다. 오히려 지금의 저로서는 지금껏 해 온 것보다 더욱더 많이 성장할 것 같다는 막연하면서도 묘하게 좋은 기분을 느낄 수 있기 때문입니다.

사람이란 참 이상합니다. 무엇이라 정확히 지적해서 말씀드릴 수는 없겠지만 그런 것 같습니다. 저도 그렇고 이곳의 다른 선생님들도 그렇고, 그리고 선생님도 그렇습니다. 이상하기보다 신기합니다. 아니, 어쩌면 지극히 평범하기도 합니다. 이렇게 여러 사람과 함께 생활하다 보니 세상에 혼자인 사람은 없는 것 같은 기분을 느껴 보기도 했습니다. 저만 세상에서 동떨어진 채 홀로 살아가는 것은 아니었지요. 하지만 종종 외출을 다녀올 때면 다시 혼란이 오기도 했습니다. 그것은 이곳을 나가 국립병원에 다니면서 잘 다스려 보겠습니다. 다시 말씀드리지만 너무 걱정하지 않으셨으면 좋겠습니다.

제가 겪는 문제들이, 설령 문제라고 규정짓기에는 너무 복합적이거나, 또는 너무 간단한 것일지라도, 그것이 지금의 저를 만들었다는 생각을 했습니다. 이곳에서 지내기 전에는 오로지 '나'에 대해서 깊게 생각해 본 적이 별로 없는 것 같습니다. 그런데 이곳에 와서 감히 떠올리지 못했던 기억들을 생각하고 또 생각해 보니, 비록 몸과 마음은 힘들었지만 제게는 정말 많은 것을 느끼게 해 주었습니다.

요 며칠간 예전에 제가 쓴 명상록들을 모두 다시 읽어 보았습니다. 왜 변화가 필요한지 알 것도 같았습니다. 그동안 저 때문에 많이 답답하셨지요? 제가 모든 것을 알 수는 없을 테고, 그럴 수도 없는 것은 분명합니다. 하지만 이렇게 겪어 보니 조금은 알아 갈 수 있겠더군요. 아무튼 변화는 필요합니다. 하지만 모든 것을 변화시켜야 하는 것은 아니겠지요.

제 생각은 이렇습니다. 저에게 변화될 부분이 있고, 또 가지고 있어야 할 부분이 있을 것입니다. 이것은 전에도 말씀드린 것 같은데 이렇게 편지로 그 내용을 또 전해 드리자니, 혹시나 제가 전혀 변하지 않았다고 생각하실까 봐 걱정이 됩니다. 하지만 이 역시도 걱정하지 않으셨으면 합니다(저는 지금도 웃고 있습니다). 모두 다 말씀드릴 수는 없겠지만 제게서 분명히 변화되어야 할 부분들을 발견할 수 있었고, 또 그것을 고치려고 해 보니, 변화하려 해 보니 생각보다 별로 나쁘지 않았습니다. 오히려 제가 간직해야 할 것들이 더욱 분명해졌습니다. 이 사실만큼은 반드시 알아주셨으면 합니다. 선생님께서는 구체적으로 예를 들어 그 순간의 느낌을 자세히 이야기하는 것을 좋아하시지만 지금은 이것을 말씀드리지 않으려고 합니다(아직도 저는 웃고 있습니다). 후에 더욱 좋은 모습으로 성장하여 말씀드리겠습니다. 그렇게 할 수 있을 것 같은 기분이 듭니다. 퇴원 후에, 그러니까 나중에라도 다시 선생님을 뵙게 된다면 꼭 말씀드리겠습니다. 그러고 보니 다시 만난다면 그것은 좋지 않은 일일까요? 좋은 모습으로 뵈면 되겠지요?

　반년이 넘는 시간 동안, 수없이 많은 낮과 밤을 보내며, 짧지 않은, 그렇다고 길지도 않은 시간이 빠르게 흐르는 구름처럼 지나가 버렸습니다. 제가 지금 드릴 수 있는 말은 그저 제 모든 감정을 축약해 감사드린다는 것뿐입니다. 갑자기 허 선생님이 제 주위를 서성거리는 척하며 제가 쓰는 이 편지를 힐끔거리는군요. 그래서 이만 펜을 놓을까 합니다. 안녕히 계세요. 참, 건강 관리 잘하세요. 많이 피곤해 보였습니다.

7월 어느 날, 희우 드림

5

ス역 1번 출구에서 길게 이어진 담장을 따라 걸었습니다. 국립
병원으로 가는 길이었습니다. 정확한 날짜는 기억나지 않지만 그
날 이후로 매주 목요일 오후 4시 30분에 외래 진료를 받곤 했으
니 아마도 목요일이었을 것입니다. 제 옆에서 걷는 어머니 품에
는 그간의 제 진료 기록 등이 가득 담긴 누런색 종이 봉투가 안겨
있었습니다. 어머니는 마치 그것이 제가 온전해질 수 있는 마지
막 열쇠라고 믿는 듯 날이 선 종이 봉투의 양 끝 모서리를 꼭 움
켜쥐고 있었지요.

담장 너머로 바라본 국립병원은 규모가 상당했습니다. 제가 입
원해 있던 그곳과는 비교도 안 될 정도로 넓었지요. 곳곳에 무성
한 나무도 참 많더군요. 멀리 환자복을 입은 사람 몇몇이 간호사
들과 함께 산책하는 것이 보였습니다. 면회를 온 듯 보이는 일행
도 몇 발자국 물러나 함께 걷고 있었습니다. 매점으로 보이는 곳
앞에서는 환자복을 입은 노인 둘이 서로 이마를 맞대고 담배를
피우고 있었습니다. 그렇게 담장을 걸으며 본 사람의 수만 해도
얼추 20명 이상은 되었을 것입니다. 그런데 그 모습이 너무나 평
화로워 보인다고 할까요. 그래서 오히려 불안한 마음이 들기도

했지요. 반면에 건물들은 하나같이 크기도 제법 큰 데다가 군데 군데 페인트까지 벗겨져 꽤나 으스스해 보였습니다.

국립병원 입구 왼쪽에 위치한 경비실로 향했습니다. 경비실 문은 활짝 열려 있었고, 밤색 접이식 의자가 문고리에 걸쳐져 문이 닫히지 않도록 지탱하고 있었습니다. 경비실 안에서 모자를 반쯤 걸쳐 쓰고 반쯤 누운 자세로 느긋하게 라디오를 듣던 초로의 경비원이 뒷짐을 지고 다가와 무슨 일로 왔느냐며 딱딱한 말투로 물었습니다. 어머니는 외래 병동을 찾는다고 대답했습니다. 그는 어머니와 저를 번갈아 쳐다보더니 입구 바로 오른쪽에 위치한 가로로 길게 지어진 2층짜리 건물을 손가락으로 가리켰습니다.

외래 병동 입구 위에는 커다란 원형 시계가 걸려 있었습니다. 망가진 지 최소 15시간 이상은 지난 것으로, 밤 10시를 조금 넘긴 시간을 가리키고 있었습니다. 원형의 스테인리스 스틸 손잡이를 피해 손등으로 유리문을 밀고 건물 안으로 들어갔습니다. 형광등은 대부분 꺼져 있었지만 입구의 유리문을 통해 비춰 들어오는 빛이 반질반질한 바닥에 반사되어 그 역할을 충분히 대신했습니다. 조금 더 안쪽으로 들어가자 왼쪽으로 정장을 입은 남자가 자판기에서 음료수를 뽑아 마시는 것이 보이더군요. 접수처와 원무과는 바로 그 맞은편에 나란히 붙어 있었습니다. 따지고 보면 입구 바로 왼쪽으로 벽 하나를 사이에 두고 있는 것이었지요. 허리 높이까지는 회색 페인트가 칠해져 있었고, 인조 대리석 선반이 그 위에 길게 얹어져 있었습니다. 선반 위에서 천장까지는 머리가 간신히 들어갈 만큼 낮은 공간만 남겨 두고 두툼한 우윳빛 아크릴 판으로 가림막이 설치되어 있었습니다.

접수처 앞으로 다가가자 가림막에 붙은 미닫이창이 한쪽으로 열리더니 얼굴만 간신히 식별할 수 있을 정도의 구멍이 하나 나타났습니다.

"전화드리고 왔는데요."

어머니가 그 구멍에 얼굴을 대고 말했습니다.

"네, 진료받으실 분 성함이 어떻게 되세요?"

접수처 안 낭랑한 여자의 목소리가 복도에 울려 퍼졌습니다.

"'이희우'라고 합니다."

"잠시만요…… 네, 서류는 준비해 오셨죠?"

어머니가 품에 지닌 종이 봉투를 선반 위로 밀어 넣었습니다. 접수처에 선 어머니의 모습은 참으로 익숙한 것이었습니다. 단지 서 있는 장소만 바뀌어 왔을 뿐 어머니는 언제나 그 작은 몸으로 저를 대신해 왔지요. 접수를 마치고 여자의 안내대로 맞은편 더 깊숙한 곳에 위치한 계단으로 향했습니다. 초여름 서늘한 공기가 계단을 타고 흘러 내려왔습니다.

2층은 1층과 마찬가지로 조명 대부분이 꺼져 있었지만, 계단 맞은편으로 보이는 벽의 반 이상이 창문이어서 그런지 상당히 밝았습니다. 오히려 바깥에 있을 때보다 더 환하게 느껴졌지요. 계단에서 왼쪽으로는 길게 대기실이 이어져 있고, 대기실 벽을 따라 진료실로 보이는 네 개의 문과 모니터가 일정한 간격을 두고 위치해 있었습니다. 그 문 맞은편에는 창문을 등지고 기다란 의자들이 네 줄씩 다섯 칸으로 나뉘어 환자를 기다리고 있었는데, 이미 많은 사람이 그 의자에 앉아 뒤쪽 창문에서 비춰 오는 햇빛을 받으며 자기 차례를 기다리고 있었습니다. 계단 오른쪽으로 이어진 복도 입구에는 책상 하나가 놓여 있었는데, 챙이 평평한 초록색 모자를 푹 눌러쓴 젊은 남자가 턱을 괴고 앉아 꾸벅꾸벅 졸고 있었습니다. 그 축 처진 모습이 마치 바로 뒤편에 놓인 오랫동안 한쪽으로만 햇빛을 받고 자란 고무나무를 흉내 내는 듯 보였습니다. 그 옆으로는 혈압계와 체중계 등이 나란히 위치해 있었고, 맞은편 벽에는 회색으로 칠한 문이 나 있었습니다. 문에는 흰색 아크릴 판 위에 빨간색 글씨로 '제한 구역'이라고 적힌 팻말이 붙어 있었지요.

그렇게 2층 내부를 두리번거리는데 갈색 점 무늬 상의와 통이 넓은 흰색 바지를 입은, 경력이 꽤 있어 보임직한 간호사가 '제한 구역'에서 나와 꾸벅꾸벅 조는 젊은 남자의 어깨를 가볍게 건드려 깨운 뒤 다가와 물었습니다.

"처음 오셨나요?"

어머니가 그렇다고 대답하며 1층에서 받아 온 접수증을 건넸습니다.

"박 과장님께서 담당하시네요? 저기 3번 진료실 앞에서 기다리시면 차례대로, 진료실별로 설치된 모니터 보이시죠? 저기서 순서를 확인하실 수 있어요. 화장실은 저쪽이고요. 진료가 끝나면 따로 안내가 없더라도 바로 원무과로 가시면 됩니다. 원무과는 접수하면서 보셨죠? 처음이니까 먼저 여기다가……."

어머니가 간호사와 이야기하는 동안 비교적 한적해 보이는 네 번째 줄 의자에 앉았습니다. 수십 개의 다양한 뒤통수를 보고 있자니 이 좁은 나라에 정신병원을 찾는 사람이 참 많기도 많구나, 하는 생각이 절로 들더군요.

낡은 경첩이 끼익 하는 소리를 지르더니 2번 진료실 문이 열렸습니다. 노부부가 긴 머리를 동그랗게 말아 올린 젊은 간호사와 함께 진료실에서 나왔습니다. 고개를 쭉 빼고 그 안을 얼핏 들여다보니 진료실 안에는 큼지막한 창문이 있었고, 그 창문 안에는 초록색 나무가 무성하게 자라 있었습니다.

모니터 맨 위에 있던 이름이 사라지고 그 아래 초록색으로 표시되었던 이름이 노란색으로 바뀌자 간호사가 진료실에서 나와 그 이름을 불렀습니다. 의자 맨 앞줄에 앉아 있던 모자를 푹 눌러쓴 여자가 주섬주섬 일어나 진료실 안으로 들어갔고, 문이 닫히면서 다시 끼익 하는 소리가 났습니다. 제법 큰 소리인데도 다른 사람들은 이미 익숙해진 듯 그 소리에 반응하는 사람은 아무도 없었더군요.

"앞에 예약 환자가 많이 밀려 있어서 한참 더 기다려야 된다고 하네."

어머니가 제 옆으로 와 앉으며 말했습니다.

어느 병원이고 오래 기다려야 하는 건 다 마찬가지구나, 하고 생각했습니다. 잠시 후 간호사가 다가와 미리 체크해 놓아야 할 것이 있다며 저를 데려가더니 키와 몸무게를 차례로 재었습니다. 키를 잴 때는 저도 모르게 까치발을 들었는데, 초록색 모자를 쓴 젊은 남자가 저를 힐끔 쳐다보더니 비웃기라도 하듯 어깨

를 들썩였습니다. 몸무게는 입원해 있을 때보다 조금 늘어 정확
히 44.2킬로그램이 되어 있었습니다. 혈압도 쟀습니다. 직직 하
고 수치가 인쇄된 종이가 나오자 그녀는 그것을 차트에 옮겨 적
은 뒤 제게 건네주고는 이유는 모르겠지만 잘 가지고 있으라며
신신당부를 했습니다. 아직도 의문입니다. 누구 하나 보여 달라
고 하는 사람이 없었으니까요. 그래서 한 달 정도 가지고 다니다
버렸지요.

　시간이 지날수록 사람이 줄어야 하건만 점점 그 수가 늘어 대
기실 안에는 족히 30명 넘는 사람이 자기 순서를 기다리게 되었
습니다. 제 이름이 계속 뒤로 밀려나는 것으로 보아 어머니가 말
해 준 대로 모두 예약한 사람들 같았습니다. 저처럼 의자에 앉은
사람도 있고, 대기실을 서성이는 사람도 있었습니다. 남루한 차
림의 백발 부부, 허름한 반팔 셔츠 차림의 얼굴과 팔뚝이 까맣게
그을린 남자, 엉덩이와 허벅지에 보풀이 잔뜩 인 정장을 입은 중
년 남자, 허리에 주머니 가방을 찬 젊은 여자, 다 해진 운동화를
신은 젊은 남자, 다리를 절뚝거리며 진료실에서 나와 동전을 세
는 중년 여자, 검은색 비닐봉지에서 백설기를 꺼내 쪼개어 먹는
노인 등 하나같이 칙칙한 모습이었습니다. 보호자와 함께인 사람
도 있지만 그들 대부분은 혼자였고, 그래서인지 대기실은 사람
수에 비해 굉장히 조용했습니다. 사람들이 내뱉는 작은 한숨 소
리도 큰 울음소리로 들리는 듯했고, 진료실의 문들이 열리고 닫
힐 때마다 나는 비명 소리가 유난히 가련하고 비통하게 느껴졌
습니다.

어머니가 음료수를 하나 사 와서 제게 건넸습니다. 오후 2시를 조금 넘긴 시간이었지요. 음료수를 다 마시고 화장실에 다녀와 의자 중간중간에 꽂혀 있는 잡지도 몇 권 뒤적였습니다. 담배가 피우고 싶었지만 왠지 밖에 나가기가 꺼려져 참았습니다. 그리고 거의 4시가 되었을 무렵, 마침내 모니터에 제 이름이 두 번째 대기자로 표시되었습니다. 그 많던 환자도 거의 다 대기실을 떠나고 어머니와 저, 몇 명만 대기실에 남아 마지막 인내심을 짜내고 있었습니다.

창문을 통해 낮게 비춰 들어오는 햇빛이 그 고요함과 섞인 데다 뒤늦게 올라오기 시작한 약 기운까지 더해져 하마터면 그대로 앉아 잠이 들 뻔도 했습니다. 반짝이는 정장을 잘 차려입은 젊은 사람들이 활기찬 걸음으로 대기실에 나타나지만 않았다면 말입니다.

그들은 비단 그날뿐 아니라 오후 4시 즈음이면 어김없이 대기실에 나타나곤 했습니다. 제약 회사에서 영업 나온 직원들이었지요. 그들 중에는 얼마 못 가 새로운 얼굴로 대체되거나, 한두 번 얼굴을 비추는가 싶더니 이내 모습을 드러내지 않는 사람도 있기는 했지만, 남자 둘하고 여자 하나는 제가 진료받기 시작한 이후 처음 3년 동안 꾸준히 대기실을 찾았습니다. 그들이 계단을 올라올 때까지는 얼핏 같은 무리처럼 보이기도 했지만 막상 대기실에 들어선 다음부터는 서로 멀찍이 떨어져 제각기 다른 진료실 문 앞을 지키며 독립된 모습을 보였습니다. 가슴에 붙은 명찰의 모양이 모두 다른 것으로 보아 서로 다른 회사에서 나온 모양이었습니다.

남자 둘은 쌍둥이처럼 똑같이 훤칠한 키에 움직일 때마다 햇빛에 반사되어 윤이 흐르는 회색 정장을 입고 있었습니다. 그 둘의 차이점이라면 하나는 반짝거리는 크롬 장식이 달린 검은색 가죽 가방을, 다른 하나는 광택이 없는 고동색 가방을 들고 다닌다는 것 정도였습니다. 생김새 또한 비슷했고, 둘 다 은근한 웃음으로 시종일관하다가도 간호사 등이 지나갈 때면 입술을 열어 하얀 치아를 가지런히 드러내는 것까지도 꼭 닮았지요. 여자 하나는 환한 치아는 물론 늘씬한 몸매를 자랑이라도 하듯 몸에 착 달라붙는 원피스에 재킷을 걸쳤고, 설탕이라도 뿌려 놓은 듯 반짝이는 스타킹을 신고 있었습니다. 단정하게 빗어 한쪽 어깨로 가지런하게 떨어뜨린 머리카락은 멀리서 봐도 물기가 덜 마른 듯 촉촉해 보였지요. 그리고 남자들과 달리 판촉물이 들어 있을 가방 대신 작은 손가방과 얇은 서류철 몇 권만 들고 다녔습니다.

진료를 마친 의사가 대기실로 나올 때면 그들은 잰걸음으로 달려가 하얀 치아를 드러낸 채 의사 옆에 바짝 달라붙어 어디론가 사라지곤 했는데, 그 치아가 어찌나 눈부시게 빛나는지, 멀리서 그 모습을 지켜보는 저까지도 그 웃음에 깜빡 속아 넘어갈 뻔한 적이 한두 번이 아니었습니다.

긴 기다림 끝에 마침내 모니터 속 제 이름이 노란색으로 바뀌고, 차트와 서류 뭉치를 품에 안은 간호사가 대기실로 올라와 3번 진료실로 들어갔다 나오더니 말했습니다.

"이희우 님, 이희우 님 들어오세요."

진료실 안으로 들어가자, ㄱ자로 놓인 책상 위로 팔을 얹고 고개를 살짝 옆으로 돌린 채 비스듬히 앉아 모니터를 뚫어져라 바라보던 남자가 저를 힐끔 쳐다봤습니다. 파란색 잔줄 무늬 셔츠 위에 큼지막한 흰색 가운을 걸친 그가 때로는 '박 과장님', 때로는 '박 교수'라고 불리는 박상일 선생님이었습니다.

"잠시만 기다리세요."

그가 의자를 빙그르르 돌려 쌍꺼풀 없이 쭉 찢어진 눈으로 다시 한번 저를 힐끔 쳐다보는가 싶더니, 이내 간호사를 향해 한 손을 들어 그녀가 들고 있는 차트와 서류들을 건네 달라는 동작을 했습니다. 그러고는 한동안 그것에서 눈을 떼지 않았습니다. 간혹 손가락으로 기름이 송골송골 맺힌 뭉툭한 코를 가볍게 비비거나 삐죽 튀어나온 입술을 오물거릴 뿐이었지요.

"음, 됐어요. 다시 호출할게요."

간호사가 밖으로 나간 뒤에도 그는 서류에서 눈을 떼지 않았고, 점점 그 속도가 빨라지더니 서류를 넘길 때마다 마구 휘갈겨 적은 영어와 정체를 알 수 없는 기호들이 눈앞을 아른거리게 만들었습니다.

그것에서 눈을 돌려 진료실 안을 빙 둘러봤습니다. 책상 위에는 전화기 두 대가 가지런히 놓여 있었고, 그 옆으로 문서 하나 비어져 나온 것 없이 잘 정돈된 서류함 몇 개와 작은 투명 플라스틱 정리함도 있었습니다. 각 층별로 안에 무엇이 들었는지 알기 쉽게끔 이름표가 붙어 있었지요. 벽은 반으로 나누어 아래쪽

은 옅은 회색으로 위쪽은 흰색으로 칠해져 있었습니다. 오직 벽
시계 하나만이 못에 걸려 쓸쓸한 시간을 보내고 있었지요. 맞은
편으로 태양을 등진 창문에는 청회색 알루미늄 블라인드가 반쯤
걷힌 채 쳐져 있었는데, 열린 공간으로 공사가 한창인 건물이 보
였습니다. 그 건물 외벽을 둘러싼 비계에는 옅은 초록색과 빨간
색 줄무늬 천들이 너저분하게 걸려 있었습니다.

"그래요."

그가 서류를 모아 책상 위로 딱 하고 내리치며 입을 열더니 입
꼬리를 한쪽으로 씩 올리며 말을 이었습니다.

"기분 나쁘게 듣지는 않으셨으면 합니다. 간혹 소위 있는 집 자
식의 경우 군 문제 때문에 이곳을 찾기도 하고, 또 형편이 좋지
않을 경우 여러 가지 혜택을 보기 위해 일부러 장애인증을 타려
고 이곳을 찾기도 해요. 일부러 거짓말을 하는 경우가 있다는 말
씀입니다. 그런데 이곳은 생각하시는 만큼 그렇게 호락호락한 곳
이 아니에요. 거짓말은 절대로 통하지 않습니다. 이곳도 국가 산
하 기관이라고 생각하면 쉽게 이해되실 겁니다. 그러니……"

"저는 단지 제 아들이 치료되길 바랄 뿐입니다."

어머니가 그의 말을 끊으며 단호하게 소리치듯 말했습니다. 어
머니의 눈동자는 작은 흔들림조차 찾아볼 수 없었지요.

"네, 알고 있습니다. 규정상 여쭤 본 것이니 기분 나쁘게 생각
하지는 않으셨으면 합니다. 일단 제가 이희우 씨의 진료 기록을
대충 훑어본 결론부터 말씀드리자면, 지금으로서는 어떻다, 어떤
병이다, 어떤 약을 먹으면 낫는다, 라고 설불리 말씀드릴 수가 없

습니다. 그리고 이희우 씨 케이스는 정신의학적 문제가 발견되기 전에 그 첫 번째 증상이 외과 형태로 나타났습니다. 이런 케이스는 드물기는 하지만 실제로 검증된 사례들이 있어요. 그리고 내과에서 신경정신과로 환자를 보내는 케이스도 일반적으로 그 레인지가 정해져 있다고 보시면 됩니다. 이희우 씨가 그것에 완벽하게 해당된다고 말씀드릴 수는 없지만 큰 범주에는 속합니다. 의사로서 깊게 다루어 볼 만한 케이스라 말씀드릴 수 있습니다. 그런데 이 진료 기록에는 병명이 기재되어 있지 않은데, 특별한 이유라도 있습니까?"

"제가 부탁드렸습니다. 병원 기록이 남으면 나중에 불이익을 당하는 경우가 많다고 해서……."

"대부분의 보호자가 그렇게 생각하시는데, 아무리 기록이 남는 걸 원치 않는다 하더라도 기록은 다 남게 됩니다. 여기만 보더라도 이 표시된 내용이 뭐냐 하면 '부모가 기록을 원하지 않는다'라는 뜻이거든요? 그런 말들이야 다 옛말이고, 불이익이 생기느냐 마느냐는 오로지 환자의 몫이라 할 수 있겠습니다."

"그럼 불이익이 있을까요?"

"어떤 불이익을 말씀하시는 것인지 모르겠네요. 불편한 부분이 아주 없다고는 말씀드릴 수 없겠습니다. 하지만 잘 치료되면 일반적으로 생활하는 데 지장이 없으니 그 점은 걱정하지 않으셔도 됩니다."

그가 딱딱하게 굳은 얼굴을 풀고 어머니를 위로하듯 어색한 미소를 지었습니다.

"그리고 말씀드렸듯이 지금으로서는 어떠한 판단도 내릴 수 없습니다. 일반 개인 병원처럼 저 혼자 진단을 내리는 것이 아니라, 쉽게 말씀드리면 여러 명의 전문가와 함께 진단을 내릴 것입니다. 다시 무슨 말씀인가 하면, 지금까지의 진료 기록에도 명백하게 그 증상들이 기록되어 있고, 기존의 검사 결과에서도 적극적인 치료가 필요하다는 소견까지 기록되어 있고, 또 이희우 씨가 입원하셨던 병원 원장님 또한 이 분야에서 권위자이시긴 하지만, 그렇다고 이곳의 절차를 생략할 수는 없습니다. 다시 시작한다는 마음으로 모든 검사를 받으셔야 하고, 그 종류가 이전에 했던 것들보다 더 많을 거예요. 그에 따라서 상담 치료와 물리 치료가 병행될 것입니다."

"검사들을 다 다시 하는 데도 비용이 만만치 않을 텐데요⋯⋯."

"많이들 걱정하시는데, 그래서 이곳으로 오신 거잖아요. 그렇게 걱정하실 필요는 없습니다. 게다가 지금 이희우 씨의 경우에는 의료보호법 2급 대상자고 하니 크게 걱정하지 않으셔도 됩니다. 그리고 내과 치료는 계속 받고 계십니까?"

"1년에 한두 번씩 심전도 검사만 받고 있습니다. 약을 꾸준히 먹으라고는 하는데, 일단은 먹이지 않고 있습니다. 정신과에서 처방해 주는 약이랑 함께 복용하면 안 된다는 말을 들어서요."

어머니가 조심스레 말하자 그가 허탈한 웃음과 함께 "상관없으니까 그 치료도 계속 병행하세요. 자, 오늘은 그럼⋯⋯." 하고 말한 뒤에 수화기를 들었습니다.

"들어와요."

끼익 하는 소리와 함께 진료실로 들어온 간호사의 안내에 따라 어머니와 제가 의자에서 일어나 진료실을 나가려고 할 때, 그가 다시 말했습니다.

"이희우 환자 이번 약은 일단은 제 판단으로 처방될 거고요, 그렇다고 진단은 아닙니다, 임시 처방이에요. 그리고 다음 주부터는 혼자서 이동이 가능하다면 이희우 환자 혼자 오시는 것이 좋습니다. 특별히 보호자가 필요하면 따로 연락드릴 겁니다. 그럼 이희우 환자, 다음 주에 봅시다."

그가 저를 '씨'에서 '환자'로 그 호칭을 바꿔 부른 그 순간부터 그는 제 담당 의사가, 아니 저는 그가 담당하는 많은 환자 중 하나가 되었습니다.

처방전을 받아 지하철역 반대편에 위치한 약국으로 향했습니다. 어엿한 기초생활수급가정의 일원인 탓에 두툼한 약봉지를 얻고도 그 비용이 500원밖에 나오지 않아 괜스레 창피한 마음이 들었습니다. 다음 번에는 길 건너편 약국에 가야지, 하고 생각했지요. 저녁으로는 약국 근처의 식당에서 콩국수를 먹었습니다. 무슨 맛으로 먹나 싶은 맛이더군요. 그래도 어머니를 생각해 억지로 반 이상은 먹었습니다.

지하철을 타고 반지하 방에 도착하자마자 어머니는 열어도 햇빛이 들지 않는 방의 창문을 활짝 열고 밀린 빨래와 청소를 하기 시작했습니다. 그사이 저는 새로 타 온 알약들을 이전의 것과 비교해 보기로 했지요. 초콜릿 통을 꺼내 와서 가볍게 흔들어 보니 작은 알갱이들이 부딪히는 소리가 났습니다. 언제 들어도 기분 좋은 소리였습니다. 약은 이전에 먹던 것과 그 구성이 별반 다르지 않아 보였습니다. 개수는 한 개 적었습니다. 더 자세히 살펴보려다가 솔직히 자세히 본다 한들 알겠나 싶어 그대로 목구멍으로 집어넣었습니다. 문득 김 간호사가 나타나 혓바닥을 보여 달라고 말할 것 같았지요. 그러고는 거의 바로 잠이 든 것 같습니다. 어쩌면 몽롱한 상태로 깊은 생각에 빠져 있었을지도 모르겠습니다. 하지만 그 깊은 생각이라는 것이 통 기억 나지 않는 것으로 보아 역시 잠이 든 것 같습니다.

얼마나 지났을까, 벌린 입술 사이로 침이 흘러나와 볼을 타고 귓가를 간질였습니다. 눈을 떠 보니 어머니는 없고, 대신 머리맡에 편지 한 통이 놓여 있었습니다. 편지에는 푹 자는 거 같아 깨우지 않고 간다면서 다시 초시로 돌아와 함께 지내면 한결 마음이 놓일 거 같다는 내용이 적혀 있었습니다. 일어나 불을 끄고 창가로 가서 담배를 피웠습니다. 방범창을 마주하고 있자니 새삼 철창에 갇힌 신세는 여전하구나, 하는 생각이 들었습니다.

비가 여름을 적시며 완연한 가을을 맞이하는 동안 저는 국립 병원과 반지하 방을 오가며 홀로 바깥세상을 거닐었습니다. 그 시기에는 다양한 검사를 많이 받았는데, 불규칙적이고 또 빈번하게 이루어졌습니다. 다 사회 적응 훈련이겠거니, 하는 마음으로 군말 않고 시키는 대로 임했지요.

한번은 이런 검사를 받은 적도 있습니다. 국립병원과 연계된 영상 의학 전문 병원에 찾아가 커다란 원통형 기계 안에서 손과

발, 머리가 묶인 채로 뇌 단층 사진을 찍을 때였습니다. 검사는 한 시간 남짓 소요되었고, 분석 결과도 그날 바로 확인할 수 있었습니다. 영상분석의가 보여 준 모니터 안에는 제 뇌가 얇게 썰려 마치 햄버거 안에 들어가는 토마토와 같은 모양을 하고 있더 군요. 그가 꽤나 심각한 얼굴을 하고는 어머니에게 말하기를, 제 뇌의 어느 부위는 비대칭으로 이루어졌다고 했습니다. 옆에서 그 말을 듣고 있자니 그만 웃음이 나오는 것을 참을 수 없었지요. 아 니요, 그런 것 때문은 아니었습니다. 제 눈을 자세히 보시면, 보 시는 것과 같이 오른쪽 눈은 왼쪽 눈과 달리 쌍꺼풀이 없습니다. 한데 얻어맞은 것같이 주저앉았지요. 그리고 여기, 오른쪽 귀는 멀쩡하게 생겼지만 왼쪽 귀는 윗부분이 또 집게로 집어 놓은 듯 찌그러졌습니다. 게다가 이미 잘 아시다시피 심장 질환까지 앓고 있지요. 눈과 귀, 심장에 이어서 제 두개골 속에 숨은 뇌까지 짝 짝이라는 말을 들었으니, 어찌 제가 웃지 않을 수 있었겠습니까.

그 외의 검사는 모두 국립병원 안에서 이루어졌습니다. 하루는 이른 시간부터 어머니와 함께 검사를 받으러 오라는 통에 졸린 눈을 하고 대기실에 앉아 꾸벅꾸벅 조는데, 간호사가 다가와 어 깨를 가볍게 툭툭 건드리며 물었습니다.

"이희우 환자분, 환자분, 보호자는 같이 안 오셨어요?"

"아, 네, 시간이 맞지 않아서요."

"그러세요? 오늘 소변 검사는 없고요, 혈액 검사만 하고 바로 이동해서 검사받으실 거예요. 아침 약은 드시고 왔죠?"

"네."

"그럼 채혈실로 가시죠."

소변 검사와 피 검사를 하는 주된 목적은 약을 제대로 먹는지 확인하기 위한 것입니다. 때문에 갑자기 소변을 받아 오라거나 피를 뽑자고 할 때면 괜한 의심을 받는 것 같아 기분이 썩 좋지 않았지요. 그래도 이것 또한 사회 적응 훈련이겠지, 하는 마음으로 애써 고분고분하게 굴었습니다. 하지만 소변 검사는 그렇다 쳐도 피 검사만큼은 정말이지 피하고 싶었습니다. 채혈실에는 종일 앉아서 피만 뽑는 나이 지긋한 남자가 있는데, 그 솜씨가 영 별로였기 때문입니다. 그날도 제 가는 팔에 고무줄을 친친 감고서 두꺼운 바늘을 호기 있게 쿡 하고 찌르더니 결국은 언제나처럼 혈관을 찾지 못해 팔 여기저기에 두세 군데 더 구멍을 내고 말았지요.

팔에 넉넉히 알코올 솜을 대고 간호사를 따라 외래 병동에서 오른쪽 맞은편에 위치한 정사각형 흰색 타일로 마감된 3층 본관으로 향했습니다. 건물 입구에는 가로로 길게 뻗은 계단이 열 칸 정도 있었습니다. 간호사는 계단을 오르며 차트 든 손으로 뒷짐을 지어 보였습니다. 치마도 아닌데 호들갑이 지나친 것 같다는 생각이 들었습니다. 그런데 2층 중앙검사실로 오르는 계단에서는 뒷짐을 짓지 않더군요. 괜한 호들갑을 떤 건 아닐까, 하고 후회하는 눈치였습니다.

"이희우 씨? 반가워요. 자, 앉으세요."

검사실로 들어가니 줄곧 눈이 옆으로 쭉 찢어졌거나, 두툼한 돋보기안경을 썼거나, 입이 툭 튀어나왔거나, 배가 불룩하게 나온 늙다리 대머리 아저씨를 상상했는데, 왼쪽으로 약간 휘어진 코가 눈에 거슬리기는 했지만 젊고 제법 예쁘장하기까지 한 여자 임상심리사가 저를 맞이했습니다.

"오늘 검사는 길어요. 중간에 점심도 드셔야 할 텐데 식사는 어떻게 하시겠어요?"

"사 먹고 올게요."

"그러시겠어요? 그러면…… 자, 바로 시작해 볼까요?"

간호사가 나가고 그녀는 반쯤 열린 창문을 배경으로 뒤로 질끈 묶고 있던 옅은 갈색 머리카락을 어깨 아래까지 풀어 내렸다가 턱을 들어 뒤로 넘긴 뒤 왼손으로 머리카락을 움켜쥐고는 오른손으로 고무줄을 친친 감아 묶었습니다.

"검사 시작하겠습니다. 현재 시간 오전 10시 20분, 먼저 여기에 성명부터 적으시고요, 옆에 서명도 하시고요, 여기에는 간단하게 인적 사항 적으시고요. 1번부터 체크하시되 너무 오래 생각하지는 마시고 느껴지는 대로 바로바로 체크하시면 됩니다. 검사하시면서 혹시 모르겠다거나 궁금한 부분 있으면 바로 말씀하시고요."

세 묶음으로 나뉘어 겹겹이 쌓인 수십 장의 검사지를 보니 시작도 하기 전부터 진이 쏙 빠지는 듯했습니다.

"오늘 다 해야 하는 건가요?"

그녀는 당연하다는 듯이 웃는 얼굴로 눈썹을 들고 고개를 끄덕였습니다.

점심은 국립병원 안 야외 매점에서 김밥을 사 먹었습니다. 물

한 병을 사서 약을 먹는 것도 잊지 않았습니다. 매점 밖에 놓인 재떨이 대용의 흙이 담긴 고무대야 근처에서 담배를 피웠습니다. 험하게 다루어 군데군데 담뱃불로 녹아 버린 고무대야를 보고 있자니, 언제나 새것처럼 반질반질하게 재떨이를 청소하던 명구 선생이 생각났습니다. 잘 지내고 있을까, 하는 생각이 스멀스멀 올라와 재빨리 담배를 고무대야에 던져 넣고 다시 검사실로 향했습니다.

검사가 다시 시작되기까지는 시간이 많이 남았더군요. 가만히 창밖을 바라보고 있자니 어느덧 오후 1시가 되었고, 임상심리사가 들어와 물었습니다.

"식사는 맛있게 하셨어요?"

새로 화장을 했는지 입술이 붉게 물들어 있었지요.

"매점에서 김밥을 팔더라고요."

"어? 그거 맛있죠? 우리 병원에서 가장 인기 있는 거라 줄을 서서 먹을 정도예요."

"아무도 없던데요?"

"이상하네. 그럴 리가 없는데."

"그래도 맛은 있었어요."

"그렇죠?"

그러자 안심했다는 듯 환하게 웃어 보였는데, 사실 그다지 맛은 없었습니다. 보통의 김밥 맛이었지요.

아무리 체크해도 검사지의 양은 좀처럼 줄어들지 않았습니다. 잠도 못 자고 와서 피를 뽑고, 점심으로 먹은 김밥 한 줄이 의외로 배가 불렀고, 부작용이 심한 알약까지 삼킨 상태였기 때문인지 창문에서 불어오는 미풍을 맞으며 작은 글자로 꼬치꼬치 캐묻는 귀찮은 질문에 일일이 대답하자니 사람의 의지로는 걷잡을 수 없는 나른함이 몰려왔습니다. 펜을 쥔 손은 자꾸만 미끄러져 정사각형 안에 반듯하게 표시되어야 할 'V'자의 한쪽을 구불구불한 곡선으로 만들었고, 아예 정사각형 밖으로 크게 벗어나기도 했습니다. 어떤 글자들은 제 펜 끝을 피해 요리조리 도망치는 것도 같았지요. 글자들을 쫓아 책상 위를 어슬렁거리다 보니 저를 부르는 낯선 여자의 목소리가 바람을 타고 희미하게 들려왔습니다. 누굴까, 애타게 나를 부르는 사람은…….

"잘 잤어요?"

임상심리사가 조금은 어이없다는 표정으로 웃으며 저를 바라보고 있었습니다.

"네?"

"주무셨어요. 한 시간도 넘게."

시계를 보니 노란색 오리 한 마리가 얄궂게 V를 그리며 엉덩이를 흔들고 있었습니다.

"제가 졸았나요?"

"아니요, 푹 주무셨어요. 검사 도중에 이렇게 주무시는 분은 처음이네요."

"아, 죄송합니다."

"아니에요. 다음 예약 환자가 있었으면 깨웠을 텐데 오늘은 없으니까 안심하세요."

검사는 오후 4시가 넘어서야 끝이 났습니다. 그녀는 수북이 쌓인 검사지를 한데 모아 제게 수고했다는 말을 건넨 뒤 수화기를 들어 간호사를 호출했습니다.

"제가 자는 바람에 너무 늦게 끝난 것은 아닌지 모르겠네요."

"아니에요. 결과는 담당 선생님께 전달될 거고요, 기간은 조금 걸릴 거예요. 그럼 진료 잘 받으시고요, 수고하셨습니다."

간호사가 들어오자 그녀는 언제 풀었는지 모를 옅은 갈색 머리를 찰랑거리며 마치 한 마리 갈색 송사리처럼 헤엄치듯 검사실을 빠져나갔습니다.

"과장님께서 갑자기 사정이 생겨서요, 진료는 다음 주에 받으시고요, 바로 원무과 들렀다가 돌아가시면 되겠네요."

간호사도 그 뒤를 따라 검사실을 빠져나갔습니다.

국립병원에서 나와 약국에 들렀다가 지하철에 몸을 실었습니다. 평상시와는 사뭇 다른 풍경이 잠시 창밖을 스치고 ㄱ역에 도착했습니다. 익숙한 3번 출구, 그 긴 언덕을 다시 올라 입구 옆에 달린 벨을 보고 있자니 금세라도 김 간호사가 환하게 웃는 얼굴로 나와 늦으셨네요, 어서 들어오세요, 저녁 드셔야지요, 하고 말할 것 같은 묘한 기분이 들었습니다. 부정맥 때문은 아니었지요. 그런데도 이상하게 가슴 한편이 찌릿찌릿한 것이 뭐가 잘못돼도 한참은 잘못된 것 같았습니다. 도대체 여기에는 왜 온 걸까……하는 후회가 들었습니다. 그렇게 벗어나고자 발버둥친 곳인데 말입니다. 그때, 철컥 하고 문이 열렸습니다.

"그럼 혜린 씨, 내일 봐요."

외래 간호사였습니다. 이어서 또 한 사람이 고개를 밖으로 내밀었습니다.

"네, 들어가세요…… 어머?"

김 간호사가 외래 간호사에게 인사하다 저와 눈이 마주치자 깜짝 놀란 표정을 지어 보이더니, "어머, 이 선생님!" 하고 반갑게 외치며 슬리퍼를 신은 채로 한걸음에 달려왔습니다.

"어쩐 일로 오셨어요?"

"그냥 시간이 남아서 와 봤어요."

"들어오세요. 마침 원장님도 계세요."

그녀가 문을 활짝 열어 저를 안으로 안내했습니다.

"그새 얼굴이 좋아지셨어요. 잘 지내시죠?"

"네. 잘 지내셨어요?"

거의 매일 제게 약을 건네주던 그녀인데 왠지 낯설게 느껴졌습니다.

"잠시만 기다려 보세요. 원장님 퇴근 준비 중이세요. 제가 여쭤 보고 올게요. 잠깐은 시간 내주실 거예요."

익숙한 표정과 말투. 그녀는 여전히 친절했습니다. 그리고 그곳 역시도 그대로였습니다. 낡은 테이블이며 소파며 모든 것이 그대로였지요. 변한 것은 아무것도 없는 듯했습니다.

"너무 오랜만인 거 같아요. 종종 오지 그러셨어요? 나 선생님도 그날 뵙지 못해서 정말 아쉬워하셨거든요."

원장실로 들어갔던 그녀가 다시 나와서 말했습니다.

"생각은 많이 했는데요, 막상 오기도 그렇고 해서……."

"이젠 종종 오시고 그러세요. 자, 얼른 들어가 보세요."

김 간호사를 따라 원장실로 막 들어가려는데 원장님이 먼저 문을 열고 나왔습니다.

"그래, 희우가 왔다고?"

원장님도 그대로인 듯했습니다.

고개를 숙여 인사를 건네자 그는 두툼한 손으로 제 손을 덥석 잡고 강하게 움켜쥐더니 다짜고짜 "옥상부터 올라가 볼까? 네게 보여 줄 것이 있단다." 하고 말하며 저를 잡아 끌었습니다. 그곳에 옥상이 있는지도 몰랐거니와 갑작스런 상황에 꽤나 당황하여 거절하고 싶었지만, 그 거대한 체구를 뿌리치기에 제 손목은 형편없이 가늘었습니다. 결국 강제로 떠밀리다시피 외부 계단을 통해 옥상까지 올라가게 되었지요.

옥상 한편에는 커다란 천막이 때마침 불기 시작한 바람에 흰 천을 펄럭이며 좌우로 휘청거리고 있었습니다.

"한겨울만 아니면 매일 여기서 찬양 시간을 가져 볼까 한단다. 여기 있는 모두가 함께 만들고 있지. 그래, 작은 교회라고도 할 수 있겠구나. 들어가 보자."

천막 안에는 얇은 나무 판으로 세운 가벽이 불어오는 바람에 맥없이 울렁이며 위태로운 모습으로 서 있었습니다. 가운데에는 고동색 십자가가 걸려 있었지요.

"박 선생이 하나 만들어 주고 갔단다."

거실 한가운데 앉아서 종일 나무를 깎아 십자가를 만들던 박용식 선생님은 불과 몇 달 사이에 솜씨가 많이 는 듯했습니다. 십자가의 각 면과 모서리가 매끄럽게 손질되었고, 반질반질하게 니스 칠까지 되어 있더군요.

"조금은 허술해 보여도 다들 아주 열심히 만들고 있단다. 한번 쭉 둘러보렴."

바닥에는 폭 1미터, 너비 3미터, 한 뼘 높이 정도의 강단이 설치되었고, 그 위로 옻칠 마감한 나무 강대상도 하나 놓여 있었습니다. 10여 개의 의자가 정리되지 않은 채 나뒹굴었는데, 이곳저곳에서 얻거나 주워 모은 듯 어느 하나 제대로 된 것이 없더군요. 바퀴가 달린 검은색 의자는 머리받침 부분이 빠져 앙상한 척추뼈가 몸 위로 길게 솟아올랐고, 양쪽에 나무 팔걸이가 있던 두툼한 흰색 쿠션이 얹힌 의자는 오랫동안 사용하지 않아 거미줄투성이였습니다. 등받이를 빨간색으로 칠한 접이식 의자도 하나 있는데, 이음새에 녹이 슨 듯 손으로 건드리자 끽끽거리는 소리를 냈습니다. 마치 흰 돛이 달린 커다란 배 안에서 우왕좌왕 배회하는 선원들처럼 느껴졌지요. 천장에는 백열전구 세 개가 정삼각형 형태로 전선에 매달려 있고, 천막의 들보 역할을 하는 철제 프레임을 따라 색색의 종이로 엮어 만든 장식도 주렁주렁 매달려 있었습니다. 초록색 나뭇잎 모양의 긴 넝쿨도 있고, 포도송이를 연상시키는 것들도 있었고요. 그 외에 대부분은 긴 사슬을 늘어뜨려 놓은 모양을 하고 있었습니다.

"저것도 다 은아 선생이 직접 색종이를 오려 붙여서 만든 건데, 어때, 나름대로 괜찮지?"

"네, 그렇다면 또 의미가 있네요. 은아 선생님은 잘 계시죠?"

"그럼, 잘 지내지. 요즘 컨디션이 좋은지 잘 먹고, 잘 웃고, 아주 좋아졌단다."

"허 선생님도 잘 지내시죠?"

"허 선생은 벌써 퇴원했지. 희우 네가 나가고 거의 바로 퇴원했단다. 아내하고도 화해한 모양이더구나."

퇴원하여 제 전화를 기다릴 허 선생님의 모습이 떠올랐습니다. 이어서 그와 함께 지낼 아내와 딸 가을이의 모습도 떠올랐습니다. 현관에 쓰러져 눈을 비비며 잠든 남자를 뒤로하고 불룩한 배로 얼굴에 든 커다란 멍을 가리기 위해 색안경을 쓴 채 우는 여자 아이를 달래는 여인의 모습이 머릿속에 맴돌았습니다. 그래도 그토록 원하던 퇴원을 했다니…… 아무쪼록 잘 지내기를, 그리고 다시는 만나는 일이 없기를 속으로 바랐습니다.

"다른 선생님도 다들 잘 지내고 계시죠?"

"자, 이렇게 서 있지 말고 잠깐 앉아서 이야기하자구나."

그가 짙은 갈색 꽃무늬가 새겨진 낡은 천 의자를 들고 천막 밖으로 나가 걸터앉자 회색 먼지가 뿌옇게 일었습니다. 모두 낡기는 마찬가지였지만 그나마 깨끗해 보이는 나무 의자를 골라 그의 옆에 앉았습니다. 하지만 기껏 고른 것이 하필이면 표면이 트면서 생긴 작은 나무 가시 하나를 지닌 것이었고, 그만 그 가시에 제 허벅지 뒤를 내주고 말았지요. 작은 가시였기에 조금 따끔했을 뿐이지만 왠지 기분이 좋지 않았습니다.

"최 선생님께서 얼마 전에 돌아가셨단다."

11월의 태양은 하늘을 빠른 속도로 붉게 물들였고, 북서쪽에서 불어온 바람은 낮 동안 힘들게 달궈진 공기를 차갑게 식혔습니다.

"……이제 곧 겨울이 되겠지요?"

"누군가를 기억한다는 것은 말이다, 때론 마음을 아프게는 하지만, 그 아픔을 이겨 내고 끝까지 잊지 않고 기억해 주기만 한다면 그 존재는 우리 마음 속에서 되살아나 영원히 함께 할 수 있는 거란다. 요즘은 이것이 진정한 '부활'의 의미가 아닌가 싶구나."

그와는 그렇게 나란히 앉아 지는 해를 바라보며 긴 시간 대화를 나누었습니다. 주로 종교와 신앙에 대한 것들이었고, 취미로 시작한 낚시와 ㅍ군에서 수확한 옥수수나 감자 등 밭농사 이야기도 들을 수 있었습니다. 그러다 보니 어느새 달이 떠올랐습니다. 의자를 제자리에 놓기 위해 천막 안으로 들어가자 캄캄한 가벽 위에 걸려 있던 십자가가 환한 빛을 내는 것이 눈에 들어왔습니다. 다시 천천히 천막 안을 둘러봤습니다. 그 보잘것없는 교회 안에서 제 반쪽짜리 심장이 요란하게 고동치는 걸 느낄 수 있었습니다. 쿵쿵거리는 심장박동이 CD플레이어에서 흘러나오던 베토벤의 곡처럼 제 심장을 강하게 두드렸습니다.

"정말 그냥 가도 괜찮겠니? 이렇게 왔는데 밥이라도 같이 먹고 갔으면 좋겠구나. 아마도 둘이 먹을 만한 음식은 조금 남겨 두었을 거다."

이렇게 말하는 그는 더 이상 정신병원의 원장이 아닌 평범하게 나이 든 남자의 모습이었습니다.

"아니에요, 종종 이렇게 찾아뵐게요."

그는 거절이야말로 치료되고 있다는 가장 확실한 증거라며, 환한 표정으로 제가 오기만 한다면 언제든지 환영이라고 말해 주었습니다. 그때까지만 해도 그것이 그와의 마지막이 될 줄은 몰랐지요. 몇 년 후 다시 그곳을 찾았을 때는 이미 병원이 문을 닫고 없어진 후였습니다.

국립병원의 상담 치료는 특별한 괴로움이나 두려움 없이, 그저 잠이 들면 눈을 뜨는 것처럼 당연하게 일주일에 한 번, 짧게는 5분에서 길게는 30분이 넘기도 했습니다. 박상일 선생님은 매번 "일주일 동안 어떻게 지냈습니까?"라는 물음으로 상담을 시작했고, 매주 조금씩 그 주제를 바꿔 가며 짧은 질문들을 제게 던졌습니다. 반대로 저는 그 물음에 길게 대답하는 것이 원칙이었지요. 물론 처음부터 그와의 대화가 순조로웠던 것은 아닙니다. 냉랭한 말투 하며 노려보듯 치켜 뜬 눈매가 어찌나 불편하고 불쾌하던지.

그러다 그가 하는 질문이 나 선생님과 나눈 대화들과 그 내용이 별반 차이가 없음을 인지한 뒤부터는 비교적 순조롭게 진행되었습니다. 대답해야 하는 대상이 달라졌을 뿐 '어린 시절에 대해 생각나는 것이 있나요?' '아버지는 어떤 사람이었나요?' '어머니는 어땠죠?' '아버지에게서 도망칠 때의 기분은 어땠습니까?' '학업은 지장이 없었나요?' '친구 관계는 어땠나요?' '좁은 틈에서 나오곤 했던 것들은 어떤 모습이었나요?' '말을 걸던가요?' '왜 대답을 안 했죠?' '도망치고 싶었나요?' '환청이나 환시라는 것을 언제 알았나요?' '망상에 대해 어떻게 생각하죠?' '좋아하는 색이 있나요?' '최근에는 어떤 그림들을 그렸어요?' '그것들을 한 번 보여 줄 수 있겠어요?' '잠을 설치는 특별한 이유가 있을까요?' '밤과 새벽에 집착하는 이유가 있나요?' 등 대체로 비슷비슷했지요. 때문에 차라리 입원 중에 정리한 카운슬링 발표 내용을 복사해서 가져다주는 것이 빠르지는 않을까, 하는 생각을 수도 없이 했습니다.

그런데 어느 시점부터 시간이 지남에 따라 그 질문 내용이 점점 이상해지더군요. '계속 바깥세상이라고 하는데, 지금 살고 있는 이 세상이 싫은가요?' '외로움을 느끼곤 했나요?' '그 감정이 외로움 맞습니까?' '괴로울 때는 어떻게 대처했나요?' '그렇다면 두려움이란 무엇일까요?' '두려움은 어디서부터 온다고 생각해요?' '고통과 두려움을 느낄 때면 어떻게 하곤 했나요?' '왜 괴롭다고 생각하죠?' '혼자 있으면 기분이 좋아지곤 했나요?' '본인에게 외로움이란 어떤 것인가요?' '그녀란 누구를 말하는 것이죠?' '그녀랑 함께 있으면 외롭지 않나요?' 등 외로움이나 고통, 두려움, 괴로움에 대한, 즉 저를 이루는 본질적인 감정에 대한 것으로 그 대화의 주제를 옮겨 갔습니다. 또한 그는 거기서 멈추지 않았습니다. 그녀에 대해서도 큰 관심을 보이기 시작했지요. 지나치다 싶을 정도의 많은 질문으로 집요하게 저를 괴롭혔습니다. 그때가 벌써 국립병원에 발을 들여놓은 지도 8개월 이상의 긴 시간을 보내고 난 후였고, 이미 그곳에서 할 수 있는 모든 검사를 마친 후였습니다.

제법 굵은 빗줄기가 쏟아져 내리는 날이었습니다. 가만히 창밖을 바라보던 그가 더 이상 지체할 수 없다고 판단한 것인지 돌연 의심 가득한 눈으로 제게 말하더군요.

"……그렇다면 이희우 환자가 외로울 때마다 '그녀'라는 사람이, 실존하는 사람이 이희우 환자를 찾아왔나요? 무슨 의미로 물어보는 건지는 이해하죠? 우리 더 이상 시간 낭비는 하지 말죠."

"그렇게 여쭤보시니 상당히 불쾌하군요. 도무지 제 말을 믿지 않으시는 것 같습니다."

"아니에요, 기분 나쁘라고 한 말은 아니에요. 질문의 핵심은 어떻게 '그녀'가 이희우 환자의 마음을 알고 찾아올 수 있을까, 하는 거예요. 실존한다면 그 과정이 있어야 하잖아요, 그렇죠? 그럼 '그녀'가 찾아와 직접 만나는 거 외에 따로 연락한 적이 있나요?"

"전화도 자주 했지요."

"전화가 온 적은 있나요?"

"지금 전화를 걸어 볼까요?"

"아니에요, 아무래도 제가 직접 만나 봐야겠다는 생각이 드는군요."

그러고는 의자 옆에 놓인 선풍기를 향해 몸을 돌리면서 말했습니다.

"다음 주에는 꼭 함께 오세요. 그러지 않으면 저도 더 이상 도와줄 방법이 없습니다."

그 순간 저는 똑똑히 봤습니다. 선풍기 바람을 맞으며 그의 한쪽 볼이 희미하게 움직이는 것을 말입니다. 그는 웃고 있었습니다. 그는 그녀의 존재를 의심하는 것이 틀림없었습니다. 저를 조급하게 만들어 그녀까지 정신병원으로 불러들일 속셈인 것이지요. 매주 상담이 거듭될수록 그는 저를 더욱더 강하게 압박했습니다. 그리고 저는 그의 속셈에 말려들지 않기 위해 강하게 저항했습니다. 뾰족한 바늘이 제 팔뚝을 찔러 아무리 많은 구멍을 내도, 갖가지 알약으로 제 정신을 나른하게 잠재우려 해도 입을 꼭 다문 채 저항하고 또 저항했습니다. 하지만 끝내 저는……. 그토록 지켜주고자 했던 그녀, 그녀는 제게 어떠한 존재였을까요……. 저는 몹시 혼란스러웠습니다.

막 대학에 입학했을 무렵이지요. 그녀와 저는 불빛 하나 없는 캄캄한 밤 운동장을 빙 둘러싼 콘크리트 계단에서 처음 만났습니다. 그녀는 이미 저의 존재를 알고 있었지만 제가 그녀를 만난 것은 그날이 처음이었습니다. 그날 오후 내내 저는 그 계단에 앉아 운동장을 지나다니는 학생들의 웃음을 뒤로하고 태양이 머물러 있는 하늘을 원망하며, 때로는 개미를 쪼아 먹는 까치들을 증오하며 그저 흘러가는 시간을 지켜보고 있었습니다. 아무도 없는 운동장 계단에 앉아, 어머니 곁을 떠나, 아버지에게서 도망쳐, 사람들에게 버림받아 그렇게 홀로 앉아 있었습니다. 제 곁에는 아무도 없었습니다. 외로웠습니다. 오직 제 곁에는 거추장스럽게 쫓아다니는 망상만이 가득했습니다. 두려웠습니다. 곳곳을 밝히던 조명이 모두 꺼질 때까지 그렇게 홀로 앉아 울고 있었습니다.

일렁이는 눈물에 캄캄한 세상이 더욱 어둡게 느껴졌습니다. 그때였지요. 그 어둡기만 한 외로움 속에서 그녀가 제게 말을 걸어 왔습니다.

'시시하지?'

처음 그녀도 그렇게 물었던 것 같습니다.

"시시해. 전부 다 시시한 것뿐이야."

'그것 봐. 정말 그렇다니까. 정말 시시한 것뿐이야.'

"……나랑 같이 있어 줄래?"

그러자 그녀는 아무 말 없이 제 옆에 기대 앉았고, 그렇게 우리는 밤새도록 함께 있었습니다.

그날 이후 그녀는 제 모든 아픔을 따뜻하게 보듬어 주었습니다. 그녀는 제게 유일한 존재였고, 오직 저만이 그 존재를 느낄 수 있었습니다. 캄캄한 밤의 파란 달빛, 반짝임을 속삭이는 별들, 새벽녘의 청초한 공기…… 이 모든 것에서 그녀를 느낄 수 있었습니다. 그녀는 제 안에서 숨 쉬며 저를 살아 있게 만들고 제 더러운 욕망을 아름답게 채워 주기도 했습니다. 제가 외로움을 느낄 때면 언제나 그녀가 먼저 저를 찾아와 달래 주었습니다. 제게 외로움이란 그녀를 뜻하는 것이었습니다. 오직 그녀만이 두려움이나 괴로움, 고통 따위로부터 저를 구원해 줄 수 있었습니다. 그런 그녀가 지금도 제 주위 어디에선가 저를 지켜볼 것 같습니다. 네…… 그런 기분이 듭니다. 예전과 똑같이 저를 바라보며 미소 지을 것만 같습니다. 그녀는 언제나 저를 사랑해 주었지요. 저도 그녀를 사랑합니다. 그녀를 다시 잃고 싶지는 않습니다. 기필코

다시 만나야 합니다. 만약 이대로 제 곁에서 영영 사라져 버린다면…… 아마도 저는…….

그녀와 함께 바다에 간 적이 한 번 있었습니다. 그녀를 처음 만난 그해 늦은 여름이었지요. 빈 주머니를 샅샅이 털어 만든 돈을 버스표와 맞바꾸어 떠난 처음이자 마지막 여행이었습니다. 야간 버스를 타고 도착한 동쪽 바다에서 그녀와 저는 캄캄한 바다 위를 비추는 오징어배들을 볼 수 있었습니다. 하늘의 별들이 모두 바다로 떨어져 파도를 타고 이리저리 흔들리는 듯했습니다. 그녀는 그 모습이 아름답다고 했습니다. 저도 그 모습이 아름다웠습니다. 하늘을 바라봤습니다. 하늘에는 아직도 무수히 많은 별이 떠 있었고 달도 떠 있었습니다. 밤하늘이 아름답게 빛났습니다.

그리고 곧 새벽이 찾아왔습니다. 새벽이 되자 그 아름다운 불빛들이 하나 둘씩 사라지기 시작했습니다. 멀리 태양이 하늘의 어둠을 조금씩 밀어내고 있었습니다. 별들은 순식간에 모습을 감췄고, 달은 구름 뒤에 모습을 감춘 채 서서히 사라져 갔습니다. 마침내 하늘과 바다, 바다와 하늘, 그 어둠을 둘로 가르고 태양이 고개를 내밀었습니다. 아름다움은 모두 다 사라지고 없었습니다. 그녀도 어디론가 사라지고 보이지 않았습니다. 애타게 불러 보아도 대답이 없었습니다.

그때 반짝이는 것이 보였습니다. 퉁퉁 불어 껍질이 벗겨진 손을 움직여 모래사장에 박혀 반짝이는 유리 조각을 집어 들었습니다. 모든 아름다움이 사라진 곳에서 홀로 숨 쉬는 저 자신이 더럽고 추악하게 느껴졌습니다. 유리 조각으로 제 왼손 엄지손가락을 깊숙이 찌르자 피가 났습니다. 모래알을 붉게 물들이는 핏방울을 보고 있자니 점점 어지러워지더군요. 지체할 틈이 없었습니다. 그대로 손목까지 긴 선을 그렸지요. 그러자 다시 세상이 새까맣게 느껴졌습니다. 어지러움을 안고 바다로 걸어가 미지근하게 흔들리는 바닷물 속으로 몸을 담갔습니다. 태양이 비추기 시작한 바다의 비릿한 냄새가 붉은 줄기를 타고 올라왔습니다. 탯줄을 목에 걸고 양수를 머금은 채 뱃속을 헤엄치던 불운한 생명이 다시 어미의 뱃속으로 되돌아가고 있었습니다.

"알겠죠? 다음 주에는 반드시 '그녀'를 데리고 오는 거예요. 조만간 어머니도 한번 오셔야 될지 모르겠네요. 아, 그건 병원에서 어머니께 따로 연락을 드릴 겁니다."

박상일 선생님이 말했습니다.

창밖에는 굵은 빗줄기가 뿌옇게 흐려진 창문을 부술 듯이 강하게 내리치고 있었지요.

"저는 그녀를 이런 곳까지 데려오고 싶지 않습니다."

하지만 그는 웃고만 있을 뿐이었습니다.

"왜 웃으시는 거예요?"

"자, 어떻게 하실 건가요?"

아, 그곳에 가는 게 아니었습니다. 순순히 그곳에 발을 들여놓다니 제가 어리석었습니다.

"잘 모르겠습니다."

그러자 그는 수화기를 들더니 "다음 환자 없죠? 알겠어요. 오

늘은 조금 늦어질 것 같으니까 교대하고 퇴근하세요." 하고 말한
뒤 의자를 끌어 제 앞으로 바짝 다가와 손가락을 딱 하고 튕기며
말했습니다.

"자, 좋아요, 알겠습니다. 지금부터는 우리 둘만의 비밀로 하고
천천히 '그녀'에 대한 이야기를 해 봅시다."

그의 얼굴은 알 수 없는 흥분으로 가득 차 있었습니다.

그 후 그와 어떤 이야기를 나누었는지 잘 기억나지 않습니다.
정신을 차리고 보니 내리는 비에 몸을 내어 준 채 정신 나간 사람
처럼 무작정 거리를 걷고 있더군요. 그 상황이 어찌나 우습던지,
그만 길 한복판에서 크게 웃음을 터뜨리고 말았습니다. 그러자
그 웃음에 이끌려 온 바깥세상 사람들이 저를 둥글게 에워싸더
니 그 가운데 저를 가두고서 빤히 쳐다보기 시작했는데, 그 무심
한 표정들이란! 모두 하나같이 시시한 것들이었지요. 허탈한 웃
음은 이내 그들을 향한 조소로 바뀌어 내리는 비에 섞여서 거리
를 축축하게 적셨습니다. 뒤늦게 저를 찾아 나온 국립병원의 보
호사 두 명에게 발견되어 다시 병원으로 돌아가 안정제를 맞을
때까지도 그 쓰라린 웃음은 결코 멈추지 않았습니다.

같은 해 늦은 가을, 국립병원을 처음 찾은 아버지는 다소 긴장
한 모습이었습니다. 무슨 이유인지 진회색 모직 정장에 집이 한
창 잘살았을 때 구입한 고급 트렌치 코트까지 껴입고 와서 차림
에 맞지 않게 손바닥을 비비고 다리를 떨며 연신 주위를 두리번
거렸지요. 그러다 저와 눈이 마주칠 때면 곧장 시선을 피하곤 했

는데, 그때마다 들여다보인 눈동자는 다행히 예전보다 조금은 맑아진 듯했습니다. 적지 않은 나이에 시작한 영업 일을 하느라 까맣게 그을린 피부 또한 붉은빛이 도는 게 예전처럼 알코올에 찌들어 보이지 않았지요. 반면에 그런 아버지와 저 사이에 앉은 어머니의 표정은 마른 모래라도 한 움큼 집어삼킨 듯 일그러져 있었습니다.

그날따라 모니터 속 제 이름은 좀처럼 노란색으로 바뀌지 않았습니다. 그렇게 오후 5시가 훌쩍 넘고서야 간호사가 끼익 하는 소리와 함께 진료실 문을 열고 나왔습니다.

"이희우 환자 보호자 되시는 분, 들어오세요."

어머니가 흠칫 놀라며 제 손을 한 번 세게 잡았다 폈습니다. 그러고는 "잠깐만 기다리고 있으면 얼른……." 하고 말을 흐리며 아버지의 팔에 의지해 진료실 안으로 들어갔습니다. 문이 닫히면서 다시 한번 끼익 하는 소리가 대기실을 울렸고, 모니터 속 제 이름은 여전히 노란색으로 바뀌지 않았습니다.

창밖 어둑해진 거리에 가로등이 하나 둘씩 켜지기 시작했습니다. 왼쪽으로 내려다보이는 도로는 이미 어디론가 향하는 자동차로 가득했지요. 병원을 빠져나가는 자동차도 제법 많았습니다. 대부분은 승용차였고, 진료실 창문으로 보이는 공사 현장에서 일을 마친 인부들을 실은 트럭 한 대도 병원 입구로 향하고 있었습니다. 트럭 헤드라이트의 환한 불빛이 경비원의 얼굴을 비추자 경비원이 재빨리 팔을 올려 눈을 가렸습니다. 그가 짜증이 났는지 쓰고 있던 모자를 벗어 양쪽 어깨를 신경질적으로 내려쳤습니다.

한편 트럭은 좀처럼 도로에 진입하지 못하고 시끄러운 엔진 소리와 매연을 간헐적으로 내뿜으며 덜컹덜컹 기회를 엿보고 있었습니다. 그때 병원 정문 앞을 지나던 남자가 덜컹거리는 트럭의 움직임에 놀라 발이 엉키는 바람에 그대로 고꾸라질 뻔했습니다. 그가 트럭을 손바닥으로 내리치며 뭐라고 크게 소리쳤는데, 경비원이 그 모습을 보고는 다가가 그를 말리는 시늉을 했습니다. 그사이 트럭은 두 남자를 남겨 둔 채 도로에 합류하여 슬금슬금 멀어졌고, 그 모습을 멍하게 바라본 남자는 툴툴거리며 다시 가던 길을 재촉했습니다. 경비원도 뒤를 돌아 병원 안으로 들어오려는데, 때마침 병원을 빠져나가는 자동차의 헤드라이트가 그의 얼굴을 정통으로 비췄습니다. 신경질이 잔뜩 난 그는 자동차 앞으로 성큼성큼 다가가며 한 손으로는 얼굴을 가리고 다른 한 손으로 자동차를 멈추라는 손짓을 했습니다. 하지만 자동차는 웬일인지 속도를 줄이지 않더군요. 그러다 고작 몇 미터를 앞두고 급하게 속도를 줄였는데, 그 순간 끼익 하는 소리가, 마치 어느 여인의 비명과도 비슷한 절망의 신음이 대기실 안을 크게 울렸습니다.

국립병원에서 조금 떨어진 식당가에 위치한 고깃집에 갔습니다. 주황색 앞치마를 두르고 눈썹 문신을 한 여자 종업원이 묻지도 않았는데 "오늘 고기 들어온 날이라 좋아요." 하며 방으로 자리를 안내했습니다. 그녀가 건네준 메뉴판을 보던 아버지가 대뜸 1인분에 이만이천 원이나 하는 한우를 가리키더니, 아직 이 정도는 얼마든지 사 줄 수 있다며 괜한 너스레를 떨었습니다. 그녀가 이내 들뜬 표정으로 "얼마나 드릴까요?" 하고 물었지요. 아버지가 본인은 방금 저녁을 먹고 왔다며 2인분만 주문하자, "2인분이면 양이 많이 적으실 텐데……." 하고 금세 실망한 표정을 지었습니다.

빨갛게 달아오른 숯이 식탁 한가운데 자리를 잡고 곧이어 반찬과 상추, 종업원의 말처럼 그 양은 부족해 보였지만 제법 먹기 좋게 썰린 고기 한 접시가 식탁 위로 올라왔습니다. 아버지는 그것이 '제비추리'라는 부위라고 알려 주면서 제가 어릴 때 가장 좋아한 고기라고 했습니다. 종업원이 다시 와서 퍽이나 상냥한 얼굴로 "술은 어떤 걸로 드릴까요?" 하고 묻자 아버지는 눈을 질끈 감고 단호한 표정으로 고개를 가로저었습니다. 그녀가 문신한 눈썹을 축 떨어뜨리며 또다시 실망한 표정을 짓자 아버지는 고기 1인분을 더 주문하는 것으로 그녀를 위로했습니다.

불판에 고기를 얹으며 아버지는 이런 좋은 고기는 딱 한 번만 뒤집어서 먹어야 한다고 했습니다. 제가 그러냐고 하자, 그때까지 말 한 마디도 꺼내지 않던 어머니가 갑자기 훌쩍거리기 시작했습니다. 티슈를 한 장 뽑아 어머니에게 건넸습니다. 그러자 어머니는 억지로 웃어 보이더니 타기 전에 얼른 먹자며 젓가락을 들었습니다. 불판의 고기가 채 한 번 뒤집어지기도 전의 일이었습니다.

그로부터 일주일 후 박상일 선생님이 말하기를, 저는 정신분열증을 앓고 있다고 했습니다. 환시와 환청, 망상에서 비롯된 정신분열병을 말입니다. 그렇습니다, 저는 정신분열병 환자입니다. 그 사실은 지금도 변함없겠지요.

"앞으로는 약을 달리할 생각입니다. 이제 약은 하루에 한 번만 먹어도 됩니다. 쉽게 생각해서 비타민이라고 생각하세요. 앞으로 평생 하루에 한 번, 비타민을 먹는다고 생각하는 편이 좋습니다. 부작용도 거의 없어서 앞으로는 졸리지 않을 거예요."

"어머니도 저에 대한…… 다 알고 계신가요?"

아, 어머니, 죄송합니다. 그간의 노력은 결국 헛된 것이 되고 말았군요.

"환자 본인도 본인이지만 이 병은 일단 보호자가 잘 숙지하고 있어야 합니다. 그래서 먼저 설명을 드린 것이고, 너무 그렇게 걱정하지 않아도 될 거예요."

간호사가 똑똑 하고 문을 두드린 뒤 진료실로 들어왔습니다.

"과장님, 환자분 진찰권 새로 나왔습니다."

그녀가 코팅이 된 작은 카드 한 장을 그에게 건넸습니다.

"이제부터가 시작입니다. 이건 앞으로 꼭 지니고 다니시고, 그럼 다음 주에 다시 봅시다."

그 카드에는 제 이름과 병명, 간단한 인적 사항, 주치의 이름, 국립병원의 전화번호가 적혀 있었습니다.

반지하 방으로 돌아가는 길에 잠시 꽃집에 들렀습니다. 입원 치료를 하는 동안에는 매주 외출할 때마다 들른 곳인데 오랜만 이었습니다. 퇴원 후에는 처음인 것 같습니다.

"어? 왜 이렇게 오랜만이야? 뭐 줄까?"

꽃집 주인은 30대 후반쯤으로 보이는 남자인데 매주 그곳에 들를 때도 항상 똑같이 묻곤 했지요.

"저 백합, 한 송이만 있는 걸로 주세요."

늘 그랬던 것처럼 가게 한구석에서 파란색 빛을 발하는 냉장실, 그 깊숙한 곳에 있는 백합 중 아직 피지 않은 가장 초록색에 가까운 것 하나를 골라 손가락으로 가리켰습니다.

"자네니까 이렇게 팔지, 요즘은 이렇게 팔면 솔직히 남는 것도 없어."

"그래요?"

"그렇다니까 글쎄."

그가 우거진 관엽식물 옆에 서서 그 잎사귀 하나를 어루만지며 대답했습니다.

백합은 그사이 값이 올라서 천 원 하던 것이 천오백 원이었습니다. 동전까지 탈탈 털어 그에게 건넸습니다. 그는 작업복 주머니 속에 돈을 털어 넣고 냉장실에서 제가 고른 백합을 꺼내어 절연 테이프가 친친 감긴 전지가위로 빠르게 손질했습니다. 이어서 능숙한 동작으로 작업대 아래에 놓인 신문지 한 장을 작업대 위에 평평하게 깔더니 그 위에 손질된 백합을 올려놓고 둘둘 말아 제게 건네며 물었습니다.

"그런데 어지간히 백합을 좋아하나 보네?"

한동안 사용하지 않아 누렇게 때 낀 화병 대용 주스 병을 깨끗이 닦아서 백합을 꽂아 두었습니다. 백합은 정확히 3일 후에 서서히 봉오리를 수줍게 벌리기 시작했습니다. 그리고 다시 4일 후

붉은색 점 무늬가 있는 꽃잎이 진한 분홍색으로 화려하게 피어났습니다. 한 송이뿐이지만 그 향기는 방 안을 가득 채우고도 남을 정도로 진했지요. 그 이후부터는 하루가 지날 때마다 꽃잎과 꽃받침이 하나씩 아래를 향해 처져 갔습니다. 고개 숙인 수술들을 데리고 주황빛 꽃가루를 흩날리며 하나 둘씩 떨어져 내렸지요. 그 화려한 색과 향기를 모두 잃어버린 백합은 줄기마저 흰색 곰팡이로 뒤덮이자 퀴퀴한 냄새를 풍겼고, 점차 더욱 흉측한 모습으로 변해 갔습니다. 그럼에도 불구하고 가장 가운데 자리한 암술만은 꼿꼿하게 고개를 들고 변함없이 저를 바라봐 주었습니다. 주위의 모든 것이 썩어 사라진다 하더라도 제 숨이 남아 있는 한 제 곁에 서서 언제까지나 저를 바라봐 줄 것 같았습니다. 마치 그녀가 그랬던 것처럼…….

 "……그렇기 때문에 이희우 환자의 경우에는 최우선으로 자립심과 경제력을 회복하는 것에 치료의 초점을 맞춰 볼까 합니다. 그래서 제안을 하나 할까 하는데 어떻게, 들어 보시겠어요?"

 그도 그럴 것이, 그 무렵 저는 이미 잦은 휴학과 출석 일수 부족, 학점 미달로 대학 재적 명단에 이름이 오른 상태였습니다. 복학하려면 재입학이라는 것을 해야 하고, 또 목돈이 필요하다고 하기에 미련 없이 학교를 그만두었지요. 네, 어머니는 많이 서운한 눈치였습니다. 하지만 저로서는 케케묵은 말장난 따위에 어차피 있지도 않은 돈과 시간을 낭비할 수 없었지요. 대학이니 뭐니 하는 것들은 제게 아무런 의미도 없었으니까요. 그런 제게 박상일 선생님은 국립병원에서 운영하는 직업 훈련 프로그램에 참가해 볼 것을 제안했습니다. 나 선생님이 주장하던 사회 적응 훈련과 일맥상통하는 것인데, 프로그램 중에는 그림을 그려서 할 수 있는 일도 있을 거라며 저를 설득하기 위한 노력을 아끼지 않았습니다. 그렇게 몇 주에 걸친 설득 끝에 그의 제안을 받아들이게 되었지요.

직업 훈련 프로그램은 매주 화요일과 금요일 오후 7시, 국립병원 안쪽에 위치한 별관 1층 강당에서 20명 남짓한 인원이 모인 가운데 진행되었습니다. 생계를 위한 기술 교육을 받거나 일자리를 추천받기 위한 자리로, 프로그램 참가자는 정신병을 앓게 되면서 직업을 잃거나 아예 지녀 본 적조차 없는 사람들이었습니다. 그들 대부분은 연필 없는 손으로 꼬깃꼬깃한 메모지를 들고서 눈만 끔뻑였지만, 몇몇은 여느 취업 박람회 못지않은 열기를 뿜어내기도 했습니다. 저는 두말할 것도 없이 그림 그리는 일을 희망했습니다.

프로그램에 참여한 지 횟수로 4회째 되는 날, 마침내 소규모 사회 단체와 H 제약 회사, O 의료 기기 수입 업체에서 발간하는 무가지, 사보 등에 들어갈 삽화 그리는 일을 할 수 있을 것 같다는 소식을 듣게 되었습니다. 사실 크게 기대하지는 않았지만 막상 일이 그렇게까지 진행되자 조금은 기대한 것이 사실입니다. 제가 그린 그림으로 돈을 벌고 보란 듯이 바깥세상 사람들에게 뽐낼 수 있다고 생각하니 다시 기회가 왔구나 싶었지요. 부끄럽게도 신문에 제 이름이 활자로 크게 찍히고, 제 그림이 유명 전시장에 걸린 모습을 상상해 보기도 했습니다.

하지만 그것이야말로 대단한 망상이었지요. 막상 연락이 닿자 일이 추진된 것 자체를 그다지 달가워하지 않는 분위기였습니다. 병원 눈치를 보느라 억지로 떠맡은 것이겠지요. 그중 한 곳은 제 그림을 보지도 않은 상태에서 전화상으로 보수를 읊어 주는데, 고작해야 한 달에 다섯 장, 장당 이만 원씩 삽화료가 책정되어 있다고 하더군요. 더욱이 그곳에서 원한 것은 창작이 아니라 이미 누군가 그린 것을 그대로 베껴 내는 일이었습니다. 그런 짓을 할 바에는 차라리 사회에서 격리된 채 손가락질받아 마땅한 정신병 자로 살아가며 똥이나 푸고 흙이나 파먹는 쪽이 나을 것입니다.

"목공 일을 배워 볼까 합니다."

제 말에 박상일 선생님은 자못 놀란 듯 쭉 찢어진 눈을 동그랗게 떴습니다. 아니요, 그때까지는 망치 한번 들어 본 적 없는 저였습니다. 하지만 단순히 돈을 벌 목적이라면 싸구려 취급을 받으며 그림 같지도 않은 것을 그려서 팔아넘기느니 제 가는 손목을 혹사시키는 편이 낫겠다 싶었지요.

"목공 일이라…… 할 수 있겠어요?"

"못 할 것도 없지요."

"그래요, 좋아요. 뭐가 됐든 한번 해 봅시다."

그로부터 몇 주 후, 엄 반장이라 불리는 사람을 소개받았습니다. 그도 저처럼 국립병원에서 치료받은 적이 있는 사람이었지요. 그것을 계기로 직업 훈련 프로그램을 통해서 연락이 닿은 환자들에게 일감을 나누어 주고 있었습니다.

처음 그를 만나기로 한 곳은 부자들이나 산다는 ㄴ동의 고급 빌라 주차장 앞이었습니다. 반지하 방을 나선 시간은 오전 7시도 채 안 된 이른 시간이었지요. 잠들 시간에 일어나 움직이려니, 거기다 알약까지 삼킨 터라 정신은 몽롱하기만 했습니다. 그가 미리 알려 준 대로 지하철을 타고 ㅎ역에서 내려 패스트푸드점 옆 골목으로 들어서자 꽤나 가파른 언덕이 보였습니다. 부자들의 집도 언덕 위에 있기는 마찬가지인데…… 하는 생각을 잠시 했습니다. 잘 다듬어진 아스팔트 길을 따라 길게 이어진 높은 담벼락과 수입 승용차들, 몸에 잘 맞는 정장에 반짝이는 구두를 신은 이른바 비즈니스맨들과 무릎까지 내려오는 투피스 정장 차림에 색색의 구두를 신은 이른바 커리어우먼들, 참 낯설더군요. 다림질 한번 해 본 적 없는 구겨진 셔츠에 청바지를 입고, 중학교 때는 상당히 비싼 값을 주고 산 야구 모자를 쓰고, 언제 샀는지 기억도 나지 않는 운동화를 꺾어 신고서 약속 장소를 찾아 두리번거리는 저 자신이 왠지 초라하게 느껴졌습니다.

　행여나 그들 눈에 띌까, 도망치듯 빠르게 언덕을 올랐습니다. 그리고 언덕을 거의 다 올랐을 즈음, 초록색 체크무늬 셔츠에 사람 셋은 들어가고도 남을 만큼 통이 넓은 베이지색 바지, 노란색 등산화를 신고서 쭈그리고 앉아 있는 남자가 눈에 들어왔습니다. 그는 마치 벌에 쏘이기라도 한 듯 통통 부은 입술로 이쑤시개를 물고, 한쪽 귀에는 지우개가 달린 노란색 연필을, 다른 한쪽 귀에는 넓적한 주황색 연필을 꽂고, 허리춤에는 노란색 줄자를 둘둘 말아 차고 있었습니다. 단박에 그가 엄 반장님이라는 사실을 알 수 있었지요.

오전 8시 정각에 시작된 일은 고되기만 했습니다. 엄 반장님과 목수 넷이 일사불란하게 작업대를 만들고 원형 톱을 그 아래에 끼워 넣는 동안 저는 그들이 시키는 잔심부름과 목재 나르는 일을 거들었는데, 기술도 기술이겠지만 기본적으로 힘을 필요로 하는 일이기에 각목 한 묶음을 풀어 하나씩 나르는 것도 여간 힘든 게 아니더군요. 게다가 다루키니 투바이니 하는 현장 용어들은 또 왜 그렇게 어려운지.

그렇게 3일째 되는 날, 힘 쓰는 일은 영 자신이 없는 저는 현장을 유심히 관찰해 본 결과, 마침내 제가 잘할 만한 일을 찾아낼 수 있었습니다. 셈은 그곳에 있는 누구보다도 자신 있었기에 목재나 철물 등 모자라는 자재의 양을 가늠하거나 필요한 공간에 맞는 치수를 재는 일이 생길 때면 계산기 없이도 암산으로 척척 계산해 바로바로 목수들에게 알려 줌으로써 작업 시간을 단축한 것이지요. 엄 반장님도 그런 저를 눈여겨보고 있었는지 공사 4일째 되는 날은 저를 ㄱ대학 인근에 위치한 ㅅ목재소의 컨테이너 사무실로 데려가 목재 샘플들을 작업대에 나열해 놓고는 그 종류와 특징을 자세히 알려 준 적도 있습니다.

ㄴ동의 목공 공사는 5일째 오전을 끝으로 모두 마무리되었습니다. 그 대가로 삼십이만 원이라는 돈을 손에 쥘 수 있었지요. 처음으로 저 스스로 노동해 번 돈이었습니다. 지금까지도 그 순간의 감정이 생생하게 떠오릅니다. 비록 ㄴ동 골목을 거니는 비즈니스맨의 반짝이는 구두는 아니지만, 그 돈으로 새 운동화도

한 켤레 사 신을 수 있었지요.

　엄 반장님은 그 뒤로도 종종 일손이 부족할 때면 제게 연락을 주곤 했습니다. 일당 칠만 원짜리 목공 잡부에 불과했지만, 5개월이라는 기간에 걸쳐 ㄴ시의 전원 주택 보수 공사, ㅎ동의 카페 목공 공사, ㅎ동의 고급 빌라 단지 내 조경 공사, ㄴ동의 주택 리모델링 공사 등 현장 일곱 곳을 돌며 생활비와 월세를 제하고도 자그마치 백만 원이 넘는 목돈을 모을 수 있었습니다. 당시 제 반지하 방의 월세가 십오만 원이었으니 상당히 큰돈이었지요. 하지만 언제나처럼, 늘 제가 그래 온 것처럼, 불운한 운명은 제게 그런 사치스러운 삶을 허용하지 않았습니다. 일을 나가는 날이 불규칙하다 보니 자연스레 치료를 소홀히 하게 되었고, 알약을 삼키는 것조차 자주 거르고 말았습니다.

　그러던 어느 날이었지요. 정말이지 오랜만에 그녀가 저를 찾아왔습니다. 반가운 마음에 가까이 다가서려고 하자, 그녀는 바람에 날리듯 사뿐한 동작으로 한 걸음 뒤로 물러서더군요. 그리고 물었습니다.

　'그림은 이제 안 그려?'

　정신이 바짝 들더군요. 온몸에 소름이 돋았습니다. 그동안 그녀를 까맣게 잊은 채 그림은커녕 돈이나 벌려고 공사 현장을 돌아다니는 저 자신이 너무나 혐오스럽게 느껴졌습니다. 느닷없이 팔짱을 끼고 현장에 나타나 다짜고짜 신경질을 부린 ㄴ동의 주인 여자, 현장에 죽치고 앉아서 왜 일을 게을리하느냐며 면박을 준 ㅎ동의 카페 주인, 먼지가 많다고 손부채질을 하며 연방 인상을 쓴 ㅎ동 관리소장과 그에게 머리를 조아리면서도 제게는 빗자루를 쥐어 주고 윽박지르며 청소시킨 경비원, 오천 원이 넘는 점심 메뉴를 시켰다며 일당을 깎은 현장 소장……. 고작 돈 몇 푼 벌자고 그들의 비위를 맞추며 살아가고 있었던 것입니다. 일하는 내내 중국산 코아 합판 사이에 몰래 숨겨 둔 대마초를 수시로 꺼내어 피우며 연기에 취한 채로 못을 박은, 일당으로 받은 돈을 술과 여자들에게 모두 탕진하고도 일말의 부끄럼 없이 떠들어 댄 목수들……. 그들을 증오하면서도 그들과 함께 어울려 일하고 있었던 것입니다.

"아니야! 그릴 거야! 다시 그릴 거야!"

어린아이가 떼를 쓰듯 목청이 찢어져라 크게 소리쳤습니다. 그렇게라도 하지 않으면 그녀는 곧 제 곁에서 사라질 것만 같았습니다. 그러자 그녀는 아무 말 없이 환한 미소로 저를 포근하게 안아 주었습니다. 아아, 그런 저를 그녀가 꼭 안아 주었습니다. 그렇게 그녀의 품에 안겨 후회의 눈물을 흘리고 있자니 심장이 강하게 요동치기 시작했습니다. 제 반쪽짜리 심장이 터져 나갈 것 같이 아팠습니다. 숨을 들이마시자 심장이 찢겨져 나갈 것 같았습니다. 숨을 내쉬자 송곳으로 낸 커다란 구멍을 통해 온몸의 피가 빠져나가는 것만 같았습니다.

며칠 후 ㅊ시의 종합병원을 다시 찾은 저는 고등학교 때부터 저를 담당해 온 내과 의사에게 무시무시한 말을 들었습니다. 당장은 주사와 약을 처방해 주겠지만 이대로라면 평생 약을 먹든가, 상황에 따라 허벅지나 쇄골을 통한 수술을 해야 될지도 모른다고 하더군요. 저도 모르게 웃음이 나오더군요. 단순히 겁을 주려는 속셈인 줄 알았습니다. 하지만 그녀의 표정은 이상하리만큼 진지했고, 어머니의 눈동자는 또다시 눈물로 얼룩지고 말았습니다. 퇴원만 하면 모든 게 다 잘될 것만 같은 때도 있었습니다. 하지만 결국 제대로 된 건 아무것도 없었습니다.

두툼한 약봉지를 한가득 품에 안고 ㅅ시로 돌아온 저는 꼼짝 않고 반지하 방에 틀어박혀 그림 그리기에만 열중했습니다. 먼저 그간 공사 현장을 돌아다닌 탓에 굳은살로 엉망이 된 제 손의 감각을 다시 회복해야 했습니다. 예전의 제 손, 그림 그리는 예술가의 손으로 돌려놓아야 했지요. 돈을 버느라 무뎌진 노동자의 손은 제게 아무런 쓸모도 없었습니다.

밤이 새도록 그림을 그렸습니다. 그녀와 함께 새벽을 맞이했고, 아침이 돼서야 잠이 들었습니다. 그리고 저녁때쯤 일어나 다시 그림을 그렸습니다. 좀처럼 그림이 그려지지 않을 때면 그녀와 온종일 이야기를 나누었습니다. 분명 그렇게 시간을 보내고 있었습니다. 그렇게 꽤나 긴 시간을 보낸 것 같습니다. 하지만 문득 정신을 차리고 보니 국립병원 대기실에 앉아 모니터에 뜬 제 이름이 노란색으로 바뀌기만을 기다리고 있더군요. 다시 그림을 그리기로 그녀와 약속한 지 1년이 넘는 시간이 흐른 뒤였습니다.

그날 어머니가 제 손을 꼭 잡아 준 것은 기억납니다. 하지만 지나간 시간들은 도통 기억이 나지 않습니다. 그림을 그렸다고 생각한 시간 동안 그림다운 그림은 단 한 장도 그리지 못했다는 사실 또한 나중에야 알았습니다. 제 크로키북과 스케치북, 메모장, 갱지 뭉치에는 그림이라고 할 수 없는, 저조차도 알아보기 힘든 사람과 동물, 건물과 기계, 복잡한 선으로 이루어진 설계도면, 논리에 맞지 않는 계산의 흔적들이 마구 뒤엉켜 빼곡하게 들어차 있을 뿐이었지요. 아무리 자세히 들여다봐도 도무지 무엇을 그린 것인지 알 수가 없었습니다. 어쩌면 무언가를 기억하고 싶었던 것인지도 모르겠습니다. 도대체 저는 무엇을 하고 있었을까요……. 아무리 떠올려 보려고 해도 생각이 나지 않습니다. 결국 또다시 어머니 손에 이끌려 국립병원을 드나들게 되었습니다.

박상일 선생님은 주 2회의 상담 치료가 필요하다고 했습니다. 부작용을 감수하고서라도 약의 강도를 높일 것이며 전기요법을 병행할 것을 권했습니다. 어머니는 상담 치료와 약에 대한 부분은 받아들이고 전기요법은 거부했습니다.

때때로 그녀가 제게서 멀어진다는 것이 느껴질 때면 임의로 치료를 중단하기도 했습니다. 그러자면 다시 그녀를 안을 수 있었습니다. 하지만 이내 그녀와 제 관계를 시기한 망상들이 저를 찾아왔고, 괴롭게 만들었습니다. 박상일 선생님은 그것을 '재발' 이라고 했습니다.

재발과 치료를 반복하는 사이 제 마음은 흐르지 않는 강물 속 진흙처럼 쉽게 일었다 가라앉기를 되풀이했습니다. 차가운 길 위에 내려앉은 눈송이가 작은 바람에 쉽게 흩날리며 어디론가 사라지듯, 사소한 기억 하나 남긴 것 없이 시간을 흘려보냈지요. 겨울과 봄, 여름과 가을이 차례로 지나가고, 다시 겨울이 찾아오기를 여섯 번 반복했습니다. 그러던 8월 어느 여름날이었습니다.

"과장님께서 다음 주에 ㅇ시에서 열리는 세미나에 참석하셔서요…… 꼭 참석하셔야 하는 일정이라 어쩔 수 없어요."

간호사가 변명을 늘어놓듯 말했습니다.

"그럼 다음 주 약까지 처방해 주세요."

"그건 안 되고요. 과장님께서 토요일 오전에 특진으로 나오시니까 오전 11시로 예약 잡아 드리라고 하셨어요."

"오전에는 못 일어나요."

"그날밖에 시간이 안 돼요. 대신 특진료는 없습니다."

그녀의 완강한 고집에 하는 수 없이 그다음 주 토요일 오전, 밤을 새고 지끈거리는 머리와 휘청거리는 다리로 지하철에 올랐습니다. 지하철에서 잠시 눈을 붙인 덕분에 한결 나아진 상태로 길게 이어진 담장을 따라 국립병원으로 향하는 길을 걸었습니다.

입구로 막 들어서려는 그 순간, 멀리 검은색 셔츠 위에 군청색 작업복, 흰색 운동화를 신고 밤색 손가방을 든 낯익은 얼굴이 눈에 들어왔습니다. 예전보다 넓어진 이마, 새까맣게 탄 얼굴과 더욱 깊어진 주름, 웃는 듯 슬퍼 보이는 표정…… 틀림없는 명 선생님이었습니다.

"명 선생님!"

반가운 마음에 큰 목소리로 그를 불렀습니다. 그는 눈을 한 번 찡그리더니 제가 그를 알아본 것처럼 그도 저를 단박에 알아보고는 성큼성큼 제게로 다가왔습니다. 그리고 늘 그랬던 것처럼 제 어깨에 손을 얹으며 말했습니다.

"희우도 여기 다니는구나."

"명 선생님도 여기 다니세요?"

"응, 그렇지 뭐. 많이 힘들구나?"

"그냥 그래요."

"그래…… 그럼 또 보자."

홀연히 멀어지는 그를 가만히 서서 바라볼 수밖에 없었습니다. 그렇게 그는 대답할 시간조차 주지 않고, 자동차들이 내지르는 경적 사이로 도로를 가로질러 도망치듯 제 시야에서 사라졌습니다. 어디선가 매미가 세차게 울기 시작했습니다.

또 보자, 또 보자……. 그가 마지막으로 건넨 말이 머릿속을 맴돌았습니다. 그가 걸어 나온, 제가 걸어 들어갈 국립병원 안을 가만히 바라봤습니다. 또 보자, 또 보자, 또 보자……. 그가 걸어 나오며 새겼을 발자국이 거꾸로 찍혀 있는 듯 느껴졌습니다. 수천, 수만, 수없이 많은 발자국이 모두 거꾸로 찍혀 국립병원을 향해 걸어가고 있었습니다. 정신병원을 나오는 발자국은 단 하나도 보이지 않았습니다. 숨이 막힐 것 같았습니다. 숨을 쉴 수가 없었습니다.

언젠가 그가 제게 해 준 말, 알코올 중독자가 술을 끊는 거보다 더 힘든 것이 바로 약과 병원을 끊는 것이라 했던 그의 말이 떠올랐습니다. 망설일 필요는 없었습니다. 뒤를 돌아 다시 지하철역을 향해 걷기 시작했습니다. 국립병원을 계속 들락거리는 한 언젠가는 또 그를, 어쩌면 허 선생님을, 이은아 선생님을, 하연 선생을, 정신병원을 들락거리는 동안 마주친 모든 사람을 다시 만나게 될 것만 같았습니다. 더 빠르게 걸었습니다. 평생을 약에 의지해 정신병자로 살아갈 수는 없었습니다. 숨이 턱까지 차오르도록 뛰었습니다. 도망치는 수밖에 없었습니다. 제 불운한 운명에서 벗어나는 방법은 오직 도망치는 길밖에 없었습니다.

그날을 계기로 국립병원에서, ㅅ시에서, 그리고 제 아픈 기억에서 도망쳐 이곳 ㅂ마을까지 오게 되었습니다. 네, 맞습니다. 그것이 바로 저와는 아무런 연고가 없는 이곳을 선택한 이유였습니다. 벌써 4년 전이지요. 자욱한 안개에 그 모습을 감춘, 이런 한적한 곳에서의 삶이야말로 완전한 외로움을 누릴 수 있는 가장 적합한 곳이라 생각했습니다. 밤이면 그녀를 찾아 안개 속을 헤맸고, 낮 동안에는 지붕 아래에 숨어 잠을 잤습니다. 그림 그리는 것도 소홀히 하지 않습니다. 많게는 하루에 10여 장의 드로잉을 그려 내기도 했습니다. 이마에 새겨진 정신병자의 낙인을 예술가의 표식으로 감추려고 부단히 노력했습니다. 그 순간들만큼은 두려움도, 괴로움도, 어떠한 고통도 느낄 수 없었습니다.

하지만 머지않아 또다시 망상에 사로잡히고 말았습니다. 그것은 이전보다 훨씬 더 괴로운 종류의 것으로 어머니 그리고 밤새 찾아 헤매던 그녀를 모함했고, 한때는 시시한 것이라며 깔보던 바깥세상을 그럴듯한 곳으로 포장해 유혹했습니다. 저 스스로 목을 졸라 괴로움을 끝낼 것을 종용했습니다. 아무리 눈을 감고 귀를 막아도 소용없었습니다. 급기야 그것들은 실제로 제 목을 조르기 시작했고, 알 수 없는 오한과 통증에 떨게 만들었습니다.

제 손톱을 봐 주십시오. 다시 망상에 시달린 후로 이렇듯 하얗게 변해 버렸습니다. 10여 년 전, 제가 처음 신경정신과에 발을 들였을 때처럼 말입니다. 아니요, 말할 수 없었습니다. 다시 예전처럼 정신병원에 갇혀 지낼 수는 없었습니다.

지금부터 정확히 반년 전 새벽이었습니다. 그날 이곳 앞을 서성이는 제게 처음 말을 걸어 주셨지요. 네, 맞습니다. 기억하고 계셨군요. 당시 저는 그동안 조금씩 모아 둔 코팅이 녹아 벗겨질 듯한 알약에 의지한 채 시간을 흘려보내고 있었습니다. 그날도 여느 때와 같이 그녀가 나타나 주기만 기다리며 그림을 그리고 있었습니다. 문득 창밖을 보니 어느새 별은 지고 파란빛으로 물들기 시작한 공기에 하얀색 안개가 자욱하게 내려앉아 있었습니다. 창문을 열자 밤새 차갑게 식은 공기가 방 안으로 밀려들었습니다. 담배에 불을 붙이고 연기를 내뿜자 잠시 저와 창밖 중간에서 멈춰 있는가 싶더니 이내 창문 밖으로 흘러 나갔습니다. 안개 속으로 흔들리며 사라지는 그 희뿌연 모습에서 그녀를 느낄 수 있었습니다. 그녀가 제게 손을 내밀었습니다. 저를 어디론가 이끌려 하는 듯했습니다. 새벽의 파란빛을 품고 안개가 비치는 하얀색 옷을 입고서……

"저기…… 말씀 중에 죄송합니다. 신부님, 이제 곧 새벽 미사 올리실 시간입니다."

내가 여기까지 말했을 때, 남자의 목소리가 성당 안을 무심하게 울렸다. 발자국 소리도 없이 나타난 그는 성당 입구에 서서 새벽을 까맣게 등진 채 두 손에 빗자루를 들고서 희미한 눈동자로 나를 바라보고 있었다.

"그래요, 곧 내려가죠."

힐라리오 신부님이 말하자 그는 말없이 고개를 끄덕이고는 뒤돌아 성당을 나갔다. 그리고 발자국 소리가 몇 번 들리는가 싶더니 이내 조용해졌다.

"죄송합니다. 괜히 저 때문에……."

"괜찮습니다."

성당 전면을 가득 채운 커다란 유리 벽을 통해 새벽의 파란빛이 스며 들어오고 있었다. 유리 벽 밖으로 보이는 손으로 쌓아 만든 높은 돌담이 깊은 물 속에 잠겨 있는 듯 보였고, 그 위에 앉은 하얀 비둘기의 깃털이 물속에서 파랗게 빛을 냈다.

"아직 시간이 조금 남아 있습니다. 마저 이야기하셔도 괜찮습니다."

"헐레벌떡 방을 나와서 그녀가 이끄는 대로 무작정 길을 걷기 시작했습니다. ㅂ마을에서 이곳으로 오는 길은 이미 잘 알고 계시리라 생각됩니다. 양옆으로 나무들이 길게 늘어서 있는 외길 말입니다."

"물론 잘 알고 있습니다. 이곳으로 오는 길이라면 그 길밖에 없습니다."

"네, 하지만 저는 그때가 처음이었습니다. 점점 안개가 짙어지더니 얼마 못 가서는 불과 몇 미터 앞조차 내다보기 힘들 정도가

되었습니다. 그렇게 얼마나 걸었을까, 양옆으로 겨울서리가 새하얗게 내려앉아 반짝이는 나무들이 눈에 들어오기 시작했습니다. 마치 그녀가 제게 환한 길을 내어 주는 것처럼 느껴졌지요."

힐라리오 신부님을 처음 본 것은 그 길을 지나 구불구불한 언덕을 막 넘었을 때였다. 그는 마치 누군가를 기다리는 듯 성당 입구에 서서 뒷짐을 지고 하늘을 올려다보고 있었다. 그는 나를 보더니 두 손을 모아 인사를 건넸다. 얼떨결에 나도 그에게 고개를 숙여 인사를 건넸다. 그리고 내가 다시 고개를 들었을 때는 이미 그녀는 사라지고 없었다.

"……저는 오로지 그녀를 다시 찾고 싶은 마음뿐이었습니다. 그때 제게 신자가 되기 위해 왔느냐고 하셨지요. 솔직히 그때 저는 거짓말을 했습니다. 그 후에도 저는 오직 그녀를 찾기 위해 이곳을 오가고 있을 뿐이었습니다. 신과 믿음조차 그녀를 잃어버린 제게는 아무런 위안이 되어 주지 못했습니다. 그렇게 지금까지 왔습니다. 두려웠습니다. 저라는 사람이, 정신병자의 삶을 살아온 제가 과연 거짓말로 이곳에 진정 발을 디딜 수 있을까 하는 두려움 때문이었습니다. 이제 내일이면, 아니 이미 오늘이 되었군요. 늘 도망치는 삶을 살아온 저였기에 이렇게라도 말씀드리지 않는다면…… 또다시 어디론가 도망치고 말 것만 같았습니다."

"세례식에는 꼭 참석하십시오. 말씀은 그렇게 하셨어도 그동안의 예비신자 과정을 통해 이미 많은 것을 배우셨을 것입니다. 이제 더 이상은 도망치지 않으셔도 됩니다. 좋지 않은 기억들은 성유로써 깨끗이 사라질 것입니다. 그분의 신비는 의심하지 않으셔도 됩니다."

성당을 나오기 전 마지막으로 힐라리오 신부님은 내 머리 위에 손을 얹고 나지막한 목소리로 주기도문을 읊어 주었다. 그 목소리는 힘에 부친 듯 작게 떨리고 있었다. 그가 주기도문을 읊는 동안 나는 홍차가 담겨 있던 빈 잔을 보았다. 잔의 한쪽 모서리가 움푹 팬 모양으로 깨져 길게 금이 가 있었다.

"아멘⋯⋯."

그와 나의 목소리가 동시에 성당 안을 울렸다.

내가 성당 입구에서 뒤를 돌아 유리 벽 앞에 세워진 십자가상을 향해 두 손을 모으고 허리를 굽히자 등 뒤로 무언가 툭 하고 떨어졌다. 이야기하기 시작할 무렵에 힐라리오 신부님이 내게 벗어 준 검은색 외투였다. 그는 여전히 두 손을 모은 채 나와 같은 모습으로 십자가상을 바라보고 있었다. 그때 유리창 밖으로 하얀 비둘기가 푸드덕 날갯짓을 하며 날아올랐다. 외투를 주워 의자 등받이에 조심스럽게 걸어 두고 성당을 나섰다.

성당 밖은 안개로 자욱했다. 하늘을 보니 곧 비가 쏟아질 듯 잔뜩 흐렸다. 나무 바닥 곳곳에는 비질을 하여 모아 놓은 벚꽃잎이 군데군데 모여 있었고, 안개를 품은 옅은 바람이 일자 이내 곳곳으로 흩어졌다. 내 머리 위로도 벚꽃잎 하나가 떨어졌다. 빗방울도 하나 떨어졌다. 비가 내리기 시작하자 더욱 많은 벚꽃잎이 짙은 안개를 뚫고 내게 떨어져 내렸다. 그리고 마침내 그녀가 모습을 드러냈다. 그토록 찾아 헤매던 그녀가 내 앞에 서 있었다. 성큼 다가가 손을 뻗자 그녀는 내밀고 있던 두 손을 거두어 가슴 앞으로 가지런히 모았다. 흔들리는 촛불 위에서 그녀가 환하게 미소 지었다. 그녀의 환한 모습을 보고 있자니 진정 그녀를 만나기까지 너무나 긴 시간을 헛되이 흘려보낸 것 같다는 생각이 들었다. 눈물이 왈칵 쏟아졌다. 숨이 멎을 것같이 가슴이 아팠다. 그녀도 나를 위해 눈물을 흘려 주었다. 그녀는 우는 얼굴 또한 여전히 아름다웠다. 그녀와 함께 한 지난 기억들이 내 안에서 새롭게 태어나는 순간이었다.

집으로 돌아오는 길, 문득 뒤를 돌아봤다. 높게 솟은 십자가에 매달린 남자가 보였다. 길을 걸으며, 몇 번이고 계속 그를 되돌아봤다. 그때마다 그는 앙상한 갈비뼈를 드러내고 양팔을 벌린 채 온몸으로 내리는 비를 받아내고 있었다. 완전한 외로움 속에서 홀로 눈물 흘리며. 내가 앞으로 나아갈수록 그는 더욱 거세진 빗줄기 속에서 희미하게 사라져 갔다. 그리고 내가 마지막으로 뒤를 돌아봤을 때는 더 이상 그의 모습은 보이지 않았다.

길 위의 토요일

초판 1쇄 발행 | 2017년 6월 13일

지은이 | 이희우
발행인 | 김정희
편집 | 이정헌
마케팅 | 김선범
교정 | 노경수
인쇄 | 공간

펴낸곳 | 도서출판 잔
출판등록 | 2017년 3월 22일 · 제2017-000113호
주소 | 06101 서울시 강남구 학동로44길 49
전화 | 02-3443-0334 · 팩스 | 02-3445-0510
전자우편 | zhanpublishing@gmail.com
홈페이지 | www.zhanpublishing.com

ISBN 979-11-950614-2-6 03810

일러스트 ⓒ 이희우

이 도서의 국립중앙도서관 출판예정도서목록(CIP)은 서지정보유통시스템 홈페이지
(http://seoji.nl.go.kr)와 국가자료공동목록시스템(http://www.nl.go.kr/kolisnet)에서
이용하실 수 있습니다. (CIP제어번호: CIP2017012429)